빛과 그 그림자

허묵음 장편소설

빛과 그 그림자

초판 1쇄 인쇄 2025년 10월 13일
초판 1쇄 발행 2025년 10월 31일

신고번호 제313-2010-376호
등록번호 105-91-58839

지은이 허묵음

발행처 보민출판사
발행인 김국환
기획 김선희
편집 현경보
디자인 다인디자인

ISBN 979-11-6957-383-2   03810

주소 경기도 파주시 해올로 11, 우미린더퍼스트@ 상가 2동 109호
전화 070-8615-7449
사이트 www.bominbook.com

• 가격은 뒤표지에 있으며, 파본은 구입하신 서점에서 교환해드립니다.
• 이 책은 저작권법에 의하여 보호를 받는 저작물이므로 무단 전재와 복사를 금합니다.

허묵음 장편소설

빛과 그 그림자

무언가에 그 빛이 가려져 그림자가 진다면
그 빛남도 거기서 그친다.

추·천·사

    허묵음 작가의 장편소설 『빛과 그 그림자』는 역사적 격동과 개인적 비극이 교차하는 지점에서 한국 현대사의 어두운 단면을 조명하며, 동시에 인간 존재의 근본적 조건을 탐구하는 수작이다. 이 작품이 지닌 문학적 성취는 거대담론과 미시서사를 유기적으로 결합시켜, 역사의 구조적 폭력이 개인의 운명에 어떻게 각인되는지를 섬세하게 형상화했다는 데 있다.

    작품의 서사 구조는 정교한 대칭성을 바탕으로 구축되었다. 부친의 시선은 상실의 순간을 중심으로 전개되며, 딸의 관점은 부재의 의미를 탐색하는 여정으로 구성된다. 이러한 이원적 구조는 단순한 시점의 교차가 아니라, 『빛과 그 그림자』라는 작품의 핵심 은유를 구조적 차원에서 실현하는 정교한 장치로 기능한다. 상실과 갈망, 기억과 망각, 현존과 부재라는 대립항들이 서사 전반에 걸쳐 변증법적으로 전개되면서, 인간 존재의 양면성을 심층적으로 탐구한다.

    특히 주목할 점은 작가가 한국 전쟁 이후의 시대적 맥락을 배경으로 삼으면서도, 이념적 도식화를 철저히 거부한다는 것이다. 빨치산 부모의 아들이라는 설정은 당대의 정치적 억압과 사회적 편견을 부각시키는 동시에, 개인이 역사적 굴레로부터 벗어나고자 하는 의지를 부각시킨다. 그러나 이러한 개인적 노력조차 시대의 구조적 한계 앞에서 좌절되는 과정을 통해, 작가는 역사와 개인의 복잡한 관계 양상을 날카롭게 포착한다.

문체적 차원에서 이 작품은 절제된 서정성과 냉정한 사실성이 절묘하게 균형을 이루고 있다. 작가는 극한 상황에서의 심리적 변화를 은유적 표현을 통해 압축적으로 형상화한다. 이러한 문체적 특징은 감상적 몰입을 경계하면서도 독자의 정서적 공감을 이끌어 내는 효과를 발휘한다. 또한 작품 전반에 스며든 시간 의식은 매우 정교하다. 과거와 현재가 선형적으로 배열되지 않고 순환적으로 교차하면서, 상처의 지속성과 치유의 가능성을 동시에 암시한다.

이 작품의 미학적 성취는 무엇보다 개별적 경험을 보편적 차원으로 확장시키는 서사적 역량에 있다. 한 가족의 이산과 재회라는 특수한 사건이 분단 현실을 살아가는 모든 이들의 집단적 무의식과 공명하면서, 개인사가 곧 민족사가 되는 지점을 정확히 포착한다. 이러한 서사적 확장은 작위적이거나 도식적이지 않으며, 인물들의 구체적 경험에 뿌리를 두고 있어 설득력을 갖는다.

이 책 『빛과 그 그림자』는 분단 문학의 새로운 지평을 제시하는 작품이다. 이념적 대립을 넘어 인간 존재의 본질적 조건을 탐구하면서도, 역사적 현실에 대한 냉철한 인식을 견지한다. 빛과 그림자라는 은유를 통해 삶의 양면성을 형상화하되, 이분법적 사고에 머물지 않고 둘 사이의 변증법적 관계를 추적한다. 이러한 문학적 성취는 우리 시대 문학이 도달해야 할 하나의 준거점을 제시한다고 평가할 수 있다. 작품을 관통하는 화해와 용서의 주제는 결코 값싼 감동이나 일방적 위안에 머물지 않으며, 진정한 치유를 위해서는 무엇이 선행되어야 하는지에 대한 깊은 생각을 하게 한다.

2025년 9월
편집위원 **김선희**

작·가·의·말

그림자의 사전적(辭典的)인 기본 의미는 '물체가 빛을 가리어 물체의 뒤에 나타나는 검은 형상(刑象)'을 말한다.

빛이 있는 곳에서는 사람은 누구나 자기 그림자를 달고 다닌다. 형상의 그림자에는 소리가 나지 않고 다양한 빛깔도 없지만, 사람의 인생에는 형상으로 나타나지 아니하는 수많은 그림자가 따라다닌다. 소리도 나고 빛깔도 보인다. 누구는 그 그림자로 인하여 스러지고, 누구는 그 그림자를 딛고 일어선다.

이 소설은 무겁고 고통스러운 자기의 그림자에 치이고 짓눌리면서도, 한결같이 선(善)하게 살아가는 사람들의 이야기이다.

2025년 9월
소설가 **허묵음**

빛과 그 그림자

 빛만 있는 곳에는 그림자가 없다. 물체가 그 빛 안에 들어갔을 때 비로소 그림자가 생긴다. 물체가 움직일 때마다 그림자도 따라 움직이지만, 더 큰 물체가 햇빛을 가려 그늘을 만들거나 어둠이 깔린 곳에서는 움직이는 물체의 그림자는 나타나지 아니한다. 빛이 있는 곳에서만 자기 모습의 그림자를 보여주는 그 누군가는 그 빛과 함께 존재하지만, 빛이 없는 곳에서는 자기 모습의 그림자를 보여줄 수 없다.
 빛이 있는 곳에서는, 물체의 형태에 따라 그림자의 모양은 각기 다르지만, 한 가지 공통점은 햇빛의 밝기에 따라 회색 또는 검은색으로만 그림자가 나타난다는 것이다. 그림자의 빛깔이라고? 들어본 적이 없다. 그림자에는 감정이 없으니, 빛깔이 들어올 틈이 없다. 그렇지만 사람에게는 형상(形象)이 없는 그림자가 있다. 마음과 환경과 상황에 따라, 각기 다른 수많은 그림자가 생긴다. 이 그림자를 생각하며 이 글을 시작하고자 한다.

사월에 접어들자, 하루가 다르게 변하는 산과 들은 생기가 돌고 꿈틀거리는 기운은 아지랑이로 피어오르고 있었다. 이곳저곳에 서 있는 나무들은 키 작은 나무나 키 큰 나무 할 것 없이 따뜻한 햇살에 잠이 깬 듯 저마다 기지개를 켜고 있었다. 겨우내 메마른 껍질을 내보이며 침묵하고 있던 나무는 잎새를 틔워야 할 철이 다가온 것을 이미 알고 있었다. 성미 급한 나무는 뿌리에 저장해둔 수분(水分)을 먼저 끌어올리느라 부산을 떨고, 수분을 빨아들인 가지에선 봉긋한 망울이 돋아나 연두 잎새를 움트려고 서두르고 있었다. 찬 겨울이 가고 따뜻한 기운이 퍼지는 봄이 온 것이다.

거의 새벽녘까지 시장에 이고 갈 밭작물을 다듬느라, 눈을 붙이지 못한 그녀는 남아있던 파를 다듬어 광주리에 담고 나자 스르르 눈이 감기더니, 앉은자리에서 그대로 모로 쓰러졌다. 쏟아지는 잠이 그녀를 뉘어버린 것이다.

얼마나 잠이 들었을까? 새벽의 찬 기운에 잠이 깬 그녀는 벽에 걸린 시계를 보더니 벌떡 일어났다. 아이들 밥을 지어야 할 시각이 된 것이다. 아이들은 인기척 소리에도 아랑곳없이 방 아랫목에서 깊은 잠에 빠져있었다. 잠결에 몸을 뒤치느라 가슴을 드러내고 등을 보이며 자는 아이들의 얼굴은 티 없이 맑고 보드라운 하얀 조약돌처럼 형광등 불빛 아래 반짝이고 있었다.

그녀는 반쯤이나 흘러내린 이불을 끌어올려 아이들 가슴께까지 덮어준 뒤, 미소 띤 얼굴로 아이들을 바라본다. 벽에 가까운 쪽부터 큰딸, 막내딸, 둘째딸 순으로 자고 있었다. 그녀는 소중한 물건을 만지듯 손가락으로 아이들의 머리를 조심스럽게 쓰다듬은 뒤, 전기 스위치를 끄고 방 위쪽에 놓여있던 광주리를 들고 방을 나갔다. 오늘도 쉽지 아니한 하루의 삶이 시작되는 시각이었다.

　새벽 여섯 시, 아직 동이 트기 전이었다. 어둠이 깔린 마당을 가로질러 사립문 밖에서 파도 소리가 아스라이 들려오고 있었다. 그녀는 그 소리를 피해 달아나듯이 서둘러 마루를 내려와 댓돌 위에 놓인 신발을 꿰어 신고 부엌으로 들어갔다.
　파도 소리는 그녀가 끔찍이도 싫어하는 소리였다. 사람들이 문학과 음악과 낭만의 단골 메뉴로 불러오곤 하는 파도 소리는 누구나 좋아하는 소리였지만, 그녀만은 예외였다. 그 소리를 들을 때면 그녀의 가슴은 파헤쳐지고, 속살이 드러난 상처 부위를 올이 성기고 굵은 천이 스쳐 지나가는 것처럼, 쓰리고 아팠다.
　"파도 소릴 듣고 싶지 않아!"
　"그 소리가 들리지 않은 곳으로 빨리 떠나고 싶어!"
　이 바람은 그녀의 소망이었지만, 그 기회는 언제 오려는지 아득하기만 했다. 세 아이를 양육하는 일만으로도 하루하루 사는 것이 버거웠기 때문이었다. 그래도 살아야 했다. 살아가는 힘의 원천(源泉)은 세 아이였다. 큰아이는 일곱 살, 그 아래로 두 살 터울이어서 막내는 엊그제 세 살이 되었다.
　부엌문을 닫고 나니 파도 소리는 들리지 않았다. 굵은 나무로 단단하게 짜인 부엌문을 닫으면, 바다에서 불어오는 바람은 들어올 틈을 찾지 못하고 문에 부딪혀 하늘로 치솟아 흩어졌다. 문 바깥에서 들리는 소리 역시 단단한 나무의 결을 뚫고 들어오지 못했다. 그리고 보면 부엌은 그녀가 파도 소릴 피해 있을 수 있는 유일한 공간이었다.

부엌에는 아궁이가 두 개 있었다. 큰 아궁이는 안방에 불을 때는 곳으로, 부뚜막 위에는 큼지막한 솥이 걸려있었다. 시골 마을에까지는 아직 도시가스가 공급되지 않던 시절, 재래식 부엌에는 어느 집이나 쇠로 된 까만 솥을 걸어놓고 밥을 지었다.

나무 장작을 아궁이에 넣고 불을 때면 그 열기로 안방 바닥이 데워져서 여름철이 아닌 세 계절은 늘 방바닥이 따뜻했고, 방 안 공기도 훈훈했다. 여름철이면 작은 아궁이에 불을 때어 밥을 지어놓고, 집 뒤뜰 시원한 처마 밑에 가져다 놓았다가 점심과 저녁을 먹을 때면 그곳에서 밥을 가져와서 먹었다. 작은 아궁이가 있는 작은 방은 세간살이가 비좁게 들어가 있었다. 아이들이 좀 더 크면 아이들 방이 되겠지만, 우선은 세간살이를 갖다 놓는 용도로 쓰고 있었다.

아궁이에서 장작이 타면서 탁탁! 하는 소리가 들려왔다. 쌀이 익기 시작하는지 고소한 냄새가 풍겨왔다. 아이들에게 밥을 챙겨 먹이고 여덟 시에 집을 나서려면 아침 이때가 가장 바쁜 시간이었다. 아이들의 점심과 엄마가 저녁에 집에 올 때까지 아이들의 입이 심심하지 않도록 해줄 군것질거리도 이 시간에 준비해 놓아야 했다. 옥수수와 감자 등 밭에서 나는 군것질거리는 좌판(坐板)을 늘어놓고 자기가 재배한 밭작물을 가져와 파는 인근 도시 노천(露天)시장에서 사 오기도 하고 얻어 오기도 했다.

아이들을 깨워야 했다. 여섯 살 먹은 큰아이를 깨우면 큰아이는 두 동생을 깨워 이부자리를 개고 마당으로 데리고 나가 세수를 시키고 방으로 데리고 들어왔다. 한창 엄마의 치맛자락을 붙잡고 응석을 부릴 어린 나이였음에도, 큰아이는 벌써 철이 들어 엄마의 한쪽 손을 덜어주고 있었다.

　방 한가운데는 네 식구가 먹을 밥상이 차려져 있었다. 하얀 김이 모락모락 피어오르는 보리 섞인 밥과 반찬 세 가지, 보리 순을 넣고 끓인 된장국이 아이들을 기다리고 있었다. 뜻밖에도 사는 형편에 어울릴 것 같지 않은 생선구이가 밥상 위에 올려져 있었다.

　그날뿐만 아니라 생선은 자주 그 얼굴을 내보였고, 아이들은 생선구이에 자주 젓가락을 갖다 대며 맛있게 밥공기를 비웠다. 그 모습을 바라보는 그녀의 얼굴에는 미소가 번지고 아이들을 두고 노천시장에 가는 걸음이 무겁지 않겠다 싶어, 안도하는 표정으로 바뀌었다. 좌판에서 밭작물을 파는 그녀가 생선을 사서 가져올 리는 없다. 바닷가 마을인 그 동네 이웃들이 그녀 가족을 가엾게 여겨 누가 말하지 않았음에도, 자기들이 바다에서 잡은 생선을 한두 마리씩 가져다주어서, 생선 반찬이 끊이지 않는 것이다.

　아이들과 함께 아침밥을 먹은 그녀는 서둘러 밤새 다듬어 놓은 밭작물이 담긴 광주리를 머리에 이고, 양손에 들고 집을 나섰다. 여느 때처럼 큰아이에게 동생들 점심 챙겨주는 일이며, 군것질거리 주는 시간 등을 간단히 일러주고 차마 떨어지지 않는 걸음을 재촉하여 저잣거리로 나가는 마을 뒤편 언덕길을 올라갔다.

　그 마을은 언덕길 좌우편으로 나지막한 산이 병풍처럼 둘러쳐져 있었고, 앞으로는 넓은 바다가 펼쳐져 있어, 배산임수(背山臨水)의 지리적 조건을 갖춘 어촌(漁村)이었다. 아이들은 사립문 앞에 나와 엄마에게 손을 흔들며, 엄마가 보이지 않을 때까지 엄마를 배웅하고 있었다. 이제는 엄마와 헤어지는 일에 익숙해진 듯 막내도 제법 표정을 일그러뜨리지 않고 멀어져가는 엄마를 바라보고 있었다.

일 년 전 이맘때였다. 아직 동이 트기 전의 어두컴컴한 새벽, 고깃배가 닻줄을 풀고 포구(浦口)를 서서히 빠져나가는 광경을 그녀는 집 뒤편 언덕바지에 서서 바라보고 있었다. 언제나 그랬듯이 그날도 두 손을 마주 모으고 고깃배가 무사히 돌아오기만을 간절한 마음으로 빌고 또 빌면서, 그녀는 보이지 않는 남편을 배웅하고 있었다.

그날따라 물결은 마치 정지해 버린 듯 잔잔하여 바다에서는 아무 소리도 들리지 않았다. 작은 고깃배는 조타실에서 비추는 불빛으로 어렴풋이 그 윤곽을 보여주고 있었는데, 시간이 지날수록 그 윤곽조차 작아지더니 이내 시야에서 사라졌다.

그녀는 언덕길을 스무 걸음쯤 걸어 내려와 집 마당으로 들어서더니 싸리나무 울타리 안에 가지런히 놓인 장독대 앞으로 다가갔다. 맨 앞 장독 위에는 물이 담긴 하얀 사기대접이 놓여있었다. 그녀는 그 앞에 서서 두 손바닥을 마주 비비며 보이지 않는 신령님께 남편이 무사히 돌아오게 해달라고 머리를 숙여가며 빌고 또 빌었다. 기도하는 시간은 삼십여 분, 언덕바지에서 고깃배가 출항하는 모습을 바라보며 빌던 시간도 그만큼 되었으니, 한 시간 가까이 그렇게 빌어야만 비로소 헝클어진 마음이 실타래 감기듯 차분해지곤 했다.

그녀의 이름은 전복녀(全福女), 나이는 스물여섯, 남편에게 시집오기 전까지 경상도 내륙 깊숙한 벽지(僻地) 시골 마을에서 살았다. 그때까지 바다라고는 구경조차도 하지 못했지만, 복녀는 초등학교에 입학하기 전부터 바다를 잘 알고 있었다. 책을 통해서였다.

다섯 살이 되었을 때 부모님은 딸에게 한글을 가르쳐 주었는데, 깨우치는 속도가 빠르고 글 읽기를 좋아하는 딸을 보고 아버지는 저잣거리에 나가는 때면 꼭 한 권의 책을 사 왔다. 그래서 초등학교에 입학할 나이가 되기도 전에 복녀는 이미 초등학생이 읽는 책 대부분을 읽어 버렸다.

학교 갈 나이가 되었지만, 초등학교 분교가 있는 산 밑 동네까지는 너무 멀어서 딸을 학교에 보내지 못하고 있던 아버지는 이 년 늦게서야 딸을 초등학교에 입학시켰다. 초등학교는 딸이 걸어서 한 시간이나 가야 하는 거리였다. 어른 걸음으로도 오십여 분 가까이 되는 거리였으니, 얼마나 먼 거리였는지 짐작이 간다. 게다가 사람의 인기척조차도 드문 불과 몇 가구만 사는 벽지(僻地) 시골 마을이었으니, 어린 딸을 학교에 입학시키지 못한 부모의 심경이 이해가 간다.

초등학교 삼 학년 때까지는 아버지가 새벽 일찍 집을 나서 딸과 함께 시골길을 걸어 학교에 데려다주고, 학교가 파할 시각이면 그 먼 길을 다시 걸어 딸을 데리러 왔다. 초등학교 고학년이 되자, 딸을 데려다주고 데려오는 거리는 그 절반으로 줄었다. 딸이 저 혼자서도 학교에 갈 수가 있다고 아버지를 조르는 바람에 반승낙(半承諾)을 하긴 했지만, 아버지는 불안하여 어느 정도 마음이 놓이는 곳까지 딸을 데려다주고 데려오곤 했다.

복녀는 어릴 적부터 꽃을 좋아했다. 집 마당 한쪽 화단에 피어 있는 꽃을 보는 거를 좋아하는 모습을 본 부모님은 화단을 더 넓히고 예쁘게 피는 꽃씨를 구해와서 심었다. 꽃을 보면서 꽃을 닮게 되었는지, 복녀는 자랄수록 그 자태가 남달랐다. 꽃처럼 예뻤다. 부모님과는 달리 키가 컸고, 용모도 빼어나 저잣거리에서는 좀체 보기 드문 미색(美色)을 갖추어 갔다. 시골 처녀로 자라기엔 너무 아깝다며, 보는 이들이 시선을 거두지 못했다. 거기다 총명하기까지 했다. 또래보다 이 년 늦게 학교에 들어갔기에 더 빨리 수업 진도를 따라간 것만은 아니었다. 하나를 배우면 서너 가지를 스스로 깨달아 알 만큼 학습 능력이 뛰어나 가르치는 선생님을 놀라게 했다.

그랬음에도 복녀는 중학교에 진학하지 못했다. 비닐하우스를 치고 특용작물 재배로 생계를 영위하는 부모님에게는 딸을 도회지로 보내 중학교에 다니게 할 수 있는 경제력이 없었다. 고르지 않은 날씨 탓에 특용작물 농사는 수확하지 못하는 해가 더 많았고, 그래서 딸을 읍 소재지에서 학교에 다니게 할 수가 없었다. 그 대신 아버지는 중학교에서 배우는 책을 사다가 딸에게 주었다.

전기도 들어오지 않는 시골 초가집에서 복녀는 호롱불에 불 밝히며 책을 읽었고, 스스로 중학 과정을 익혀 나갔다. 그랬음에도 복녀는 얼굴에 늘 웃음꽃을 피웠고, 배우는 즐거움을 놓치지 않으려고 밤늦게까지 책상 앞에 앉아있었다.

세 식구가 굶지 않고 살아가려면 자급자족하는 방법을 찾아야 했다. 산비탈을 일구어 밭을 만들고 흙에서 자랄 수 있는 작물의 씨앗을 골고루 심어 그 수확으로 식생활을 해결했다. 쌀이나 보리 등 주식(主食) 외에 잡곡인 콩과 팥, 밭작물인 옥수수와 고구마, 감자 등이었다.

땔감은 쓰러져 누운 고목(古木)과 낙엽을 모아다가 썼고, 물은 골짜기에서 흘러내리는 것을 받아다가 썼다. 집 주위에는 굵은 나무로 겹겹이 울타리를 만들어 산짐승들이 들어오는 것을 막았다. 단백질 섭취를 위해 집에서 기르는 닭과 토끼를 안전하게 보호해야 했다.

어쩐 일인지 복녀에게는 다른 형제가 없었다. 복녀의 어머니가 아기를 갖지 못하는 불임(不姙)이었기 때문이다. 내륙 깊숙한 곳에 있는 시골 마을, 햇볕이 잘 드는 시골 마을은 평화로웠고, 마을 뒤편으로는 산이 이어지고 있었다. 사시사철 바뀌는 산의 색깔, 우거진 나무와 우짖으며 날아다니는 새, 이름 모를 꽃은 복녀가 살아가는 작은 세상이었다.

비록 함께하는 제 또래 동무는 없었지만, 그 세상에서 복녀는 외롭지 않았다. 때 묻지 아니한 자연은 복녀에게 순수함이 얼마나 아름다운지를 가르쳐 주었고, 나무와 꽃, 산골짜기를 흘러 내려가는 맑은 물소리는 언제나 다정한 친구가 되어주었다. 오고 가는 말은 없어도 감성(感性)은 끊임없이 자연을 향해 묻고, 자연은 늘 변하는 모습으로 답해주었다. 그 답은 복녀의 정신세계를 풍요롭게 했고, 그렇게 깨우친 자연의 이치는 자신도 모르게 그 삶의 얼개를 튼튼하게 세워 나갔다.

복녀가 외부 세계와 교류할 수 있는 유일한 통로는 라디오였다. 전기가 들어오지 않는 깊은 시골 마을이었으므로, 아버지는 어른 주먹 크기의 건전지를 연결하여 들을 수 있는 트랜지스터 라디오를 딸에게 사주었다.

라디오는 주로 저녁 식사 시간에 부모님과 함께 들었다. 라디오를 통해 세상 소식을 전해 듣고, 부모님이 잠드시면 자기 방에서 혼자서만 들을 수 있을 만큼 볼륨을 낮추고 음악방송을 들었다. 공부는 틈틈이 했다. 부모님을 도와 물을 길어 오거나 땔감 나무를 긁어모아 지게에 지고 오는 일, 밭을 가꾸는 일을 하고 나서, 그날 계획한 공부를 꾸준히 해나갔다.

어렸을 때는 몰랐지만, 초등학교를 마치고 집에 있게 되면서, 복녀는 부모님이 왜 사람들이 많이 모여 사는 도회지로 나가지 않고, 외진 시골 마을에서 살아가시는지를 어렴풋이 알게 된다. 부모님은 도회지에서 식당을 하시다가 얼마 되지 않는 재산을 까먹고, 농사를 지어 생계를 잇고자 거의 빈손으로 시골로 내려오셨다. 아울러 열다섯 살이 된 자기 나이와 육십 대에 접어든 부모님의 나이가 너무 많은 차이가 난다고 이따금 고개를 갸웃거리곤, 부모님이 자기를 낳은 친부모님이 맞는지 의문을 가진다.

복녀의 친할아버지와 외할아버지는 두 분 모두 한양 도성의 명망 있는 집안의 자제였다. 두 분 모두 동경 유학을 하면서, 신문물을 접하고 이 나라의 낙후된 시대상(時代相)을 바꾸고자 고민하는 열정을 갖게 된다. 그 열정은 모두가 공평한 세상을 살아가야 한다는 새로운 사회주의 사상을 받아들이게 되고, 좌우 이념이 극심하게 대립하던 해방 전, 후의 혼란기에 자진해서 북쪽으로 가게 된다.

곧 한국 전쟁이 일어나고 두 분은 막중한 임무를 지닌 중간 지도자로 정규군에 소속되어 참전하게 된다. 한창 치열한 전투가 이어지던 일 년 뒤, 그 능력을 높이 산 지휘부에서는 그들을 비정규

군인 파르티잔Partisan 부대로 배치하여 특수 임무를 부여한다.

특수 임무란 전투가 있지 아니한 곳에서 통신, 교통 시설을 파괴하거나 무기 등을 탈취하여 상대 부대의 전투력에 손상을 가하는 게릴라전을 일컫는다. 그 임무를 수행하려면 잦은 노출을 피해야 했으므로, 그 부대원은 모두 산(山) 사람이 된다.

전세가 불리해지고 차츰 쫓기는 상황이 되었음에도, 그들은 북쪽에서 반드시 자기들을 구하러 올 거라는 믿음을 가지고 계속 산에서 저항한다. 그들의 아지트는 충청도 깊은 산골, 부대원들은 삼십여 명, 그중 동경에서 공부하면서 사회주의 사상을 받아들인 여성이 셋 있었다. 이들 여성 중 한 사람과 사랑을 하게 된 친할아버지와 그녀 사이에 아들이 태어나고, 역시 또 한 사람의 여성과 사랑을 하게 된 외할아버지와 그녀 사이에 딸이 태어난다.

휴전협정이 체결되기 불과 한 달 보름 전, 자신들은 구조받을 가망이 없음을 안 산 사람들은 투항하는 것보다는 북쪽으로 올라갈 것을 결의하고 태백산맥을 따라 주로 밤에 이동한다. 어느 날 이들의 움직임을 포착한 군경(軍警) 합동 수색대는 이들의 은신처로 추정되는 산봉우리를 포위하고 대대적인 토벌 작전을 벌인다.

아직 동이 트기 전의 어둠이 가시지 않은 새벽이었다. 태어난 아이들이 두 살 되던 때였다. 백여 명의 토벌대가 산(山) 사람들이 숨어있는 울창한 삼림(森林) 위로 올라오는 것을 본 두 분 할아버지는 아이들만은 살리기 위해 아직 잠자고 있는 아이들을 담요에 싸서 산 중턱에 있는 토굴(土窟)로 향한다.

어차피 함께 있으면 죽을 목숨이므로, 천지신명(天地神明)께 아이들의 생명을 맡기겠다면서 눈물로 기도한 후 토굴 깊숙한 곳에 아이들을 눕히고 주위에 쓰러져 있는 고목(古木)으로 토굴 앞을 가리고 올라온다.

　산 사람들은 사상적으로 철저히 훈련된 이들이었다. 산 아래쪽에서 투항하면 목숨은 살려주겠다는 확성기 소리가 울려오고 있었음에도 누구 한 사람 내려가겠다는 뜻을 보이지 않는다. 붙잡혀 구차하게 목숨을 구걸하느니 끝까지 항전하면서 한반도 적화통일의 지렛대가 되겠다면서 결의를 다진다.

　그들은 자신을 위하여 총알 하나를 따로 남겨두었다. 항전하기로 결의하였을 때, 가지고 있는 탄약이 다 떨어지면 스스로 목숨을 끊기로 한 약속을 지키기 위해서였다.

　아침 해가 동쪽에서 떠오르려고 붉은빛을 토해내기 직전, 어둠이 엷어질 즈음 시작된 토벌 작전은 치열한 총격전이 오가기를 세 시간여, 아침 여덟 시쯤에야 총성이 멎었다. 토벌대가 산마루를 수색하며 올라가 보니, 아군의 총격을 받고 쓰러진 산(山) 사람이 대부분이었으나, 일곱 명은 북쪽을 향하여 무릎 꿇은 자세로 엎어져 있었다. 왼손은 총대를 잡고, 오른손 검지는 방아쇠에 걸쳐있는 것으로 보아 스스로 자결한 것이었다.

　살아있는 사람은 단 한 명도 없었다. 산을 둥글게 포위하고 겹겹이 에워싸면서 좁혀 갔으므로, 단 한 사람도 빠져나간 사람은 없었다. 산 사람들은 그렇게 자신들이 확신한 이념(理念)의 푯대 아래 자신들의 삶을 묻었다. 토벌대의 총에 맞아 죽거나 스스로 자결함으로써, 이데올로기의 탑 아래 제물이 되어 스러져 갔다.

　총소리가 멎고 토벌대가 아침 식사를 하고 있을 때, 인근 마을에 산다는 촌장(村長)이라는 사람이 토벌대장을 찾아왔다. 산에 널려있는 시신(屍身)을 마을 사람들이 거두어야 이 산 아래에서 마음 편히 살아갈 수 있겠으니, 마을 사람들에게 시신 거두는 일을 맡겨달라고 제의한다.

시신은 오늘 중으로 거두어야 했다. 밤이 되면 짐승들이 피 냄새를 맡고 달려올 것이므로, 식사가 끝나면 시신을 모두 끌어내려 트럭에 싣고 미리 정해둔 장소로 이동할 계획이었다. 촌장과 같이 온 마을 사람들을 보니 순박한 양민(良民)이었고, 촌장의 말도 충분히 일리가 있다고 판단한 토벌대장은 그 제안을 앞에 놓고 생각을 거듭한다.

양민들 스스로 시신을 거두어 준다면, 토벌대는 그만큼 시간과 체력을 아낄 수 있으므로, 다음 작전 수행에도 크게 도움이 될 거로 생각한다. 때는 더위가 시작되는 유월, 시신을 모으는 작업은 한시라도 빨리 해야 할 시급한 일이었다. 토벌대장은 촌장의 신분을 확인하고 시신의 숫자를 알려준 다음 식사가 끝나자 곧바로 그곳을 철수한다.

오후가 되면 기온이 치솟아 날씨가 더워지고, 또 내일이라도 갑자기 날씨가 변하여 비가 올지도 모르므로, 촌장은 오늘 중으로 매장 작업을 끝내고 싶었다. 마을 사람들은 촌장의 지시를 받고 이른 아침을 먹고 나서 산 아랫녘에 대기하고 있었다. 토벌대가 탄 트럭들이 출발하기 시작하자 마을 사람들은 치열하게 총격전이 벌어진 산으로 서둘러 올라갔다.

산을 빙 둘러 오르면서 시신을 발견하면 지게에 한 사람씩 올려서 묶고 산 아랫자락으로 옮기는 작업을 말없이 해나간다. 마치 이 깊은 산골 마을에 살고 있으므로, 이름도 없이 죽어간 이들의 시신(屍身)을 거두는 것은 당연한 일이기라도 한 것처럼, 저마다 빨갛게 충혈된 눈에 눈물을 글썽거리며 산을 오르내렸다. 주검 앞에서는 무찔러야 할 적도, 외면해야 할 이방인도 없었다. 자연에 순응하고 살아온 순박한 마을 사람들에게 싸늘한 주검들은 제 삶을 살지 못하고 일찍 떠난 가엾은 한 인간의 모습일 뿐, 적대감은 사라지고 불쌍한 인간의 모습으로만 다가왔다.

토벌대가 아이들이 숨어있는 토굴 앞을 지나쳐 올라갈 때는 한창 총격전이 치열하던 때였으므로, 그곳을 유심히 살필 겨를이 없었다. 총성이 멎은 지점은 토굴을 한참 지나 산봉우리를 얼마 남겨두지 않은 곳이었다.

토벌대는 총격전이 끝난 후에도 곳곳에 쓰러져 있는 시신을 확인하느라 그곳을 유심히 살피지 않았고, 그래서 아이들은 발견되지 않았다. 천지신명(天地神明)이 아이들을 지켜준 것이었다.

마을 사람들이 거둔 시신은 모두 서른세 사람이었다. 토벌대장이 알려준 시신의 숫자와 일치했다. 그날은 구름 한 점 없이 맑은 날이어서 마을 사람들은 이마에 구슬땀을 흘리며, 그 작업을 계속한다. 토벌대가 철수하자마자 마을 사람들이 모두 나서서 작업을 했음에도, 산비탈을 오르내리는 일이 쉬운 일은 아니어서, 시신을 한 군데 모으는 작업은 정오가 되어서야 겨우 끝났다.

해가 긴 유월이지만, 산에서는 평지보다 어둠이 일찍 깃들 것이므로, 그전에 매장 작업을 끝내야 했다. 마을 촌장은 유교의 예법을 아는 신중한 사람이었다. 그들의 넋을 위로하려면 한 사람씩 예의를 갖추어 가지런히 묻어주어야 한다고 생각했다. 그렇게 해야만 마을 사람들이 토벌 작전이 있었던 산을 올라가 마음 편히 마을로 들어갈 수 있으리라 생각했다.

마을에서도 이 산을 바라보며 평안한 일상의 삶을 살아갈 것 같았다. 마을 아낙네들이 날라 온 점심을 먹으면서, 촌장은 마을 어른들과 의논하고 매장 방법에 관해 그렇게 의견을 모았다.

밥을 먹다가 촌장은 머리를 스쳐 가는 한 가지 생각을 그냥 떨쳐내지 못하고 붙들게 된다. 혹시 총상을 입고 어딘가 보이지 않는 곳에 숨어있는 사람이 있지나 않을까 하는 생각이었다. 만약 그런 사람이 있다면, 토벌대의 수색을 따돌리고 삼림(森林) 깊숙한 잘 보이지 않는 곳에 피신해 있을지도 몰랐다. 죽어간 산 사람들의 결의와는 전혀 동떨어진 생각이지만, 그들의 결의를 알지 못하는 촌장이 할 수 있는 생각이었다. 촌장은 나중에 후회가 남는 일은 없어야 한다고 생각했다.

서둘러 밥을 먹고 나자, 평소 마을 일에 관하여 속엣말을 주고받으며 의논을 해왔던 김 노인을 불러 자기 생각을 전한다. 촌장과 김 노인은 육십 대 중반의 마을 어른으로 지금 시대라면 노인 축에도 끼지 못했겠지만, 그 시절은 평균 수명이 길지 않은 때라 노인 대접을 받았다. 김 노인은 촌장의 말을 듣고서 고개를 끄덕이며 산의 능선 언저리를 한 번 더 돌아보자고 하고는 먼저 자리에서 일어났다.

그들보다 나이가 아래인 마을 장정들은 촌장이 자리 잡아준 산자락의 비스듬한 비탈에서 시신을 묻을 구덩이를 파는 작업을 시작하고 있었다. 촌장은 맨 앞줄에 아홉 구덩이를, 그 뒤로 세 줄로 여덟 구덩이를 파도록 지시했다. 네 줄로 묘역(墓域)을 조성해야 보기에 낫다고 생각한 거다.

그 산은 높이 삼백여 미터의 그다지 높은 산은 아니었지만, 수풀이 울창하여 사람이 숨을 만한 곳을 찾기가 쉽지 않았다. 두 사람은 헤치고 들어가기가 힘든 빽빽한 숲 앞에 이를 때마다 산 아랫마을 사람임을 큰 소리로 외쳐 알리고, 사람이 있으면 안심하고 나오라고 소리쳤다. 그렇게 소리치면서 산 중턱을 돌고 있는데, 어디선가 산짐승 소리 같기도 하고, 사람 소리 같기도 한 희미하고도 가냘픈 소리가 들렸다.

박 촌장과 김 노인은 본능적으로 쓰러진 고목에서 나뭇가지를 하나씩 꺾어 들고 혹시 짐승이 뛰쳐나올 경우를 대비하여 잔뜩 긴장하고 조심스레 소리 나는 데로 다가갔다. 소리 나는 곳은 커다란 바위 옆이었다.

귀 기울여 듣자니 어린아이가 우는 소리였다. 언뜻 보면 메말라 죽은 나무가 쓰러져 있는 듯이 보이는 곳인데, 어린아이는 보이지 않고 소리만 들리는 것이었다. 촌장이 앞을 가리고 있는 제법 묵직한 고목을 들어서 한쪽으로 치우고 보니 그곳은 토굴이었다. 사람 두어 명이 들어가 앉을 수 있는 저 안쪽에 어린아이 둘이 앉아서 울고 있었다.

산 아랫마을 아이들과는 전혀 딴판인 꾀죄죄한 옷차림새며, 해진 담요로 보건대 산 사람들과 함께 있던 아이들이 틀림없어 보였다. 토벌 작전이 시작되자, 그 부모들이 서둘러 아이들을 이곳에 숨긴 것이 분명했다. 박 촌장과 김 노인은 아이들을 담요에 싸서 안았다. 가슴속으로 애잔한 슬픔이 밀려오고 있었다. 이 아이들의 부모는 자신들이 이곳에서 죽을 것임을 예견하고, 아이들만은 어떻게든 살려보려고 이곳에다 숨긴 거구나 생각하니, 가슴이 먹먹해졌다.

토벌대가 찾지 못한 아이들을 우리가 찾은 것은, 이 아이들을 우리에게 맡기고자 한 산신령(山神靈)님의 뜻이라고 생각했다. 이 아이들만은 어떻게든 보호해야 했다. 동족 간에 남북으로 갈리어 전쟁을 치렀지만, 이 어린 생명들까지 사상(思想)을 앞세운 전쟁의 제물이 되어서는 안 된다고 촌장은 생각했다.

"김 노인! 이 아이들을 어떻게든 살려야 하지 않겠는가? 이 산에서 죽어간 저들도 이 아이들이 살아있는 모습을 본다면 그 넋이 위로받을 걸세."

김 노인의 품에 안겨있던 여자아이는 그사이 울음을 멈추고 김 노인을 빤히 올려다보고 있었다.

"나도 그렇게 생각하고 있었네. 이 어린것이, 잘 먹지도 못하고 산에서 살았을 것을 생각하니 가슴이 미어지네. 빨리 밥부터 먹이고 그다음 일을 생각해 봐야겠네."

박 촌장의 품에 안겨있던 사내아이는 배가 고픈지 칭얼대고 있었다. 김 노인이 아이들에게 빨리 밥을 먹여야겠다고 하는 말을 듣고, 박 촌장은 정신이 퍼뜩 들었는지 하던 생각을 멈추고 거의 뛰다시피 산 아래로 내려간다. 삽과 곡괭이로 작업을 하는 곳 옆 공터에서 아낙네들이 식기와 반찬 그릇들을 보자기에 싸고 있었다. 촌장은 달려가면서 큰 소리로 아낙네들을 불러 세웠다. 마을 사람들은 촌장과 김 노인이 가슴에 무언가를 보듬고 산에서 뛰어

내려오는 것을 보고, 모두 하던 일을 멈추고 두 사람을 기다렸다.

"밥! 밥! 남은 밥이 있으면 빨리 이 아이들에게 먹여야 해요! 보자기를 풀어봐요!"

숨넘어가는 목소리로 박 촌장이 다급하게 외치자, 아낙네들은 머리에 이고 있거나, 들고 있던 보자기를 땅에 내려놓고 서둘러 보자기를 풀었다. 남자들은 촌장과 김 노인이 품에 안고 있는 어린아이들을 보았다. 모두 말없이 침묵하고 있었지만, 남자들은 저마다 이 아이들이 산(山) 사람들의 아이들임을 금방 알아차렸고, 저마다 안타까운 표정을 그 얼굴에 떠올린다.

산을 오르내리느라 기력을 많이 소모했을 남자들이 충분하게 점심을 먹을 수 있도록 넉넉하게 음식을 준비해 왔음에도, 밥은 거의 남아있지 않았다. 오후에도 땅을 파야 하는 남자들은 기력을 보충하려고 밥을 넉넉하게 챙겨 먹었고, 남자들이 식사를 마치자, 아낙네들도 그곳에서 늦은 점심을 먹은 것이다.

아낙네들은 밥을 담아온 큰 광주리를 들어내어 들어붙은 밥알들을 바삐 긁어내어 모았다. 딱딱 긁어서 한 곳에 담으니 밥공기 하나 정도가 겨우 모아졌다. 부지런한 아낙네 한 사람이 그 밥을 반으로 나누어 두 공기를 만들고, 남은 반찬을 아이들이 먹기 좋도록 잘게 찢어서 접시에 담아 내놓자, 촌장과 김 노인은 안고 있던 아이들을 그 앞에 앉혔다.

두 아이는 이제 만 두 살, 아이들은 수저를 잡을 줄 알았다. 얼마나 배가 고팠을까, 아침과 낮 두 끼를 굶었을 아이들은 수저를 잡자마자 허겁지겁 밥과 반찬을 입으로 가져갔다.

남자들은 다시 하던 작업을 계속했다. 오늘 해 지기 전에 시신들을 모두 묻어야 했다. 박 촌장은 퍼뜩 이 아이들의 부모를 찾아 주어야겠다는 생각이 떠올랐다. 이 아이들이 자기 부모의 묘지를 기억하고, 철이 들면 산소에 찾아와 성묘할 수 있도록 도와주는 것이, 자기가 할 노릇이라고 생각했다.

　밥공기를 깨끗이 비우고 조금은 허기를 면한 듯이 보이는 아이들을 일으켜 세워 촌장은 시신이 누워있는 곳으로, 데리고 간다. 시신을 새 옷으로 갈아입힐 수는 없었지만, 대여섯 명의 마을 사람들은 집에서 가져온 천 조각을 골짜기에서 떠온 양동이 물에 적셔서 시신의 얼굴과 손발, 피에 젖어있는 옷을 깨끗이 닦아냈었다. 촌장은 아이들에게 아빠와 엄마를 찾아보라고 말해주곤 아이들의 손을 잡고 누워있는 시신 앞으로 데리고 갔다.

　청명한 햇살 아래 누워있는 시신들은 대부분 평온해 보였다. 자신들의 죽음을 일찍이 예감하고, 그 어떠한 갈등의 씨앗도 불러오지 않은 채 신념에 따라 명예로운 죽음을 택한 그들이었다. 그랬을 것이다. 삶의 모습은 남루했지만, 그 삶의 정신만은 경건했다. 그러한 정신이 죽은 자의 얼굴에 나타나 있어, 그 표정은 엄숙하기조차 했다.

　여자 시신 세 사람은 세 줄로 눕힌 시신 맨 앞에 따로 눕혀 놓았다. 그 앞에서 두리번거리던 사내아이가 "엄마!" 하고 울부짖으며, 맨 왼쪽 시신 위로 엎어졌다. 뒤따라온 여자아이도 "으앙!" 하고 울음을 터뜨리더니 사내아이가 엎어져 울부짖는 시신 한 사람 건너 시신 앞으로 달려가 그 얼굴을 시신의 얼굴에 비비며 울었다. 아이들은 제 엄마를 금방 찾은 것이다. 그 모습은 작업하던 남자들의 동작을 멈추게 하였고, 순박한 그들의 눈에서는 금세 눈물 방울이 흘러내렸다.

박 촌장은 입을 꾹 다물고 두 주먹을 합친 크기의 돌 두 개를 집어 와서, 네모진 돌은 사내아이가 울고 있는 시신의 머리맡에, 둥그런 돌은 여자아이가 울고 있는 시신의 머리맡에 갖다 두었다. 아이들의 엄마를 각기 구분하기 위해서였다. 박 촌장은 울고 있는 사내아이를 보듬어 안았다.

"아빠 찾으러 가자."

박 촌장은 아이가 시신의 얼굴을 바라볼 수 있도록 돌려서 껴안고 시신들이 누워있는 머리 쪽에서 한 걸음씩 천천히 발을 떼며 아이가 시신의 얼굴을 볼 수 있게 했다. 그 모습을 보고 김 노인도 여자아이가 시신을 볼 수 있도록 보듬고 촌장의 뒤를 따라갔다.

사내아이는 두 번째 줄 중간쯤에서, 여자아이는 세 번째 줄 중간쯤에서 자기 아빠를 찾는다. 아빠를 부르며 우는 아이들을 시신 앞에 내려놓고 촌장과 김 노인은 각기 네모진 돌과 둥그런 돌을 집어다가 시신의 머리맡에 놓아두었다. 구덩이를 파는 작업이 끝나면 아이들을 위해서 아이들의 부모는 맨 앞에 나란히 묻을 생각이었다.

시신을 묻을 서른세 개의 구덩이를 파는 작업이 거의 끝나가고 있었다. 혹시라도 피 냄새를 맡은 산 짐승들이 내려와 무덤을 파헤치지 못하도록 마을 사람들은 될 수 있는 한 깊이 구덩이를 팠다. 해가 완전히 기울기 전에 시신을 매장해야 했으므로, 그들은 잠시도 쉬지 않고 열심히 작업을 했다. 누가 말하지는 않았지만, 그들은 산세(山勢)가 좋다고 알려진, 이 산에서 죽어간 산(山) 사람들을 정성껏 매장해 주는 것이, 산 아래에서 살아갈 자기들의 도리라고 생각하고 있었다.

또한 산을 볼 때마다 마음에 거리낌이 없어야 할 자기들을 위해서도, 자라고 있는 아이들을 위해서도, 앞으로 이 마을에서 태어날 아이들을 위해서도 그렇게 해야 한다고 생각했다.

햇볕의 색깔이 옅어지고 있었다. 햇볕이 쏟아져 초록빛 에너지가 넘실거리던 산의 빛깔이 차츰 가라앉고 있었다. 죽은 사람들을 예우하려면 시신을 담을 관(棺)을 준비해야 마땅하지만, 이 산골 마을에서 관을 준비하는 일은 마음만 앞서갈 뿐, 우선 해 지기 전에 시신을 매장하는 일이 더 급했다.

촌장은 파놓은 구덩이의 맨 앞줄 왼쪽 끝에 사내아이의 아빠와 엄마를 순서대로 묻도록 지시하고, 오른쪽 끝에는 여자아이의 엄마와 아빠를 순서대로 묻도록 마을 사람들에게 지시했다. 산 위쪽에서 보면 오른쪽이 윗자리일 것이므로, 사내아이의 부모 순서가 먼저임을 알게 하려고 그랬다. 그렇게 위치를 잡아주면 아이들이 컸을 때 자기 부모의 묘를 쉽게 찾을 수 있을 거로 생각했다.

유월의 낮은 길었다. 그러했음에도 땀을 뻘뻘 흘리며 서른세 사람의 시신을 모두 묻었을 때는 땅거미가 짙게 깔리는 저녁 여덟 시쯤이었다. 마을 사람들은 작업 도구를 내려놓고 갑자기 공동묘지가 된 그곳을 숙연한 표정으로 바라보며 두 줄로 섰다. 죽은 사람들에게 절을 하기 위해서였다. 그곳엔 우리의 적(敵)도, 날카롭게 대립하는 이념도 없었다. 산 자가 죽은 자에게 바치는 순수한 애도(哀悼)의 마음만이 그곳을 가득 덮고 있었다.

마을 사람들은 산에서 내려와 각기 자기 집에 가서 땀에 젖은 몸을 씻고 밤 아홉 시가 넘어서야 늦은 저녁을 먹었다. 산에서 찾은 아이들은 박 촌장과 김 노인이 한 아이씩을 맡아 집으로 데려갔다. 자기 부모가 더는 함께할 수 없다는 사실을 안 어린아이들은 내내 훌쩍이다가 안댁들이 몸을 씻기고 아들 집에서 가져온 어린아이 옷을 갈아입혀 먼저 밥을 먹이자, 곧 잠이 들었다.

박 촌장에겐 결혼한 두 아들이 따로 살고 있었다. 큰아들은 아이가 셋, 둘째 아들은 둘이었다. 그날 밤 박 촌장은 깊이 잠들어 있는 사내아이의 얼굴을 내려다보며 곰곰 생각에 잠긴다. 반나절도 못 되어 부모를 한꺼번에 잃어버려 고아가 된 두 아이를 거두어 주어야 한다는 생각이 촌장의 머릿속에 차츰 확고하게 자리 잡아간다.

산(山) 사람의 아이라는 출생 신분을 가지고서는 이 마을을 벗어나, 이 나라 어느 곳에서도 환영받지 못할 것임은 분명했다. 두 아이를 잘 거두어 주는 일은 산(山) 사람들에 대한 도리라고 생각했다. 우리 마을이 복 받는 일이라고 생각했다.

그 마을은 모두 스물일곱 가구가 살고 있었다. 산골짜기 깊숙이, 큰 바위 뒤에 마을이 숨다시피 자리하고 있어서 전쟁의 총성은 이곳을 비껴갔고, 마을 사람들은 대부분 그 생활 터전을 지키고 있었다. 특별한 산물(產物)도 나오지 않는 그 깊은 산골에 조상 대대로 그 터를 지키며 살아온 이유는 딱히 찾기가 어렵다.

아마도 그들의 조상은 산세가 좋은 데다 깊은 골짜기에서 사시사철 물이 마르지 않고 흘러내리고 있는 이곳이 생활 터전으로 손꼽을 만한 곳이라고, 여겼을 법하다. 또 귀(貴)하다는 송로버섯을 채취할 수 있을 뿐만 아니라, 토양이 기름져서 무엇이든 밭작물 씨앗을 심으면 풍성한 결실을 보게 했다. 마을 사람들은 산속에서 숯을 구워 그곳에서 한참 떨어진 읍 소재지에 장이 서는 날이면, 채취한 버섯과 밭작물 등과 함께 내다 팔아 식량과 일용품을 사오곤 했다. 그렇게 그들은 욕심내지 않고 살아갔다.

아이들을 가르치는 일은 독학(獨學)으로 한문과 한글을 공부한 몇몇 부지런한 마을 어른들이 맡았다. 대처(大處)를 동경한 사내아이들은 머리통이 커져서 더러 밖으로 나갔지만, 얼마 지나지 아니하여 바깥세상에 염증을 느끼고 되돌아왔다. 아마도 마르지 않는 깨끗한 산골짜기 물처럼 어려서부터 탐욕을 모르고 상부상조하며 살아온 그곳 사람들의 순수한 인간성은 온갖 복잡함이 뒤섞인 바깥세상에 도저히 적응할 수 없었던 모양이다.

문명의 혜택을 거부하고 옛날의 생활 방식을 그대로 좇아 살고 있는 미국의 어느 종교 신봉자들처럼 그들도 자신들의 생활 방식에 더할 나위 없이 행복해했던 모양이다. 그날 힘들게 작업을 하면서도 누구 한 사람 힘들다는 표정을 짓지 아니한 것은 선(善)한 사고방식이 굳건한 기둥이 되어 그들의 삶을 견고하게 지탱하고 있기 때문일 것이다. 그러한 삶이 모여 사는 그 마을에서는 혼례도 자연히 그 마을 총각과 처녀들 간에 이루어졌다.

촌장의 이름은 박형수 예순다섯, 김 노인의 이름은 김영달 예순넷, 이 마을에서 태어나고 자랐다. 그들이 태어났을 때 이 마을에는 열 가구 남짓 서로 어깨동무하며 마을을 이루고 살았다.

어른과 아이 합쳐 삼십여 명이 살았으나, 아이들이 자라 결혼하고 아이를 낳고, 또 그 아이들이 자라 결혼하고 아이를 낳고 하다 보니, 지금처럼 많은 가구가 모여 사는 마을이 되었다.

박 촌장과 김 노인의 부모도 이 마을을 떠난 일이 없었지만, 그들 역시 마찬가지였다. 잠시 이 마을을 벗어나 있을 때면, 맑고 깨끗한 물에서 놀던 물고기가 탁하고 더러운 물에 헤엄쳐 갔다가 숨 가빠하며 되돌아오려고 발버둥 치는 것처럼 힘들어했다.

도대체 무엇이 이 마을 사람들에게 그토록 자기 마을에 애착을 갖도록 만들었을까? 이 마을에는 마을 사람끼리 서로를 아끼고 돕고 가진 것을 함께 나누는 공동체 의식이 각별했다. 주고받는 대화는 늘 정겨웠고 하찮은 일일지라도 칭찬과 격려의 말이 습관처럼 몸에 배어 마을 사람끼리 서로 만나는 일이 즐거웠다.

거짓을 싫어하고 감추는 것이 없어 신경 쓸 일도 스트레스가 쌓이는 일도 없었다. 서로가 조심하고 덕(德)을 쌓으려고 애쓰다 보니 자연히 착한 심성이 몸에 배게 되고 온화하고 밝은 표정을 지니게 되었다. 윗대부터 이러한 분위기를 조성하고 어른들 스스로 몸소 실천해 왔는데, 한 가정에 가풍(家風)이 있는 것처럼, 이 마을에도 어떤 행동 규범 비슷한 것이 생겼다.

박 촌장 대에 와서 마을회관을 만들었을 때, 박 촌장은 부모님 세대로부터 배운 것을 글로 써서 벽에 붙여놓았다. 마을 인구가 많아지다 보니, 무언가 생각과 행동을 이끄는 지침이 있어야겠다고 생각했기 때문이다.

'예의 바른 사람, 고운 말을 쓰는 사람, 양보하고 칭찬하는 사람, 늘 웃고 감사하는 사람.'

앞뒤에 주어도 보조동사도 없이 딱 이 네 가지 글귀만 써놓았다. 박 촌장은 촌장으로 선출될 때까지 육십여 년을 그 마을에서 살아오는 동안 보고 느끼고 마음에 새긴 것을 글로 써놓았을 뿐이었다. 마을 사람들의 반응이 별로였다면 진즉 떼어내 버렸을 것이다.

박 촌장은 부모님으로부터 자신을 관리하는 귀중한 덕목 중 하나가 자존심이라고 배웠다. 위 네 가지 다짐은 살아오는 동안 늘 박 촌장의 자존심을 지켜주었고, 그래서 이 다짐을 마을 사람들에게 전하고 싶었다. 마을 사람들에게 어떠한 설명을 한 일이 없었음에도, 마을 사람들은 조용히 그곳에 가서 이 네 가지 글귀를 읽고 마음에 새기는 모습을 보여주었다. 그 모습을 보면서 박 촌장은 부모 세대가 행동으로 보여준 그 가르침을 마을 사람들이 온전히 받아들이고 있음을 확신했다.

그 마을에는 명절 때는 물론이고 결혼과 아기 출산 등 기쁜 일이 있을 때는 서로 모여 춤추고 노래하며 기쁨을 함께 나누는 축제 문화가 일상화되어 있었다. 항상 웃음이 있고, 자기들의 생활 방식을 자랑스러워하며 서로를 축복하기를 망설이지 아니했다. 마치 아메리카 인디언 부족처럼, 아프리카 토착 부족민처럼 그들이 스스로 발전시킨 그들의 문화를 지켰다. 그들의 생각과 살아가는 습관도 같은 모습으로 각 개인에게 깊숙이 뿌리를 내렸다.

다음 날 아침 마을 사람들이 일하러 밭에 나가는 시간에 촌장은 종을 쳐서 마을 사람들을 모이게 했다. 그 종은 마을 공터에 매달아 마을에 무슨 일이 있어 의견을 모아야 할 때면 쳤다.

"어제 고생들 많으셨습니다. 아마도 산(山) 사람들을 우리 마을에서 거두라는 하늘의 뜻이 있어, 우리 마을을 내려다보는 산에서 그 일이 있었다고 생각합니다."

박 촌장은 토벌 작전이라던가, 충격전이라는 말은 입 밖에 내지 않았다. 그러한 말은 이미 고인이 된 산(山) 사람들에게 더 이상 써서는 안 된다고 생각했다.

"하늘의 뜻이 그러하니 앞으로 매년 그 일이 일어난 날이 다가오면 합동 제사를 지내려고 합니다. 산(山) 사람들의 두 아이는 우리 마을에서 키우려고 합니다. 아이들의 출생 신분으로는 이 나라 어느 곳에서도 아이들 안전을 보장받기 어려울 것입니다. 아이들을 키우는 방법은 저녁에 마을 어른들과 상의하여 결정하고 알려드릴 것이니, 그리 알고 계시기 바랍니다."

마을 사람들은 묵묵히 촌장의 말을 듣고 나서 각자 해야 할 일터로 나갔다. 그날 저녁 마을의 원로(元老)인 어른 여섯 사람은 저녁 식사를 하고 나서 박 촌장의 집으로 모였다. 마을의 원로란 나이가 육십을 넘은 사람 중에서 의사 표현과 신체 활동이 자유로운 사람 중 나이순으로 여섯 사람까지로 한 마을의 어르신을 말한다.

마을 사람들의 의견을 물어야 할 중요한 일은 이들이 먼저 마을 사람들의 생각을 살핀 후 나중에 함께 모여 의논하고서 결론을 내는데, 이들은 곧 마을의 의사 결정 기구인 셈이다. 마을 대표인 촌장을 포함하면 의사 결정 기구의 구성원은 일곱 사람인 셈이다.

"혹시 아이들의 출생 내력이 있는지, 옷을 갈아입히면서 벗긴 옷을 샅샅이 뒤져보았지만, 아무것도 발견하지 못했소이다. 산(山) 사람들이 야밤에 이동하다가 새벽 일찍 작전이 시작되자, 무얼 생각할 겨를도 없이 급히 아이들을 피신시킨 것 같소이다. 아침에 마을 사람들에게 공지(公知)한 것처럼 아이들의 안전을 위해서 우리가 아이들을 키워야 한다는 내 생각을 어떻게들 생각하시는지, 말씀을 듣고 싶소이다."

마을 어른들은 모두 고개를 끄덕였다.

"촌장님 말씀이 맞소이다. 아이들이 자기 앞가림을 할 때까지는 우리 마을에서 키웁시다."

"혹시라도 외부 사람들이 이 사실을 알게 되면 산(山) 사람의 자식을 키운다는 이유로 우리 마을 사람들의 사상이 의심스럽다고 말할 수 있으니, 단단히 입조심하여야 할 것이외다."

"아이들의 처지가 딱하니, 우리 마을에서 맡아 키우는 것이 사람의 도리일 것이오. 그러나 아이들을 맡아 키우겠다고 선뜻 나서 줄 가정이 있겠소이까?"

"아이들 출생신고도 해야 할 것이니, 자기 호적에 아이들 이름을 올리는 일이 누구든 그리 쉽게 결정 내릴 일은 아닐 것이오."

마을 어른들은 오늘 하루 각자 일을 하면서 이 문제를 많이 생각했던 모양인지, 제각기 나름대로 정리해 두었을 의견을 꺼내 놓았다.

박 촌장은 아무런 말 없이 고개만 끄덕이며 마을 어른들의 의견을 듣고 있었다. 박 촌장을 뺀 여섯 사람 중 네 사람이 말하고 나머지 두 사람은 입을 닫고 있었으나, 그들도 앞에 말한 사람들의 의견에 동조하여 잠자코 있는 거로 생각하고 박 촌장이 입을 열었다.

"해주신 말씀이 모두 맞소이다. 어젯밤 아이들을 재우고 곰곰 생각했소이다. 아이들의 신분이 저러하니 누구에게 아이들을 맡아 키워달라고 부탁하기 어렵겠다고. 그렇다고 이 문제를 오래 끌고 가서는 안 된다고 생각했소이다."

박 촌장은 잠시 말을 멈췄다. 모두가 다음에 무슨 말이 나올지 긴장하며 박 촌장에게 시선을 모으고 있었다. 평소에도 입이 무겁고 마을 일을 결정할 때면 여간 신중하게 처리하는 박 촌장이었다. 그래서 마을 사람 모두가 박 촌장을 존경하고 따르고 있었다.

"아이들은 내가 맡아 키우겠소이다. 우리 집 자식들은 제각기 자기가 부양해야 할 가족이 있으니, 딸린 식구가 없는 나와 안사람이 맡겠소이다."

마을 어른들은 예상치 못한 박 촌장의 말을 듣고는 모두 놀란 듯 서로 얼굴을 마주 보기만 했다. 박 촌장은 어젯밤 곰곰 생각을 거듭하다가 아이들을 누구에게도 맡길 수 없겠다는 결론에 이르렀다.

출신 성분이 남다른 아이들이었다. 북쪽 사람이라면 몸에 소름이 돋을 만큼 적대시하는 그 당시 분위기에 비추어 누가 선뜻 아이들을 맡아줄 수 있겠는가? 아무리 생각해도 고개를 내저을 수밖에 없는 어려운 문제였다. 박 촌장은 아내에게 넌지시 이러한 고민을 꺼내보았다.

저녁 내내 무언가 생각에 잠겨있는 남편의 모습을 지켜보고 있던 박 촌장의 처는 남편이 고민하는 문제가 무엇인지 눈치로 짐작하고 있다가, 곧바로 입을 열었다.

"아이들을 우리가 키웁시다. 세상이 이렇게 시끄러운데 누구한테 아이들을 맡아달라 하겠소? 마을 사람들에게 짐 지우지 말고 우리가 맡읍시다. 그래야 마을이 편안할 것이오. 아이들한테도 좋고!"

　평소에는 말을 아꼈다가 꼭 필요한 말을 해야 할 때는 말하는 품이 똑 부러지듯 하는 박 촌장의 안댁이었다. 남편의 성격을 누구보다도 잘 아는 그녀는 평소에도 마을 문제로 남편이 고민하고 있구나 싶을 때는, 나름 깊이 생각한 뒤에 지나가는 말인 듯 자기 의견을 한마디씩 툭툭 던져 주곤 했다. 그 한마디는 대개 요점을 정확히 찔러주면서 방향을 제시하는 것이어서, 그 방향도 한편으론 생각하고 있던 박 촌장의 어깨를 가볍게 해주었고 마음 편히 결론을 내릴 수 있도록 도와주었다.

　이미 어젯밤에 아내와도 의견을 모았기 때문인지 마을 원로들을 바라보는 박 촌장의 표정은 담담했다. 그러한 표정과 망설임 없는 태도는 마을 어른들에게 더할 나위 없는 안정감을 심어주었고, 박 촌장에 대한 신뢰를 더욱 깊게 해주었다.

　다음 날 아침 어제와 같은 시간, 이 문제는 마을 사람들 모두에게 공지되었다. 마을 사람들은 박 촌장의 결단과 헤아림에 모두 말없이 고개를 숙이며 죄송스러운 표정으로 모여있던 공터를 물러나 저마다의 일터로 나갔다.

　그날 저녁을 먹은 후 박형수 촌장은 아내와 함께 사내아이를 데리고 김영달 노인네 집으로 찾아갔다. 김영달 노인 역시 일곱 사람의 마을 어른 중 한 사람이다.

　"영달이, 여자아이를 데리러 왔네. 겸해서 상의할 말이 있는데, 이 사내아이는 둘째 아들놈 자식으로 호적에 올리려 하네. 여자아이는 자네 아들 밑으로 올려주면 어떻겠는가? 물론 아들의 동의를 받은 것을 전제로 하는 말이네."

김영달은 내심 친구 박 촌장에게 많이 미안해하고 있었다. 어젯밤 박 촌장이 두 아이를 모두 맡아 키운다는 말을 듣고서도, 한 아이는 자기가 맡겠다고 나서서 말하지 못해서였다. 마음 같아선 선뜻 한 아이를 맡겠다고 나서고 싶었지만, 잔병치레가 잦은 나이 예순을 넘긴 아내를 생각하니 자신이 없었다. 아이를 호적에 올리는 문제는 미처 생각지 못하고 있던 터였다.

"그렇지! 아이들의 부모가 다르니 따로 호적에 올려주는 게 맞는 일이겠네. 그리고 내가 한 아이를 맡아주어야 하는데, 그렇게 하질 못해 정말 미안하네."

김영달은 진심으로 미안해하며 고개를 숙였다. 마을 대소사를 서로 의논하며 의지하고 조언을 구해온 죽마고우(竹馬故友) 친구인 박 촌장이었다. 이럴 때 친구로서 어려운 일을 같이 거들어 주지 못하는 것이 참으로 민망하여 얼굴을 들 수가 없었다.

"그렇게 마음 써주니 고맙네. 아직 어린아이라 아무래도 여자 손이 더 많이 가야 할 터인데, 부인께서 몸이 성치 않으시니 자네가 나섰더라도 내가 말렸을 걸세. 더는 신경 쓰지 말게."

박 촌장은 김 노인의 처지를 잘 안다는 듯 이렇게 말해 줌으로써, 김 노인의 마음을 편하게 해주었다.

"그렇게 헤아려 주니 고맙네. 호적에 올리는 문제는 작은아들하고 상의하겠네. 우리 집에 있는 아이 이름은 아직 물어보지 않았는데, 자네는 물어보았는가?"

"아빠 엄마를 다시 볼 수 없다는 걸 알았는지, 내내 침울해 있는 모양이 불쌍하기만 하여 아직까지 말 한마디 붙이지 못하였네."

그렇게 말하는 박 촌장의 얼굴이 흐려지면서 침통한 표정이 되었다. 두 사람은 잠시 말없이 각자의 생각에 잠기고, 무거운 침묵만이 방 안에 내려앉는다.

"두 아이를 데리고 오겠네. 안사람들에게 아이 이름을 물어보라고 하세."

김 노인은 일어나서 건넌방으로 갔다. 부인네들은 아이들을 데리고 그 방에서 얘길 나누고 있었다. 부인네들이 아이들의 손을 잡고 안방으로 건너왔다. 박 촌장 아낙이 먼저 사내아이에게 말을 붙였다.

"졸려? 잠자고 싶어?"

아이는 고개를 젓기만 하고 말은 하지 않은 채 시무룩하게 앉아 있었다.

"엄마가 널 누구라고 불렀어? 이름?"

사내아이는 엄마라는 말이 나오자, 표정이 잠깐 흔들리더니 들릴락 말락 입을 열었다.

"준… 웅…"

"준… 웅!?"

박 촌장 아낙이 아이 입에 귀를 바짝 대고 있다가 들은 대로 이름을 부르자, 아이는 고개를 끄덕였다.

"네 이름이 준웅이구나. 그렇지?!"

박 촌장이 재차 그 이름을 확인하자, 아이는 고개를 푹 숙였다. 엄마 생각이 머릿속에서 맴돌고 있을 것이었다.

"엄마가 네 이름은 뭐라고 불렀지?"

김 노인의 아낙이 얼굴에 가득 웃음을 머금고 여자아이에게 묻는다.

"해… 용…"

여자아이는 제 차례가 오자 기다렸다는 듯이 금방 입을 열었다.

"해… 용…!?"

김 노인의 아낙이 귀를 아이 입에 대고 있다가 아이가 말하는 대로 반복해서 물어본다. 여자아이가 고개를 끄덕인다.

"알았다. 건넌방에 가 있거라."

김 노인은 자기 아낙에게 아이들을 데리고 건넌방에 가 있으라고 눈짓했다. 두 아낙은 남편들이 따로 할 말이 있다는 것을 눈치채고, 아이들을 데리고 다시 건넌방으로 간다. 김 노인이 반닫이 위에서 종이와 연필을 가지고 오더니, 박 촌장에게 물었다.

"아이들 이름을 듣고 아이 부모가 한자로는 어떻게 썼을 거로 생각했는가?"

"사내아이는 준걸 준(俊) 자에, 수컷이라고도 음을 달고, 인걸(人傑)이라고도 음을 다는 웅(雄) 자로 들었네."

"동감이네. 난 여자아이 이름을 듣고, 슬기로울 혜(慧) 자에 연꽃 용(蓉) 자로 들었네."

김 노인은 아이들 이름을 한자로 적고 사내아이 이름에는 성씨를 박 씨로, 여자아이 이름에는 성씨를 김 씨로 적어 넣고는 박 촌장에게 내밀었다.

"됐네. 이 이름으로 호적에 올리도록 하세."

두 사람은 서로가 받아들인 두 아이의 한자 이름을 공감했다.

고인(故人)이 된 아이들의 부모들도 한자 이름의 뜻이 좋은 이 한자를 쓰지 않았을까 싶었다. 요즘은 부르기 좋고 예쁘고 고운 우리 고유어를 아기 이름으로 지어주는 부모가 늘어나고 있지만, 그 시절에는 아기가 태어나면 으레 한자 이름을 지어주어야 하는 것으로 알던 때였다.

그렇게 해서 사내아이는 '박준웅(朴俊雄)'이라는 이름을, 여자아이는 '김혜용(金慧蓉)'이라는 이름을 갖게 되었다. 그날 박 촌장 내외는 준웅과 혜용을 데리고 집으로 돌아갔다.

한 달 반이 지나 한국 전쟁은 휴전협정이 체결되었고, 전쟁으로 파괴된 각종 사회시설은 빠르게 복구되고 중단된 사회 기능은 서서히 제자리를 되찾아 갔다. 그해 십이월 박 촌장과 김 노인은 자식들에게 동의를 구한 다음 준웅과 혜용의 출생신고를 하였다.

출생 일자는 실제 태어난 해를 짐작하여 준웅은 이 년 전인 사월에, 혜용은 같은 해 구월로 어림잡아 올렸다. 실제로 태어난 달은 준웅이 그해 팔월, 혜용은 십일월이어서 준웅이 혜용보다 석 달 빨랐다.

전쟁 중이어서 많은 사람이 출생신고를 하지 못하던 때였으므로, 전쟁이 끝난 후 이삼 년 늦게 출생신고를 하는 것은 그리 문제 되지 않았다. 그렇게 해서 준웅은 박 촌장의 손자로, 혜용은 김 노인의 손녀로 각기 호적에 올랐다.

분지에 터를 잡은 그 마을은 사방 주위로 빙 둘러 소나무밭이 둘러싸고 있었는데, 높이가 칠, 팔 미터도 더 넘게 자란 소나무는 굵은 껍질이 적갈색(赤褐色)을 띠고 있는 적송(赤松)이었다. 조상들이 이곳에 정착했을 때, 이 마을은 소나무의 명칭을 따라 자연스럽게 적송마을이라는 이름을 갖게 된다.

하룻밤 사이에 부모를 잃고 일가붙이도 전혀 알지 못한 채 고아가 되어버린 준웅과 혜용은 박 촌장 내외의 보살핌을 받으며 적송마을 사람이 되어간다. 아이들이 자라면서 키가 크고 초등학교에 들어갈 나이가 될 때까지도 산(山) 사람들의 아이들이 이 마을에 살고 있다는 사실은 외부 사람들에게 전혀 알려지지 않았다.

마을 사람들이 하나같이 이 아이들을 보호해야 한다고 생각하고 있었을 뿐만 아니라, 이 아이들이 번듯하게 잘 자라야 산자락에 누워있는 부모들도 이 마을을 지켜줄 거라고, 생각해서였다. 말하자면 반드시 지켜야 할 묵계(默契)로서 마을의 비밀이 된 것이다.

그 마을은 산 깊숙이 들어앉은 마을이어서 외부인들이 왕래하는 일은 거의 없었지만, 젊은 사람들이 장터에 나가 듣고 온 세상 소식은 그때마다 온 마을에 전해졌다. 한창 전쟁 중일 때는 그곳에 사람이 사는 마을이 있는지 눈치 채이지 않게 하려고 모두가 바깥출입을 삼가고, 숨어 지내다시피 했다.

멀리서 보면 육칠백 미터 높이의 산이 병풍처럼 둘러쳐져 있어, 그 안에 사람 사는 마을이 있을 거라고는 아무도 생각지 아니했다. 마을 사람들도 밖에 나가면 자기들이 사는 마을을 숨겼다. 누가 물어보면 정반대 쪽에 있는 행정 구역이 다른 군(郡) 소재지에서 왔다고 했다.

자기 마을을 숨기는 것이, 폐쇄적인 마을 사람들의 성격 탓이라고 하기보다는, 그들이 바깥세상에서 본 일부 세상 사람들 모습이 무서웠기 때문이었다. 행여라도 그들이 우리 마을을 알고 찾아오기라도 한다면, 그것은 마을에 재난이 찾아오는 것이나 다름없다고 생각했다. 그래서 철저히 자기 마을을 숨겼다.

마을로 들어가는 길은 읍내 장터가 서는 곳에서 이십여 분쯤 걸어 나와 강이 흐르는 다리를 건너서 산 쪽으로 향하는 곳에 있는데, 다리에 이르면 거의 인적이 끊긴다. 다리를 건너 오른편은 마을 사람들이 그곳에서 왔다고 말한 이웃 고을로 가는 길로 이어지고, 왼편은 길은 없고 마을 사람들만이 아는 숲길이 울창한 나무들 사이에 숨겨져 있다.

그들은 숲길에서 나올 때나 숲길로 들어설 때나 늘 사람들 눈에 띄지 않으려고 조심했다. 숲길은 한 사람이 지나갈 만한 작은 오솔길로 이어지는데, 그들만이 아는 그 길을 따라 산 중턱쯤까지 올라가면 커다란 바위가 나타나고, 오솔길은 그곳에서 끊긴다. 비스듬히 누워있는 바위를 타고 넘어가면 올라가는 쪽에서는 보이지 않던 숲이 나타나고, 숲길을 걸어가면 시야가 트이면서 넓은 분지(盆地)가 나타난다. 그들이 공동체를 이루고 사는 마을이다.

사방이 높은 산으로 둘러싸여 있어, 그곳에 이러한 분지가 있을 거라고는 아무도 생각조차 할 수 없다. 마치 그 마을 사람들을 위하여 이러한 분지가 숨겨져 있었던 것 같다.

그날 작전을 벌였던 군경 합동 부대도 다음 작전을 준비하느라 바빴던지 마을 사람들이 사는 동네가 산 아래쪽일 거라고만 생각하고 그대로 철수하였으므로, 다행히 이 마을의 소재는 알려지지 않았다. 그러니까 그 바위는 이 마을을 숨겨주는 엄폐물(掩蔽物)의 역할을 제대로 하고 있었던 셈이다.

매년 유월 그날이 오면 마을 사람들은 산자락에 모여 합동 위령제(慰靈祭)를 올렸다. 가족 곁에 가지 못하고 이름도 남기지 못하고 낯선 땅에서 죽어간 이들이었으므로, 마을 사람들은 정성을 모으고 격식(格式)을 갖추어 매년 경건하게 위령제를 올렸다.

적송마을이 바위와 숲에 숨겨져 있었으므로, 마을 사람들은 삼 년의 전쟁 기간 중 북쪽 군대를 마주치는 일이 없었다. 그랬으므로 북쪽 군대가 적화통일(赤化統一)이라는 명분을 앞세워 우익인사들과 민간인들에게 저지른 악행(惡行)을 알지 못했고, 그 때문에 산(山) 사람들에게 어떠한 선입관을 갖지 않았던 거로 보인다. 그러한 마을 분위기 때문에, 준웅과 혜용은 또래 마을 아이들과 어울리며 어린 시절을 보낸다.

마을 사람 누구도 두 아이에게 편견을 갖거나 눈치를 보이거나 하지 않았음에도, 두 아이는 차츰 또래 친구들과는 다른 자신들의 처지를 알게 된다. 친구들은 모두 아빠와 엄마가 있음에도 자신들은 아빠와 엄마가 없다는 것, 그 아빠와 엄마는 땅속에 있어 다시는 만날 수 없다는 사실이었다.

매년 유월이면 산자락에 묻혀있는 아빠와 엄마의 무덤 앞에서 절을 올리면서 두 아이는 죽음이 갖는 공허함과 슬픔을 일찍 깨우치게 되고, 그 죽음에 대한 의문이 쌓여간다.

박 촌장은 합동 위령제를 올리기 며칠 전, 미리 두 아이를 데리고 그곳에 찾아가 절을 올리게 했다. 아직은 부모의 죽음에 대해 아이들이 알아들을 수 있도록 설명할 수가 없어서, 박 촌장은 그때가 오기를 기다리고 있었다.

전쟁이 끝난 후 사회기반시설은 빠르게 복구되고 행정력이 정비되면서 호구조사가 실시됨에 따라 적송마을은 비로소 마을의 모습이 외부에 드러나게 된다. 적송리(赤松里)라는 주소가 부여되고 초등학교에 입학할 나이에 이른 아이들에게 취학통지서가 나오고, 나이를 넘긴 아이들에게도 교육받을 기회가 주어진다.

준웅과 혜용은 나란히 초등학교에 입학하게 된다. 학교는 적송마을에서 한 시간 남짓 걸어가야 하는 곳에 있었다. 그해 적송마을에서 초등학교에 입학할 아이들은 남학생 넷, 여학생 셋 합해서 일곱이었다. 입학식을 사흘 앞둔 날, 저녁상을 물리고 나서 박 촌장은 조용히 준웅과 혜용을 불렀다.

아이들은 잘 자라주었다. 박 촌장과 박 촌장 아낙이 친손주처럼 두 아이를 보살펴 주었기 때문일까? 평화롭고 온화하고 서로 돕고 사는 마을 분위기가 두 아이를 감싸주었기 때문일까? 두 아이는 부모가 없었음에도 비교적 그늘진 구석이 없이, 또래 아이들과 크게 다를 바 없이, 잘 자랐다. 아마도 박 촌장이 두 아이를 마을의 수호신(守護神)처럼 생각하고 말없이 두 아이를 위해 마음을 써주었기 때문이리라.

박 촌장은 늘 산자락에 묻혀있는 산(山) 사람들이 이 마을을 지켜줄 거라고 믿고 있었다. 그들의 분신(分身)과도 같은 두 아이를 잘 건사해 주어야만 그들도 고마워하며 이 마을이 잘 되게끔 도와줄 거라는 순수한 믿음을 가지고 있었다.

전쟁의 회오리가 지나가고 사람들이 이전의 모습을 되찾기 위해 분주히 이동하고 일하면서 삶의 터전이 확장되고 있었음에도, 적송마을은 소나무밭에 숨겨진 채 그 모습을 지키고 있었다. 마을 풍습과 규약(規約), 이어져 내려온 전통도 온전히 보존되고 있었다.

들려오는 소문에 의하면, 생(生)과 사(死)의 고비를 넘기고 다시 생존의 현장과 마주한 사람들은 전쟁 후의 아수라장 같은 과도기를 힘겹게 넘기고들 있었다. 다행히 두 아이는 적송마을이라는 안전지대에서 자란 덕분에 이념의 대립이 극심한 현장을 보지 않아도 되었다.

박 촌장은 이 아이들이 부모의 빨치산 전력(前歷) 때문에 주눅 들어 눈치 보며 자라게 하고 싶지 않았다. 혹시라도 그것 때문에 이 적송골에서 적응하지 못하고 대처(大處)로 뛰쳐나가는 일이 생긴다면, 그것은 이 마을을 지켜주는 신령님의 뜻에 어긋나는 일이라고 생각했다.

졸지에 부모를 잃고 고아가 되어버린 두 아이를 잘 키우는 일, 이념 같은 것은 이 아이들이 학교에 가면 자연스레 알게 될 일, 적송마을 사람들은 이 아이들 앞에서는 전쟁 이야기를 하지 않았다. 마을 사람들 모두가 그래야 한다는 박 촌장과 마을 어른들의 지시를 따랐고, 이는 묵계(墨契)가 되어 계속 지켜졌다.

이 전쟁은 북쪽 사람들이 이 나라를 공산주의 나라로 만들겠다고 먼저 일으킨 전쟁이었다. 북쪽에서 삼팔선을 무너뜨리고 탱크를 앞세워 밀고 내려오니까 이를 막으려고 한강 다리를 폭파하지 않았나! 박 촌장은 두 아이의 부모가 북쪽에서 내려보낸 군대 소속이었다는 사실을 두 아이가 알게 되는 날에 대비하여 두 아이에게 해줄 말을 준비하고 있었다.

"준웅이와 혜용에게 할아버지가 할 말이 있다."

두 아이는 단정하게 무릎을 꿇고서 두 손을 무릎 위에 가지런히 올려놓은 다음 할아버지의 얼굴을 바라보았다. 이제 일곱 살 먹은, 막 철이 들기 시작할 어린 나이였지만, 두 아이는 그 표정에서 조숙(早熟)한 티를 이미 보이고 있었다.

박 촌장은 인자한 미소를 띠며 두 아이를 바라보았다. 옆에 앉은 박 촌장 아낙도 대견한 듯 두 아이의 모습을 그윽한 눈길로 쓰다듬고 있었다. 평소에도 어린아이답지 않게 총기(聰氣) 있고 눈치 빠른 아이들이어서, 놀라는 때가 한두 번이 아니었다.

아마도 그 부모들이 배움이 많은 양가(良家) 집안 출신인 모양이라고, 그렇게만 짐작하고 있었다. 준웅은 또래에 비해 키가 크고 체격도 좋을 뿐만 아니라 인물 또한 범상치 아니했다. 혜용은 말수가 적고, 늘 생각에 잠겨있는 듯한 표정이지만, 웃을 때면 양 볼에 보조개를 피우는 예쁜 아이였다.

"이제 너희들도 학교에 가게 되는구나. 아빠와 엄마도 학교에 가는 너희들 모습을 보시고 기뻐하실 거다."

아빠와 엄마라는 말이 나오자 두 아이는 머리를 숙였다. 아빠와 엄마라는 말은 언제나 그리운 말이자 애틋한 슬픔이었다. 얼굴도 잘 기억나지 않는 아빠와 엄마가 저 하늘에서 우리를 내려다보고 계실 거라는 생각은 언젠가부터 두 아이의 마음속에 하나의 기둥으로 세워져 있었다. 그 기둥에 기대어 아빠 엄마를 생각하며 눈물짓기도 했지만, 그 모습은 누구에게도 결코 보이지 아니했다.

마을 친구들 앞에서도 그랬지만, 자기들을 길러주신 할아버지와 할머니 앞에서도 그랬다. 두 아이는 겉모습과는 달리 일찍 철이 들어있었다. 어린 마음에도 그러한 모습을 남 앞에서는 보이지 않아야 한다고, 마음속으로 굳게 다짐하고 있었다.

한창 어리광을 부리고 떼를 쓰고 할 어린 나이에 어리광과 떼를 받아줄 사람이 없다는 사실을 안 어린아이가 가졌을 그 눈치는 마음을 아프게 한다.

"학교에 가기 전에 너희가 꼭 알고 있어야 할 게 있어 이리 불렀다."

박 촌장은 이 말을 하고 나서 지그시 눈을 감았다.

한국 전쟁이 끝난 후 각급학교에서는 반공, 멸공(滅共)이라는 캐치프레이즈를 내걸고 이념 교육이 한창이었다. 전쟁 중에 북측 군대와 그들의 앞잡이들에 의해 자행된 무고(無辜)한 죽음은 널리 알려져서, 그들은 더는 상종(相從)할 수 없는 원수(怨讐)나 다름없었다. 자기들의 출신 성분을 눈치로 알고 있는 듯한 이 아이들이 혹시라도 마음에 상처 입는 일이 생기지나 않을까, 박 촌장은 많이 염려했다.

무슨 얘길 듣더라도 이 아이들이 잘 견뎌주기를 바라는 마음에서, 박 촌장은 아이들이 이해할 수 있는 범위 안에서만 아빠와 엄마의 얘길 미리 해주어야겠다고 생각했다. 그렇지만 그 일은 결코 쉬운 일이 아니었다. 이데올로기에 대한 어떠한 식견(識見)이 있지도 않았고, 누구에게서 사상교육을 받아본 일도 없었으니, 아이들에게 알기 쉽게 말해줄 어떠한 말 밑천도 가지고 있지 않았다. 그렇지만 마을 사람들에게서 전해 들은 북쪽에 대한 마을 밖 인심은 무서울 정도로 살벌(殺伐)했다.

아이들을 학교에 보내는 일이 영 내키지 않고 불안했지만, 총명한 이 아이들이 학교에서 배우고 공부하는 일은 아이들의 부모들도 나서서 기뻐할 일이라고 생각했다.

"저 뒤편 산자락에 누워있는 분들은 국군 아저씨들과 싸우다가 돌아가셨다. 그분들도 국군 아저씨들도 같은 이 나라 사람들이었지만, 서로 나라를 이끌고 가려는 생각이 달라 싸우게 되었다. 아빠와 엄마도 그랬다."

박 촌장은 잠시 말을 끊고, 자기가 하는 말을 아이들이 알아듣는지, 알고 싶어 아이들의 표정을 살폈다. 놀랍게도 아이들은 말 한마디, 한마디를 새겨듣는 듯 진지한 표정을 보이고 있었다.

그날 산 중턱 토굴에서 들었을 총격 소리를 기억하고 있음인가, 산자락에 누워있던 남루한 차림의 산(山) 사람들을 기억하고 있음인가, 그날의 애절한 광경들이 다시금 또렷이 떠올라 스쳐 지나갔다.

"학교에서 무슨 말을 듣더라도 너희들 아빠와 엄마는 총을 들고 국군과 싸웠을 뿐 나쁜 짓은 하지 않았다고 믿거라. 아빠 엄마와 함께 누워있는 아저씨들도 아빠 엄마처럼 그랬을 거라고 믿거라! 할아버지도, 이 마을 사람들도 모두 그렇게 믿고 있다."

박 촌장은 새삼스럽게 아이들이 가여워서 눈물을 글썽이며 울먹이는 소리로 말했다. 아이들은 머리를 푹 숙이고 아무 말이 없었다. 어깨를 가늘게 들먹이는 모습으로 보아, 이 아이들도 소리 내지 않고 숨죽여 울고 있는 모양이었다. 앞으로도, 이 아이들이 이렇게 소리 내지 못하고 숨죽여 울면서 살아갈 날들을 생각하니, 박 촌장은 가슴이 무너져 내린다.

준웅과 혜용은 호적상으로는 박 촌장과 김 노인의 작은아들의 자식으로 이름을 올렸을 뿐, 박 촌장 내외가 친손주처럼 보살피며 키웠고, 그들의 따뜻한 사랑으로 반듯하게 자랐다. 학교에서는 두 아이 모두 공부를 잘하여 항상 학교 전체에서 일 등을 놓치지 않았고, 학급 반장을 맡았다.

학교에서 돌아오면 연로하신 할아버지 할머니를 쉬시게 하고, 집안일을 떠맡아 하는 등 품성조차도 착하고 부지런하여 박 촌장 내외를 기쁘게 했다. 아이들은 박 촌장의 바람대로 학교생활을 잘 견뎌주었다. 자기들의 출신 성분으로는 어느 곳 한 군데 발붙이고 서 있을 자리가 없다는 현실을 보면서 학교에 다녔을 것임에도, 내색하지 아니하고 말없이 학교에 잘 다녀주었다.

내색할 수 없는 아픔을 가진 사람은 그 아픔을 견디는 만큼 그 속이 깊어진다. 비록 초등학생이었지만 견디는 시간이 쌓여갈수록 준웅과 혜용의 지각(知覺)은 빠르게 성장했고, 졸업반이 되었을 무렵에는 고등학생의 수준을 넘보리만큼 성숙해 있었.

학교에선 두 학생의 뛰어난 학업 성취도에 주목하고, 학부모인 호적상 부모님에게 인근 소도시에 있는 중학교에 진학시키도록 강력히 권유한다.

아들들에게서 그 말을 전해 들은 박 촌장과 김 노인은 준웅과 혜용의 중학교 진학 문제를 두고 새로운 고민에 부딪히게 된다. 누구보다도 박 촌장의 고민이 컸다. 중학교에 보내려면 학비와 생활비뿐만 아니라 두 아이가 지낼 수 있는 거처를 마련해 주어야 한다.

박 촌장의 나이도 이미 칠십 대 중반에 들어서고 있다. 두 아이를 가르치려면 돈이 있어야 하는데 노동력이 전만 같지 못하니 무슨 수로 학비를 마련해야 할지 뾰족한 수를 찾기가 어려워서였다.

밭작물을 경작하여 생산한 곡식과 과일, 산에서 긁어모은 땔나무, 산판(山坂)에서 참나무를 쳐내어 구워낸 숯, 계절 따라 채취한 송로버섯 등을 내다 팔아 생활비를 버는 적송마을 사람들이었다. 자기 식구들 입에 풀칠하기에도 바쁜 마을 사람들에게 이 문제를 꺼내어 공론화(公論化)할 수도 없었다. 그렇다고 가만히 지켜보고 있을 수도 없었다.

아이들을 키우면서 지켜본 두 아이의 품성과 재능은 예사롭지 않았다. 적송마을에서 살아온 지난 수십 년 동안 이렇게 자질(資質)이 뛰어난 아이들은 본 일이 없다. 어렸을 때 마을 어른들이 말씀하시던 '왕대밭에 왕대 난다'는 말이 떠오른다.

아이들의 집안은 분명 혈통(血統)이 뛰어난 가문(家門)일 것이다. 아이들이 재능을 가진 걸 알면서도 그대로 보고만 있는 거는 사람이 할 노릇이 아니다. 박 촌장은 사리(事理)를 아는 사람이었다. 어떻게든 아이들을 중학교에 보내어 그 재능을 발휘하도록 해주고 싶었다.

재능이 뛰어난 아이들임을 주위에서 알게 되면 분명 도와주는 사람이 나타나리라. 배움의 과정을 거쳐 큰 그릇을 채우게 되면 장차 할 일이 많은 이 나라에 꼭 필요한 일꾼이 될 거로 생각했다.

머리를 맞대고 두 아이의 진학 문제를 고민하던 박 촌장과 김 노인은 인근 소도시에 있는 중학교에 찾아가 보기로 했다. 아이들이 다니게 될 학교에 가서 알아보면 성적이 우수한 학생들이 학비 걱정 없이 학교에 다닐 수 있는 무슨 장학제도가 있지나 않을까, 하는 기대감이 있어서였다.

먼저 찾아간 곳은 남자 중학교였다. 정문을 거쳐 널따란 운동장에 들어서니 벌써 기분부터 달라졌다. 적송마을의 자그마한 공터보다 열 배는 더 커 보이는 운동장을 보니 준웅일 꼭 이 학교에 보내야겠다는 조바심이 차올랐다.

사내 녀석들이 이 넓은 운동장에서 서로 부딪히며 뛰어놀다 보면 남자다운 기개(氣槪)도 몸에 배고, 서로 다른 성격을 가진 친구들도 사귈 수 있겠구나 싶어서였다.

교무실에 들어가 찾아온 용건을 말하니, 학교 행정을 담당하는 선생님 한 분이 두 노인을 친절하게 맞이해 주었다. 학비를 걱정해야 하는 손주를 꼭 이 학교에 다니게 하고 싶다는 박 촌장의 얘기를 듣고 난 선생님은 두 노인에게 이렇게 말해주었다.

"학교 성적이 뛰어남에도 가정형편이 어려운 학생을 돕기 위해 공립학교에서는 수업료를 면제 또는 감액해 주는 장학제도가 있습니다. 학교 성적이 전교에서 일 등이면 전액 면제, 삼 등 이내에 들면 반액을 감액해 주는 제도입니다. 손자분이 공부를 잘한다고 하니 입학시험을 치게 하십시오. 입학시험 성적이 전체 일 등이면 등록금을 내지 않고도 입학할 수 있습니다."

눈이 번쩍 뜨이는 반가운 말씀이었다. 두 노인은 한결 가벼워진 걸음으로 학교를 나섰다. 혜용이가 시험을 치게 될 여자중학교에는 굳이 찾아가지 않아도 되었다. 그곳도 공립학교이므로, 똑같은 장학제도의 혜택이 있을 것이었다.

준웅과 혜용이 입학시험을 잘 쳐서 전교 일 등을 하게 되면 등록금을 면제받을 수 있고, 학교 성적도 전교 일 등을 하게 되면 수업료를 내지 않고도 학교에 다닐 수 있는 길이 있다고 한다. 학비만 덜어준다면 거처할 방을 얻어줄 돈과 책과 학용품을 살 돈, 필요한 용돈은 어떻게든 마련할 수 있겠다 싶었다.

박 촌장과 김 노인은 학교를 찾아갈 때의 어두운 표정을 싹 씻어내고, 즐거운 표정으로 귀가했다. 마치 두 아이가 입학시험만 치면 물어보지 않아도 일 등은 당연지사(當然之事)라고, 큰소리치기라도 할 거처럼 믿는 구석이 있는 모습이었다.

부모가 없는 고아들이 자칫 성격이 비뚤어지거나 못된 버릇을 배우거나 하는 경우가 있지만, 어릴 때부터 보아온 두 아이는 어느 것 하나 흠잡을 데 없는 야무지고 조신(操身)하는 아이들이었다. 학교에서 오죽하면 학부모를 불러 꼭 중학교에 진학시켜야 한다고 했을까? 제자들에게 싹수가 훤히 보이니까 선생님들이 먼저 나서신 거겠지.

그날 저녁 식사를 마치고 김 노인 부부는 박 촌장 댁으로 와서 박 촌장 부부와 함께 준웅과 혜용을 마주했다.

"중학교 시험을 칠 준비하거라. 오늘 두 할아비가 중학교에 찾아가 행정사무를 보는 선생님을 뵙고 왔다. 중학교 입학시험 성적이 전체 일 등이면 등록금을 내지 않아도 되고, 학교 성적이 전교 일 등이면 수업료를 내지 않고도 학교에 다닐 수 있다고 한다. 너희들 실력이라면 전체 일 등으로 합격할 걸로 믿는다. 학교에 다니게 되면 학교 성적도 그리할 것이고! 거처할 방과 책값 등은 우리가 마련해 줄 것이다."

박 촌장 할아버지는 얼굴에 가득 미소를 지으며 준웅과 혜용을 내려다보았다. 준웅의 표정이 활짝 밝아졌다. 중학교에 진학하리라고는 전혀 생각지 아니했다. 초등학교에 다닐 수 있도록 보살펴 주신 할아버님의 은혜를 갚기 위해서라도 졸업하면 기술을 배워 돈을 벌어야겠다고만 생각하고 있었는데, 할아버님은 지금 뜻밖에도 중학교에 진학하라고 말씀하신다.

혜용도 마찬가지였다. 이제 초등학교를 마쳤으니, 집안일을 도우면서 틈틈이 중학 과정을 독학하여 검정고시를 치러야지, 생각하고 있던 참이었다. 두 분 할아버님 앞에서는 중학교의 '중' 자도 꺼내본 일이 없고, 두 분 할아버님도 이제껏 말씀 한마디 전혀 없으셨다.

"중학 입학시험이 한 달 남았다. 다른 생각 말고, 집안일 거들 생각도 말고, 열심히 입학시험 준비에만 전념하거라. 우린 너희 둘을 믿는다."

다음 날 아침 박 촌장과 김 노인은 대처(大處)로 나가는 길목인 큰 바위를 넘어가 산자락에 있는 산(山) 사람들의 무덤을 찾아갔다. 매년 마을 사람들은 정성껏 벌초하고 묘지 관리를 해왔다. 그래선지 이곳 공동 묘역은 항상 깨끗하고 정결한 모습을 갖추고 있어, 어느 벌족(閥族)한 집안의 묘역처럼 보였다.

매년 유월 위령제를 지낼 때마다 박 촌장은 산(山) 사람들의 혼령(魂靈)에 감사하며 술잔을 올렸다. 그때 이후로 적송마을은 큰 우환(憂患) 없이 평화롭게 잘 지내왔기 때문이다. 이러한 평화를 누릴 수 있도록 우리 마을을 잘 지켜주셨으니, 당신들이 살리고 싶었던 준웅이와 혜용이를 잘 보살펴 키우겠다고, 그때마다 박 촌장은 진심을 가득 담아 다짐하곤 했다.

오늘은 좀 특별한 부탁을 하고 싶어 이곳을 찾아왔다. 두 아이가 중학교 입학시험에 꼭 일 등을 하게 해달라고, 학비 걱정하지 않고 학교에 다닐 수 있도록 장학금을 받게 해달라고, 간절하게 소원을 빌었다. 이곳에 누워있는 아이들의 부모와 산(山) 사람들의 혼령이 도와주시면 이 소원이 꼭 이루어질 것만 같아, 박 촌장과 김 노인은 거듭해서 소원을 빌고 또 빌었다.

다음 해 이월 치러진 중학 입학시험에서 준웅과 혜용은 보란 듯이 전교 수석을 했다. 소도시에서도 여러 초등학교가 있었지만, 멀리 떨어진 면 단위 초등학교 졸업생이 도시 학생들을 제치고, 각기 남녀 중학교에 수석으로 합격한 것이다. 학교가 생긴 이래 처음 있는 일이어서 면 소재지는 물론이고, 군청이 있는 읍 소재지에서도 난리가 났다. 그것도 어디 있는지도 모르는 산골짜기 마을에 살고 있는 학생들이 대형 사고를 친 것이다.

박 촌장과 김 노인은 그 소식을 듣자마자 곧장 공동 묘역으로 달려가 기쁨과 감격에 넘쳐서 무릎 꿇고 뜨거운 눈물을 흘린다.

"여러 혼령(魂靈)님께서 도와주셔서 준웅이와 혜용이가 일 등을 했습니다! 감사합니다! 감사합니다!"

두 번 세 번 감사의 큰절을 올린다. 산(山) 사람들의 혼령이 두 아이를 도와준다면 중학교에 갈 수 있다고 한결같이 믿고, 묘역(墓域)에서 소원을 빌어왔던 박 촌장이었다. 그 믿음은 워낙 깊고 강렬해서 산(山) 사람들의 혼령이 감동할 만한 것이었다. 그 믿음에다 싹수가 보이는 나무를 정성껏 가꾸어 무성(茂盛)한 나무로 키운다면, 수많은 사람이 그 나무 그늘 밑에서 쉼을 얻는다는 평범한 식견(識見)이 두 아이에 대한 기대를 뜨겁게 키워온 거로 생각된다.

　박 촌장은 기쁜 소식이 날아온 그날 묘역에 다녀오는 길에 또 다른 일을 예감하고 그에 대한 대비를 서두른다. 그것은 바깥세상 사람들의 관심이 두 아이에게 쏠릴 것을 염두에 둔 대비였다.

　그날 저녁 박 촌장은 마을 공터의 종을 쳐서 마을 사람들을 모이게 했다. 아직 저녁을 먹기 전인 시각이었다.

　"그동안 여러분이 보호해 주신 박준웅과 김혜용 두 어린이가 중학교 입학시험에서 도시 어린이들을 제치고 전체 일 등을 하였습니다. 두 어린이가 열심히 공부하여 실력을 쌓은 당연한 결과라고 생각하지만, 그동안 여러분이 이 두 어린이를 따뜻하게 품어주시고 대해주신 덕분에 두 어린이가 열심히 공부할 수 있었다고 생각합니다."

　박 촌장은 두 어린이를 앞으로 나오게 하여 마을 사람들에게 인사를 하게 했다. 마을 사람들이 크게 환호하며 두 어린이에게 큰 박수로 축하를 보낸다.

　"한 가지 여러분께 부탁드릴 말씀이 있습니다. 박준웅 어린이는 저 박형수의 둘째 아들 호적에 올라 있고, 김혜용 어린이는 김영달 노인의 둘째 아들 호적에 올라 있습니다. 혹시 마을 바깥에서 사람들이 두 어린이에 대해 관심을 가지거나 물어보거나 하는 일이 있으면, 두 어린이가 저희 마을에서 태어나고 자랐음을 늘 기억하시기 바랍니다."

　마을 사람들은 박 촌장이 하는 말이 무슨 뜻인지 바로 이해했다. 이미 두 아이는 이 마을의 자랑이자 희망으로 자리 잡았다. 그날 준웅과 혜용의 어린 마음에도 이 마을 사람들은 평생 기억해야 할 고마운 사람들로 깊이 새겨진다.

그때까지만 해도 적송마을은 전화도 연결되어 있지 아니하고 전기도 들어오지 않는 마을이었다. 언젠가는 전화도 연결되고, 전기도 들어오게 되겠지만, 육십 년대 중반의 이 나라는 아직 경제력이 힘겨운 상황이어서 깊은 산골 마을에까지 행정력이 미치지 못하는 것은 어쩔 수가 없었다.

전쟁 후 사회 각 분야의 기능이 빠르게 제자리를 잡아가는 것을 본 박 촌장은 마을의 건실한 젊은이 한 사람을 이삼 일에 한 번씩 면사무소에 보내어 연락책의 역할을 하게 했다. 마을에서 대비해야 할 여러 가지 행정업무를 알아보고, 마을 사람들이 필요로 하는 일용품들을 사 오게 하는 심부름 역할도 하게 했다.

면 단위 초등학교 졸업생이 도회지 남, 여 중학교에 수석 합격했다는 소식은 매스컴의 관심을 끌었다. 당연히 취재할 기사감이었지만, 기자분들은 쉽게 엄두를 내지 못했다.

아직 도로 사정이 열악하던 시절이어서 면 소재지까지 자동차로 가는 데도 한 시간, 그곳에서 험준한 산길을 한 시간 이상 걸어가야 한다는 걸 알고서, 학교에서 두 어린이를 인터뷰하여 기사를 썼다. 인터뷰 기사에는 두 어린이의 손위 형제들도 중학 진학을 포기하고 일찌감치 기술을 배우고 있다는 기사도 들어있었다.

이 나라는 심성이 착하고 여린 국민이 적지 아니하다. 두 어린이가 빈한한 가정형편 때문에 중학교 시험을 포기하려 했다는 인터뷰 기사가 알려지자, 두 학생을 돕겠다면서 뜻있는 도회지 사람들이 두 아이가 다닌 학교로 성금을 보내오기 시작했다. 그 지역의 행정을 담당하는 군청에서도, 면사무소에서도 군수와 면장의 이름으로 학자금을 보내왔다. 지역의 인재(人才)를 키워야 한다는 뜨거운 마음들이 모이기 시작한 것이다.

적송마을 사람들도 이 소식을 듣고 어려운 형편에서도 한 푼, 두 푼 성금을 내놓았다. 도회지에서 학교에 다니려면 거처할 집이 있어야 하는데, 박 촌장과 김 노인이 사글세로 살 집을 알아보고 있다는 것을 두 아낙네를 통하여 들었기 때문이었다.

이렇게 모인 상당한 액수의 성금은 두 아이가 따로 지낼 수 있는, 방 두 개가 있는 이 층 전셋집을 구하고도 남았다. 박 촌장이 고민했던 거처할 집 문제가 해결된 것이다. 남은 돈은 박 촌장이 관리하면서 책값과 아이들 용돈으로 쓸 생각이었다.

박 촌장과 김 노인은 성금을 전해 받은 날, 산자락에 있는 산(山) 사람들의 묘역에 찾아가 또다시 엎드려 절을 했다. 두 사람은 그곳에서 가슴을 쓸어내리며 크게 통곡했다. 가슴이 벅차오르는 감사와 기쁨의 눈물이었다.

박 촌장과 김 노인의 순수하고 따뜻한 인정(人情)과 마을의 안녕(安寧)을 위해 두 아이를 거두어야 한다는 마을 사랑이 일궈낸 결과임에도, 두 사람은 산(山) 사람들의 혼령이 도와준 결과라고 생각했다. 묘역을 나서면서 박 촌장이 김 노인에게 말했다.

"영달이, 마을 사람들에게 말조심하라고 단단히 당부해야겠네. 혹시라도 중학교에 다니지 못하는 아이들이 두 아이를 부러워한 나머지 해서는 안 될 말을 밖에 나가서 했다간, 우리 마을이 고초(苦楚)를 겪을 수도 있어서 하는 말이네."

말하는 박 촌장의 얼굴이 근심 때문인지, 잔뜩 흐려있었다.

"나도 그 점을 염려하고 있네. 두 아이의 부모가 산(山) 사람이라는 사실이 알려지면, 두 아이는 학교에 다니지 못할 수도 있겠다 싶어서 궁리하던 참이네."

상대의 얼굴만 보아도 지금 무슨 생각을 하고 있는지 짐작할 수 있을 만큼 평생을 막역(莫逆)한 친구로 지내온 두 사람이었다. 묘역을 돌아 나오면서 두 사람은 똑같이 두 아이와 적송마을에 닥칠지도 모를 상황을 내다보았다.

'파르티잔'은 그 당시 빨치산이라는 용어로 사용되면서 반공교육에 자주 등장하였는데, 두 아이가 빨치산의 자식들이었다는 사실이 알려지면, 두 아이에게는 물론 이 마을이 치러야 할 끔찍한 상황이 그것이었다. 아이들은 더는 학교에 다닐 수 없게 될 거고, 마을 사람들은 대공(對共) 용의자로 의심받고 수사기관에 불려 가 조사받는 고초(苦楚)를 피할 수 없게 될 것이다. 불씨가 보이면 미리 그 불씨를 제거해야 한다. 지난 십 년 사이 늘어난 가구 수는 십여 가구, 전체 가구 수는 서른일곱 가구였다.

"오늘 저녁부터 서너 가구씩 집집마다 방문하여 어른과 아이를 막론하고 단단히 입단속을 하러 다니세."

고개를 푹 숙이고 묵묵히 산길을 오르던 김 노인이 툭 던진 말이었다. 박 촌장은 말없이 고개를 끄덕였다.

그날 저녁을 먹고 나서 박 촌장과 김 노인은 마을 사람들 집을 일일이 찾아다니며 입조심해야 한다고 거듭 당부했다. 마을 사람들은 읍 소재지에서 장이 서는 날 외에는 바깥나들이를 하지 않았다.

두 아이와 함께 초등학교에 다닌 다섯 어린이는 모두 중학교 진학을 하지 않고 집에서 생업을 돕거나 마을 어른들로부터 대대로 내려온 기술을 배우기로 했다. 그 기술이란 가내수공업(家內手工業) 같은 것이어서, 기술을 배우러 마을 밖으로 나갈 일이 없었다.

외부에서도 이 마을을 방문하는 사람들이 없어서, 두 아이의 출신 배경은 적송마을 사람들이 반드시 지켜야 할 비밀로 지켜만 준다면 계속 묻혀있게 된다.

다행인 것은, 이 마을이 외부에 쉽게 노출되지 않는 지형적인 요건을 갖추고 있어서 사람들의 관심에서 멀어져 있다는 것이었다. 누구든 두 아이의 출신 성분을 캐고자 했다면 의심 살만한 구석이 곧바로 드러날 수도 있었다.

두 아이는 호적상 형제들인 박 촌장과 김 노인의 손주들과는 벌써 그 생김새부터가 전혀 달랐다. 얼굴 모습도, 체격도, 하는 모양도 닮은 데라곤 한 군데도 없었다.

또 이 마을에서는 중학교에 진학한 아이들이 한 사람도 없었는데, 유독 나이가 같은 두 아이만이 재능이 뛰어나게 태어나 초등학교 다닐 때부터 그렇게 공부를 잘할 수 있었는지 궁금하게 생각하고 파고들면 이상한 구석이 보일 만도 한데, 사람들의 관심은 어느 정도 시간이 지나자 새로운 세상일들에 가려져 사라졌다. 다행스러운 일이다.

준웅과 혜용은 오누이처럼 자랐다. 출생 일자를 오십일 년도 사월과 구월로 하였으므로, 다섯 달 먼저 태어난 준웅이 자연스레 오빠가 되어 혜용은 준웅을 오빠라고 불렀다. 준웅도 혜용을 마치 친동생처럼 자상하게 챙겨주어서, 두 아이는 남들이 친오누이라고 할 만큼 우애가 각별했다.

　고마운 분들이 보내준 성금으로 소도시 학교 가까운 곳에 마련된 집, 방이 두 개 있는 이 층에서 준웅과 혜용은 밥을 지어 먹으면서 학교에 다니게 된다. 자취(自炊) 생활을 한 것이다. 한 달에 한 번씩 박 촌장과 김 노인은 식량과 반찬을 준비하여 이곳에 들른다. 주로 학교가 쉬는 일요일에 들르는데, 그날이면 혜용은 정성껏 점심 식사를 차려서 두 분 어른께 내왔다.

　중학교 일 학년인 어린 학생이 마련한 밥상이지만, 어렸을 때부터 부엌에서 박 촌장 아낙을 도우면서 배운 눈썰미는 예사롭지 않아서 박 촌장은 마치 집밥을 먹는 것처럼, 편안했다.

　박 촌장은 일어날 때 준웅과 혜용에게 각기 용돈을 건네주었고, 혜용에게는 따로 반찬 대금이라며 봉투를 전했다. 먹고 싶은 것, 있으면 아끼지 말고 사서 먹고, 반찬도 해서 먹으라면서 친손녀에게 하듯 예사롭게 당부했다.

　두 분 어른이 오시면 준웅과 혜용은 학교에서 치른 시험지나 학업 성적표를 모아두었다가 보여드렸다. 기대한 것처럼, 그들은 중학교에 들어가서도 늘 전교 일 등을 놓치지 않고 있었다. 공부에 남다른 소질을 타고난 것인지, 자신들의 처지를 잘 알아 남보다 배는 더 열심히 공부한 결과인지는 알 수 없지만, 두 노인은 뿌듯하기만 했다. 돌아가면 산(山) 사람들의 묘역에 찾아가 이 기쁘고 뿌듯한 소식을 모두 고(告)하리라, 마음먹는다.

　다음 날이면, 언제나 그러했듯이 두 노인은 묘역에 찾아가 절을 하고 무릎 꿇고 앉아 마치 살아있는 사람들에게 하듯 준웅과 혜용의 학업 성적을 알린다. 그런 때면 산의 초목도, 날아다니는 새들도 모두 조용하게 귀를 쫑긋하며 두 아이의 소식을 듣는 듯했다. 그 절차를 마치면 가지고 간, 집에서 담근 술을 묘역에 뿌린다.

열세 살, 이제 막 세상살이의 간단치 않음과 인간관계의 다변성(多變性)에 눈뜨기 시작할 나이에 준웅과 혜용은 박 촌장의 품안에서 떠나 도회지에서 중학교에 다니게 되었다.
자기들 실력으로 장학금을 받게 되었으므로, 수업료는 내지 않아도 되었고, 식량과 생활비, 용돈은 모두 박 촌장 할아버지께서 갖다주셨으므로, 열심히 공부만 하면 되었다. 부모가 없는 아이들이 겪기 마련인 외로움, 쓸쓸함, 막막함이 그들에게 왜 없었겠는가? 그래도 그들은 내색하지 아니했다. 산자락에 묻혀있는 부모님은 언제나 알 수 없는 물음표를 던져 주었지만, 박 촌장 할아버지께는 물론 그 누구에게도 그 이유를 묻지 아니했다. 궁금한 생각이 떠오르면 할아버지가 해주신 말씀을 떠올렸다.
'할아버진 이렇게 말씀하셨지?! 초등학교에 들어갔을 때, 박 촌장 할아버지는 우리들을 불러 부모님과 국군 아저씨들은 나라를 이끌어가는 생각이 서로 달라 싸웠다고 하셨지. 아빠와 엄마는 총을 들고 국군과 싸웠을 뿐 나쁜 짓은 하지 않았다면서, 할아버지도, 이 마을 사람들도 모두 그렇게 믿고 있으니, 우리에게도 믿으라고 하셨지.'
준웅과 혜용은 그 생각이 떠오르면 누가 먼저랄 것도 없이, 박 촌장 할아버지가 들려주셨던 그 말씀을 녹음기에서 재생하듯 되뇌며 생각을 정리하고 더는 깊이 생각하지 않으려 애썼다.

전교 일 등으로 중학교 수업을 마쳤을 때, 여느 학교에서도 다 그렇게 하는 것처럼 학교에서는 두 사람이 학교의 명예를 위하여 도청 소재지에 있는 명문 고등학교에 지원해 주기를 권한다. 두 학생의 실력이면 분명히 학교의 명예를 빛내줄 것이라며, 선생님들께서 적극 나선 것이다. 이때 박 촌장의 나이는 칠십구 세, 이미 연로한 기력을 어쩌지 못하고 외부 출입을 거의 하지 못하고 있었다. 몇 달 전부터는 준웅의 호적상 아버지가 박 촌장을 대신하여 매달 한 번씩 그들에게 다녀오는 역할을 맡고 있었다. 아버지가 아들에게 중학 과정은 어떻게든 잘 마칠 수 있도록 도와달라고 당부했기 때문이다.

준웅과 혜용의 집안 형편을 알고 있는 학교에서는 어떻게든 뛰어난 이 학생들을 대도시에 있는 명문 고등학교에 진학시키기 위해 머리를 맞대고 그 방법을 찾는다. 그 도시에는 전국적으로도 명문 고등학교로 이름난 남, 여고가 있었는데, 지방의 수재(秀才)들이 모이는 곳이었다.

준웅과 혜용의 의사와는 상관없이 학교에서는 이들을 그 학교에 지원케 한다. 입학시험 결과 준웅은 전체 이 등, 혜용은 전체 삼 등이라는 우수한 성적이 나왔다. 등록금은 반액 면제받는 혜택도 받게 된다. 두 학교에서는 선생님들이 나머지 등록금을 모았고, 주거와 식(食)생활 걱정 없이 학교에 다닐 수 있도록 입주 가정교사 자리를 알아보느라 여러 선생님이 정성을 모은다.

이 나라가 참혹한 전쟁을 겪고도 이만큼 발전한 것은, 국가 사회에 이바지할 수 있는 인재를 잘 키워보려고 정성을 모으는 선(善)한 생각을 가진 국민이 많아서일 것이다.

출신 중학교의 여러 선생님의 도움으로 준웅과 혜용은 입주 가정교사로 중학생을 가르치면서 고등학교에 다니게 된다.

두 사람은 어려서부터 천애고아(天涯孤兒)였다. 선한 생각과 선한 의지를 가진 사람을 만나지 않았다면, 그 삶이 어떻게 될지 모르는 불행한 처지였음에도, 주위의 도움으로 가진 재능을 꽃피우며 반듯하게 성장(成長)하고 있는 것이다. 박 촌장의 믿음처럼 산자락에 누워있는 산(山) 사람들의 혼령이 이들을 도와주었음이 틀림없다고 생각지 않을 수 없다. 그러한 삶을 살면서 열여섯 살이 된 이들은 나이답지 않게 이미 단단히 철이 들어 생각과 판단력이 범상치 아니한 확고한 자기 주관을 갖게 된다.

박 촌장이 걱정하던 경제적인 지원 문제가 가정교사를 하면서 해결되자, 준웅과 혜용은 도움을 준 은인들에게 보답하려면 열심히 공부하여 사회적으로 성공하는 거라고 다짐하면서 오로지 공부에만 전념한다. 학교 성적은 늘 최상위권, 일 등에서 삼 등 사이를 오르내렸다.

고등학교에 진학하면서 각기 입주 가정교사로 아르바이트를 하며 학교에 다니게 된 준웅과 혜용은 거의 서로 연락조차 하지 못하고 지낸다. 평일에는 학교 수업을 마치고 바로 귀가하여 입주해 있는 댁의 자녀 공부를 봐줘야 하고, 학교가 쉬는 일요일에는 평일에 하지 못했던 공부를 보충하느라 학교 도서관에서 대부분 시간을 보냈다.

그 당시는 휴대폰이 없던 시절이었으므로, 연락하려면 유선전화를 이용하거나 편지를 보내는 방법밖에 없었다. 그렇지만 고등학생이 이성인 상대방에게 편지를 보내는 것은 두 사람이 서로 조심했기 때문에, 방학이 되어서야 얼굴을 볼 수 있었다.

　방학 때면 두 사람은 적송마을로 돌아가 박 촌장 댁에서 머물면서 집안일을 돕고 마을 공동으로 하는 작업에 참여하면서 마을 사람들에 대한 고마움을 조금이나마 갚으려 애쓴다.

　이 학년 여름방학 때였다. 적송마을에 온 혜용을 본 준웅은 눈을 동그랗게 떴다. 지난 겨울방학 때는 두꺼운 겨울옷에 가려 잘 몰랐는데, 반팔 하얀 블라우스에 치마를 입은 혜용의 모습이 눈부셨기 때문이다. 고등학교에 진학할 때까지만 해도 혜용은 얌전한 모범생다운 소녀의 얼굴이었는데, 일 년 만에 그 얼굴은 여자로서의 자태가 피어나는 예쁜 얼굴로 바뀌어 있었다. 얼굴뿐만 아니라 몸매도 다 큰 성인 여자와 다름없이 성숙해 있어, 눈길을 보내기 민망했다.

　"준웅 오빠! 왜 그러고 서 있어? 무슨 할 말이 있었는데, 까먹었어?"

　중학교 삼 년 동안 한 집에서 생활하면서 오빠와 여동생처럼 허물없이 지냈으므로, 둘은 고등학생이 되어서도 서로에게 평교간(平交間)의 편한 대화체를 쓴다. 나이도 같아서 굳이 어렵게 대할 이유도 없다.

　"아니! 뭐 좀 생각하느라…"

　준웅은 적잖이 당황해하며 얼굴을 살짝 붉히고 시선을 하늘로 향한다. 뜨거운 팔월의 한낮, 적송마을 사람들도 모두 낮잠을 자는지 마을 주위는 조용하다. 박 촌장 할아버지와 할머니께서도 주무시는지 인기척이 없다. 준웅은 대청마루 기둥에 걸려있던 자그마한 광주리를 떼어내면서 말한다.

"밭에 가서 할아버지가 좋아하시는 상추와 풋고추를 따올까?"

"그러지. 할머님이 저녁 전에 밭에 가실 거니까, 우리가 미리 따다 놓으면 좋아하실 거야."

둘은 차양이 넓은 밀짚모자를 챙겨 쓰고 평소 할아버지와 할머니가 가꾸시는 밭으로 걸어갔다. 풋고추를 따면서 준웅이 말한다.

"내년이면 삼 학년 졸업반인데, 대학 진학 문제를 고민해 봤니?"

학교에서는 벌써 일류 대학 합격률을 높이려고, 이 학년 학생들을 대상으로 대학 지원과 관련하여 문과반과 이과반 희망 조사를 하고 있었다.

"대학에 가서 전공하고 싶은 분야의 공부를 맘껏 해보고 싶어. 어떤 방법으로 학비를 벌어서 다녀야 할지 고민이 되지만."

"친구들 얘길 들어보니까 일류 대학의 수재들이 몰리는 과에 합격하면 시간제 가정교사도 할 수 있대. 그렇게 해서 고학으로 대학을 나와 좋은 기업체에 들어간 선배님도 있다고 들었어. 넌 무슨 과를 전공하고 싶은데?"

"지금 생각하고 있는 건 영문과에 가는 거야. 졸업하면 외국계 기업에 취직하여 빨리 돈을 벌고 싶어. 돈 벌어서 할아버님, 할머님을 잘 모시고 싶어."

혜용의 얼굴이 진지하게 바뀌며 어떤 다짐을 하는 것처럼 굳어졌다.

"할아버님이 오래 사셔야 할 텐데."

올해 들어서 기력이 뚝 떨어지신 할아버님이 많이 걱정되는 모

양이다. 준웅도 똑같이 생각하고 있는 듯 말이 없자,

"오빠는? 어느 과에 지원하고 싶어?"

다시 준웅에게 묻는다. 준웅은 생각하던 거를 멈추고 대답한다.

"나도 빨리 취직이 되는 과를 생각하고 있어. 상대를 졸업하면 취직이 잘 되는 모양이던데. 무엇보다 학비를 벌어야 하니, 좋은 성적으로 일류 대학에 들어가는 것을 우선 목표로 하고 있어."

"그래, 우리처럼 스스로 학비를 벌어야 대학에 다닐 수 있는 사람은 일류 대학에 들어가는 걸 우선 목표로 해야지."

풋고추를 따고 저녁에 먹을 만큼의 상추를 광주리에 담자, 둘은 나무 그늘을 찾아 나란히 앉았다. 잠깐 밭에서 일을 했음에도 여름 햇볕은 뜨거워 둘의 얼굴은 땀이 송골송골 맺혀있다.

"부모님이 누워계신 묘역을 그동안 할아버지 두 분이 잘 관리해 주셔서 언제나 보기 좋았는데, 김영달 할아버지는 기력이 많이 떨어지셔서 누워계시는 날이 많다고 하시고, 우리 할아버지도 기력이 많이 약해지셔서 걱정이야. 우리라도 묘역을 관리해야 하는데, 멀리 있으니 죄송한 마음뿐이야."

준웅이 얼굴 가득 죄송하고 송구한 표정을 담아 말하면서 머리를 숙였다.

"정말이야. 묘역 주위로 가문비나무가 촘촘히 서 있어, 우리 마을 사람들 말고는 그곳에 묘역이 있다는 걸 아무도 모르고 있어. 두 분 할아버지는 그 은혜를 평생 갚는다 해도 다 갚지 못할 우리의 은인이셔. 정말 고마운 분들이야."

혜용은 말하면서 눈물을 글썽거렸다.

그랬다! 준웅과 혜용이 소도시 중학교에 전체 일 등으로 합격했을 때, 바깥세상 사람들의 관심이 두려웠던 두 분 할아버지는 그곳 묘역이 산 아래쪽에서도 전혀 보이지 않아야겠다고 마음먹는다. 그 방법을 고민하다가, 키가 크게 자라는 가문비나무 묘목을 구하여 묘역 주위에 촘촘히 심었다.

심은 지 오 년이 넘은 지금, 나무는 많이 자라 사람 키 두 배만큼 자랐고, 해가 갈수록 십여 미터 높이로 자라 묘역을 완전히 가려줄 것이다. 처음부터 박 촌장은 이 점을 의식하고 있었던 듯, 봉분의 형태를 갖추지 않고 땅에서 오 센티 정도로만 도톰한 평토장(平土葬)으로 하되 봉분의 위치를 알 수 있도록 키가 작은 꽃나무를 묘지마다 심어놓게 하였다.

만일 이 사정을 모르는 외부 사람이 설사 이곳을 발견한다 해도 마치 꽃밭을 조성해 놓은 것처럼 보이게 세심하게 신경 썼다. 묘역으로 들어가는 입구는 여러 개의 고목(古木)을 군데군데 쌓아두어 길이 없는 것처럼 보이게 했다.

매년 마을 사람들이 위령제를 지낼 때는 이 고목을 일일이 치운 뒤 묘역 안으로 들어갔다. 나올 때는 다시 고목을 원래 있던 곳에 갖다 놓아 길의 자취를 감추었다. 말하자면 그곳은 적송마을 사람들만이 알고 있어야 할, 마을의 평안을 지켜주는 곳이라고 믿게 된, 일종의 성소(聖所)였다.

반듯한 모범생으로 선생님과 동급생 친구들의 사랑을 받으면서 학교에 다닌 두 사람은 고등학교 졸업반이 되었다. 졸업을 얼마 남겨두지 아니하고 박 촌장이 별세하셨다. 향년 팔십 세, 일 년 전에는 김 노인이 먼저 떠나셨다.

그 당시 연세로는 아쉽지 아니한 하직(下直)이었지만, 준웅과 혜용은 하늘이 무너지는 듯한 애통함과 슬픔을 가누지 못하며 박 촌장 할아버지와 이승에서의 마지막 작별을 하게 된다. 가장 그들을 힘들게 한 것은, 지금까지 받은 은혜를 보답할 기회가 영영 사라져 버린 것이었다. 그 생각만 하면 너무나도 가슴이 아파서 두 사람은 장례식이 끝날 때까지 날마다 눈물을 쏟아내며 몸을 가누질 못했다.

박 촌장 할아버지는 두 사람에게 든든한 버팀목이 되어주셨고, 기대고 싶을 때는 언제든지 따뜻한 품안이 되어주었다. 고등학생이 되어 깨우치게 된 세상 이치(理致)와 사람의 도리는 장차 자기들이 어떠한 모습으로 살아가야 할 것인지, 준웅과 혜용은 각기 확고한 주관을 갖게 된다. 그러한 주관 중의 하나는 더욱 열심히 공부함으로써 능력을 갖춘 사람이 되어야 하고, 둘째는 내가 받은 은혜는 평생에 걸쳐 잊지 않고 갚아야 한다는 굳은 다짐이었다.

그런데 그 다짐을 실행할 기회도 주시지 않고, 박 촌장 할아버님이 돌아가셨다. 일 년 전 김 노인 할아버님이 돌아가셨을 때도 그분에게 갚아야 할 은혜를 전혀 갚지 못하고 떠나보내 드려야 하는 애통함에 많이 울었었다.

그래도 그때는 박 촌장 할아버님이 아직 계시니까 하면서, '은혜를 갚아야 할 빚진 사람'으로서 그날이 어서 오기를 바라는 희망이 있었다. 이제 그 희망이 물거품이 되어버렸으니, 두 분 어르신께 갚아야 할 은혜를 어떻게 해야 한다는 말인가?!

장례식이 끝나자, 준웅과 혜용은 대도시로 올라가는 길에 박 촌장이 누워계시는 묘소에 찾아갔다. 두 사람이 입주 가정교사로 가르친 학생은 모두 중학교 졸업반 학생으로서 부모님이 원하는 고등학교에 지원하였고, 두 사람은 입시가 끝날 때까지 학생들을 지도하기로 되어있어 바로 올라가야 했다.

엎드려 절을 하고 나서 준웅은 박 촌장 어르신의 얼굴을 떠올리며 나직이 말한다.

"할아버지! 저희를 지켜주시고 지금까지 돌보아주셔서 감사합니다. 할아버님께 갚지 못한 은혜는 혼자 되신 할머님과 적송마을 사람들에게 갚아 나가겠습니다. 하늘에서도 저희를 지켜주시고 보살펴 주십시오!"

나란히 서서 준웅이 하는 말을 듣고 있던 혜용이 끝내 울음을 터뜨렸다. 이제 정말 하늘 아래 의지할 곳 한 곳 없는 천애고아(天涯孤兒)가 되고 말았구나! 가슴 안으로 사무쳐 오는 할아버지의 따뜻한 정을 생각하니, 새삼스레 막막한 외로움이 밀려들었다. 이제부터는 준웅 오빠와 함께 이 세상을 헤쳐 나가야 한다. 할아버지가 계시지 않은 세상은 얼마나 삭막(索莫)하고 팍팍할 것인가? 이제 그 세상을 살아가야 한다! 혜용은 입술을 지그시 깨물었다.

고등학교 입학시험은 대학교 입학시험보다 한 달 빨랐다. 가정교사로 가르친 학생들은 무난히 지원한 고등학교에 합격했다. 두 학생 모두 준웅과 혜용이 다닌 명문고였다.

고교 일 학년 때는 성적이 신통치 않았던 학생들이었는데, 막상 명문 고교에 합격시킨 것을 보고 학부모들은 뛸 듯이 기뻐하며 두툼한 감사의 봉투를 건넸다. 거의 국립대학 등록금에 이를 만한 큰돈이었다. 그렇지 않아도 대학 등록금을 걱정하던 차에 이를 눈치채고 감사 봉투를 건네준 학부모도 인정이 각별한 분들이었다.

모두 여유 있는 집안이어서 그랬겠지만, 준웅과 혜용에게는 크나큰 힘이 되었다. 각기 혼자 힘으로 등록금을 마련해야 하는 막막한 처지였고, 장학금을 받지 못하는 성적이 나오면 대학 진학을 포기하는 것도 고려하고 있던 터라, 학부모님의 배려는 정말 고마웠다. 칠십 년도에 접어들던 그 무렵만 해도 지금처럼 국가에서 학자금을 대출해 주는 장학재단이 없던 때였다.

준웅과 혜용의 처지를 아는 학부모님들은 대학 입시가 끝날 때까지 자기 집에 머물러 있으면서 입시를 준비하라고 하셨다. 준웅과 혜용은 아침에 집을 나설 때 도시락을 두 개 준비하여 밤늦은 시간까지 학교 도서관에서 공부했다.

그해 대학 입학시험에서, 두 사람은 고학(苦學)을 위해서는 꼭 필요한 자격인 명문 국립대에 나란히 합격한다. 준웅은 그 당시 경쟁률이 가장 높다는 상대에, 혜용은 희망한 대로 영문과에 각기 들어가게 된다. 성적은 우수했지만, 워낙 공부 잘하는 수재들이 모이는 학교여서, 장학금을 받을 수 있는 등수 안에는 들지 못했다.

두 사람은 각기 학교 기숙사에 입사 신청한 뒤 학생처에 가정교사를 하고 싶다는 뜻을 전했다. 고학해야 하는 학생이면 기숙사와 가정교사 자리는 필수코스였다.

대학에 들어가게 되자, 준웅은 마음속으로만 품고 있던 부모님이 가졌던 사상(思想)에 대한 의문을 풀어 보고자, 학교 도서관에서 틈틈이 사회과학 서적을 대출받아 공부하는 시간을 갖는다.

얼굴도 기억나지 않고, 부모님의 함자(銜字)도 알지 못하지만, 부모님은 어떤 뜻이 있어 한국 전쟁 중에 총을 들고 국군과 싸우게 되었는지, 확실히 알고 싶었다. 매년 유월 산에 누워계시는 서른세 분에 대한 위령제를 지낼 때마다 가졌던 의문이었다. 그랬음에도 그 누구에게도 물어볼 수가 없었다.

박 촌장 할아버지는 "너희들 아빠와 엄마는 나라를 이끌고 가려는 생각이 달라 총을 들고 국군과 싸웠을 뿐 나쁜 짓은 하지 않았다"라고 하시면서 믿으라고 말씀하셨다. 아빠 엄마와 함께 누워 있는 아저씨들도 아빠 엄마처럼 그랬을 거라고 믿으라고 하시면서 할아버지도, 이 마을 사람들도 모두 그렇게 믿고 있다고 하셨다.

서로가 나라를 이끌고 가려는, 생각이 다른 나라는 무엇을 말하는 것인지는 학교에서 민주주의와 공산주의에 대해 배우면서 차츰 알게 되었다. 그렇지만 부모님이 왜 그토록 철저한 공산주의자가 되셨는지? 그 궁금증은 풀리지 아니했다.

학교 도서관에 비치된 사회주의 관련 서적은 적었다. 당시 시대상이 사회주의 사상에 관해서는 매우 엄혹(嚴酷)한 시절이었으므로, 준웅도 그 이유를 잘 알고 있었다. 그래도 사회주의 이론과 민주주의 이론을 비교할 수 있는 이론으로서의 기본 도서는 몇 권 접할 수 있어, 준웅은 이를 탐독했다.

마르크스의 『자본론』, 레닌의 『제국주의론』, 프리드먼의 『자본주의와 자유』 등 서적과 혁명적 사회주의자인 엥겔스의 변증법적 유물론에 관한 학자들의 논문집 등이었다. 그렇지만 공산주의의 기본 바탕인, 재산의 공유를 실현함으로써 계급 없는 평등사회를 이룩하겠다는 사회주의 사상은 준웅에게 절실하게 다가오지 않았다.

'부모님은 당신들이 사셨던 시대 상황의 특수성 때문에, 사회주의 사상에 깊이 몰입하셨던 게 아닐까? 내가 살아온 이 나라는 자유민주주의 국가이다. 모든 국민의 의사가 존중받고 자기 노력 여하에 따라 기회가 보장되는 국가이기에, 아무것도 가지지 못한 내가 이만큼 될 수 있었다.'

이렇게 준웅은 생각했다. 자유민주주의 국가인 이 나라에 사는 한, 앞으로도 그 기회는 계속 열려있다. 어렸을 때부터 가지고 있던 의문이 중고등학교에 다니면서 구체화(具體化)하고, 대학에 가서 이를 꼭 풀어보고 싶다는 준웅의 열망은 치열한 공부와 깊은 사유(思惟)의 과정을 거친 끝에 스스로 터득한 가치관을 갖게 된다.

부모님이 지녔던 사상에 대해, 준웅이 스스로 탐구하고 판단하고 정리하는 시간을 가졌던 대학 일 학년 무렵, 적송마을에서는 뜻밖의 일이 일어난다. 어떤 사람이 면사무소의 행정 전화를 통하여 십칠 년 전 그 일을 물어온 것이다. 아직 일반 전화는 마을에 들어오지 않고, 면사무소에서만 마을 촌장 집에 행정 전화를 가설하여 연락사항을 주고받고 있었는데, 이 전화선으로 연락이 온 것이다.

중앙 일간지 사회부 소속 백 기자라고 자신을 소개한 그는, 한국 전쟁 당시 학도병으로 참전하여 전쟁이 끝나기 얼마 전 군경합동 수색부대의 적송리 인근 야산 빨치산 토벌 작전에 참전한 일이 있다고 했다.

그날 전투가 끝난 후 삼십 명이 넘는 시신을 트럭에 실어 모처에서 한꺼번에 매장할 거로만 알고 있던 그는, 마을 사람들이 시신을 수습한다는 얘길 듣고 깊이 감동하였다고 한다. 그때 일이 오래 기억에 남아, 시신 수습과 관련된 이야깃거리가 있으면 취재하고 싶어, 연락드렸다고 했다.

"제가 여러 곳에서 빨치산 토벌 작전에 참전했으나, 마을 주민이 시신을 수습하겠다고 나선 곳은 그곳 한 곳뿐이었습니다. 그날 받은 감동이 오래도록 잊히지 아니하여, 언젠가 한 번은 그곳을 찾아가 보고 싶었습니다."

백 기자라는 사람은 숨을 고른 뒤, 말을 이었다.

"지금은 아무도 모르게 제가 참전했던 빨치산 토벌 작전의 뒷이야기에 관한 자료를 모으고 있습니다. 먼 훗날 기회가 오면 시리즈로 묶어 기사화(記事化)할 계획도 가지고 있습니다. 그래서 그 당시 상황을 잘 아시는 리장님을 뵙고 싶습니다."

그 전화를 받은 사람은, 박 촌장의 뒤를 이어 마을 촌장이 된 하정기 촌장이었다. 과묵한 성격의 하 촌장은 육십 대 중반의 나이로, 그 역시 평소 마을 사람들의 존경을 받는 인물로 마을 어른들 전원이 촌장으로 추대했다.

"지금은 밖에서는 리장이라고들 하지만, 저희 마을에서는 지금도 촌장이라고 부르지라우. 당시 마을 촌장이시던 박 촌장님은 작년에 돌아가셨고라, 지금은 제가 촌장 겸 리장 일을 맡고 있지유. 하 촌장이구먼요."

하 촌장은 순박한 충청도 사투리를 섞어 태연하게 전화를 받았으나, 가슴은 퉁탕 퉁탕 심하게 요동질 쳤다. 지난 십칠 년 동안 마을 사람들이 그토록 조심했던 그때 일이, 엉뚱한 곳으로부터 비집고 들어올 줄은 생각지도 못했다.

상대방은 그날 토벌 작전에 참전한 군인이었다고 하니, 그 일을 모른다고 잡아뗄 수도 없어, 하 촌장은 바삐 머릿속을 회전시키며 대답할 말을 찾았다.

"아, 그러시군요. 그 당시 촌장님이 별세하셨군요. 그러면 하 촌장님은 그때 일을 기억하고 계시는지요?"

"예, 저도 시신을 지게에 지고 내려와서 마을 사람들과 같이 구덩이를 파고, 함께 묻었시유. 날씨는 덥고 해 지기 전에 삼십여 구의 시신을 묻어야 해서유, 따로따로 묻지는 못하고, 세 사람씩 함께 묻어설랑 흙으로 덮어 버렸시유."

하 촌장은 머릿속에서 지어낸 말을 그럴듯하게 섞어 나갔다.

"그러면 그날 매장 작업을 하고 그곳에 무슨 표적이라도 남겼던가요?"

백 기자라는 사람은 무슨 기삿감이라도 찾겠다는 듯 기자 특유의 호기심을 보이며 물었다.

"표적이라니요? 저쪽 사람들하고 친하게 지냈다는 이유만으로도 경찰서에 불려 가는 무서운 시상인디, 그런 생각은 당최 해보덜 안 했고라, 그냥 불쌍해서 묻어줬지유."

"마을 사람들이 모여서 서로 의논하여 시신을 수습하자고 의견을 모으셨던가요?"

"아니지라우! 그날 새벽 동이 트기도 전에 콩 볶듯 총소리가 난게로 마을 어르신들 몇 분이 무슨 일인가 하고 그쪽 산에 갔다가 국군 트럭과 군인들을 보고 빨치산과 전투가 벌어진 걸 아셨지유. 마을 사람들 대부분이 무서워서 그냥 숨어있자고 했는디, 당시 박 촌장님이 우리 마을 근처에 있는 산에서 죽은 사람들의 시신을 우리가 수습하지 않으면, 그 혼령들이 화를 내어 우리 마을을 해칠지도 모른다고 겁을 주니께 모두 촌장님 말씀을 따랐시유."

백 기자는 기대했던 기삿감이 나오지 않은 데 대해 다소 실망한 듯이 잠자코 있다가 한마디 더했다.

"오래전 일인데, 하 촌장님은 그들이 매장된 곳을 기억하고 계실까요?"

"글쎄라. 그 일이 있은 지 두어 달 후에 전쟁이 끝나지 않았는감유? 전쟁은 끝났는디 여기저기서 공산당에 부역한 민간인을 붙잡아 가두고 총살도 시키고 한다는 흉측한 소문들이 들려오지 않았는감유? 그 후로는 우리가 한 일이 죄지은 일인가 맴이 조마조마해서, 그 근처에는 아예 발길질도 안 해버렸시유. 그곳이 야산잉게로 그동안 잡목이 무성하게 자라 모두 덮어버렸을 것이구먼유. 지금은 그곳을 찾기도 난감헐끼유."

백 기자라는 사람은 더는 기삿감을 찾기가 어렵겠다고 단념한 듯 전화 받아주셔서 대단히 고맙다고 인사한 뒤 전화를 끊었다.

하 촌장은 수화기를 내려놓고 휴! 하고 길게 한숨을 내쉬었다. 얼마나 긴장했는지 등허리에 식은땀이 흘러내리고 있었다. 하 촌장은 물론 순박한 마을 사람들 대부분이 불쌍한 사람들 시신이라도 수습하여 그 혼령을 위로하자고 뜻을 모았고, 해마다 위령제를 올리지 않았던가! 기자라는 사람들은 한번 호기심을 가지면 끈질기게 사건을 추적하고 관련된 사람들이나 관계기관을 찾아다니며 묻고 서류를 뒤져보고 한다는 말을 들었다.

백 기자라는 사람이 마음을 바꾸지 않고 적송마을과 관련된 오래전 기삿거리라도 찾게 된다면, 마을의 자랑인 박준웅과 김혜용

두 학생의 정체를 취재하려고 나설지도 모른다. 불현듯 하 촌장의 머릿속에 이런 생각이 떠올랐다.

하 촌장은 그날 저녁 마을 원로 여섯 사람을 불렀다. 하 촌장과 백 기자라는 사람과의 통화 내용을 듣게 된 마을 원로분들은 모두 걱정스러운 낯빛을 띤다. 하 촌장이 염려하는 그런 일이 일어나지 말라는 보장은 그 어느 곳에서도 찾을 수가 없었다.

때는 군사정권이 정치 경제와 공안 정국을 주도하던 제3공화국 시절인 천구백칠십 년이었다. 그해 전국의 수재들만이 들어갈 수 있다는 서울의 국립대학에 나란히 들어간 준웅과 혜용은 적송 마을의 희망이요 자랑이었다.

'혹시라도 그들에게 무슨 해가 미친다면?'

마을 원로들은 빨리 두 사람에게 이 사실을 알려야 한다는 데 의견을 모았다. 무슨 다른 방도를 찾을 수도 없어서, 우선 그들이 이러한 사실을 알고 매사 몸조심이라도 해야 함을 주지(周知)시켜야 했던 것이다.

준웅은 며칠 후 하 촌장의 편지를 받는다. 편지 내용은 하 촌장과 백 기자라는 사람과의 통화 내용이 적혀 있고, 이런 일이 있었으니 신경 쓰기 바란다는 당부 말만 있었으나, 준웅은 바짝 긴장했다. 특히 상대가 그날 토벌 작전에 참전한 군인이었던 데다, 지금은 신문사 기자라는 사실이 몹시 신경 쓰였다. 준웅은 그 주말 혜용에게 만나자는 전갈을 보냈다. 휴대폰이 없던 시절이었으므로, 여대생 기숙사 관리실에 찾아가 쪽지를 전했다.

토요일 저녁 학교 앞 식당에서 만나기로 한 혜용은 멋쟁이 여대생 모습으로 나타났다. 단풍이 물드는 시월이어서, 손목까지 내려오는 연한 갈색 블라우스에 까만 치마를 입고 단화를 신은 혜용은 머리를 길러 보드라운 머릿결이 목 부위까지 내려와 있었다.

여자로선 보통 키에 몸매가 날씬한 혜용은 건강한 갈색 피부에 이지적인 눈매가 눈길을 끄는 타입이었는데, 대학 입학 후 못 보는 사이에 숙녀가 되어있었다. 언젠가 고등학교 이 학년 여름방학 때 박 촌장 할아버지 댁에서 하얀 반소매 블라우스를 입고 있던 혜용을 보고 몹시 당황했던 때가 떠올랐다. 그때는 함께 자란 여동생이 아니라 이성(異性)으로서 혜용을 대한 첫 경험이었었다.

지금은 완연한 숙녀(淑女)가 된 모습으로 나타난 혜용에게, 준웅은 할아버지 댁에서 하던 것처럼 말을 낮춰서 하기가 어렵다는 걸 느꼈다. 그렇다고 친구처럼 대할 수도 없었다. 지방 소도시에서 중학교에 다닐 때는 한 집에서 기거하며 서로 친구처럼 대했으나, 고등학교에 올라가서는 입주 가정교사를 하느라 방학 때 외에는 얼굴을 마주할 기회가 없었다. 서울에 올라와 대학에 다니고 보니 서로가 시간제 가정교사를 하느라 마음은 있어도 얼굴 한 번 보자고 말할 겨를도 없이 지냈다.

방학 때도 그룹 과외지도 아르바이트를 하느라, 적송마을에 내려가지 못했다. 그러다 보니 대학 입학 후 두 사람은 처음 만나게 된 것이다. 떨어져 있을 때는 몰랐지만, 오랜만에 이렇게 마주 대하고 보니 이제는 한 사람의 여인으로 혜용을 대해줘야겠다는 생각이 들었다.

학교 앞 식당은 집밥처럼 여러 반찬을 정성껏 차려 내오는 곳이어서 학생들이 자주 이용하는 곳이었다.

"어때, 대학생활이 힘들지? 신입생 때 마음껏 놀아야 한다는데, 가정교사하면서 공부하느라 놀 틈도 없이 바쁘게 보냈을 거야."

준웅이 밥을 먹으면서 혜용을 안쓰러운 듯 바라보며 한마디 했다.

"오빠도 마찬가지면서 그러긴? 그래도 우리에게 학비를 벌어가면서 공부할 수 있게 해주는 이 나라가 참 감사해. 고마움을 잊지 말아야지."

준웅은 혜용의 말을 듣고 깜짝 놀랐다. 서로 부모님의 사상에 관해 한 번도 말을 꺼낸 적이 없었지만, 혜용은 혜용대로 자기 부모님이 가졌던 사회주의 사상에 대해 오랫동안 의문을 품고, 그 해답을 찾기 위해 많이 몸부림쳤다는 것을 알았다.

'그랬었구나! 혜용도 나름 사회주의 사상을 공부하고 부모님을 이해하려고 많이 애썼구나! 그 과정을 거쳐 자유민주주의 국가인 이 나라를 제대로 알고, 고마워하고 있구나!'

준웅은 혜용의 생각과 정리된 주관을 가슴으로 받아 안았다. 혜용이 아무에게도 말하지도, 내색하지도 못하고 혼자서 그 오랜 세월을 고민하고 갈등하고 공부하면서 해답을 찾기 위한 노력을 했을 거를 생각하니, 가슴이 아팠다. 아픈 마음이 지나가기를 기다리고 있다가 준웅이 입을 열었다.

"나도 그래. 혜용이와 마찬가지로 나도 고마워하고 있어."

혜용의 얼굴이 순간 밝게 빛났다. 편안한 미소가 그 빛 위에 얹혔다. 두 살 때 적송마을 인근 야산 토굴에서 박 촌장에게 발견된 이후 두 사람은 단 한 번도 자기들 부모에 관해 이야기를 나눈 적이 없었다.

시대 상황이 '공산주의'나 '사회주의'라는 말이 나오면 경기(驚氣)를 일으키듯 민감하게 반응하던 시절이었으므로, 하루하루 숨죽이며 살아가는 두 사람에게 부모님은 금기어(禁忌語)가 되어있었다.

부모님은 사회주의 사상을 강렬한 빛으로 생각하고 열정적으로 그 빛 한가운데로 뛰어 들어가신 게 분명했다. 빛이 강렬할수록 그 그림자 또한 짙게 나타나는 것임을 부모님은 미처 보지 못하고 일찍 떠나신 듯하다.

혜용은 부모님의 사상을 알아갈수록 혼돈에 빠져 허우적댔다. 마침내 자기가 서 있어야 할 자리에 대한 해답을 찾았을 때, 혜용은 그 이전보다 훨씬 강해진 자신을 발견했다. 준웅이 그랬던 거처럼 혜용도 대학에 들어가서야, 풀지 못하고 있던 그 문제를 앞에 두고 치열하게 문제 풀이를 한 것이다.

이제 서로가 오랫동안 풀지 못한 어려운 문제를 풀고 그 해답을 찾아냈음을, 말은 없어도 눈빛과 표정으로 확인한 두 사람은 처음으로 홀가분한 심정이 되어 서로를 마주 바라보았다. 두 사람 사이에 잔잔한 평화의 강이 흐르고 있었다. 보이지 않는 두꺼운 둑이 가로막고 있던 두 줄기 지류(支流)가 둑이 무너지면서 합류되고, 뒤섞임의 소용돌이를 거쳐 드디어 잔잔한 평화의 강이 된 것이다.

식사가 끝나고 두 사람은 가까운 찻집에 들렀다. 아직 중요한 용건은 꺼내지도 못했다. 학교 주변 찻집이라 실내는 끼리끼리 모여 앉은 학생들이 어떤 자리에서는 깔깔깔 웃으며 즐겁게 대화를 나누기도 하고, 어떤 자리에서는 진지한 표정으로 머리를 맞대고 얘기를 나누기도 했다.

준웅은 단 두 사람이 앉을 수 있는 자리를 찾아 구석진 곳으로 갔다. 학생들의 대화 소리가 조금은 멀어졌다. 준웅은 말없이 하 촌장이 보내주신 편지를 상의 안주머니에서 꺼내어 혜용에게 건넸다. 혜용은 겉봉투에 하 촌장님의 이름이 적힌 것을 보고는 반가운 기색을 보이며 편지를 꺼내어 읽기 시작했다.

차츰 혜용의 표정이 굳어지더니 편지를 다 읽고 탁자 위에 놓는 그 얼굴에 어두운 그늘이 짙게 내려앉았다. 두 사람 사이에 조용한 침묵이 흘렀다. 뜻밖의 소식이었다. 누군가 우리의 출생 신분을 의심하고 찾아오는 만일의 경우가 전혀 없으리라고는 생각지 않았다. 박 촌장 할아버님과 적송마을 주민들이 헌신적으로 우리를 보호하고 지켜주셔서 만일의 가능성이 점차 희미해져 가고 있다고만 생각하고 있었는데, 불씨가 완전히 꺼진 것은 아닌 모양이다.

지금 이 나라는 어느 때보다도 엄혹한 공안시국(公安時局)임을 두 사람은 잘 알고 있었다. 가족이나 가까운 친척이 월북(越北)했거나 그쪽에서 활동한 사실이 있으면 관계기관의 요시찰인(要視察人) 명단에 올라 연좌제(緣坐制)의 불이익을 받게 된다는 사실도 인지하고 있었다. 그래서 하 촌장의 편지는 두 사람에게 큰 파장을 일으킨 것이다.

혜용은 만일 백 기자라는 분이 우리의 신분을 밝혀내고 찾아오는 경우, 어떻게 대처해야 할지, 그 총명한 두뇌를 가동하기 시작한다. 조금 전까지 두 사람 사이에 흐르고 있던 평화의 강은 찬 바람이 불면서 서서히 얼어붙고 있었다. 편지를 읽게 되면 분위기가 무겁게 내려앉을 거라는 걸 이미 예상한 준웅이 침묵을 깨고 조심스럽게 말을 꺼낸다.

"난 일 학년을 마치고 군대에 지원하려고 마음먹었어. 삼 년 동안 군대에 가 있으면 정신적으로 더 안정될 것 같고, 다녀와서 학교에 다니면 공부에 집중하기도 더 나을 것 같아."

준웅이 왜 그렇게 결심했는지 안다는 듯, 혜용이 보일 듯 말 듯 고개를 끄덕였다.

"백 기자라는 분이 더 이상 관심 두지 않도록 하 촌장님이 잘 말씀해 주셔서 안심은 되지만, 혜용에게 아무런 일도 없어야 하니까 군대에 가 있더라도 신경 쓰게 될 거야."

말은 그렇게 하지만 얼굴 가득 걱정스러운 빛을 안고 있는 준웅의 얼굴을, 혜용은 새삼스럽게 마주 바라보았다. 어렸을 때부터 산자락에 누워있는 부모님을 생각하면 슬픔이 복받쳐 아무도 모르게 눈물을 훔치곤 했던 혜용이었다. 나도 그런데 준웅 오빠도 그러겠지, 생각하면서 혜용은 똑같은 처지의 준웅 오빠를 슬픈 눈빛으로 바라보곤 했었다.

말이 없는 준웅 오빠는 늘 눈치 빠르게 자기 할 일만 하고, 혜용에게도 웬만해선 말을 거는 일이 없었다. 한 집에서 함께 기거하며 중학교에 다닐 때도 마찬가지였다. 자기가 할 일은 열심히 공부하는 일뿐이라는 듯, 집안일을 눈치껏 도와줄 때 외에는 별로 말이 없었다.

또래 학교 친구들보다도 키가 크고 잘생긴 준웅 오빠가 가방을 들고 학교에 갈 때면, 맞은편에서 오던 여학생들이 흘끔흘끔 오빠를 쳐다보며 지나가곤 했다. 서로 떨어져 있던 고등학교 때 키가 훌쩍 더 커버린 오빠가 믿음직스럽고 자랑스럽기도 했으나, 혜용은 오빠를 다정스럽게 대하지 못했다. 부모님이 지워주신 사상의 굴레에 갇혀 마음이 항상 죄지은 것처럼 무거워서, 조심하고 숨기에만 신경 썼기 때문이었다.

아마 오빠도 그랬을 것이다. 내가 안고 가는 슬픔도 무거워 허우적대는데, 오빠의 그 슬픔은 얼마나 더 무거울까? 슬픔끼리 맞부딪치면 오빠를 더 힘들게 할 것만 같아서, 혜용은 조용히 자기 슬픔만을 안고 살았다.

그간 오빠와 자기 사이를 가로막고 있던 두꺼운 둑이 오늘 무너져 버렸음을 확인한 기쁨도 잠시, 새로운 걱정거리가 닥치긴 했으나, 혜용은 자기를 신경 써주는 준웅 오빠가 고맙고 믿음직하기만 했다. 그간 느끼지 못했던 오빠의 잘생긴 외모와 큰 키도 새롭게 다가왔다. 혜용은 잠시 가라앉았던 기분을 쫓아내듯 얼굴에 미소를 지으며 말했다.

"오빠, 신경 써주어서 고마워. 그러나 별일 없을 거야. 하 촌장님이 잘 대처해 주셨고, 우리한테 특별히 문제될 게 없었으니까."

준웅은 혜용이 의외로 담담하게 이번 일을 바라보고 있음을 보자, 자신도 무거운 마음이 조금 가벼워지는 것을 느꼈다.

'그래! 좋은 쪽으로 생각하자! 좋은 기분을 가진 사람은 좋은 분위기를 만들어 낸다.'

준웅은 혜용이 만들어 낸 좋은 분위기를 즐기고 싶어, 화제를 돌려야겠다고 생각하고 명랑한 음성으로 말을 꺼낸다.

"나 군대 가면 혜용이 보고 싶어 어떡하지?"

"나 보고 싶으면 사진 보면 되지, 뭐! 오빠 말 나왔으니까 오늘 함께 사진 찍자!"

준웅은 즐겁게 대화하고 싶어 농담으로 꺼낸 말이었으나, 의외로 혜용이 이를 진담으로 받아들이며 곧바로 함께 사진을 찍자고 하자, 한편으론 놀라고 한편으론 반갑기도 해서 곧장 그 제의를 받는다.

학교 앞에는 학생들이 증명사진이 필요할 때 찾아가 사진을 찍을 수 있는 사진관이 가까운 거리에 있었다. 아직 여덟 시가 되기 전이니 바로 가면 사진을 찍을 수 있을 것 같았다. 그날 밤, 준웅과 혜용은 서로가 보고 싶을 때면 언제나 꺼내볼 수 있는 흑백 사진을 찍었다.

혜용이 방긋 미소 짓는 모습으로 의자에 앉고, 준웅은 그 왼편 의자 팔걸이에 살짝 걸터앉아 잔잔한 미소를 짓는 모습의 사진이었다. 사진을 찍은 주인아저씨가 얼굴 가득 웃음을 띠며 두 사람에게 말했다.

"잘 어울리는 멋진 사진이 나오겠습니다."

그날 밤 두 사람은 왠지 헤어지기 싫어 학교 캠퍼스를 거닐며 얘기를 나누었다. 두 사람 다, 아르바이트를 하면서 공부하느라 항상 시간에 쫓기는 바쁜 일상을 보내고 있지만, 읽고 싶은 책에 대한 갈망, 듣고 싶은 음악에 대한 동경(憧憬)은 누구보다도 강하다는 사실도 처음 알게 되었다.

기숙사 입사 시간은 밤 열 시였다. 두 사람은 아홉 시 반쯤 헤어졌다. 헤어지기 전 준웅이 좋은 영화가 상영되면 함께 보러 가자고 제의하자, 혜용은 흔쾌히 받아들였다. 보는 눈이 있고 듣는 귀가 있는 두 젊은이가 고학(苦學)하느라 취미생활을 하지 못하는 안타까운 현실을 서로에게서 바라보면서도, 두 사람은 묵묵히 이를 받아들였을 뿐 어떠한 불평도 하지 않았다.

혜용을 만난 다음 날 준웅은 하 촌장님에게 드리는 답장 편지를 썼다. 저희를 위해 많이 신경 써주셔서 감사드린다고 적은 다음, 혜용을 만나 편지를 건네주어 읽어보게 하였고, 저희도 매사에 조심하고 신경 쓰겠다고 썼다.

맨 나중에 하 촌장님과 적송마을 주민 여러분께 걱정 끼쳐 드리지 않는 길을 고민하다가, 일 학년 수업이 끝나면 곧바로 입대하기 위해 조기 입대 지원을 해놓았다고 썼다. 혹시라도 모를 주위 이목(耳目)을 끌지 않기 위해 따로 인사드리러 내려가지는 않겠으니, 양해해 주십사는 말도 덧붙였다.

하 촌장님께 편지를 보내고 나서 준웅은 하 촌장님으로부터 받은 편지를 불태웠다. 사소한 것일지라도 만일의 경우 흠 잡힐 수 있는 그 어떠한 것도 몸에 지니고 있지 않아야 한다는 조심성은 이제 하나의 생활 습관이 되었다. 몇 번을 생각해도 자신과 혜용의 출생 신분은 극도로 민감하고 위험한 사안(事案)이었다.

입이 거친 사람들이 입에 올리는 '빨갱이 자식'이라는 말이 혹시라도 대공 수사기관에 들어갈 경우, 아무런 용의점이나 잘못이 없더라도 자신들은 물론 마을 사람들이 고초를 겪으리라는 점은 분명했다. 연좌제(緣坐制)가 시퍼렇게 눈을 뜨고 살아있는 그 당시 상황은 숨 막히는 긴장감으로 자신들을 조여 오고 있어서, 살아가는 일은 마치 공중에서 외줄 타기를 하는 것처럼 아슬아슬했다.

또한 지금까지 자신들을 보호해 준 마을 사람들의 은혜는 평생 갚아야 할 빚이었다. 그러했으므로, 자신들로 인해 행여라도 마을 사람들에게 어떠한 힘든 일이 결코 일어나서는 안 되었다.

　박형수 촌장 집에서 자란 만 두 살 어린아이 적부터 준웅과 혜용은 눈치 빠른 어린이가 되어갔다. 매년 유월 위령제를 지낼 때마다 박 촌장은 어린 준웅과 혜용에게 아버지와 어머니의 묘소 앞에서 무릎 꿇게 하고, 술잔을 손에 쥐어준 뒤 술을 따라주곤 묘소 위에 골고루 뿌리게 했다. 그런 다음 공손히 두 번 절을 올리게 했다. 이런 의식을 치르면서 두 사람은 아버지와 어머니가 존재하지 않는 황량한 세상의 막막함을 참고 견디는 법을 배워갔다.

　자상하신 박 촌장 할아버지와 할머니가 친손주처럼 두 사람을 돌보고 살피고 아낌없는 사랑을 보내주었지만, 그분들이 친할아버지와 친할머니가 아니라는 것도 잘 알았다. 그분들의 한결같은 자상함은 총명한 두 아이의 촉각(觸覺)을 더욱 예민하게 발달시켜, 어린아이 적부터 준웅과 혜용을 남다른 애어른으로 자라게 한 것이다.

　시간은 빨리 지나갔다. 십이월 초가 되자, 이 학기 수업은 종강(終講)되었다. 하루라도 빨리 입대하여 머릿속을 짓누르고 있는 막연한 불안감에서 벗어나고 싶다는 간절함에 답했음인지, 방학이 시작되는 날 입대 영장이 도착했다. 입대 날짜는 이십 일이었다. 달력을 보니 보름밖에 남지 않았다. 기말고사를 준비하느라 잊고 있던 혜용과의 약속이 문득 떠올랐다.

　'그랬지! 영화를 보러 가자고 했지!'

　입대하기 전 함께 볼 수 있는 기회는 이번 주말과 다음 주말밖에 없었다. 신문 하단 영화 광고를 보니 멜로 장르의 미국 영화 한

편이 눈에 들어왔다. 자신이 영화를 좋아한다는 거는 알고 있었지만, 볼 여유도 기회도 없으므로, 영화는 먼 후일 사는 일에 여유가 생기면 그때 즐겨야겠다고 진즉 체념했던 준웅이었다.

다음 주말은 입대 준비로 바쁠 것 같아, 혜용과 영화를 보는 날은 아무래도 이번 주 토요일이 나을 것 같았다. 준웅은 곧장 연락 편지 한 장을 써서 여자 기숙사 관리실에 맡겼다.

그 주 토요일 오후 준웅과 혜용은 학교 도서관 앞에서 만났다. 먼저 영화를 보고 저녁을 먹은 다음 십 일 후에 입대한다는 소식을 전할 생각이었다. 태어나서 처음 영화관을 찾은 준웅과 혜용이었다.

시내 중심가에 자리 잡은 개봉 영화관은 둘러보기에만도 으리으리하여 두 사람은 마치 시골 사람이 서울에 처음 올라와서, 보는 것마다 눈이 휘둥그레지는 것 같은 표정을 짓는다. 장학금을 받아야 학교에 다닐 수 있으므로, 한눈팔지 않고 오직 공부에만 전념해 온 두 사람이었기에, 오늘 영화관람은 두 사람에겐 아주 특별한 이벤트였다.

영화는 한 마을에서 친구처럼 함께 자라난 두 남녀 주인공이 고향을 떠나 각자의 삶을 살아가면서 겪는 갖가지 실패와 좌절을 딛고 일어나 작가와 배우로 성공하여 연인으로 만난다는 내용이었다. 스크린으로 처음 보는 미국이라는 나라는 자유롭고 개성이 존중되며, 노력하는 만큼 기회가 열려 있는 나라로 다가왔다.

그날 본 이 한 편의 영화는 나중에 두 사람이 진로를 결정하는 데, 긍정적인 영향을 끼치게 된다. 아울러 영화가 두 사람에게 준 감동과 새로운 세상에 눈뜨게 된 놀라움은 컸다.

이전처럼 학교 앞 식당에서 식사를 마치고 나자, 혜용은 둘이 함께 찍었던 사진 한 장을 핸드백에서 꺼내어 준웅에게 건넸다. 자기가 사진을 찍자고 했으니, 사진값은 자기가 낸다고 하면서 계산하곤 자기가 찾아 놓겠다고 하더니, 봉투에 담긴 사진을 가지고 온 것이다. 봉투를 열어보니 사진 두 장이 들어있었다. 한 장은 작은 액자에 넣어 책상 앞에 올려놓기 좋은 크기의 사진이었고, 또 한 장은 가지고 다니는 지갑에 넣을 수 있는 크기의 작은 사진이었다. 혜용이 특별히 사진관 주인에게 부탁한 모양이었다. 잘 어울리는 멋진 사진이 나올 거라고 하더니 정말 마음에 꼭 들게 잘 나온 사진이었다.

사진으로 보는 혜용은 더 매력적이었다. 예쁘다는 표현보다는 이지적인 어떤 강렬한 분위기가 얼굴을 감싸고 있어, 총명한 눈빛이 보는 사람의 마음을 들여다보는 듯한 느낌을 주었다. 사진에서 눈길을 떼지 못하고 보고 있는 준웅을 보고 혜용이 말했다.

"내 얼굴 잊지 말라고 작은 사진을 따로 부탁했어. 지갑에 들어갈 크기이니, 항상 지니고 다녀야 돼!"

그 말을 하면서 혜용은 배시시 웃었다. 그리곤 핸드백에서 포장지에 싼 작은 선물을 준웅에게 내밀었다.

"이거 뭐야? 내게 주는 거야?"

"응, 풀어봐."

종이 포장지를 뜯어내고 보니 까만 지갑이었다.

"사진 끼워 넣어서 가지고 다닐 수 있는 지갑까지 준비했네!?"

혜용은 말없이 미소만 지었다. 무슨 일이든 철저히 준비하는 성격인 혜용은 미리 마음에 드는 지갑을 사서 사진관에 가지고 가,

지갑에 넣을 수 있는 크기의 사진을 빼달라고 부탁했을 것이다.
 이 지갑에 둘이 함께 찍은 사진을 넣어서 가지고 다니라는 바람인 것을 모를 리 없는 준웅의 가슴속으로 혜용의 마음이 잔잔한 물결을 일으키며 와닿는다.
 "사진은 내가 부탁했어야 했는데, 난 잊어버리고 혜용이가 챙겨주었네. 지갑 선물 고마워. 항상 지니고 다닐게."
 준웅은 정말 고마웠다.
 '지갑에 넣고 다니면 혜용인 언제나 나와 함께 있을 수 있어!'
 그렇게 생각하니 즐거웠다. 즐겁다는 건, 그 시간과 공간이 좋다는 것이다. 그 안에 함께 있는 사람도 좋을 수밖에 없다. 준웅은 혜용과 함께 찍은 사진을 보면서 혜용이 이제 특별한 의미를 가진 한 사람의 여인으로 다가오고 있는 걸 느끼고 있었다.
 지금까지 혜용은 살얼음 걷듯 긴장된 삶을 살아온 공동 운명체였다. 자기들을 둘러싼 보이는 세상은 언제 갑자기 자기들을 이단시(異端視)하며 공격해 올지 모르는 이방인(異邦人)과 다름없었다. 살아온 세월은 숨죽이며 눈치 보며 스스로를 가두지 않으면 안 되는 시간이었다. 이 땅에서 살아가는 한 그 시간은 앞으로도 계속될 것이었다.
 두 사람은 지금까지 한 번도 꺼내놓고 이야기하지 못한 각자의 장래 희망, 삶의 방식, 좋아하는 것들에 대해 자기 안에 감추어 두었던 보따리를 처음으로 상대에게 풀어놓았다. 그 보따리 안에서 모양과 색깔이 다른 것들이 하나씩 그 모습을 드러낼 때마다, 전혀 생각지 못했던 서로의 감춰진 모습에 대해 놀랐다. 그리고 그 모습을 고스란히 서로가 받아 안았다.

받아 안았다는 것은, 지금까지 모르고 있던 서로의 모습을 알게 된 기쁨이 가져다준 유대(紐帶)의식 때문이었다. 그 모습은 대학에 들어와 보았던 그 어떤 남학생보다도, 책에서 읽었던 그 어떤 남자의 모습보다도 더 멋있는 모습인 것만 같아, 혜용은 가슴이 설렌다. 그러다가 입대를 십 일 앞두고서야 알게 된 오빠의 감춰진 모습을, 오늘이 지나면 볼 수 없다는 사실에 새삼스레 당혹해한다.

이제 십 일 후면 오빠는 군대에 간다. 삼 년 동안 오빠를 보지 못하게 된다. 물론 일 년에 한 번씩 휴가가 있다고 하지만, 그 기간은 일주일 남짓 될 것이어서, 오빠는 그 휴가마저 받지 않을지도 모른다. 오빠와 내가 처한 지금 상황이 너무나도 불안하여 오빠는 자기를 안전하게 보호해 줄 군대에서 나오지 않으려 할지도 모른다고, 그러면 오늘이 마지막 밤이 될지도 모르겠다고, 혜용은 그렇게 생각했다.

그렇게 생각하니 울컥 치미는 것이 올라오며 가슴이 먹먹해졌다. 오빠가 없는 세상을 앞으로 혼자서 헤쳐 나가야 한다는 걸 생각하니, 짙은 외로움이 밀려 들어왔다. 오빠 앞에서는 내색하지 않았지만, 백 기자라는 분의 출현은 혜용에게도 엄청난 충격이었다. 그분이 빨치산 토벌 전투에 참전했다는 소식은 언제 어디서 무엇에 부딪혀 터져 버릴지 모르는, 굴러다니는 폭발물이 곁에 따라다니는 거만 같은 불안감을 주었다.

두 사람은 말없이 캠퍼스를 걸었다.

"입대하는 이십 일 그날 어디서 떠나?"

혜용이 침묵을 깨고 준웅에게 물었다.

"입대 영장을 보니 아침 여덟 시까지 용산역 앞으로 집결하라고 적혀 있었어. 그곳에서 모여 열차로 출발하나 봐."

'그렇구나. 그렇게 입대하는구나. 십 일 후면 오빠와 삼 년 동안 떨어져 오빠를 볼 수가 없다. 이제부터는 이 넓은 세상에서 의지할 곳 한 군데 없이 혼자 살아가야 한다.'

먹먹해 있던 가슴이 더는 견디기 힘들다는 듯 그 감정이 분출하더니 흑! 하는 소리와 함께 눈물로 솟구쳐 흘러내렸다. 혜용의 어깨가 가늘게 떨린다. 전혀 생각지 못한 감정의 변화였다. 말없이 나란히 걷던 준웅이 그 소리를 듣는다. 열아홉 다 큰 사내가 된 준웅은 그 소리가 울음을 터뜨리는 소리임을 직감하고 놀라서 걸음을 멈춘다. 어깨를 떨며 울고 있는 혜용의 모습이 가녀린 한 마리 새처럼 애잔하여 마주 보고 있을 수가 없다.

고개를 숙인 채 소리 내지 않으려고 주먹으로 입을 막고 그 자리에 서 있는 혜용의 모습은 두 사람 앞을 가로막고 있는 커다란 슬픔의 실체를 또렷이 확인케 한다.

'혜용이 울고 있다! 우는 모습은 처음 본다. 그 누구보다도 강하다고 생각했던 혜용이 나와의 오랜 헤어짐이 주게 될 외로움을 생각하며 눈물짓고 있구나.'

울고 있는 혜용의 모습은 준웅에게 큰 충격으로 다가온다.

'이 세상에서 피붙이라곤 아무도 없는 천애고아, 나와 피는 섞이지 않았지만, 위태, 위태하기만 했던 생존의 세월 동안 혜용이 가슴 조이며 마음으로 기댄 사람은 나였구나!'

준웅은 처음 알게 된 그 사실 앞에서 혜용을 향한 미안함과 안타까움이 가슴을 뒤흔드는 것을 아프게 응시한다.

'진즉 더 따뜻하게 혜용을 대해주었더라면 좋았을 것을!'

일 년 전만 해도 단발머리 여학생이었던 혜용이, 그냥 함께 자란 손아래 누이라고만 생각했던 혜용이 헤어짐이 주는 외로움 때문에 저리 울고 있구나. 그렇게 생각하자, 준웅의 가슴이 진하게 아려왔다.

강인한 성품의 혜용은 나보다도 더 잘 견디고 있을 줄 알았다. 잠깐 스쳐 지나가는 상념에 잠겨 고개를 숙이고 있던 준웅이 천천히 혜용에게 다가가 팔을 잡고 가까운 벤치로 이끌었다. 혜용을 벤치에 앉히고 그 옆에 앉은 준웅은 혜용에게 너무나도 미안한 마음이 들어 혜용을 바로 바라보지 못한다. 불안감에서 벗어나고자 도망치듯 군대에 들어가려는 자기 모습이 너무 이기적인 것만 같아서였다. 아무 말도 할 수가 없어 묵묵히 침묵만을 곱씹고 있자니, 혼자서 그 불안감을 지고 살아가야 할 혜용이 너무나도 가엾어진다.

캠퍼스를 초록빛으로 물들이던 키 큰 나무들은 겨울맞이를 위해 잎새를 모두 떨구고 앙상한 모습으로 서 있었다. 벤치에 앉아 있는 두 사람 어깨 위로 노란 가로등 불빛이 하늘거리며 내려앉는다. 인적이 끊긴 캠퍼스에는 밤이 깊어 갈수록 찬 바람이 일면서 추워진다. 기숙사에 입실해야 할 마감 시간이 다가오고 있었.

혜용은 말없이 앉아 무언가를 골똘히 생각하는 표정을 띠고 있었다. 그날 밤 자기 앞에서 우는 모습을 보인 그 시간에 준웅은 처음으로 절대자(絶對者)의 명령을 받은 것처럼 분명한 한 가지 사실을 깨닫게 된다. 혜용은 내가 지켜주어야 한다고!

"혜용아! 걱정하지 마! 내가 널 지켜줄 거야!"

준웅은 벤치에서 일어나 혜용의 얼굴을 똑바로 내려다보며 말한다. 눈물에 젖어있던 혜용의 눈동자가 반짝 빛을 띠더니 어둡게 가라앉아 있던 얼굴에 생기가 돈다. 혜용은 그 순간 벌떡 일어나 준웅의 가슴에 자기 몸을 던진다.

혜용의 갑작스러운 동작에 준웅은 놀라 몸이 멈칫 굳어졌으나, 이내 긴장을 풀고 두 팔로 혜용을 꼬옥 껴안아 준다. 처음 안아본 이성의 몸이었다. 부드러운 탄력감이 밀착되어 오는 걸 느낀 몸의 촉감이 중추신경을 자극했음인지, 준웅은 난생처음 빳빳한 긴장감에 휩싸인다.

혜용에게서 향긋한 내음이 풍긴다. 덜 익은 치자열매 내음 같기도 하고, 이제 막 꽃술을 여는 백합꽃 내음 같기도 하다. 서로 껴안고 있는 두 사람 머리 위로 희끄무레한 달빛이 내려앉더니, 안개처럼 자욱한 노란 가로등 불빛과 뒤엉켜 춤을 추는 듯 두 사람을 싸고 맴돈다.

준웅은 품에 안긴 혜용에게 자기 말을 다시 확인시켜 주려는 듯 두 팔에 힘을 주어 다시 한번 혜용을 힘껏 껴안아 준다.

그날 밤 준웅과 혜용은 짧고도 강한 포옹을 통하여 서로의 존재를 서로의 마음속 깊이 받아들이게 된다. 그날 그 시간은 태어날 때부터 부모 품에 안겨 이 산 저 산을 옮겨 다니며, 불안하고 고달픈 삶을 살아야만 했던 두 사람이, 그들에게 닥쳐올 세상 풍파(風波)를 함께 맞닥뜨리자고, 무언(無言)의 약속을 한 시간이었다.

대학에 들어와 준웅은 같은 과에 다니는 이철우라는 친구와 가까워지게 되었다. 성격이 온순하고 학구적인 타입의 철우는 부산이 고향인 친구로 부모님이 모두 고등학교에서 교편을 잡으시는 교육자 집안의 맏아들이었다.

항상 조심스러운 몸가짐으로 자기를 잘 나타내지 않으려 하는 준웅에게 철우가 먼저 다가와 자주 말을 걸어주어, 준웅은 학교에서 철우와 함께하는 시간이 많아졌다. 준웅이 기숙사 생활을 한 것과 달리 철우는 하숙생활을 했다. 가정환경이 여유가 있으니, 아들이 공부에만 전념할 수 있도록 한 부모님의 배려인 거로 보인다.

다른 급우들보다도 철우와 더 가깝게 지내긴 했지만, 준웅은 자신의 출생 신분에 대해 어떠한 낌새도 내비치지 않았다. 단지 충청도와 강원도 경계 지역에 있는 산골에서 태어났다는 것, 부모님이 일찍 돌아가셔서 할아버지 댁에서 자랐다는 것, 그 할아버지도 얼마 전에 돌아가셨다는 것, 정도만 말했다.

철우는 준웅이 고등학교 때부터 고학하다시피 어렵게 공부했다는 사실과 대학 들어와서도 그 처지가 다를 바 없다는 사실을 알고 많이 안타까워했다. 대학 신입생에게는 용인되는 자유분방(自由奔放)한 시간을 누리지도 못하고 수업이 끝나면 과외 아르바이트를 하러 바쁘게 나가는 친구의 모습은 안타깝고 짠했다.

철우는 보통 키에 안경을 쓴 명민(明敏)하고 온화한 인상을 지닌 친구였다. 부산의 공립학교에서도 전교 일, 이 등을 다투던 수재였던 만큼 대학에 들어와서도 노는 데는 별 취미가 없고 책 읽고 공부하는 걸 더 좋아했다.

점심때면 학교 구내식당에서 준웅과 나란히 앉아 식사하고 오후 수업에 들어가기 전까지 벤치에 앉거나 잔디밭에 앉아 대화하길 좋아했다. 그 시간이 아니면 준웅과 대화할 시간이 없기도 했거니와 늘 말은 적게 하고 많이 들어주는 이 친구가 편안하여, 철우 쪽에서 그 시간을 갖길 원했다.

대화 주제는 주로 경제학도가 흥미를 갖게 마련인 학구적인 문제와 서로가 읽은 교양 서적에 관해서였다. 아무래도 자기 시간이 많은 철우가 독서량이 많다 보니 더 많은 대화 자료를 갖고 있었고, 준웅은 자연히 경청하는 상대가 되었다.

시간이 절대적으로 부족한 준웅으로서는 이 친구를 통해서 고전(古典)의 내용과 책을 통해 깊이 사유하고 성찰한 친구의 인생관을 접할 수 있어, 매우 유익하였으므로 늘 고마워했다.

주말이 다가오면 시간을 좀 낼 수 있느냐고 철우가 자주 물어왔지만, 주말에는 또 다른 그룹 아르바이트가 있어 친구에게 늘 미안했다. 고학(苦學)하는 자의 입장이 되어보면, 해보고 싶은 마음 가는 일이나 만나고 싶은 사람이 있어도 그 생각을 단념해야 하는 심정을 십분(十分) 이해하게 된다. 철우는 그러한 처지에 있는 준웅을 충분히 이해했고, 마음속으로만 안쓰러워했다.

자신의 입대 사실을 내색하지 않고 있던 준웅은 입대하기 바로 전 주말, 철우에게 저녁을 사겠다고 제의한다. 철우는 겨울방학 동안 도서관에서 더 많은 책을 읽어야겠다면서, 집에 내려갈 생각은 하지 않고 있었다.

"나 다음 주 화요일 입대하게 돼."

소주 한 병을 시켜서 각자의 잔에 따르고 나서 준웅이 입을 뗀다. 전혀 그러한 말이 없다가 입대하는 날을 사흘 앞두고 갑자기 말을 꺼내는 준웅을 철우가 놀란 눈으로 바라본다.

"기말시험도 있고 해서 천천히 얘기할 생각이었어. 아무래도 군대 다녀와서 차분히 학교에 다니는 게 좋을 것 같아, 지원(志願) 입대 신청했어."

상대에 다니는 급우 중 일 학년을 마치고 군에 지원 입대하는 경우는 아주 드물었으므로, 철우가 놀라는 것도 당연했다.

"아르바이트가 너무 힘들어서 지원 입대하려고 마음먹은 거 아냐?"

철우가 놀란 표정을 지우지 않은 채 반문했다.

"아르바이트가 힘들긴 하지만 조금 멀리 내다보기로 했어. 군대 다녀와서 복학하면 육 년 후에 대학을 졸업하게 될 터인데, 그때쯤이면 사회 환경이 지금보다는 훨씬 더 낫지 않을까 생각했어."

준웅은 지금의 숨을 조이는 듯한 불안과 두려움에서 몇 년 동안 피해 있고 싶은 속마음을 친구 철우에게는 말하지 못하고 사회 환경이라는 말로 자기 입장을 대신한다. 철우는 준웅의 말을, 육 년 후에는 병역을 마친 자로서 취업하기가 훨씬 수월하다는 뜻으로 받아들였다.

그렇게 생각하니 친구 준웅의 처지로서는 충분히 선택할 수 있는 길이라는 생각이 들었다. 그렇지만 학교에서 서로 마음을 터놓고 지내던 편한 친구가 자기 곁을 떠난다는 게 너무나도 섭섭하여 철우는 울상을 지었다.

"네가 입대하면 난 누구하고 마음을 터놓고 지내지?"

순수하고 다감한 친구였다. 좋은 가정환경에서 자라나 어떠한 고통이나 불안도 겪지 아니한, 온실 속 화초와 같은 이 친구에게, 자신의 출생 신분을 말할 수 없음을 준웅은 미안하게 생각한다.

"철우 넌 고마운 친구였어. 너를 떠나 있더라도 넌 항상 내 마음속에 있을 거야. 삼 년 후 네가 학교를 졸업하더라도, 아니면 군대에 가 있더라도 서로 연락하며 지내자."

철우가 군대 가는 준웅을 위로하고 힘내라고 격려해 주어야 할 자리였음에도, 오히려 준웅이 서운한 마음을 주체하지 못하는 철우를 다독이는 자리가 되었을 만큼 철우는 착한 심성(心性)의 소유자였다.

그날 밤 소주를 반주로 하여 저녁을 먹으면서, 두 친구는 서로 편지로 연락을 주고받자고 굳게 약속했다. 준웅이 군대 다녀올 동안 준웅의 책과 소소한 소지품 등은 철우가 맡아서 보관하기로 했다.

다음 주 화요일 아침, 선배에게 들은 말이 있어 준웅은 그 전날 미리 머리를 빡빡 깎고서 용산역으로 갔다. 십이월 하순에 들어가는 겨울 날씨는 그날따라 눈이 올 것처럼, 잔뜩 흐리고 쌀쌀하여 용산역으로 향하는 준웅은 기분이 우울했다.

예상했던 거보다 훨씬 많은 입대 장정(壯丁)들이 역 앞 광장으로 모여들고 있었다. 광장 전방에 마련된 입대신고소 앞에 길게 줄이 서 있는 걸 보고 준웅도 그 줄에 가서 섰다. 보니 평상복을 입은 젊은 청년들이 대부분 준웅처럼 머리를 빡빡 깎은 모습으로 서 있었다.

줄을 선 장정들 주위에는 가족과 친구 지인들로 보이는 수많은 사람이 북적이고 있었다. 저마다 안쓰럽고 무사하길 비는 표정으로 아끼는 사람에게서 눈을 떼지 않고 그들의 동선(動線)을 따라 천천히 움직이는 이들은 모두 말이 없었다.

이따금 젊은 친구들이 아무개의 이름을 소리 높여 부르며 "잘 마치고 오라"고, "네 곁에는 늘 우리가 있다"고, 소리치는 모습이 보였지만, 이내 잠잠해지곤 했다. 남북 간의 긴장이 고조되던 천구백칠십 년, 한반도에는 늘 북측의 움직임에 촉각을 곤두세워야 하는 불안한 군사 정세가 먹구름처럼 드리우고 있어, 사랑하는 이를 군대에 보내는 이들은 마음이 무거웠다.

입대신고소에서 각자 승차하게 될 열차 칸을 숫자로 배정받은 장정들은 호송을 맡은 군인들의 안내에 따라 열차 순번 별로 다시 집합하였고, 이내 다른 출입문을 통하여 역 안으로 들어가기 시작했다. 플랫폼에서 장정을 배웅하고 싶어 하는 가족들은 출찰구를 통하여 역 안으로 들어간다.

가족도, 배웅 나온 친구도 없는 준웅은 왠지 쓸쓸한 기분이 되어 줄을 따라 천천히 출입문 쪽으로 발을 옮겼다. 그때 "준웅아!"라고 크게 부르는 소리가 들렸다. 놀라 뒤돌아보니 열댓 발작 떨어진 뒤쪽에서 철우가 뛰어오고 있었다.

철우는 버스 정류장에서부터 급히 뛰어왔는지, 얼굴이 발갛게 상기되고 헐떡이는 숨소리와 함께 하얀 김이 입에서 뿜어져 나오고 있었다. 준웅은 철우를 보는 순간 쓸쓸한 기분이 싹 사라지며 자기도 모르게 줄에서 빠져나와 다가오는 철우를 덥석 끌어안았다.

"수업에 지각할 텐데 배웅 나와 주었구나!"

"널 보고 가지 않으면 오늘 수업을 망칠 것 같아 쫓아왔어. 자! 이거!"

철우가 안주머니에서 봉투를 꺼내더니 철우 손에 쥐어주었다.
"뭐야? 이거?!"
"비상금 조금 넣었어. 필요할 때 써. 어서 들어가라. 호송군인이 빨리 들어오라고 고함지른다. 몇 번째 칸이냐?"
"응, 네 번째 칸! 고마워. 잘 쓸게."
불과 일, 이 분간의 짧은 만남을 아쉬워하며 준웅은 곧장 자기 줄을 쫓아서 뛰어 들어간다. 이 순간 철우는 준웅이 앞으로 살아가게 될 기구하고도 고단한 인생 항로에 늘 등대처럼 따뜻하게 서 있는 평생의 친구로 깊이 새겨진다.
플랫폼에 정차해 있는 여러 칸의 열차에는 칸마다 큰 글씨로 번호가 붙어있어, 장정들은 자기가 배정받은 열차 칸으로 오르기 시작했다. 철우는 준웅에게 들은 네 번째 열차 칸 앞으로 가서 차창을 바라보고 섰다. 열차가 떠나면 친구에게 손을 흔들어 주고 싶어서였다. 그래야 마음이 편할 것 같았다.
준웅이 차창에서 자기를 찾고 있을 것 같아, 철우는 걸음을 옮기며, 준웅을 찾았다. 떠나는 이를 배웅하고 싶어, 많은 사람이 플랫폼으로 나왔으므로, 플랫폼은 매우 혼잡하였다. 사람들 사이를 헤쳐가며 나아가다가 철우는 열차 중간쯤 되는 차창 밖으로 얼굴을 내민 준웅을 보았다. 철우는 그쪽으로 다가가 손을 내밀어 준웅의 손을 잡았다. 두 친구의 깊고도 맑은 두 눈동자가 말없이 서로의 눈동자를 응시했다. 신뢰와 믿음으로 가득한 따뜻한 시선이 교차했다.
열차가 출발하려는지 "뿌우웅!" 하고 길게 기적(汽笛) 소리를 울렸다. 덜커덩! 하는 소리가 나더니 열차가 움직이기 시작했다.

철우는 잡고 있던 준웅의 손을 놓고서 움직이는 열차를 따라 서서히 걸었다. 그때였다. "오빠!"하고 크게 부르는 소리가 나더니 한 여성이 웅성대는 배웅객들 사이를 비집고 뛰어나와 차츰 속도를 내기 시작하는 열차 차창 쪽으로 달려갔다. 혜용이었다.

혜용을 알아본 준웅이 놀라서 "혜용아!"라고 부르며 차창 밖으로 손을 더 내밀어 손을 뻗는 혜용의 손을 잡았다. 잠깐 서로 잡았던 손은 이내 떨어졌다. 열차의 속도를 혜용이 따라갈 수 없었기 때문이었다.

배웅객들 대부분이 그 자리에 서서 손을 흔들고 있었는데, 혜용이 혼자서만 뛰어가 준웅의 손을 겨우 잡았다가 이내 놓치고는 눈물을 흘리며 뛰어가고 있었다. 플랫폼 경계 끝까지 달려가 준웅의 얼굴이 시야에서 사라질 때까지 혜용은 손을 흔들고 있었다.

열차가 점점 멀어졌다. 혜용은 열차가 철로 궤도를 벗어나 사라질 때까지 그 자리에 서서 바라보고 있었다. 말 한마디 건네지 못했지만, 오빠가 무사히 군 복무를 마치고 오기를 간절히 비는 마음을, 오빠도 내 얼굴을 보고 알았을 거라고 혜용은 생각했다. 지금 나오는 눈물은 무슨 의미일까? 혜용은 그 자리에 서서 곰곰 생각했다.

'오빠를 보면 방긋 웃어주리라, 마음먹었는데 그만 눈물이 나와 버렸어. 오빠가 불쌍해서였을까? 배웅 나온 가족 한 사람 없이 혼자 떠나는 오빠가! 그래도 친구로 보이는 분이 배웅 나온 걸 보았으니, 오빠도 덜 쓸쓸할 거야.'

혜용은 학교 수업에 늦더라도 오빠를 보러 가야겠다고 마음먹고 준웅을 배웅하러 왔다. 그래야 할 것 같았다. 가족 한 사람 없이 홀로 열차를 타게 될 오빠를 나 혼자만이라도 배웅해 주어야 도리라고 생각했다.

집결 시각에 맞추어 용산역 앞 광장으로 왔는데, 벌써 여러 줄이 세워져 있었다. 모두 머리를 빡빡 깎은 터라 누가 누구인지 어슷비슷해서 한참을 찾아 헤매다가 오빠를 발견한 순간 친구분으로 보이는 사람이 오빠 손을 잡고 있어, 그 자리에 멈춰 서고 말았다.

이내 그 친구분이 플랫폼으로 들어가는 걸 보고 떠나는 열차 앞에서 오빠를 배웅하려나 보다, 생각하고 친구분을 뒤쫓아 플랫폼으로 들어온 것이었다. 친구분이 오빠와 손을 잡는 걸 보고 기다리고 있다가 차가 속도를 내기 시작할 때 배웅객들 사이를 겨우 비집고 빠져나오면서 뛰어가 오빠 손을 잡았으니, 다행이다 싶었다.

철우는 차창 밖으로 얼굴을 내민 장정들을 보려는 배웅객들이 앞을 가리고 있어, 혜용이 준웅의 손을 잡는 것을 미처 보지 못하였다. 그만큼 떠나보내는 이들의 마음은 누구나 다 허전하고 아리고 착잡하였음이 틀림없다.

혜용이 플랫폼까지 배웅 나올 줄은 전혀 생각지 못했다. 열차가 속도를 내기 시작할 때 잠깐 잡아본 혜용의 손은 차디찼다. 준웅은 혜용의 얼굴에 서려 있는 간절한 바람을 보았고, 그 표정을 가슴 깊이 담았다. 열차가 속도를 내는 바람에 잡았던 혜용의 손을 놓쳤을 때, 준웅은 목도리를 걸치지 않은 혜용의 하얀 목을 보았다.

'오늘처럼 쌀쌀하고 추운 날 목도리를 걸치지 않고 밖에 나오다니!'

열흘 전 혜용을 만났던 그날 밤도 혜용은 목도리를 하지 않았으나, 그날은 십이월치고는 비교적 포근한 날씨여서 그 모습이 눈에 띄지 않았다. 손을 흔들고 있는 혜용의 모습이 시야에서 사라졌을 때, 준웅은 혜용의 하얀 목이 눈앞을 가리고 있음을 느꼈다.

목도리를 하지 못한 혜용의 하얀 목은 곧 혼자서 학비를 벌어야 하는 가난한 고학생(苦學生)의 목이었음을, 그때 준웅은 뒤늦게 깨달았다. 자신도 가정교사 아르바이트를 하며 등록금을 마련하고 책값과 밥값을 지출하느라, 꼭 필요한 데 외에는 돈을 아껴 쓰는 일상을 살아왔다. 남자인 나도 그랬는데 소소한 지출이 더 많은 여자의 일상을 살아가면서, 혜용이 돈을 아끼느라 목도리를 사지 못했을 거를 생각하니, 가슴이 미어졌다.

지나온 세월 오빠와 동생으로 살아왔음에도, 내 생각만 하느라 혜용에게 너무나 무관심했었다는 자책감이 처음으로 준웅에게 찾아와 자신을 괴롭힌다. 혜용에게서 지갑을 선물 받던 그날 밤, 춥게 보이는 혜용의 목을 눈여겨보았어야 했다는 후회도 밀려왔다. 예쁜 목도리를 하나 사서 기숙사에 맡겨 놓았더라면, 오늘 혜용은 그 목도리를 목에 감고 나왔을 것이다. 그렇게 해주지 못한 자신의 미숙함을 준웅은 계속 탓하고 있었다.

'그래! 언제가 될지 모르지만, 혜용을 만나게 되면 겨울이 오기 전에 예쁜 목도리를 사서 선물해야지!'

간신히 후회스러운 마음을 진정시키고 나자, 철우가 손에 쥐어준 봉투 생각이 나서 준웅은 주머니에서 봉투를 꺼내 열어보았다. 봉투 안에는 한 달 치 하숙비에 해당하는 많은 돈이 들어있었다. 겨울방학 동안 책을 읽겠다며 집에 내려가지 않겠다는 연락을 받고, 부모님이 보내주신 하숙비를 철우는 고스란히 이 봉투에 담은 모양이었다. 고마웠다.

친구를 배웅해 줄 사람이 아무도 없을 줄 알고 배웅을 나와 준 그 마음도 새록새록 고맙기만 한데, 용돈까지 챙겨주다니! 새삼 철우의 정이 많고 순박한 마음씨가 진한 사무침이 되어 가슴에 와 닿는다.

신병훈련을 마친 준웅은 최전방 부대로 배치 명령을 받았다. 준웅이 몸담은 부대의 병과(兵科)는 보병, 낮에는 철조망 정찰 수색, 밤에는 철조망 앞 참호(塹壕)에서 경계 임무에 임하는 중대(中隊) 규모의 GOP 부대였다. 신병훈련이 끝나갈 무렵, 준웅은 자기 시간을 가질 수 있는 부대로 배치되었으면, 하고 바라는 희망이 있었다. 그런데 그 희망이 이루어진 것이다.

그 희망이란 군 복무 기간에 목표를 향해 다가가기 위한 공부를 하고 싶다는 것이었다. 자신이 가진 특별한 출생 신분으로 이 나라에서 떳떳하게 살아가려면, 무언가 사람들로부터 존경받는 '성공한 신분(身分)'을 가져야 한다는 깨달음이 준웅에게 어떤 목표를 갖게 한 것이다.

대학에 들어와서 다양한 사회현상을 접하고 견문(見聞)을 넓히다 보니 자기 나름의 주관이 생기고, 자기가 가야 할 길이 서서히 보이게 된 것이다. 그것은 '풀브라이트 장학금Fulbright Scholarship'을 받아 미국 유학길에 오르는 것이었다.

입대를 두 달 앞두고 신문에서 보고 알게 된 국비(國費) 유학생 제도였는데, 조건이 꽤 까다로웠다. 먼저 공부하려는 나라의 언어에 능통하여야 하고, 인격을 갖추어야 하며, 학문적 소양이

높다고 평가받아야 자격이 주어지는데, 남자의 경우 군 복무를 마쳐야 한다.

조건을 갖추려면 먼저 영어를 잘해야 함은 물론 학업 성적도 우수해야 한다. 누구에게서도 경제적인 지원을 받을 수 없고, 신분을 보장받기조차 어려운 자신의 처지를 곰곰이 생각해 본 준웅은 앞날의 희망을 이곳에 두어야겠다고 긍정적으로 생각하게 된 것이다.

마침내 그러한 목표를 갖게 되자, 군 복무를 하는 동안 틈틈이 시간을 내어 영어 공부를 해야겠다고 마음먹는다. 부대에 배치받고 경계병의 임무를 숙지하고 보니, 매일 엄격한 교육과 훈련을 받아야 하는 후방부대에 비해 이곳에서는 자기가 노력만 하면 자기 시간을 가질 수 있음을 알게 되었다. 이 기회를 가질 수 있게 된 것은 자신의 마음을 안 부모님이 도와주셨다는 생각도 들었다.

살아오는 동안 부모님은 항상 자신을 도와주고 계신다는 거를 잊은 적이 없다. 그렇게 믿게 된 거는, 매년 유월 위령제를 지낼 때마다 "보이지 않는 혼령(魂靈)도 기운이 있어 사람을 돕는다"라고 말씀하시던 박 촌장 할아버지의 영향 때문이었다.

야간 경계근무를 마치고 주간에 쉴 때는 잠자는 시간을 줄여 내 시간을 가질 수 있었다. 하루 한 시간을 갖더라도 군 복무 삼 년 동안 가질 수 있는 시간은 엄청난 분량이었다. 준웅은 친구 철우에게 편지를 썼다.

고마운 친구 철우에게!

그날 추운 날씨에도 불구하고 용산역에 배웅 나와 주어서 고마웠어.

첫 수업 시간에 많이 늦었지?! 너의 한 달 치 하숙비를 몽땅 담았더구나. 하숙비를 못 내서 밥을 굶고 있지는 않았는지?

난 최전방 부대에 배치받아 잘 복무하고 있다. 민간인이 출입할 수 없는 지역이라서 조용하고, 공기 맑고, 아름다운 산천을 매일 바라볼 수 있어, 참 좋다.

네게 부탁이 있다. 보관하고 있는 내 책 중에서 영어사전을 보내주고, 보낼 때 영어 원서(原書) 몇 권과 회화 공부할 수 있는 책도 한 권 사서 보내주면 고맙겠다.

군 복무하는 틈틈이 시간 내서 영어 공부를 하고 싶어서다. 책값은 동봉한다. 너의 우정에 고마워하는 친구 준웅이가.

책값은 민간인 지역에 있는 상급 부대인 연대(聯隊)로 매일 문서를 전하고 받아오는 부대 전령 선임병에게 부탁하여 우편환을 끊어 편지에 동봉해서 보내게 했다. 십 일 후 철우가 보낸 책이 도착했다. 두꺼운 소설책인 원서 두 권과 경제학 영문 서적 한 권, 회화 공부할 수 있는 책 한 권이었다. 철우는 편지에 이렇게 답장을 써서 보내왔다.

보고 싶은 친구 준웅에게!

네 편지 받아보고 많이 안심했다. 군대 가면 고생하는 줄로만 알았는데, 최전방 부대인데도 네가 편안하게 복무하고 있는 것 같아서다.

네가 옆에 없는 도서관 자리가 많이 허전하고, 식당에서 다른 친구들과 밥을 먹으면서도, 네가 앉아있어야 할 자리에 다른 친구가 앉아있어 너의 부재(不在)를 실감한다. 군대에 가서도 시간 내서 공부하겠다는 너의 모습을 떠올리며, 나도 열심히 공부해야겠다고 굳게 마음먹었다.

책값을 안 보내면 책을 안 보내줄 줄 알았니? 다음부턴 필요한 책이 있으면 보내줄 테니까, 책값은 생략하고 부탁만 하거라.

늘 건강하게 잘 지내기 바란다. 널 응원하는 친구 철우가.

육 개월이 지났다. 신록이 반짝이는 산야(山野)는 온통 푸르름으로 가득 차 있었다. 주간 경계 임무를 수행하면서 준웅은 연초록 나뭇잎이 하루가 다르게 짙은 초록빛으로 바뀌어 가는 모습을 경이로운 눈길로 바라보곤 했다.

'혜용은 어떻게 지내고 있을까? 편지를 보내야 할까? 말아야 할까? 보내는 편지가 늘 바쁜 혜용의 일상을 방해하지는 않을까?'

이러한 생각은 생각에 꼬리를 물고 이어졌지만, 마음먹기가 쉽지 않았다.

준웅이 복무하는 최전방 부대는 육 개월 후 GOP 지역 밖에 있는 부대와 그 임무를 교대했다. 그 지역 밖에 있는 부대라고 해도 그 경계에 인접해 있는 곳이어서, 부대 주위에 민가는 보이지 않고 산과 들이 둘러싸고 있어 조용했다. 이제 야간 경계 임무는 수행하지 않아도 되었으나, 준웅이 가질 수 있는 자기 시간은 많이 줄었다.

군대의 특성상 상급자와 하급자 사이에 존재하기 마련인 위계질서 때문에 군기가 엄격하기 마련인 내무반 생활은 취침 시간 외에는 자기 시간을 갖기 어려웠다. 그 대신 토요일 오후와 일요일은 모든 장병에게 부대 내에서의 자유시간이 허락되었으므로, 준웅은 이 시간에 모두가 하는 세탁을 서둘러 끝내고 나서 책을 붙들었다.

전방부대는 겨울철만 빼곤 봄, 여름, 가을에 정기적인 야외 훈련이 있었다. 완전군장을 하고 행군하여 야산과 강변 등지에 텐트를 치고 캠핑하면서 훈련하였는데, 그때 바라본 원시(原始) 그대로의 산야는 너무나 아름다워 준웅의 묻혀있던 미적(美的) 감각을 일깨우곤 했다.

야외에서 캠핑하는 훈련 기간에는 야간에 보초를 서고 와서 텐트 안에 켜놓은 호롱불 빛 아래서, 책을 읽다가 잠이 들곤 했다. 보초를 설 때면 혜용이 생각이 났지만, 준웅은 일 년이 지날 때까지도 혜용에게 편지를 하지 않았다. 편지를 주고받으면 불안감도 덩달아 불러올 것 같아서, 편지를 쓰지 않고 각자의 현실에 충실하게 몰입하는 게 서로에게 도움이 될 거로 생각했다.

복무 기간이 일 년이 되었을 때 정기 휴가를 받을 수 있는 차례가 왔지만, 준웅은 받지 않고 연기했다. 아직도 머릿속에 똬리를 틀고 앉아있는 백 기자라는 분의 존재가 꺼지지 않은 모닥불의 연기처럼 불안감으로 피어오르고 있어서, 부대를 벗어나고 싶지 않았다. 준웅의 이러한 심리상태를 혜용은 미리 내다본 것일까? 오빠가 군 복무 기간 동안 휴가를 나오지 않을 거라는 혜용의 생각은 그대로 실현되고 있었다.

풀브라이트 장학금 제도는 학자금 외에 항공권과 생활비도 지급해 주므로, 장학생으로 선발만 된다면 다른 걱정 없이 학업에 전념할 수 있다는 점이 준웅의 관심을 크게 끌어모았다. 외국의 대학에서 공부하면서 생활비를 걱정하지 않아도 된다는 것은, 유학자금을 지원해 줄 사람 하나 없는 준웅의 처지로서는 꿈같은 얘기였다.

그런 점에서 이 제도에 깊은 관심을 보였고, 차츰 반드시 도달해야 할 하나의 목표지점으로 자리 잡아간다. 학기말 시험이 끝나고 입대 날짜를 기다리면서, 더 자세히 알게 된 내용은 준웅에게 미국이라는 나라에 대한 특별한 관심을 불러일으키는 계기가 된다.

풀브라이트 장학금은 외국인의 미국 대학원 유학을 지원하는 미국 정부 장학금이었다. 이 프로그램을 자세히 읽어보니, 이 장학금은 국제 교환 장학금 계획에 따른 미국 정부의 교육보조금으로서 미국인과 다른 나라 사람 사이의 상호 이해를 증진하기 위한 것이라고 안내하고 있었다.

미국 아칸소 주 상원의원인 J. 윌리엄 풀브라이트가 창안했으며, 미국과 다른 나라 사람 사이의 교육과 문화 교류 사업을 목적으로 천구백사십육 년에 제정된 풀브라이트법에 따라 추진되어 온 사업이었다. 안내서를 읽고 나서, 준웅은 미국 정부에서 다른 나라 사람에게 학비와 생활비를 지원해 주면서까지 미국 유학 기회를 준다는 사실이 믿어지지 않을 만큼 신선하게 다가와 깊이 감동하게 된다. 이 점이 미국이라는 나라를 바라보는 시각을 특별하게 한 것이었다.

확실한 목표를 갖게 된 준웅은 서서히 그 꿈을 키워간다. 그 기회가 온다면 반드시 붙들어야 한다는 것, 대학원 과정은 물론이요, 학문에 뜻을 둔 사람이면 반드시 오르고 싶어 하는 박사 과정까지도 공부하고 싶다는 열망이 꿈틀대기 시작한다. 그 꿈이 이루어졌을 때, 비로소 자신을 묶어 놓고 있는 불안감에서 빠져나올 수 있으리라고, 준웅은 생각한다. 설사 내 출생 신분이 밝혀지더라도 자유민주주의에 대한 신념을 가진 자라고 인정받을 수 있는 증표가 될 거로 생각한다.

준웅이 군 복무 중 풀브라이트 장학생을 목표로 틈틈이 쉬지 않고 영어 공부에 몰입하고 있을 때, 혜용은 나름의 생각이 있어 학업 성적을 올리기 위해 아르바이트 틈틈이 시간을 쪼개가며 열심히 공부한다. 수업료를 감면받을 수 있는 장학생이 됨으로써 학비를 조달하는 아르바이트 시간을 줄이고, 그 시간에 폭넓게 공부하기 위해서였다.

대학 이 학년이면 학교 친구들과 어울려 다니기도 하고, 이런저런 사회현상에 관심을 기울이면서 멋을 내거나 시간을 내어 가보기도 할 때지만, 혜용은 아예 무관심했다. 친구들도 혜용이 힘들게 아르바이트하면서 학비를 벌고 있다는 처지를 알고 그냥 편하게 대해주었다. 혜용의 노력은 헛되지 않아 삼 학년에 올라갈 때 수업료를 전액 면제받는 장학생이 된다. 과(科)에서 성적이 가장 우수했기 때문이다.

누구든 대학에 다니게 되면 장래 자기가 하고 싶은 일을 꿈꾸기 마련이다. 말하자면 진로에 대한 윤곽이 서서히 틀을 잡고 그 준비에 전력(全力)을 쏟게 되는데, 이 학년에 다니면서 혜용이 찾은 그 길은 번역가가 되는 것이었다. 그 꿈을 갖게 된 동기는 이러하다.

영문과 지도교수 중 이제 삼십 대 초반인 새파란 젊은 교수가 있었다. 자신의 모교인 이 학교 영문과에 다닐 때 천재라고 평판이 자자했다는데, 대학을 졸업하고 군 복무를 마치자 곧바로 미국 유명 대학에 유학하여, 대학원을 거쳐 이 년만인 나이 서른에 박사학위를 취득한다.

그곳 대학에서 이 년째 영문학 교수로 재직하던 중 모교의 부름을 받고 한국에 돌아온 그 교수의 이름은 '주재만', 아직 독신인 그는 문학 번역가로 벌써 이름을 얻고 있었다. 학위를 취득하고 나서 번역 출간한 미국 작가 '제롬 데이비드 샐린저Jerome David Salinger'의 장편소설 『호밀밭의 파수꾼』은 문장의 유려(流麗)함이 돋보여 많은 호평을 받고 있었다.

미국을 대표하는 위대한 현대 소설 중 하나라고 평가받는 이 소설은 책의 부피가 상당할 뿐 아니라 서로 상반(相反)된 논란을 낳은 화제작으로도 유명하다. 이제 삼십 대 초반인 주 교수가 이 책을 번역하는 실력을 쌓기까지 불철주야(不撤晝夜) 시간을 아껴가며 얼마나 많은 노력에 노력을 거듭했을까, 관심 있는 사람의 칭찬이 이어졌다.

혜용은 이 학년 때 주 교수의 강의를 들으면서 나름의 생각에 빠져들었고, 그 생각은 나도 번역가가 되고 싶다는 꿈으로 이어졌다. 번역가가 되려면 영어 실력도 중요하지만, 맛깔스러운 번역을 하려면 무엇보다도 책을 많이 읽어야 했다.

책 읽는 시간을 확보하기 위해서는 아르바이트 시간을 줄여야 했다. 그 시간을 줄이려면 장학금을 받아야만 했다. 그래야만이 아르바이트로 학비를 버는 시간을 책 읽는 시간으로 쓸 수 있었기 때문이다.

삼 학년에 진학한 혜용은 자신의 꿈을 향하여 학업에 쏟는 노력만큼 국내외 문학작품을 열심히 읽는다. 물론 주 교수가 번역한 그 책도 읽게 된다. 책을 통하여 혜용은 자신에게도 새로운 세계가 열려 있음을 알게 되고, 그 세계는 미처 보지 못했던 또 다른 자기 능력을 찾는 노력으로 이어지게 된다. 준웅이 군 복무 틈틈이 목표지점을 향해 공부하느라 다른 생각할 겨를이 없었던 것처럼, 혜용도 자신이 갖게 된 꿈을 향해 가느라 다른 생각에 눈 돌릴 겨를이 없었다.

준웅이 혜용에게 편지를 보내지 않은 것은, 자기의 꿈을 향해 눈코 뜰 새 없이 바쁜 혜용에게 차라리 더 잘 된 일이라고 해야 할지 모르겠다.

준웅과 혜용 두 사람의 나이 스물한 살이던 그때, 각자의 환경과 조건은 사뭇 달랐지만, 두 사람은 각기 정한 가야 할 길을 향해 이렇게 촌음(寸陰)을 아껴가며 공부하기에 여념(餘念)이 없었다. 여념이 없었다는 것은 서로가 상대를 생각할 겨를이 없었다는 말도 된다. 그뿐만 아니라 서로가 짊어지고 살아야만 했던, 그 무거운 출생 신분에 따른 불안감의 무게를 그 시간 동안은 잊어버릴 수가 있었다.

시간을 아껴가며 무슨 일에 몰두하는 사람은 시간이 지나가는 걸 느낄 새도 없이 바쁘다. 그렇게 삼 년이라는 세월을 바쁘게 지내다 보니, 어느덧 한 사람은 군 복무를 마치게 되고, 또 한 사람은 대학을 졸업하게 된다. 혜용의 예상은 미래를 투시하는 예지능력(豫知能力)이 있는 사람처럼 준웅 오빠의 심리를 정확히 짚어낸 것으로 보인다.

준웅은 군 복무 기간 중 단 한 번도 혜용에게 편지를 보내지 않았던 것이다. 처음에는 하루하루를 바쁘게 살아가는 혜용의 처지를 생각했고, 다음에는 편지를 보내는 일이 서로에게 지워진 불안의 그림자를 들춰내는 것 같아 망설였다.

일 년이 지나면서부터는 서로를 위해서라도 다른 건 생각지 말고, 오직 공부에만 전념하자고 굳게 마음먹게 되었다. 그렇게 마음먹고 나니 마음이 편해지고 짙게 드리워진 불안의 그림자도 보이질 않았다.

군 복무 기간이 삼십 개월이 되자 준웅은 소속 중대에서 가장 복무 기간이 오래된 선임병(先任兵)이 되어 자기 시간이 더 많아졌다. 그 무렵에는 부대가 다시 최전방 지역으로 이동하여 경계 임무를 수행하던 때였는데, 전역을 얼마 남겨두지 아니한 고참병(古參兵)으로 대우를 받아 야간 보초 근무에서 제외되곤 했기 때문이다.

햇수로는 삼 년, 달수로는 삼십육 개월을 꽉 채우다시피 한 어느 날, 준웅은 전역(轉役) 명령서를 받게 된다. 국가의 부름을 받아 병역의무를 마쳤으므로, 이제부터는 예비역이 된 것이다. 입대 날짜로부터 딱 삼 년이 되는 날로부터 일주일을 남겨둔 날, 준웅은 세 계단을 넘어 뛴 상급 부대로 가서 전역 신고를 마치고 귀향 열차를 타게 된다.

입대 후 삼 년 만에 처음으로 부대를 나와 민간인들이 옹기종기 모여 사는 이 사회로 복귀했지만, 준웅은 갈 곳이 없었다. 자기는 부모 형제도 친척도 없는 혈혈단신(孑孑單身) 외돌토리 신세임을, 이때 준웅은 뼈저리게 느끼게 된다.

그나마 어린 두 살 때부터 초등학교 졸업 때까지 살았던 적송 마을은 아는 분들이 있으니 가고 싶었지만, 그곳은 이미 갈 수 없는 곳이 되고 말았다. 마을 사람들을 위해서도 다시는 그곳에 나타나서는 안 될 곳이었다.

혜용이 생각이 났다. 보고 싶었다. 이제 한두 달 후면 졸업을 앞두고 있을 혜용을 무슨 낯으로 찾아가나 생각하면 미안해서 혜용을 생각지 않으려고 다짐하면서 영어 공부에 전념한 지난 삼 년, 철우가 보내준 두꺼운 소설책 원서 두 권과 영문 경제학 서적 한 권은 사전을 찾아가며 읽고 또 읽었다.

전역을 할 때까지 이 책들은 열 번을 읽었고, 철우가 함께 보내준 회화책은 열댓 번을 읽어 달달 외울 정도가 되었다. 혜용을 만나게 되면 널 생각지 않으려고, 틈만 나면 영어 공부를 했더니, 이만큼 실력이 늘었다고 자랑도 하고 싶었다.

준웅이 군대생활을 하던 천구백칠십일 년부터 삼 년까지의 기간은 나라의 경제력이 허약하던 때라서 병사들에게 지급되는 월급은 겨우 용돈 수준에 불과했다. 지금은 선임 병장의 월급이 백오십만 원대이니 격세지감(隔世之感)이 있다. 그래도 준웅은 그 용돈에 불과한 월급을 쓰지 않고 모았다. 혜용에게 선물할 털목도리 값도 준비해야 했고, 전역하고 나갔을 때 당장 의식주에 필요한 지출도 염두에 두어야 했다. 입대하던 날 철우가 준, 한 달 치 하숙비에 해당하는 돈은 책값으로 쓴 돈 외에는 거의 쓰지 않고 가지고 있었다.

준웅은 열차를 타고 서울로 들어오자, 곧장 종로에 있는 화신 백화점으로 걸음을 옮겼다. 입대하던 날 군용 열차 차창에서 혜용의 하얗게 드러난 목을 내려다보고 마음속에 다짐한 자신과의 약속을 지키기 위해서였다. 그것은 따뜻하고 예쁜 털목도리를 사서 혜용에게 선물해야겠다는 것이었다.

그날 하얗게 드러난 혜용의 목은, 학비를 벌기 위해 아르바이트를 해야 하는 고학생이므로, 추운 겨울이 왔음에도 털목도리 하나 살 여유가 없는 혜용의 처지를 그대로 보여주고 있었다. 백화점에 들러 여성 제품매장으로 올라가 보니, 알록달록하고 예쁜 털목도리가 진열된 매장이 보였다.

준웅은 너무 화려하지 않은 색상과 무늬를 찾아 연한 갈색 바탕에 하얀 줄무늬가 있는 털목도리를 골랐다. 따뜻한 느낌이 있어 눈길이 갔다. 매장 여직원이 준웅을 바라보고 밝은 미소를 띠며 물었다.

"좋아하시는 분께 선물하실 건가요?"

준웅이 겸연쩍은 표정으로 대답했다.

"네."

"군인 아저씨께서 잘 고르시네요. 젊은 여성분이 두르면 고상한 분위기를 자아낼 거예요."

목도리를 포장하려다 말고 여직원이 무언가를 잠깐 생각하더니 묻는다.

"좋아하시는 분이 바깥출입을 자주 하시는 편인가요?"

아르바이트를 해서 학비를 벌어야 하는 혜용은 바깥출입을 자주 해야 할 것이다.

"네, 일하러 다녀야 해서 그런 편입니다."

"그럼 찬 바람 불고 눈 내리는 추운 날 장갑도 끼셔야겠네요. 장갑도 함께 선물하시면 어떠세요?"

여직원은 물건을 팔겠다는 장삿속이 아닌, 선물 받을 여성분이 좋아할 것이라는, 진심 어린 느낌을 전해주면서 말했다. 그 말을 듣고 보니 추운 겨울에 털목도리를 두르고 장갑을 낀 혜용의 모습이 눈앞에 떠올랐다. 잘 어울리는 예쁜 모습이었다.

준웅이 머릴 끄덕이며 목도리에 잘 어울리는 장갑을 하나 골라주시라고 말하자, 여직원은 준웅이 고른 털목도리를 들고 장갑이 진열된 곳으로 간다. 그곳에 진열된 여러 모양의 장갑에 목도리를 갖다 대고서 하나씩 찬찬히 눈여겨보는 동작은 선물 받을 여성분에 대한 성의와 손님에 대한 진지한 태도를 보여주기에 충분했다. 고객에게 진심을 담아 최선을 다하려는 그 모습이 참 보기 좋다고 준웅은 생각한다.

"이 장갑이 좋겠네요. 제가 보기엔 밝은 갈색이 목도리 색깔과 잘 어울릴 것 같아요."

여직원이 가지고 온 장갑은 진하지 않은 갈색에 흰털이 손목 부위에 붙어있어 따뜻한 느낌을 주는 장갑이었다. 마음에 들었다.

"감사합니다. 목도리에 잘 어울리는 장갑을 골라주셨습니다."

"뭘요? 선물 받으실 분이 좋아하실 것 같아 권해드렸는데요. 오늘 제대하셨는가 봐요?"

"네. 어떻게 아시고…"

"제 동생도 두 달 전 제대했는데, 손님이 입으신 예비역 군복을 입고 자루 모양의 백팩을 어깨에 메고 집에 왔거든요. 그래서 금방 알았어요."

"그러셨군요. 여자용 제품은 제가 살 줄 모르는데 도와주셔서 감사합니다."

준웅은 예쁘게 포장해 준 목도리와 장갑을 받으면서 머리 숙여 인사했다. 주머니에서 돈을 꺼내 계산하고 나오면서 준웅은 다음에 혜용에게 선물할 것이 생각나면 다시 이곳에 와야겠다고 생각한다.

선물꾸러미를 백팩에 담아 넣고 백화점을 나왔으나, 갈 곳이 막막했다. 친구 철우는 졸업하면 학사장교에 지원하여 군 복무를 하겠다고 편지에 알려왔으니, 십이월 중순인 지금은 고향 집에 내려가 있을 것이다.

'혜용인 어디 있을까? 그러고 보니 혜용도 졸업반이어서 더는 기숙사에 머물러 있기 어려울 거야. 기숙사를 나왔는지, 아직 머물러 있는지는 내일 알아봐야지.'

이렇게 생각을 거듭하면서 걷다가 시계를 보니 오후 세 시가 지나가고 있었다. 갑자기 시장기가 몰려왔다. 군용 열차를 타고 올 때 호송 담당 현역병들이 나누어 준 빵 두 개와 우유를 먹긴 했지만, 간식에 불과하여 먹은 흔적은 진즉 사라지고 없었다.

용산역 광장을 가로질러 버스 정류장으로 가면서 보니 새하얀 김이 무럭무럭 피어오르는 포장마차가 보였다. 무엇이라도 먹어야겠다 싶어, 가서 보니 펄펄 끓고 있는 국물에 담겨있는 어묵과 쟁반에 놓여있는 김밥이 보였다. 준웅은 사십 대로 보이는 포장마차 주인아주머니에게 김밥 두 줄을 달라고 했다. 푸근한 인상의 아주머니는 김밥이 차니 국물에 담갔다가 먹으라면서 큰 국그릇을 꺼내어 어묵 국물을 가득 담아 주었다.

십이월 중순의 서울 날씨는 삼 년 전 입대하던 날처럼 잔뜩 흐렸고, 찬 바람이 불고 있었다. 준웅은 국그릇을 들고 뜨거운 국물을 한 모금 또 한 모금 천천히 들이마셨다. 뜨거운 국물이 목을 타고 내려가면서 온몸에 열기가 퍼져 움츠러들었던 몸이 서서히 펴지기 시작했다.

준웅이 김밥은 먹지 않고 국물만 마시고 있는 것을 본 아주머니가 미소를 지으며 국그릇을 달라시더니 또 그릇 가득 뜨거운 국물을 부어주셨다. 삼 년 만에 느껴보는 이 사회의 따뜻한 인심이었다. 준웅은 머리 숙여 "고맙습니다"라고 말하고, 두 손으로 국그릇을 받아 앞에 놓고 천천히 김밥 하나를 집어 들었다. 김밥을 따뜻한 국물에 적셔 입 안에 넣자 비로소 밥맛이 미각을 자극하면서 음식물을 씹는 즐거움이 되살아났다.

김밥은 맛이 있었다. 재료는 단무지와 시금치, 계란말이만 들어갔지만, 밥맛이 입에 착착 감겼다. 그러고 보니 삼 년 만에 맛본 군대 밖의 음식이었다. 김밥 두 줄은 금방 치워졌다. 그래도 뜨거운 국물로 속을 먼저 채운 때문인지 시장기는 가시고, 뱃속이 편안해졌다. 준웅은 "잘 먹었습니다"라고, 고개 숙여 주인아주머니께 인사하고 버스 정류장으로 향했다.

용산역 건너편 쪽에 여인숙 간판이 보였다. 오늘 밤 당장 잠잘 곳을 정해 놓아야 할 처지임을 깨닫자, 준웅은 여인숙에다 방을 얻어야겠다고 생각했다. 여관은 숙박비가 비싸 찾아갈 엄두를 내지 못한다. 학교에 다니려면 학비를 벌어야 하는 가난한 고학생(苦學生) 신분이기 이전에, 군대에서 막 전역하여 나온 준웅 앞에는 당장 잠잘 곳과 세 끼 밥을 혼자서 해결해야 하는 생존의 문제가 기다리고 있었다.

먼저 여인숙으로 갈까, 하다가 준웅은 학교 방면으로 가는 버스를 타기로 마음먹는다. 먼저 학교 학생처에 들러 아르바이트 일자리를 신청해 놓아야 했다. 아직 직원분들 퇴근 시간이 남아있으니, 바로 가면 알아볼 수 있을 것이었다. 당장 수업료가 없으니, 복학은 미루고 학비부터 벌어야 하는, 고학생의 삶은 이토록 팍팍하고 막막했다.

일 년간 학비를 벌어 내년에 등록하게 되면 졸업은 사 년 후가 된다. 풀브라이트 스칼라쉽Fulbright Scholarship을 받아 유학하겠다는 인생 목표도 역시 사 년 후가 된다.

준웅은 먼저 학생처에 들러 군 복무를 갓 마친 휴학생임을 알리고 가정교사 아르바이트 신청을 했다. 그곳을 나와 여학생 기숙사로 찾아갔으나, 안내실에는 아무도 없었고, 하얀 종이에 '알림'이라고 쓴 안내장만이 유리창에 붙어있다.

'기숙사 내부 수리 공사로 인하여 십이월 십 일부터 한 달간 기숙사 출입을 금합니다.'

그러고 보니 강의가 없는 겨울방학 기간이면 학생들이 대부분 고향에 내려가므로, 남은 학생들에게 기숙사를 비우게 하고 수리 공사를 하는 모양이었다. 사정이 이러하면 혜용에게 연락할 방법이 없다. 서로가 아르바이트하기에 바빠 만날 시간이 없다 보니, 서로의 친구관계는 물론 학교 이외의 사정은 알 수가 없었던 거다. 준웅은 발길을 돌린다.

'혜용은 혹시 삼 년간의 군 복무가 끝나는 날에 내가 돌아올 거로 알고 그 날짜를 기다리고 있는 건 아닐까? 십이월 이십 일 입대하였으니 일주일 후인 그날에 내가 돌아올 거로 생각하고 있다면, 그날까지 기다릴 수밖에 달리 방법이 없을 거 같다. 혜용은 지금쯤 어떤 모습일까? 졸업 후의 진로는 어떻게 정했을까? 혜용이가 많이 보고 싶다. 이 세상에 의지할 곳이라곤 아무 데도 없는 불쌍한 혜용일 내가 지켜주겠다고 했지. 서로를 위해 삼 년간 편지 한 장 보내지 않고 견디는 동안 혜용인 많이 강해져 있을 거야.'

일주일을 더 기다리면 어떻게든 만나겠지만, 준웅은 그 기간이 너무 길게 느껴졌다. 혜용이 기숙사를 나와 어디서 거처하고 있는지도 많이 궁금했다.

그사이 교정은 땅거미가 져서 사물의 빛이 천천히 사라지고 있었다. 준웅은 그 길로 학교 도서관으로 향했다. 낯익은 캠퍼스의 나무와 돌계단, 화단이 그대로 그 자리에 머물러 준웅을 반기고 있었다. 앞으로 사 년간 준웅이 매일 마주해야 할 공간이었다.

도서관 출입구 앞 가장자리에 백팩을 놓아두고 열람실 안에 들어가 보니, 방학 중임에도 많은 학생이 나와 공부하고 있었다. 준웅은 신고 있는 군화의 내딛는 소리가 들리지 않도록 조심하며 늘 가서 앉던 열람석 쪽으로 천천히 걸어갔다. 순간 낯이 익은 뒷모습이 눈에 띄었다.

공부하는 학생들은 머리를 숙이고 책을 들여다보고 있어서, 뒷모습만 보고는 누가 누구인지 알 수가 없었다. 또 공부에 방해될지 모르니 가까이 가서도 안 되었다. 멀찍이 떨어져 지켜볼 수밖에 없었다. 열람실은 삼 년 전 그 모습 그대로 배치되어 있어, 정겨웠고 아늑했다.

준웅은 열람실을 죽 돌아보면서 들어오던 때와 반대쪽 통로로 해서 출입구 쪽으로 천천히 걸어 나갔다. 나가면서 아까 그 자리, 그 자리가 비어있으면 찾아가 앉곤 했던 그 자리를 다시 바라보았다. 그 시절엔 열람실 책상에 칸막이가 없어 학생들은 서로 마주 보고 앉게 되어있었다. 그러니 앞쪽에서 보면 공부하는 학생의 숙인 옆얼굴을 볼 수 있었다.

혹시나 해서 신발 뒤꿈치를 들고 조금 가까이 다가가 보니, 아! 친구 이철우가 늘 내가 앉던 그 자리에 앉아 책을 읽고 있는 게 아닌가! 준웅은 하마터면 "철우야!" 하고 소리 지를 뻔했다. 너무나도 반가웠다. 철우는 무슨 공부를 하는지, 머리를 숙인 채 꼼짝도 하지 않고 책을 들여다보고 있었다.

준웅은 조심조심 다가가 철우가 앉아있는 책상 위에 손을 내밀었다. 철우가 깜짝 놀라 고개를 들고 뒤돌아보더니 "야! 준웅아!" 라고 소리쳤다. 너무나도 반갑고 놀란 나머지 그곳이 열람실인 것을 깜빡 잊어버린 게 분명했다.

주변에 앉아있던 학생들이 일제히 고개를 들고 이쪽을 쳐다본다. 철우는 그제야 상황을 알아차린 듯 일어서서 동서남북 사방에다 대고 머리를 숙인다. 학생들도 철우 옆에 예비역 군복을 입고 미안한 표정으로 서 있는 준웅을 보고는, 얼굴에 미소를 띠곤 다시 고개를 숙여 책을 보기 시작한다.

철우는 준웅에게 손가락으로 출입구 쪽을 가리키며 머리를 끄덕였다. 곧 뒤따라 나갈 테니 잠깐만 밖에서 기다리라는 뜻일 게다. 철우는 꽤 두꺼운 책을 펴놓고 읽고 있었던 듯, 책장을 덮은 책의 두께는 상당했다.

대출받은 도서를 반환하고서 가방을 들고 나온 철우는 출입문 밖으로 나오자마자 준웅에게 달려와 두 손으로 그를 얼싸안았다. 마치 준웅의 체취가 그리웠다는 듯 철우는 그를 껴안은 채 떨어지지 않았다. 준웅도 철우의 어깨를 마주 꼭 끌어안고 아무 말 없이 그대로 서 있었다.

얼마나 지났을까, 준웅이 친구 철우의 따뜻한 정을 온몸으로 조용히 받아들이고 있을 때, 철우가 안았던 팔을 가만히 풀고 준웅의 얼굴을 뚫어지게 들여다보았다. 삼 년 동안 못 보는 사이 친구 준웅의 얼굴은 사려 깊은 분위기가 더 짙게 배어있었고, 눈동자는 차분하고 꿈꾸는 듯한 반짝임으로 빛나고 있었다.

늘 보아왔던 고뇌와 무언가에 쫓기는 듯한 불안정한 흔들림은 어떤 시점부터 한 군데로 응결(凝結)되어 있었던 듯, 이제는 보이지 않았다. 철우는 대학 일 학년 신입생 때 준웅의 고뇌를 보고 느끼고 있었으나, 아무 말도 묻지 않았다. 그것이 무엇인지 친구가 스스로 열고 보여줄 때까지는 물어보지 않는 것이 친구에 대한 예의라고 생각했다.

그런데 삼 년이 지난 지금 친구에게선 그때의 안타깝던 느낌이 거의 느껴지지 않는다. 성숙하고 정돈된 차분함이 친구를 감싸고 있어 마주하기가 더 편안하다.

준웅은 복무 기간 중 단 한 사람 철우하고만 편지를 주고받았다. 공부하기에 바빠 두세 달에 한 번 정도 철우에게 편지를 보냈지만, 철우는 그때마다 꼬박꼬박 답장을 보내왔다. 두 사람의 편지 사연은 특별한 내용은 없었지만, 자신의 일상을 친구에게 전하는 시간을 가질 수 있다는 것만으로도, 편지를 쓰고 받는 기쁨은 컸다.

철우가 준웅에게 영어 원서를 더 보내주겠다고 했으나, 준웅은 영어 소설책 두 권과 영어로 된 경제학 서적 한 권, 회화책을 암기할 수준까지 되풀이해서 읽겠다면서 사양했다. 편지할 때마다 철우는 준웅에게 건강하게 잘 지내야 한다고 격려하면서도 언제 휴가 나오느냐는 말은 묻지 않았다.

가족은 물론 일가친척 한 사람 없는 준웅에게 그 말을 묻는 건 결례라고 생각하여 아예 물어볼 생각조차 하지 않았다. 휴가 나오더라도 갈 데도 머무를 데도, 어느 한 곳 없음을 잘 알기 때문이었다. 준웅은 준웅대로 휴가에 대해선 철우가 물어주지 않는 것이, 참 고마웠다.

오늘 보니 철우는 그새 부쩍 성장해 있었다. 고등학생 티가 남아있던 앳된 얼굴은 건강하고 용모 반듯한 청년의 얼굴로 바뀌어 있었고, 순수하고 맑기만 하던 눈동자에선 이지적(理智的)인 강인함이 배어나고 있었다. 그 눈동자가 차츰 물기에 젖고 있었다. 말은 없었지만, 준웅은 이 친구가 또 내 처지를 걱정해 주고 있구나라고 생각한다.

삼 년 동안 일 년에 서너 번은 편지를 주고받던 친구 사이라면 떠들썩한 반가움이 두 친구 사이를 꽉 채우고 있어야 마땅함에도, 두 친구 사이엔 그러한 분위기가 끼어들지 못했다.

두 친구는 말없이 교정으로 걸어 나갔다. 동지(冬至)를 일주일쯤 앞둔 저녁 시간, 이제 여섯 시가 조금 넘은 시각이었음에도 밖은 완전히 어두워져 있었다. 철우가 앞장서 걷더니 도서관 앞 정원에 있는 벤치로 가서 앉았다. 준웅이 옆에 앉자, 철우가 묻는다.

"복학해야지?"

준웅은 잠시 대답을 미룬 채 고개를 숙이고 있다가

"아까 학생처에 들러 아르바이트 자리를 신청했어. 휴학생에게도 그 기회가 있는지는 모르겠지만, 갓 전역을 했는데 수업료를 벌어야 복학할 수 있다고 담당 선생님께 말씀드렸더니, 알았다면서 일주일 후 다시 들려보라고 하셨어."

철우가 무언가를 생각하는 듯 잠자코 있다가 결심한 듯 입을 연다.

"준웅아! 부모님께 말씀드려 한 학기 수업료를 빌려달라고 할 참이야. 해군 장교로 복무하게 되면 월급을 받게 될 테니까, 그 월급 받아서 갚아 드리겠다고 하면 주실 거야. 수업료를 벌어 복학하려면 그만큼 졸업이 늦어지잖아?!"

철우는 준웅에게서 확답을 받겠다는 듯 힘주어 말했다. 준웅은 친구의 뜻밖의 제의에 놀라 무슨 말을 해야 할지 당황한다.

"당장 머무를 곳도 마땅치 않고, 복학해야 기숙사 신청도 할 수 있으니까, 그렇게 하자. 난 해군 학사장교에 지원해 놓았어. 신체검사 면접을 거쳐 합격 통보가 오면 일월 중순쯤 입대하여 훈련받게 될 거야. 그때까지 나와 함께 있다가 기숙사 입사가 결정되면 그때 기숙사로 들어가면 될 거야."

철우는 친구 준웅의 전역 날짜가 다가오기 전부터 미리 생각하고 있었던 듯 차분히 얘기를 이어 나갔다. 모두 맞는 말이었다. 이 자리에서 뭐라고 사양하는 말, 그것은 허례(虛禮)일 뿐임을 준웅은 알고 있었다.

누구보다도 준웅의 처지를 잘 아는 철우는 준웅의 자존감을 지켜주면서도 준웅이 꼭 필요한 때 자연스럽게 준웅을 돕는다. 복학을 미루지 않고 바로 다음 학기에 학교에 다닐 수 있다는 건, 준웅으로서는 너무나도 고맙고 중요한 일이다.

전혀 생각하지도 않았던 이런 도움에 대해 준웅은 고맙다는 말 대신 가슴을 두드리고 지나가는 진동(震動)을 깊이 아로새기는 걸로 인사를 대신한다. 말로 표현한다는 건 오히려 친구가 건네준 순수한 호의를 불편하게 하는 것이었다. 준웅은 잠자코 머리를 숙이고 있다가 가슴의 진동이 가라앉자, 나직이 입을 연다.

"고마워, 네 말대로 할게."

"그래, 그렇게 하자. 밥 먹으러 가자."

철우는 군대 밥만 먹었으니, 오늘은 고기를 사주겠다면서 학교 부근에 있는 식당가로 준웅을 데리고 간다.

그날 철우를 만난 건 전혀 뜻밖의 일이었다. 종강이 되었으니, 지금은 고향에 내려가 학사장교 지원에 따른 절차를 준비하고 있을 줄 알았는데, 철우는 도서관에 와 있었던 거다.

"진즉 종강하였는데 왜 부모님 댁에 내려가 있지 않고 서울에 있지?"

준웅이 밥을 먹으면서 묻자

"입대할 때까지 달포쯤 시간 여유가 있기에 평소 읽고 싶던 책을 읽으려고, 집에 내려갔다가 부모님께 말씀드리고 곧바로 올라왔어. 주로 두꺼운 고전(古典) 작품을 찾아서 읽고 있는데, 읽을수록 읽는 재미에 푹 빠져든다."

철우는 얼굴 가득 환한 웃음을 머금으며 말한다.

"그랬구나."

입대하기 전의 여유 있는 시간에 영화도 보고 친구들 만나 놀러도 다니고 편안하게 지낼 수 있음에도, 친구는 고전이 읽고 싶어, 다시 학교 도서관을 찾아 올라왔다고 한다. 전공 서적 외에 교양 도서를 많이 읽어 간접적인 인생 체험을 풍부하게 쌓아놓겠다는 철우의 처지가 부러웠지만, 그것은 철우의 태생적(胎生的)인 조건이며 철우가 그 조건을 잘 활용하는 거로 생각했다.

노는 시간보다는 책 읽는 시간을 더 좋아하는 철우는 아마도 학자의 길로 가게 될 것 같다고 생각하면서 준웅이 묻는다.

"군대 다녀와서 진로는 생각해 봤니?"

철우는 기다렸다는 듯이 씩 웃고는 말한다.

"직장생활보다는 대학원에 진학하여 계속 공부하고 싶어. 기회가 온다면 유학하는 길도 생각하고 있어."

"잘 생각했다. 넌 학자의 길로 가면 좋을 거야. 너한테 잘 맞을 거로 생각해."

"고마워. 내가 생각해도 난 책 읽고 공부하는 것 외에는 잘할 수 있는 게 없어. 네가 잘 봤다."

철우는 자기가 가고 싶은 학문의 길에 대해 친구 준웅이 공감하며 격려해 준 데 대해 고마워하며, 환하게 웃었다.

"그래 원서는 충분히 읽었냐? 다른 책을 보내주고 싶었는데, 네가 사양하는 데다가 군 복무하는 데 부담될 것 같기도 해서 참았다."

"잘했다. 거듭해서 읽다 보니 읽을수록 속도가 빨라져서 소설책과 경제학 서적은 열 번을, 회화책은 열다섯 번을 읽었다."

철우는 눈을 동그랗게 뜨더니

"와! 그렇게 여러 번을! 넌 군대생활하면서 영어 실력 하나는 똑 부러지게 심어놓고 왔구나! 너처럼 군대에서 공부한 사람이 또 있을까?!"

철우는 진심으로 놀랍다는 듯, 친구 얼굴을 우러르는 듯 바라본다. 준웅은 겸연쩍어하며 고개를 숙인다. 그래도 풀브라이트 유학생 얘긴 꺼내지 않는다. 그건 출생 신분에서 비롯된 많은 고뇌 끝에 찾아낸 인생 목표이므로, 먼 후일 말해야 할 기회가 왔을 때 말하리라 마음으로 새긴다.

그날 저녁 여인숙으로 가서 숙박할 마음을 먹고 있던 준웅은 뜻밖에도 친구 철우와 만남으로써, 철우의 하숙집으로 가게 된다. 여인숙으로 갔다고 해도, 다음 날 철우의 집에 전화를 해보고 철우가 학교 도서관에 있을 거라는 답을 듣고 철우를 만나게 되면, 어차피 오늘과 똑같은 결과가 나왔겠지만.

준웅은 아르바이트 자리가 나오기를 기대하며 철우에게 보관시킨 옷을 꺼내어 갈아입고, 다음 날 철우와 함께 도서관으로 갔다.

아침은 하숙집에서 먹고 점심과 저녁은 주로 학교 구내식당에서 먹었는데, 철우를 만난 지 나흘째 되는 날 철우는 다시 준웅을 데리고 학교 앞 식당으로 가서 또 고기를 사주었다. 미안해하는 준웅에게 몸보신(保身)을 해야 한다면서 준웅의 팔을 꼭 붙들고 끌고 가다시피 데리고 갔다.

군대생활을 마치고 왔으니, 가족이 있다면 맛있는 음식을 해서 몸보신을 해줄 터인데, 그렇게 해줄 가족이 없으니 자기가 대신 해야 한다고 생각하는 것처럼, 철우는 준웅을 위해 먹는 음식마저 신경 써주는 것이었다.

군대 가는 날까지 이제 한 달도 채 남지 않았으므로, 그때까지 자기가 할 수 있는 일이라면 친구를 위해 다 하겠다고 작정하고 있는 듯했다. 준웅이 하숙비를 걱정하면, 밥값만 더 주면 된다면서 기숙사에 들어갈 때까지 편하게 있으라고 했다.

매일 철우와 짝이 되어 도서관에 다닌 지 일주일이 되는 날, 점심을 먹고 나서 준웅은 철우에게 잠깐 다녀올 곳이 있다고 말하고 도서관을 나와 여학생 기숙사로 향했다. 이삼 일 전부터 든 생각은 혜용이 '그날' 기숙사 앞에서 꼭 기다리고 있으리라는 것이었다. 그날은 혜용이 생각하고 있는 날, 준웅 오빠가 입대한 지 삼 년이 되는 바로 그날이다.

오후 두 시에 맞추어 여학생 기숙사로 가는 준웅은 왠지 모르게 가슴이 뛰었다. 혜용에게 전해줄 목도리와 장갑도 가방에 넣어 왔다.

'내가 예상한 것처럼 혜용인 기숙사 앞에서 날 기다리고 있을까? 무슨 일이든 똑 부러지게 자기가 해야 할 일을 하고 그 일을 매듭짓는 혜용의 성격상 내가 입대한 그 날짜에 혜용은 반드시 나타날 것이다. 혹 무슨 사정이 있어 나오지 못할 일이 생긴다면, 사람을 사서라도 연락해 올 것이다.'

저만큼 기숙사 안내실이 보였다. 그런데 그 앞에 있어야 할 혜용이 보이지 않았다. 가까이 다가가서 주위를 둘러보았으나, 어느 곳에서도 혜용은 보이지 않았다. 혹시 오는 길이 늦어지나 해서 준웅은 삼십 분을 더 기다렸다. 그래도 혜용은 보이지 않았다.

준웅은 그 길로 여학생 전용 도서관에도 가보고 다시 남학생 전용 도서관에도 가보았으나, 도서관 입구 쪽에는 혜용의 그림자도 보이지 않았다. 갑자기 잊고 있던 불안감이 안개처럼 스멀스멀 다가오더니 가슴을 조이는 듯한 통증이 느껴진다.

'서로가 소식이 끊겼던 지난 삼 년은 짧은 기간이 아니다. 그사이에 무슨 일이 일어난 건 아닐까? 혹시 적송마을과 관련하여 혜용의 신변에 좋지 않은 일이 닥친 건 아닐까? 아냐! 그럴 리가 없어! 그런 일이 있었다면 곧바로 군대 가 있는 내게도 수사기관으로부터 연락이 왔겠지!'

이러한 생각은 생각에 꼬리를 물고 이어졌지만, 무엇 하나 실마리를 잡을 수 있는 건 없었다. 유일하게 수소문할 수 있는 곳은, 적송마을의 하 촌장님뿐이었다. 준웅은 학교 안에 있는 우체국 출장소로 걸음을 옮겼다. 하 촌장님께 혜용의 소식을 들을 수 있을까 해서였다. 그렇지 않아도 하 촌장님께는 군대 잘 마치고 왔다고 인사드릴 참이었다.

면사무소로 시외 통화를 신청하여 적송마을 하 촌장 댁으로 행정 전화를 연결해 달라고 부탁하자, 잠시 후 하 촌장님의 여전히 느릿한 충청도 발음이 들려왔다.

"하 촌장님! 저 박준웅입니다. 군 복무를 마치고 며칠 전 전역하였습니다. 그간 별고 없으셨습니까?"

"준웅인가? 반갑네. 벌써 삼 년이 지나갔구먼 그랴. 몸은 건강한가?"

"네, 촌장님. 건강하게 잘 지냈습니다. 저희에게 무슨 일은 생기지 않았습니까?"

준웅은 '저희에게'라는 말로 혜용의 안부도 포함하여 여쭙고 있었다. '무슨 일'은 혹시라도 백 기자라는 분이 저희들의 정체를 수소문(搜所聞)하거나 수사기관에서 찾아오지 않았는지를 여쭙는 조심스러운 물음이다.

"그 일이 말이지, 그러니께 준웅이 자네가 군대 가고 나서 다음 해 사월껜가, 백 기자라는 양반이 전화를 했었제. 우리 지역에서 가까운 지방에 취재(取材) 나온 길이라믄서, 우리 마을 옆 산에 서 있었던 빨치산 토벌 현장에 한 번 가보고 싶다고 하더구먼. 그래서 내가 그랬제. '오시더라도 우린 어디가 어딘지 그 장소를 정확히 말씀드리기 어렵지라우. 그 일이 있은 지 십팔 년이 지나 불지 않았능게라우. 우리 마을 사람들도 그곳은 귀신들이 돌아댕기니께 당최 가까이 가기가 무섭다고 아예 얼씬도 안 해부렀지라우. 가보았댔자 수풀이 우거져서 어디가 어딘지 우리도 찾기 어렵게 되어버렸서라우'라면서 시치미를 딱 떼버리지 안 했는가 벼?! 아! 그랬는디도 그 기자 양반이 언제쯤 면사무소에 갈 테니, 길 안내를 좀 해달라고 사정하더란 말이시. 차를 가지고 가겠다문서."

하 촌장은 그때 일이 생생하게 기억나는 듯 한달음에 말을 쏟아내고 나서 잠시 숨을 고르시는지 말을 멈춘다. 준웅은 바짝 긴장했다. 그 불안감이, 언제나 내쫓을 수도 없는 연기처럼 스멀스멀 피어오르면서 머리끝에서부터 발끝까지 바짝 조이고 들어오며 숨쉬기 어렵게 만들던 그 불안감이 자신을 또다시 조이고 있음을 준웅은 느끼고 있었다.

등허리에서 땀이 배고 있었다. 숨죽이며 하 촌장님의 다음 말씀을 귀 기울이고 있자니, 하 촌장은 준웅에게 그때 일을 하나도 빠짐없이 알려주어야겠다고 작심(作心)한 듯 다시 입을 열었다.

"토벌 작전이 벌어졌던 그날 군인이랑 경찰들이 트럭을 타고 오지 안 했는가 벼. 백 기자라는 양반이 그걸 기억하고 차가 그곳까지 들어갈 거라 생각했나 벼. 그 길은 사람들이 다니는 길이 아니고 군용(軍用) 도로라 이미 잡목이 뒤덮어버려 길을 찾지도 못할 거라고 얘길 했제. 그랬는디도 이 양반이 들어갈 수 있는 데까지 차로 가보겠다고 우기질 않는가 벼? 아따! 이 기자 양반, 그날 토벌 작전을 기사로 쓸라고 단단히 마음 묵었구나 생각코 더는 토를 달지 않았제. 몇 날 몇 시에 면사무소에 당도하겠다기에 미리 가서 기다리고 있었더니, 사진기를 어깨에 멘 젊은 양반이랑 지프차에서 턱 내려오더구먼. 이제 막 사십 대에 접어든 팔팔한 양반이 자기가 백 아무개 기자라고 하면서 명함을 꺼내주더구먼. 자네 신경 쓸 테니 신문사랑, 기자 양반 이름은 말 안 할라네. 기자 양반헌티는 전화로 하고 싶은 말 다 했응께 그날은 암말 않고, 그 양반이 운전하는 옆자리에 앉아 옛날 군용 도로가 나 있던 길로 가자고 길 안내를 했제. 우리는 맨날 산길로 해서 걸어 다녔응께 군용 도로 그 길은 나도 당최 모르겠등마. 행여나 우리 마을로 가는 산길로 가자고 할까봐 암말도 않고 옛 기억을 더듬어 희미하게 자국이 나 있는 군용 도로로 죽 들어갔제. 그래갔고는 잡목이 우거져 더 이상은 도저히 들어갈 수 없는 곳에다 차를 세우라고 했제. 차를 세울 곳은 미리 곰곰이 생각해 둔 곳인디, 위령제를 지내는 곳보다 한참 못 미쳐 오른쪽에 비슷한 산 모양이 있는 다른 곳이었제. 차에서 내려 오른쪽 산을 가리키며, 내가 말했제. '워매! 뭔 잡목이 이렇게 꽉 차부렀당가?! 어디가 어딘지 당최 모르것네유!'라면서, 부지런히 이리 갔다 저리 갔다 바쁘게 왔다 갔다 하며 들어갈 수 있는 길이 있는지 찾는 척했제. 사월인디도 해가 중천에 떠 있응께 금방 얼굴에 땀방울이 맺히등마. 기자 양반이 뭐라고 할 때까지 이리 갔다 저리 갔다 일부러 부지런히 돌아다녔제. 성의를 보여줘야제 믿어줄 것잉께로. 한참을 땀을 뻘뻘 흘리며 길을 찾느라 돌아다니는 나를 보고 기자 양반이 미안했던지, '촌장님, 이제 그만 찾으셔도 되겠습니다. 저희가 봐도 워낙 잡목이 많이 우거져 이대로는 길을 못 찾겠는데요. 나무를 모두 잘라내기 전에는 들어갈 방법이 없겠어요'라고 말하더구먼. 이제 됐다 싶었제. 사진기를 들고 온 젊은 양반은 사진 찍을 것이 없응께로 팔짱을 끼고 물끄러미 서 있기만 하데. 그 길로 기자 양반이 차를 돌리더니 고생 많으셨다기에 오히려 내가 미안하다고 했제. 그 사람들이 묻힌 곳을 찾아주지 못했응께로 말인사라도 해야겠다 싶더구먼. 마을 입구까지 태워준다기에 우리 마을 말고 다른 마을 쪽을 가리키며 우리 마을은 저쪽인디 오늘 마침 장날이라 일 좀 보고 들어가겠다문서 면사무소 앞까지 타고 와서는 차에서 바로 내려 버렸제."

하 촌장의 그날 현장 설명은 여기서 끝났다. 하 촌장은 물을 마시는지, 잠시 수화기에선 아무 말도 들리지 않았다. 준웅은 안도의 숨을 들이쉬었다. 긴장감으로 딱딱하게 굳어있던 몸이 서서히 풀려나고 있었다.

'아무 일도 없었구나! 하 촌장님이 연극 배우처럼 연기를 잘하셨구나. 마을 사람들을 위해서도, 혜용이와 나를 위해서도 백 기자라는 분이 토벌 현장을 찾지 못하고 그냥 돌아간 것은 얼마나 다행스러운 일인가!'

"그간 자네들도 마음고생 많았제?!"

하 촌장은 당신이 그날 정신적으로, 신체적으로 많은 수고를 하셨음에도 오히려 준웅을 위로해 주셨다. 말 안 해도 다 안다는 듯, 그 말의 억양에는 따뜻한 보살핌의 정이 가득 담겨있었다.

"촌장님! 너무 감사합니다. 찾아뵙지도 못하고 이렇게 전화로 인사드려서 정말 면목 없습니다. 저희는 항상 촌장님과 적송마을 사람 분들의 은혜를 잊지 않고 있습니다. 저희를 호적에 올려주신 박형수 촌장님의 자제분과 김영달 어르신의 자제분께도 안부 여쭈어 주시고, 저희가 그 은혜를 항상 고마워하고 있다고 꼭 말씀드려 주십시오."

"자네 뜻은 전하고 말고! 혼자서 고학하느라 자네나 혜용이나 고생 많을 것인디, 우리가 도와주지 못해 항상 미안한 마음 가지고 있네. 열심히 공부해서 꼭 성공하기 바라네."

고마운 말씀이셨다. 적송마을은 이렇게 착하고 선한 기풍이 면면히 이어져 내려와 그곳 사람들은 누구나 인간적인 따뜻한 정을 지니고 있었다.

'혜용에 관해서는 따로 말씀이 없으신 것으로 보아 혜용에게 걱정할 만한 큰일은 없었던 것 같다. 무슨 일이 있었으면, 혜용이도 하 촌장님께 연락했을 것이다. 내가 하 촌장님을 의지하고 있는 것처럼 혜용이도 그럴 꺼니까.'

준웅은 혜용이 얘긴 꺼내지 않았다. 하 촌장은 매년 유월 위령제를 올리는 제사는 한 번도 빠진 일이 없다고 하시면서, 우리 마을이 밖에서 도는 전염병 한 번 들어오지 않고, 큰 고초 한 번 겪지 아니한 것도 다 혼령들 덕이라고 하셨다. 새겨들어야 할 말씀이었다.

'제주(祭主)인 우리를 대신하여 매년 위령제를 올려주시는 적송마을 사람들에게 우리는 얼마나 큰 빚을 지고 있는가!'

하 촌장님이 앞에 계신 것처럼 준웅이 거듭 머리를 숙이며 "고맙습니다"라고 하자, 하 촌장은 마지막으로 이렇게 당부하신다.

"돌아가신 박 촌장님도 자네들을 감싸주고 계실 것이구먼. 이곳을 찾지 않는다고 탓하는 사람 마을에선 아무도 없으니께, 당분간은 올 생각일랑 말게. 바깥세상이 여간 조심스럽지 않네."

하 촌장님과 통화 후 한결 안도하는 마음이 되어, 준웅은 내일 다시 여학생 기숙사에 찾아가 보리라 생각하고 곧바로 남대문 시장으로 향했다. 옷 가게에 가서 값은 싸지만, 두툼한 겨울 잠바를 한 벌 사고, 오는 길에 학교 부근 서점에 들러 지난번 철우가 보내준 영어 회화책보다는 수준이 높은 고급 회화책 한 권을 샀다.

도서관으로 돌아오니 네 시가 넘어 있었다. 앉아있던 자리는 다른 학생이 앉아있어, 철우에게 왔다는 신호만 보내고 빈자리에 가서 방금 사 온 회화책을 꺼내 들었다.

철우는 저녁을 먹으면서도 어디 다녀왔냐는 말은 묻지 않는다. 준웅은 철우에게는 아직 혜용에 대해서는 말하지 않으려고 한다. 혜용이 얘길 하려면 출생 신분을 얘길 해야 하는데 그 얘긴 지금은 할 때가 아니다. 한참 후 어느 땐가 기회가 올 것이다. 곧 군대에 갈 친구에게 복잡한 개인사를 말하는 것도 예의가 아니다.

"아까 낮에 남대문 시장에 가서 겨울 잠바를 하나 사 왔어. 오는 길에 학교 앞 서점에 들러 회화책도 한 권 샀어. 네가 준 용돈을 잘 보관하고 있다가 그 돈으로 샀다. 고마워."

철우는 눈을 크게 뜨며 말한다.
"그 돈을 쓰지 않고 지금껏 아껴뒀어?"
준웅이 미소를 지으며 고개를 끄덕이자, 철우는 알았다는 듯 왼손으로 준웅의 어깨를 한 번 가볍게 툭 치더니 다시 밥을 먹기 시작했다.
'이 친구는 돈 한 푼 허투루 쓰지 않을 꺼야. 학비며 생활비며 혼자서 아르바이트해서 모두 마련해야 하니까 얼마나 힘들겠어?'
손으로는 밥을 먹으면서도 진한 아픔이 가슴속을 찌르며 지나간다. 얼른 다른 얘길 꺼내려 했으나, 철우는 가슴속에 남아있는 아픔의 진동이 쉬이 가시지 않아 말없이 밥만 먹는다.

다음 날 준웅은 점심을 먹고 나서 철우에게 잠시 다녀올 데가 있다고 말하고 다시 여학생 기숙사 쪽으로 갔다. 일 학년 때 종강하고 나서 혜용에게 연락할 수 있는 유일한 수단이었던 쪽지 전달을 하기 위해 여학생 기숙사 안내실에 찾아갔으니, 혜용은 그때 일을 기억하고 있을 것이다.
'오늘은 혜용을 만날 수 있으면 좋겠다.'
삼 년 전 입대한 날짜보다 하루가 더 지났지만, 혜용이 그 날짜를 기억하고 오늘이라도 올 것만 같았다.
두 시 가까이 되어가는 시각, 오늘도 날씨는 흐리고 추웠다. 곧 눈이 올 것처럼, 하늘이 검은 구름으로 덮여가고 있었다. 여학생 기숙사는 학교의 본관으로 향하는 아스팔트 길에서 왼쪽으로 계단을 올라간 곳에 있었다.
서른 몇 개의 계단을 올라가면 정원이 나타나고 정원 주위에 벤치가 있어, 날씨가 좋은 날은 여학생들이 이곳을 쉼터로 삼아 삼삼오오 모여있기도 했다. 마지막 계단을 올랐을 때, 기다렸다는 듯 하얀 눈이 한 송이 두 송이 나풀거리며 내린다.

바람은 불지 않았지만, 가방을 든 손이 시릴 만큼 날씨가 차다. 기숙사 안내실이 있는 쪽으로 걸어가는데, 한 송이 두 송이 나풀거리며 내리던 눈은 그사이 함박눈이 되어 헐벗은 나뭇가지 위로 사뿐사뿐 내려앉아 쌓이고 있었다. 바람이 없으면 내리는 눈은 아무런 소리를 내지 않는다. 흐릿한 시야는 내리는 눈 때문에 앞이 잘 보이지 않는다. 그때였다.

"준웅 오빠!"

귀에 쟁쟁한 혜용의 목소리였다. 눈이 시야를 가리고 있어, 그 목소리가 어느 쪽에서 들려오는지, 준웅은 미처 분간하지 못하고 그 자리에 멈추어 선 채 고개를 돌리며 주위를 두리번거렸다.

'하필 이때 눈이 펑펑 내리다니!'

준웅은 자신이 먼저 혜용일 불러주지 못한 미안함이 솟구쳐 자신을 책망한다.

"오빠!"

두리번거리고 있는 준웅의 뒤편에서 부르는 소리가 난다. 준웅이 몸을 홱 돌려 걸어온 길 쪽을 바라보자, 서너 발자국 앞에 혜용이 눈을 맞으며 서 있다. 뛰어왔는지 벌린 입에서 하얀 김이 서려 나온다.

"혜용이구나!"

준웅이 반가움에 활짝 웃으며 한 발짝 다가가자, 혜용은 몸을 내던지듯 준웅의 품에 뛰어든다. 혜용의 머리 위로 떨어진 눈이 이내 녹으며 머리칼이 물기로 젖는다.

'이렇게 눈이 오는데 스카프로 머리를 두르지도 않았구나.'

안쓰러운 마음으로 물기에 젖은 머리칼을 내려다보는데, 무언가 모를 가여운 마음이 또 준웅의 마음을 뒤흔든다. 준웅은 그 감정에 자신을 맡긴 채 말없이 혜용을 마주 껴안고 있다. 혜용은 포옹으로 환영 인사를 대신한다는 듯 아무 말 없이, 그렇게 준웅을 껴안고 있더니, 이윽고 고개를 들고 준웅의 얼굴을 바라본다.

"오빠, 많이 기다렸지? 어제 왔어야 했는데 오질 못했어."

"그랬구나. 눈이 많이 오니 어디 눈 피할 데로 가는 게 좋겠다."

"그래요, 학교 휴게실로 가요."

휴게실은 지금 같으면 카페 같은 곳인데, 그 당시는 구내매점 겸 커피도 마시고 쉬는 곳이었다. 그곳은 구내식당이 있는 쪽에 있어, 둘은 교정을 칠, 팔 분가량 걸어야 했다. 눈은 두 사람을 위해 아낌없이 내려주고 싶다는 듯 쉴 새 없이 내리고 있었다.

조용하고 아늑하게 내리는 눈이었다. 그냥 맞고 싶은, 맞으면 기억에 남을 만큼 분위기 있게 내리는 눈이었다. 준웅과 혜용은 그 분위기를 느끼고 싶다는 듯 천천히 걷는다. 머리와 얼굴과 입고 있는 옷 위로 눈이 하얗게 쌓이고 있었다.

"올겨울 들어서 눈이 이렇게 많이 오긴 첨이네!"

혜용이 눈을 닮은 하얗고 순진한 미소를 띠며 혼잣말처럼 말했다. 그때 준웅은 무언가 생각난 듯 갑자기 발걸음을 멈췄다. 혜용은 외투를 입기는 했으나, 목에 두른 건 아무것도 없었다. 외투와 안에 입은 상의의 맨 윗단추를 단단히 잠그고 있을 뿐, 하얀 목은 그대로 드러나 있다. 준웅은 말없이 가방을 열고 포장지에 싼 네

모진 상자를 꺼내어 혜용에게 내민다.

"끌러봐."

준웅이 말하자 혜용은 포장지를 뜯고 상자를 열어보곤

"목도리네, 색깔이 참 예쁘네. 얼른 둘러봐야지!"

준웅이 포장지와 상자를 건네받자, 혜용은 목도리를 목에 감는다. 목도리는 길이가 꽤 길었다. 준웅이 가방을 발치에 놓고서 혜용이 목에 감고 있는 목도리를 펴서 머리에 씌워주곤 다시 목을 두 번 감아 양쪽 끝을 묶어준다. 그래도 목도리는 가슴 아래까지 내려올 만큼 넉넉하다. 머리를 감싸고 목을 감은 연한 갈색 목도리가 혜용에게 참 잘 어울린다고 생각하며, 준웅은 흡족해한다. 그 모습을 보다가 다시 가방에서 포장지에 싸인 작은 네모진 상자를 꺼내어 혜용에게 건네준다.

"이건 뭐야?"

"손에 낄 장갑."

혜용은 다시 포장지를 뜯고 장갑을 꺼내 양손에 하나씩 낀다. 장갑을 낀 손을 얼굴 앞으로 들어 보이는 혜용의 표정이 너무 행복해 보여 준웅은 다시 마음이 짠해진다. 손목에 하얀 털이 달린 갈색 장갑이 목도리에 참 잘 어울린다고 준웅은 생각한다. 백화점 매장 여직원이 정성껏 신중하게 골라주던 그 마음이 다시 고맙게 가슴에 와닿는다.

"오빠, 고마워. 우리 좀 걸어요. 목도리와 장갑, 자랑 좀 하고 싶어."

혜용이 어린아이처럼 순진한 미소를 띠며 좋아하는 모습을 보자, 준웅도 저절로 마음이 따뜻해져서 고개를 끄덕인다. 어제 산

두툼한 겨울 잠바를 입고 오길 잘했다는 생각이 든다.

준웅은 가방끈을 어깨에 메고, 양손을 잠바 주머니에 넣고 혜용의 보폭에 맞춰 천천히 걷는다. 눈이 추위를 흡수해 버렸는지, 싸하던 추위는 한결 덜하다. 입을 열면 하얀 입김이 나오긴 하지만, 따뜻한 온기를 전해주는 혜용이 곁에 있어선지 이제 추위는 느껴지지 않는다.

"어제 와서 기다리려고 했는데, 교수님이 부탁한 일을 마무리 해 드려야 해서 시간이 나질 않았어. 미안해."

준웅은 짐짓 모른 척 시치미를 떼곤 묻는다.

"어제 왜?"

"어제가 오빠가 입대한 지 딱 삼 년 되는 날이잖아. 십이월 이십 일!"

"기억하고 있었네?!"

"그럼! 기억하고 말고! 올 일월에 달력 얻자마자 맨 먼저 십이월 이십 일을 찾아, 빨간 색연필로 동그랗게 표시해 두었는 걸."

"그랬구나. 고마워."

준웅은 일부러 일주일 전에 전역했다는 말을 하지 않는다. 그 말을 하면 혜용이 너무나 미안해할 모습이 눈에 선하기 때문이었다. 할 말이 가슴속에 많이 쌓여있는 것 같은데, 그 말들은 가슴속에 들어앉아 있는 게 더 좋은지 입 밖으로 나오려 하지 않는다.

'그래! 오늘은 눈 내리는 이 따뜻하고 포근한 분위기를 마음껏 즐기자.'

눈을 맞으면서 마냥 좋아하는 혜용의 순진하고 귀여운 모습을 준웅은 오늘 처음으로 본다. 혜용에게 마음껏 이 분위기를 즐기게 해주고 싶다는 생각에 준웅은 말을 꺼내지 않겠다고 마음먹는다. 교정 이곳저곳의 길과 나무와 조형물은 눈이 쌓여 전혀 새로운 분위기를 자아낸다.

'보이는 것 모두가 두툼한 하얀 옷을 입은 하얀 세상 안으로 우리가 걸어가고 있다. 이 순간은 눈에 보이는 하얀 세상이 우리를 축복해 주는 것만 같다.'

준웅의 기분을 느낀 듯 혜용도 말없이, 천천히 걸으며, 난생처음 맛보는 감미롭고도 황홀한 이 눈의 세계에 푹 빠져 있다. 불안하고 조심스럽고 항상 무언가에 쫓기는 듯 긴장하고 살아온 지난날의 회색빛 우중충한 세월이 오늘 이 눈 세상에서는 깨끗이 지워지는 듯하다.

삼십여 분쯤 지났을까? 하염없이 내릴 것 같던 눈은 차츰 눈송이가 작아지더니 다시 처음 내릴 때의 나풀거리던 눈송이로 되돌아간다. 많은 눈이 내리던 그 공간 사이로 기다렸다는 듯 다시 싸한 추위가 밀고 들어온다. 준웅은 휴게실 쪽으로 걸음을 옮겼다. 추위에 얼어있을 혜용에게 따뜻한 차를 마시게 하고 싶어서다.

"목도리와 장갑 자랑, 이제 할 만큼 했지?"

준웅이 웃음을 머금고 말하자,

"응, 할 만큼 했어. 목도리와 장갑이 눈 내릴 때 선보였다고 좋아하네?!"

혜용이 방긋 웃으며 다시 장갑 낀 양손을 목도리가 가려준 가슴 앞에 올리곤 만족한 미소를 띤다.

휴게실 안에서 둘은 뜨거운 커피를 시켜 천천히 마신다. 장작을 피우는 난로에서 뿜어내는 열기가 휴게실 안을 훈훈한 열기로 덥혀주고 있었다. 찬 바깥 공기에 얼어있던 몸이 스르르 풀리며 기분 좋은 편안함으로 느슨해진다.

"혜용아, 편지 못해서 미안해."

준웅은 정말 미안한 마음 때문인지 혜용을 똑바로 바라보지 못하고 눈을 내리깔며 말한다. 잘못을 저지른 뒤 엄마 앞에서 잘못을 실토하고 매 맞을 각오를 하는 어린아이처럼.

"미안해하지 않아도 돼, 오빠! 난 오빠 편질 기다리지도 않았는 걸?!"

준웅은 깜짝 놀라는 표정을 지으며 반문한다.

"왜?!"

"오빠가 군대생활하는 동안 군대 밖 일은 모두 잊어버리길 바랐어. 내게 편지하게 되면 우리에게 굴레 씌워진 불안과 두려움을 다시 불러오게 되잖아. 오빠가 편지할 생각 안 나도록 신(神)께 빌고 또 빌었어."

"그랬구나. 네 말처럼 나도 너에게 편지하는 것이 우리 두 사람을 위해서 좋을 게 없다고 생각했어. 그랬는데도 많이 미안하더라."

"그럼 편지할 생각 안 했으니 날 아예 잊어버리고 있었겠네?"

혜용이 짓궂은 미소를 지으며 준웅을 바라본다.

"그럴 리가?!"

준웅은 더는 말을 잇지 못하고 고개를 숙이고 만다. 혜용의 말 속엔 내가 혜용을 생각한 만큼 혜용도 날, 아니 나보다도 더 날 생각했다는 말이 숨겨져 있음을 알았기 때문이다. 자기 마음을 나타내고 있는 혜용의 간절한 맑은 눈빛을 준웅은 보고 있었다.
"그래, 졸업 후의 진로는 어떻게 정했어?"
준웅은 얼른 화제를 돌리며 물었다.
"우리 지도교수님 중에 주재만 교수님이라고, 미국 아이비리그 대학 중 하나인 펜실베이니아 대에서 영문학 박사학위를 받고 오신 젊고 유능한 교수님이 계셔. 이 교수님이 미국 현대문학을 우리말로 번역하시는 작업을 하시는데, 평단의 반응이 아주 좋아. 내가 주 교수님의 번역 원고를 타이핑하는 작업을 돕고 있는데, 나보고 자꾸 대학원에 진학하라고 하시네."
혜용은 거기까지만 말하고 입을 다물었다. 궁금한 준웅이 얼굴을 내밀며 묻는다.
"그래서 결정했어?"
혜용은 고개를 살래살래 흔들더니
"진즉부터 취직하려고 마음먹고 있었는데, 지난주에 외국계 무역회사에 입사 지원서를 냈어."
"네가 대학원에 진학하는 게 널 위해 유망하다고 내다보고 주 교수님이라는 분이 적극 권하신 모양인데?"
준웅은 잘 납득이 가지 않는다는 표정으로 묻는다.
"대학원에 진학하면 공부에만 전념해야 하는데, 학비를 마련하려면 아르바이트를 계속해야잖아? 그 점도 있고, 또…"
"또?"
다른 이유가 있는 모양이다. 준웅은 그 이유가 궁금하여 재촉하듯 혜용의 눈동자를 지긋이 주시한다. 혜용은 선뜻 말을 꺼내지 못하고 입술만 움찔움찔하다가 결심한 듯 말을 꺼낸다.

"취직해서 오빠 학비를 대려고 진즉부터 마음먹고 있었어. 이제부터 오빠는 아르바이트 그만하고 공부에만 전념해."

혜용은 간절한 눈빛으로 준웅을 바라보며 그렇게 하겠다는 답을 듣고 싶어 한다. 준웅은 이럴 때 뭐라고 답해야 할지 말머리가 잡히지 않아 난감한 표정을 짓는다.

"오빠 다음 학기에 복학해야 해. 그간 내가 모아둔 돈이 있어. 수업료에는 아직 많이 부족하지만, 어떻게든 수업료를 마련해 볼 테니까, 오빠 복학할 준비만 하면 돼."

혜용은 준웅이 복학 시기를 일 년 늦추고, 학비 마련을 위해 아르바이트를 할 것이라는 거를 알고 있었다는 듯 거침없이 또박또박 말을 이어간다. 준웅은 친구 철우가 이번 학기에 바로 복학하라면서 부모님께 수업료를 빌리겠다고 하던 말을, 혜용에게 전해 주어야겠다고 마음먹는다.

"실은 복학할 수업료는 친구가 마련해 준댔어."

준웅은 철우와 수업료에 관해 나누었던 얘길 자세히 들려준다.

"오빠, 참 좋은 친구분을 곁에 두셨구나. 부럽네!"

혜용인 정말 오빠가 부럽다는 표정으로 오빠를 빤히 쳐다본다.

"그러니까 내 수업료는 신경 쓰지 말고 너 진로에 더 신경 쓰면 좋겠어."

"그다음 이 학기 수업료도 마련하려면 아르바이트를 해야 하잖아. 내가 직장 다니면서 오빠 학비 댈 테니까, 아르바이트할 시간에 공부에만 전념해."

혜용인 이쯤 이 얘긴 끝내자는 듯 준웅이 더는 말을 못하게 한다. 잠시 고개를 숙이고 생각에 잠겨있던 준웅이 입을 연다.

"주 교수님은 널 촉망(屬望)하는 제자로 보시고 대학원 진학을 강력히 권하시는 모양인데…"

준웅은 혜용이가 자기의 장래를 위해 대학원에 가는 것이 좋겠다는 표정으로 다시 그 얘길 꺼낸다. 혜용은 무언가 준웅을 납득시킬 말을 해야겠다고 생각한 듯 고개를 끄덕이더니 말문을 연다.

"실은 이 학년 성적이 과 톱top이었어. 학비를 감면받아야 아르바이트 시간을 그만큼 줄이고 공부에 몰입할 수 있다고 생각하고 열심히 했더니 좋은 성적이 나왔어. 그 성적을 사 학년 때까지 계속 가지고 가니까, 주 교수님이 내게 관심을 두셨던 것 같아. 나도 주 교수님처럼 미국 문학을 번역하는 번역가가 되고 싶어 공부에 많이 신경 썼더니, 그 점을 보고 진학하라고 말씀하신 거 같아. 오빠가 대학을 졸업하면 그때 대학원에 가도 늦지 않아."

지금은 자기의 대학원 진학 문제보다는 오빠의 학비 문제가 더 시급하다는 듯 혜용은 자기주장을 물릴 뜻이 전혀 없어 보인다.

"참, 숙식은 어떻게 하고 있어? 오빠."

"아! 친구가 자기 하숙집에서 같이 있자고 해서 우선 신세 지고 있어. 친구가 다음 달 중순쯤 학사장교로 군에 입대하는데, 그때까지 같이 있자고 붙들어서, 미안하지만 그렇게 하기로 했어. 도서관에도 매일 같이 나가고 있어."

"그 친구? 복학할 수업료 내준다는 그 친구?!"

준웅이 고개를 끄덕이자, 혜용의 얼굴에 다시 미소가 번진다.

"그때쯤 기숙사 리모델링 공사가 끝날지 모르겠네. 오빠가 기숙사에 입사(入舍)하면 좋겠는데."

혜용은 친구분이 입대하시기 전에 기숙사에 들어가면 좋겠다는 듯 혼잣말처럼 중얼거린다.

"참! 기숙사를 나와서 어떻게 거처를 정했지?"

준웅이 궁금하다는 듯 묻자

"이 학기 종강하면서 기숙사가 리모델링 공사에 들어간다고 한 달 전부터 공고가 붙었어. 어차피 졸업반은 십이월 안으로 기숙사를 비워주어야 하므로, 우선 이 층집 사글셋방 하나를 얻어서 짐을 옮겼어. 취직이 확정되면 회사 근처로 다시 방을 얻어 가려고."

"그랬구나."

"오빠, 주 교수님이 내가 직장에 다닐 때까지만이라도 자기 작업을 도와달라고 부탁하셔서 매일 주 교수님 연구실에 가야 돼. 이번 토요일 차분히 시간 내서 오빠 밥 사줄게."

"그러자. 토요일 저녁때 만나자."

준웅은 혜용과 만날 시각을 약속하고 휴게실을 나왔다. 시각은 오후 세 시가 넘어가고 있었다. 그사이 하늘은 잔뜩 끼어있던 검은 구름이 걷히고 옅은 구름 사이로 은은한 햇빛이 발갛게 고개를 내밀고 있었다.

준웅은 도서관으로 돌아와 조용히 빈자리를 찾아가 앉았다. 멀리 떨어져 있는 철우를 보니 철우는 꼼짝도 하지 않고 앉아서 책을 읽고 있었다. 책에 푹 빠져 있는 사람의 진지하고도 사려 깊은 침묵이 친구의 모습을 경건하게 다듬고 있었다. 준웅은 그 모습을 보고 자기도 고전 한 권을 대출받아 읽고 싶다는 충동에 사로잡힌다.

준웅은 오래전부터 읽고 싶었던 러시아의 문호 톨스토이 지음 『전쟁과 평화』를 대출대에서 신청했다. 같은 경제학과 출신으로 내로라 하는 대기업에서 사장으로 있는 대선배 한 분이 신입생 오리엔테이션 때 초청 강사로 오셨는데, 그분은 전공 이외에 교양 도서를 많이 읽을 것을 후배들에게 주문했다.

'책을 통해서 쌓은 간접 체험과 사색은 기업 경영에 큰 도움이 됨은 물론 품격을 갖춘 사회인으로 성장하는 데 큰 자산(資産)이 된다고, 그 선배는 힘주어 강조했다. 아마도 철우는 그 선배님의 그때 그 말씀을 마음에 새기고, 편안하게 놀아도 될 입대 전의 자유시간을 책 읽기에 몰입하고 있는지도 모른다. 아까 혜용이 했던 말이 어쩌면 마음에 여유를 갖게 하여, 교양 도서를 읽고 싶다고 생각하게 한 것도 같다. 그 말은 직장 다니면서 내 학비 댈 테니까, 아르바이트할 시간에 공부에만 전념하라고 한 말이다. 혜용에게 학비를 부담시킬 생각은 전혀 없다. 또한 자존심도 허락하지 않는다. 그렇지만, 혜용은 이미 내 학비를 자신이 책임지겠다고 결심하고, 그에 맞춰 자신의 진로를 결정하기까지 했다. 내가 자존심 때문에 끝내 혜용의 제의를 받지 않는다면, 혜용은 분명 마음에 깊은 상처를 받을 것이다. 내가 혜용을 지켜주겠다고 약속하였으므로, 혜용은 자기를 지켜줄 사람을 위해 일정 기간 자신을 희생하겠다고 단단히 마음먹은 거로 보인다.'

그렇게 생각하자 준웅은 생각의 폭이 더 넓어지면서 여유의 틈을 가지게 된 듯하다.

항상 책 읽기에 갈증을 느껴온 준웅이었다. 마음은 교양 도서를 읽어야 한다는 자의식(自意識)으로 늘 갈등하고 있었지만, 현실적으로 책 읽을 시간을 낼 수 없는 자신의 처지를 잘 알고 있었으므로, 독서 시간은 늘 동경의 대상이었다.

책 첫 페이지를 열자, 곧바로 온몸의 지각(知覺)이 책 읽기에 빨려 들어가 준웅은 시간이 지나가는 것도 까맣게 잊고 있었다. 오래도록 가물어 먼지가 풀풀 일어나는 들판에 굵은 비가 내리면, 내리는 족족 메마른 대지가 빗물을 빨아들이는 것처럼, 준웅은 책 읽기가 주는 감동과 재미에 쏙쏙 빠져들었다.

뭔가가 어깨를 흔드는 거 같은 감촉을 느끼고 고개를 들어 되돌아보자, 철우가 얼굴 가득 웃음을 머금고 옆에 서 있었다.

'아! 저녁 시간이 되었나 보다.'

그제야 시계를 들여다보니 여섯 시가 지나고 있었다. 구내식당에 가서 저녁을 먹어야 할 시각이었다. 준웅은 서둘러 책상을 정리하고 도서를 반납하고 출입구에서 기다리고 있는 철우에게 다가갔다.

"무슨 책인데 옆에 사람이 서 있어도 아무 눈치를 못 챘어?"

도서관을 나오자, 철우가 묻는다.

"아! 오랜만에 독서하다 보니 그만 푹 빠져 버렸나 봐. 미안!"

"무슨 책인데?"

"톨스토이의 전쟁과 평화."

"아! 그 책!? 내 독서 리스트에 그 책도 올라 있어. 네가 먼저 읽는구나."

"책 읽을 수 있는 시간을 갖는 것도 다 네 덕분이야. 내가 복학할 수 있도록 네가 수업료를 마련해 주겠다고 하니까, 마음이 한결 여유로워져서 독서하고 싶은 마음이 생겼어. 고맙다."

준웅은 정말 이 친구에게 엎드려 큰절을 올리고 싶을 만큼 철우가 고마웠다. 독서를 향한 허기(虛飢)진 갈급함에 불을 지핀 약세 시간의 이날 독서는, 앞으로 준웅에게 평생을 손에서 책을 놓지 아니하는 삶을 살아가게 하는 중요한 계기가 된다. 그 디딤돌은 물론 친구 철우와 혜용이 만들어 준 것이지만, 책 읽는 즐거움을 아는 준웅의 타고난 기질 때문이기도 하다. 무슨 일이건 즐거워하는 만큼 그 일을 이루는 데 큰 동력이 되는 건 없다.

그 주 토요일 저녁 준웅은 철우에게 누굴 만나 저녁을 먹고 하숙집으로 가겠다고 양해를 구한 다음 혜용과 약속한 학교 앞 그 식당으로 갔다. 철우는 준웅에게 누구를 만나느냐라든가, 어디서 만나느냐라든가 하는 친구 간에 물을 수 있는 어떠한 말도 묻지 않았다.
  이 친구의 특별한 환경, 내면에 깊이 묻혀있는 단순하지 않은 듯한 개인 사정은 친구가 말하기 전에는 결코 내가 먼저 묻지 않겠다고, 철우는 굳게 다짐하고 있었다. 철우는 얼굴 가득 활짝 웃음을 띠며, "그래, 잘 다녀와"라고만 말해주었을 뿐이었다.
  약속 시간은 일곱 시였다. 주말이어선지 식당은 거의 빈자리가 없을 만큼 손님들로 붐비고 있었다. 식당이 바쁜 시간 식사 주문도 하지 않고 빈자리를 지키고 있는 것도 예의가 아닌 것 같아서, 준웅은 밖에서 혜용을 기다리기로 했다. 약속 시각이 지났음에도 혜용은 나타나지 않는다.
  '지도교수의 번역 작업을 도와드리느라 시간을 내지 못하고 있는 건 아닌가?'
  이런 생각이 언뜻 떠올랐다.

'내가 아는 한 혜용의 행동을 제약하는 상대적인 건 아무것도 없다. 누구에게나 있게 마련인 가족이나 직장, 사회적인 인적 관계 등도 없다. 아마도 학교 친구들과의 모임도 혜용은 갖지 못했을 거다. 아르바이트에 매이면 사람들을 만나는 일은 아예 생각조차 할 수 없다.'

그렇게 생각하고 식당 앞에 서 있는데, 식당 안에서 자기 이름을 부르는 소리가 나는 거 같았다. 혹시나 하고 문을 열고 들어갔더니, 카운터에 있는 직원이 자기 이름을 부르고 있었다.

"박준웅 손님 계십니까?"

"네!"

준웅은 손을 번쩍 들고 갔더니, 직원이 말했다.

"오늘 식사 약속한 손님이라시면서 찾으십니다."

그리곤 준웅에게 수화기를 건네주었다. 혜용이었다.

"오빠! 미안해. 교수님이 잡지사에 보낸 원고를 갑자기 수정하시겠다고 해서 오늘 밤늦게까지 타이핑 작업을 해드려야 해. 오늘은 못 나가고 다음 주로 연기하자. 정말 미안해, 오빠!"

혜용은 정말 미안해서 어쩔 줄 모르겠다는 듯, 그 목소리에 당혹함이 가득 묻어있었다.

"그래, 바쁘겠구나. 난 괜찮으니까, 다음 주로 연기하기로 하고, 차분히 작업해. 이만 끊을게."

준웅은 업소 전화임을 의식하고, 꼭 필요한 말만 한 다음 전화를 끊었다. 주 교수님이란 분이 갑자기 작업일을 맡긴 모양이었다. 그럴 만한 사정이 있겠지, 하면서도 쉬어야 하는 주말 저녁에 제자에게 일을 시키는 주 교수라는 분이 좀 얄밉다는 생각이 들었다. 자기 일을 위해서는 웬만한 인간관계의 법칙을 무시해 버리는 그러한 사람이 간혹 있긴 하다. 잠깐 그렇게 생각하다가 준웅은 이내 머리를 흔들어 그 생각을 지워내곤 다른 식당을 찾아갔다.

학교 구내식당은 일곱 시에 끝나므로, 비교적 손님이 덜 붐비고 혼자서도 밥 먹기 편한 곳에서 저녁을 먹고 다시 학교 도서관에 갔다. 쪽지에 '만나기로 한 사람이 바쁜 일이 있어서 나 혼자 저녁 먹고 왔어'라고 적곤 철우가 책 읽고 있는 책상 위에 가만히 얹어두곤 다시 도서 대출대에 가서 아까 읽던 책을 대출 신청했다.

앞으로 이 주 후면 철우와도 헤어져야 한다. 철우가 입대하기 전에 철우와 함께 도서관에서 교양 도서를 읽어야겠다고 마음먹으니, 새삼 자기 처지가 갑자기 수직으로 상승한 듯한 느낌이 들어, 준웅은 빙긋 미소를 지었다. 항상 그렇게 살아왔지만, 시간을 잘 활용하여 빈틈없이 자기 것으로 만드는 일은 이제 습관이 되었다.

앞으로 살아갈 일도 지금까지 그래왔던 것만큼, 시간을 아껴가며 최선을 다할 것이다. 준웅은 이제야 인생의 의미를 새로이 깨우친 사람처럼 주먹을 불끈 쥐었다.

이 시간 캠퍼스 내 인문대학 교수 연구실은 주말임에도 몇 군데 방은 불이 켜져 있었다. 준웅과 혜용이 만나 저녁을 먹기로 한 그 주 토요일은 크리스마스 날이었다. 관공서나 기업체나 모든 기관이 쉬는 공휴일임에도 대학 도서관은 언제나 그래왔던 것처럼, 문을 열고 학생들을 기다리고 있었다.

도서관이 쉬는 날은 일 년에 단 두 번, 추석과 설날 때였다. 공부하기에 여념이 없는 학생들에겐 법정 공휴일은 별 의미가 없었다. 공부와 연구에 여념이 없는 교수들에게도 마찬가지였다. 그래서 늦은 밤까지 불이 켜진 학교 도서관과 교수 연구실은 바라보는 이에게 뿌듯한 기대와 존경심을 불러일으킨다.

앞에 소개했던 것처럼, 이 대학 영문학과 주재만 교수는 나이 서른둘에 미국 유명 대학에서 박사학위를 받은 전도유망한 젊은 교수였다. 어려서 아버님이 일찍 돌아가시고, 온갖 궂은일도 마다하지 아니하고 자식들을 뒷바라지한 어머니의 헌신적인 지원 덕분에 공부에만 매진한 그는 어려서부터 천재로 소문났었다. 말하자면 대학을 나올 때까지 일 등을 놓친 적이 없는 수재였다.

손아래 여동생이 하나 있었는데, 이 역시 공부 잘하는 수재였다. 어머니는 남매의 재능을 일찍 알아보고 자식들이 원하는 길을 갈 수 있도록 자식들을 위한 일이라면 물심양면(物心兩面)으로 온갖 노력과 정성을 아끼지 않았다. 그 노력과 정성은 쏟아부으면 부을수록 그 몇 배의 결실로 영글곤 하여, 삼십 대 초반에 미망인이 된 어머니는 주위의 끈질긴 재혼 권유를 뿌리치고 자식들 뒷바라지에만 전념했다.

주 교수의 아버지는 재료공학에 관심이 많았던 분이셨다. 학문적인 자산(資產)이 열악했던 천구백사십 년도 후반, 그는 자기 집에 개인 연구실 겸 실험실을 갖추고 독자적으로 금속 소재 연구에 몰두한다. 한국 전쟁이 일어나던 해, 지식인들을 찾아다니던 북한군은 그의 집에 여러 실험기구가 있는 걸 보고, 통일 과업에 이바지할 수 있는 과학자라고 판단, 북으로 납치하려 시도한다.

연구에만 몰두하느라 시국 판단이 어두웠던 탓일까? 그는 내가 살 곳은 가족이 있는 이곳인데, 왜 나를 데리고 가려 하느냐면서 이를 완강하게 거부하다가 격분한 인솔 장교가 총을 쏘는 바람에 그 자리에서 숨을 거두고 만다. 그의 나이 서른여섯일 때였다.

생존해 계셨더라면 이 나라 방위산업에 큰 업적을 남기셨을 아까운 과학자 한 분이 안타까운 최후를 맞이하신 것이다. 그때 주 교수의 어머니는 나이 서른셋, 황망(慌忙)한 경황 중에도 남편을 공동묘지에 묻고 열두 살 된 아들과 두 살 아래인 딸을 데리고 피난길에 오른다.

그 이후의 삶의 과정은 일일이 열거할 수조차 없는 시련과 고난의 세월이었다. 피난지인 부산의 임시 천막 학교에 들어간 주 교수와 그의 여동생은 뛰어난 재능을 발휘하였고, 그 후 서울이 수복되어 올라온 후 학교에 다니면서 남매의 천재성은 더욱 그 빛을 발한다. 책 읽기를 좋아한 주 교수는 장래 직장을 염두에 두고 영어 공부에 열중했다.

직장을 먼저 염두에 둔 것은, 대학 졸업 후 취직하여 자식들을 위해 그 험난한 고생길을 걸어오신 어머니를 편안히 모시고자 함이었다. 주 교수가 취직을 염두에 두고 있었음에도, 그를 아끼는 스승들은 더 높은 미래가 확실히 보이니 유학하라고 그를 설득했고, 그의 능력과 지칠 줄 모르는 노력은 끝내 미국 명문대학에서 영문학 박사학위를 받게 되는 결실을 거두게 된 것이다.

여동생은 아버지의 재능을 이어받았음인지 공학 방면에 재질이 있어, 아버지가 연구하셨던 재료공학을 전공하게 되고, 대학 졸업 후 그 능력을 인정한 국방정책연구소에 연구원으로 발탁되어 가게 된다. 아버지의 유지(遺志)를 이어받게 된 셈이다.

주 교수는 어려서부터 공부 외에 다른 일은 생각지 않았다. 중,

고등학교를 거쳐 대학에 진학했을 때도 여학생에게는 눈길 한 번 돌리지 않고 공부에만 전념했다. 학위를 취득할 때까지 이성(異性)은 전혀 모르고 살았다는 말이 맞을 것 같다.

대학 교수로 부임하여 영문과 제자들을 가르치게 되다 보니, 영문과 학생들은 여학생들이 남학생의 배나 더 되었다. 그러니까 과(科) 학생 중 삼분의 이가 여학생이었던 셈이다. 서른둘에 학위를 따고 연구원 생활을 거쳐 모교에 부임한 때의 나이가 서른셋, 일 학년에서 사 학년까지의 학생들은 대개 열아홉에서 스물두 살이었다. 자기보다 불과 열한 살에서 열네 살 아래인 제자들을 가르치게 된 것이다. 그때 비로소 주 교수는 이성에 대한 마음의 창을 열게 된다.

어머님의 연세는 쉰넷, 온갖 고생을 마다하지 않으신 그 육신은 지치고 병을 얻기까지 하셨으나, 아들이 대학에 부임하여 맨 먼저 한 일은 어머님을 종합병원에 입원시켜 드린 일이어서 어머님은 상당 기간을 입원 치료를 받으셨다.

자식들이 모두 제 앞가림을 탄탄하게 한 것을 보고, 어머니는 아들의 결혼을 기다리게 된다. 물론 손주를 보고 싶다는 열망도 간절하셨다. 주 교수는 어머니의 이 소원을 알고 있었다. 오직 어머니를 편하게 모셔야겠다는 착한 아들의 효심(孝心)은 어머니의 뜻을 따르는 것임을 주 교수가 모를 리 없다.

제자들을 가르치다 보니 여성에 대한 안목이 저절로 생기고 있음을 주 교수는 느낀다. 자기 배우자가 될 사람은 어머니를 성심성의껏 모실 수 있는 착한 마음씨를 가진 여성이어야 한다는 데 우선 조건을 두고, 주 교수는 학교 내에서나 모임 자리에서 그러한 여성을 찾게 된다.

그때 주 교수의 눈에 들어온 사람이 제자 김혜용이었다. 일주일에 세 차례 있는 강의 시간에 제자들을 마주하게 되는데, 이 제자는 자기가 강의를 시작한 이 학년 때 두각을 보이더니 과 수석을 거머쥐곤, 그 성적을 졸업반 때까지 유지한다. 평소 말이 없고, 무언가는 모르지만, 무슨 사연을 간직하고 있는 듯한 눈동자는 맑고 총명한 기운으로 가득 차 있다.

강의실에서는 이따금 공개적으로 학생들에게 질문하는 때가 있는데, 김혜용 학생에게 질문하면 그 질문이 나올 것을 미리 알고 준비해 놓았다는 듯 답변에 망설임이 없었다. 교재 내용 이외의 일반적인 사회현상에 대해 질문할 때도, 이 학생은 자기가 지니고 있던 견해를 조리 있게 설명하곤 했다. 평소 마주하는 사회현상에 대해 깊이 사색하고 관련 서적을 찾아 공부한 학생만이 그러한 설명을 할 수 있음에도, 이 학생은 그걸 해내고 있었다.

이 학생을 향한 관심은 점차 많아지고 있었다. 관심이 많아질수록 묻고 싶은 궁금한 점이 잇따라 생각나곤 했으나, 주 교수는 학생들과의 개인적인 만남은 분명한 선을 긋고 있었다. 미국에서 포스트닥postdoc(박사후 연구원)을 하고 있을 때, 동료 교수와 학생들로부터 신망과 존경을 받던 지도교수님은 앞으로 교수가 될 연구원들에게 늘 인격을 갖춘 학자가 되라고 강조하셨다.

아무리 학문의 폭이 넓고 깊다고 하더라도 도덕과 윤리를 엄격하게 지키지 않고, 스승으로서의 품위를 갖추지 않으면 학생들로부터 신뢰와 존경을 받을 수 없다고 가르치셨다. 주 교수는 그 가르침을 늘 마음 깊이 새기고 평생 이를 철칙(鐵則)으로 앞세우고 학생들을 가르치겠다고 굳게 다짐했다.

그러한 자기 무장(武裝)이 있었으므로, 주 교수는 김혜용 학생에게 관심이 가면서도 이를 내색하지 않았다. 자기 주관이 있었으므로, 그렇게 할 수 없었다고 해야 맞다. 졸업반이 될 때까지 이 학생을 가르치면서 지켜보았지만, 이 학생은 한결같은 태도를 지니고 있었고, 흐트러짐이 없었다.

장학금을 받고 있어 가정환경은 잘 알 수 없었고, 교우관계 역시 누구에게 물어볼 수도 없어 졸업할 때까지 기다려 보자고 마음먹고는 있었지만, 마음은 바빠지고 있었다. 이제 나이도 서른여섯, 어머니는 아직 좋은 사람 만나지 못했느냐면서, 결혼이 늦어지는 것을 걱정하는 여느 부모님과 마찬가지로 대놓고 결혼을 독촉하셨다.

졸업식을 한 달 반 앞둔 십이월 중순, 학생들은 자신들을 가르쳐 주신 지도교수님께 감사하는 사은회(謝恩會) 자리를 마련했다. 호텔 연회장에서 열린 그날 행사는 맨 먼저 학생들이 준비한 선물과 꽃다발을 여러 교수님께 올려드리는 순서로부터 시작되었다.

평소 리더십이 있고 활달한 성격의 과 대표가 그날 행사를 진행하였는데, 여러 스승님께 존경의 예를 갖추면서도 이따금 예의에 벗어나지 않는 웃음을 자아내며 분위기를 돋우었다. 이어서 졸업생 대표가 스승님께 올리는 헌사(獻辭)를 낭독하는 차례가 되었는데, 이 순서는 과 수석으로 졸업하게 되는 김혜용 학생이 맡았다.

김혜용은 단상으로 올라가 먼저 꽃다발을 안고 단상에 앉아 계시는 여러 선생님께 깊이 머리 숙여 인사드린 다음 마이크가 놓인 연단 앞으로 갔다. 혜용은 들고 있던 하얀 봉투에서 헌사를 꺼내어 낭독하기 시작했다.

"오늘 이 자리에 나와계신 스승님 한 분 한 분은 지난 사 년 동안 철부지 없던 저희를 분수를 알고 분별력을 지닌 한 사람의 사회인으로 키워주셨습니다. 또한 이 사회가 필요로 하는 능력을 어떻게 갖추어야 하는지, 갖춘 능력을 어떤 방식으로 사용해야 하는지도 가르쳐 주셨습니다. 무엇보다도 지식인이 갖추어야 할 첫 번째 덕목은 겸손이고, 두 번째 덕목은 정직이라는, 별처럼 반짝이는 금언(金言)을 저희 가슴판에 새겨주셨습니다. 저희 졸업생 일동은 여러 스승님께서 가르쳐 주시고 새겨주신 이 가르침을 항상 양심의 거울에 비춰가면서 부끄럽지 않은 한 사람의 사회인으로 살아가겠습니다. 여러 스승님께서 베풀어 주신 은혜는 태산과 같고, 저희가 따르고자 한 청빈(淸貧)한 학자로서의 향기로운 삶의 태도는 깊게 흘러가는 강물처럼 한결같으셨습니다. 저희 졸업생은 이제 여러 스승님 곁을 떠나지만, 어디에 가 있더라도 여러 스승님의 모습은 저희 마음속에 우뚝 자리 잡아 저희를 인도해 주실 것입니다. 지난 사 년간, 자애(慈愛)롭고 따뜻한 사랑으로 저희를 보살펴 주신 여러 스승님께 진심으로 감사드립니다. 스승님 한 분 한 분께 깊이 엎드려 절을 올리는 마음으로 감사와 존경을 올려드리오니, 받아주시옵소서! 정말 고마웠습니다. 졸업생 일동을 대표하여 김혜용 졸업생 올림…"

가슴속에서 울려 나오는 낭랑한 목소리로 차분하게 낭독하는 헌사를 듣고 계시던 여러 스승님은 감동 어린 표정으로 김혜용 졸업생의 헌사를 듣고 계셨다. 어떤 스승님은 손수건을 눈가로 가져가시기도 했다.

헌사 낭독이 끝나자, 졸업생 모두는 누가 시키지도 않았는데도 일제히 그 자리에서 일어나 우레와 같은 박수로 헌사에 담긴 졸업생 각자 각자의 마음을 여러 선생님께 전해 올렸다. 박수가 얼른 그치지 아니하자, 여러 스승님께서도 자리에서 일어나 머리를 숙이며 졸업생 일동의 인사에 답례하는 자세를 보여주셨다.

헌사 낭독이 끝나자, 호텔 측에서 준비한 식사가 들어오기 시작했고, 식사가 끝날 즈음 그날 이 부 순서로 졸업생들이 준비한 장기자랑이 공연으로 이어졌다.

삼십여 명 졸업생 모두가 참여한 이 공연을 위하여 졸업생들은 학기가 종강하기가 바쁘게 자기가 잘하는 종목을 택하여 연습하기에 여념이 없었다. 거의 일주일간 열심히 연습한 그 실력을 오늘 여러 스승님께 보여드림으로써 스승님을 즐겁게 해드리는 것이, 우리들의 마지막 보답이라고 생각하기라도 한 것처럼 학생들은 갈고닦은 실력을 모두 쏟아냈다.

악기를 다룰 줄 아는 학생들은 피아노, 바이올린, 첼로, 클라리넷 등 악기를 연주했고, 노래에 어느 정도 자신감을 가진 학생들은 노래를 불렀다. 연극에 소질을 가진 학생 일곱 명은 분장을 하고 코미디를 소재로 한 연극을 선보여 모두를 즐겁게 했다. 그 나머지 학생들은 율동으로 춤을 추었는데, 유명 아이돌 걸그룹이 불러 크게 히트시킨 노래를 틀어놓고 무대를 휘어잡으며 마음껏 춤을 췄다.

평소 강의실에서 보았던 얌전한 학생들이 이러한 끼를 가지고 있었다는 걸, 놀라는 시선으로 박수를 보내며 바라보는 여러 교수님의 얼굴에는 티 없는 즐거움이 가득 담겨있었다.

김혜용은 이날 우리 가곡 한상억 작사 최영섭 작곡의 '그리운 금강산'을 불렀다. 분단된 이 나라의 아픔이 노랫말에 짙게 스며 있어 평소 좋아하는 이 가곡을 여러 사람 앞에서 처음 부르게 된다는 것이, 떨리고 두렵기도 했으나, 혜용은 충분한 연습 시간을 거쳐 이를 잘 소화해 냈다.

혜용은 중저음에 가까운, 폭이 두터우나 맑게 울려 나오는 목소리를 지니고 있었다. 메조소프라노의 음역(音域)으로 경건하게 울려 퍼지는 혜용의 노래는 여러 스승님과 졸업생들에게 깊은 감동을 불러일으켰다. 그 누구도 혜용이 이만큼 노래를 잘 부른다는 사실을 알지 못했던 만큼 이날 공연에서 혜용의 노래는 두고두고 졸업생과 여러 교수님에게 이야깃거리로 남는다.

그날 사은회 행사가 끝난 후 졸업생들은 미리 준비한 고급 승용차 두 대로 주거지 방향이 같은 교수님끼리 탑승하시게 하여, 자택까지 편안하게 모셔다 드리는 데까지 빈틈없이 신경 썼다. 물론 차량과 운전기사는 모두 렌트했다. 그렇게 마무리함으로써 그 해 영문학과의 사은회 행사는 이 학교 교수들 사이에 근래 들어, 보기 드문 멋있는 행사로 자자하게 소문이 났다.

짐작하셨겠지만, 이날 김혜용의 헌사 낭독과 노래를 누구보다도 관심 있게 지켜보고 듣고 있었던 교수는 주재만 교수였다. 그늘에 가려 잘 보이지 않던 한 송이 꽃이 햇볕 비치는 양지 쪽으로 옮겨지자, 화사(華奢)한 자태로 환히 피어나는 모습을 연상케 하는 이날 혜용의 모습은 주 교수의 가슴을 설레게 한다. 관심을 둔

지 삼 년, 그때까지 굳게 지키고 있던 주 교수의 학자로서의 품위가 조금씩 흔들리는 조짐이 나타난다.

지금까지 스승과 제자로서의 사제관계 말고는 어떠한 대화나 몸짓도 보이지 않았던 주 교수는 졸업식이 끝나면 다시 만나기 어렵게 될 이 제자와의 개인적인 만남을 이제는 가져야겠다고 결심한다. 비록 나이 차이가 열세 살로 많긴 하지만, 미국에서는 나이 차이가 남녀 간의 사랑을 어렵게 하는 걸 보지 못했다.

게다가 혜용이 졸업하면 혜용은 어엿한 한 사람의 여성으로서 자기 주관과 행동을 행사할 수 있는 주체가 되는 것이다. 졸업식까지는 한 달밖에 남지 않았다. 졸업식 전에 혜용을 자기 곁에 붙들 수 있는 어떠한 핑곗거리가 있어야 했다. 마음 같아선 혜용에게 대학원 진학을 강력하게 권하고 싶었다.

혜용의 능력과 성품으로 보아 대학원과 박사 과정을 거치면 존경받는 교수가 될 자격이 충분하다고 주 교수는 생각한다. 여러 해법을 놓고 고민을 거듭한 끝에 주 교수는 우선 혜용에게 번역한 원고를 교정하고 타이핑하는 일을 부탁하기로 결심한다.

이즈음 주 교수는 미국을 대표하는 고전 소설 중 하나인 '프랜시스 스콧 피츠제럴드' 지음 『위대한 개츠비Great Gatsby』를 번역하고 있었다.

주 교수는 이전에 국내 번역된 이 소설을, 지은이의 독특한 문장 구조를 살리면서 좀 더 유려한 표현으로 번역하기 위해 한글 큰 사전을 옆에 두고 씨름하고 있었다. 똑같은 문장이라도 번역자의 표현 방식에 따라 독자가 받는 재미와 감동의 폭과 깊이는 다를 것이었다.

주 교수는 언제나 그러했던 것처럼 항상 최고를 지향(指向)했다. 그러했으므로 문장 한 줄 한 줄에 들이는 정성 또한 각별했다. 국내 작가 중 문장의 세련됨과 적절한 언어의 조합(組合)으로 많은 독자로부터 사랑받고 있는 작가의 소설을 사 와서 읽고 공부한 다음 번역 작업에 임할 만큼 그의 자부심은 각별했다.

그러다 보니 번역 작업은 더디고 자구(字句)를 고치는 분량도 많아졌다. 마음에 든 최종 번역본을 깨끗이 타이핑하여 원고로 모아 두어야 하는데, 그 작업을 누군가에게 맡기고 싶었다. 아니 이를 빌미로 누군가를 곁에 두고 싶은 마음이 강렬한 욕구로 치솟아 올랐다. 그 누군가는 다른 사람 아닌 김혜용 졸업생이었다.

주 교수는 학생처에 문의하여 혜용의 연락처를 확인하고 전화를 걸었다. 휴대폰이 없던 시절이었으므로, 학생들은 비상시에 학교로부터 연락받을 수 있는 전화번호를 학생처에 신고해 두어야 했다. 혜용이 신고한 전화번호는 아래층 집주인의 전화였다. 부탁할 일이 있으니, 교수 연구실에 잠깐 들러달라는 주 교수님의 말씀을 듣고 혜용은 그 길로 학교로 간다. 회사에 입사 지원서를 낸 다음이라 면접시험에 대비하여 차분히 취업 관련 책을 보고 있던 참이었다.

주 교수가 모교에 교수로 부임한 이후 제자를 교수 연구실로 부른 일은 처음이었다. 혜용 학생은 강의실에서 보던 때와 별반 달라진 모양은 없이 똑같은 머리 스타일과 옷차림이었다.

머리 모양에 신경 쓰지 아니하고 빗으로 빗어 내리기만 하면 되는 혜용의 머리 스타일은 목덜미까지 덮인 머리칼이 더 자라나면 그때그때 커트만 하면 되는 단순한 것이었다. 화장기 없고 아담한 갈색 피부의 얼굴은 지적인 분위기가 충만했고, 눈동자는 총명함이 배어있어 바라보는 이를 끌어들일 듯한 깊숙함을 느끼게 한다. 교수 연구실은 십여 명의 학생들이 둘러앉아도 여유 있을 만큼 넓다.

"혜용! 지금 어떻게 지내고 있어요? 졸업 후의 진로는 정했어요?"

주 교수는 강의실에서도 학생들에게 존대어를 썼다. 나이 차가 많지 않아서이기도 했지만, 미국에 유학할 때 존경하는 교수님 한 분이 개인적으로 학생을 상대할 때도 항상 경어(敬語)를 사용하는 걸 보았는데, 그 점이 좋게 보여서 나도 그러리라 생각하고 있어서였다. 개인적으로도 항상 학생들을 존중하는 마음으로 대해야 한다는, 자기 나름의 원칙이 있기도 했다.

주 교수는 혜용에 대한 개인적인 감정은 일체 드러내지 아니하고, 지도교수가 제자에게 대하듯 편안한 억양으로 말을 꺼낸다.

"회사에 취업하기로 했습니다. 지원서는 접수했고, 지금 면접에 대비한 준비를 하고 있습니다."

"그래요?!"

주 교수는 약간 실망한 듯한 표정을 띠고 반문한 뒤 마음속에 품고 있던 생각을 꺼내어 지도교수가 진로 상담을 하는 태도로 말을 잇는다.

"혜용 학생은 우수한 자질을 가지고 있는데, 직장생활을 한다는 건 개인적으로도, 이 사회를 위해서도 그다지 바람직하지 않다고 생각해요. 대학원에 진학하여 공부를 계속하기를 권합니다. 기회가 오면 유학하여 외국에서 더 공부했으면 좋겠어요."

이럴 때 혜용은 대답하기가 난감하다. 주 교수의 말씀은 지도교수로서 제자의 장래를 위하는 고마운 조언이다. 이를 알면서도 혜용은 취업하려는 동기나 이유를 교수님 앞에 꺼내놓을 수 없다. 그 동기나 이유는 세상 사람들이 알아서는 안 되는 엄청난 비밀을 그 안에 숨기고 있기 때문이다.

"먼저 사회생활을 경험해 보고 싶어요. 그다음에 대학원 진학 문제를 고민해 보려고 합니다."

혜용은 잔잔한 미소를 띠며 교수님의 진정이 담긴 조언에 감사하는 마음으로 간단하게 대답한다. 주 교수는 혜용의 진로 문제는 다음 기회에 다시 권해야겠다고 생각한 듯 더는 그 얘길 꺼내지 않고 부탁할 용건을 꺼낸다.

"혜용 씨에게 부탁하려고 하는 일은 내 개인적인 일인데, 지금 미국 문학작품을 두 번째로 번역하는 작업을 하고 있어요. 번역한 초고(草稿)를 몇 번씩 퇴고(推敲)하다 보니 초고가 누더기처럼 되어버렸는데, 이걸 깨끗하게 타이핑해 줄 사람을 찾다가 혜용 씨를 생각하게 되었어요."

혜용이 의외라는 듯 주 교수의 얼굴을 올려다보자

"아! 전문적으로 타이핑해 주는 사람이 있긴 한데, 내 번역 스타일을 잘 아는 제자가 해주면 작업이 정확하게 빨리 끝날 것 같았고, 혜용 씨가 제출한 리포트는 항상 깔끔하게 정리가 잘 되어 있어서 부탁하고 싶은 마음이 생겼어요."

혜용은 선뜻 대답 못하고 망설인다. 왜냐면 면접시험을 코앞에 두고 있기 때문이었다. 필기시험이 아니어서 그다지 신경 쓰지 않아도 되지만, 처음 이 사회로 나가는 관문인데 소홀히 대비할 수 없어서다.

"회사에 지원했다고 했지요? 전형 절차에 대비해야 하는 줄 압니다. 하루 종일 작업하는 일은 아니고, 오후 한 시부터 여섯 시까지 다섯 시간만 수고해 주면 돼요. 수고비는 전문 타이피스트와 똑같이 대우할 겁니다."

'오후 다섯 시간만 수고해 달라고 하신다. 다른 사람도 아니고 평소 존경해 마지않는 교수님의 부탁이시다. 오전 시간과 집에 돌아간 후 밤에 준비하면 회사 면접시험 대비는 충분할 거다.'

이렇게 생각을 정리한 혜용은 주 교수의 부탁을 받아들이고 그날부터 타이핑 작업에 들어가게 된다.

그날은 준웅이 군대에서 전역하여 나온 날로, 서울역 앞 포장마차에서 김밥과 어묵 국물로 시장기를 달래고 여학생 기숙사에 찾아갔던 날이었다. 혜용은 준웅 오빠가 입대 일자에 맞추어 딱 삼 년이 되는 그 날짜에 만기 전역하여 나올 거로만 생각하고, 그 날짜를 기억하면서 마음으로 그날을 준비하고 있었다. 그래서 그날은 미리 교수님께 양해 말씀을 드리고 타이핑 작업을 쉴 생각으로 있었다.

공교롭게도 그 전날 주 교수는 혜용에게 문예 월간지를 발행하는 잡지사에 보낼 원고를 내일까지 마쳐야 하니, 오전부터 그 원고를 타이핑하는 작업을 해달라고 급하게 부탁한다. 주 교수가 번역하여 출간한 『호밀밭의 파수꾼』이 평단(評壇)에서 좋은 반응을 얻게 되자, 문예지를 출판하는 곳에서 단편 작품 번역 의뢰가 들어왔는데, 그 작품을 막 탈고(脫稿)한 참이었다.

마감일에 이르기까지 붙들고 계신 교수님의 태도로 보아, 충실한 번역을 위하여 얼마나 많은 노력을 기울이셨을지 짐작이 갔다. 갑자기 그 일을 부탁받고 보니 삼 년의 군 복무를 마치고 나오는 준웅 오빠를 그날 환영해 주지 못하게 되면 어쩌나, 하는 낭패감이 가슴 밑바닥에서 소용돌이쳤다. 혜용의 얼굴에 스치는 실망감을 놓치지 않은 주 교수가 묻는다.

"내일 무슨 일이 있어요?"

혜용은 순간적으로 주 교수님이 부탁한 일을 수락해야 한다는 것을 직감(直感)한다. 무슨 일이 있다는 것을 설명하기란 어렵다. 거짓말을 하는 것은 혜용이 가장 싫어하는 일이다. 혜용은 얼른 얼굴빛을 바로잡고 미소 지으며, "알겠습니다." 하곤 머리를 숙인다. 그날 밤 여덟 시경 단편 번역의 원고 타이핑 작업이 끝났을 때, 주 교수가 저녁을 먹고 가라고 했으나 혜용은 내일 어디 다녀올 데가 있어, 두 시간 가량 늦어지겠다고만 말씀드리고 교수 연구실을 나섰다.

그다음 날 혜용은 점심 시간이 끝날 즈음인 한 시부터 여자 기숙사 안내실 앞에서 준웅 오빠를 기다렸던 것이다.

주 교수는 영문학자의 감수성으로 상대의 표정에 나타난 기분이나 생각을 눈치채는 데 아주 민감한 편이었다. 그날 문예 월간지 잡지사에 보낼 원고의 타이핑을 부탁했을 때, 혜용의 얼굴에 떠오른 당황한 표정을 주 교수는 놓치지 않았다. 그다음 날 이 제자에게 아주 중요한 약속이 있음을 주 교수는 눈치챘다.

'졸업을 앞둔 제자에게 중요한 약속이라면 약속의 상대방은 필시 남자가 아닐까?'

오랫동안 마음에 담아두고 있던 여성이 다른 남자를 만나는 일은 많이 신경 쓰이는 일이었다. 할 수만 있다면 그 일을 막고 싶었다. 한번 마음먹은 일은 반드시 끝을 보는 성격인 주 교수는 이때부터 혜용의 대인관계에 관심을 갖게 된다.

사람이 누굴 좋아하게 되면 그러한 관심은 당연히 뒤따르는 일이겠지만, 아직 자기 마음을 드러내지 못하는 남자가 한 여성을 지켜보아야 하는 일은 조금은 안타깝기도 하다.

다음 날 오후 세 시가 조금 넘어 교수 연구실에 들어온 혜용의 표정은 다른 때와 달리 무척 밝고 활기차 보였다.

'내 짐작이 맞았구나. 남자 친구를 만나고 온 것이 틀림없어!'

책상 앞에 앉아 타이핑 작업에 열중하고 있는 혜용의 뒷모습을 바라보면서 주 교수는 이미 마음속 깊이 들어와 있는 혜용과 개인적인 만남의 시간 한 번 갖지 못한 자신의 모습을 되돌아본다. 그 모습은 장래가 크게 촉망되는 젊고 실력 있는 학자로서의 빛나는 모습이었으나, 사랑을 앞에 두고서는 지극히 소극적이고 생각이 많은 소심한 한 사나이의 모습이었다.

'혜용이 남자 친구와 사귄다는 사실을 촉감으로 알게 된 이상, 이쯤 혜용일 마음속에서 내보내고 생각지 않아야 하는 게 아닌가?'

주 교수의 이성적인 판단은 냉철했다. 자존심이 강한 이 젊은 학자는 이 문제도 자신의 이성적인 판단으로 정리해야 한다고 생각했다.

이틀이 지났다. 내일이면 주말이자 크리스마스 날이었다. 여섯 시가 되어 혜용이 주말 잘 지내시라고 인사하고 돌아간 뒤, 주 교수는 사람의 온기가 빠져나가 버린 썰렁한 교수 연구실에 앉아 곰곰 자신의 문제를 생각하는 시간을 갖는다.

혜용에게 남자 친구가 있을 거라는 자신의 짐작에 무게가 주어질수록, 혜용일 마음속에서 내보는 게 맞는 일이라고 생각했지만, 그날이 지나가고 있음에도 주 교수는 마음을 안정시키지 못하고 있었다. 이성적인 판단은 그 누구보다도 냉철하다고 스스로 자신하고 있었지만, 이 문제만은 그렇게 되지 않는다는 거를 주 교수는 지금 갈등하면서 깨닫는다.

'혜용일 마음속에서 내보내고 담담하게 다른 사람을 찾을 수 있을까?'

'찾는다'라는 말은 일평생 함께할 배우자 될 사람을 선택한다는 말이다. 혜용이처럼 지적이고 총명하며 마음이 끌리는 사람은 아직 발견하지 못했다. 사람은 대개 누굴 이성적으로 판단하여 이 사람은 좋아해도 될 사람이라거나, 아니면 좋아해선 안 되는 사람이라고, 나름 단정 짓고 그 사람을 대하지는 못한다. 사람을 좋아하고 싫어하는 건 오롯이 자기의 감정에서 나와 자기 마음을 지배하는 그 흐름의 양상(樣相)일 뿐이다.

여느 때처럼 주말 토요일임에도 주 교수는 연구실에 나왔다. 어젯밤 귀가하여 저녁도 거르다시피 하면서 이 문제를 생각해 보았으나, 해답을 찾지 못하였다. 혜용일 마음속에서 떨쳐내려 애쓸수록, 어렸을 때 좋아하던 장난감을 곁에 두어야 마음이 안정되고 책에 집중할 수 있었던 것처럼, 혜용일 곁에 두고 싶다는 간절함만이 고삐를 조여 오고 있었다.

이 학교에 처음 부임하였을 때 혜용일 보았으니, 삼 년간 혜용일 보며 언젠가는 내 곁에 두고 싶은 사람이라고 관심을 키워왔다. 이제는 그 관심의 뿌리가 깊이 뻗어 내려가 단단히 자리를 잡아버린 듯하다. 주 교수는 이성과의 사귐이 전혀 없었으므로, 여성에게 접근하려면 어떻게 해야 하는지, 그 요령도 모르고 방법조차 모르고 있었다.

지금까지 공부 외에는 다른 데 신경 쓰지 아니한 삶을 살아왔기에 속엣말을 털어놓고 조언을 구할 가까운 친구 한 사람 없었다. 이런 때 어떻게 해야 여성의 관심을 끌 수 있는지, 궁리를 거듭한 끝에 주 교수는 오늘도 혜용일 연구실에 나오게 해야겠다고 마음먹는다.

'오늘은 어떻게 해서든 혜용일 붙들어 앉혀놓고 저녁을 함께 먹을 수 있는 시간을 가져보자! 개인적인 만남의 시간이 있어야 대화를 할 수 있으리라.'

이렇게 마음먹은 주 교수는 혜용일 불러낼 수 있는 핑계를 찾기 시작한다. 주 교수는 번역 작업 틈틈이 학회지에 발표할 논문을 쓰고 있었다. 그중 발표하지 아니하고 계속 퇴고 작업 중이던 논문 한 편을 골라낸다.

'저녁에 오빠에게 무슨 음식을 사줄까? 오빠는 가리는 음식이 없긴 하지만 식당에서 가장 값비싼 메뉴를 주문해야지.'

혜용은 저녁에 준웅 오빠를 만날 즐거운 생각에 잠겨있다가 전화를 받게 된다. 주 교수님이었다.

"혜용 씨, 면접시험 준비하고 있을 터인데, 미안하지만 오늘 논문 타이핑 좀 부탁해야겠어요. 학회에서 다음 달 학술지에 내 논문을 올리겠다고 연락이 왔는데, 시일이 촉박하여 오늘 타이핑 작업을 해야겠어요."

　약속이 있다는 이유로 거절할 수 없는 부탁이었다. 주 교수님은 누가 뭐래도 지도교수님이었다. 사은회 때 헌사에서 낭독했던 것처럼 우리를 자애롭고 따뜻한 사랑으로 가르쳐 주신 스승님이셨다. 그 은혜는 갚아야 할 빚이었다.

　혜용은 곧바로 마음을 정하고 "알겠습니다"라고 대답한 다음 그날 오후 두 시에 교수 연구실로 간다. 논문은 생각했던 것보다 분량이 많았다. 정신을 집중하여 열심히 타이핑을 했으나, 수정한 내용이 많아서 이를 일일이 확인하고 정리하여 타이핑하느라, 시간이 많이 걸렸다.

　약속 시각인 저녁 일곱 시가 다 되어감에도 작업을 끝낼 수가 없었다. 혜용은 화장실에 다녀오는 척 연구실을 나와 일 층에 있는 공중전화기에서 식당에 전화를 걸었다. 일곱 시 오 분 전이었다.

　그날 작업은 여덟 시가 지나서야 끝났다. 주 교수는 주 교수대로 번역 작업에 몰두하고, 혜용은 타이핑 작업에 몰두하느라, 연구실 안에 함께 있어도 두 사람 간에는 대화할 시간이 없다. 그도 그럴 것이 혜용은 지금까지 누굴 가까이 대하지 않았다.

　항상 거리를 두었다. 자신이 그어놓은 경계선 안으로 사이가 가까워지려고 하면, 항상 비켜서곤 했다. 비켜섰다기보다는 핑계를 내세워 도망쳤다고 해야 맞을 것이다. 그 경계선 안에는 지키지 아니하면 안 되는 자신의 출생 비밀이 있었기 때문이었다. 그래서 스스로 누구에게 접근하는 일도 없었다. 학생이니까, 공부해야 한다는 사회 관념이 혜용의 이런 핸디캡을 커버해 주었고, 학교 친구들에게는 아르바이트로 학비와 생활비를 벌어야 하는 가정형편이 어려운 친구라는 인식이 이를 커버해 주었다.

여덟 시 반이 되어 완성된 타이핑 원고를 주 교수님의 책상 위에 올려놓고 인사를 드리려 하자, 주 교수가 황급히 인사를 가로막았다.

"저녁 식사 시간이 많이 지났어요. 오늘은 내가 생각해 둔 곳이 있으니, 같이 식사하러 가요."

순간 혜용의 감각적인 직관(直觀)이 꿈틀 움직인다.

'생각해 둔 곳이란 일반 음식점이 아닌 고급 음식점일 거 같다. 아무리 스승님이지만 단 두 사람이 갈 곳은 아니다. 개인적인 질문이 나오면 뭐라고 대답해야 하나?! 내 표정이 굳어지기라도 하면, 교수님께 결례하는 일이 생길지도 모른다.'

혜용의 두뇌 회전이 빠르게 가동한다.

"교수님, 고향에서 친지분이 올라오셔서 집에 계세요. 말씀은 고맙습니다만, 그만 가봐야 할 것 같아요. 죄송합니다."

혜용은 태연하게 미소 지으며 사정이 있어 죄송하다고 말한다. 주 교수는 순간 낭패한 표정을 감추지 못하고 무슨 말을 해야 할 것인지 당황스러워한다. 두 시간 전부터 혜용이 작업을 끝내는 시각을 기다리고 있었다.

혜용과 식사하려고 마음먹은 곳은 학회 교수님들과 회합이 있을 때면 종종 가곤 했던 호텔 식당이었다. 분위기가 있고, 조용해서 이런 곳에서 자기 마음을 일부나마 혜용에게 전하기에 좋은 곳이라고 생각했다. 식사가 끝날 무렵 무슨 말을 어떻게 해야 할지도 미리 생각해 놓았다.

그런데 생각지도 않게 혜용은 집에 손님이 와계신다고 한다. 주 교수가 할 말을 찾지 못하고 실망한 빛을 감추지 못한 채 멍하니 혜용을 바라보는 사이, 혜용은 "그럼 안녕히 계세요"라고 인사하곤 돌아서서 문을 열고 나간다.

주 교수의 얼굴이 창백해진다. 백칠십 중반의 보통 키에 이목구비(耳目口鼻)가 단아한 주 교수는 매끈한 이마에서 보듯 보통 사람과는 다른 수재형(秀才型)의 분위기를 늘 간직하고 있다. 평소에도 말을 아끼고 조용한 편이어서 쾌활하게 웃거나 큰 소리로 떠들거나 하는 모습은 보여주지 않는다. 항상 자기가 해야 할 일과 해야 할 말을 준비하고 있다가 일하고 말하는 스타일이어서 늘 차분한 분위기를 달고 다닌다. 그러한 여유와 차분함을 일시에 빼앗겨 버린 듯한 주 교수의 반은 넋이 나간 표정이, 그가 지금 상황을 얼마나 당혹스러워하고 있는지를 잘 말해주고 있다.

계단을 내려가면서 혜용은 생각한다.

'크리스마스 날이자 주말인 오늘 굳이 교수님이 날 불러내어 작업을 시킨 것이 어쩐지 개운치가 않아. 물론 학회에서 갑자기 연락을 해와서 정리해 놓지 아니한 논문 원고를 타이핑해서 보내야 할 사정이 있었겠지만. 그렇지만 오늘 갑자기 연락하신 것도 좀 그렇긴 하다.'

혜용은 하지 않아야 할 거짓말을 한 게 몹시 마음에 켕겼지만, 불편한 자리에 마지못해 앉아있으면서 딱딱한 표정을 교수님께 보여드리는 것보다는 낫다고 생각한다. 혜용은 더는 생각지 말자고 그 생각을 얼른 머릿속에서 털어버린 다음, 월요일엔 타이핑 작업을 더 도와드리기 어렵겠다는 말씀을 드려야겠다고 마음먹는다. 면접시험 날짜는 일월 삼 일이었다. 일주일밖에 남지 않았다.

혜용이 지원한 회사는 외국계 무역회사 한국지사였다. 성적증명서는 이미 원어로 번역하여 지원서와 함께 제출했다. 전형 요강을 보니 미국 본사에서 직접 임원급 전형 위원이 한국에 와서 지원자들을 면접한다고 되어있었다. 당연히 영어로 질문하고 영어로 답변해야 한다.

예상 질문을 여러 가지 써놓고 그에 대한 답변도 영어로 준비해 놓았다. 자연스럽게 유창한 발음으로 거침없이 답변해야 시험관들의 눈에 뜨일 것이다. 내일부터 그 준비에 몰두해야 한다. 존경하는 주 교수님이 아니었다면, 시험 준비를 이유로 열흘 전에 타이핑 작업을 그만두었을 것이다.

주 교수는 제자 혜용이 인사하고 나가면서 닫은 연구실 출입문을 한참 동안 서서 망연(茫然)히 바라보고 있었다.

'내 뜻대로 되지 않는 세상일도 있구나, 공부하는 일 말고 이렇게 내 뜻대로 되지 않는 일이 있을 때를 난 전혀 대비하지 않았구나.'

씁쓸한 기분으로 자기를 탓하면서도 주 교수는 혜용의 얼굴을 계속 떠올리고 있었다.

'지금까지 내가 하고자 하는 일은 모두 이루었다. 햇빛 가운데로 걸어가면 나의 그림자는 나와 함께 움직여 주었고, 그 그림자는 늘 선명하고 보기 좋았다. 이 시간, 난 햇빛이 사라진 들판을 걸어가는 것 같아. 나의 그림자도 보이지 아니하는구나. 설사 오늘 같은 날 햇빛 가운데로 걸어간다 한들 나의 그림자는 실망과

탄식을 부둥켜안고 힘겨워하는 모습으로 움직이겠지.'

주 교수는 석고상(石膏像)처럼 굳은 얼굴이 되어, 해야 할 일도 잊은 채 내내 그 자리에 서 있었다.

다음 주 토요일은 일월 일 일이었다. 신정(新正)이었지만, 대부분 사람이 음력 일월 일 일을 설날로 새기 때문에 학교 도서관은 이날도 문을 열었다. 준웅은 이날도 철우와 함께 도서관에 갔다. 철우와 함께 있을 날도 이제 십여 일이 채 남지 않았다. 철우는 학군장교 시험을 치르면 바로 부산 부모님 댁으로 내려가 입대할 때까지 지내겠다고 했다.

입대하면 적어도 삼 년 가까이 부모님을 뵙지 못하게 될 터이니, 부모님과 함께 지낼 시간을 갖는 것이 자식 된 도리라고 했다. 맞는 말이었다. 준웅은 철우의 도움으로 수업료를 납부하고 복학 절차를 마쳤으나, 아직 기숙사 입사 일자는 결정되지 않았다. 개보수 공사가 지연되고 있는 모양이었다.

철우가 부모님 댁에 내려가면 철우의 하숙집에서 더는 신세 질 수 없으므로, 준웅은 기숙사에 입사할 때까지 값이 싼 여인숙을 이용해야겠다고 생각하고 있었다. 준웅의 처지로 보면 일가붙이 하나 없는 외톨이 신세, 늘 일정한 거리를 두고 사람을 대해왔기 때문에 속 깊은 정을 나눌 친구도, 지인도 없이 스물두 해를 살아왔다.

준웅에게 출생의 비밀이 없었다면, 누군가와는 정을 나눌 수 있었을 것이고, 그 상대방은 준웅의 처지를 알고 이럴 때 도움을 주려 했을 것이다. 여인숙을 찾아가지 않도록 먼저 연락하고 잠잘 곳을 제공해 주었을 것이다. 그런 점에서 보면 준웅의 처지는 참으로 딱하다. 철우는 이러한 준웅의 처지를 알고 자기가 하숙집을 비웠을 때, 준웅이 잠잘 곳을 걱정하여 물어온 적이 있었다. 준웅은 대수롭지 않다는 듯 여관에서 며칠만 지내면 기숙사에서 오라고 연락할 거라며 걱정하지 않아도 된다는 투로 웃어넘겼다.

저녁 일곱 시, 혜용은 밝은 얼굴로 식당으로 왔다. 그 주 월요일 타이핑 작업이 끝나자, 혜용은 주 교수님께 면접시험 일자가 일주일밖에 남지 않았으니, 이만 시험 준비를 해야겠다고 말씀드렸다. 주 교수는 고개를 끄덕이며 그간 수고 많았다고만 말하고 책상 서랍에서 하얀 봉투를 꺼내어 혜용에게 건넸다. 수고비였다. 집에 가서 꺼내보니 생각보다 많은 돈이 들어있었다.
'특별히 배려하신 게야.'
혜용은 그렇게 생각하고 고마워한다.
주 교수는 입사하게 되면 학교에 알리라고 하면서 얼굴에 미소를 지어 보였다.
'이대로 보내면 혜용인 다시 만나기 어려울 거야.'
후일 혜용이 마음이 변하여 대학원에 진학이라도 하게 되면 모를까, 당장은 혜용일 붙들 방법이 없다는 거를 주 교수는 잘 알고 있었다.
'시간을 가져야겠다. 내 마음이 어떻게 흘러갈지, 생각지 않던 다른 일이 생겨 어머님이 간절히 바라시는 결혼이 성사될 것인지 시간에 맡겨보자고.'
주 교수는 토요일 밤늦은 시각까지 연구실에서 생각에 잠겨있었다.

 혜용이 식당에 들어오자, 저 안쪽에 앉아있던 준웅이 손을 번쩍 들어 혜용일 반겼다. 전역하고서도 거의 보름이 지나서야 두 사람은 함께 밥을 먹게 된다. 이틀 후면 면접시험을 보게 되지만, 혜용은 홀가분한 마음으로 오직 준웅 오빠에게 맛있는 밥을 먹게 해주고 싶다는 생각만으로도 이 시간이 즐겁다.

 혜용은 그 식당에서 음식값이 가장 비싼 소고기 전골을 주문했다. 고기를 사주고 싶은데, 고기 전문 음식점이 아니어서 그 음식은 다음으로 미뤘다.

 "오빠 얼굴이 처음 볼 때보다 많이 좋아졌다. 어떻게 지냈어?"

 "친구 덕분에 복학 절차를 마치고 나니 마음이 편해져서 매일 도서관에서 교양 도서를 읽었어. 친구는 군대 가기 전에 교양 도서를 많이 읽어야겠다고 마음먹고 일부러 부산 부모님 댁에서 올라왔대. 함께 책을 읽으니까 서로 도움도 되고 좋았어."

 준웅 얼굴에 그간 책을 읽으면서 느끼고 배운 여러 가지 지혜와 지식이 얼마나 좋았는지, 짐작하게 하는 분위기가 짙게 배어있었다.

 "그랬구나. 그래서 그런지 얼굴 분위기가 달라졌어. 참! 친구 분 댁에는 언제까지 신세 지게 돼?"

 혜용은 가장 큰 궁금증이 그것이었다는 표정을 띠며 오빠의 지낼 곳에 대해 묻는다.

 "팔 일 후에 친구가 해군 학사장교 시험 보러 포항으로 내려가게 되니까, 그날 친구 하숙집에서 나와야 돼. 기숙사 입사가 결정될 때까지 여관에서 지내려고 해."

돈을 아껴야 하니까 숙박비가 싼 여인숙에서 당분간 지내겠다고는 말하지 않는다. 그 말을 듣는 혜용이 마음에 상처를 주게 될 거로 생각해서다. 준웅이 여관에서 지내겠다고 하는 말을 듣는 순간 혜용의 얼굴이 어두워진다.

'나도 그렇지만 오빠도 사고무친(四顧無親)이긴 마찬가지지! 잠잘 곳이 없어서 여관에서 지내다니, 그건 안 될 말이야!'

혜용의 얼굴이 단호한 표정으로 바뀐다.

"오빠! 그러지 말고 기숙사에 들어갈 때까지 우리 집에서 지내. 그럼 내가 오빠 아침저녁 밥도 해줄 수 있고 좋잖아?!"

준웅이 펄쩍 뛴다.

"무슨 안 될 말을! 혼자 사는 다 큰 아가씨 집에 남자가 들어가 지내다니! 그건 안 돼!"

"왜 안 돼? 우린 중학교 때 삼 년간이나 한 집에서 살았잖아?!"

"그땐 철없던 중학생이었으니까 남 보기에도 남매가 자취하며 학교에 다니는구나 하고 생각해 주었겠지만, 지금은 다 큰 어른이 되었는데 남 보기에도 이상해."

준웅은 그래선 안 된다고 단호하게 말한다. 혜용의 제의에 동의할 생각이 전혀 없다. 혜용은 오빠의 성격을 아는 만큼 여기까지라고 생각한 듯 말을 삼켜버린다. 이틀 후 면접시험을 보려면 준비할 게 많을 거라면서 준웅은 수저를 놓자마자 일어나자고 말한다.

"저녁 맛있게 잘 먹었어. 다음엔 내가 살게. 난 항상 도서관에 있을 거니까, 연락할 일 있으면 점심 시간 될 때 도서관 앞으로 오면 돼."

그날 저녁 두 사람은 식사만 하고 바로 헤어졌다. 도서관으로 가면서 준웅은 생각한다. 교양 도서를 읽는 독서 시간은 철우와 함께 지낼 수 있는 일주일 후까지, 그다음 날부터는 다시 아르바이트를 하면서 생활비를 벌어야 한다고 다시금 다짐한다. 진즉부터 생각해 온 계획이었다.

무슨 일이든 혼자 생각하고 결정해야 하는, 그 누구의 도움도 받을 수 없는 처지에 있는 사람은, 항상 앞으로의 일을 미리 준비하고 대비해야 한다. 그렇지 아니하면 뜻밖의 일이 생기는 경우, 그로 인해 모든 계획이 틀어지면, 자기 혼자서 이를 수습해야 하므로 많은 시간과 대가를 치러야 한다는 거를 누구보다도 준웅 자신이 잘 알고 있다.

이틀 후인 일월 삼 일, 혜용은 긴장한 표정으로 충무로에 있는 무역회사 한국지사를 방문하여 면접시험에 임한다. 면접시험은 까다로웠다. 필기시험을 보라면 답안을 더 잘 쓸 수 있겠는데, 면접시험은 일종의 구술시험이나 다름없었다. 시험관이 원어민(原語民)이다 보니 지원자는 누구 한 사람 한국말은 할 수조차 없고, 처음부터 끝까지 영어로 답변하고 영어로 자기 의견을 진술해야 한다.

질문 취지를 정확히 파악하고 그에 맞는 답변을 빨리 머릿속에서 정리한 다음 시험관이 이해할 수 있는 정확한 단어를 찾아내어 간결하고 분명하게 말해야 한다. 혜용은 자기가 생각한 이 요령대로 답변하기 위하여 계속 연습해 왔다. 그랬음에도 자칫 질문의 핵심을 놓칠 뻔한 순간이 닥쳐오고 써야 할 영어단어가 얼른 생각나지 아니하여 답변이 지체되는 아찔한 순간도 있었다. 메모라도 할 수 있으면 좋겠지만, 메모는 허락되지 않았다.

처음 잔뜩 긴장하여 굳어있던 몸이 어느 정도 시간이 지나자 점차 부드럽게 풀렸다. 시험관의 눈을 똑바로 바라보고 정신을 집중하는 사이 시험관이 자기의 답변에 자못 흥미를 느끼는 듯한 눈빛을 보이는 걸 눈치채자, 혜용은 자신감을 찾고 자신이 가진 영어 실력을 마음껏 발휘했다.

졸업 후의 진로를 외국계 회사에 취직하는 걸로 정한 학기 초부터 갈고닦은 영어 실력이었다. 그 많은 회사 중 굳이 외국계 회사를 택한 것은, 나름 여러 가지로 생각하고서였다.

장차 유능한 번역가가 되려면 현지인의 언어를 자주 듣고 현지인과 자주 대화하면서, 어떤 상황에는 어떠한 언어를 어떻게 표현하는지를 체득해야 작가의 의도를 정확하게 번역할 수 있다는 게 그 첫째 이유였다. 다음으로는 자신이 매여있는 한계 때문에 한국에서는 가질 수 없었던 인맥(人脈)을 현지인을 통하여 그 나라에서는 가질 수 있으리라는 기대가 그 둘째 이유였다.

그리고 보면 혜용도 이미 유학을 생각하고 있었는지도 모른다. 출생 신분의 비밀이라는 태생적(胎生的) 한계 때문에, 자기를 제대로 드러내지 못하고 사는 이곳에서는 더 나은 세상으로 나아갈 수 없다. 그 한계를 벗어나 나아가려면 출생 신분의 비밀을 의식하지 않고도 살아갈 수 있는 땅으로 가야 한다. 그 땅은 이 나라가 아닌 다른 나라의 땅이다. 혜용의 의식은 늘 이러한 혼자만의 물음표를 가슴 한편에 세워두고 묻고 답하고 또 묻고 답하는 과정을 반복하고 있었다.

이틀간에 걸친 면접시험은 시험관과 지원자 간의 팽팽한 줄다리기가 빚어내는 뜨거운 열기가 시험장을 가득 메운 가운데, 이튿날 오후 늦게 끝났다. 지원자는 모두 서른두 명, 채용 인원은 세 명이었다. 그래도 영어에 자신이 있다고 자부하는 대졸(大卒) 예정 또는 졸업자들이니만큼 경쟁은 치열했다. 외국계 회사가 가진 직원들의 급료가 국내 회사에 비해 훨씬 고액이라는 좋은 조건도 지원자들이 몰린 이유일 거다.

스물아홉 명을 제치고 단 세 명 안에 드는 유능한 지원자를 뽑기 위해 시험관 세 사람이 지원자를 테스트하는 열의 또한 대단했다. 합격자 발표는 일주일 후인 십 일이었다. 준웅이 친구 철우의 하숙집을 나온 다음 날이었다.

학생처에서는 아직 가정교사 아르바이트 자리가 나왔다는 말이 없다. 이번 학기는 철우가 수업료를 내주어 당장 수업료를 벌어야 하는 긴박함은 없었지만, 책값이나 식비, 기숙사비 등 일상을 영위할 수 있는 생활비는 벌어야 한다. 준웅이 생각한 건 막노동이었다.

일용직 노동을 원하는 사람을 그날그날 뽑아서 공사 현장으로 보내는 직업소개소는 까다로운 절차가 없었고, 노동할 수 있는 체력만 갖고 있으면 되는 직업이었다. 준웅은 철우의 하숙집을 나온 날 밤 서울역 부근에 있는 여인숙에서 잠을 자고, 짐을 맡긴 다음 새벽 일찍 일용직 노동자를 구하는 직업소개소로 갔다.

천구백칠십사 년 초, 아직 개발 도상(途上) 단계에 있는 우리나라 경제 사정은 젊은이들이 직장을 구하지 못해 인력시장(人力

市場)은 늘 붐비고 있었다. 준웅은 군대에서 체력을 단련하여 건강한 젊은이로 보인 덕분인지 바로 일꾼으로 채용되었다. 일터는 어느 회사의 공장을 짓는 신축공사 현장이었다. 말 그대로 막노동이었다. 그래도 준웅은 이런 일터가 주어진 것에 감사했다.

추운 날씨에 대비하여 작업복과 귀를 가리는 모자, 발뒤꿈치가 올라가는 작업화 등을 준비하였으나, 그날따라 기온이 내려간 강추위는 매서웠다. 노동자들은 추위를 견디려고 더 열심히 일에 집중하는 모양이었고, 준웅 역시 마찬가지였다. 현장에서 두툼한 장갑을 나눠주었으나, 손가락 끝은 시렸다. 먼지와 소음과 쉴 틈 없는 육체노동이 이어진 하루, 공사 현장의 작업은 오후 다섯 시에 끝났다. 다시 직업소개소로 이동하여 소개비를 제외한 그날 품삯을 받고 보니 뿌듯했다. 노동의 대가는 확실한 공사 현장이었다.

면접시험을 치르고 일주일 후 혜용은 한 통의 전화를 받는다. 외국계 회사였다. 초조하게 결과를 기다리고 있던 참이어서 혜용은 한달음에 일 층 주인집으로 내려가 전화를 받는다. "합격을 축하합니다"라는 한국인 직원의 합격 통보였다.

어려운 경쟁률을 뚫고 합격했다는 소식은, 그 소식을 문서로 받든 전화로 받든 받는 이에겐 뛸 듯한 기쁨이 샘솟는다. 혜용 역시 마찬가지였다. 그 회사에 지원했을 때 지원자가 상당히 많을 것으로 예상은 했지만, 채용 인원에 비해 이렇게 많은 지원자가 몰릴 줄은 전혀 예상하지 못했다.

휴대폰이 없던 시절이어서 직원은 구두로 몇 가지 준비할 서류를 알려준 다음 사흘 후부터 회사에 출근하라고 전해주었다. 사흘 후면 목요일이다. 혜용은 이 기쁜 소식을 맨 먼저 준웅 오빠에게 알려주려고 곧장 학교 도서관으로 향했다.

오후 네 시경이었다. 입구에서 이 학교 학생임을 밝히고 누굴 찾는다고 하고선 도서관 열람실을 죽 둘러보았으나, 그곳에 있어야 할 준웅 오빠는 보이지 아니했다. 그다음 날도 마찬가지였다.

'무슨 일이 있는 것일까?'

일용직 근로자로 노동일을 해서 생활비를 벌어야겠다는 말을 준웅이 혜용에게 했을 리가 없다. 그 사실을 전혀 모르는 혜용은 마음에 근심이 쌓이기 시작한다. 오빠에 대한 근심을 떨쳐내지 못하고, 그 주 목요일 회사에 출근한 혜용은 뜻밖의 말을 듣게 된다.

그 회사에서는 직원의 복리를 위해서 주거가 일정치 않은 직원에게 회사에서 마련한 사택(社宅)을 제공하고 있는데, 필요하면 이를 이용하라는 것이었다. 그렇지 않아도 회사 가까운 곳에 거처할 집을 구해야겠다고 생각하고 있던 혜용이, 이 말을 듣고 뛸 듯이 기뻐한 것은 말할 것도 없다.

사택은 회사 주변에 있는 큰 빌딩의 오피스텔이었다. 집 문제가 해결되자 혜용은 그 주말 토요일에 다시 도서관에 가보았다. 그 시절에 관공서와 일반회사에서는 토요일 오전에는 근무했으나, 외국회사인 이곳은 토요일부터 휴무였다. 준웅 오빠가 말한 대로 점심 시간에 도서관 앞에서 기다려도 보고 구내식당에 가보기도 했으나, 오빠는 보이지 아니했다.

'도대체 어디에 있는 걸까?'

한편 준웅은 혜용의 소식이 많이 궁금했다.

'지금쯤 합격자 발표가 나왔을 텐데, 합격하였을까?'

마음 같아선 점심 시간에 학교 도서관에 가보고 싶었으나, 공사 현장에서 잠깐 어딜 다녀오는 외출이란 있을 수 없었다. 그 주 주말이 되었다. 토요일에도 공사 현장은 작업을 계속했다.

다만 한 시간 일찍 오후 네 시에 작업을 마감했다. 일요일에 준웅은 학교 도서관에 가보았다. 맨 먼저 기숙사에 가서 보수공사가 완료되어 학생들이 사용하고 있는지를 확인해 보니, 기숙사는 외관부터 말끔하게 새 단장이 되어있었고, 안내실에는 일월 십칠 일(월)부터 운영한다는 공지문이 붙어있었다.

일월 십칠 일이면 내일이다. 기숙사 입사(入舍)가 확정되었는지는, 직원들이 근무하는 내일 알아보아야 할 것이다. 준웅은 내일 점심 시간에 공사 현장에 있는 사무실에서 학생처에 전화로 확인해 보아야겠다고 생각하고 도서관으로 가서 교양 도서를 대출 받아 읽는다.

점심 시간이 되었다. 책을 그 자리에 놓고서 점심을 먹으러 도서관을 나와 구내식당 쪽으로 발길을 옮기는데, 저만치서 누군가가 손을 흔들고 있었다. 혜용이었다. 거리가 있어 얼굴 윤곽은 잘 드러나지 않았지만, 목도리와 손에 낀 장갑 색깔로 금방 혜용인 것을 알았다. 준웅은 너무나도 반가워 뜀박질로 혜용에게 달려갔다. 두 사람은 길에서 좀 떨어져 있는 나무숲 벤치로 가서 앉았다.

"오빠, 나 합격했어!"

길에서 기다리느라 추위에 발그레해진 얼굴 가득 환한 미소가 번지며 혜용이 말했다.

"그랬구나! 축하해! 정말 잘했어! 믿고는 있었지만, 외국계 회사는 실력 있는 사람들이 많이 지원한다고 해서 결과가 궁금했어. 일하면서도 그 생각을 많이 했어."

준웅이 엉겁결에 일한다고 말하자, 혜용은 그 말을 놓치지 않고 얼굴에 물음표를 띠며 급히 되묻는다.

"무슨 일?!"

준웅이 말을 해야 하나 말아야 하나, 난처해하며 고개를 숙여 버린다. 나중에 다른 이유를 대며 막노동일을 했다는 말은 안 할 생각이었는데, 합격했다는 말을 듣고 자기도 몰래 불쑥 일한다는 말이 나와버린 것이다. 그래도 이젠 그 말을 거둬들일 수 없다. 잠시 묵묵히 침묵을 지키다가 준웅은 결심한 듯이 고개를 들고 혜용을 바라보며 입을 연다.

"친구 하숙집에서 나온 다음 날부터 일용직 노동자로 공사 현장에서 일했어."

혜용의 얼굴이 금방 흐려지며 눈동자가 촉촉이 젖더니 두 줄기 눈물이 흘러내린다. 오빠 생활비를 생각지 못했던 자신의 무심함을 뉘우치면서 혜용은 흑흑 소리 내며 흐느낀다. 준웅은 잠자코 울고 있는 혜용의 얼굴을 바라보다가 혜용을 울게 한 것이 미안하다는 듯이 두 손으로 혜용의 장갑 낀 손을 꼭 잡아준다.

"난 그런 줄도 모르고 합격자 발표날 오후에 전화를 받고서 오빠에게 알리고 싶어 곧바로 이곳으로 왔어. 오빠가 도서관에서 책을 읽고 있을 줄로 생각했거든. 그다음 날 점심 시간에도 와보았고. 회사 출근이 목요일부터였는데, 어제 토요일은 휴무여서 어제도 여기 와보았어."

울음을 멈춘 혜용이 여전히 미안하다는 표정을 거두지 못한 채 말을 잇는다.

"오빠, 미안해. 오빠 용돈을 준비해서 드려야 했는데, 그 생각을 못했어."

그 말을 하고는 혜용은 다시 고개를 숙이며 흐느낀다. 준웅이 예상했던 대로 혜용은 오빠가 막노동일을 했다는 말에 적잖은 충격을 받은 모양이다. 뭐라고 말해야 했지만, 준웅은 할 말을 찾지 못한다.

혜용이 흐느끼는 모습이 너무나도 미안하고 애처로워서 무슨 말을 해야 할지 머릿속이 하얗게 표백(漂白)되어 버린 듯 아무 말도 생각나지 않는다. 그러함에도 내 처지를 이렇게 생각해 주는 사람이 곁에 있다는 것만으로도 한없이 고맙고 마음 뿌듯하다. 이럴 때 보면 두 사람은 핏줄이 섞이지 않은 남이라기보다는 마치 혈육 지간인 오누이 같아 보이기도 한다.

혜용이 감정을 추스르고 진정되는 모습을 보이자, 준웅이 일어서면서 힘차게 말한다.

"가자! 합격 축하하는 밥을 살게!"

'오빠는? 돈도 없으면서 밥을 사?'

이 말이 입 밖으로 튀쳐나오려는 걸 혜용은 가까스로 삼키곤 일어난다. 이럴 때 오빠의 자존심을 지켜주어야 한다는 눈치 빠른 지혜로움이 그 말이 나오지 않게 입을 막아버린 것이다. 준웅은 숲에서 나오자 얼른 도서관에 다녀오겠다면서 뛰어서 도서관으로 갔다. 대출받은 도서를 반납하기 위해서였다. 도서관 이용규칙상 책상 위에 책만 놓아두고 장시간 좌석을 비워두는 행위는 금하고 있기 때문이다.

준웅은 고기구이 전문점으로 성큼성큼 걸어간다. 식당에 들어가 앉자마자 로스구이 삼 인분을 시킨다. 그 당시 용어로 로스roast 구이라는 메뉴는 소의 안심이나 등심과 같은 부위의 연한 살코기를 구워서 먹는 음식으로 서민들이 돈을 좀 쓸 작정을 해야 먹을 수 있는 비싼 음식이었다.

평소 먹고 싶은 음식인 데다가, 오늘은 혜용을 위해 비상금을 모두 털어내도 아깝지 않은 기분 좋은 날이어서, 준웅은 오늘만은 한껏 기분을 내고 싶었다. 혜용은 잠자코 준웅이 음식 주문하는 걸 지켜보기만 할 뿐 이러쿵저러쿵 토를 달지 않는다.

"오빠, 어제 도서관에 들르고 오면서 여자 기숙사 쪽엘 가봤는데, 내일부터 기숙사에 들어갈 수 있나 봐. 입사 결정이 났으면 좋겠는데, 정원보다 희망자가 더 많아서…"

혜용은 말끝을 맺지 못하고 흐린다.

"응, 나도 오늘 공고문을 봤어. 내일 전화로 한번 물어보려고 해."

"그래, 여관에 있지 말고 빨리 기숙사에 들어가면 좋겠어."

"잘 될 거야. 걱정하지 마. 자, 고기 익었어. 어서 들어."

준웅은 고기 굽는 손을 놓지 않고 계속 구우면서 혜용이 어서 들기를 권한다. 그날 낮 두 사람은 고기 삼 인분을 맛있게 먹었다. 식사가 끝나고 다방에 들러 커피를 마시면서도 혜용은 별말을 하지 않더니 두 사람의 커피잔이 비워지자, 정색하고서 오빠의 얼굴을 바라본다.

"오빠! 부탁이야. 내일부터는 막노동일 그만해. 내가 회사에 다니면 오빠 수업료뿐만 아니라 생활비도 모두 감당할 수 있어. 오빠가 졸업하고 오빠의 진로를 찾을 때까지 오빠 뒷바라지를 할 거야."

이렇게 말하는 혜용의 눈빛은 단호했다.

"그렇지만 네 인생도 있는데, 날 위해 네가 희생하는 건 원치 않아."

준웅이 진지한 표정으로 말하자,

"우리가 어떻게 살아왔어? 늘 긴장하고 불안해하며 숨죽이고 살아왔잖아? 오빠가 곁에 있었기에 나도 그 세월을 견디고 살아올 수 있었어. 이제 서로가 빨리 진로를 찾고 그 삶을 자신 있게 살아가야만 지나온 세월을 보상받을 수 있다고 생각해. 오빠, 약속해 줘! 내가 오빠 뒷바라지하는 거 부담스러워하지 않겠다고!"

혜용의 눈빛은 간절했다. 준웅은 이제 확실히 알게 된다. 혜용이 오직 내 학비와 생활비를 뒷바라지하기 위해 오래전부터 취직을 결심하고 있었다는 것, 그 결심은 그 무엇보다도 뜨겁고 강렬하다는 것, 그 결심을 받아주는 게 혜용을 기쁘게 해주는 것이라는 걸!! 준웅은 친구 철우의 도움도, 혜용의 헌신적인 도움도 나중에 꼭 갚아야 할 빚이라고 생각하면서 조용히 머리를 끄덕인다.

"그래, 알았어. 혜용이 뜻을 받아들일게. 열심히 공부하여 꼭 보답할게!"

그렇게 말하는 준웅의 눈이 빨개지면서 눈물이 고인다. 이윽고 고인 눈물이 소리 없이 볼을 타고 흘러내린다. 그 얼굴을 마주 보는 혜용도 눈물 글썽거리며 조용히 고개를 끄덕인다.

"고마워, 오빠, 받아주어서."

혜용이 회사에서 제공해 준 사택(社宅)으로 거처를 옮기게 되었다면서 회사 전화번호와 사택 전화번호를 메모해 주자, 준웅은 더할 나위 없이 기뻐하며 얼굴 가득 함박웃음을 머금는다. 다음 날 준웅은 혜용과의 약속을 지키기 위해 직업소개소를 찾아가지 않았다. 대신 아침 출근 시각에 맞추어 학생처에 들러 기숙사 입사가 결정되었는지를 알아보았다.

학생의 생활환경과 학비 조달 방법 등을 살펴보고 형편이 매우 어려운 학생부터 기숙사 입사의 우선순위를 부여하는 학교의 방침에 따라, 이 조건을 충족하는 준웅은 이미 입사 대상 학생으로 결정되어 있었다. 오늘이라도 당장 입사 절차를 밟을 수 있게 되어있었다.

준웅은 이 소식을 맨 먼저 혜용에게 알려주고 싶어 바삐 공중전화 부스를 찾았다. 혜용도 이 소식을 기다릴 게 분명해서였다. 수화기를 통해서 들려오는 혜용의 "축하해요. 오빠!"라는 들뜬 목소리가 준웅의 가슴에 그지없는 평안을 심어주었다.

'내 거처가 확실해진 걸 진심으로 기뻐해 주는 사람이 가까이 있다는 게 이렇게 마음을 평화롭고 든든하게 해주는구나.'

준웅은 새로운 각오를 다지면서 도서관으로 향한다.

태어난 해로부터 이십삼 년째 되는 두 사람의 나이 스물셋에 한 사람은 어엿한 사회인으로서 이 땅에 정착하기 시작했고, 또 한 사람은 대한민국 남성으로서의 병역의무를 마치고 더 높고 당당하게 날기 위한 날갯짓을 준비하기 위해 도서관으로 가는 거다.

주 교수는 혜용이 외국계 회사에 합격하였다는 소식을 듣는다.

졸업생들의 진로에 대해 일일이 확인하고 각 과 주임교수에게 연락하는 학생처로부터였다. 김혜용 졸업생이 실력자들만이 지원하는 미국회사 한국지사에 십 대 일의 경쟁률을 뚫고 세 명의 합격자에 들었다는 소식이었다. 지원한 회사 이름을 혜용에게서 듣고도 무심코 잊고 있었는데, 주임교수로부터 회사 이름을 듣고서야 갑자기 어떤 회사인지 궁금해졌다.

지난번 저녁 식사 계획이 허무하게 무산된 이후 주 교수는 연구실에서 일하다가도 갑자기 일을 멈추고 멍하니 창밖을 바라보는 습관이 생겼다. 혜용에 대한 어쩔 수 없는 감정이 끊임없이 마음을 괴롭히기 때문이었다. 그 감정에서 헤어나지 못하는 사이 합격 소식을 듣게 되니 그 회사가 어떤 곳인지 많이 궁금해진 것이다. 아울러 혜용의 동선(動線)도 알아둘 필요가 있었다.

다음 날 경제학과 동료 교수에게 물어보니 혜용이 입사한 미국회사는 규모가 대단히 큰 무역회사이고, 직원들에 대한 대우가 한국회사에 비해 월등하게 좋아서 웬만해선 들어가기 어렵다고 했다.

'그렇구나! 혜용 졸업생은 학업 성적도 뛰어나더니, 입사에 대비한 실력도 꾸준히 쌓아왔었구나.'

새삼 혜용에게 더 관심이 가는 주 교수였다. 주 교수는 혜용을 다시 만날 기회를 만들고 싶다는 충동이 치솟아 오르면서 그 방법을 골똘히 생각한다.

한 달 후인 이월 중순 졸업식을 코앞에 두고 주 교수는 영문학과 졸업생 중 취업이 확정된 사람 네 사람을 초대하는 자리를 갖는다. 삼 십여 명 졸업생 중 그때까지 취업 확정자는 네 사람이었다. 졸업생 중 십여 명은 대학원에 진학했고, 일곱 명은 교직 과목을 이수한 끝에 중고교 교사 자격을 얻어 학교 선생님으로 발령 대기 중이고, 나머지는 취업 준비 또는 영문학사의 명함으로 결혼을 준비하고 있었다.

과 대표였던 졸업생은 대학원에 진학했는데, 주 교수는 이 졸업생을 통하여 취업 축하 자리를 마련하겠다면서 취업이 확정된 네 사람의 졸업생을 초대했다. 과 대표를 포함 다섯 사람이 초대 받은 곳은 주 교수가 혜용과 저녁 식사 자리를 갖고 싶어 했던 호텔 식당이었다.

주 교수는 공적인 자리에서 혜용을 만난 다음 기회를 봐서 사적인 만남의 자리를 가져야겠다고 궁리한 듯하다. 그날 주 교수의 영문학과 제자 다섯 사람은 스승의 취업 축하 식사 초대 자리에 즐거운 마음으로 참석했다. 모두 여자 졸업생이었다.

명문대학 출신이라는 자부심과 그에 걸맞은 실력을 갖춰야 한다는 자존심이 치열하게 취업을 준비하게 했음인지, 제자들이 취업한 직장은 모두 일류 회사였다.

제자들은 약속한 시각보다 조금 먼저 도착하여, 주 교수를 기다렸다. 그렇게 하는 것이 스승님에 대한 예의라고 과 대표가 미리 동기들에게 양해를 구했을 거다. 중식당(中食堂) 룸의 구조상 원탁 테이블을 앞에 두고 둥그렇게 둘러앉았는데, 과 대표는 홀 맨 안쪽에 교수님 자리를 정해 놓고 자기는 그 왼쪽에 앉았다. 그러고선 동기들에게 각자 편한 자리에 앉으라고 하면서 달리 신경쓰지는 않았다. 별다른 생각 없이 그렇게 앉다 보니 혜용은 주 교수의 맞은편 자리에 앉게 되었다.

메뉴는 코스요리였다. 음식이 작은 접시에 담겨 손님 수만큼 따로따로 나오기도 하지만, 그 양이 적어서 여성분들에게 접대하기가 좋겠다고 생각하고 정한 식당이었다. 또한 그 호텔 중식당은 음식 맛이 좋다고 소문나 있어서, 제자들이 이곳에서 식사하고 가면 기억에 남을 만한 장소라고 생각했다.

이 사회에 첫발을 내딛는 제자들을 축하하고 격려하는 자리라는 명분을 내세우긴 했지만, 처음 의도는 혜용에게 접근하기 위한 기회를 만들어 보려는 것이었던 만큼, 주 교수의 머릿속은 복잡했다. 표정 관리는 나름대로 하고 있었지만, 시선이 맞은편 자리에 앉아있는 혜용에게 쏠리는 것은 어쩔 수 없었다.

오늘따라 혜용은 몹시 세련되고 단아한 모습으로 다가왔다. 회사에 출근한 지 한 달 남짓밖에 되지 않았을 것임에도, 혜용은 그새 직장에 다니는 여성이면 자연스레 갖추게 되는 세련미와 안정된 자세를 보여주고 있었다. 색깔이 드러나는 화장을 하지 않았음에도 연한 갈색 피부에선 윤기가 흐르고 있었고, 예의 총명함이 감도는 눈동자에서는 끈기로 잘 견디어 온 사람만이 가질 수 있는 깊고도 차분한 눈빛이 어리고 있었다.

목 부위를 단추로 잠근 하얀 블라우스가 갈색 피부에 잘 어울려 깨끗한 이미지를 주는 데다 단순하면서도 모양을 낸 파마머리를 한 모습이 연구실에서 보던 혜용의 모습과는 판이했다. 그사이 학생에서 어른으로 껑충 자라 버린 듯한 혜용의 모습에서 주 교수는 선뜻 다가가기 어려운 거리감을 느낀다.

졸업생들과 반갑게 인사를 나눈 뒤 음식이 나오기 전의 막간의 시간을 이용하여, 주 교수는 제자들에게 덕담을 겸한 축하 인사를 하기 위해 자리에서 일어난다.

"졸업식이 며칠 남았으니, 오늘은 여러분을 가르친 선생으로서 제자들에게 한마디 하려고 합니다. 대학을 졸업해도 이 사회에 첫 발을 내딛기가 몹시 힘든 현실임에도, 저희 영문학과 졸업생 여러분이 누구나 들어가고 싶어 하는 직장에 치열한 경쟁률을 뚫고 입사하게 된 것을 진심으로 축하합니다. 여러분 각 개인에게는 더할 수 없는 영광일 뿐만 아니라, 학교에서도 유능한 졸업생 여러분이 이 사회 각 분야에 학교의 이름을 앞세우고 진출하게 된 것을 매우 자랑스러워하고 있습니다. 여러분의 후배들은 모두가 가고 싶어 하는 일류 회사에 선배님들이 당당하게 입사하는 모습을 보고, 자신감을 가지고 도전 정신을 불태우고 있습니다. 저 개인적으로 여러분에게 바라는 것은 항상 배우는 자세로 업무에 임하되 직장 생활에서 보고 듣는 여러 가지 일들을 자신의 인격 수양의 밑거름으로 삼아 발전을 거듭하는 것입니다. 다시 한번 여러분에게 축하의 말씀을 전하며, 자랑스러운 제자들을 이 사회에 배출한 저의 기쁨을 오늘 이 자리에서 여러분과 함께 나누고자 합니다. 모두 참석해 주셔서 감사합니다."

다섯 제자는 모두 그 자리에서 일어나 큰 박수로 화답했다. 평소 강의실에서는 볼 수 없었던 주 교수의 또 다른 모습을 보는 것 같아 졸업생들은 뜻밖이라는 표정을 지으면서도 교수님의 진심이 담긴 축하 말씀에 깊이 감사했다.

이때 룸 밖에서 주 교수의 말씀이 끝나기를 기다리고 있던 직원이 쟁반에 담아 온 코스요리를 손님이 앉아있는 테이블 위에 한 접시, 한 접시 조심스레 올려놓았다. 접시가 모두 올려진 걸 보고 주 교수가 편안하게 식사하자면서 젓가락을 들자 모두 "잘 먹겠습니다"라고 말하곤, 자기 앞에 놓인 접시의 요리를 먹기 시작했다.

코스요리가 다 나올 때까지 좌중(座中)은 별다른 대화 없이 자기 앞에 놓인 음식을 먹는 데만 집중했다. 접시를 비울 때마다 뒤이어 음식이 들어오곤 했기 때문이다. 코스요리를 다 먹고 나서 각자 취향에 따라 면(麵) 식사를 주문할 때쯤 되어서야 과 대표가 침묵을 깨고 입을 열었다.

"교수님, 초등학교 다닐 때부터 전교 수석을 놓치지 않고 천재라는 말을 들을 만큼 공부를 잘하셨다고 들었어요. 교수님이 고등학교를 졸업하실 무렵에는 공부 잘하는 학생들이 공대나 상대를 지원했다는데, 영문학과를 지원한 특별한 동기나 이유가 있으셨나요?"

과 대표는 진즉부터 궁금했다는 듯 눈을 동그랗게 뜨고 주 교수의 얼굴을 바라보았다. 주 교수는 입가에 잔잔한 미소를 띠면서 룸 천장에 매달린 샹들리에를 잠자코 올려다보더니, 이윽고 마음을 먹은 듯 천천히 고개를 내렸다.

"중학교 일 학년 때 국어 교과서에 실린 글을 읽고서, 그 어린 마음에도 왜 이렇게 글을 잘 썼을까, 탄복했었지요. 글 한 편이 읽는 이를 이렇게 감동케 하고 몰입하게 하는 재미를 준다는 걸 그때 처음으로 깨달았어요. 국어 시간이 좋아졌지요. 우리가 중학교에 다니던 때는 국어 시간 외에 작문 시간이 있었어요. 공립학교였는데, 교장 선생님께서 학생들이 성장하여 사회생활을 할 때 글쓰기가 얼마나 중요한 것인지를 알고 계셨던 분이셨던 것 같아요.

일주일에 두 시간을 작문 시간으로 배정하고 전문 작가님을 작문 과목 담당 선생님으로 모셔서 학생들에게 글쓰기 지도를 하게 하신 것이지요."

그때 면 식사가 들어오기 시작했다. 면 식사는 바로 먹지 않으면 부풀어서 그 맛이 떨어지는 것이므로, 주 교수는 졸업생들에게 식사부터 먼저 하고 나서 말을 이어 나가겠다면서, 먼저 젓가락을 들었다. 졸업생들이 평소 자주 접하지 않는 중식(中食)이어서인지는 몰라도, 모두 맛있게 식사했다.

역시 같은 음식이어도 음식이란, 셰프의 손맛에 따라 그 맛이 달라지기 마련이다. 주 교수는 이 호텔의 중식당에서 음식 맛을 본 일이 있었으므로, 그 뛰어난 맛을 알고 이곳에 왔지만, 졸업생들은 이곳이 처음인 모양으로 음식 맛에 감탄하는 표정이었다. 그 모습을 보고 주 교수는 이곳에 오길 잘했다는 생각이 들었다.

스쳐 지나가는 눈길로 혜용을 보았을 때, 혜용 역시 맛에 취한 표정으로 맛있게 식사하고 있었다. 식사가 거의 끝나고 졸업생들이 냅킨으로 입가를 훔치는 걸 보고 주 교수가 말을 이어갔다.

"저는 교과서에 실린 글처럼 글을 잘 쓰고 싶었어요. 한 달에 한 번씩은 학생들이 원고지에 글을 써서 선생님께 제출했지요. 선생님은 그 글을 읽고 글의 수준과 배운 대로 원고지에 제대로 쓰는지를 보시고 점수를 매겨 수업 평가를 하셨고, 따로 시험은 보게 하지 않으셨어요. 온전히 글 쓰는 실력만 보시고 평가하신 거지요. 평가가 끝나면 작문 실력이 가장 우수한 학생은 자기가 쓴 글을 가지고 나가 반 친구들 앞에서 읽게 하셨는데, 저는 이 학년을 마칠 때까지 단 한 번도 앞에 나가 제 글을 읽는 기회를 가질 수가 없었지요. 공부는 제일 잘했지만, 글 쓰는 재주만은 젬병이 었던 거죠. 성적표를 받아보면 늘 씨 학점 정도의 수준에 머물렀 어요. 아무리 공부를 잘해도 작문 점수만은 글의 수준에 따라 냉정하게 평가하신 작문 선생님 덕분에 저는 제 분수를 알게 되었던 거죠. 아무리 노력해도 글 쓰는 재능은 타고나는 것이구나, 그렇게 마음을 먹고는 장차 작가가 되고 싶은 꿈은 삼 학년에 올라갈 때 접게 되더군요. 삼 학년 때는 고등학교 입시 준비 때문에, 작문 수업도 수업 시간표에서 빠졌지요."

그때 후식(後食)으로 얼린 홍시감이 들어있는 시원한 계피차가 들어왔다. 주 교수는 차를 한 모금 마신 다음 얘길 마저 해야겠다는 듯 다시 말을 이었다.

"차를 드시면서 편하게 들어주세요. 글 쓰는 재주가 없는 걸 알았으면 작가가 되고 싶다는 꿈을 포기했어야 하는데, 고등학교에 진학하고서도 국어 교과서에 실린 훌륭한 글을 읽으면 또다시 나도 작가가 되고 싶다는 꿈이 꿈틀거리는 거예요. 그때 글을 쓸 수 있는 직업을 찾아보다가 번역 문학가가 되는 길이 있다는 걸 알게 되었어요. '전혜린'님이라고 여류 번역 문학가의 이름을 들어보셨지요? 천재라고 촉망받던 여류 명사이셨는데, 서른하나의 안타까운 나이에 요절(夭折)하신 독문학을 전공하신 분이셨죠. 저보다는 사 년 선배님이신데, 그분의 글을 읽고 독일 문학을 번역하신 책을 읽으면서 번역 문학가의 꿈을 꾸게 되었어요."

졸업생들은 번역 문학가의 길을 걷게 된 과정을 진솔하게 얘기하는 주 교수의 얼굴을 감동한 표정으로 주시한다. 강의 시간에 이러한 개인사를 입 밖에 낸 적은 한 번도 없었기 때문이다.

주 교수의 학자다운 명민(明敏)한 얼굴에선 강의 시간에는 볼 수 없었던 소탈한 여유로움이 감돌고 있었다. 자기를 잘 나타내지 않는 평소의 주 교수였다. 그런데 오늘 제자들 앞에서는 강의실에서의 딱딱하고 진중(鎭重)한 모습을 보이지 않으신다. 그런 모습에서 졸업생들은 평소 어렵기만 했던 스승님께 친밀감을 느끼게 된 듯 분위기에 화기(和氣)가 감돈다.

"전교 수석이시면 학교 선생님이나 부모님께서 공부 잘하는 수재들이 지원하는 학과에 가라고 성화(成火)가 상당하셨을 텐데, 어떻게 이겨내셨어요?"

한국에서 내로라 하는 일류기업에 입사하게 된, 영문학과를 차석으로 졸업하는 졸업생이 얼굴 가득 웃음을 머금고 주 교수에게 묻는다. 주 교수는 그 물음이 나올 거라고 예상했다는 듯 고개를 끄덕이며 빙긋이 미소를 머금는다.

"그랬었죠. 학교에선 모두가 알아주는 학과에 지원하지 않고 왜 영문학과에 지원하느냐고 한참 동안 원서를 써주지 않았죠. 그런데 저의 등을 떠밀어 주신 분이 계셨어요. 어머님이셨죠. 젊어서 홀로 되셨는데, 내심 아버님이 전공하신 소재 공학을 전공하길 희망하셨음에도 저의 뜻이 굳건하게 흔들리지 않음을 보시곤 말 없이 그 길을 가라고 허락하셨어요. 고마운 분이시죠."

주 교수의 얼굴이 차분하게 가라앉는 듯 보인다. 아마도 자기의 등을 떠밀어 주신 어머님, 젊어서 홀로 되셨다는 어머님을 그 순간 떠올린 듯하다.

주 교수는 평소의 나답지 않게 자신에게 묻는다.

'오늘 내가 왜 이렇게 말이 많지?'

그리곤 지금의 자기 모습을 평소의 자기 모습과 비교하며 되돌아본다. 그러다가 곧 그 이유를 찾아낸다. 오늘 자기는 혜용에게 하고 싶은 말을 여러 졸업생이 있는 자리를 이용하여, 혜용에게 들려주고 있음을 알아챈다. 혜용을 따로 만나 식사 자리를 갖고 싶어 했던 그때부터 혜용에게 하고 싶은 말은 저 마음 밑바닥에서 차곡차곡 쌓여왔었다.

왜 그렇게 하고 싶은 말이 많았는지 나도 모르겠다. 혜용일 사석(私席)에서 만나면 빨리 자기 모습 전부를 보여주고 싶다는 조급함이 그렇게 자기 마음을 몰아갔는지 모르겠다고 주 교수는 생각한다.

식사가 끝난 데다 주 교수가 오픈한 개인사로 인해 한결 부드러워진 분위기는 영문학과를 졸업하고 사회에서 왕성하게 활동하고 있는 선배들의 근황을 주고받는 대화로 옮겨간다. 졸업생들끼리 즐겁게 대화하는 모양을 느긋하게 듣고 있던 주 교수는 보지 않는 척 외면하면서도 곁눈질로 혜용의 모습을 눈에 담는다.

혜용은 시종 얼굴에 미소를 머금고 동기생들의 대화를 듣고 있다. 말하는 사람을 마주 보고 경청하는 태도를 보여주니까, 말하는 사람도 자주 혜용일 바라보고 말하곤 한다. 고개를 끄덕이기도 하고 미소 짓기도 하면서 상대방의 말을 잘 들어주는 혜용을 보며, 주 교수는 또 다른 매력을 혜용에게서 느낀다.

졸업생들이 화제에 올린 선배들의 근황을 거의 주고받았을 때, 자기들끼리만 얘기를 주고받은 걸 미안하게 여긴 과 대표가 주 교수 쪽으로 얼굴을 돌리며 묻는다.

"아버님께서 전공하신 소재 공학을 혹시 다른 형제분이 물려받으셨습니까?"

주 교수는 반갑게 그 물음을 받아 안는 듯하며 말한다.

"두 살 아래 여동생이 있는데, 그 동생이 아버지의 기질을 물려받았는지, 공학 분야에 관심을 보이더군요. 여동생은 공대에 진학하여 소재 공학을 전공하고 졸업 후에는 국방정책연구소에 들어가 방위산업 분야의 연구원으로 근무하고 있습니다."

"어머님께서 좋아하셨겠는데요?"

"많이 좋아하셨죠. 아들이 물려받아야 할 전공 분야를 딸이라도 이어받았으니까요. 여동생 덕분에 어머님 앞에서 어깨를 펼 수 있게 되었지요."

주 교수는 환한 미소를 머금으며 졸업생 일동을 둘러보았다. 일곱 시에 시작한 그날 초대연은 맛있는 식사와 좋은 분위기가 잘 어울려 시간 가는 줄 모르게 흘러갔고, 어느새 아홉 시 반이 넘어가고 있었다. 과 대표가 시간을 보더니 자리에서 일어났다.

"오늘 저희 졸업생을 식사에 초대해 주셔서 감사했습니다. 또 좋은 격려 말씀도 주시고, 교수님의 개인사를 오픈해 주셔서 오래 기억에 남을 시간이 되었습니다. 교수님께서도 훌륭한 영문학 번역 작품을 출간하심과 아울러 앞으로 한국 문학작품도 영문으로 번역하셔서 출간하시게 되길 기원하겠습니다."

졸업생 일동은 박수로 주 교수에게 고마움을 표시하고, 그날 초대연 자리를 끝냈다. 숙소로 돌아오는 길, 주 교수는 공적인 초대 식사 자리에서 일부분이나마 자기 자신과 가족사를 오픈할 수 있었음을 흐뭇하게 생각한다. 그 얘기를 혜용이가 들어주었으므로, 오늘 졸업생 식사 초대는 잘한 일이었다고, 모처럼 편안한 기분이 되어 다음 계획을 궁리한다.

　자기 학업을 뒷바라지하기 위해 혜용이 직장에 들어갔다고 확신하게 된 준웅은 혜용의 바람대로 더는 아르바이트를 하지 않게 된다. 그 대신 공부에만 전념하여 장차 이 땅에서 당당하고 떳떳하게 날갯짓하겠다고 굳게 다짐하며 하루하루 자기가 세운 목표를 향해 나아간다.

　그 목표는 풀브라이트 장학금을 받아 유학하여 공부하는 것이었다. 출생 신분의 굴레에 옥죄여 살아가는 한, 숨 한 번 크게 내쉬지 못하고 눈치 보며 마음 졸이며 살아가게 될 이 땅에서의 삶은 가시방석에 앉은 삶이 될 수밖에 없다. 내가 지켜주겠다고 약속한 혜용의 삶도 내가 그렇게 살아가는 삶이 계속되는 한 온전히 그 약속을 지키기 어렵다.

　준웅은 학기가 시작되기 전까지 읽고 싶은 교양 도서를 대출받아 열심히 읽었다. 문학, 역사, 종교, 사회 분야의 도서 중 지식인이 갖춰야 할 교양 도서로 학교에서 추천하여 도서관에 비치해 두고 있던 도서 목록 오십 권 중 관심이 가는 도서 순으로 읽었다.

　처음 읽을 때는 생각지 못했으나, 두 권째부터는 독서 노트를 준비하여 기억하고 싶은 부분은 기록하면서 읽었다. 준웅이 대학에 다닐 때는 사월에 일 학기가 시작되었으므로, 준웅은 삼월까지 석 달 동안 많은 분량의 교양 도서를 읽고 지식과 지혜와 안목을 높이는 시간을 갖는다.

　책을 통하여 인생에 대한 깊이 있는 통찰력(洞察力)을 기르게 되고, 인생을 멀리 내다보고 자기가 해야 할 일의 우선순위를 분별하는 지각(知覺)도 갖춰나가게 된다. 독서 시간을 통하여 준웅은 풀브라이트 장학금을 받아 유학을 가야 한다는 인생의 목표를 더욱 확실하게 굳히게 된다. 수업이 시작되면 하루하루를 온전히 학교 수업에 충실하고, 유학에 대비한 실력 쌓는 일에만 전념하겠다는 각오도 새로이 한다. 그것은 자기가 더욱 실력으로 강해져야 하는 필수적인 과정일 뿐 아니라, 자기를 뒷바라지하는 혜용의 수고에 보답하는 길이기도 했다. 또 그 길만이 출생 신분의 굴레로 인한 온갖 장애를 극복할 힘을 갖추는 길이라고 새삼 확신했다.

반면 혜용도 자기 인생에 대한 계획표를 세워 나가고 있었다. 지금까지 살아오는 동안 준웅 오빠와 마찬가지로 혜용 또한 어떤 일이 있더라도 출생 신분의 비밀만은 지켜야 했으므로, 그 비밀로 인해 갇혀서 살아온 삶에서 탈출하고 싶었다.

혜용이 직장생활을 시작하던 천구백칠십사 년은 천구백칠십이 년 시월 십칠 일 비상조치에 의하여 단행된 유신(維新) 헌법이 시행되고 있던 제4공화국 시절이었다. 공안(公安)이라는 시퍼런 칼날을 번뜩이고 있는 정국(政局)은 사회 각 분야를 장악하고 있었고, 대공(對共) 용의점이 의심스러운 사람은 정보당국의 지속적인 관찰(觀察)을 받아야 하는 시대였다. 그러한 살벌한 시대에 두 사람은 살아가고 있었다.

혜용은 자신이 살얼음판 위를 걷고 있는 듯한 나날을 보내고 있음을 알고 있었다. 적송마을 하 촌장님에게선 그 이후 지금까지 별다른 소식이 없다. 백 기자라는 분이 다시 적송마을을 찾아왔다면 소식을 주셨을 터인데, 소식이 없는 걸 보면 지금까지 다시 찾지는 않은 것 같다.

아직 오빠에겐 아무런 말도 하지 않았다. 공부에 전념할 수 있도록 졸업 때까지는 아무 말도 꺼내지 않을 생각이다. 공동 운명체인 준웅 오빠가 학교만 졸업하면, 무슨 일이든 함께 탈출구를 마련해야 한다고만 생각하면서, 그녀만의 총명함과 조심스러움으로 날마다 그날에 대비한 하루하루를 보내고 있었다.

 준웅 역시 이 땅에서는 그 탈출구를 찾을 수 없다는 것을 잘 알고 있었다. 앞으로 삼 년, 각자 자기 자신에게 충실한 삶을 살아가면서 그날을 대비해야 한다는, 서로 말을 하지는 않지만, 준웅과 혜용은 똑같이 그러한 삶의 자세로 나아가고 있었다.

준웅은 복학생이 되면서 삼 년 어린 후배들과 함께 공부하게 되었지만, 누구보다도 열심히 수업을 들었다. 함께 입학한 동기생 중 일 학년 때 군대에 간 동기는 없었으므로, 준웅의 학교생활은 혼자만의 시간을 갖기가 좋았다.

혜용은 혜용대로 갓 입사한 신입사원으로서 배워야 할 업무도 많고, 여러 선배 사원 앞에서 몸가짐도 조신해야 했으므로, 직장에서 근무하는 시간은 긴장의 연속이었다. 그래서 직장에서 일하는 시간에는 다른 일을 생각할 틈이 없었다. 퇴근하고 와서는 혼자 사는 사람들에게도 똑같이 부여되는 주방일과 청소, 빨래하는 일 등이 기다리고 있어, 그야말로 하루하루가 금방 지나가곤 했다.

혜용은 직장 근무 첫 달부터 준웅에게 생활비와 용돈을 보냈다. 직접 전할 수도 있었지만, 혜용은 준웅의 통장으로 그 돈을 보냈다. 준웅이 지키고 싶어 할 최소한의 자존심을 생각해서였다. 준웅과의 만남도 일주일에 딱 한 번, 일요일 점심때 만나 식사하고 공원을 산책하며 대화를 나누는 시간을 갖는 것으로 만족했다.

가끔은 혜용이 좋은 영화나 전시회 소식을 듣고 와서 준웅과 함께 가길 원하는 때도 있었다. 그 시간도 일요일 낮에만 가졌고, 더는 서로의 시간을 빼앗지 않았다. 준웅이 수업에 열중하며 실력 쌓기에 전념하는 만큼, 혜용도 내색하지는 않았지만, 나름대로 영어 원서(原書)를 사놓고 영어 공부하기를 쉬지 않았다.

'사랑'의 감정은 조물주가 인간에게 부여한 여러 감정 중에서 가장 고귀한 감정이다. 그 감정이 반짝이는 별처럼 그 사람의 마음속에서 빛나고 있는 동안, 그 사람은 행복하다고 느낀다. 그 빛남이 오래 반짝일수록 그 행복도 오래 가지만, 무언가에 그 빛이 가려져 그림자가 진다면 그 빛남도 거기서 그친다. 그치는 것만으로 끝나면 좋으련만, 사람에 따라선 그 자리에 한숨과 고통과 쉼 없는 갈등이 파고든다. 아픔이 시작되는 것이다. 사랑이 준 아픔! 주 교수는 지금 그 아픔을 앓고 있다.

취업한 졸업생들을 초대한 만찬에서 혜용을 보고 온 후로 주 교수는 이성과 감정의 흐름이 서로 세차게 맞부딪치는 여울목에서 허우적대고 있다. 이성은 맞선 볼 처자의 사진을 들고 와서 재촉하는 어머니의 성화를 받아들여야 한다는 자식으로서의 책임감이요, 감정은 날이 갈수록 애틋하게 쌓이는 혜용에 대한 그리움이다.

혜용을 생각할수록 그녀는 자기 곁에 꼭 있어야 할 사람이었다. 제자들이나 주변에서 보는 젊은 여성들에게선 쉽게 찾아보기 어려운 소박한 품성을 지녔으면서도, 그 안에 숨기고 있는 영민(英敏)함이 번뜩인다. 목표를 향한 단단한 추진력과 좀체 틈을 보이지 않는 몸가짐은 지혜로우신 부모님의 엄격한 가정교육을 받아서일까? 누가 말을 걸지 않으면 좀체 입을 열지 않는 묵묵(默默)함은 혜용을 고립시킨다기보다 오히려 그녀의 영역(領域)을 굳건하게 버텨주는 견고한 성벽(城壁) 같아서 그 존재가 돋보인다.

무엇보다도 학문에 대한 진지하고도 치열한 자세는 평생을 학자로 살아가야 하는 내게 그 누구보다도 든든한 우군(友軍)이자, 반려가 되어줄 것이다. '학문'이라는 공통의 목표를 추구한다면 혜용은 그 목표를 성취할 수 있는 많은 잠재력을 가진 여성이다.

그렇게 생각할수록 주 교수는 무슨 일이 있더라도 혜용의 마음을 붙들어야 한다고 결심하지만, 집에 돌아가면 이러한 결심을 흔들어 대는 어머니의 존재를 의식하지 않을 수 없다. 어머니는 아들의 결혼이 한시가 바쁜 눈치이다.

국방정책연구소에 다니는 여동생은 보란 듯이 딸을 낳아 어머님께 매 주말 손녀를 보는 기쁨을 선사한다. 꽃다운 이십 대에 자식들 보는 앞에서 남편을 황망(慌忙)하게 잃고 나서 남매만을 바라보고 살아온 지 삼십여 년, 이제 엎드리면 이순이 바라보는 나이가 되었다. 외손녀의 어리광을 받아주며 얼굴에 함박웃음 꽃을 피울 때마다 어머니는 아들을 바라보며 친손주를 바라는 표정을 숨기지 않으신다.

새 학기가 시작되고 바쁜 학사 일정 때문에 혜용을 다시 만날 구실을 만들지 못하고 있는 사이, 두 달이 훌쩍 지나가고 있었다. 맞선을 보는 날짜를 잡겠다는 어머니의 독촉에 학기 초라서 바빠 시간이 나지 않는다고 핑계를 대던 것도 더는 입 밖에 낼 수 없게 되고 말았다.

어머니는 다음 주말에라도 약속 시간을 잡을 기세였다. 서른여섯이라는 다소 많은 나이가 노총각이라는 선입견을 지울 수는 없었지만, 건강하겠다, 키 크고 인물 좋겠다, 장안의 매파(媒婆)들은 주 교수에게 눈독을 들였다. 거기다 서른둘에 미국 명문대학에서 영문학 박사학위를 취득한 이력은 혼기를 앞둔 딸을 둔, 장안(長安)의 명함을 내밀 만한 집안 사모님들의 관심을 끌기에 부족함이 없었다.

어머니가 내색은 하지 않고 있었지만, 주 교수가 총각 신분으로 국립대학 전임교수로 임용되던 사 년 전, 그때부터 내로라 하는 장안의 명문 댁으로부터 혼담이 들어오고 있었다. 매파로부터 사 년 가까이 그러한 혼담을 건네받은 어머니도 기다릴 만큼은 기다려 왔으니, 아들에게 맞선을 보라고 독촉하는 것은 지극히 당연한 부모로서의 권리행사라고 할 수 있다.

어머니로서는 집안이나 학벌로나 결코 손색없는 장안의 규수들을 며느릿감으로 눈앞에 두고도 계속 놓치고만 있으니, 더는 기다릴 수 없다고 단단히 작심했을 법하다. 나이 서른여섯인 노총각 아들이 올해를 넘기면 서른일곱! 올해가 더는 물러설 수 없는 마지노선이라고 확신한 어머니의 이러한 결심을 그 표정에서 알아챈 주 교수는 맞선을 보기 전에 혜용에게 자기의 생각을 우선 전해 보기라도 해야겠다는 다급한 마음을 갖는다.

그것은 생면부지(生面不知)의 낯선 여성과 맞선을 보기 전에 혜용에게 자기 마음을 반드시 전해야 한다는 어떤 정직한 의무감 같은 것이었다. 이 학교에 교수로 부임하여 학부생들을 가르치게 된 삼 년 전부터 혜용은 제자로서가 아니라 한 사람의 여성으로서 서서히 자기 마음에 들어와 주었다는 거를 알려주어야 했다.

지금은 인생의 동반자가 되어주길 바라는 마음으로 혜용 씨를 생각하고 있다는 것을 꼭 알려주어야 했다. 맞선을 보기 전에 자기 마음을 먼저 알렸다는 증표를 가지고 있어야만, 나중에라도 혜용을 떳떳이 쳐다볼 수 있을 것 같았다.

주 교수는 책상 서랍 속에서 편지지를 꺼내어 책상 위에 올려놓고 만년필 뚜껑을 열었다. 그런 다음 마음을 가다듬고 길게 심호흡을 한 다음 편지를 쓰기 시작했다. 지금 얼마나 절박한 심정으로 한 장의 편지지에 자기 심정을 담아 보내려고 하는지, 주 교수는 평소와 달리 허둥대는 자기 모습을 보곤 부끄러워졌다.

살아오면서 이런 일은 없었다. 스스로 정한 길을 따라 한 치의 흐트러짐도 없이 줄곧 달려왔다. 그런데 지금 인생의 동반자를 선택해야 할 중대한 갈림길에서 주 교수는 지금까지 신념처럼 지켜왔던 이성(理性)의 잣대 대신 감정의 세찬 물살에 자기를 맡기고 있었다.

혜용의 하루 일과는 바쁘게 지나갔다. 업무상 여러 사람을 만나기도 하고 새로운 일을 배우는 재미도 있어, 출근하면 자기도 모르는 사이 퇴근 시간을 맞곤 했다. 신록이 파릇파릇함을 더해가는 오월 하순 어느 금요일, 혜용은 한 통의 우편물을 받는다. 등기 우편이었다. 뜻밖에도 발신인은 주재만 교수님이었다.

그날 해야 할 일을 서둘러 마치고, 혜용은 회사의 출퇴근 버스에 올랐다. 회사에서 관리하는 직원용 오피스텔을 제공받아 거주하게 된 후로 가장 큰 유익함은 시간을 아낄 수 있다는 거였다. 출퇴근 버스로 이십 분만 가면 오피스텔 건물 앞이었다.

'주 교수님이 무슨 부탁하실 일이 있으신 건가? 그런 일이라면 전화 한 통 주시면 될 텐데.'

이렇게 생각하다가 이내 머리를 저어 그 생각을 떨쳐버렸다.

'전화로 하시기 어려운 말씀이니까 편지를 쓰셨겠지. 그것도 등기우편으로!'

그러고 보니 교수님은 일부러 금요일에 도착하는 등기우편으로 보내셨다는 생각이 들었다. 토요일과 일요일 집에서 쉬는 시간에 이 편지 내용을 생각해 보라고 도착 날짜를 염두에 두고 보내셨을 거라고, 혜용의 빠른 두뇌 회전은 어느 틈에 주 교수의 의중을 짚어내고 있었다. 편지 봉투 안에 담긴 내용이 궁금하긴 했으나, 통근버스 안에서는 동료 직원들이 있어 편지를 꺼내어 읽기가 망설여졌다.

혜용은 출퇴근 버스를 탈 때마다 영어 회화가 녹음된 테이프를 휴대용 녹음기에 넣어 이어폰으로 들었다. 영어 회화는 많이 들을수록 혼자서 연습하는 것이 더 익숙해지기에 시간이 될 때마다 이어폰을 꺼내곤 했다. 혜용은 궁금증을 꾹 참고 귀에 이어폰을 꽂았다.

집에 돌아와 씻고 나서 혜용은 책상에 앉아 주 교수님이 보낸 편지를 꺼냈다. 수업 때 빈틈없이 깔끔하게 강의하시던 모습을 연상케 하는 반듯하게 또박또박 쓴 글씨가 눈에 들어왔다. 검은 잉크색이 아닌 감색(紺色) 잉크로 쓴 글씨 색깔은 교수님의 취향인 듯했다.

혜용 씨! 이제는 학부(學部)의 제자가 아닌 한 사람의 여성을 대하는 마음으로 이름을 불러봅니다. 혜용 씨도 이제부터는 저를 스승이 아닌 한 남성으로 대해주시면 고맙겠습니다. 혜용 씨는 전혀 모르고 있었겠지만, 저는 오래전부터 혜용 씨를 인생의 동반자가 될 수 있는 여성으로 생각하고 관심 가져왔습니다.

나이 차가 열세 살이라는, 세간(世間)에서는 받아들이기 어려운 불리한 조건을 가진 남자인 제가 혜용 씨를 마음에 두게 된 것은 제 나름의 이유가 있습니다. 아마도 앞으로 학문의 길을 걸어갈 걸로 보이는 혜용 씨가 그 길을 걷고 있는 저와 함께 동반자가 되어 서로에게 힘이 되고 의지가 되어준다면, 두 사람의 미래는 무지갯빛 희망으로 가득 찰 것이기 때문입니다.

이 점은 이성적인 판단이고, 이보다 더 확실하게 저의 마음을 사로잡은 것은, 혜용 씨의 품성과 용모, 평소의 몸가짐을 제가 좋아하기 때문입니다. 좋아한다는 건 본능과도 같아서 저도 이 감정을 제힘으로 좌지우지(左之右之)할 수가 없습니다.

이 편지를 읽으신 다음, 저를 인생의 동반자가 될 수 있는 조건을 갖춘 남자인지, 배우자가 될 자격이 있는 사람인지, 한번 테스트해 보시지 않으시렵니까? 기다리고 있겠습니다.

가로로 줄이 그어진 편지지 딱 한 장에 쓴 편지 내용은 구애(求愛) 편지였다. 무슨 개인적인 부탁일 거라고 막연히 짐작하고 있던 혜용은 편지를 읽자마자 너무나도 놀란 나머지 잠시 멍한 기분이 되어 아무것도 생각할 수가 없었다. 겨우 마음을 진정하고 다시 편지를 읽어보았으나, 다른 아무것도 생각나지 않고, 가슴에 방망이질하는 소리만 들릴 뿐이었다.

'혹시 다른 여성분에게 가야 할 편지를 내게 잘못 보내신 게 아닐까?'

꼭 그러신 것만 같아 혜용은 마음을 가다듬고 다시 편지를 읽어보았다.

'분명 내게 보내신 것이 맞아. 내 이름이 일곱 번이나 쓰여있잖아. 이게 도대체 무슨 일이람! 존경해 마지않던 주 교수님이 내게 구애 편지를 보내시다니!'

주 교수님은 존경하는 스승님이셨다. 그러한 이미지 외에 주 교수님을 남성이라는 성별(性別)을 앞세워 생각해 본 적은 단 한 번도 없다. 그런 일은 있을 리 만무하다. 그 이름을 떠올리면 언제나 어렵기만 한 분! 그분이 느닷없이 내게 구애 편지를 보내시다니!?

혜용은 지금까지 어떤 남성에게서도 러브레터를 받아본 일이 없다. 그뿐 아니라 데이트 신청조차도 받아본 일이 없다. 그것은 주변에 있는 남성들에게 아예 틈을 내주지 않을 만큼 너무 바쁘게 살아왔기 때문일 것이다. 그 바쁨이란 학비와 생활비를 벌기 위해 개인 과외를 해야만 했던 그녀의 하루하루의 삶이 잠시도 한가할 틈이 없었다는 말이 된다.

개인 과외 시간은 다른 무엇보다도 최우선 순위여서 그 시간을 맨 먼저 뺀 나머지 시간에 일상의 일들을 채워 넣어야만 했다. 장학금을 받게 된 삼 학년부터 개인 과외 시간을 조금 조정할 수 있었지만, 준웅 오빠의 수업료를 모아야 한다는 생각이 번쩍하고 찾아들자, 삼 학년 이 학기부터는 다시 바빠졌다.

개인 과외를 하면서도 장학금을 놓치지 않기 위해 잠자는 시간을 줄여가며 학교 공부에 몰두해야 했던 혜용의 대학생활은, 그야말로 치열한 전투 신scene을 연상케 하는 긴장의 연속이었다.

이제 나이 스물셋인 혜용은 아직 이성에 대한 감정을 체험해 본 일이 없다. 중고교 시절 국어 시간에 교과서에 실린 문학작품을 배우면서 남녀 주인공의 애틋한 사랑 이야길 접하긴 했지만, 누굴 좋아하는 감정을 가져본 일은 없다. 어찌 보면 출생 신분의 비밀을 숨기고 살아야 하는, 늘 긴장되고 날이 서 있는 시간의 흐름 속에 자기감정은 아예 분출되지 못하도록 감정선(感情線)을 묶어버리고 살았기 때문인지도 모른다.

대학에 들어가서도 마찬가지였다. 사람을 바라볼 때 느껴지는 다양함은 더 깊어졌지만, 일상의 모든 일에 촉각을 곤두세워야 하는 긴장의 끈은 더 팽팽해졌다.

편지를 열어보고 더욱 놀란 것은 '배우자'라는 세 글자를 보고서였다. 평소 잘 쓰지 않는 낱말이어서 처음에는 그 뜻이 와닿지 않아 어리둥절했으나, 이내 그 뜻이 결혼한 부부 사이를 일컫는 말임을 알고 자기도 모르게 얼굴을 붉혔다.

'아닌 밤중에 홍두깨라더니 교수님은 대관절 무슨 생각으로 이런 편지를 보내셨담!? 설마 날 데이트 상대로 만나고 싶어 이런 편지를 보내신 건 아니겠지?'

결혼한 상대를 일컫는 배우자라는 낱말은 대할수록 생소하다고 느낄 만큼 낯설었다. 아직도 혜용은 '배우자'라는 세 글자가 갖는 의미를 정확하게 이해하지 못한 듯하다. 주 교수가 지금 어떤 심정으로 이 편지를 보냈는지, 혜용이 알 리가 없다. 그러니만큼 혜용은 주 교수의 편지를 읽고서 금요일 밤에 해야 할 일상의 일을 거의 손에 대지 못할 만큼 '멘붕' 상태에 빠지고 말았다.

두어 시간을 꼼짝도 하지 않고 책상 앞에 앉아 편지가 일으킨 회오리바람에 휘감겨 생각의 중심을 잡지 못하고 있던 혜용은 차츰 그 바람이 잦아지는 걸 느낀다. 그와 동시 회오리바람에 밀려 비껴 나 있던 지력(智力)이 제자리를 잡고서 그녀가 가진 특별한 능력인 촉각(觸角) 기능이 가동하기 시작한다.

'배우자? 배우자라고?! 데이트 상대가 아니고 배우자라면, 주 교수님은 내게 자기와 결혼해 달라고 프러포즈한 게 아닌가? 주 교수님의 성품상 이렇게 담대하게 자기 뜻을 내비친다는 건 너무나도 뜻밖이지만, 그렇게 해야만 할 어떤 사정이 있었다면?'

문득 밤하늘의 유성(流星)처럼 빠르게 스쳐 지나가는 기억 하나가 떠올랐다.

'그렇지! 홀어머니가 계시다고 했지!? 남매를 뒷바라지하려고 재혼도 하지 않고 혼자 사셨다는 어머니는 이제 성공한 아들의 배우자를 맞아들일 준비에 골몰하고 계실 거야. 그러고 보니 주 교수님의 연세도 서른여섯! 그랬겠구나. 지금 한참 혼담이 오고 갈 거야. 나 같은 여자가 무에 그리 볼 게 있다고 주 교수님은 배우자 후보감에 올려놓으셨담? 나이도 어린데?'

혜용은 고개를 절레절레 젓고는 한시라도 빨리 답장을 보내드려야겠다고 마음먹는다. 그것은 말도 안 되는 주 교수님의 구애 편지를 붙들고 고민해야 할 하등의 이유도 없을 뿐 아니라 날 배우자감으로 잘못 생각하고 있는 교수님이 빨리 단념하시도록 해 드려야 했기 때문이다.

두어 시간 편지를 앞에 두고 생각에 골몰하다가 밥 먹을 때를 놓쳐 시장기가 확 올라온다. 혜용은 그제야 밥을 챙겨 먹는다.

> 교수님! 보내주신 편지는 잘 받아보았습니다. 제가 왜 이러한 편지를 받아야 하는지 그 이유를 잘 모르겠습니다만, 저는 이제 갓 대학을 졸업한 사회 초년생입니다. 아직 공부해야 할 것도 많고, 저의 진로에 대해 고민하면서 나아가는 길도 멀기만 합니다. 결혼이란 까마득한 먼 후일의 일이며 생각조차도 해본 일이 없습니다. 이 일은 없던 일로 생각하겠사오니, 교수님께서도 다시는 제게 편지를 보내지 마시기 바랍니다. 교수님의 제자 김혜용 올림

받는 사람 측에서 찬 바람이 이는 듯한 느낌을 받을 편지이다. 혜용은 이 편지를 써놓고서야 밀려있던 주말의 일상을 손대기 시작했다. 빨래와 청소와 쓰레기 치우는 일 등이 주인의 손을 기다리고 있었다.

다음 주 화요일 주 교수는 혜용의 편지를 받는다. 역시 등기우편으로 도착한 것이었다. 주 교수는 두근대는 가슴을 진정시키려 애쓰며 편지 겉봉을 뜯는다. 평생 공부 외의 일은 시도해 본 일이 없는 주 교수가 처음 이성에게 편지를 보내고, 처음 이성으로부터 온 편지를 받은 거다.

단숨에 혜용의 편지를 읽은 주 교수의 얼굴에서 핏기가 가신다. 딱 한 장의 간결한 편지, 어떠한 미사여구(美辭麗句)도 배제된 편지에서는 냉랭한 기운이 가득 일어난다. 크게 기대하지는 않았다. 그렇지만 무슨 통고와도 같은 냉정함과 단호함으로 가득 차 있는 답장 편지는 자기의 뜻을 일언지하(一言之下)에 거절하는

것이었다.

'그래! 마른하늘에 날벼락 치듯 뜬금없는 소리를 해서 편지를 보냈으니, 혜용이 받았을 충격이 컸을 거야. 다른 사람도 아닌 지도교수였던 사람이 그랬으니! 공부만 알고 학교에 다닌 혜용인 자기가 왜 이러한 편지를 받아야 하는지 그 이유를 모르겠다고 말할 수밖에 없었을 거야. 아마 남학생들과 데이트한 경험이 없었을지도 몰라. 그런 여성에게 결혼 상대자로 생각하고 있다는 말을 써서 보냈으니!'

이쯤 혜용일 단념해야 한다고 머릿속에서는 명령어가 신호를 보내고 있었으나, 주 교수의 마음은 이를 받아들이지 못하고 머뭇거리고 있었다. 막다른 통로에 다다른 사람이 무슨 비상구가 있지 않은지 사방을 기웃거리는 것처럼, 다시 이 문제에 집착한다.

이번 주말에는 어머니를 따라 맞선을 보러 가기로 되어있다. 더는 어머니에게 실망을 안겨드릴 수가 없어, 이틀 전 여동생 부부가 집에 와서 함께 식사하는 자리에서 어머니에게 약속드리고 말았다. 맞선을 보기 전에 혜용에게 자기의 진심을 편지로 알려, 자기 마음을 먼저 고백했다는 어떤 결백함 비슷한 증거를 가지고 싶어 한 초조함이 그렇게 했을 것이다.

'혜용은 내 마음을 백분의 일도 알려고 하지 않았어. 혜용에게 향하는 내 마음은 혜용의 마음에 가닿지도 못하고 중간에서 굴절되어 꺾이고 말았어.'

살아오는 동안 뜻한 건 모두 성취한 주 교수였다. 지금 주 교수는 뜻한 대로 되지 아니한 첫 실패를 맛보고 있었다. 그랬음에도 그 맛은 쓰지 않고 감미롭기만 했다. 매정하리만치 거절당했음에도 왠지 간직하고만 싶은 혜용을 향한 마음을 마음속 깊이 내려다 놓고서, 주 교수는 그날 저녁 어머니가 내미는 맞선 볼 상대 여성의 사진을 본다. 어머니는 가지고 계시던 여러 사진 중 석 장의 사진을 골라 보라고 한 후 마음에 드는 순서를 정하라고 이르셨다. 최소한 세 번은 맞선을 보아야 한다는 이르심이다.

주 교수는 그 주말부터 매주 한 번씩 맞선을 보게 된다. 학위를 취득하게 되면 아들을 위해 자기의 한평생을 희생한 어머니를 맨 먼저 편안하게 모시겠다는 자신과의 다짐을 충실하게 지키려는 사람처럼 주 교수는 어머니에게 순종한다. 세 번의 맞선을 본 후 결혼 상대자로 결정한 여성은 사업가 집안의 규수로 그 사업가의 기업체에서 운영하는 미술관의 관장으로 일한다는 사람이었다.

프랑스에 유학하여 서양미술사를 공부하고 왔다는데, 그녀 역시 나이가 서른이어서 부모님들이 결혼을 서두르고 있었다. 삼 남매 중 두 번째로, 위로 오빠가 한 분 있는 차분하고 지적인 용모를 갖춘 여성이었다. 어머니도 마음에 들어 하셔서 곧바로 정혼(定婚)하고 학교가 방학에 들어가는 칠월 하순에 결혼식을 올리기로 했다.

한여름철이어서 결혼식 시즌이 아니었지만, 어머니가 나서서 서두르시는 바람에 상대 여성 측에서도 마지못해 따라오는 모양새였다. 그만큼 어머니는 다른 그 무엇보다도 아들을 빨리 결혼시켜야 한다고 단단히 작정하신 듯하다. 주 교수는 무덤덤한 태도를 보이며 혼사(婚事)의 모든 추진 과정을 어머니에게 맡겼다.

결혼할 당사자답지 않게 자신의 결혼에 흥미를 잃은 것처럼 관심을 보이지 않았고, 마치 자신의 결혼은 한평생 자식을 위해 희생하신 어머니에게 어떤 보상을 안겨드리는 하나의 절차라고 생각하는 듯했다.

결혼 준비 과정은 온전히 어머니의 몫이었다. 주 교수는 꿀 먹은 벙어리처럼 자기 의견은 입 밖에도 내비치지 않았고, 말 잘 듣는 초등학생처럼 고분고분하기만 했다. 아들을 위해서 자기를 희생한 어머니의 은혜에 보답하고자 하는 효성 지극한 자식의 태도를 겉으로 보이긴 했지만, 주 교수의 속내는 복잡했다.

이제 혜용을 단념하고 잊어야 한다는, 평소 주 교수를 장악하고 이끌고 가던 이성(理性)의 명령어는 이전처럼 주 교수를 통제하지 못했고, 규칙적이고 질서 정연했던 학자로서의 일상은 균열이 생기기 시작한다. 혼자 있는 교수 연구실에서 멍한 표정으로 손을 놓고 있는 모습을 보이기도 하고, 자기도 어찌할 수 없는 가슴앓이에 속상해하면서도 그 기분에 빨려 들어가기도 한다.

그는 모르고 있겠지만, 그의 유전자는 어떤 이성을 마음에 담게 되면, 그것도 자기 영혼 속에 들어와 자기의 분신처럼 머무르게 되면, 그의 삶은 균형을 잃게 되는 성질을 가지고 있는 모양이다. 강의 시간과 다른 교수들과 교류하는 시간에 보이는 그의 모습은 평소와 다름없었다. 그렇지만 혼자 있는 시간에는 언뜻언뜻 떠오르는 혜용의 환영에 붙들려 눈을 감고 있거나, 그 환영을 지우려고 안간힘을 쓰곤 했다.

국내 저자의 문학작품을 영어로 번역하는 작업을 계획하고 있어 마음을 바쁘게 하였으나, 지금 작업하고 있는 미국 문학작품의 번역은 뜻한 대로 진행되지 않고 있었다. 지금까지는 마음먹고 계획한 일은 모두 실천했고, 그에 뒤따라오는 성취감은 자기만족과 자신감으로 뿌리내려 그를 실력 있는 학자로 우뚝 서게 했었다.

그 자신도 자기 모습을 자랑스러워했다. 그런데 지금 그는 자꾸만 풀이 죽어 흔들리고 있는 자기 모습을 보곤 한다. 학문으로 성취한 자신의 빛나는 업적들은 사랑하는 여인을 불러오지 못한 공허감에 파묻혀 빛바랜 듯하다. 이성적으로 완벽한 사람도 감수성에 눈뜨게 되면 그 흔들림의 파장은 더 깊고 오래가는 것일까?

주 교수가 살아온 삼십육 년이 투명한 그림자만 뒤따라온 빛의 반짝거림이었다면, 앞으로 살아가는 날들은 자기 그림자에 공허감을 느끼기도 하고, 때로는 회의(懷疑)하면서 뒤돌아볼 거 같은 예감이 든다.

그 주말 혜용의 마음을 무겁게 했던 주 교수의 편지 건은 다음 주 월요일 바쁜 하루의 일과가 시작되자, 혜용의 머릿속에서 차츰 희미해져 갔다. 그 주말 혜용은 준웅 오빠와 저녁 약속이 되어있었다. 사월 새 학기가 시작되고 두 달이 다 되어가는 동안 준웅 오빠한테서는 아무런 연락이 없었다. 그러다가 지난주 오빠한테서 연락이 왔다. 학교 수업에도 충실해야 하고, 자신이 회장을 맡은 경제학 연구 동아리 모임을 주관하느라 그간 바빴다면서, 얼굴 한 번 보여줄 수 있느냐고 했다.

혜용 역시 오빠가 어떻게 학교생활을 해나가는지 궁금하게 생각하고 있던 참이었으므로, 두 사람은 곧바로 다음 주말에 만나기로 했다. 그때까지도 두 사람은 이성 간에 느낄 수 있는 만남을 앞둔 설렘이나 간절한 기다림 같은 감정은 없었다. 비록 피는 달랐지만 두 사람은 그냥 오누이일 뿐이었다.

적송마을에서 함께 어린 시절을 보냈고, 도시에서 함께 자취생활을 하며 중학교에 다니는 동안 서로가 오빠와 여동생이라고 여긴 그 이미지는 그대로 화석(化石)처럼 굳어져 남남이라고 생각해 본 일은 없었다. 그러다 보니 이성 간에 싹틀 수 있는 연애 감정 같은 건 더군다나 있을 리 없었다.

혜용에게 준웅은 믿는 오빠였고, 준웅에게 혜용은 늘 긴장하고 살아야 하는 힘든 나날에 기댈 수 있는 단 한 사람의 동지(同志)였다. 준웅은 내색하지 않았지만, 등록금과 생활비를 대주는 혜용의 짐을 조금이나마 덜어주기 위해 학점에 많은 신경을 쓰고 있었다.

아마도 혜용이 그랬던 것처럼 준웅도 등록금을 감면받을 수 있는 장학생을 목표로 하고 있었던 듯하다. 혜용에게서 받게 될 다음 학기부터의 등록금과 이번 학기부터 보내주는 생활비는 친구 철우에게서 이번 학기 등록금을 받았을 때처럼 언젠가는 꼭 갚아야 할 빚이라고 생각했다.

그랬다. 두 사람은 자기 스스로 헤쳐 나가야 할 바쁜 현실에 적응하느라, 또 외부의 관심으로부터 자기를 지키느라, 다른 사람이 자기의 삶 속에 들어오는 걸 철저히 경계했다. 외부의 관심이란 부모님의 흔적이었다. 고등학교에 들어가서 국사와 세계사 시간에 배운 민주주의와 사회주의는 두 사람에게 두 국가 체제가 개인의 삶을 어떤 모양으로 변화시키는가를 많이 생각하게 했다.

대학에 들어가서 경제학과 사회과학 서적을 읽으면서는 두 체제가 갖는 이상과 현실 사이의 문제점을 비교하면서 공부하는 시간을 갖기도 했다. 그것은 자신들의 부모가 철저한 공산주의자였기 때문에 부모님이 추종(追從)한 그 이념을 더욱 깊이 파고들면서, 자신들이 민주주의 국가에서 체험하고 공부한 이념과 비교해보곤 했던 것이다.

공산주의자였던 부모님의 이념과 자신들이 공부하고 연구한 이념 사이에서 치열한 번민의 시간을 거쳐 마지막 판단의 갈림길에 섰을 때, 두 사람은 각자 자기의 주관이 확립된 그 판단의 길을 선택한다. 부모님은 당신들이 공부하고 살아오신 그 시대의 상황을 보고 느끼고 판단하는 체험의 과정을 거쳐 당신들의 이념을 곧 추세웠을 거로 생각했다. 그래서 부모님의 선택에 어떠한 평가도 내리지 않았다.

두 사람은 각자 자기의 이념을 정립(定立)함에 있어, 토론의 시간을 갖거나 어느 한쪽이 어느 한쪽을 설득한다든가 하는 일은 전혀 없었다. 각자 자기가 공부하면서 받아들인 것, 주위 사람들이 살아가는 모습을 보면서 느낀 것을 토대로, 두 체제가 갖는 장단점을 비교하곤 했다. 그 과정에서 가장 비중을 둔 것은 '개인의 온전한 자유'였다. 개인의 의사를 억압하고 감시하는 체제가 아닌 개인의 의사가 존중되고 간섭받지 아니하는 체제여야만이 개인의 행복이 보장되고 사회 발전이 이루어진다고 믿었다.

묻고 답하고, 또 묻고 답하면서, 사회과학 서적을 탐독하고 깊이 사고한 끝에 정리한 이러한 이념의 잣대는 뜨겁게 담금질하고 망치질하고 벼린, 예리한 자기방어의 창(槍)이 되었다. 그래선지 이 이념의 창끝은 평생을 살아가는 동안 녹슬지 않는다.

유월 첫 주말 날씨는 아침부터 잔뜩 흐려있었다. 정오를 한 시간여 남겨두고 빗방울이 하나, 둘 떨어지기 시작했다. 바람은 불지 않고 공기는 습기를 잔뜩 머금고 있어, 외출하기엔 그다지 반갑지 않은 날씨였으나, 혜용은 오랜만에 오빠를 만난다는 기쁨이 앞서 날씨는 개의치 않고 우산을 들고 집을 나섰다.

지난주 금요일에 받은 주 교수님의 편지가 이따금 머릿속에 떠오르긴 했으나, 월요일 회사에 출근하고 나서 하루하루 바쁜 업무를 마주하며 보내다 보니, 편지가 남긴 께름칙한 기분은 많이 나아졌다.

약속 장소는 회사에서 가까운 거리에 있는 고궁 앞 설렁탕 전문 식당이었다. 직원들과 회식하면서 가본 곳인데, 수십 년간 그곳에서 영업을 해온 소문난 식당이라는 명성을 증명하듯 설렁탕 국이 진하고 고기도 푸짐하여 손님이 많았다. 한 그릇만 먹어도 기운이 날 거만 같은 보양식이었다. 오빠가 생각나 울컥 목이 메는 바람에 수저를 입으로 가져가지 못하고 들고만 있었던 기억이 새롭다.

'오빠가 종종 이렇게 따끈하고 진한 설렁탕을 먹으면 기운을 내겠지!'

오빠가 학교 구내식당에서 밥을 먹는 처지를 생각하면 혜용은 늘 마음이 아팠다. 주말에 집으로 불러 기력(氣力) 회복에 도움이 되는 음식을 해주고 싶어도 오빠는 늘 사양했다. 혼자 사는 젊은 여성의 집에 남자가 드나들면 남의 눈에 좋지 않게 보인다는 고집스러운 선입관을 오빠는 바꾸려 하지 않는다.

주말마다 만나 원기(元氣)를 돋우는 음식을 사주고 싶어도 자기 공부 핑계, 혜용에게 필요한 주말 시간 방해하지 않기 등 이유를 붙여 그마저도 사양한다. 그렇게 지내다가 새 학기가 시작되고 석 달째에 접어드는 지난주 전화가 온 것이다. 주 교수의 편지가 도착하기 이틀 전이었다.

손님이 몰리는 시간을 피하려고 일부러 열한 시 반에 약속했는데, 준웅 오빠는 그 점을 눈치챘는지 오 분 전에 식당에 도착한 혜용보다 먼저 와서 식당 앞에서 기다리고 있었다. 혜용은 반가운 마음에 얼굴 가득 미소를 띠고 오빠를 바라보았다. 오빠는 개학하기 전보다 얼굴이 다소 야위어 있었다. 혜용의 가슴속으로 안타까운 맺힘이 한 줄기 전류처럼 파고들었다.

점심 먹기에는 다소 이른 시간이었음에도 드넓은 홀에는 벌써 열댓 손님이 앉아서 식사하고 있었다. 두 사람은 홀 안쪽 맨 구석진 곳 빈자리에 앉았다.

"새 학기여서 바쁘지? 오빠?"

혜용은 오빠의 해쓱한 얼굴을 마주 바라볼 수가 없어, 수저통에서 수저와 젓가락을 꺼내 오빠 앞에 가지런히 놓으며 말했다.

"어, 조금. 사 년 전 신입생 때와는 달리 강의 신청이나 수업 방식이 조금 까다로워져서 긴장되더군. 강의하시는 교수님들께서 교과서 외에 관련 참고 서적을 읽어야 강의 내용을 충분히 이해하게끔 강의의 수준을 높이셔서 강의를 따라가려면 열심히 공부하지 않으면 안 되겠어."

"오빠는 누구보다도 열심히 공부하는 사람이니까 강의가 쏙쏙 귀에 들어올 거야."

그때 직원이 식사 주문을 받으러 왔다.

"먼저 수육 한 접시 주세요. 먹고 나서 탕을 시킬게요."

혜용은 메뉴판도 보지 않고 곧바로 음식을 주문했다. 미리 작정하고 있었던 모양이다.

"탕만 시켜도 되는데 수육은?"

준웅이 수육은 시키지 말라는 뜻으로 손을 내저으며 말렸으나, 혜용은 옆에 서 있는 직원에게 고개를 끄덕이며 말했다.

"한 번 먹어보고 싶어서! 오빠도 수육은 먹어본 일이 없잖아?"

잠시 후 먹음직한 수육 한 접시가 식탁 위에 올려졌다. 준웅은 친구 철우가 사준 삼겹살 구이는 먹어본 일이 있지만, 잘 삶아져서 먹기 좋게 가지런히 잘려서 나온 쇠고기 수육은 처음 대한다. 준웅이 젓가락은 잡을 생각도 하지 않고 물끄러미 수육 접시에 눈을 떨구고 있는 것을 보자

"오빠, 뭐해요? 식기 전에 빨리 들지 않고?"

준웅은 그제야 흠칫 고개를 들고 어깨를 추스르더니 젓가락을 들고 수육 한 점을 집어 소스에 찍고서 입으로 가져간다. 그 모습을 보던 혜용의 가슴 한가운데로 또다시 찌르르 소리를 내며 전류가 지나간다.

'한정된 공간에서 그것도 사람을 피해 가며 살아야 하는 오빠 처지로는 친구들도 잘 사귈 수 없고 사람들도 잘 만날 수 없을 거야. 그러니 학교 구내식당 말고 사람들이 많이 찾는 식당은 가보지도 못했을 거야. 아마 오늘 마주한 이 음식도 처음 맛보는 걸 거야. 회사에 입사하여 몇 번 회식 자리에 참석하고, 점심 시간에 동료 직원과 함께 회사 밖에서 식사하면서 내가 맛본 음식을 오빠는 한 번도 맛보지 못했겠지.'

이렇게 생각하니, 오빠가 측은(惻隱)하고 너무 가엾다. 오빠

처지가 애달파져서 눈이 뜨거워지는 감정을 눈치채지 않게 하려고, 혜용은 얼른 젓가락을 들어 수육 한 점을 입으로 가져간다. 육질(肉質)이 부드럽고 입 안에 감도는 맛이 고소하여 고기는 몇 번 씹기도 전에 스르르 녹아 버리듯 목 안으로 넘어간다.

오빠 역시 고기 맛에 매료된 듯 미감(味感)에 취한 표정이 얼굴에 나타난다. 그때 혜용은 깨닫는다. 사는 재미란 좋은 사람과 맛깔스러운 음식을 함께 먹고 음미(吟味)하는 시간도 그중 하나라는 것을! 한참 고기를 집어 먹던 준웅이 혜용에게 말한다.

"부지런히 먹지 않고 왜 그렇게 속도가 느려?!"
"고기가 맛있어서 천천히 음미하면서 먹으니까 그런가 봐. 나 신경 쓰지 말고 오빠 많이 먹어."

가슴 한쪽에서 떠나지 않고 있는 측은한 감정을 애써 억누르며 혜용은 배시시 웃음을 머금고 말한다. 오빠가 잘 먹는 모습은 언제나 보기 좋다. 천천히 입을 오물거리고 있던 혜용은 식탁 위의 버튼을 눌러 직원을 부른 뒤 탕을 시킨다. 수육 한 접시는 금세 바닥이 났다. 그와 동시 직원이 김이 모락모락 피어오르는 탕을 가져왔다. 수저로 탕국을 먼저 떠먹은 준웅이 혜용을 보며 말했다.

"와! 국물이 진해서 너무 좋다."

그러면서 준웅은 얼굴 가득 만족한 표정을 띤다. 그 모습은 혜용의 기대를 충족시키고도 남는 것이었다. 준웅은 흰 쌀밥을 공기째 탕 그릇에 붓더니 마치 맛에 취한 듯 수저 가득 밥과 고기를 떠서 입으로 가져간다. 그런 다음 젓가락으로 상큼하게 잘 익은 깍두기를 집어 입 안에 넣고 아삭거리는 소리가 들리도록 씹어서 먹는다.

준웅의 이마에 땀이 밴다. 준웅은 그것도 못 느낀 듯 부지런히 식욕을 채운다. 사람에겐 쉽게 참아내기 어려운 충동적인 감정이 있다. 이성에 대한 육체적인 욕정이 그 하나요, 맛있는 음식을 앞에 두고 자꾸 먹고 싶은 식욕이 그 두 번째다. 스물넷 한참 기력이 왕성한 젊은 장정(壯丁)이 먹는 것이 부실(不實)하던 차에 모처럼 맛있는 음식을 앞에 두고 식욕을 채우고 있다.

혜용은 이곳으로 오빠를 안내하길 잘했다고 생각한다. 그렇게 생각하면서 혜용은 항아리에서 큼직한 깍두기를 꺼내어 먹기 좋도록 가위로 잘라 접시에 놓고 나서, 자기도 수저를 계속 입으로 가져간다. 자기도 맛있게 먹는 모습을 보여주겠다는 듯이 먹는 데만 집중한다. 탕 그릇에 남은 국물이 보이지 않을 만큼 다 먹고 수저를 놓은 준웅이 그제야 자기가 땀을 흘리며 먹었다는 걸 알아챈 모양이다.

"어! 내가 땀을 흘리며 먹었네."

준웅은 이렇게 말하곤 겸연쩍어하며 식탁 위에 놓인 물수건을 집어 얼굴에 번진 땀을 닦는다. 혜용이 양이 찰 만큼만 밥을 만 탕을 먹고 나서 수저를 놓으며 말했다.

"오빠! 한 달에 두 번은 여기 와서 설렁탕을 먹자. 몸이 튼실해야 공부도 진득하게 할 수 있잖아. 그렇게 해."

준웅은 다른 때와는 달리 곧바로 사양하는 체면을 차리지 아니하고 머리만 숙이곤 말이 없다. 사람은 밥상머리 앞에서는 감정이 솔직해지는 모양이다. 밥을 먹자고 한 마주 앉게 될 상대에게 마음 문을 열게 되기 때문일까?

준웅은 사실 식당에서 이 음식을 처음 먹어본다. 연하고 감칠

맛 나는 삶은 고기도 입 안에 감겨오는 진득한 탕국도, 처음 맛본다. 뜨거운 탕국이 이렇게 속을 훈훈하게 덥혀주는 것임도 처음 알았다. 맛에 취해 정신없이 고기를 먹다 보니 마주 앉은 혜용이 어떻게 먹는지 생각지도 못하고, 혜용이 고기 한 점을 먹을 때 준웅은 두 점을 집어 먹은 것 같다.

고기 접시가 비워질 때 맞추어 올라온 탕을 반쯤 먹었을 때쯤 머리를 숙인 채 눈동자를 올려 건너다 보니 혜용은 생각에 잠긴 표정으로 천천히 탕국을 뜨고 있다. 준웅은 안다. 혜용이 내게 보양식을 먹이려고 이 식당에서 만나자고 한 것임을! 그 마음을 알기에 준웅은 맛있게 음식을 먹는 데만 집중했다. 내 모습을 지켜보며 편안해할 혜용의 마음을 안다는 듯이! 그래서 한 달에 두 번은 여기 오자고 하는 혜용의 말에 다른 때와 달리 아무 말도 할 수 없었다.

식당을 나오자, 한두 방울씩 떨어지던 비는 그새 그치고 짙은 회색빛이던 구름도 연한 회색 빛깔로 바뀌어 있었다. 더는 비가 오지 않을 모양이다. 혜용은 하늘을 올려다보더니 고궁에 들어가 보자면서 준웅을 이끌었다. 관람 티켓을 끊은 곳은 창덕궁 비원(祕苑)이었다.

고등학교 국사 시간에 조선왕조의 별궁인 창덕궁 후원(後苑)은 우리나라 조원문화(造園文化)의 특징을 보여주는 대표적인 정원이라고 배웠다. 느긋하고 여유로운 공간인 이곳은, 거니는 사람들에게 넉넉함을 주는 품격을 갖추고 있는 곳이며, 조선조 고종 때 비원으로 불리면서 그 명칭이 지금까지 이어져 오고 있다고 했다.

혜용도 이를 기억하고 한 번 와보고 싶어 했던 거 같다. 주말 공휴일을 맞아 적지 않은 시민들이 삼삼오오 어울려 작은 소리로 대화하며 비원을 산책하고 있었다. 조선시대에 조성된 정원의 운치 있고 고즈넉한 정경이 사람의 마음을 사로잡아 아늑한 분위기에 젖어 들게 하는 비원의 이곳저곳을 둘러보며, 두 사람은 말없이 걸었다.

작년 십이월 눈 오는 날 군 복무를 마친 준웅이 여학생 기숙사 앞에서 혜용을 만나 함께 눈을 맞으며 교정을 걸었던 이후 이렇게 함께 걷기는 처음이다. 혜용은 항상 안쓰럽기만 한 준웅 오빠에게 모처럼 보양식을 대접했다는 다소 안도하는 마음으로, 준웅은 사고무친(四顧無親)인 자기를 도와주고 신경 써주는 혜용에게 고맙고 미안한 마음을 안고 말없이 걷는다.

'남자인 내가 연약한 혜용을 도와주고 신경 써주어야 하는데 거꾸로 되었어. 지금은 내가 아무 힘이 없으니 어쩔 도리가 없지만, 이 고마운 일들은 내 머릿속 비망록에 고스란히 적어가고 있어. 나중에 그 몇 배로 갚을 거야!'

준웅은 입을 열어 말하는 대신 속마음으로 자신과의 약속을 다짐한다. 어디 가서 숨 한 번 크게 쉴 수 없고, 학교 친구들과 어울리고 싶어도 마음뿐, 겉으로 내색 한 번 해보지 못하고 다닌 중, 고등학교 육 년, 대학 일 학년의 학창생활이었다. 그런 처지에서도 혜용은 늘 마음의 벗이 되어주었다.

서로 말이 오고 가지 않아도 서로의 처지를 너무나도 잘 아는 사이이기에 혜용과 함께 있으면 마음이 편안해지고 따뜻한 눈길을 주고받을 수 있다. 나이도 같으니까 마치 친구처럼 여기고 마음으로 의지하게 된다.

거기다 말은 하지 않지만, 나처럼 출생의 신분을 감추고 살아가야 하는 혜용의 정신적인 고통을 누구보다도 잘 아는 내가 혜용에게 아무런 도움도 주지 못한다는 사실을 생각하자, 준웅은 마음이 답답해졌다. 그때 문득 새 학기가 시작되기 전 학교 도서관에서 집중적으로 읽었던 교양 도서의 한 구절이 생각났다.

'아무리 어려운 환경에 처해 있더라도 희망의 끈을 붙들고 있는 사람은 그 고난을 이기고 나가는 힘을 얻는다.'

'그렇지! 혜용에게 희망을 심어주어야지. 자신의 미래에 대한 구체적인 희망의 끈을 붙들게 되면 정신적인 고통에서 오는 중압감을 견딜 수 있게 될 거야! 내가 그랬던 것처럼!'

준웅이 그 고통을 견디고 있는 것은 풀브라이트 장학금을 받아 외국 유학을 가는 것, 그 희망이었다. 그 희망을 붙들게 된 후로 준웅은 보는 시야가 넓어지고 생각의 폭도 더 깊어지는 자신을 발견했다. 그에 따라 그 희망을 이루고 싶은 강한 열망이 한 곳에 모이고, 자신을 내리누르던 정신적인 중압감은 그 열망에 자리를 비켜주듯 뒤로 물러나는 것이었다.

저 앞쪽에 사각형으로 된 연못인 부용지(芙蓉池)의 아름다운 정경이 눈에 들어왔다. 준웅은 부용지가 바라보이는 곳에 있는 벤치로 다가갔다.

"혜용아! 여기 좀 앉았다 갈까?"

삼십 분 가까이 걸었나 보다. 햇빛은 나지 않았지만, 유월 초순 오후의 날씨는 제법 열기를 내뿜고 있어, 산책하는 여성들은 가지고 있던 우산을 펼쳐 들고 걷고 있었다. 혜용도 그녀들처럼 우산을 펴고 내리쪼이는 자외선을 가리고 있었다. 두 사람은 무성한 나뭇잎이 햇볕을 가려주는 그늘진 벤치에 나란히 앉았다.

"점심을 맛있게 잘 먹었더니 든든해서 좋네."

준웅은 보양식을 사주어서 고마워하는 마음을 에둘러서 말한다. 혜용은 오빠의 마음을 안다는 듯 살포시 미소 짓는다. 준웅은 혜용에게 어떤 말부터 해주어야 할지 잠시 생각하는 듯 숨을 고른다.

"혜용아, 나 학교를 졸업하면 갈 곳을 정했어."

혜용의 눈빛이 반짝 빛나고 얼굴에 긴장하는 표정이 떠오른다.

"벌써 생각해 두었어? 어딘데?"

"음… 미국 정부에서 운영하는 풀브라이트 장학금을 받아 미국 대학에 유학하려고 마음먹었어. 유학생으로 선발되면 공부하는 동안 기본 생활비도 나오는가 봐."

혜용은 그러한 유학제도가 있다는 사실을 아직 들어보지 못한 듯 귀를 쫑긋 세우고 묻는다.

"그러한 미국 장학금이 있었구나. 난 모르고 있었는데 어떻게 알게 되었어?"

과외 아르바이트를 하느라, 학교 친구들과 개인적으로 교류할 기회가 거의 없었던 혜용은 학생들이 알고 있는 정보조차 전해 들을 기회가 없었을 것이다.

"군대 가기 직전에 학교 도서관에서 우연히 신문 기사를 읽고 그러한 미국 장학금이 있다는 걸 알았어. 관련 자료를 찾아보았더니 경제적으로 유학할 형편이 안 되는 우리 같은 사람에겐 외국에서 더 공부할 수 있는 좋은 조건들이 있어서 관심을 가졌어."

"그랬구나."

혜용은 오빠를 쳐다보던 시선을 저 앞쪽 부용지 연못 쪽으로 돌리곤 무언가 생각하는 표정이 된다.

"군대 가면 공부할 시간이 없을 줄 알았어. 그런데 군대생활하면서 보니 잠깐씩이라도 내 개인적으로 쓸 수 있는 시간이 보이더군. 그래서 그 시간에 공부해야겠다고 마음먹고 철우 친구에게 영어 원서와 회화책을 보내달라고 부탁했어."

"그랬어?! 군대생활하면서 공부도 했다고?"

"응, 미국 정부 장학금으로 유학할 기회도 있구나, 생각하니 이곳에서 내다보이는 어둡기만 한 미래에 희망이 보이기에 지금부터 준비해야겠다는 목표를 가지게 되었어."

그렇게 말하는 준웅의 얼굴에 미래를 내다보는 확고한 신념을 가진 사람에게서 볼 수 있는 밝고 강한 기운이 솟아난다. 그 표정은 혜용에게 강한 인상으로 남아 그날 준웅의 이 표정은 바이러스처럼 혜용을 감염시켜 사고(思考)의 전환을 가져오는 계기가 된다.

혜용은 무슨 생각을 하는지 잠자코 말이 없다. 말이 없는 혜용을 잠깐 돌아본 준웅의 얼굴에 냉엄(冷嚴)한 표정이 떠올랐다.

"서로 입 밖에 꺼내진 않았지만, 우린 이곳 남한 사람들이 그토록 미워하는 빨갱이 자식들이야! 우린 언제 우리의 출생 신분이 드러날지 몰라 항상 조마조마한 마음으로 어깨를 움츠리며 불안하게 살고 있어! 우릴 보호해 주시고 학교에 보내주신 고마운 적송마을에도 인사 한 번 드리러 가지 못할 만큼 숨도 크게 내쉬지 못하고 숨어 살고 있어!"

준웅은 오늘 혜용에게 자기의 장래 희망이 된 풀브라이트 장학금을 목표로 정한 이유를 말해주어야겠다고 작정하고 나온 것 같다. 이대로 이 나라에서 계속 살아간다면, 창공 위로 훨훨 높이 날고 싶어도 출생 신분이라는 새장에 갇혀 날지 못하는 한 마리 새와 같은 신세가 될 것임이 분명하다.

그 새장에 몸을 부딪쳐 부서뜨리고라도 밖으로 날아가지 않으면, 숨 한 번 크게 내쉴 수 없는 불안하고 기죽어 사는 세상을 살아가게 될 것이다. 수십 수백 번을 생각하고 또 생각했다. 결론은 언제나 똑같았다. 공안(公安)이라는 시퍼런 통치행위가 숨을 조여 오는 지금, 이 나라의 현실에서 비켜나 마음 편히 공부할 수 있는 외국 유학은 최선의 길이자 붙들 수 있는 희망의 끈이었다.

그동안 깊이 생각하고 또 생각하고 있던 말을, 준웅은 지금 혜용에게 오래 참아온 말을 토해내는 사람에게서 볼 수 있는 결연(決然)함을 보여주며 말하고 있다. 혜용은 오빠의 이런 모습을 처음 본다.

"혜용이 네겐 아직 말하지 못했지만, 군대 다녀와서 하정기 촌장님께 인사도 드릴 겸 군대 가 있는 동안 무슨 일이 생기지나 않았는지 궁금해서 전화를 드렸어."

준웅은 '여학생 기숙사 앞에서 너를 기다리다가 혹시 너에게 무슨 일이 생기지나 않았는지 걱정되기도 해서'라는 말은 입 안에서 삼키고 말한다. 준웅은 그 말을 하면서 얼굴을 돌려, 혜용의 얼굴을 바라본다. 혜용은 준웅의 말 한마디라도 놓치지 않겠다는 듯 오빠 얼굴에 시선을 집중한 채 귀 기울여 듣는 모습을 보인다.

"하 촌장님이 보내주신 편지에 적혀 있던 그 신문기자라는 분이 차를 가지고 면사무소에 갈 테니 빨치산 토벌 작전이 있었던 그 장소로 길 안내를 부탁한다고, 일 년이 지나 연락하셨대. 하 촌장님은 산 사람들을 묻은 후로는 한 번도 그곳에 가보질 않았다면서 일부러 적송마을에서 떨어진 잡목이 우거진 다른 곳으로 안내하셨대. 그리곤 이리저리 헤매며 산길 입구를 찾아다니는 시늉을 하였더니, 한참 동안 땀을 뻘뻘 흘리며 길을 찾는 하 촌장님을 보고, 신문기자라는 분이 그러더래. 이제는 그만 찾으셔도 되겠다면서, 저희가 봐도 워낙 잡목이 많이 우거져 이대로는 길을 못 찾겠다고, 나무를 모두 잘라내기 전에는 들어갈 방법이 없겠다고 하면서 차를 돌렸다고 하시더군."

혜용은 두 눈을 크게 뜨고 놀라는 표정을 지으며 준웅이 전해주는 얘기를 듣는다. 하 촌장님이 그날 부모님의 산소를 숨기려고 얼마나 애를 많이 쓰셨을지, 눈에 선하다.

"우릴 보호해 주시려고 그날 거짓 길 안내를 하시면서 고생하신 하 촌장님께 뭐라고 감사드려야 할지, 말이 안 나오기에 이 말씀을 드렸어. 저희를 호적에 올려주신 박형수 촌장님의 자제분과 김영달 어르신의 자제분께도 안부 여쭈어 주시고, 저희가 그 은혜를 항상 고마워하고 있다고 꼭 말씀드려 달라고 부탁드렸어."

자신을 호적에 입적시켜 주신 고마운 분의 이름이 나오자, 혜용은 가슴속으로 죄송함이 치솟아 오르는 울적한 기분에 휩싸인다.

"적송마을을 떠나온 지 사 년이 지나는 동안 그분께 인사 한번 드리러 가지 못했어. 이렇게 살아서는 안 되는데, 은혜를 모른 체하고 이렇게 살아서는 안 되는데!"

"통화를 끝낼 때 하 촌장님께서 혼자서 고학하느라 자네나 혜용이나 고생이 많을 것인데, 우리가 도와주지 못해 항상 미안한 마음 가지고 있다면서, 열심히 공부해서 꼭 성공하길 바란다고 당부하셨어. 그 말씀이 너무나도 고맙고 간절하게 들리기에 '고맙습니다'라고 말씀드렸더니, 마지막으로 이렇게 당부하시더군. 돌아가신 박 촌장님도 자네들을 감싸주고 계실 거라고, 적송마을에선 자네들이 이곳을 찾지 않는다고 탓하는 사람 아무도 없으니까, 당분간은 올 생각을 말라면서 바깥세상이 여간 조심스럽지 않다고 하셨어."

준웅은 그간 마음속에 담아두고 혜용에게 전하지 못했던 말을 이 기회에 마저 전해야겠다고 마음먹었음인지, 하 촌장님이 하셨던 말씀을 죄다 기억해 내어 혜용에게 전한다. 말을 마치자마자, 혜용이 흑! 하면서 고개를 떨어뜨린다. 도와주신 분들께 죄송한 마음이 가득 차올라 먹먹하던 참에 하 촌장님의 따뜻한 격려와 위로의 말씀을 전해 듣고 더는 감정의 고삐를 붙들고 있질 못하고 놓아버린 것이다.

혜용은 지금 자신들이 마치 낭떠러지길 가장자리를 걷고 있는 듯한 조심스럽고 불안한 하루하루를 살아가고 있음을 다시금 실감한다. 그러한 위태위태한 처지에 놓여있는 자신들을 보호해 주려고 애쓰고 격려하는 적송마을 분들을 향한 고마움이 뜨거운 눈물로 솟구쳐 올라 볼을 적신다.

"그분들이 아니셨으면 아마 우리들은 살아남지 못했을 거야. 아니면 빨갱이 자식들이라는 올가미가 씌워져 무슨 죄명이 붙은 채 감옥에 들어가 있거나, 공안당국의 감시를 받으며 사회 밑바닥 생활을 하고 있었을지도 몰라."

혜용은 어깨를 들먹이며 고개를 숙인 채 운다. 언젠가는 혜용에게 전해주어야 할 말이었다. 우리가 얼마나 불안한 하루하루를 살아가고 있는지, 그러한 현실을 알고 우리의 미래를 대비하고 준비하자고, 언젠가는 혜용에게 말해주고 싶었다. 그렇게 말하는 대신 준웅은 하 촌장님의 말씀을 전한 것이다. 혜용의 흐느낌이 그칠 때까지 준웅은 조용히 생각에 잠겨있었다.

'한창 한국 전쟁이 치열하게 전개되고 있을 때인 천구백오십일 년에 내가 태어났으니, 이 땅에서 살아온 지 이십삼 년이 되었다. 이 나라의 역사, 사회, 문화에 대해서도 배웠다. 군 전역 후 복학하기 전까지 교양 서적을 집중적으로 읽은 기간에 우리나라 역사에 관한 책도 세 권 읽었다. 이 사회가 안고 있는 빈부(貧富)의 양극화 현상과 경제 학도로서 실물(實物) 경제의 추세도 신문 사회면과 경제면 기사를 숙독하면서 배웠다. 무엇보다도 남과 북으로 갈라져 첨예(尖銳)하게 대립하고 있는 사회주의 이념과 자본주의 이념은 그 경계에 서 있는 나에게 많은 갈등과 번민을 겪게 했다. 이제는 그만 방황을 끝내고 내가 가야 할 길을 향하여 강한 추진력으로 나아가야 한다.'

대학 일 학년을 마치고 군대에 가기 전 이미 나아갈 방향을 정했지만, 오늘 똑같은 처지에 놓여있는 혜용에게 자신의 결심을 전한 준웅은 주먹을 불끈 쥐고 부라린 눈으로 저 멀리 하늘을 바라본다.

그날 이후 혜용은 온전히 자기 시간을 가지게 되면, 준웅 오빠가 자기에게 털어놓은 속마음을 곰곰이 되새기면서 오빠의 결심을 공감하게 된다. 오빠가 말해준 풀브라이트 장학금에 대하여는 회사에서 그다지 멀지 않은 세종로에 있는 주한 미 대사관을 방문하여 자료를 얻고, 궁금한 사항은 상담을 청하면서 관심을 보인다.

혜용은 매달 두 번 준웅 오빠에게 보양식으로 설렁탕을 먹게 해야겠다는 자신과의 약속을 지켜나간다. 준웅 또한 묵묵히 혜용의 뜻을 따른다. 따뜻한 수육 한 접시를 같이 먹고 탕국이 진한 설렁탕을 매달 두 번 먹게 되면서 준웅의 얼굴은 확연히 달라진다. 메말랐던 피부에 윤기가 돌고 수척해 보이던 얼굴은 적당히 살이 오른 보기 좋은 얼굴로 바뀌어 간다. 허우대도 건장해진다. 그 모습은 혜용에게 더할 수 없는 기쁨을 주어 식사가 끝나고 창덕궁을 산책할 때면 옆에서 걷는 오빠가 자랑스럽기만 했다.

마주 걸어오는 자기 또래의 젊은 여성들이 오빠에게 눈길을 보내며 지나칠 때는 가볍게 으스대는 마음도 일어나 혼자 미소 짓기도 한다.

'키 크고 잘생긴 젊은 남자와 함께 걷고 있는 내가 부러운가 봐.'

여름이 지나고 단풍이 곱게 물든 시월 어느 날, 부용지 연못이 내려다보이는 그 벤치에 앉아 쉬고 있을 때, 준웅이 불쑥 혜용에게 묻는다.

"혜용아, 대학 다닐 때는 가정교사 아르바이트하느라 바빠서 교양 서적을 읽을 시간이 없었을 테고, 회사 다니면서는 업무에 바빠 책 읽을 시간이 없었지?"

혜용은 그랬다는 듯 고개를 끄덕인다.

"이제 회사 업무도 어느 정도 익혔을 테니까, 책 읽는 시간 좀 가져보면 어떻겠어?"

준웅은 조심스럽게 권하는 말투로 혜용의 눈치를 살핀다.

"대학생활 내내 바쁘게 지내다 보니 정말 읽어야 할 책을 읽지 못했어. 훌륭한 번역 문학가가 되려면 책을 많이 읽어야 한다고 생각하고 학교 다닐 때 문학작품을 찾아 읽기도 했는데, 시간에 쫓기다 보니 제대로 못 읽었어. 늘 책을 읽어야겠다고 생각하면서도 우선 눈앞에 보이는 일들에 마음 쓰다 보니 지금도 그래. 오빠 말 듣고 보니 부끄러워지네."

혜용은 무슨 잘못을 저지른 학생처럼 어깨를 움츠리며 계면쩍은 표정을 짓는다.

"전공 서적을 읽고 깊이를 쌓는 것도 중요하지만, 교양 서적을 손에서 놓지 않고 항상 책 읽는 습관을 갖는 것은 인생을 잘 살아가기 위해서 꼭 필요한 습관이라고 생각하고 있어. 군대 다녀와서 복학하기 전까지 학교 도서관에서 많은 책을 읽으면서 갖게 된 확고한 가치관이야. 모두 혜용이 너 덕분이지만!"

"내가 무얼 도와주었다는 거야?"

혜용이 눈을 빛내며 오빠를 바라본다.

"내 학교 등록금도, 생활비도 대주겠다며 공부만 하라고 해서, 나도 모르게 마음에 여유를 갖게 되더군. 그래서 아르바이트할 시간에 염치도 없이 읽고 싶었던 책을 마음껏 읽었어."

"염치가 없긴? 그 시간을 책 읽는 시간으로 썼다니 듣기 좋기만 한데?"

준웅은 마음껏 책을 읽을 수 있도록 마음의 여유를 갖게 해준 혜용에게 정말 많이 고마워하면서 책을 읽었었다. 수십 권의 책을 읽은 그 시간은 참으로 유익했다. 복학하는 날 하루 전까지 책을 읽고 났을 때 마음 가득 차오르던 뿌듯한 충만감은 처음 경험한 즐거움이었다.

　세상을 보는 눈이 새롭게 열리고 지금까지 몰랐던 일상의 모든 일들이 제각기 중요한 의미를 띤 채 다가왔다. 자신이 붙들고 있던 희망을 반드시 이루어야 한다는 결심은 더욱 확고해지고, 그 이후의 삶의 방식까지도 책에서 그 해답을 얻은 듯하다. 깊이 공감하고 감동하고 지혜와 지식을 얻은 데다, 삶에서 놓쳐서는 안 될 가치관을 발견한 사람의 얼굴에서 나타나는 희열감(喜悅感)이 준웅의 얼굴에 번지는 걸 보며, 혜용은 또 다른 깨달음에 눈이 뜨인다.

　혜용이 준웅에게 경제적인 여유를 갖게 해주었다면, 준웅은 그 여유를 가치 있게 활용함으로써 혜용에게 중요한 깨달음을 얻도록 기회를 준 셈이 되었다. 그날 창덕궁 비원에서 갖가지 색깔의 단풍으로 물들어 겸손하게 서 있는 나무들 사이로 두 사람은 각자의 상념에 잠겨 말없이 걸으면서, 각자의 희망을 재확인하고 다짐하는 충만한 시간을 가졌다.

　맞선을 본 지 두 달 만에 사랑의 감정도 없이 결혼식을 올린 주재만 교수는 어머니를 모시고 신혼생활을 하게 된다. 이제는 아내에게 정을 쏟고 남편의 자리를 지키며 살아가자고 자기 자신을 다독이며 다짐하지만, 허전한 마음 한구석에서 부는 서늘한 바람은 어찌할 도리가 없다.

　애당초 한 사람의 이성(異性)을 마음속에 품어버린 일이 큰 실수였다는 생각이 든다. 용기를 내어 편지를 보낸 것은 상대의 반응에 따라 감정을 정리할 수 있으리라는 자기만의 예단(豫斷)이 있어서였는데, 그 결과는 자기의 예단이 보기 좋게 빗나갔다는 쓰디쓴 패배감이었다.

학문을 연구하고 이른 나이에 그 목표를 이룬 학자로서의 자신감이 그러한 예단을 하고 자기감정을 통제할 수 있으리라고 생각했을 것이다. 그랬음에도 어찌 된 셈인지 자기감정은 자기의 명령을 따르지 않는다. 이성적인 판단으로 계획하고 실행하고 성취한 자기 인생이 한 사람의 이성(異性)으로 인해 삐걱거리고 있다고 주 교수는 생각한다.

'상대의 반응은 더 심사숙려(深思熟慮)할 것도 없이 명백한 거절의 의사표시였음에도, 왜 나는 집착하는 감정의 사슬을 끊지 못하고 서성이고 있는가? 가정을 이루었으면 감정도 생각도 가정에 충실한 모습을 갖추어야 하지 않는가?'

혼자서 교수 연구실에 있을 때, 주 교수는 강의를 준비하다가도 감정에 휩싸여 손을 놓는 혼란의 시간을 보내기도 한다. 겉으로는 그의 지성인으로서의 자존심과 훈련된 절제의 힘으로 아내와 주변 사람들에게 평상심을 내보이지만, 그의 내면은 이처럼 평탄치 아니했다.

첫 아기가 태어났다. 아들이었다. 어머니의 얼굴에는 손자를 본 기쁨이 활짝 피어나 그지없이 만족해하는 표정이었고, 아내도 늦은 나이에 결혼하고도 첫 아이가 아들이라는 사실에 마냥 행복해했다. 아내는 유복한 가정에서 자라 외국 유학을 다녀오고, 친정이 탄탄한 사업가 집안이었음에도, 그 티를 나타내지 않는 성격이 온순하고 행실이 얌전한 여성이었다.

주 교수에게는 더할 나위 없는 좋은 배우자가 곁에 있고, 아들까지 태어났으니 안락한 가정의 품에 자신을 맡기고 그 생활을 즐기면서 감정이 흩어지지 않도록 자신을 단단히 관리해야 마땅하다. 그러했음에도 때때로 일렁이는 가슴속 서늘한 바람은 어찌할 수가 없었다.

시간은 빠르게 흘러갔다. 준웅은 목표를 확고하게 세운 사람답게 학교 수업 외의 다른 것은 생각지 않았다. 다른 나라에서 시행하는 국비 유학생 선발 조건에 학업 성적은 필수 항목이었고, 인재(人才)들이 지원하게 될 그 관문을 뚫고 들어가려면, 학업 성적은 단연(斷然)코 뛰어나야 한다는 것이 준웅의 생각이었다.

학자금과 생활비를 떠맡아 준 혜용 덕분에 과외 아르바이트를 하지 않아도 되었으므로, 도와주는 혜용을 생각하면 학업에 몰두하는 건 지극히 당연한 일이었다. 혜용이 그랬던 것처럼, 준웅도 이 학년을 마치고 삼 학년에 올라갈 때는 과(科) 톱을 거머쥐게 된다. 등록금을 면제받게 된 것이다. 이 성적을 계속 유지하면 졸업할 때까지 혜용에게 등록금을 부담시키지 않아도 된다.

삼 학년 일 학기 수업이 시작된 첫 주말, 점심을 먹고 창덕궁 비원을 산책하면서 부용지 연못이 바라다보이는 벤치에 앉아 쉬고 있을 때, 혜용은 준웅에게 묻는다.

"오빠, 이번 학기 등록금 고지서 가지고 왔지?"

혜용은 지난 학기 때도 오빠 마음을 편하게 해주려고 미리 고지서를 챙겨서 보곤 등록금을 통장으로 넣어주었다. 오빠 입에서 등록금 액수가 얼마라는 걸 말하지 않게 하려고 신경 쓰는 그 마음이 남다르다. 그러면 오빠는 말없이 가방에서 고지서를 꺼내어 혜용에게 내밀고, 혜용은 수첩에 고지액을 적곤 고지서를 다시 건네준다.

누구든 남에게서 돈을 빌리거나 그냥 받는 처지가 되면 무언가 모르게 미안하고 태도가 부자연스러워지는 걸 경험하게 된다. 혜용은 오빠에게 그러한 기분을 덜 느끼게 하려고 말 꺼내는 걸 생략하게 해야겠다고 마음먹은 듯하다. 준웅은 말없이 가방에서 종이 한 장을 꺼낸다. 등록금 고지서보다 훨씬 큰 넓이의 종이다. 의아해하며 그 종이를 받아 든 혜용의 눈이 동그랗게 떠진다. 그 종이는 대학 총장 명의로 된 장학 증서였다.

"오빠! 과(科) 톱 했구나!"

혜용이 놀라움을 감추지 않고 소리 지르자, 준웅은 겸연쩍은 표정을 지으며 고개를 숙여 땅을 내려다본다.

"축하해, 오빠! 과 톱 하기가 얼마나 어려운데, 정말 공부 열심히 했구나."

준웅은 그 말을 듣자, 혜용을 마주 보며 말한다.

"과 톱을 해본 사람처럼 어렵다고 하네?!"

"그럼! 나도 삼 학년 일 학기부터 이 년 내내 과 톱을 놓치지 않았거든."

이번에는 준웅이 놀란 표정으로 눈이 동그랗게 떠진다.

"오빠한테는 일부러 말 안 했어. 과 톱 하려고 내가 무리하게 공부했구나, 하고 생각할까 봐."

"꼭 과 톱을 의식하고 공부한 건 아니고, 풀브라이트 장학생으로 선발되려면 학업 성적이 좋아야 하므로, 학점을 잘 받으려고 열심히 했어. 과 톱은 그에 따른 부산물이야."

"과 톱은 맘먹는다고 아무나 하나? 얼마나 치밀하게 준비하고 집중해서 공부해야 하는데?!"

준웅은 쑥스러운지 고개를 떨구어 버린다. 더는 혜용에게 등록금을 준비하는 부담을 주지 않게 된 게 준웅의 마음을 한결 편하게 한다. 더불어 이 성적을 잘 지켜야겠다는 다짐도 하게 된다.

두 사람은 언제나처럼 식사 후 한 시간 가까이 창덕궁 비원을 산책하고 각자 자기의 생활공간으로 돌아간다. 여느 젊은이들처럼 영화관람을 하자거나 가까운 곳이라도 여행 한 번 다녀올까라는 말은 꺼내지도 않는다. 그만큼 각자의 일상이 늘 바빴기 때문이다.

혜용은 직장생활하면서 교양 서적을 읽는 시간을 갖기에 바빴고, 준웅은 풀브라이트 장학금을 받아야 했으므로, 공부에 집중하느라 다른 여유는 생각할 수 없었다. 직장생활하느라 바쁜 혜용을 배려해 주고 싶어 하는 준웅의 마음 씀도 있었을 것이다.

그렇게 이 주마다 만나 함께 식사하고 창덕궁 비원을 산책하는 시간은 거의 거르지 않고 이어졌다. 준웅이 삼 학년이던 그해 시월 중순 어느 주말, 그날은 햇살이 환하게 내리쪼이는 청명한 가을 날씨였음에도, 비원에는 살갗을 스치고 지나가는 부드러운 바람이 일고 있었다.

부용지 연못에는 바람에 떨어져 날아온 빨간 단풍잎들이 떠다니고 있었고, 물 위로 내려앉는 햇빛을 반사하는 윤슬이 반짝이며 빛나고 있었다. 정원 주변을 산책하는 시민들은 무르익은 가을의 고즈넉하고 옛 정취 가득한 정원의 분위기에 매료된 듯 침묵하거나 속삭이듯 말소리를 낮춰가며 걷고 있었다. 계절이 바뀔 때마다 달라지는 정취도 좋았지만, 사람들은 정원의 이 분위기가 좋아 찾아오고 또 찾아오는 모양이다.

물 위로 떠다니는 단풍잎과 반짝이는 윤슬, 구름 한 점 없이 파랗게 갠 하늘, 덥지도 춥지도 않고 선선한 느낌으로 포근히 안아주는 듯한 대기(大氣)를 호흡하며, 혜용은 자연의 이 아름다움에 비로소 눈을 뜬다.

'아! 내가 이렇게 아름다운 자연이 있는 걸 모르고 살았구나. 살아오면서 늘 나를 쫓아오는 듯한 불안감에 갇혀 다른 세상을 보지 못했어. 그렇구나. 마음속으로 다가오는 느낌을 애써 외면하느라, 그 느낌을 받아들이면 진즉 볼 수 있었던 또 다른 세상을 보지 못했어.'

혜용은 일 년 전 이맘때 이 자리에서 오빠가 책 읽는 시간을 좀 가져보면 어떻겠느냐고 권유했을 때, 일부러 시간을 내서라도 책을 읽어야겠다고 굳게 마음먹었었다. 그다음 주말 퇴근하면서 학교 도서관에 찾아가 학교에서 추천하는 교양 도서 목록을 적어 왔고, 우선 문학작품을 한 권씩 읽는 중이었다.

한 권을 다 읽기까지 시간은 많이 걸렸지만, 책 속에서 드러나 보이는 아름다운 세상과 순수하고 맑은 심성을 가진 주인공을 마주할 때면 마음속으로 잔잔한 감동의 물결이 일어나곤 했다. 많이 늦긴 했지만, 혜용은 비로소 불안에 쫓기지 않는 사람들이 만들어가는 세상을 책 속에서 발견한 것이었다.

'그랬구나! 오빠도 책을 읽으면서 내가 깨달은 거와 같은 생각을 한 건지도 몰라. 그 세상을 찾아가기 위해 오빠는 국비 유학의 문을 두드려야겠다고 생각했을까?'

생각만 그렇게 해보았을 뿐 오빠에게 직접 물어보진 않았었다. 책을 읽고 간접 체험하게 되는 세상을 알아갈수록 나도 그러한 세상에서 살고 싶다는 소망이 혜용의 마음 안에서 서서히 고개를 들기 시작했다. 아무리 생각해 보아도 그 세상은 이 나라에선 좀체 찾을 수가 없겠다 싶었다. 그 생각은 혜용에게 자신도 외국 유학을 진지하게 고민하게 하는 계기가 된다.

읽고 싶었던 문학작품에서 본 또 다른 세상은 경이로웠고, 등장인물들의 다양한 성격은 흥미로웠다. 책을 읽어 나갈수록 혜용의 지각(知覺)은 새롭게 눈을 뜨고, 사람들이 가진 제각기 다른 생각과 행동은 그 자체로 이해받고 존중받아야 함을 깨닫는다. 생각을 거듭할수록 그러한 사람들이 모여 사는 세상이 내가 살고 싶은 세상이라는 소망도 가지게 된다.

'지금까지 살아오면서 모르고 있던 또 다른 세상, 나도 그러한 세상을 살아갈 수 있을까? 그 세상은 어디 가서 찾을 수 있을까?'

부용지 연못을 바라보면서 제각기 자기 상념에 잠겨있느라 두 사람은 한동안 말이 없었다.

"오빠, 나도 풀브라이트 장학금을 받아볼까, 생각 중이야."

긴 침묵을 깨고 혜용이 불쑥 말을 던진다. 오래 생각한 끝에 나아갈 방향을 정한 사람만이 보이는 차분한 낯빛을 띠며 오빠의 옆얼굴을 돌아본다. 준웅은 뜻밖이라는 듯 미처 말을 꺼내지 못하고 눈만 동그랗게 뜬 채 혜용을 돌아본다.

"직장에 다니면서 경력을 쌓는 것도 좋겠지만, 더 공부할 기회가 주어진다면 그 길을 가고 싶어. 더 공부하고 나면 더 폭넓은 세상에서 더 보람 있는 일을 할 수 있을 것 같아."

그렇게 말하는 혜용의 낯빛에서 조심스러워하는 분위기가 읽힌다. 행여 오빠가 자기에게 미안한 마음을 가질까 봐 여러 번 망설이다 어렵게 말을 꺼낸 듯하다. 그것은 자기 등록금을 대려고 혜용이 대학원 진학을 포기하고 회사에 취직했다는 생각에 또다시 붙들리게 되지 않을까 걱정하는 눈치다.

"책을 읽으면서 또 다른 세상을 바라보게 되었어. 그 세상은 외국에 유학하여 더 공부하고 나면 찾아질 확률이 높겠구나라는 생각이 들었어. 얼마 전이야."

혜용이 짐작한 대로 준웅은 고개를 숙이고 아무 말이 없다. 자기 때문에 혜용이 더 공부하지 못했다고 생각하고 미안해하고 있음이 분명하다. 얼굴에 그렇게 쓰여있다.

"오빠랑 함께 가고 싶어. 오빠가 날 지켜준다고 했잖아!?"

혜용은 자기도 모르게 불쑥 큰 소리를 내고 만다. 그렇게 말하는 혜용의 눈이 물기에 젖는다.

'그래! 오빠 곁에 있어야 해! 오빠 곁에 있어야 내가 불안해지지 않아. 오빠의 그림자만 밟고 있어도 마음이 평안해지는 걸.'

혜용의 눈에 고이던 눈물이 한 방울 툭 떨어진다. 그 얼굴을 바라보던 준웅이 두 손으로 혜용의 손을 덥석 잡는다.

"그래! 같이 가자! 나도 네가 곁에 있으면 어떠한 어려움도 이겨낼 수 있어! 우리 함께 유학해서 자유로운 세상에서 살아보자!"

그렇게 말하는 준웅의 두 눈이 붉게 충혈된다.

"학교 졸업하기까지 이제 일 년 남짓, 매년 십일월에 국비 유학생을 선발하니까, 혜용은 지금보다 더 바빠질 거야. 직장 다니면서 유학 시험을 준비해야 하니까, 시간을 더 아껴 써야 할 거야.

혜용아, 지난 일 년간 날 위해서 보양식 사줘서 고마웠어. 이제 원기도 충분히 보충했으니까 그만 사줘도 돼. 그 시간에 유학 시험 공부해야지!"

준웅은 이 말을 하고 싶었던 모양이다. 혜용이 풀브라이트 장학금을 염두에 두고 있다는 걸 알게 되자, 공부를 앞세워 사양하고 싶다고 말하고 있다.

"오빠, 그렇게 말하지 마. 오빠도 시험 준비해야잖아. 체력이 뒷받침되어야지… 그럼, 이렇게 하자. 한 달에 한 번은 얼굴 보아야 하니까, 앞으로 일 년간은 그렇게 하자!"

혜용의 어조는 단호했다. 이쯤 태도를 보이면, 준웅이 무슨 말을 갖다 대도 혜용은 자기 생각을 바꾸지 않으리라는 것을 준웅은 잘 알고 있다. 그렇게 해서 두 사람은 한 달에 한 번씩 그 식당 앞에서 만나기로 약속한다.

그때는 이 나라 경제가 온전히 제자리를 잡기 전인 천구백칠십오 년, 재능은 있으나 가정환경이 풍족하지 않은 젊은이들은 국비 유학의 문을 뚫고자 너도나도 그 문을 두드리고 있었다. 그만큼 경쟁이 높았고, 그 문을 뚫기가 어려웠다. 그러한 사정을 아는 두 사람은 남은 일 년간 후회 없도록 준비하자고 서로 격려하고 다짐하며, 유난히 청명하고 햇빛 환한 그해 가을 그날 만남을 마무리하고 돌아온다.

시민들의 일상은 평온한 듯 보였지만, 천구백칠십이 년 시월 비상조치에 의하여 단행된 유신(維新) 헌법의 서슬 퍼런 억압 조치로 인해 이 나라는 음울한 긴장감이 계속 감돌고 있었다.

일 년이 바쁘게 지나갔다. 두 사람은 한 달에 한 번 그 식당에서 만나 식사하고 잠깐 길을 걷다가 그냥 헤어져 각자 자기의 바쁜 일상으로 돌아갔다. 마음이 항상 바빴기 때문이었다. 치열한 경쟁으로 불붙고 있는 유학 시험의 관문을 함께 뚫어야 한다는 강한 집념이 두 사람의 일상을 더욱 탄탄하게 조이고 있었다.

천구백칠십육 년 두 사람의 나이는 스물다섯이 되었다. 불어오는 바람 앞에 서 있는 촛불처럼 꺼질 듯, 꺼질 듯 위태롭던 두 사람의 운명을 바람막이해 주고, 안위(安危)를 염려하며 보호해 준 적송(赤松)마을 사람들은 산(山) 사람들에게 한 약속을 지키고 있었다.

매년 유월이면 이십삼 년 전 그날 산 사람들의 시신 한 구, 한 구를 정성을 다해 묻어준 나이 든 사람들이 변함없이 조용히 위령제를 지내고 있었다. 그 외에도 봄, 여름이면 묘지 주위에 어우러져 피어난 예쁜 꽃들을 가꾸고, 가을이면 정갈하게 벌초 작업을 마친 다음 제사를 올려 그곳에 잠든 영혼들이 평안하게 영면(永眠)하기를 빌었다. 적송마을은 그날 이후로도 사시사철 큰 재난을 겪지 아니하고 평안한 일상을 영위하고 있었다.

적송마을 사람들은 산(山) 사람들이 잠들어 있는 묘지를 정성껏 관리하면서, 매년 위령제를 올리는 것을 고마워하는 산(山) 사람들의 넋이 자기들을 지켜주기 때문이라고 굳게 믿었다. 한편으론 자기들이 구해낸 두 생명도 산(山) 사람들의 넋이 도와주어 어느 땐가는 좋은 세상에서 맘 편히 살게 될 거라고 믿었다.

혜용은 직장에 들어간 이 년 전부터 매년 유월에 적송마을 하 촌장께 위령제 비용을 보내드리고 있었다. 오빠에겐 내색하지 않고서였다. 혜용은 혜용대로 자기들이 올려야 마땅한 위령제를 적송마을 사람들이 대신 올려주시는 것이 너무나도 감사하여, 성의를 다해 준비한 비용을 보내드린 것이다.

생각보다 많은 위령제 비용을 받은 하 촌장을 비롯한 마을의 원로들은 자기들이 보호해 준 두 아이가 어느새 어른이 되어 자기 자리를 찾아가는 모습을 보면서 큰 보람을 느낀다.

혜용은 나름 마음은 간절해도 위령제에 참석하지 못하는 죄송함과 아픔을 그렇게라도 함으로써 위안을 받았을 것이다. 대신 그날은 경건한 마음으로 돌아가신 부모님을 추모하는 시간을 집에서 따로 가졌다. 이러한 혜용의 면모는, 생각이 건전한 사람에게선 듣고 보고 배운 분량이 쌓일수록 그 지성(知性)이 비례하여 빛을 발하고 있음을 보게 된다.

마침내 그날이 왔다. 자신들의 운명을 자신들의 힘으로 바꾸지 않으면 평생을 쫓기는 불안과 긴장감에 사로잡혀 살아가게 될 것임을 너무나도 잘 아는 두 사람의 선택은 올바른 선택이었을 것이다.

오로지 공부하는 일과 외엔 다른 일에 관심 두지 아니한 준웅과 잠자는 시간을 줄여가며 유학 시험을 준비한 혜용은 치열한 경쟁을 뚫고 나란히 국비장학생으로 선발되는 영광과 기쁨을 누린다. 소수의 인원만이 그 어려운 관문을 통과하기 때문에, 학교에서도 이 소식은 금세 알려진다.

주재만 교수도 이 소식을 듣는다. 아직도 마음속에 피멍이 들

듯 선연(鮮然)한 자국으로 남아있어, 때때로 혜용이 생각나면 멍하니 두 손을 놓고 두근거리는 그리움에 사로잡히는 주 교수다.

'역시 머리가 좋은 재원(才媛)은 자기가 갈 곳을 찾아가는구나.'

이렇게 생각하면서도 선뜻 축하의 메시지를 보내야 할지 망설인다. 결혼 직전 스스로 작정한 주문(呪文)에 사로잡혀 제자에게 편지를 보낸 일을 생각하는 것이다. 비록 결과는 쓰라렸지만, 주 교수는 그 일을 후회하지 않았다. 그렇게라도 했으므로, 그 편지를 보낸 일은 걷잡을 수 없는 애모(愛慕)의 감정을 일정 부분 누그러뜨릴 수 있는 숨통의 역할을 해주었다.

한 가정의 가장으로서, 돌이 한참 지난 귀여운 아들이 무럭무럭 자라고 있음에도, 주 교수는 학교에만 오면 제자의 환영(幻影)을 떠올리곤 갖가지 상상의 공간으로 끌려가곤 했다. 남 부럽지 않은 지위와 가정은 환한 빛이 되어 그를 반짝이게 했지만, 지워지지 않는 한 사람의 기억은 구원(久遠)의 여인상이 되어 그림자처럼 그의 곁에 머물러 버린 것이다.

합격자 발표는 십이월 둘째 주 월요일에 있었다. 사흘 후에 도착한 향후 일정 및 개인별 준비사항에는 합격자가 공부하기를 희망하는 미국 대학과 전공 분야 각 세 곳을 적어서 국비 유학업무 담당사무처에 제출하게 되어있었다. 한국 출발 예정 일자는 다음 해 일월 둘째 주였다.

미국 대학이 겨울방학을 끝내고 새 학기가 시작되기 직전, 두 주간의 현지 적응 기간을 고려한 일정으로 보였다. 준웅과 혜용은 합격통지서가 도착한 그 주말 그 식당에서 만났다.

"오빠! 합격을 축하해!"

혜용이 얼굴 가득 웃음을 머금고 말한다.

"나보다도 네가 합격한 것이 너무 기뻐. 정말 축하한다."

"왜?! 난 떨어질 줄 알았어?!"

혜용이 짐짓 입술을 오므라뜨리며 서운하다는 표정을 짓는다.

"하루 종일 책만 보며 공부한 나도 시험에 붙을까 떨어질까, 많이 걱정할 만큼 쟁쟁한 실력파들이 지원한다는데, 넌 직장에 출근하느라 공부할 시간이 없었잖니? 그래서 진짜 신경 많이 쓰였어."

"하긴? 워낙 어려운 시험이라길래 죽기 살기로 붙들었어. 다행히 학교 다닐 때 장학금 놓치지 않으려고 열심히 공부한 것이 남아있어서 계획한 만큼 준비할 수 있었어."

그렇게 말하는 혜용의 얼굴은 일 년 전과 비교될 만큼 여위어 있었다. 한 달에 한 번 가던 식사 만남도 석 달 전부터는 공부 시간을 위해서 만나지 않았기 때문에, 오늘 만남은 석 달 만이었다.

잠자는 시간도 줄이고 의식주에 따르는 일상의 일들도 간소하게 하느라, 식사 준비도 소홀히 했을 것이었다. 혼자서 의식주를 해결해야 하는 처지에 있는 사람은 아무래도 태(態)가 나기 마련인데, 시간을 아껴 공부해야 했을 혜용의 그간의 모습들이 준웅의 마음을 아프게 한다.

"오늘은 영양 보충 좀 해야겠다. 혜용이 얼굴이 많이 말랐다."

준웅은 젓가락으로 소고기 수육을 집어 혜용의 밥 위에 얹으며 말한다. 혜용은 잠자코 그걸 입에 넣고 맛있다는 듯 먹는다.

준웅이 생각난 듯 물어본다.

"참, 공부할 대학은 정했어?"

혜용은 오빠의 대답을 먼저 듣고 나서 말하겠다는 듯 반문한다.

"오빠는?"

"알아보니까 경제학은 시카고 대학이 유명하대. 노벨경제학상 수상자도 많이 나왔고. 그래서 그 대학을 지원하려고 해. 일 순위 희망 대학은 그곳으로 하려고 마음먹었어."

"그랬구나. 그럼 나도 시카고 대학을 일 순위로 적을 거야."

준웅이 뜻밖이라는 듯 얼굴을 들고 바라본다.

"오빠하고 같은 대학에서 공부하고 싶어. 시카고 대학도 미국 대학 중 십 위권에 오르내리는 수준 높은 대학이니까, 내 전공인 영문학 분야를 마음껏 연구할 수 있을 거야."

준웅은 그 말을 듣고 고개를 끄덕인다. 혜용은 더 할 말이 있는 듯 잠시 입을 다물고 말이 없더니 다시 수저를 들고 탕국을 뜬다. 식사가 끝나고 식당을 나와 두 사람은 근처 찻집에 들렀다. 바깥 날씨는 창덕궁 산책을 하기엔 너무 추웠다. 김이 모락모락 오르는 커피가 나왔을 때 준웅이 입을 연다.

"직장에는 알렸어?"

"응. 합격통지가 온 이틀 후 사표를 제출했어. 맡은 일도 정리해야 하고, 후임자에게도 업무인계를 잘해 주어야겠기에 바로 알렸어."

"동료들이 많이 서운해하겠구나."

"응. 내가 그렇게 인기 있는 줄 몰랐어. 삼 년 남짓 근무하는 동안 난 일만 하느라 동료 직원들과는 차분히 사귈 시간도 없었거든."

그렇게 말하는 혜용의 얼굴이 발그레 상기되며 활짝 웃는 표정을 짓는다.

"미국 유학을 가게 된다니까 부러워하는 동료 직원들도 적지 않았어. 모두 일류 대학을 나온 실력파니까, 자기들도 마음만 먹으면 언제든지 준비할 수 있겠다고 생각하나 봐. 내가 동기부여한 셈이 되었어."

흐뭇한 표정으로 혜용을 바라보던 준웅이 그 표정을 거두고 의견을 구하는 표정으로 말한다.

"주말 하루 시간 내서 적송마을에 다녀오는 것이 어떻겠어? 하촌장님과 호적상 부모님들께 인사도 드리고, 부모님 산소에도 찾아가 뵙고 싶어. 이번에 출국하게 되면 언제 돌아오게 될지 기약할 수가 없으니까."

"오빠도 그 생각하고 있었구나. 나도 오빠한테 적송마을에는 인사드리고 유학을 떠나자고 말할 생각이었어. 그리고 오빠…"

혜용은 무슨 말인가 하려다 말고 입을 다문 채 말이 없다. 뭔가 오랫동안 생각을 거듭하다가 마음에 결심한 걸 말할 때가 이때라고 생각했는지, 오빠를 불러놓고도 막상 말을 꺼내려 하니 입이 열리지 않는 모양이다.

준웅은 혜용의 표정을 살핀다. 꼭 필요한 말 외는 소소한 얘깃거리도 잘 꺼내지 않는 혜용이기에 무슨 중요한 말이 있나 보다, 생각하며 혜용의 눈을 쓰다듬듯이 바라본다. 혜용은 잠시 침묵하다가 마음에 담은 말을 더는 미루면 안 된다고 작정한 듯 조심스럽게 입을 연다.

"오빠! 우리 혼인신고하고 유학길에 오르자!"

평소의 그녀답지 않게 당돌하고도 힘찬 목소리로 꺼낸 말은 그 순간 준웅을 어리둥절하게 한 모양이다. 준웅은 그 말의 뜻이 무엇인지 모르겠다는 듯 잠시 미간을 찌푸리고 생각하더니, 잠시 후 그 말이 무엇을 의미하는지 알아차린 모양이다.

풀브라이트 장학제도 요강을 보면 가정을 가진 유학생에겐 가족수당이 지급된다. 말없이 자기를 응시하고 있는 혜용의 표정을 보니 단순히 그 혜택 때문만은 아닌 듯하다. 혜용의 성격상 오래 깊이 생각하고 꺼낸 말임은 분명하다.

사실 두 사람 관계는 무슨 연애 감정을 앞세운 일은 없다. 그러니까 서로가 서로에게 좋아한다는 말조차도 꺼낸 일이 없다. 마치 친오누이처럼 격이 없이, 언제나 편안한 신뢰의 바탕 위에서 두 사람은 서로 의지하고 바라보고 서로의 처지를 가슴 깊이 담아 안으며 조심스러운 세상을 살아왔다. 그런데 전혀 예상치 못한 혼인신고를 하자고 한다. 혼인을 전제로 한 어떠한 약속도 없었고, 그와 관련한 장래 계획을 의논한 일도 없다.

군대 가기 십 일 전 그날 밤, 학교 캠퍼스에서 혜용이 군대에 가는 오빠를 몇 년 동안 만날 수 없음을 슬퍼하며 흐느꼈을 때, 혜용에게 내가 널 지켜주겠다고 말했던 것이 유일한 자기감정의 표현이었다. 그땐 자기가 군대 가 있는 동안 누구 한 사람 다정한 말벗도 없이, 의지할 부모도 없이 외롭게 지내게 될 혜용이 흐느끼는 모습을 보고 너무 가여운 나머지, 그 말이 튀어나왔다.

그 말은 가슴속에 늘 간직해 온 말이었다. 남자인 자기도 숨기고 사는 출생 신분 때문에 누구에게도 마음 터놓지 못하고 조마조마 살아왔는데, 하물며 여자인 혜용인 어떠했으랴! 자기 처지를 생각할 때마다 준웅은 혜용을 생각하고 마음 아파했다.

그런 생각이 들 때마다 불쌍한 혜용일 내가 지켜주어야지! 다짐하고 또 다짐하곤 했다. 그 마음이 그날 밤, 불현듯 말로 표현되어 나온 것이었다. 그렇지만 혜용일 결혼 상대로 생각해 본 일은 없었다. 생각해 본 일이 없었다기보다 결혼이라는 말은 머릿속에 떠올리기조차 까마득한 단어였다.

하루하루가 조심스럽고 날마다 사는 일이 글자로 표현한다면 마치 '생존을 위한 투쟁'과도 같은 삶이었기에, 그러한 장밋빛 상상은 꿈도 꾸지 못할 일이었다. 그런데 오늘 혜용의 입에서 '혼인신고'라는 말이 나온 것이다. 많이 생각한 게 분명하다.

아마도 외국 유학을 진지하게 생각하면서부터 그 생각도 겸하여 하지 않았을까 싶다. 무엇을 작정하게 되면 단단하게 밀어붙이는 혜용의 성격으로 미루어 그 말이 나오기까지는 많은 생각을 발효(醱酵)시키고 숙성(熟成)시키는 단계를 거쳤을 것이다.

준웅이 놀란 표정을 거두지 못하고 무슨 할 말을 찾지 못한 채 혜용을 뚫어져라 바라보고만 있자,

"오빠, 놀랐지. 뜬금없이 혼인신고하자고 해서."

혜용은 오빠의 놀란 표정은 개의치 않는다는 듯이 태연한 표정으로 말을 이어간다.

"오빠! 오빠한테 그 말을 듣기까지 정말 힘들었어. 무서웠어. 항상 머릿속에서 떠나지 않는 것은, 언젠간 우리의 신분이 탄로나 공안당국에 끌려가고 말 거라는 불안감이었어. 그런데… 그날… 오빠가 군대 가기 며칠 전 내게 해준 말… 그 말이 내게서 무서움을 거두어 갔어. 무슨 일이 닥쳐오더라도 오빠가 내 곁에서 날 지켜준다면 이제 무서워하지 않아도 되겠구나… 마음이 차분

해졌어."

 준웅은 혜용의 말을 들으면서 그만 고개를 꺾고 만다. 말은 하지 않았지만, 혜용이 겪어온 정신적인 고통이 얼마나 심했으면 무서움을 안고 떨면서 살아왔을까, 생각하니 그 고통은 자기가 겪었던 그것과는 비교할 수가 없겠다는 생각이 들어서였다.

 사람이 살아가면서 '무섭다'는 말을 쓰는 경우는 좀체 드물다. 그러한 상황에까지 이르게 되면 그 사람이 처한 심리상태는 아예 공포감으로 짓눌려 있는 상태라고 해야 할 것이다. 어려서부터 사춘기를 거쳐 성인의 나이에 이를 때까지 그 공포감을 안고 살아왔을 것을 생각하니, 곁에 있으면서도 아무런 도움이 되어주지 못한 자신이 한없이 부끄럽고 미안했다.

 '나는 그래도 남자이니까 그 공포감을 느끼긴 했어도 어떻게든 이겨내면서 견뎌왔지만, 혜용인 마음이 가녀린 여자여서 그 공포감을 견디기 힘들었을 터인데, 나는 그걸 짐작하면서도 모른 척하고 살았어! 어떻게 할 힘은 내게 없지만 혜용이 느끼고 있는 공포감의 무게를 조금이라도 덜어줄 수 있는 말 한마디라도 해줄 수는 있지 않았을까? 나도 마찬가지라고 하면서 함께 잘 견디고 나가자고 말해주었더라면 덜 무서워하지 않았을까?'

 생각은 그렇게 하면서도 마음만 그랬을 뿐 그 공포감 앞에서는 자신도 무력하긴 마찬가지였다고 준웅은 생각한다. 그래도 준웅은 혜용이 가여워서 마음이 울컥해지고 눈언저리가 뜨거워지며 촉촉이 젖는 것을 어쩔 수 없다.

 "혜용아, 미안해. 그 무서움을 내가 조금이라도 덜어주질 못해서…"

고개를 들지 못하고 잔뜩 젖어있는 목소리로 겨우 말을 꺼내는 오빠를 바라보며 혜용도 그만 고개를 떨구고 만다. 자신들은 천 길 낭떠러지 위를 잔뜩 겁을 먹고 마음 졸이며 걸어가는 나그네와 같다고 생각한다. 잠자코 말없이 고개를 숙이고 있던 혜용이 자신이 꺼낸 말을 마무리해야겠다는 듯 호흡을 가다듬고 나직이 말을 잇는다.

"난 그날 오빠가 날 지켜주겠다고 한 말을 가슴 깊이 간직했어. 그 말은 오빠 곁에 평생 머물 수 있게 해준다는 오빠의 약속으로 받아들였어. 그래서…"

혜용은 또다시 말을 잇지 못하고 잠시 숨을 고른다.

"오빠와 함께 살아갈 수 있다면 어떤 무서운 일이 닥쳐와도 견뎌낼 수 있다고 마음먹었어. 그 길은 오빠와 부부의 연(緣)을 맺는 거라고, 그러면 평생을 오빠 곁에 있을 수 있으니까."

찻집은 서쪽 유리창으로 비쳐 들어온 오후의 햇살과 실내 난방 온도로 인해 적당히 포근하고 아늑했다. 주말 오후 외출을 나온 시민들은 바깥 추위 때문에 찻집으로 들어들 왔는지, 빈자리가 없을 만큼 손님들이 많았으나, 의외로 분위기는 시끄럽지 않고 차분했다. 서로가 이 분위기를 깨지 않으려고 낮은 목소리로 도란도란 대화하고 있기 때문일 것이다.

찻집의 이러한 분위기가 혜용에게 편안하고도 착 가라앉는 마음을 갖게 한 것일까, 혜용은 오빠를 향한 자신의 내심(內心)을 고스란히 드러내고 있었다. 단 한 번도 속마음을 드러내지 않은 혜용이었다. 오빠를 좋아한다거나, 사랑한다는 표정 한 번 짓지 않고 마음속으로만 꽁꽁 그 마음을 숨기고 있다가 오늘 그 말을 불쑥 꺼낸 것이다. 자기감정을 표현하는 경험 한 번 해본 일 없는 사람에게서 나올 수 있는 서투른 표현, 그걸 지금 혜용은 자기 방식대로 하는 것이었다.

준웅 오빠로부터 틈틈이 시간을 내어 교양 도서를 읽어보라는 권유를 받고 책을 읽기 시작한 지 일 년 남짓, 외국 유학을 준비하면서부터는 더는 책을 읽지 못했다. 그렇지만, 소설책을 읽은 그 일 년 동안 주인공들의 러브스토리를 접하면서 연애는 이렇게 하는구나, 사랑은 이런 방식으로 영글어 가는구나라고 간접 체험을 해보긴 했다. 그렇지만, 그 방식을 실제로 활용해 볼 기회는 없었다.

항상 바빠서 마음의 여유 없이 살아가야 하는 혜용의 처지로는 달콤한 연애 감정 같은 한가로운 기분에 빠져드는 일은 있을 수가 없었다. 그러니 경험해 보지 못한 자기감정 표현을 하기엔 마치 초등학생처럼 너무나도 초보(初步)였다고 할 수 있겠다.

준웅은 혜용이 그런 방식으로 자기감정을 표현할 수밖에 없다는 걸 충분히 이해하는 듯하다. 준웅 역시 이성이라곤 아는 여성 한 사람 없고 누군가와 사귀어 본 일도 없다. 누구에게 애틋한 감정을 가져본 일도, 그런 기회를 만난 적도 없다. 갑자기 '혼인신고'라는 말을 듣고서 준웅의 머릿속으로 많은 생각이 스쳐 지나간다.

누이처럼 생각하고 있던 혜용이 그 순간 전혀 다른 낯선 사람처럼 다가오고, 함께 가정을 이룰 인생의 반려자가 될 사람으로 혜용을 바라보니 그녀는 내게 정말 과분한 여성이라는 생각이 든다.

'총명하고 단단하고 당찬 혜용과 함께 앞으로의 인생을 설계하고, 서로 조력하며 의지하고, 우리의 운명을 바꾸어 가는 노력을 해나간다면 더할 나위 없이 큰 힘이 될 거야. 이런 경우 좌고우면 (左顧右眄)하고 뜸 들이고 하는 건 시간 낭비야. 나도 혜용이 좋은 걸! 지금까지 살아오면서 혜용에게 어떤 실망감을 느껴본 적은 단 한 번도 없었잖아. 서로 같은 운명으로 태어나 살얼음판 위를 걷는 것처럼 힘들게 살아왔으니, 이제 그 운명을 함께 짊어지고 간다면 나도 힘이 솟을 거야!'

준웅의 머릿속에선 생각의 바퀴가 빠른 속도로 회전하고 있었다.

'그래! 이제 미국으로 떠날 날짜도 한 달도 채 남지 않았어. 결정해야 할 건 빨리 결단하고, 정리할 건 빨리 마무리 지어야 해!'

준웅은 혜용이 그지없이 고마웠다. 이곳이 찻집만 아니라면 혜용일 그날 밤처럼 꼭 껴안아 주고 싶은 충동을 느꼈다. 머릿속에서 빠른 속도로 회전하던 생각의 바퀴가 멈추어 섰다.

"그래! 혜용아! 우리 결혼하자! 혼인신고하고 미국으로 떠나자!"

준웅은 고개를 들고 눈동자를 빛내며 얼굴에 가득 기쁨의 표정을 담고 말한다. 혜용인 그 표정을 보자 덩달아 기뻐하며 두 손을 앞으로 내민다. 준웅이 그 손을 마주 잡고 입을 꾹 다물고 힘차게 고개를 끄덕인다.

"적송마을에 인사하러 갈 때 혼인신고서를 가지고 가자. 우리가 결혼식은 올리지 못하더라도 호적상 부모님께 인사드리고 혼인신고서에 부모님의 승낙 도장도 받고 오자."

"그래, 오빠, 그렇게 하자. 적송마을 여러 어르신께서도 기뻐하실 거야. 그리고 오빠, 내가 라디오에서 들었는데 결혼식을 올릴 수 없는 가난한 부부를 위해 무료로 결혼식을 올려주는 곳이 있대. 학교 인근에 있는 성당이야."

그 성당은 학교에서 멀지 않은 곳에 있어, 바로 찾아갈 수 있는 곳이다.

"그렇구나. 그럼, 성당에 찾아가 결혼식부터 올리자. 그곳에서 결혼사진을 찍고 다음 주에 적송마을에 다녀오자. 오늘은 일요일이어서 미사를 드릴 테니까 내일 성당에 찾아가면 어때? 회사 일은 마무리했어?"

"내일 오전 출근하여 업무 인계인수를 마치고 직원들께 인사드리면 끝나. 아마 점심은 송별(送別) 회식이 있을 것 같고, 오후 세 시 이후면 시간이 날 것 같아."

두 사람은 다음 날 세 시 반에 성당 앞에서 만나기로 하고 그 날은 헤어졌다. 이제 삼 주가 남았다. 삼 주 후에 서울을 떠난다고 생각하니 왠지 마음이 들뜨고 바빠졌다. 그사이에 유학업무 담당사무처에도 몇 번 다녀와야 하고, 이런저런 준비할 일들이 적지 않을 것이다.

다음 날 오후 세 시 반에 두 사람은 성당 앞에서 만났다. 아침부터 잔뜩 흐려있던 날씨가 오후가 되자 찬 바람이 일더니 학교 도서관을 나와 성당 쪽으로 갈 무렵부터는 하늘에서 희뿌연 먼지 같은 조각들이 나풀거리기 시작했다.

이윽고 바람은 잠잠해지고 그 조각들이 하얀 눈송이가 되어 사뿐히, 사뿐히 내리더니 보이는 시야가 하얗게 덮여갔다. 성당 앞에 다다르니 혜용이 눈을 맞고 서 있었다. 검은색 외투를 입고 브라운색 목도리와 같은 색 털장갑을 낀 모습이었다.

목도리와 장갑은 삼 년 전 준웅이 군에서 전역하고 나오던 날, 혜용에게 선물하려고 백화점에서 사 온 것이었다. 눈을 맞으면서 환한 미소로 나를 반겨주는 혜용, 이제 내 신부가 될 사람이라고 생각하니 준웅의 가슴속에서 뜨거운 감정이 차올랐다.

그 감정은 처음 느껴보는 감정이었다. 애틋하고 소중하고 부드럽게 다가오는 사랑스러운 느낌이 준웅을 감싸 안는다. 지금까지 자신을 억누르고 있던, 무언가 모르지만 답답하고 불편하고 찬 기운이 도는 억누르는 느낌이 가라앉고, 귓전에서 맴돌던 무겁고 질기고 쇳소리처럼 날카롭게 윙윙대던 금속성 소음도 차차 잦아든다.

그 느낌과 소음은 사리분별(事理分別)에 눈을 뜨던 사춘기 때부터 줄곧 준웅을 괴롭혀 오던 것이었다. 차마 감당하기만도 벅찬 불안감에서 비롯된 것이었지만, 준웅은 그 괴로움을 지그시 견디며 지금까지 붙들고 있었다. 붙들었다기보다 아무리 떼어내려고 해도 떨어지지 않는 찰거머리처럼 질기고 흡착력이 강해서 그냥 시달리며 그 괴로움에 자신을 맡겼다고 해야 맞겠다.

정신력이 약한 사람이었다면 진즉 신경쇠약증에 걸려 병자(病者)가 되었을지도 모른다. 그런데 지금 준웅은 처음으로 깃털처럼 가볍고 푹신한 담요 위에 누워있는 것과 같은 편안하고 즐거운 감정에 빠져든다. 그 감정, 사랑의 감정이 그동안 준웅을 휘감고 졸라매고 있던 불안감을 서서히 밀어내고, 대신 그 공간을 채우고 있는 거다.

준웅은 그것이 사랑의 힘이라는 걸 아직은 모른다. 먼 훗날 언젠가는 알게 되겠지만, 이 순간 준웅은 날아갈 듯한 기분에 자신을 맡기고 활짝 웃으며 혜용에게 뛰어간다. 혜용은 두 팔을 벌려 오빠를 맞이한다. 그 얼굴은 아침에 떠오르는 해처럼 강렬한 빛이 넘쳐흐른다.

평소의 혜용의 얼굴과는 전혀 다른 얼굴이 자신에게 다가오고 있다. 두 사람은 기다리고 있었다는 듯 서로를 포옹한다. 삼 년 전 준웅이 군대를 다녀와서 처음 서로가 만나던 날처럼 소리 없이 내리는 함박눈은 두 사람의 머리와 어깨 위로 하얗게 쌓인다.

마치 오늘 두 사람이 결혼식을 올린다는 걸 알고 축복해 주려는 듯이 수북이 쌓인다. 평일인 데다 많은 눈이 내리고 있는 날씨여서인지 성당 입구에는 오가는 사람마저 없다.

말없이 포옹하고 있던 두 사람은 이윽고 서로를 바라보고 고개를 끄덕인 후 성당 입구 문을 지나 안으로 들어갔다. 사무실이라고 표시된 건물 앞에 이르러 문을 두드리자, 안에서 "들어오세요"라는 낭랑한 여성의 음성이 들려온다. 두 사람은 서로를 마주 보고 서서 머리와 어깨와 옷에 내려앉은 눈을 털어내고 조심스럽게 문을 열고 안으로 들어갔다.

사무실 한가운데 있는 난로 앞에 팔뚝 크기의 장작개비들이 쌓여있는 것으로 보아 나무로 불을 지피는 난로인 것으로 보인다. 그 열기로 인해 사무실 안은 훈훈하다. 출입구 쪽 벽 앞에 기다란 나무 의자가 놓여있고, 안쪽으로 나무 책상 두 개가 나란히 놓여있었다. 출입구 바로 앞쪽 의자에 수녀님 한 분이 앉아있다가 두 사람이 들어가자 일어나서 은은한 미소로 두 사람을 맞는다.

"어서 오세요. 무슨 일로 방문하셨나요?"

보통 키에 단아(端雅)한 인상을 주는 사십 대 초반으로 보이는 수녀님이 얼굴에 미소를 거두지 않고 상냥한 말씨로 두 사람에게 말을 건넨다. 준웅이 한 발짝 앞으로 나서며 머리를 꾸벅 숙이고 인사한 후 조심스러운 표정으로 말문을 연다.

"저… 결혼식을 올릴 수 있는가 해서 왔습니다."

수수한 차림이지만 결코 평범한 젊은이로는 보이지 않는 두 사람의 인상을 유심히 살피며 수녀님이 답한다.

"네. 저희 성당에서는 이곳에서 결혼식을 올리길 원하는 분들에게 언제든지 문을 개방해 두고 있습니다. 절차는 간단합니다. 신랑 신부의 이름과 생년월일, 주소만 신청서에 적어서 제출해 주시면 바로 식을 올릴 수 있도록 준비하겠습니다. 인적사항은 나중에 결혼식을 이곳에서 올렸다는 사실을 증명하는 근거로 남기기 위해서고, 주소는 결혼사진을 댁으로 보내드리기 위해섭니다."

수녀님은 말을 마치고 신청서 한 장을 꺼내어 건네주었다. 그 외에 더 묻는 말은 없었다. 준웅은 신청서를 받아 기다란 의자 앞에 놓인 책상으로 다가가 신청서를 작성했다. 주소는 혜용의 집 주소를 적었다.

수녀님은 준웅이 쓴 신청서를 받아서 책상 위에 놓고 어디론가 전화를 걸더니 두 사람에게 잠깐 안으로 들어오기를 청했다. 사무실 안쪽 한편에는 두꺼운 보라색 커튼이 드리워진 공간이 나타났다. 수녀님이 커튼을 양쪽으로 열자, 왼쪽 칸에는 심플한 디자인의 하얀 드레스가, 오른쪽 칸에는 검은색 남성용 정장 여러 벌이 옷걸이에 걸려있었다.

"결혼식을 올리려고 오시는 분들이 대부분 형편이 어려우신 분들이어서, 성당에서 예복을 준비했어요. 사이즈가 다른 다섯 벌의 옷이 있으니 몸에 맞는 옷을 골라 입어보세요. 일생에 한 번 있는 예식이니까 이 옷을 입고 결혼식을 올리고, 사진을 찍으면 보기 좋을 거예요. 결혼식을 올려주실 신부님은 곧 오실 거예요."

수녀님은 시종 미소 띤 얼굴로 마치 성당에 찾아온 손님을 대하듯 예의와 성의를 갖추고 말을 이어 나갔다. 혜용의 가슴속으로 잔잔한 감동의 물결이 출렁이며 지나갔다. 전혀 예상치 못한 일이었다.

어려운 사람들을 위해 성당에서 무료로 결혼식을 올려주는 것도 고마운 일인데, 혼인 예복까지 준비해 두고 있다는 것은, 종교의 덕목인 사랑과 봉사를 몸소 실천하는 이곳의 위상(位相)을 보여주는 것이나 다를 바 없었다. 말로만 들었지, 성당이나 교회, 절 등 종교시설을 찾아가 본 일이 없는 혜용으로서는 새로운 체험이었다.

준웅도 혜용처럼 생각하긴 마찬가지였다. 수녀님의 안내를 받아 준웅은 체격에 맞을 것으로 보이는 양복을 골라서 남자 탈의실에서 옷을 갈아입고, 혜용은 수녀님의 도움을 받아 여자 탈의실에서 드레스로 갈아입었다. 준웅이 양복으로 갈아입고 탈의실에서 나오자 까만 신부복을 입은 사십 대 중반으로 보이는 인자한 표정의 신부님이 환하게 웃으며 준웅을 맞아주었다.

"잘 오셨습니다. 오늘 함박눈이 오는 날, 우리 성당에서 결혼식을 올리는 두 분께 하느님이 큰 축복을 내리실 것입니다. 예감이 아주 좋습니다. 아! 넥타이와 셔츠도 안에 있는데 못 보셨군요. 이리 오세요."

신부님은 다시 남자용 옷장의 커튼을 열고서 양복 옷걸이 왼쪽에 걸려있는 하얀 와이셔츠와 넥타이를 보여주었다. 준웅은 머뭇거리며 그곳으로 갔다. 지금까지 와이셔츠를 입거나 넥타이를 매어본 일이 없어 주춤하고 있는 준웅을 보고 있던 신부님이 와이셔츠와 감색 바탕에 사선(斜線)으로 하얀 테가 그어진 넥타이를 골라 준웅에게 건넸다.

준웅이 다시 탈의실에 들어가더니 잠시 후 넥타이를 손에 들고 나왔다. 와이셔츠는 갈아입었는데, 넥타이는 매는 방법을 몰라 그냥 들고나온 모양이었다. 신부님이 웃으며 말한다.

"넥타이는 한 번도 매어본 일이 없으시죠? 제가 매어 드릴게요. 이 넥타이가 신랑에게 잘 어울릴 거 같아 골랐어요."

준웅은 죄송한 표정으로 입을 꾹 다물고 들고 있던 넥타이를 신부님께 드린다. 신부님이 익숙하게 준웅의 목에 넥타이를 매준다. 그러더니 책상 서랍에서 빗을 꺼내어 준웅의 머리를 빗어준다. 양복을 입고 넥타이를 맨 준웅의 모습이 훤하다. 신부님도 그 모습을 보고 대단하다는 표정으로 말한다.

"신랑이 훤칠해요. 키도 크고 인물도 좋고 체격도 건장하니, 이런 훌륭한 신랑을 맞아들인 신부 댁에서 많이 기뻐하시겠네요. 신부가 단장을 마치려면 조금 시간이 걸릴 테니 잠깐 기다리시죠. 제가 차 한 잔 끓일게요."

신부님은 아들뻘 되는 준웅에게 시종 존댓말을 쓰며 준웅을 편안하게 해주려고 신경 쓰는 것 같았다. 준웅은 생각지도 못했던 친절과 따뜻한 응대를 받자 그냥 고맙고 죄송해서 아무 말도 할 수가 없었다.

'아! 이 세상은 아무 조건 없이 이렇게 따뜻하고 편안하게 대해주는 곳도 있었구나!'

그날 결혼식을 올리기 전의 이 경험은 준웅에게 색다른 경험으로 깊이 새겨져 오래도록 준웅의 삶에 하나의 이정표(里程標)로 영향을 끼치는 계기가 된다.

신부님이 직접 끓여주신 따뜻한 홍차가 나왔다. 김이 무럭무럭 올라오는 홍차를 긴 의자에 앉아 마시면서 준웅은 많은 생각이 떠올랐다. 결혼식인데 누구 한 사람 초대하지 못하는 자신의 처지가 서글퍼졌다. 유일한 친구인 이철우는 아직 전역하지 않았다.

그동안 몇 달에 한 번씩 안부를 묻는 편지가 학교로 왔었다. 해군 학사장교로 입대한 철우는 해군본부에서 군대생활을 하다가, 직속상관이 영국 대사관에 무관(武官) 근무 발령을 받자, 철우를 부관으로 발탁하여 함께 가게 되었다는 편지를 받은 것은 일 년 전이었다. 그곳에서의 근무가 바빴던지 그 후로 아직 편지는 받지 못했다. 이제 전역할 날짜도 얼마 남지 않았을 것이다.

"아! 신부(新婦)님이 나오셨군요."

신부(神父)님이 외치다시피 말하는 소리를 듣고 고개를 들자, 전혀 다른 모습의 혜용이 안쪽에서 나오는 모습이 보였다. 그새 하얀 드레스로 갈아입은 혜용은 약간 상기된 수줍은 표정으로 드레스 앞부분을 두 손으로 집어 들고 사뿐사뿐 걸어 나오고 있었다.

준웅은 벌떡 일어나 놀란 표정으로 혜용을 바라본다. 지금까지 보아왔던 이지적이고 늘 굳은 표정의 혜용은 어디로 가버리고, 한없이 나긋나긋해 보이는 처녀 한 사람이 수줍은 표정을 띠고 머리를 숙이고 있다. 수녀님이 안에서 가볍게 화장을 해주셨는지, 얼굴 전체에 윤기가 돌고 두 뺨은 약간 불그스레해 보인다.

입술에도 가벼운 립스틱을 바른 듯하다. 준웅의 마음속으로 사랑스러운 감정이 밀물져 들어온다. 두 사람을 번갈아 바라보던 신부님이 말한다.

"제가 결혼식을 진행할 겁니다. 수녀님은 결혼사진을 찍어주실 거고요. 본당으로 들어가려면 바깥으로 나가 오십 미터쯤 걸어가야 하니 겉옷을 걸치시지요. 두 사람을 축복하는 눈이 펑펑 내리고 있어요."

신부님과 수녀님은 탈의실로 가서 준웅의 잠바와 혜용의 외투를 들고 나와 두 사람에게 입혀준다. 신부님은 성경책과 큰 우산을 들고, 수녀님은 사진기를 어깨에 메고 역시 큰 우산을 들고 출입문 앞으로 가서 두 사람을 기다린다. 밖으로 나오니 하늘에선 끊임없이 흰 눈송이가 내려앉고, 그사이 내린 눈이 소복하게 쌓여 있다.

삼 년 전 그날, 오빠가 선물한 연한 갈색의 목도리를 두르고, 같은 색깔의 털장갑을 끼고 자랑하고 싶은 마음에 눈 내리는 캠퍼스를 걸었던 그날처럼, 눈은 조용조용히 옆 사람에게 속삭이듯 내리고 있다.

신부님과 수녀님은 우산을 펴서 들고 신랑 신부가 눈에 맞지 않도록 머리 위로 가려준다. 본당으로 들어가는 계단에 이르자, 신부님과 수녀님은 각기 신랑 신부의 어깨 뒤로 팔을 두르고 안전하게 오를 수 있도록 부축한다. 본당 안은 좌우 내벽에 걸려있는 실내등에서 은은한 주황색 불빛이 흘러나와 강대상(講臺床)이 있는 저 안쪽과 신도들이 앉아서 미사를 드리는 이곳저곳을 어루만지듯 아슴푸레하게 밝히고 있었다.

　미사와 강론이 없는 월요일 오후, 신자들은 성당에 와서 자유롭게 기도할 수 있는 모양으로, 본당 안에는 군데군데 신자들이 앉아서 기도를 드리고 있었다. 준웅과 혜용은 신부님과 수녀님을 뒤따라 발자국 소리를 내지 않으려고 조심하며 강대상 앞으로 걸어갔다.

　신부님은 어디선가 하얀 미사복(missa服)을 꺼내어 입고서 강대상 앞에 섰다. 수녀님이 두 사람을 두어 계단 위로 오르게 하여 신부님을 마주 보고 나란히 서게 한다. 준웅과 혜용의 얼굴에 긴장하는 빛이 감돈다. 신부님이 사무실에서 보여준 표정과는 전혀 다른 엄숙한 표정으로 천천히 입을 열었다.

　"오늘 성모 마리아님의 자비로운 길 안내를 받은 박준웅 형제와 김혜용 자매가 성스러운 결혼식을 올리기 위해 저희 성당을 찾아왔습니다. 하느님의 은총이 이 두 사람을 축복하시는 은혜로운 기운이 지금 이곳에 가득합니다. 예수 그리스도께서는 '수고하고 무거운 짐 진 자들아, 다 내게로 오라. 내가 너희를 쉬게 하리라'라고 말씀하셨습니다. 예수 그리스도께서는 오늘 외롭고 고단한 이 두 영혼을 이곳으로 초대하셔서, 지극한 사랑으로 감싸주시고 마음의 평안을 내려주시려 합니다."

　나직하고 굵직한 음성으로 한마디 또 한마디 또박또박 건네시는 말씀은, 두 사람의 손에 꼭 쥐어 주려는 듯한 간절함으로 가슴속에 절절히 사무쳐 준웅과 혜용은 뜨거운 감정이 치솟는 것을 느낀다. '수고하고 무거운 짐 진 자들아, 다 내게로 오라. 내가 너희를 쉬게 하리라'라는 말씀은 신약성경 '마태복음 11장 28절'에 있는 구절이다.

　신부님이 이 말씀을 들려주시는 순간, 혜용은 그만 아! 하는 외마디 부르짖음을 토해내고는 비틀거린다. 쓰러지지 않으려고 안간힘 쓰는 모습을 단상 아래에서 올려다보던 수녀님이 급히 단상으로 올라와 혜용을 부축한다. 입술을 앙다문 혜용의 얼굴에 뜨거운 눈물이 줄줄 흘러내리고 있다.

　옆에 서서 혜용의 부르짖음을 듣고 심상치 않은 동작을 감지한 준웅이 왼손으로 혜용의 오른팔을 붙들고 엉거주춤하는 사이 수녀님이 뛰다시피 단상으로 올라와 혜용을 붙든 것이다. 준웅도 성경 구절을 듣고 마음에 강한 울림을 받았는지, 눈시울이 빨개지고 눈동자는 눈물로 흠뻑 젖어있다.

　두 사람의 반응을 지켜보던 신부님이 잠시 말씀을 멈추고 조용히 눈을 감으신다. 신부님은 오늘 두 사람을 처음 대면했을 때, 남다른 느낌이 전해져 오는 걸 느꼈다. 무언지는 모르지만, 두 사람이 겪었을 특별한 외로움과 고통이 두 사람을 휩싸고 있음을 감지(感知)했다.

　이 감지력은 가톨릭 사제(司祭)의 서품(敍品)을 받아 수십 년간 신자들을 만나고 신앙 상담을 해오면서 체득하게 된 신부님 나름의 직관(直觀)이라고 할 수 있겠다. 깊은 기도와 명상의 훈련을 통해 신자들을 바라보고 헤아리는 투시력(透視力)은 놀라운 직관의 능력으로 축적되었다.

　그간의 경험에 비추어 이 직관은 거의 맞아 들어갔다. 이 직관 능력으로 인해 신부님의 명성(名聲)과 영향력은 교계에서 상당한 비중을 차지하고 있었고, 이곳 성당에서도 중요한 임무를 담당하고 있었다.

평소 대내외적으로 바쁜 업무에도 불구하고 무료 결혼식을 주관하는 사제역을 자청하여 봉사하는 것은 자기 나름의 소명(召命) 의식이 있기 때문이었다. 일생에 한 번 있는 결혼식을 성당에서 올리게 되면, 신앙을 갖지 아니한 무신론자(無神論者)도 하느님의 음성을 듣는 기회를 만나게 된다는 자기 나름의 확신에 근거한 것이기도 하다. 그동안 이곳에서 무료 결혼식을 올린 여러 부부가 가톨릭 신앙을 받아들이는 모습도 많이 보았다. 신앙을 갖게 되면 누구나 갖게 마련인 고통과 슬픔을 신앙의 힘으로 견뎌내게 되고 그만큼 자유로워진다.

신부님은 오늘 찾아온 이 젊은이들의 가족이나 친구들이 혹시 본당에 와 있지 않을까 하고 기대했지만, 아무도 없다는 걸 알고서 자기의 짐작이 맞았음을 직감한다. 결혼식 절차에 들어가기 전 먼저 두 사람을 위로하려고 건넨 몇 마디 말과 성경 구절을 듣고 두 사람이 이렇게까지 격하게 반응하게 될 줄은 전혀 예상치 못하신 듯하다.

많은 영혼을 만나 그들의 마음을 짓누르는 고통과 아픔을 전해 듣고 위로하면서 상담해 온 신부님께서도 많이 마음이 아프신 듯, 말문을 다시 열기 쉽지 않으신 듯하다.

이 두 젊은이의 인상은 결혼식을 올리러 성당에 찾아온 다른 젊은이들과는 달랐다. 차림은 수수하지만, 그 눈빛은 형형(炯炯)하고, 굳게 다문 입 주위로 단단히 훈련된 지성인의 면모가 짙게 배어있다. 태도도 짜임새가 있고, 자기를 통제하는 절제력이 강하게 느껴진다.

방금 들려준 성경 구절은 너무나도 유명하여 기독교 신앙을 갖지 아니한 일반인들에게도 귀 익은 말씀인데, 이 젊은이들은 처음 듣는 것처럼, 받아들이는 모습이 심상치 않다. 대관절 어떤 사연이 있길래 딱 스물여덟 글자뿐인 이 성경 구절에 이토록 감성(感性)이 소용돌이치는 것일까?

수녀님은 강대상 옆에 있는 작은 탁자에서 하얀 수건을 꺼내어 하나는 준웅에게 건네고, 또 하나는 혜용의 눈물 젖은 얼굴을 가만가만 닦아준다. 눈물 때문에 가볍게 한 화장기가 모두 지워지고 말았다. 그 대신 혜용의 얼굴은 그윽한 평화와 안식(安息)이 밴 얼굴로 바뀌어 수녀님을 놀라게 한다. 마치 혜용이 자신을 강하게 옥죄이고 있던 사슬에서 풀려나 지금까지 괴로워하며 견디고 있던 고통에서 해방된 듯한 안도와 평안이 그 얼굴 가득 배어있다.

신부님이 감정을 추스르고 눈을 뜨고 보니, 앞에 서 있는 신랑과 신부는 격렬한 감정의 소용돌이에서 빠져나온 듯 편안한 표정을 되찾고 고개를 숙이고 있다. 두 사람 모두 불그스레한 눈가에 물기가 남아있어 안쓰럽다. 신부님은 곧바로 신랑과 신부의 이름을 부르곤, 결혼 서약을 받겠다고 말씀하신다.

결혼 서약을 받은 후 성혼(成婚) 선언을 한 신부님은 부부가 지켜야 할 사랑과 의무, 축복받는 가정을 이루기 위해 남편과 아내가 항상 명심해야 할 삶의 지침을 말해준다. 그다음 끝으로 전하고 싶은 말이 있다면서, 신약성경 '데살로니가 전서 5장 16~18절' 말씀인 '항상 기뻐하라. 쉬지 말고 기도하라. 범사에 감사하라'라는 구절을 신부님 나름대로 평이하게 정리한 말씀을 전한다.

"두 사람이 부부가 되어 살아가는 동안 생각지도 아니한 어려움이 닥쳐오는 일이 있을 것입니다. 인생이란 좋은 일이 있으면 나쁜 일도 있고, 나쁜 일이 있으면 좋은 일도 찾아오기 마련입니다. 어떤 경우가 되든 내게 찾아오는 삶을 기쁜 마음으로 맞이하세요. 그러면 나쁜 일로 인해 움츠러들고 힘들게 느껴지는 삶도 담담히 마주하고 이겨낼 수 있는 힘이 생깁니다. 특히 자매님은 여성분이시라 연약해 보일지 몰라도 내면으로는 강인한 성품을 가지신 분이니, 자기의 좋은 인격을 잘 가꿔나가시길 권합니다. 그다음으로 할 수 있다면 쉬지 말고 기도하는 습관을 가져보세요. 기도가 습관이 되면 성공적인 삶을 붙들 수 있는 좋은 도구가 됩니다. 마지막으로 하루 또 하루 내가 마주하는 모든 일에 감사해 보세요. 생명을 가지고 살아간다는 것 자체만으로도 우리에게는 너무나 감사한 일입니다. 시간이 날 때 저희 성당을 방문해 주시면 기도하는 방법을 가르쳐 드리겠습니다."

신부님이 신랑 신부에게 권면(勸勉)하는 말씀이 끝났다. 젊은 남녀의 결혼식이 진행되는 거를 보고 있던, 기도하러 온 신도(信徒) 열댓 분은, 그사이 한 사람 두 사람 앞쪽 의자로 옮겨 앉아 결혼식을 지켜보다가 신부님의 말씀이 끝나자 큰 박수로 축하를 보낸다.

신부님은 본당에서 기도하던 신자분들이 앞자리로 나와 앉아 신랑 신부를 축하하는 모습을 보자 얼굴 가득 웃음을 머금으며, 신랑 신부에게 뒤돌아서서 축하객 여러분께 인사를 올리자고 말한다. 준웅과 혜용은 그 자리에서 뒤돌아서서 본당 안을 내려다본다.

조명이 흐릿해서 얼굴까지는 잘 보이지 않지만, 하얀 미사포를 쓴 여신도분들과 남자 신도 등 열댓 분이 자기들을 향하여 계속 축하의 박수를 보내고 있다. 신부님이 "자, 내빈께 인사!"라고 권하자, 두 사람은 공손하게 깊이 머리를 숙인다. 너무나도 감사한 마음이 차올라 숙인 머리를 들 수가 없다. 혜용의 눈에서 또 눈물이 솟는다. 축하객들의 박수 소리가 더 크게 울린다. 신부님이 말한다.

"축하해 주신 신도 여러분 감사합니다. 신랑 신부가 너무나도 감사한 나머지 머리를 들지 못하고 있습니다. 정말 감사합니다. 자! 신랑 신부, 이제 머리를 드셔도 됩니다."

수녀님은 다시 단상으로 올라가, 가지고 있던 손수건으로 눈물 젖은 신부의 얼굴을 닦아준다. 옆을 보니 신랑도 흐느끼고 있다. 수녀님은 가만히 신랑 손에 손수건을 다시 쥐어 준다. 신부님이 다시 말씀하신다.

"초청하지 아니했음에도 이렇게 축하객들이 오셨으니, 신랑 신부의 새 출발을 위한 행진 순서를 갖겠습니다. 축하해 주신 신도 여러분은 힘찬 박수로 이 한 쌍의 부부를 격려해 주시기 바랍니다."

어디선가 결혼행진곡이 흘러나왔다. 평일이면 무료 결혼식을 올리려고 성당을 방문한 선남선녀(善男善女)들을 위해 성당에서는 늘 기본 절차에 필요한 준비물을 갖추고 있다. 녹음기에서 흘러나오는 결혼행진곡 테이프도 그중 하나다. 꽃다발 묶음도 단상 오른쪽에 놓인 화병에 담겨 놓여있다.

수녀님이 꽃다발을 들고 와서 신부 가슴에 안겨준다. 신도분들은 모두 일어서서 통로 양쪽으로 나란히 열을 지어 만든 후, 행진하는 이 부부를 위해 마음껏 힘찬 박수를 보내주고 있다. 이들이 보기에 오늘 결혼식을 올린 이 한 쌍의 부부는 특별한 인상을 준다. 키도 크고 건장한 데다, 두 사람 모두 귀(貴)티가 흐르는 이목구비를 가지고 있어, 볼수록 관심이 가져진다.

어떤 사정이 있어 결혼식장을 이용하지 못하고 신랑 신부 딱 당사자들만 이곳에 와서 무료 결혼식을 올리게 되었는지, 짠한 마음이 앞서고 그럴수록 더 많이 축하해 주고 싶어 박수로 그 마음을 대신한다.

은혜롭고 아름다운 결혼식이었다. 아무런 준비도 없이 찾아왔음에도 예식에 필요한 모든 절차가 갖춰진, 예상하지 못했던 축복받은 결혼식이었다. 신(神)께서는 인간이 알 수 없는, 인간의 손이 닿지 않는 특별한 권능을 행하시어, 오늘 준웅과 혜용의 결혼식을 두 사람이 평생 잊지 못하는 감동의 결혼식으로 만들어 주신 것이다.

행진이 끝나고 신랑 신부가 단상 앞으로 오자 수녀님이 화장품이 담긴 작은 상자를 들고 와서 화장이 지워진 혜용의 얼굴을 다시 매만져 주신다.

"결혼식날 왜 울었냐고 나중에 아이들이 사진을 보고 물어보면 성가시니까, 얼굴을 좀 다듬을게요."

아이들이라고 한다. 그 말을 듣고 혜용의 얼굴이 빨개진다.

'아이들이라면 오빠와 나 사이에 태어난 자녀를 말씀하시는 건가?'

수녀님은 병에 담겨있던 찬물을 손수건에 묻혀 혜용의 눈두덩을 꾹꾹 눌러주면서 편안한 미소를 보내신다. 우느라 부어오른 눈

자위를 가라앉히려는 수녀님 나름의 애쓰심이다.

신부의 얼굴을 매만지던 수녀님은 이제 괜찮겠다 싶은 생각이 드셨는지, 단상 한쪽에 놓아둔 사진기를 들고 오셨다. 제법 묵직해 보이는 고급 사진기였다. 수녀님은 맨 먼저 신부님이 가운데 서시고 좌우에 신랑 신부가 서 있는 사진을 찍고 나서 신랑 신부가 나란히 서 있는 사진을 찍었다.

그러고 보니 수녀님은 신부님의 인도에 따라 신랑 신부가 축하해 주시는 신도분들께 인사할 때도, 신도분들의 박수를 받으며 본당 가운데 통로로 걸어서 행진할 때도 바쁘게 움직이며 사진을 찍으신 것 같다. 준웅은 오늘 성당에서 올린 결혼식이 마치 꿈속에서의 일인 듯 아련한 기분에 사로잡힌다.

입고 있는 옷차림으로 신부님 앞에서 결혼 서약을 하고 신부님이 성혼 선언을 하면 간단히 혼인 절차가 끝날 줄 알았는데, 생각지도 못했던 일들이 일어났다. 예복과 신부에게 안긴 꽃다발, 축하 내빈이 되어주신 성당 신도님, 수녀님의 결혼사진 등 일반 예식장에서의 결혼식이 부럽지 않은 절차가 갖추어진 축복받은 결혼식이었다.

본당을 나와 사무실로 걸어오는 동안에도 눈은 조용히 내려 준웅과 혜용이 걸어가는 땅 위로 쌓인다. 이제 막 부부가 된 두 사람을 마음껏 축복해 주고 싶다는 듯 쉼 없이 부드럽게 하늘거리며 내린다.

사무실에 와서 옷을 갈아입은 후, 준웅과 혜용은 신부님과 수녀님께 깊이 머리 숙여 감사 인사를 드렸다.

"생각지도 못했던 성대한 결혼식을 올려주셔서 너무나도 감사합니다. 오늘 베풀어 주신 은혜에 보답하기 위해서라도 자주 두 분을 찾아뵙는 것이 도리인데, 저희 두 사람은 삼 주 후에 한국을 떠나게 됩니다. 두 분의 존함이라도 저희가 알고 떠나야겠기에 여쭙니다."

준웅이 다시 머리를 숙이며 사무실 책상 앞에 앉아 계시는 두 분을 향해 말씀드린다. 신부님이 깜짝 놀라는 표정으로 두 눈을 동그랗게 뜨고 두 사람을 번갈아 쳐다본다. 놀라기는 수녀님도 마찬가지였던 모양으로 눈을 빛내며 묻는다.

"삼 주 후면 일월 둘째 주 월요일이네요. 한국을 오래 떠나 있게 되나요? 두 분이 같이 떠나신다는 말씀이지요?"

"네, 함께 가게 됩니다."

평소 사람들과 대화할 경우, 쉽게 속내를 드러내지 못하는 습관이 몸에 배어선지, 준웅의 대답은 단답형으로 꼭 필요한 말만을 하곤 입을 닫는다. 신부님이 궁금하다는 표정을 짓고 두 사람을 번갈아 쳐다보면서 묻는다.

"젊은 분들이 한국을 떠나신다면, 혹시 이민 가는 건가요? 가는 나라는 어딘가요?"

신부님은 한국을 떠난다는 말을 아예 한국에서 살지 않고 외국에서 살기 위하여 이민(移民)을 가는 것으로 받아들인 모양이다.

"이민을 가는 건 아니고, 공부하러 갑니다. 가는 나라는 미국입니다."

"아! 유학을 떠나시는군요. 그런데 유학을 보내주시는 부모님은 외국에서 사시는가 봐요? 자녀분들 결혼식에 오시지 못한 걸 보니…"

외국 유학을 갈 정도면 예상외로 부모님의 경제력이 탄탄하시 구나라고 신부님께서는 생각하신 듯하다. 급히 한국에서 결혼식을 올리고 유학길을 떠나는 사정이 몹시 궁금하긴 하나, 개인의 프라이버시에 관한 일이므로 캐묻는 것은 예의가 아니라고 생각한 듯 억지로 입을 다무는 기색이 읽힌다.

신부님께서 부모님 얘기를 하시는 걸 듣자, 이쯤 부모님께서 돌아가셨다는 것과 유학하게 된 경위를 말씀드리는 것이 도리라고 준웅은 생각한다. 신부님이 앉아 계시는 책상을 마주하고 벽쪽에 있는 긴 의자에 앉아있던 준웅은 허리를 반듯이 펴고서 입을 연다.

"저희 두 사람 모두 어렸을 때 부모님이 돌아가셨습니다. 외국 유학은 풀브라이트 장학생으로 선발되어 국비로 가게 됩니다."

그 말을 마친 준웅은 다시 머리를 푹 숙이고 만다. 좀체 부모님 얘길 꺼낼 기회가 없었는데, 오늘 성당에서 결혼식을 올리고 나서 부모님을 생각하게 되니 마음이 울적해지고 감정이 가라앉기 때문일 거다. 옆에 앉아서 다소곳이 머리를 숙이고 있던 혜용도 부모님 얘기가 나오자, 머리가 더 숙여진다.

신부님은 그제야 흐릿하게 가려져 있던 궁금증이 일시에 걷힌 듯 조금 전 갓 태어난 이 한 쌍의 부부를 측은한 표정으로 말없이 응시한다. 지금까지 부모 없이 천애고아(天涯孤兒)로 살아왔을 이 젊은이들이 너무 가엾고, 국비유학생으로 외국 유학을 떠나는 그 성취가 너무나도 장하다.

학비를 지원받을 곳이 없으니 고학(苦學)하거나 장학금을 받아 공부했을 것이다. 그럼에도 형편이 여유가 있는 학생들도 뚫기 힘들다는 풀브라이트 장학생의 관문을 뚫고 선발되었으니, 얼마나 대단한 성취인가! 첫인상이 남달랐던 이 젊은이들에게 유독 관심과 마음이 가면서도, 신부님은 이쯤 이 젊은이들을 편안케 해주어야겠다고 생각한다.

"아까 우리 이름을 물어봤지요. 나는 안민걸 토마스 신부이고, 수녀님은 안드레아 수녀입니다."

준웅은 수첩을 꺼내 두 분의 이름을 적는다.

"네, 알려주셔서 감사합니다. 그럼 저희는 일어서겠습니다."

준웅과 혜용이 일어나자 수녀님이 묻는다.

"사진이 나오면 어느 곳으로 보내드릴까요? 유학 준비하려면 바쁘실 테니 우편으로 보내드릴게요."

혹시라도 사진을 찾으러 오겠다고 할까 봐, 수녀님은 우편으로 보내주겠다고 먼저 말씀하신다.

"그렇게 해주시겠다면, 감사히 받겠습니다. 저의 집 주소로 보내주십시오."

혜용이 수녀님의 뜻을 받겠다는 듯 공손히 대답한다. 이날 두 사람을 위해 정성을 다해 결혼식을 주관(主管)해 주신 신부님과 수녀님께 대한 고마움은 정말 뼛속에 깊이 새겨져, 두 사람은 평생 동안 이 두 분을 잊지 아니한다.

신부님과 수녀님은 출입문 밖으로 나와 인사를 하고 돌아서는 두 사람이 언덕 밑으로 내려갈 때까지 그 자리에 서서 두 사람의 앞날을 위해 마음으로 간절히 기도해 주신다.

두 사람 모두 스물여섯 살이 되는 해인 천구백칠십칠 년 일월,

부부가 되었다. 미국 유학을 떠나는 날을 삼 주 앞두고서였다. 자기들의 삶의 공간에 타인이 들어오는 걸 그토록 두려워하던 두 사람이었다. 아무에게도 마음을 열지 못한 채 자신들에게 주어진 환경 안에 숨어 살면서 자신들이 붙들 수 있는 거를 최선을 다해 붙든 그들이었다.

최선을 다한다는 것은 희망으로 나아가는 처절한 몸부림이었다. 그렇게 살아오는 동안 두 사람은 서로에게 기댈 수 있는 유일한 언덕이 되어주었다. 사람은 누구나 얻고자 하는 목표를 향해 나아가려면 여러 단계를 거쳐야 한다. 두 사람은 닥쳐오는 단계마다 자신들이 가지고 있는 유일한 재산인 공부 능력을 발휘함으로써, 그 단계에 올라섰다.

그다음 단계가 또 그들을 기다리고 있다. 아마도 두 사람은 한 곳을 향해 내닫는 두 개의 추진력이 하나로 합쳐지면 더욱 거센 힘으로 내닫는 그 속도와 압력을 저장하고, 다음 단계로 나아갈 준비를 하게 될 걸로 기대된다.

당시 사회 분위기는 거듭 시행된 긴급조치법으로 인해 암울하게 긴장되어 있었고, 체제(體制)를 지탱하는 수단의 하나로 공안기관에 부여된 권한은 날로 막강해지고 있었다. 이렇게 숨 막히는 사회 환경에 놓여있던 두 사람이 이 땅을 벗어날 기회를 붙들었다는 건, 출생 신분의 비밀을 지켜준 적송마을 사람들의 변함없는 관심과 은덕(恩德)에 힘입은 바 크다고 생각한다.

"오빠, 기숙사 방에서 나올 때가 되었는데 언제 방을 비워줘야 돼?"

어두워진 성당 언덕길을 걸어 내려오면서 혜용이 묻는다.

"졸업생은 이번 주말까지 방을 비워줘야 하나 봐. 재학생 중에서 기숙사에 들어오길 희망하는 사람이 많아서 추첨을 통해 다음 주부터 입사(入舍)시킨다는 말을 들었어."

혜용은 잠시 걸음을 멈추고 뭔가 생각하는 눈치더니

"그럼, 우리 집으로 들어와. 다른 데 가 있지 말고."

"너네 집에?!"

준웅은 뜻밖의 말을 듣는 사람처럼 흠칫 놀라는 투로 반문한다.

"그래, 이제 우리는 부부가 됐잖아? 부부가 같은 집에서 사는데 뭐가 문제야?"

당연한 일인데, 뭐가 문제냐는 투로 말하는 혜용의 표정은 당당하다. 그 말을 듣고 보니 틀린 말이 아니다. 준웅은 더는 할 말이 없어 고개를 숙이고 멈췄던 걸음을 재촉한다.

"지금 바로 우리 집으로 가자. 결혼을 축하하는 파티도 열고 맛있는 것도 해 먹자. 아! 신나!"

혜용은 정말 기분이 좋은 듯 생글생글 웃으며 오빠의 왼쪽 팔에 자기의 오른쪽 팔을 끼고선 걸음을 서두른다. 언제나 그랬던 것처럼 혜용은 판단이 빠르고 무슨 일이든 마음에 결정하면 곧장 행동으로 옮긴다. 그 점에서는 준웅보다 혜용이 더 적극적인 면이 있다.

남자가 혼자 사는 여자 집을 방문하는 것을 그토록 금기시(禁忌視)하던 준웅이었다. 혜용의 말을 듣고 보니 하등 이상할 게 없다. 어찌 보면 오늘이 결혼 첫날밤인데 부부가 결혼 첫날밤을 함께 보내는 건 너무나도 당연한 일 아닌가? 생각이 앞서가는 혜용은 벌써 그 점을 헤아리고 당연한 수순(手順)을 밟아가는 것이라는데 생각이 미치자, 준웅은 흠칫 놀란다. 이제 현실적으로 엄연한 남편이 된 자기 처지를 발견한 것이다.

그러면 남편이 된 사람이 주도적으로 결혼 첫날밤을 축하하기 위한 이벤트를 마련해야 하는 게 당연한데, 오히려 아내인 혜용이 축하 이벤트를 준비한다고 한다. 생각이 바뀌자, 준웅은 혜용에게 몹시 미안한 마음이 든다.

"그래 혜용아, 오늘이 우리 결혼 첫날밤이다. 내가 생각이 미치지 못해서 미안해. 가자!"

준웅은 혜용에게 환한 표정을 짓곤 함께 걸음을 서두른다.

혜용의 집 근처에서 버스를 내려 두 사람은 재래시장에 먼저 들른다. 시장에서 고기와 생선을 사고 식재료를 고르는 혜용의 얼굴은 마냥 즐겁다. 성당에서 결혼식을 올릴 때 눈물짓던 애잔한 모습은 찾아볼 수 없다. 준웅은 혜용이 식재료를 고를 때마다 건네주는 비닐봉지를 양손에 들고 혜용이 즐거워하는 모습을 가슴에 담는다. 즐거움만큼 전염(傳染) 속도가 빠른 감정이 있을까? 준웅도 한껏 즐거워진다.

시장에서 장을 보고 집으로 가는 길, 혜용은 큰 도로변에 있는 슈퍼마켓에 들어간다. 진열대에 있는 포도주 가운데서 가장 비싼 가격표가 붙어있는 포도주 한 병을 고르더니 유리잔이 진열된 곳으로 가서 와인잔 두 개를 고른다. 그리곤 술안주용 땅콩과 마른 과일, 육포 등을 바구니에 넣고는 오빠를 향해 엄지손가락을 치켜든다. 머릿속에 담아둔 쇼핑 목록이 다 지워졌다는 뜻일 게다.

혜용이 이렇게 즐거운 모습을 보이는 건 또 다른 이유가 있다.

성당에서 결혼식을 올릴 때 토마스 신부님이 건네신 한마디 말씀이 쇳덩이처럼 무겁게 가슴을 짓누르고 있던 불안감을 일시에 녹여 버렸기 때문이다. 살아오면서 신앙을 가져본 일도 없고, 학교의 교과서 외에 다른 데서 종교와 관련된 어록을 접해본 일도 없다.

'수고하고 무거운 짐 진 자들아. 다 내게로 오라. 내가 너희를 쉬게 하리라.'

토마스 신부님이 굵고 나직한 톤으로 이 구절을 말씀하실 때, 혜용은 온몸에서 힘이 몽땅 빠져나가 버리는 것과 같은 진동을 느끼고 휘청거렸다. 그것은 가슴을 짓누르고 있던 쇳덩이가 빠져나가는 진동이었다. 그 진동으로 인한 충격이었을까? 잠시 머릿속이 하얘지더니 이내 지금까지 느껴보지 못한 솜털처럼 가벼운 평안이 온몸을 감싸고, 쇳덩이가 누르고 있던 자리에 가슴 벅찬 감동의 물결이 밀려 들어오는 것이었다.

스스로의 힘으로는 제어(制御)하기 어려운 벅찬 감동이었다. 난생처음 느껴본 이 평안! 그리고 가벼움! 혜용은 그만 고마운 마음을 주체할 수 없어 눈물을 쏟고 만 것이었다. 한번 몸 안에 들어온 가벼움은 다시는 그 자리를 빼앗기지 않겠다고 선언하기라도 한 것처럼, 가슴속 꽉 들어찬 든든함으로 자신을 받쳐주었다.

'말씀을 전해 들은 것만으로도 이렇게 평안한데, 그분께 찾아가면 자신을 쉬게 해주겠다니 그분은 어떤 분이실까? 고등학교 다닐 때 세계사 시간에 세계 사대성인(四大聖人) 중 한 분이 예수 그리스도라고 배웠다. 천주교 신자들이 다니는 성당에서는 예수 그리스도의 어머니인 성모(聖母) 마리아를 경배한다는 것도 배웠다. 안민걸 토마스 신부님이 우리에게 건네신 그 말씀은 예수 그리스

도의 말씀일 것이다. 언제가 될지 모르지만, 그분의 말씀이 기록되었다는 성경을 한 번 읽어봐야지.'

결혼식이 끝나고 본당을 나오면서 혜용은 그렇게 다짐했다.

혜용은 회사에 사표를 내기 전 주(週) 토요일 오후, 급히 회사 부근에 있는 복덕방을 찾아가 한 달 동안 머물 수 있는 비어있는 사글셋방이 있는지를 알아보고, 계약했다. 다음 날이 일요일이어서 바로 이삿짐을 옮겼다. 한 달만 있으면 미국으로 떠나지만, 회사에 사표를 내기 전에 사택인 오피스텔은 비우는 게 도리라고 생각했다. 여관에 머물까를 생각도 해보았지만, 젊은 여자가 가서 머물 수 있는 곳은 아니었다.

혜용이 거처하는 이 층집은 자그마한 거실에 입식 부엌이 딸린 방이 하나 있는 아담한 집이었다. 세간살이는 거의 없고 작은 책상 하나와 이불을 넣고 옷을 걸 수 있는 천으로 된 조립식 옷장이 하나 있을 뿐이었다. 평소 얼마나 검소하게 절약하면서 살아왔는지, 집주인의 성품을 짐작하게 하는 방 안을 둘러보면서 준웅은 가슴을 훑고 지나가는 또 다른 아픔을 느끼고 있었다.

옷을 갈아입은 혜용이 작은 라디오를 켠다. 곧바로 음악이 나온다. 그런 다음 앞치마를 두르고 입식 부엌 쪽으로 간다. 준웅도 웃옷을 벗고 그곳으로 가서 저녁 준비를 거들 채비를 한다. 중학교 시절 지방 도시에서 함께 자취할 때 부엌일은 늘 함께했다.

"오빠, 오늘은 일이 많겠네. 물에 씻어야 할 식재료부터 챙겨 줘."

입식 부엌에서 맛있는 음식을 조리하는 혜용의 손놀림은 빨랐다. 준웅은 혜용이 원하는 대로 머뭇거리지 않고, 그때그때 식재료를 씻고 모양 좋게 다듬어 건네주고, 조리한 음식은 접시에 담아 식탁에 놓는 조리사 보조역할을 충실하게 해낸다. 혜용이 싱싱한 조개를 넣은 국을 끓이는 동안 준웅은 쌀을 씻어 밥을 안친다.

부산하게 움직이는 시간이 지나고, 두 사람만을 위한 결혼 축하 파티 준비가 거의 마무리되었다. 식탁 위에 차려진 메뉴는 여느 고급 식당 메뉴가 부럽잖은 스테이크, 생선구이, 샐러드 반찬과 국 등 갖가지 음식으로 다양했다. 혜용은 오늘같이 기쁜 날은 마음껏 기분을 내도 하등 잘못된 것이 아니라고 생각한 듯 식재료도 다양하게 준비하고, 평소 잘 사지 않던 과일류도 사 왔었다.

혜용은 분위기를 자아내야 한다면서 양초를 꺼내어 촛불을 켜서 식탁 위에 올려놓고 전등을 껐다. 준웅이 슈퍼마켓에서 사 온, 포도주 마개 따는 도구로 병마개를 따서 먼저 혜용의 와인잔에, 다음엔 자기 와인잔에 포도주를 따랐다. 포도주는 두 사람 모두 처음 마셔보는 술이지만, 포도주는 조금씩 따라 마시는 술이라는 거를 들었으므로, 와인잔의 삼분의 일이 채 못 되는 분량만큼만 따랐다.

진분홍색 와인의 달콤하고 향긋한 내음이 식탁 위를 감돈다. 파티를 여는 모든 준비가 끝났다. 축하해 주는 손님도 없고, 사글셋방에서 갖는 조촐한 축하 파티였지만, 두 사람은 그지없이 행복하고 기쁜 표정으로 서로를 마주 보며 와인잔을 들었다.

"오빠, 결혼 축하해."

혜용이 먼저 말한다. 촛불에 비친 그녀의 얼굴은 너무나도 밝고 그늘진 곳 하나 없다. 풋풋한 숫처녀의 다소 딱딱하고 앳된 느낌만을 주던 그녀가 반나절 사이에 전혀 다른 사람으로 변모한 듯 그 눈빛은 한없이 따뜻하고 얼굴에 감도는 분위기는 그윽하다. 오빠가 자기를 지켜주겠다고 약속한 그날부터 마음속에서 몰래 키우고 있던 오빠에 대한 그리움과 사랑의 감정을 이제 오픈할 때가 되었다고 생각한다.

"오빠, 사랑해."

그 한마디 말을 꺼내는 혜용의 눈이 물기로 젖는다. 얼마나 하고 싶었던 말이었던가! 이렇게 스스럼없이 사랑한다고 말하게 되는 날이 올 줄은 생각지도 못했었다.

"고마워, 나도 많이 널 사랑해."

사랑의 감정을 풍성하게 가지고 있음에도 운명의 신(神)은 그 감정을 느끼지 못하도록 감정의 문을 자물쇠로 채워놓고 있다가, 이제 열어줄 때가 되었다고 생각한 듯 그 문을 활짝 열어주었다. 그 문을 통해 준웅의 잠자던 감정은 뜨겁게 데워지며 분출되기 시작한다.

'내가 이렇게 혜용을 좋아하고 있었던가?'

혜용은 이제 막 꽃술을 열고 갓 피어난 꽃처럼 아리땁고 생기가 넘친다. 분명 오늘 결혼식을 치르고 나서 혜용의 갇혀있던 감각(感覺)은 본래의 기능을 되찾고, 그 나이에 맞는 젊은 여성의 생기 있고 활기찬 모습으로 돌아온 듯하다.

"그래, 나도 고마워. 오늘 보니 오빠가 내 남편이 되어준 게 너무나도 감사했다!? 건강하고, 잘생기고, 마음씨 착하고, 공부도 잘하겠다, 무엇 하나 빠진 게 없어. 난 복 받은 여자야!"

생글생글 웃으면서 말하는 혜용은 자신의 진심을 농담으로 말하는 어투에 담는다. 준웅은 웃으면서 그 말을 새긴다. 난 혜용에게 아무것도 해준 게 없는데, 자기를 이렇게 생각해 주는 그녀가 고맙지 않을 리 없다.

"내가 할 말을 혜용이가 해주네. 혜용이처럼 영민(英敏)하고 강인하고 적극적으로 자신의 삶을 개척해 나가는 여성을 어디 가서 만날 수 있을까? 나야말로 소중한 보물을 가지게 되었어."

미소를 머금은 얼굴로 혜용은 오빠의 말을 한마디 또 한마디 마음에 담는다.

"건배해야지!? 서로 잔만 들고 있네?!"

"그래! 우리가 나아가야 할 앞날을 위해서, 건배!"

"건배!"

혜용은 오빠의 건배사에 후렴을 달고 와인잔을 입술에 가져간다. 달콤한 와인 맛이 입에 착 감긴다.

두 사람은 촛불이 은은하게 비치는 로맨틱한 방 안의 분위기를 즐기고 싶다는 듯 전등도 켜지 않고 결혼 첫날밤 저녁 식사를 한다. 중학교 다닐 때 함께 자취하면서도 느꼈지만, 혜용이 만들어 주는 반찬은 맛있다. 똑같은 재료로 반찬을 만들어도 유독 맛있게 만드는 사람이 있다. 그러한 사람은 그 사람의 손끝에서 나오는 손맛이 좋아서 그런다고들 말한다. 준웅은 혜용의 음식솜씨가 연구하고 비교하고 판단하는 그녀의 성품에 닿아있다고 생각한다.

"이번 주가 지나면 출국 준비로 더 바빠질 테니까 이번 주말에 적송마을에 인사드리러 다녀올까? 내일 구청에 가서 혼인신고서 양식도 얻어와야겠어."

준웅의 제의에 혜용은 깜박 잊고 있었다는 듯 이내 고개를 끄덕이며 찬동한다.

"그래, 오빠. 이번 주말에 다녀오는 게 좋겠어. 다음 주말엔 대학 동기들이 환송회를 해준다고 연락을 해왔어. 사양했는데도 나보고 먼저 가서 터를 잘 닦아놓아야 나중에 자기들도 갈 기회가 오지 않겠느냐며 자꾸 권하네."

"동기들도 혜용이가 부럽고 자랑스러워서 축하해 주려고 하는 거니까 기쁜 마음으로 참석해. 난 졸업 동기들이 나보다 어려선지 그런 낌새도 보이지 않더라."

준웅이 부러운 얼굴로 혜용을 바라본다. 혜용은 고개를 끄덕이며 알았다는 표정을 짓는다.

식사하면서 두 사람은 와인을 두 잔씩 더 따라주고 마셨다. 술기운이 몸에 확 퍼진다. 얼굴이 달아오르고 머릿속에서 뭔가가 회전하는 듯 기분이 몽롱해진다. 배불리 식사를 마친 준웅이 전등을 켜면서 말한다.

"내가 치우고 설거지할 테니까 혜용인 먼저 씻어. 술기운도 깰 겸."

준웅은 난생처음 마신 포도주 석 잔에 이렇게 취기가 오르다니, 혜용은 더 할 거야라고 생각하며 혜용을 배려하는 것이다. 혜용도 취기를 느낀 모양으로 머리를 좌우로 두어 번 흔들더니, "술기운이 오른다는 게 이런 걸까? 그럼 오빠, 부탁해. 내가 먼저 씻을게." 하며 갈아입을 옷을 찾아들고 약간은 흐트러진 자세로 욕실로 들어간다.

천천히 식탁을 치우고 남은 음식을 플라스틱 통에 담아 놓고 설거지하면서, 준웅은 마치 꿈을 꾼 것처럼 가슴 벅차게 한 오늘 일들을 음미한다. 전혀 예상치 못한 일이었다. 마치 성당에서 우리가 찾아올 줄 알고 모든 일을 미리 준비해 놓은 듯 결혼식 진행 절차는 짜임새 있었고, 하객(賀客)을 초대하여 큰 예식장에서 결혼식을 올리는 것 못지않게 경건하고 품격을 갖추었다.

세상일이란 손 내밀지 않았음에도 도와주는 손길이 있다는 걸 다시금 새삼스러워하며, 준웅은 그 비밀이 어디에 있는지, 곰곰 궁리해 본다.

설거지가 끝났음에도 욕실에 들어간 혜용에게선 아무런 기척이 없다. 자그마한 거실 쪽 문을 열면 바로 옆에 욕실 겸 화장실이 있어, 욕실에서 나는 소리는 들릴 수 있는 집 구조다. 아마도 술기운을 깨려고 욕조에서 몸을 담그고 있는 게 아닐까 하며, 수돗물 나오는 소리에 귀를 기울였으나, 소리가 들리지 않는 걸 보니 수도꼭지는 잠근 모양이다.

'피곤하겠지. 오늘 큰일을 치르면서 요동치는 감정을 견디느라 고생했어.'

준웅은 혜용이 피로를 씻어내고 나올 때까지 기다리기로 하고, 옷장에서 요와 이불을 꺼내 보일러가 들어오는 아래쪽 자리에 편다. 요와 이불은 혼자 사용하기에는 넉넉한 크기여서 두 사람이 눕고 덮어도 작지는 않을 거 같다. 이부자리를 깔면서 준웅은 그만 부끄러운 생각이 든다. 이 방은 신방(新房)이라는 생각이 들었기 때문이다.

마치 오늘 함께 신방에서 잘 것을 염두에 두기라도 한 것처럼 이부자리는 청결하고 베개도 두 개나 있다. 평소 미리 준비하고 만일에 대비하는 혜용의 성품이 드러난다.

준웅은 책상 앞에 앉아 적송마을에 다녀올 일을 곰곰이 생각해 본다. 오랜만에 뵙는 어르신들께 선물도 준비해야겠고, 성묘(省墓)할 때 갖추어야 할 제수품(祭需品)도 마련해야 할 것이다.

'이번 성묘는 우리들이 처음 부모님께 드리는 인사이니, 격식을 갖추어 드리고 싶다. 혜용과 의논하여 준비해야지.'

라디오에서는 팝송 한 곡이 조용히 흘러나오고 있다. 영어 노랫말이 귀에 쏙쏙 들어온다. 지금껏 마음먹고 음악감상을 해본 일은 없다. 오늘 혜용의 집에서 라디오에서 흘러나오는 음악을 듣고 있자니 잔잔한 멜로디가 포근히 가슴을 적신다. 귓가로 흘러들어오는 그 선율은 누군가가 자기 마음을 절절히 드러내고 호소하는 듯한 느낌을 주어 그냥 지나쳐지지 않는다.

'음악이란 이런 마법(魔法)이 있어 사람들이 좋아하고 빠져드는구나.'

책꽂이에 꽂혀있는 책을 꺼내 읽어보려다가 준웅은 흘러나오는 음악에 귀 기울이며 그 자세를 유지한 채 앉아있다. 나중에 알았지만, 준웅이 귀 기울인 첫 음악은 '사이먼 앤 가펑클'이 불러 크게 히트한 곡인 '사운드 오브 사일런스The Sound of Silence'였다.

군대에서 열심히 공부한 영어 회화 실력 덕분인지, 영어로 부르는 노랫말의 뜻이 어느 정도 귀에 들어온다. 그 뜻이 어쩐지 자기 처지를 대변해 주는 것 같아서 준웅은 끝까지 집중하여 그 곡을 들었다. 그 곡이 끝나자 다른 음악이 흘러나온다. 애조 띤 바이올린 곡이었다. 음악에는 문외한(門外漢)인 준웅은 그 곡이 무슨 곡인지 알지 못했지만, 그 선율을 귓가로 들으면서 '침묵의 소리'는 무엇을 의미하는지를 곰곰이 생각한다.

'울림이 없어도 소리가 나는 것, 귀에 들리지 않아도 소리가 나는 것, 그것은 마음의 귀로 들을 수 있는 소리가 아닐까? 나는 마음의 귀를 가지고 세상 소리를 들어본 적이 있는가?'

철학적인 해석을 구하는 어려운 물음인 것 같아서 준웅은 고개를 흔든다.

'내가 살아온 그 많은 침묵의 시간은 과연 내게 무엇을 가져다 줄까?'

말을 잃어버린 것은 아니었지만, 내 안의 말은 온전한 말의 형태를 갖추지도 못하고 방치되어 있었던 거만 같았다.

책상 의자에 앉아 혼자만의 상념에 잠겨있던 준웅은 방문이 열리는 소리에 고개를 들었다. 연한 살색 바탕에 연분홍 꽃잎 무늬가 있는 잠옷을 입은 한 여인이 발갛게 상기된 얼굴로 자기를 바라보고 있었다. 그 얼굴은 보일 듯 말 듯 희미한 미소를 입가에 머금고 수줍어하며 무슨 말인가를 할 듯 말 듯 망설이고 있었다.

욕실에서 나온 혜용이 물기가 남아있는 머리칼을 풀어헤치고 전혀 다른 여인의 모습으로 서 있었던 거다. 준웅은 그 눈빛에서 무언가 갈구하는 듯한 강한 느낌을 받는다. 맥박이 빨라지고 감정이 뜨거워지며 호흡마저 거칠어진다.

"오빠, 욕조에 들어가 앉아있다가 그만 잠이 들었나 봐. 기다리게 해서 미안해. 얼른 들어가 씻어."

혜용이 미안해하는 표정으로 말한다. 준웅은 자신의 감정을 혜용에게 들킨 거 같아 당황해하며 얼른 고개를 떨군다. 준웅은 가지고 다니는 가방에서 추리닝을 꺼내어 들고 곧장 욕실로 향한다. 추리닝은 학교 도서관에서 공부할 때 갈아입는 옷이다. 도서관은 난방이 잘 들어와 겨울 파카를 입고 있으면 더워서 더 얇은 옷으로 갈아입어야 편하다. 욕실은 겨우 한 사람이 몸을 움직일 수 있을 만큼 비좁다. 세면대와 변기가 있고, 안쪽에 욕조가 있는데 사람이 들어가 쪼그려 앉아있으면 꽉 찰 만큼 작은 크기다. 혜용은 이 작은 욕조에 따뜻한 물을 받아 몸을 담갔다가 그만 잠이 든 모양이다.

준웅은 샤워를 틀어 머리를 감고 몸을 씻는다. 오늘 결혼 첫날밤을 혜용과 함께 한 이불을 덮고 잘 것을 생각하니 무얼 어떻게 해야 할 것인지 생각은 헝클어지고 머릿속은 이런저런 상상으로 복잡해진다. 젖은 머리를 드라이어로 말리고 옷을 입고 방으로 들어가려는데 멈칫거려진다. 남녀 간의 사랑의 행위는 소설책을 읽으면서 간접 체험을 했을 뿐 실제로 체험해 본 경험이 없어, 어떻게 해야 하는 것인지, 불안하기도 하다.

그 점에서는 혜용도 마찬가지였다. 혜용은 오늘 밤 자기의 처녀성을 오빠에게 바치는 상상을 하면서 몸을 정결(淨潔)하게 하고 싶어 욕조에 몸을 담갔다. 그러다가 술기운과 몸을 덥혀주는 따뜻한 물의 온도가 상승작용을 일으키며 잠을 불러오자 그대로 빨려 들어가고 말았다.

준웅은 호흡을 가다듬었다. 오늘 밤 자기의 동정(童貞)을 혜용에게 바치는 상상을 하는 것만으로도 촉감(觸感)의 비늘은 곤두서고 꿈틀거리는 본능은 제어할 수 없을 만큼 타오른다.

방 안은 전등 대신 책상 위에 있던 스탠드 전구를 약한 밝기로 켜놓아 어두침침하다. 혜용은 이불 속에서 천장을 바라보고 누워 있다. 목 부위까지 이불을 덮어쓰고 있어 잠옷을 입고 있는지, 어쩐지 알 수가 없다.

"오빠, 옷 벗고 들어와."

혜용이 잔뜩 잠긴 목소리로 말한다. 그제야 혜용이 옷을 벗고 누워있다는 것을 감지한 준웅은 주섬주섬 입었던 옷을 벗고 이불 속으로 들어가 혜용의 곁에 눕는다. 혜용이 몸을 돌이키더니 준웅의 몸을 껴안는다. 아무것도 걸치지 않은 미끈한 여체(女體)가 남자의 맨몸에 찰싹 밀착하더니 이미 뜨거워진 몸의 열기를 내뿜는다. 그 자세로는 불편하다고 생각하는지, 여체는 남자의 맨몸 위로 자기의 몸을 얹고는 남자의 입술을 찾아 목이 마른 듯 입술을 더듬고 남자의 입을 열더니 입 안으로 혀를 넣어 혀를 빨아들인다.

남자의 몸이 뜨겁게 반응함과 동시에 몸을 돌리더니 여체의 몸 위에 자기 몸을 얹고는 입술로 여체의 목을 더듬고 양손으로 여체의 젖가슴과 등과 다리를 더듬기 시작한다. 마치 여체가 어떻게 생겼는지 손으로 확인하는 것처럼, 손의 놀림은 빠르고 손가락 끝은 강한 열기를 내뿜는다.

밑에 누운 여체의 입에서 거친 호흡이 일어나고 가느다란 신음이 뱉어진다. 남자는 더는 팽팽하게 긴장된 남자의 욕구를 그대로 둘 수 없다는 듯 여자의 속에 있는 문을 찾아 그 욕구를 깊숙이 들이민다. "아!" 하는 여자의 비명이 들리고 이어 여자의 두 손은 남자의 목을 휘어 감고 경련을 일으키며 더욱 남자의 몸에 자신의 몸을 밀착시킨다.

남자가 여체 위에서 본능적으로 몸을 동작할수록 여자의 신음도 더 커지고 호흡은 더욱 가빠진다. 남자는 여자가 흥분해서 신음 소리가 높아지는 것을 알게 된 모양이다. 육체의 행위는 서로

가 모두 즐거워야 한다는 걸 책에서 읽은 기억이 난다. 지금 여자가 그 즐거움의 한가운데 있다는 거를 남자는 눈치챈다. 그 즐거움을 오래 지속시켜 주는 것이 자기의 도리라고 생각한 듯 남자는 본능의 욕구를 스스로 조절하려고 애쓰며 여체를 쓰다듬고 입술로 머리와 귀, 목, 젖가슴을 핥듯이 빨아들인다.

여체의 몸은 뜨겁게 달아오르고 정신이 혼미한 가운데서도 육신이 안겨주는 쾌락은 더할 수 없이 감미로워, 여자는 이 쾌락의 시간을 쉽게 보내고 싶지 않다는 듯 더 강렬하게 몸을 움직여 쾌락을 좇는다. 전혀 경험이 없는 육신은 몸을 움직일수록 쾌락이 일어나는 곳을 촉감으로 알려주고, 그에 반응하여 동작을 반복하면 그 쾌락의 즐거움은 배가(倍加)되는 것을 느낀다.

몸이 둥둥 떠서 하늘 위로 치솟아 오르는 듯 감미롭고 호흡을 멎게 하는 쾌락의 열기는 식을 줄을 모르고 불이 붙고는 한다. 그러다가 남자의 온몸의 힘이 여자의 속 깊은 문 쪽으로 쏠리는 느낌을 받는 순간 여체는 아득한 창공으로 떠올라 형언할 수 없는 희열로 몸부림친다.

남자는 여체가 격렬하게 몸부림치는 것을 느끼자, 이때가 여체의 즐거움이 절정에 이른 순간이라는 거를 직감하고 자신의 욕구를 발산하는 격렬한 동작을 시작한다. 이십육 년을 지켜온 남자의 동정이 여체 안으로 빨려 들어가고 여자의 몸 안에서 분출한 체액(體液)은 그 동정을 기다렸다는 듯 반갑게 감싸 안는다.

절정에 이른 남녀의 두 몸이 뒤엉켜 황홀감은 극치를 이루고 불꽃 튀는 섬광(閃光)이 허공을 밝히고 스러지고, 또다시 밝히고 스러지기를 몇 번을 반복한다.

여체의 동작이 서서히 잦아들더니 이윽고 그 동작이 멈췄다. 남자의 몸도 그에 맞추어 동작을 멈췄다. 두 사람의 몸은 땀으로 흠뻑 적셔져 있다. 천장을 바라보고 누워있던 혜용이 속삭인다.

"오빠, 힘들었지. 덕분에 난 행복했어."

"힘들기는, 나도 좋았어."

"땀에 젖은 몸으로 자면 감기 들어. 따뜻한 물로 샤워하고 옷 입자. 오빠 먼저 샤워해."

"아냐. 혜용이가 먼저 해. 어서!"

준웅은 늘 혜용일 먼저 배려하는 것이 몸에 밴 듯 선뜻 혜용일 일어서게 한다. 혜용은 고개를 끄덕이곤 옷장에서 모포를 꺼내어 몸에 두르고 벗어놓은 옷을 들고 방문을 나선다.

다음 날 아침 두 사람은 아침 여덟 시가 다 될 때까지 푹 잤다. 즐거움이 가득한 사랑의 행위 끝에 찾아온 나른한 피곤이 두 사람 모두 깊은 잠에 푹 빠지게 한 것이었다. 어제저녁 만찬을 하고 남은 반찬과 국거리로 아침을 든든히 먹은 두 사람은 그날 스케줄을 서로 나누었다. 준웅은 구청에 가서 혼인신고서 양식을 받아오고 전화국에 들러 적송마을 하 촌장님께 전화하고 나서 도서관으로 가겠다고 했다.

혜용은 국비 유학업무 담당사무처에 들러 그간 변경된 일정이 있는지, 더 준비해야 할 서류 및 안내사항이 있는지를 확인하고 도서관으로 간다고 했다.

구청에 들러 서류를 받아오고 전화국에 가서 적송마을 관할 면사무소에 전화하자, 전화를 받은 직원은 적송마을에 일반 전화가 가설되었다면서 하 촌장 댁 전화번호를 가르쳐 주었다. 그 사이 적송마을에도 시대의 흐름을 타고 변화의 바람이 불고 있는 모양이다. 적송마을의 푸르른 소나무밭과 옹기종기 모여있는 마을의 초가집이 떠올랐다. 고등학교를 졸업한 이후로 그곳에 가보질 못했으니, 벌써 칠 년이 다 되어간다.

하 촌장님은 반갑게 전화를 받으신다. 충청도 억양의 말투도 그대로이시고 따뜻하고 정이 가득하게 묻어있는 음성도 똑같다. 그동안 안부 여쭙지 못해 죄송하다는 인사를 드리고 나서 준웅은 먼저 결혼 소식을 알린다.

"하 촌장님, 혜용이와 제가 결혼을 하였습니다. 저희 처지가 누구에게 알릴 수 있는 형편이 아니어서 두 사람만 결혼식을 올렸습니다."

"그랬는가, 전혀 몰랐구먼. 축하하네."

하 촌장은 깜짝 놀라는 기색을 목소리에 담아 축하 인사를 건넨다. 준웅은 갑자기 결혼하게 된 사정을 말씀드리는 것이 도리라고 생각한 듯 다음 말을 잇는다.

"실은 저희 두 사람 모두 국비장학생 시험에 합격하여 미국으로 유학을 가게 되었습니다. 결혼한 부부로 가게 되면 여러 가지로 도움이 되겠기에 갑자기 결정하였습니다. 마침 무료로 결혼식을 올려주시는 성당이 있어서 신부님 앞에서 결혼 서약을 하였습니다. 그래서 저희들 호적상 부모님께 먼저 인사드리고, 부모님 산소에 성묘도 다녀오고 싶어, 이번 주말 적송마을에 내려가려고 합니다."

준웅은 결혼식을 서둘러 올리게 된 배경이 미국 유학을 함께 가기 때문이라면서, 호적상 부모님과 낳아주신 부모님 산소에 인사드리러 내려간다는 말을 한꺼번에 정리하여 말씀드린다. 하 촌장은 놀라움과 기쁨이 한데 어우러진 목소리로 톤tone이 높아진다.

"미국 유학을 가게 되었다고?! 혜용이도 함께?! 우리 마을에 경사 났네! 경사 났어! 국비장학생이 되려면 경쟁이 치열했을 것인디, 참으로 대단하네. 대단혀."

하 촌장은 국비유학생 시험이 얼마나 어려운지를 짐작한다. 지금과 달리 천구백칠십 년도 하반기만 해도 유학은 재력 있는 집안의 자제들만이 갈 수 있는 코스라는 인식이 일반적이었다. 그러니 아무런 배경도 없는 준웅과 혜용이 오로지 자기들 실력만으로 그 어렵다는 국비장학생이 되었으니, 하 촌장이 탄성(歎聲)을 토해내는 것도 과장된 게 아니다.

"자네들 힘으로 그런 영광을 이루었으니 말할 수 없이 기쁘네. 언제 출발하게 되는가?"

"이월 둘째 주 월요일입니다."

"이월 둘째 주라… 이십 일 남짓 남았구먼 그랴."

하 촌장님은 잠시 말을 끊고 무언가 생각하는 듯 뜸을 들이신다. 오육 초쯤 침묵을 붙들고 계시더니,

"그라믄 주말보다는 평일에 다녀가믄 어떻겠는가? 그사이 우리 마을 젊은이들이 대처(大處)로 많이 나갔네. 자네들 학교 다닐 때보다 고등학교에 다니는 학생도 많아지고 결혼하여 이 마을을 떠나 타지방에서 살고 있는 사람들도 있네. 주말이면 그네들이 부모님 댁에 와서 지내다가 가니 자연 사람들 왕래가 잦네. 아무래도 자네들이 조용히 왔다 가는 게 좋을 것 같아 하는 말이네. 이런

말을 꺼내어 미안혀."

 준웅은 하 촌장님의 말씀하시는 뜻을 곧바로 이해한다. 시대는 여전히 이념의 날카로움이 번뜩이고 있었고, 마을 주민들을 통해 세상 돌아가는 분위기를 전해 듣는 하 촌장님은 마을의 보배인 이 두 젊은이에게 행여라도 해(害)가 미칠까, 조심하는 것이다.

 "촌장님 말씀 잘 알겠습니다. 그러면 다음 주 월요일 찾아뵙겠습니다. 산소에 성묘할 때 필요한 제수(祭需)는 저희가 준비하겠습니다. 차 시간을 확인하게 되면 읍소재지에 도착하는 시간을 알려드리겠습니다."

 "제수? 번거롭게 신경 쓰지 말게. 우리가 늘 해오던 대로 격식을 갖추어 준비할 것이니, 자네들은 신경 쓰지 말고 몸만 내려오게."

 하 촌장은 젊은이들이 제수를 준비한다는 말을 듣고, 이 사람들이 많이 어른이 되었구나라고 생각한다. 유학을 떠나기 전 호적상 부모님께 인사를 드리고, 친부모님의 산소를 찾아뵙고 싶어 하는 그 마음도 가상(嘉尙)하다고 생각한다. '될성부른 나무는 떡잎부터 알아본다'는 말이 있는 것처럼 어릴 적부터 하는 품행이 남다르던 이 젊은이들이 결국 크게 될 재목(材木)으로 자라고 있다고 뿌듯해한다.

 전화국을 나와 공중전화로 시외버스 차편을 알아본 다음 학교 도서관에 간 준웅은 점심 시간에 혜용을 만나 구내식당에서 마주 앉는다.

 "하 촌장님과 통화했는데, 주말에는 도시에서 학교에 다니는 학생들과 외지에 나가 사는 마을 주민들이 부모님 댁에 다니러 와서 지내다가 간다면서 평일에 내려오는 게 좋다고 하셨어. 무슨 뜻인지 알겠기에 다음 주 월요일에 내려간다고 말씀드렸어."

준웅의 말에 혜용은 다시금 자기들이 직면하고 있는 현실이 보여 긴장되었으나, 그 표정을 감추고 고개를 끄덕인다.

"제수는 그곳에서 준비하시겠다면서 우리에게는 신경 쓰지 말라고 하셨어. 평일 차 시간을 알아보니까 아침 여섯 시에 출발하는 첫 버스가 있다는데, 그 버스 편으로 내려가서 호적상 부모님께 인사드리고 산소에 성묘하고 오면 점심때가 될 것 같아. 어르신들께 점심 대접하고 올라오면 좋을 것 같은데, 어떻게 생각해?"

준웅은 적송마을에 내려가는 날 일정을 곰곰이 생각해 본 모양으로 자기 생각을 혜용에게 전한다.

"잘 생각했네. 오빠가 계획한 대로 하면 좋겠다. 이번 주 토요일에 백화점에 가서 호적상 부모님 두 내외분과 하 촌장님 내외분께 드릴 선물을 사려고 해. 따뜻한 내의 각 한 벌씩과 추운 겨울에 외출하실 때 입으실 파카 외투를 선물해 드리면 좋을까 싶은데, 오빠 생각은 어때?"

혜용은 백화점에 가서 무엇을 선물해 드리면 좋을지, 매장을 둘러보고 온 모양으로 선물 내용을 구체적으로 설명한다. 평소에도 생각이 깊은 혜용이 의류를 마음에 두었을 것임을 짐작하니, 혜용의 마음 씀에 공감이 간다. 적송마을에 내려가지 못하는 동안 박형수 촌장님과 김영달 어른의 안댁께서는 모두 돌아가셔서 지금은 찾아뵐 수조차도 없다.

"잘 생각했어. 받는 분께서도 고맙게 생각하실 거야."

"오전에 유학업무 담당사무처에 들러 확인해 보았는데, 출발

일자는 변동이 없고, 다음 주에 유학생에게 지급되는 생활비가 입금된 통장이 나온대. 유학생 본인이 직접 받아야 한대. 항공기에 탑승할 때 유학생들이 준비하거나 주의해야 할 사항이 기재된 안내문을 받아왔는데, 집에 가서 확인해 보자."

다음 날 준웅은 하 촌장님께 전화하여 출발 시각과 도착 예정 시각을 알려드리고, 그날 점심은 자기들이 대접하겠다는 말씀을 드렸다. 아마도 하 촌장님이나 호적상 부모님은 오랜만에 내려오는 우리 두 사람을 위해 점심을 준비하려고 하실 것이다. 미리 말씀드림으로써 그분들이 신경 쓰지 않으시게끔 하는 것이 아랫사람의 도리다. 아울러 혼인신고서를 작성해서 가지고 가겠다는 말씀도 드렸다.

하 촌장님은 마을 아래쪽으로 새로 도로가 났다면서, 그 길은 처음일 것이니 자기가 정류장에 나가 있겠다고 했다. 그날 저녁 두 사람은 백화점에 들러 호적상 부모님 내외분과 하 촌장님 내외분께 선물할 내의와 파카 외투를, 입으실 분의 체격을 생각하면서 골랐다. 고른 다음 여섯 개의 쇼핑백에 각기 받으실 분을 적은 메모지를 붙여서 혼동이 없도록 신경 썼다.

닷새 후 아침 일찍 준웅과 혜용은 적송마을 인근 군청 소재지로 가는 시외버스를 탔다. 고등학교를 졸업하면서 그곳을 떠난 지 칠 년 만에 그곳을 다시 찾는다. 적송마을은 두 사람에게 고향이나 다름없다.

'가슴 아픈 사연을 고스란히 간직한 곳이긴 하나, 그곳이 아니었으면 지금 우리가 이런 모습일 수 있을까?'

준웅은 새삼 적송마을이 고맙고 그곳 사람들이 모두 가까운 친, 인척인 양 정겹다. 그곳에 돌아가신 부모님의 산소가 있으니, 더더욱 애착이 가는 곳이다. 우리가 부모님 산소에 가는 거를 도와주려는 듯이, 겨울 날씨치곤 햇볕이 환히 내리쪼이는 화창한 날씨여서 고맙기만 하다.

쇼핑백은 모두 여섯 개, 준웅이 양손에 두 개씩 들고 혜용이 하나씩 들었다. 버스는 제 시각에 정상 운행되어 군청 소재지에는 여덟 시 반쯤 도착했다. 적송마을로 들어가는 산길 아래쪽으로 가려면 군내버스를 타고 좀 더 가야 하는데, 하 촌장님이 마중 나오신다고 하니 죄송스럽다.

시외버스 정류장은 그새 새 건물로 지어져 ○○터미널이라고 표시된 큼지막한 글자를 입체 모양의 나무 재료로 붙여놓았고, 주변도 훨씬 더 활기롭다. 준웅과 혜용이 선반 위에 올려놓은 쇼핑백을 내려 양손에 들고 버스에서 내리자, 기다리고 있던 하 촌장은 활짝 웃으며 두 팔을 벌려 한 사람씩 안아주곤 기분 좋게 말씀하신다. 두 사람이 머리 숙여 인사할 겨를도 없이 다가와 안아주신 것이다. 여전히 인상 좋으신 얼굴은 그대로이시고, 얼굴빛도 건강해 보이신다.

"어서들 오시게! 그새 어른이 다 되었네 그랴. 내려오느라 수고들 많았네. 자! 저기 승합차가 대기하고 있으니, 그 차에 타고 가면서 얘기들 하세. 기사 양반 얼굴 보면 기억할랑가 모르것네. 우리 마을 청년인데, 인근 도시에서 의류 대리점을 하고 있네."

두 사람이 하 촌장을 뒤따라 승합차가 대기하고 있는 도로변으로 걸어가자, 저만치서 이곳을 바라보고 있던 건장한 청년이 뛰어와 두 사람이 들고 있던 쇼핑백을 모두 양손에 받아 쥔다. 그리곤 서둘러 차 있는 데로 가서 트렁크를 열고 쇼핑백을 모두 실은 다음 다시 준웅네 쪽으로 뛰어와서 두 사람에게 머리를 숙이고 인사한다. 그 태도가 매우 바르고 공손하다.

"저 고덕수라고 합니다. 저는 두 분을 기억하고 있는데, 두 분은 저를 잘 몰라보실 겁니다. 읍내 초등학교 다닐 때 몇 년간 함께 학교에 다녔었지요."

어렸을 때 본 얼굴을 기억하려고 거슬러 생각해 보니, 그때 얼굴 윤곽이 희미하게나마 겹친다. 나보다 삼 년 선배였다고 준웅은 기억해 낸다. 중, 고등학교 때는 방학 때 잠시 왔다가 공부하려고 도시로 올라갔기 때문에 만날 기회는 거의 없었던 거 같다.

"아! 기억납니다. 고덕수 선배님! 잘 몰라보겠습니다. 저 박준웅입니다."

준웅이 머리를 숙여 인사한다. 덕수 형은 손을 내밀어 악수하면서,

"워낙 오래된 세월이 지나 기억이 안 날 걸로 생각했는데, 기억해 주니 고맙습니다. 먼 길 오느라 수고 많았지요."

"선배님, 말씀 낮춰 편하게 하십시오. 세 살 아래인 제가 한참 후배입니다."

덕수는 활짝 웃더니,

"그럼세. 말 내리겠네. 편하게 하세. 혜용 씨도 오랜만입니다. 그간 안녕하셨어요?"

혜용에게로 다가가 머릴 숙이고 인사한다.

"오빠! 안녕하세요? 멋있는 청년이 되셨네요? 저한테도 말씀

낮추세요. 편하게 대해주세요."

혜용은 생글생글 웃으면서 마치 친척 오빠를 대하듯 살갑게 덕수를 쳐다본다.

준웅은 고덕수를 선배님이라고 호칭했다. 대학에선 일 년 선배일지라도 깎듯이 선배님이라고 존대하는 풍토가 조성되어 있으므로, 그 호칭에는 존대와 친밀감이 내포되어 있다. 더군다나 적송마을에서 함께 초등학교에 다닌 손위 선배라면 그 누구보다도 정이 가는 고향 선배이다. 인사를 나누고 모두 승합차에 올라 차가 출발했을 때, 운전석 옆에 앉은 하 촌장이 말을 꺼낸다.

"덕수도 자네들 본을 받고 고학으로 대학에 다녔제. 덕수가 초등학교를 졸업했을 때만 해도 마을 형편이 어려웠으니께. 집안일을 돕다가 자네들이 장학금을 받고 중학교에 들어간 걸 보고 생각을 바꾸어 늦게서야 중학교 졸업 자격 검정고시를 준비하였제. 고등학교 졸업 자격까지 내리 따고 대학은 도청 소재지에서 다녔는데, 고학하느라 참 고생 많았제. 졸업하곤 서울 유명한 의류회사에 다니다가 고향을 못 잊고 도로 내려와 인근 도시에 그 회사 대리점을 차리고 적송마을에서 출퇴근하고 있다네."

운전하던 고덕수가 겸연쩍은 표정으로 "참, 촌장님도…" 하면서 한 손으로 머리를 긁적인다. 오랜만에 만난 고향 후배들 앞에서 자기 자랑을 하는 하 촌장님이 싫지는 않으면서도 왠지 후배들 보기가 낯간지럽다.

"인근 도시에 있는 버스터미널로 내려오라고 하여, 그곳에서 자네들을 태우고 오자고 하 촌장님께 말씀드렸는데, 사람들 이목이 있으니 이곳 시외버스 터미널에서 기다리자고 하셨네."

덕수 선배가 신경 써주는 것도 고맙고, 하 촌장님이 사람들 이목을 꺼려 군청 소재지 시외버스 터미널에서 기다리자고 하셨다는 그 말씀도 준웅과 혜용에겐 고맙다. 두 사람의 존재를 가급적이면 드러내지 않으려고 하시는 마음 쓰심인 것을 알기 때문이다.

준웅과 혜용이 고학하면서 고등학교와 대학에 다녔다는 사실을 어른들에게서 듣고 자란 적송마을의 이세(二世) 자녀들이, 그 본을 받으려고 공부에 열을 올리는 모습을 하 촌장은 보고 있다. 그래서 앞으로도 제2의 고덕수, 제3의 고덕수가 계속 나올 걸 확신하게 되었고, 그래서 준웅과 혜용에게 고마운 마음을 전하고 싶어서 이 말을 꺼낸 것이다.

"자네들이 서울로 유학한 뒤 이곳에서도 도로가 새로 생기고, 그래서 마을에 들어가는 거리가 가까워졌제. 새로 생긴 국도로 해서 차로 이십 분만 가면 마을로 들어갈 수 있는 산길 입구가 나오고, 그곳에서 십여 분만 걸어 올라가면 우리 마을이 나오네. 전에는 읍내에서 한 시간은 걸어가야 했는디, 지금은 그 절반으로 줄었제. 읍내 학교에 다니는 아이들은 마을로 올라가는 도로 입구에서 군내버스를 타면 되니, 학교 다니기가 그전보다 훨씬 수월해졌고."

그 말을 듣고 창밖을 내다보니 왕복 이 차선 아스팔트 도로가 말끔하게 쭉 뻗어있다. 이 지역 군청 소재지와 인근 지역 군청 소재지 간에 직선 도로가 개통된 것으로 보인다.

"이 도로 개통 작업을 시작할 때 군청 도로과에서 연락이 왔제. 국도에서 우리 마을까지 차가 다닐 수 있는 길을 내주겠다고 말여. 마을 사람들에게 의견을 물었더니 대부분 반대하더구먼. 그래서 우리는 찻길이 필요치 않다고 하지 않았는감! 찻길이 나면 외부 사람들이 드나들 게 뻔할 테고, 마을 사람들 모두 그걸 싫어한 것이제. 마을의 전통을 지켜야 하니께."

그럴 것이었다. 대대로 지켜져 내려온 마을의 풍습과 상부상조(相扶相助)하는 마을 사람들의 품성은 외부에서 들어오는 현대식 문물(文物)과 생소한 가치관을 받아들이려고 하지 않았을 것이다. 준웅은 적송마을 사람들이 찻길을 원하지 않는 이유를 충분히 알 수 있었다.

책에서 읽었던 미국 펜실베이니아 주의 '아미쉬 마을Amish Town'이 생각났다. 십팔 세기에 영국에서 건너온 청교도(淸敎徒)인 이들은 전통적인 구시대의 생활양식을 고수하길 고집하면서 자동차나 전기 같은 현대 문명의 편리한 문물을 거부하고 조랑말을 타고 동네 밖으로 다닌다고 한다.

책을 읽을 때는 전통을 존중하고 지키는 것은 아미쉬 공동체로 하여금 경건한 신앙생활을 하게 하는 원동력이라고만 이해했었다. 그렇지만 이곳 적송마을 사람들은 신앙과는 관계없이 그들 나름의 전통이, 가볍고 쉽게 변하는 현대 풍조보다 훨씬 소중하다는 자부심을 안고 살아가고 있다고 이해하게 된다.

하 촌장이 말을 마칠 즈음, 승합차는 도로변에 멈춰 섰다.

"박 씨 내외분과 김 씨 내외분은 미리 산소에 가 계실 것이네. 우린 곧장 산소로 가서 성묘하고 나서 마을에 들르세."

준웅과 혜용이 짐을 들고 차에서 내리자, 고덕수는 그 지점에서 백 미터쯤 더 가면 있는 도로변 쉼터에 차를 주차하고 오겠다면서 바로 떠났다.

일월 넷째 주 월요일 겨울 추위가 잠시 숨을 고르는 날, 그날 따라 시퍼렇게 개인 하늘과 채 녹지 않은 산마루의 하얀 눈은 선명한 대조를 이루고 있었다. 산으로 접어드는 길은 이전에 다니던 산길처럼 두 사람이 딱 붙어 걸어가면 겨우 다닐 수 있을 만한 좁은 길이었다.

하 촌장이 맨 앞에서 걸어가고 이어서 준웅과 혜용이 쇼핑백을 양손에 들고 뒤따라 걸었다. 오륙 분쯤 걸었을까, 뒤편에서 급히 뛰어오는 사람 소리가 나더니 고덕수가 숨을 몰아쉬며 다가와서는 혜용이 들고 있던 쇼핑백 두 개를 빼앗듯이 받아쥔다. 이어서 준웅이 들고 있던 쇼핑백 중 두 개를 낚아채더니, 앞장서서 성큼성큼 산길을 걸어 올라간다. 고향 아우들이 짐을 들고 산길을 힘들게 오르는 것을 조금이나마 덜어주려는 큰형님다운 마음 씀이 느껴진다.

마을 사람들이 새로 낸 산길은 준웅이 칠 년 전 걸었던 이전 산길보다 오르막의 경사도가 더 높아, 오랜만에 산길을 걷는 준웅과 혜용은 자연 숨이 차올랐다. 십 분쯤 걸어 올라가자, 적송마을로 들어가는 큰 바위가 나타났다. 오른쪽은 마을로 돌아 들어가는 낯익은 곳이어서 준웅은 반가운 마음에 다리의 피로가 가시는 기분이었다.

"서울에서 내려온 사람들은 올라오느라 꽤 힘들었을 거구먼. 잠깐 쉬어가세나. 도로변에서 이곳까지 십여 분이면 올라오는 가까운 거리여서 묘지 가는 길을 좀 바꿨네. 외부 사람들이 눈치채선 안 되겠기에 왼쪽 큰 바위가 잇닿아 누워있는 쪽으로 올라가서 옆으로 내려가는 길을 새로 냈제. 바위에는 사람 발길의 흔적이 남지 않응께로."

하 촌장님은 칠십 가까이 되는 고령임에도, 서른셋 산(山) 사람이 잠들어 있는 묘지의 위치를 외부에 노출하지 않으려는 노력을 계속하고 계셨다. 준웅과 혜용은 머리를 숙이며, 그 고마움을 가슴에 받아 안는다. 왼쪽 큰 바위는 오르기에 꽤 가팔라 숨이 찬다.

고덕수는 한달음에 큰 바위를 올라채더니 평평한 곳에 짐을 내려놓고 다시 내려와 왼손으로 준웅의 짐을 받고 오른손으로 준웅의 손을 잡아끌어 안전하게 바위 맨 위로 올려주었다. 그런 다음 다시 아래로 내려와 혜용의 손을 잡고 안전하게 끌어올려 주었다. 마치 늘 이 바위들을 뛰어오르고 내리는 다람쥐처럼 그 동작은 민첩하고 가벼웠다.

하 촌장은 고덕수의 도움 없이도 혼자서 큰 바위에 오르셨다. 거기서부터 묘지가 있는 곳까지는 완만한 내리막길이어서 훨씬 힘이 덜 들었다. 그곳은 사람이 다니는 흔적을 남기지 않으려고 마을 사람들이 신경 쓴 듯 겨우 사람 하나가 다닐 수 있을 만큼의 좁은 길이 빽빽이 들어찬 나무숲 사이로 이어지고 있었다.

십여 분쯤 걸었을 때 키 큰 잡목숲 사이로 훤하게 뚫린 공간이 나타났다. 마을 사람들이 새로 낸 이 길은 준웅과 혜용에게는 처음 길이어서 걸어 내려오기가 힘들긴 했으나, 숲이 울창한 산길을 걸어 묘역을 찾아가는 설렘은 큰 기쁨을 안겨주었다.

공간 안으로 발을 내딛는 순간, 아! 준웅과 혜용은 똑같이 탄성(歎聲)을 내질렀다. 깊이를 알 수 없는 시퍼런 하늘에서 쏟아지는 겨울 햇빛은 눈이 부시도록 환하고 투명한 색깔로 공간에서 반짝이고 있었다. 나란히 자리하고 있는 서른세 봉(峰)의 묘지는 깔끔하게 벌채가 되어있고, 묘지마다 심겨있던 작은 꽃나무는 비록 잎을 다 떨군 채였으나 "봄에 다시 잎을 틔우고 꽃봉오리를 맺겠어요!"라고 인사하는 듯 씩씩하게 그 자리에 그대로 서 있었다.

묘지와 묘지 사이, 그 주변 잔디도 잘 다듬어져 있었고, 전에는 볼 수 없었던 키 작은 상록관목(常綠灌木)이 묘지 전체 공간의 바깥 경계선을 따라 원형으로 심겨있어, 그 파란빛이 하늘빛을 닮아 있었다. 마치 어느 이름 있는 집안의 가족 묘원(墓園)에 와 있는 듯한 품격이 느껴져서, 준웅과 혜용은 자신들도 모르게 뿌듯한 자부심(自負心)이 치솟고 있었다.

그때 혜용은 아지랑이처럼 아른거리며 묘지 위로 피어오르는 수십 개의 하얀 연기를 보았다. 하얀 연기들은 즐겁게 춤을 추는 것처럼 하늘거리며 공중으로 떠올라 묘지 위 공간을 꽉 채우는 것이었다. 바람이 불지 않는데도 부드럽게 흔들리는 걸 보면 분명 스스로 흔들림을 즐기는 듯 보인다.

마치 혜용을 향하여 일제히 손을 흔드는 것 같기도 하고, 머리 숙여 인사하는 것 같기도 한 모양새여서 혜용은 혼령(魂靈)들께서 우릴 반겨주는 것 같다고 느낀다.

그 순간 혜용은 문득 깨닫는다.

'돌아가신 혼령들께서 우리가 찾아오는 걸 아시고 반겨주시는구나!'

아버지와 어머니의 혼령을 찾아보고 싶은 마음에 고개를 좌우로 돌리며 하얀 연기들을 하나하나 눈 안에 담아보는데, 그때 햇무리처럼 하얀 원형(圓形)의 테가 숲에서 떠올라 하늘거리는 하얀 연기들을 에워싸고 원을 그리며 천천히 도는 광경이 나타난다.
'아! 이건 이 산의 정령(精靈)인가 보구나!'
그 순간 혜용은 원을 그리는 하얀 햇무리가 이 산의 정령이라고 느낀다.
'정령께서 혼령 모두를 안전하게 지켜주셨어! 고맙게도!'
아버지와 어머니의 혼령은 찾지 못하였으나, 혜용은 정령의 보호로 편히 잠들고 계실 아버지와 어머니의 묘소를 향하여 머리를 숙인다. 뜨거운 눈물이 솟아올라 줄줄 흘러내린다.
혜용이 묘지 입구에서 환영(幻影)을 보고 고마움과 그리움의 감정이 사무쳐 눈물짓고 있는 모습을, 먼저 묘원(墓園) 안에 와 있던 마을 사람들은 착잡한 마음으로 바라보면서 기다린다. 그들 중에는 호적상 부모님과 하 촌장님의 안댁(宅)도 보인다. 준웅 역시 칠 년 만에 찾아뵌 산소 앞에서 갖가지 떠오르는 상념을 주체하지 못하고 그 자리에 서서 조용히 울음을 삼키며 머리를 숙이고 있다.
흐느낌이 가라앉은 혜용은 손수건을 꺼내어 눈물을 닦고 묘원 안으로 들어가서야 호적상 부모님이 와계신 것을 보고 죄송해하며 한달음에 달려와 머리를 숙인다.
"죄송해요. 아버님! 어머님! 제가 딴생각을 하다가 두 분이 와 계신 것을 깜빡했어요."
혜용은 정말 면목 없어 하는 표정으로 머리를 숙이고 또 숙인다. 준웅도 호적상 부모님인 박 씨 아저씨 내외분이 서 있는 곳으로 잰걸음으로 다가가 깊이 머리 숙여 인사드린다.

"그간 안부 여쭙지 못해 죄송합니다. 너무 늦게서야 찾아뵈었습니다."

호적상 부모님은 못 뵌 세월만큼 얼굴의 주름이 늘었으나, 평생을 적송마을의 깨끗한 공기와 따뜻한 인심에 젖어 살아오신 분들답게, 그 얼굴은 한없이 선량하고 평온하셨다.

"죄송하기는 무슨!? 자네들 소식은 하 촌장님을 통해서 그때그때 듣고 있었네. 자네들이 쉬이 몸을 움직일 수 없는 형편임을 이곳 사람들이 모두 알고 있으니, 죄송해하지 않아도 되네. 그러나 자네들 힘으로 그 어렵다는 국비유학생으로 미국 가서 공부하게 된다니, 우리 마을에선 잔치라도 열어주고 싶은 마음으로 축하하고들 있다네."

박 씨 아저씨는 사람 좋은 수더분한 웃음을 얼굴 가득 지어 보이며 준웅의 마음을 편하게 해주신다. 그 곁에 서서 인사를 받으시는 호적상 어머님도 편안한 미소를 짓고 준웅을 바라보고 있다. 그 뒤편에는 마을의 원로 어르신 여섯 분이 나란히 서서 미소 지으며 준웅과 혜용을 바라보고 계신다.

준웅과 혜용은 우리 두 사람이 하면 되는 성묘를 위해 마을의 여러 어르신이 이렇게 나와 주신 것을 보고, 너무나도 감격하여 한 분, 또 한 분 일일이 그 앞으로 다가가서 깊이 머리 숙여 감사의 예를 표한다.

박 촌장님 사모님께도 인사를 끝내고 묘소 앞으로 다가가 보니, 유월에 위령제를 올릴 때처럼 제기(祭器)에 담긴 갖가지 제물(祭物)이 가득 차려져 있다. 준웅과 혜용이 미국으로 떠나기 전 부모님 산소에 성묘하기 위해 내려온다는 말을 전해 들은 마을의 여러 원로(元老)는 그 자리에 함께 참여하자는 데 뜻을 모은다. 그 뜻에 따라 박 씨 아저씨 댁과 김 씨 아저씨 댁에서 정성껏 제물을 준비한 것이다.

그날 준웅과 혜용은 준웅 부모님 산소와 혜용 부모님 산소(山所)에 성묘하면서, 그동안 마음 깊이 차곡차곡 쌓여있던 부모님에 대한 그리움과 죄송함을 통곡(痛哭)의 눈물로 쏟아냈다. 오늘 이곳을 떠나면 언제 다시 성묘하러 오게 될지 기약할 수 없는 그들이었다. 그래서 부모님께 대한 죄송함은 더욱 가슴 깊이 절절히 사무쳐 통곡을 그칠 수가 없다. 또한 그 자리는 두 사람이 부부가 되어 함께 양쪽 부모님께 처음으로 인사드리는 자리였다.

그곳에 올라온 마을 사람들은 통곡을 그치지 못하는 두 사람을 바라보며 함께 눈물짓다가, 하늘을 올려다보며 두 사람이 크게 되어 다시 부모님을 찾아오기를 간절히 빌고 있었다. 중천(中天)에 떠 있는 붉은 해는 그 몸에서 발산하는 따스한 열기를 아낌없이 이곳 묘원(墓園)으로 내려보내 주고 있다.

한겨울이었지만, 그날 준웅과 혜용이 부모님 산소를 찾아 성묘한 그곳 묘원은 경건하고 따뜻하고 품격이 깃든 추모의 분위기로 가득 차 있었다.

성묘가 끝나고 박 씨 아주머니와 김 씨 아주머니가 제기와 제물을 치우는 동안, 준웅이 하 촌장님과 마을 원로 어르신 앞에 가서 자세를 바로 하고 말씀드린다.

"저희는 미국에 가 있더라도 항상 고향인 적송마을을 생각하며 공부에 최선을 다하겠습니다. 오늘 저희가 이곳을 떠나면 언제 다시 적송마을을 찾게 될지 기약할 수가 없습니다. 하오니 부모님과 마을 원로님 여러분께 저희가 오늘 점심 식사를 대접하겠습니다. 덕수 선배님 차로 읍내에 가 계시면, 저희는 부모님 댁에 들러 간단한 서류 준비를 마치고 바로 뒤따라가겠습니다."

승합차의 정원은 아홉 명이어서 그날 함께 자리한 열네 사람은 동시에 이동할 수가 없었던 것이다. 준웅은 덕수 선배에게 읍내에서 가장 큰 한우 고기 식당으로 모시고 가달라고 부탁한다. 덕수는 고개를 끄덕이고 다시 짐을 들고 앞장선다.

적송마을로 돌아가는 길과 산 아래 도로변으로 내려가는 갈림길인 큰 바위 아래에 이르자, 덕수는 들고 있던 짐을 준웅과 혜용에게 건네고 마을 원로 어르신들을 모시고 산에서 내려갔다. 혜용은 적송마을로 가는 산길을 걸어가면서 오빠의 팔을 가만히 잡아당긴다. 앞서가던 준웅이 그 자리에 서서 돌아보자, 혜용은 검지손가락을 입에 대고 말하지 말라는 신호를 보낸 후, 어깨에 메고 있던 작은 가방에서 하얀 봉투 네 개를 꺼내어 오빠 손에 쥐어준다.

"오빠, 부모님과 하 촌장님께 드릴 용돈을 조금 준비했어. 부피가 작은 건 용돈이니까 세 분께 전해드리고, 여기 부피가 큰 봉투는 위령제 지내실 때 쓰실 제수 비용이니까, 하 촌장님께 드려줘."

준웅은 눈을 크게 뜨고는 뜻밖이라는 표정으로 혜용을 바라본다.

"얼른 주머니에 넣어. 우리가 유학 가면 언제 이곳을 찾게 될지 몰라 매년 유월 위령제 지낼 때가 되면 죄송한 마음만 붙들고 있을 텐데, 조금이나마 제수 비용을 드리고 떠나면 우리 마음이 좀 나아질 것 같아."

혜용은 속삭이듯 오빠에게 말하곤 고개를 끄덕이며 길을 재촉한다. 준웅은 혜용이 용돈과 제수 비용을 준비해 온 그 마음 씀에 새삼 놀란다. 자기는 미처 그 생각은 하지도 못했을 뿐더러 설사 했더라도 가진 돈이 없어 아무런 준비도 하지 못했을 텐데, 혜용은 용케도 사람이 할 도리를 알아서 챙기니 미덥기도 하고, 한편으론 미안하기도 하다.

사실 혜용은 삼 년 동안 직장생활하면서 돈 한 푼 허투루 쓰지 않고 꼭 필요한 지출 외에 아낀 돈을 저축했다. 유학 가면 생활비는 나오니까 최소한의 비상금만 남기고, 저축한 돈을 모두 용돈과 제수 비용으로 봉투에 담았던 것이다.

오랜만에 적송마을에 찾아온 준웅과 혜용은 별로 변하지 아니한 마을 모습과 마을을 둘러싼 적송의 푸르름을 보며 감개무량(感慨無量)한 감정에 푹 빠져든다. 이곳은 우리를 보호해 주고 지켜준 그지없이 고마운 마을이다. 이 마을이 아니었다면 우린 진즉 살벌하게 번뜩이는 이념(理念)의 광야로 붙들려 가서 학교에도 다니지 못하고 허기지고 고통스러운 나날을 살아왔을 것이다.

이 마을은 우리의 보금자리요, 이 마을 사람들은 모두 우리의 은인(恩人)이다. 서울에서 대학에 다니면서도 문득, 문득 적송마을을 생각하면 고맙고 감사한 마음에 울컥해지는 감정의 흔들림에 젖곤 했는데, 막상 이곳에 와서 낯익은 산길과 소나무를 보니 그 감정은 더 요동친다.

마을에 들어서자, 박 씨 아저씨는 자기 집에서 서류를 갖추자면서 일행을 안내한다. 마을은 조용하다. 모두 일하러 나갔거나 학교에 가 있어 사람의 모습은 보이지 않는다. 집 안으로 들어가자, 박 씨 아저씨와 김 씨 아저씨는 주머니에서 내외분의 도장을 꺼내어, 준웅이 펼쳐놓은 혼인신고서 석 장의 부모(父母)란에 차례차례 도장을 찍는다.

하 촌장으로부터 결혼 애길 들었는지, 새삼스러이 결혼에 관한 얘긴 묻지 아니한다. 누구보다도 서로의 처지를 잘 알고 있는 외롭고 불쌍한 두 사람이, 평생 서로에게 의지하고 살자고 언약한 것만으로도 잘 된 일이라고 마음의 축하를 보낸다.

혼인신고서 작성이 끝나자, 하 촌장 아주머니가 한마디 덕담을 건넨다.

"외로운 사람끼리 서로 의지하고 세워주며 행복하게 잘 살기 바라네. 아들딸 많이 낳아서 자손복도 많이들 받게나."

좌중에 앉아있던 사람들이 이구동성으로 "그럼! 그렇고 말고!"라며, 격려의 추임새를 모아주신다. 마음속으로는 의지(依支)할 곳 하나 없는 두 사람이 자녀들이라도 많이 낳아 집안이 일어났으면 하는, 바람을 안고 있다.

"지금까지 지켜주신 혼령들께서 자네들 집안이 번창하도록 많이 도와주실걸세. 결혼식에는 참석하지 못했지만, 이곳 마을 사람들 모두가 자네들 결혼을 한마음으로 축하하고 있네."

하 촌장님의 말씀이었다. 그러시더니 품안에서 봉투 하나를 꺼내어 준웅과 혜용 앞에 놓는다.

"우리 마을 사람들이 결혼을 축하하는 마음을 한데 담았네. 받게나."

준웅이 어쩔 줄 몰라 하며 말한다.

"저희는 축하금을 받은 것이나 다름없습니다. 성묘할 수 있도록 준비해 주신 것만으로도 많이 받았습니다."

"그 일은 자네들이 고학한 끝에 국비장학생으로 유학하는 장한 일을 이루었으므로, 마을 사람들이 기쁜 마음으로 준비한 것이제. 결혼 축하금은 식장에 참석하지 못한 미안함도 있고 하여, 너도나도 축하하는 마음을 전하고 싶다고 허니께, 그 뜻을 모은 것이니 받아주게."

더는 사양할 수가 없다. 준웅과 혜용은 깊이 머리 숙여 "감사히 받겠습니다"라고 인사드린다. 그런 다음 혜용이 일어나 방문 옆에 놓아둔 쇼핑백을 들고 와서

"겨울 내복과 겨울 파카 외투입니다. 제가 눈짐작으로 한 분 한 분 맞으실 사이즈로 골랐는데, 잘 맞으실지 모르겠습니다."

그리곤 쇼핑백에 붙여놓은 메모를 보면서 하 촌장 내외분, 박 씨 아저씨 내외분, 김 씨 아저씨 내외분께 순서대로 가지고 가 드린다. 남자분 외투는 털모자가 달린 검은색으로, 여자분 외투는 털모자가 달린 진한 커피색으로 통일했다. 눈발이 날리는 영하의 추위에 입고 바깥출입을 하시면 온몸이 보온이 되는 오리털 고급 파카였다.

남자분 내의는 회색, 여자분 내의는 붉은빛이 도는 살색에 연한 주황빛 꽃무늬가 들어간 것으로 통일했다. 혜용은 백화점에서 가장 비싼 옷들을 골랐다. 지금까지 받은 은혜를 생각하면 집 안에서 쓸 요긴한 살림살이도 준비하고 싶었으나, 너무 부담을 드려도 예의가 아닌 것 같아 의류만을 고른 것이었다.

저축해 둔 통장의 잔액을 모두 찾아 선물을 사고 남은 돈 중에서 비상금만 빼고, 그 나머지 돈은 모두 어르신의 용돈과 위령제

비용으로 봉투에 담았다. 은혜를 입은 사람으로서 가진 재산을 전부 감사의 표시로 전해드려야 한다는 마음속 깊은 울림을 그대로 따른 거다. 옷을 선물 받으면 선물한 사람 보는 데서 꺼내어 입어보고 즐거운 답례를 하는 것이 예의라는 걸 모두 아시는 듯, 어르신께서는 쇼핑백에서 오리털 파카를 꺼내어 그 자리에서 입어들 보신다.

"웜마! 털목도리도 달리고, 그 비싸다는 오리털 파카 아닌감! 자네들 덕분에 늘그막에 호강하게 생겼네!"

"오매! 이게 파카 외투라는 겨!? 참으로 멋져 분디!? 이 옷 입고 마실 댕기믄 고드름이 달리는 깡 추위도 저리 가라 하것는디!?"

"파카 감촉이 왜 이리 미끈하당가? 비단 천보다도 더 보드라운디?"

"오매! 내의 색깔과 꽃무늬가 참으로 이쁘네! 옷감도 두툼허고!"

여러 어르신께서는 옷 선물을 받으시고 기쁜 마음을 감추지 않으신다. 그 모습을 보는 준웅과 혜용의 마음도 흐뭇해진다. 어르신께서 입었던 외투를 벗어서 도로 쇼핑백에 담으시는 걸 본 준웅이 잠바 안주머니에서 봉투를 꺼내어 하 촌장, 박 씨 아저씨, 김 씨 아저씨 앞에 차례대로 놓는다.

"부모님과 하 촌장님께 받은 은혜를 생각하면 너무 약소하지만, 저희들 고마운 마음을 조금 담았습니다. 저희 마음이라 생각하시고 용돈으로 받아주십시오. 그리고 이것은 위령제 올리실 때 쓰실 제수 비용입니다. 지금은 저희가 여유가 없어 많이 담지는 못하였습니다."

준웅은 두툼한 봉투를 하 촌장님 앞으로 내밀고 머리를 숙인다.

"그렇잖아도 혜용이가 직장에 들어간 삼 년 전부터 매년 제수 비용을 보내주어서 잘 쓰고 있는디, 자네들 여비에 보태지 않고 무얼 또 준비해 왔는감? 우리 마을을 위해서도 위령제를 올리는 것이니, 제수 비용은 자네들이 신경 쓰지 않아도 되네."

하 촌장님은 정색하며 봉투를 도로 준웅 앞으로 내민다. 그제야 준웅은 혜용이 지난 삼 년 동안 매년 제수 비용을 보내드렸음을 알아차린다.

'한 번도 그런 말을 한 일이 없었는데, 내가 미안하게 생각할까 봐 입 다물고 있었구나.'

"저희가 멀리 가 있으니, 이렇게라도 해야 저희 도리입니다. 받아주십시오."

"허어! 우리가 노자(路資) 돈이라도 챙겨주어야 하는디, 외려 용돈도 받고 제수 비용도 받자니 미안하기 짝이 없네 그랴. 자네들 뜻이 정 그렇다면 제수를 정성껏 준비하는 비용으로 쓰것네."

하 촌장은 먼저 받은 봉투를 열어보더니

"용돈을 왜 이리 많이 담았남?! 잘 받았으니, 이 돈도 제수 비용에 보태겠네."

그때 말이 없는 김 씨 아저씨가 나선다.

"그렇잖아도 방금 준웅 아버지와 서로 귓속말로 뜻을 모았소이다. 저희가 받은 용돈도 제수 비용에 보태겠소이다."

박 씨 아저씨는 얼굴에 가득 웃음을 머금으며 하 촌장을 향해 고개를 끄덕인다. 그렇게 해서 혜용이 준비해 간 용돈도 모두 제

수 비용에 보태지게 되어 준웅과 혜용은 묘원에 누워계신 부모님께 대한 죄송한 마음을 조금은 덜게 된다.

읍내 한우 식당에서 마을 원로 어르신과 합류한 준웅과 혜용은 살아온 날에 처음이지만 이러한 자리를 마련할 수 있음을 감사하며, 정성껏 식사 시중을 든다. 어르신들이 좋아하시는 술을 주문하고, 어르신 한 분 한 분 앞에 무릎 꿇고 공손히 술을 따라 올리는 준웅은 훗날 목표를 이루게 되면 고향에 와서 이러한 자리를 자주 가지리라 굳게 다짐하며 머리를 숙인다.

일월 넷째 주 월요일 부모님 산소 성묘와 호적상 부모님께 인사차 적송마을에 다녀온 준웅과 혜용은 다음 날 구청에 혼인신고서를 제출하고 유학 준비에 전념한다. 이제 두 주 후면 한국을 떠난다. 혜용은 그 주말 대학 동기들이 마련해 준 환송회 자리에 참석한다.

그동안 대학 동기들은 두세 달에 한 번씩 서로 연락하고 만나 조촐한 식사 자리를 갖고 살아가는 얘기들을 하며 수다를 떠는 모임을 가졌다. 혜용이 유학 간다고 하니까, 동기들은 부러움 반, 서운함 반인 마음을 가지고 나와 주었다. 삼 년 전에 주 교수님이 주관하신 졸업 축하 모임에선 호텔 식당에서 모였지만, 이번에는 동기들끼리만 모였으니 일반 식당에서 식사하고, 이 차로 맥주홀에 가서 편한 자세로 술을 마시며 왁자지껄 떠들고 수다를 떨었다.

동기 중에서 아직 결혼한 친구는 없었다. 혜용도 결혼한 사실은 일절 입 밖에 내지 않았고, 동기 중 맨 먼저 외국 유학을 가는 것이 미안하기도 하여 조용히 자리를 지키고 있었다.

그날 학과 대표인 친구에게서 주 교수님이 삼 년 전 사업가 집안의 딸과 결혼하였고, 아들이 태어났다는 말을 들었다. 제자들에게는 아무에게도 알리지 않은 모양으로, 과 대표 친구도 얼마 전 대학원 교수님을 모시고 대학원 동기들과 식사하는 자리에서 우연히 그 소식을 들었다고 했다.

벌써 잊어버렸지만, 주 교수님이 편지를 보내오신 그 일이 머릿속에 떠올랐다. 지도교수님을 찾아뵙고 유학 떠난다는 인사를 드려야 마땅한 일이었지만, 그 일이 발길을 붙잡는 바람에 혜용은 인사드리러 가는 걸 포기했다. 어쩔 수가 없었다. 대면하는 건 스승님을 불편하게 할 뿐만 아니라 혜용 자신도 내키지 않는 일이므로, 서로를 위해 대면하지 않는 것이 좋겠다고 마음을 굳혔다.

동기들이 교수님께 인사드렸느냐고 물을 때는 바빠서 아직 인사드리지 못했다면서, 떠나기 전 전화로 인사드리고 가겠다면서 얼버무렸다.

그날로부터 십여 일이 지난 이월 둘째 주 월요일, 준웅과 혜용은 시카고행 항공기를 탄다. 준웅은 떠나기 며칠 전부터 대학 일학년 때 유일한 친구이자, 군대 다녀와서 복학했을 때 등록금을 대준 친구 이철우의 소식을 알아보려고 했으나, 알 수가 없었다.

해군 학사장교로 입대한 정확한 날짜는 알 수 없었으나, 어림짐작하여 군 복무 기간을 삼 년으로 치면 일월 말경까지는 전역할 걸로 예상했으나, 친구에게선 아무런 연락이 없었다. 일 년에 두세 차례 주고받던 서신 연락도 육 개월 전부터는 딱 끊겨있었.

유학 떠나기 전에 철우에게 "대학 졸업하고 유학 갈 수 있게 된 것도 다 네 덕분이다. 고마웠다"라고 인사하고 싶었으나, 부산 집 주소도 모르고 다른 친한 친구도 알 수가 없어, 그냥 떠나게 되는 것이 영 미안했다.

준웅은 고마운 친구 철우의 소식을 듣고 싶어 하숙집을 찾아가 철우 부모님이 계시는 부산 집 전화번호를 물어보았으나, 알지 못한다는 말만 들었다. 혹시 학교의 학생처에는 가족 연락처가 있을까 하고 확인해 보았으나, 전화번호는 없고 주소만 있어 그 주소지로 편지를 보냈는데, 수취인 불명으로 반송되었다. 부모님이 다른 곳으로 이사하신 모양이었다.

준웅이 군 복무를 마치고 왔을 때 등록금을 마련해 준 고마운 친구여서 소식을 전하고 떠나는 게 당연한 도리라고 생각했으나, 연락처를 알 길이 없어 애만 태우고 있으니, 이 일이 영 마음에 걸린다. 마음에 걸리는 철우 친구를 생각하면서 공항으로 가는 준웅의 발걸음은 무겁기만 하다.

두 사람이 함께 시카고행 비행기를 타게 된 것은, 두 사람 모두 시카고 대학원 석사 과정에 합격하여 함께 지내며 공부할 수 있게 된 때문이었다. 두 사람의 출중한 실력을 그곳 대학 측에서 인정한 결과일 것이다.

준웅과 혜용은 드물게 부부가 함께 유학 온 케이스로 학교 측의 특별한 관심을 받고, 기숙사 방 하나를 따로 배정받는다. 학생들이 사용하는 기숙사 동(棟)에서 떨어진 별도의 공간에 따로 있는 기숙사인데, 기숙사 방은 아파트처럼 옆방과 구분되어 소음도 차단되고 생활공간도 분리되어 있는 곳이었다.

혜용이네처럼 부부 학생이거나, 신체적인 조건이 독립공간에서 생활해야 할 학생을 위한 기숙사여서 학생들을 위한 학교 측의 세심한 배려가 물씬 느껴졌다.

식사는 학교 식당에서 할 수 있으므로 하루 세 끼니를 전혀 신경 쓰지 않아서 좋았고, 잠자는 시간과 식사 시간 외에는 강의 듣고 도서관에서 공부만 하면 되므로, 너무 좋았다. 준웅은 이곳에서 공부하게 된 것이, 자기의 운명을 바꿀 유일한 기회라고 생각하고 공부에 전념한다. 그 점에서는 혜용도 마찬가지였다.

준웅은 군대에 가 있을 때 영어 원서로 경제학 서적을 탐독했고, 영어 회화책을 거의 외울 만큼 열심히 공부한 밑천이 있어, 강의를 따라가기에 큰 어려움은 없었다. 혜용 역시 영문학 전공을 했기에, 영어는 우리나라 말처럼 듣고 읽고 쓰는 일이 자유로웠다.

두 사람의 공통된 목표는 이 대학에서 박사학위를 받는 것이다. 학위를 받게 되면 가장 강력한 자기 보호의 도구를 지니게 된다고 생각했다.

유학한 해인 천구백칠십칠 년 십일월 중순, 겨울방학에 들어갈 때 혜용은 딸을 순산(順產)한다. 혜용은 출산일 이 개월 전부터 몸이 무겁고 거동이 힘들었으나, 함께 있는 준웅이 이런 일 저런 일을 거들고 챙겨주었으므로, 계속 강의를 듣고 도서관에서 공부하는 등 학업에 열중할 수 있었다. 아기 이름은 혜용이 지었다.

소나무 송(松) 자에 어질 현(賢), '송현'이라고 지었는데, '송' 자는 적송마을에서 따온 것으로 적송마을을 잊지 않겠다는 뜻을 담았고, '현' 자는 어진 사람이 되라는 뜻을 담았다.

산후조리가 끝난 뒤엔 대학교에 부설된 어린이집에 아기를 맡기고 도서관에서 공부했다. 아기들을 학교 밖 유치원에 맡기고 와야만 강의를 들을 수 있는 학부생과 대학원생 엄마들을 위해 학교에서 어린이집과 유치원을 운영하고 있어서, 그곳에 아기를 맡길 수 있었다. 아기는 성격이 좋아 엄마와 떨어져 지내면서도 보모(保母)를 귀찮게 하지 않았고, 어린이집에서 잘 먹고 잘 놀고 또래들과 잘 어울렸다.

아기가 태어나자, 국비유학생 지원 업무를 담당하는 풀브라이트 재단에서는 육아 비용을 지원해 주었고, 그 지원금은 준웅과 혜용에게 큰 도움을 주었다. 인재(人才)를 육성하기 위해서는 어떠한 재정적 지원도 아끼지 아니하는 미국 정부의 장학 정책이 돋보인다고 아니할 수 없다.

천구백칠십구 년 팔월 초, 두 사람은 석사 과정을 마치고 그해 박사 과정에 나란히 합격하여 더욱 공부에 몰두하고 있었다. 방학이었지만 준웅과 혜용은 한가하게 시간을 보내거나 다른 생각을 할 겨를이 없었다. 이곳에 와서 보니 미국 학생들뿐만 아니라 세계 각지에서 온 유학생들의 공부 열기는 놀랄 만큼 뜨거웠다.

그들은 무슨 책을 읽어야겠다고 마음먹거나 교수님으로부터 과제물을 받으면 한 손에는 책을 들고 한 손에는 샌드위치를 들고 먹으면서 책에서 눈을 떼지 않았다. 이십사 시간 불을 켜두고 있는 도서관에는 한밤중에도 학생들이 잠자는 시간을 아껴가며 공부에 여념이 없었다. 한마디로 무서울 정도로 공부에 몰두하는 그들을 보며 준웅과 혜용은 바짝 긴장하지 않을 수 없었다.

그들 모두가 석사 및 박사 과정을 공부하는 경쟁자이므로, 그들 못지않게 공부하지 않으면 안 되었다. 기숙사에서 딸 송현이를 키우다 보니 육아에 신경 쓰는 시간도 적지 아니하여, 그만큼 더 시간에 쫓기며 공부해야 했다.

그날도 딸을 어린이집에 맡기고 도서관에 가려고 준비하던 아침 일곱 시경, 한국으로부터 수취인이 김혜용으로 적힌 국제 전보(電報) 한 장이 날아들었다. 대학 행정실 직원이 기숙사로 가져다준 전보용지에는 뜻밖의 소식이 담겨있었다.

Your farther died of a heavy attack at 5:30 this afternoon. The departure of a funeral procession make a plan at 8:00 a.m the day after tomorrow(오늘 오후 다섯 시 반 아버님 심장마비로 사망. 모레 아침 여덟 시 발인).

시카고와 한국 시간 차이는 시카고가 한국보다 열네 시간 뒤늦게 따라오므로, 미국 시각 오늘 오전 세 시 반에 호적상 아버님이 심장마비로 돌아가셨다는 부고(訃告)였다. 짐작컨대 심장마비라면 돌연사(突然死)이실 것이다. 갑작스러운 심정지 상태가 오면 오 분 내에 심폐소생술을 하고 환자를 바로 병원으로 후송하여야 한다고 책에서 읽은 기억이 난다.

그렇지만 심폐소생술을 아는 누군가가 마을에 있어 그 조치를 했다고 하더라도 구급차로 읍내에 있는 병원까지 가려면 삼십 분, 그곳에서 도시에 있는 큰 병원까지는 다시 삼십 분을 더 가야 하는, 적송마을이 가진 지형적인 한계가 있다.

'아버님은 아마 병원에도 가보시지 못하고 유명을 달리하시지 않았을까?'

그 생각을 하니 혜용의 마음은 착잡해진다.

'마을 가까운 곳에 큰 병원이 있어 마을 사람들이 멀리 떨어진 도시로 가지 않고도 의료혜택을 받을 수 있다면? 건강하시던 아버님이 갑자기 돌아가시다니! 두 살 때 야산 토굴에서 울고 있는 나와 오빠를 발견한 김 씨 아저씨의 부친인 김영달 어르신과 박형수 촌장 어르신은 나와 준웅 오빠를 품에 안고서 산에서 내려와 우릴 살려주셨다. 그때 두 분 어르신이 우릴 구해주시지 않았다면, 우린 토굴 안에서 굶주려 죽었거나 아니면 사나운 산짐승의 먹잇감이 되고 말았을 것이다. 우리들이 이 세상에서 살아갈 수 있도록, 그때 우리의 생명을 구해주신 두 분 어르신은 생명의 은인이시다. 이따금 그때 일을 떠올릴 때면 그 은혜를 평생 갚으면서 살아가야 한다고, 사람의 도리를 잊어선 안 된다고 다짐했는데, 두 분 어르신은 이미 돌아가시고 안 계신다. 그래서 그 아드님인 김 씨 아저씨께 그 은혜를 갚으리라 다짐하고 있었는데, 이제 막 육십이 되는 나이에 돌아가신 것이다.'

그 생각을 하니 혜용은 가슴이 미어졌다. 빨리 한국에 돌아가 호적상 아버님의 장례식에 참석하고 그분이 가시는 길을 배웅해 드려야 한다는 생각밖에 없었다.

아버님 돌아가신 시각으로부터 세 시간 반 만에 전보가 도착한 걸 보면, 하 촌장님은 아버님을 향한 나의 다함 없는 심경을 꿰뚫어 보시고 내게 부고를 보내야겠다고 생각하신 게 틀림없다. 혜용은 머뭇거리지 않고, 준웅에게 곧바로 한국으로 갈 뜻을 밝혔다.

'비행기 좌석부터 알아보자고 서두르는 오빠를 보니, 오빠도 나와 똑같은 생각인가 봐!'

마침 방학 기간 중이어서 학업에는 별 지장이 없을 것이었다. 휴가철이어서 김포공항으로 가는 그날 비행기표는 구할 수가 없었고, 사정을 안 한국 항공사 측의 도움으로 일본 하네다 공항으로 가서 그곳에서 곧바로 김포공항으로 연결되는 항공편 티켓을 끊을 수 있었다.

그날 저녁 시카고에서 일본 항공편으로 출발하면 하네다 공항에서 갈아타고 다음 날 정오 무렵 김포공항에 도착할 수 있었다. 발인하기 전날 적송마을에 도착하여 장례 절차에 참여할 수 있으므로, 혜용은 크게 안도했다.

장례 절차를 모두 마치고 홀로 되신 어머님을 위로해 드리고 오려면 일주일 일정은 잡아야 했다. 오빠가 돌아오는 항공편을 알아보는 동안 혜용은 아기에게 갈아입힐 옷과 일주일 치의 이유식 등을 챙기기 시작했다.

아침 일찍 전보를 가져다준 학교 행정실 직원도 고마웠다. 행정실에는 야간에도 몇 사람의 직원이 남아 교대로 당직 비슷한 근무를 하고 있었다. 캠퍼스 내의 보안순찰, 건물시설의 안전점검, 기숙사 학생들에게 일어날 수 있는 갑작스러운 몸의 이상에 대비하기 위함이었다. 아직 일과가 시작되기 전인 이른 시간에 학교에 도착한 전보를 들고 직원은 캠퍼스 순찰용 카트cart를 타고 급히 기숙사로 찾아온 것이었다.

한국 항공사 직원의 도움으로 왕복 항공권의 예매가 끝나자, 혜용과 준웅은 장례식에 다녀올 채비를 서둘렀다. 생후 일 년 구

개월 된 딸 송현을 데리고 다녀와야 할 쉽지 않은, 미국에서의 첫 한국 방문이었다.

밤 여덟 시 시카고 공항을 출발하여, 다음 날 오전 일본 하네다 공항에서 비행기를 갈아타고 김포공항에 도착한 시각은 한국 시간 낮 열두 시가 조금 넘어서였다. 한 시간 가까이 걸린 입국 수속을 끝내고 준웅은 곧바로 공항 사무실로 가서 고덕수 선배에게 시외전화를 걸었다.

아직 휴대폰이 나오기 전이던 때라 시외전화는 우체국이나 전화국에서 전화망(電話網)을 사용하던 시절이었다. 이 년 전 일월 적송마을에 내려가 인사를 마치고 올라올 때, 덕수 선배는 자기 명함을 건네면서 연락할 일이 있으면 언제든지 전화하라고 말했었다.

선배 집에서는 전화를 받지 아니하고, 하 촌장님 댁 전화도 연결되지 아니하여, 고 선배가 운영하는 사업장에 걸어, 직원에게 부탁했다. 우리가 곧바로 택시를 타고 내려가겠으니, 고 선배가 시외버스 터미널로 나와 달라는 취지를 전해달라고 부탁하고, 하 촌장님 댁 전화번호도 따로 불러주었다.

한 사람은 아기를 안고 한 사람은 캐리어 두 개를 끌고, 산길을 걸어가기는 힘들 것 같아, 고 선배의 도움을 받기로 마음먹은 거다. 공항 건물에서 나와 줄지어 대기하고 있는 택시에 타고 곧장 적송마을 인근 시외버스 터미널로 향했다.

내려가는 동안 준웅은 고 선배나 하 촌장님이 장례 절차에 참여하고 계실 것이 분명하고, 그래서 집에는 계시지 않을 거라는 생각이 들면서도, 고 선배가 우릴 마중 나와 줄 거라는 믿음이 생긴다. 왠지 그럴 거만 같았다. 지난번 만났을 때, 고 선배가 심어 준 신뢰와 든든함이 그렇게 생각하게끔 해준 것일 게다.

택시는 쉬지 않고 두 시간을 달려 시외버스 정류장에 도착했다. 시계를 보니 오후 세 시 반이 조금 넘어 있었다. 택시에서 내리자, 저만치서 고 선배가 손을 흔들며 달려왔다. 다행히 사업장에서 건 전화가 닿은 모양이었다. 승합차에 캐리어를 싣고 준웅 가족이 타는 것을 보고, 고 선배는 운전석에 타더니, 그제야 인사를 건넨다.

"혜용이 아버님 장례일을 돕느라 집에는 아무도 없었는데, 초등학교에 다니는 하 촌장님 손녀가 학교에서 돌아와 전화를 받고는 곧바로 내게 알려주어서 자네들이 온다는 걸 알았네. 이렇게 오리라고는 아무도 기대하지 않았는데, 참으로 감사하네. 혜용이 어머님께서 무척 고마워하실 거구만!"

고 선배는 준웅네가 오리라고는 정말 생각지 않았다는 것처럼 고개를 끄덕이며 놀라움을 나타냈다.

"아버님께서 건강하셨는데, 평소 증세가 나타나지 않으셨는가요?"

고인이 갑자기 돌아가신 게 믿어지지 않는다는 듯 준웅이 묻는다.

"아마도 가끔은 가슴이 답답한 증세를 느끼셨을 텐데, 약이라고는 모르시고 건강하게 생활하시던 분이라 고인께서도 대수롭지 않게 생각하셨던 거 같네. 그날 날씨가 좀 무더웠는데, 오후에 흘린 땀을 식히느라 찬물로 등물하고 방으로 들어오시면서 쓰러지셨다고 들었네."

"덕수 오빠! 워낙 급한 상황이어서 아버님을 병원에 모시고 갈 겨를도 없었겠네요?"

혜용은 궁금하게 생각하고 있던 점을 꺼내어 덕수 오빠에게 묻는다. 마을에서 이십 분 넘게 산길을 걸어 내려가야만이 차로 이동할 수 있는 지형적인 취약점 때문에, 병원으로 후송되어도 생명을 건지기는 어려웠을 거라고 짐작은 하면서도 안타까운 마음에 묻는 것이다.

"난 그 앞 주에 매장 직원들과 함께 여름휴가를 보냈는데, 그때 뵌 아버님은 아무렇지도 않으셨어요. 나중에 들었는데, 하 촌장님이랑 마을 어르신들이 쫓아오시고 젊은 사람들이 나서서 서로 아버님을 업고 산길을 내려가겠다면서 택시를 불러달라고 했다더군요. 그런데 평소 마을 사람들의 병을 봐주곤 하시던 추 씨 어른께서 아버님의 맥을 짚어보고 눈을 들여다보고 숨소리를 들어보고 하신 연후에 고개를 저으며 병원에 갈 일이 아니라고 말씀하셨대요. 그분은 독학으로 의술을 익히신 분이긴 하지만, 웬만한 병증세는 진단을 내리는 분이어서 마을 사람들의 신망을 받고 계시니까, 마을 원로분도 장례 준비를 하자고 결정을 내리셨답니다."

고덕수는 자기보다 삼 년 아래인 혜용에게 존대어를 썼다. 이제 준웅 후배의 아내가 된 사람이니, 제수씨를 대하듯 예절을 지켜야 한다고 마음먹은 모양이다.

"그러셨군요."

"딸이 혜용 씨를 닮았어요. 지금 몇 개월 되었어요?"

"일 년 구 개월 되었어요. 재작년 십일월에 낳았어요."

"아기 키우랴, 공부하시랴 많이 힘들겠습니다."

"오빠가 곁에서 많이 도와주니 그리 힘들지는 않아요."

혜용은 얼굴에 미소를 띠며 대답한다.

차가 마을로 올라가는 도로변에 이르자, 덕수는 지난번처럼 준웅네를 내리게 하고 짐도 함께 내린다. 그런 다음 잠깐 기다리라고 하고는 백여 미터 앞 주차 공간에 차를 주차하고 달려와서는 캐리어 두 개 중 큰 것을 들고 앞장서 산길을 오른다. 그 뒤를 준웅이 작은 캐리어를 들고 가고 혜용은 딸을 안고 산길을 오른다. 산길을 걸어 올라가면서 혜용은 생각한다.

'읍소재지에서 마을로 오르는 산길 아래까지 차로 이십 분, 산길 아래에서 큰 바위까지 걸어서 십 분, 그곳에서 마을까지 오 분 거리인데, 마을의 전통을 지키면서도 인접 도시까지의 교통 편의성을 해결할 수 있으려면? 앞으로도 적송마을에서 사람의 목숨이 걸린 긴급상황이 발생했을 때, 마을 분들의 목숨을 건지려면?'

혜용은 자기가 풀고 싶은 하나의 숙제로 이 문제를 가슴에 담는다.

팔월 초순의 날씨는 무더웠다. 캐리어를 들고 가는 덕수와 준웅은 금세 땀을 흘리기 시작했다. 여름철 옷만을 넣었기 때문에 캐리어는 그다지 무겁지는 않았으나 부피가 커서 비좁은 산길을 헤쳐 나가기가 쉽지 않았다. 만 두 살이 되어가는 딸 송현의 몸무게도 가볍지 아니하여, 혜용도 땀을 흘리는 것은 마찬가지였다.

큰 바위가 나타나고 바위 오른쪽 좁은 길로 돌아가니 적송마을의 울창한 소나무숲이 파란 기운을 뻗치며 나타난다. 태양이 발산하는 강렬한 뜨거움이 그 기세를 누그러뜨리는 오후 네 시쯤 준웅네는 아버님 댁에 도착했다. 빈소는 아버님 댁에 정성껏 모셔져 있었다. 한가운데 영정이 자리한 가운데 하얀 꽃이 영정 주위로 장식된 빈소에는 향 내음이 가득하고, 하 촌장님과 마을 원로 어르신이 모두 빈소를 지키고 있었다.

혜용은 어머님에게 먼저 다가가 위로의 말씀을 건넨 뒤 곁에 서 있는 호적상 여동생에게 딸 송현의 손을 잡아 건네주곤 오빠와 함께 영정을 바라보며 다가간다. 갑자기 슬픔이 복받쳐 올라 혜용은 울음을 터뜨린다.

자기를 낳아주신 친아버지는 아니지만, 호적에 이름을 올려주신 고마운 분! 언제나 김 ○자 ○자 아버님의 딸로 살아올 수 있도록 방패가 되어주신 분! 그 은혜가 너무나도 고마워서 살아가는 여력(餘力)이 갖추어지면 나를 낳아주신 아버님처럼 위하고 효도하겠노라 다짐하고 또 다짐하던 호적상 아버님이셨다.

그런데 그 효도의 첫발도 떼기 전에, 이렇게 작별하게 되다니! 혜용은 그 자리에 엎어져 통곡하기 시작했다. 이젠 효도하고자 해도 효도할 수조차 없는 자신의 처지가 야속했고, 지난 세월 숨죽이며 긴장하며 자신의 운명과 마주하며 싸워온 그 삶의 성취를 아버님에게 드리고 싶었는데, 그 아버님이 떠나시고 말다니!

혜용에게 호적상 아버님은 얼굴도 기억나지 않는 생부(生父)를 향한 그리움을 대체하여 자신의 허전한 마음을 채워주실 수 있는 분이었다. 혜용의 통곡이 너무나도 애절하여 빈소에 계시던 마을 어르신과 마루와 안방에 있던 마을 사람들도 모두 눈시울을 적신다.

준웅도 아내 혜용의 통곡하는 모습에 그 슬퍼하는 감정이 이입(移入)되어 눈물을 흘린다. 그 자리에 서서 주마등처럼 지나가는 자신이 살아온 날들을 더듬으며 자신보다 더 섬세한 감정의 여울에 자신을 맡기고 흐느끼고 있는 혜용의 심정을 받아 안는다. 혜용이 감정이 잦아져서 흐느낌을 멈출 때까지 준웅은 조용히 기다린다. 선하고 편안한 표정의 영정 안 장인어른이 얼굴 가득 잔잔한 미소를 머금고 자기들을 바라보고 계신다.

이윽고 흐느낌을 멈춘 혜용이 자리에서 일어난다. 혜용은 오빠와 함께 영정을 바라보며 재배(再拜)하고 상주(喪主)인 호적상 오빠에게 엎드려 절을 올린다. 그 오빠는 혜용보다 두 살 위고, 호적상으로 혜용 아래 여동생과 남동생이 하나씩 있다. 듣기로는 오빠는 기술계 고등학교를 졸업하고 읍내에서 기계 제작업에 종사하고 있다고 한다. 아직 미혼이다.

"아니 혜용이가 그 먼 데서 어떻게 여기까지 와주어서 너무나도 고맙네! 준웅이 자네도 그 먼 길 오느라 고생했네."

대학교에서 기독교 윤리학을 가르치는 어느 교수는 말씀하셨다.

"고마움을 아는 마음은 사람이 사람다워지는 근본이요, 시작이다."

이 말씀에 비추어 보면 은혜를 알고 감사하는 혜용과 준웅 두 사람은 사람답게 살고자 애쓰는 기본 인격을 갖춘 사람들로 보인다. 그 은혜에 보답하려고 마음먹고 있다가 보답할 대상이 이미 이 세상 사람이 아닌 것을 알고 애통해하며 몸부림치는 혜용의 심정은 종교인이 아니더라도 충분히 공감하게 된다.

저녁이 되자 일터에서 돌아온 마을 사람들은 저마다 빈소를 찾아 줄 서서 조문한 다음 천막이 쳐진 마당과 사립문 밖에 삼삼오오 앉아, 식사와 술을 들면서 고인을 추모하는 시간을 갖는다.

준웅은 누런 삼베옷과 삼베 망건을 쓰고 상주(喪主)인 처남 옆에 서서 일일이 조문객을 맞이한다. 삼베로 된 상복은 직계 남자 가족이 입고 장례를 치르는 것이지만, 준웅은 사위인 처지임에도 자청하여 삼베옷을 입었다.

아내 혜용이 간장을 끊어내듯 통곡하며 슬퍼하는 모습을 보고, 이 자리에 설 수 없는 아내를 대신하여 극진한 마음으로 고인을 떠나보내는 예의를 갖춰야겠다고 마음먹은 것이다. 혜용도 상복인 하얀 무명옷을 입고 부지런히 조문객들이 앉아있는 마루와 천막으로 음식을 나르고 시중을 든다.

딸 송현은 어린아이들이 모여 놀고 있는 작은 방에서 꼬마 오빠와 언니들과 어울리는 것이 재미있는지, 엄마를 찾을 생각을 하지 않으므로, 혜용도 딸 생각은 잊는다. 이곳 마을에서는 고인의 남자 가족은 삼베옷을, 여자 가족은 음식 만들고 음식 나르는 일을 해야 하므로, 여름철에 활동하기 편한 하얀 무명 치마저고리를 입는다. 날씨가 추워지면 검정 치마저고리를 입는다. 마을의 전통인 모양이다.

마을 사람 모두가 조문을 왔고, 마을 아낙네들이 모여 자기 집안일처럼 음식을 만들고 조문객을 대접하는 모습도 마을의 전통인 양 아주 자연스럽다.

조문객들과 마을 아낙들은 준웅과 혜용이 장성한 어른이 되어 부부가 된 사실, 그 어렵다는 국비장학생으로 나란히 미국에 가서 공부하고 있다가 한달음에 달려온 사실을 화제 삼아 이야기에 꽃을 피운다. 친자식이라도 그렇게 극진한 애도를 표하기 어려울 것임에도 호적상 부모에 대해 다함 없는 마음가짐을 가진 모습에 칭찬을 아끼지 않는다.

    삼일장(三日葬)으로 치러진 장례식은 다음 날 아침 발인을 한 다음, 묘지로 향하기 전 마을의 건장한 청년들이 관(棺)을 운구(運柩)하여 마을을 한 바퀴 돌고 장지(葬地)로 향한다. 관을 운구하는 마을 청년들은 모두 여덟 사람으로 한쪽에 네 사람씩 서고, 관을 묶은 하얀 띠를 어깨에 멨다.

    요즈음은 시신(屍身)을 화장하여 유골함을 들고 장지로 갔지만, 그 시절만 해도 매장하는 문화가 남아있어서 당자(當者)는 생전에 매장하길 많이 선호하기도 했다. 준웅은 삼베옷을 입은 채로 직계 남자 형제들과 함께 관 바로 뒤를, 그 뒤를 하얀 치마저고리를 입은 여자 가족들이 뒤따라 가면서 모두 곡(哭)을 한다. 그 뒤를 상복 차림인 남녀 친척들이 뒤따른다.

    상여가 운구되는 맨 앞에서 마을의 어르신 한 분이 손에 든 종을 울리며 상엿(喪輿) 소리(장송곡)를 선창(先唱)하면, 운구하는 상여꾼들은 입을 모아 구슬프게 그 소리를 따라 부르는 운구 절차가 진행된다. 수십 년 전 전통 장례식에서 보던 상여(喪輿)는 따로 준비하지 않은 것 같았다.

    나중에 알았지만, 이백 미터쯤 떨어진 언덕에 마을의 공동 묘원(墓園)이 널따랗게 조성되어 있어서, 굳이 상여를 갖추지 않고 관을 운구하는 장례 절차를 지켜온 적송마을의 관례(慣例)를 따른 거였다. 가족과 친지들 뒤로는 마을의 어른들이 거의 다 참석했을 만큼 하얀 옷을 입은 수많은 남녀가 뒤따랐다.

적송마을 묘원은 정남향을 바라보고 있어, 여름날 오전의 햇볕이 묘원에 가득 내리쪼이고 있었다. 마을 사람들은 생전 모두 이곳에 묻히기를 원하여, 수십 개의 자그마한 봉분(封墳)이 맨 윗줄부터 아래쪽으로 매장되는 순서대로 조성되어 있었다.

봉분의 크기도 똑같았고, 봉분 앞에 세워진 자그마한 비석의 크기도 같았다. 비석에는 예컨대 '광산김씨 ○○지묘'라고 한문으로 쓰여있고, 비석 뒷면에는 출생 일자와 사망 일자, 가족의 이름이 새겨져 있었다. 이 역시 마을에 대대로 내려온, 이 마을이 정한 절차를 따른 듯, 적송마을이라는 공동체가 얼마나 내부적으로 단단하고 전통을 존중하는지를 잘 보여주고 있었다.

봉분은 위에서 볼 때 오른쪽부터 순서대로 조성되는 듯, 고인은 세 번째 줄 오른편에서 일곱 번째 자리에 묻혔다. 한 줄의 봉분 수는 열다섯, 그 아래 잔디와 잡목이 자라고 있는 공터를 어림잡아 짐작하더라도 이후로 두 세대는 이곳에 묻히겠구나 싶다.

상여꾼들이 이미 파놓은 묘지 자리에 하관(下棺)하자, 가족 친지들이 한 움큼씩 흙을 집어 관 위로 뿌린다. 혜용은 이곳에서 또다시 오열(嗚咽)한다. 이제 아버지를 영영 떠나보내면 사는 동안 다시는 아버지라고 부를 분은 안 계신다는 사실이 혜용의 가슴을 시리도록 애통하게 하여 눈물이 그치지 않는다.

친척들이 서럽게 우는 혜용을 봉분 앞에서 일으켜 세워 한쪽으로 데리고 가자, 마을 사람들이 한 사람씩 고인을 떠나보내는 마지막 작별 인사를 한다. 흙 한 움큼을 집어 관 위로 뿌리고 잠깐 머리 숙여 명복을 빈다.

혜용이 호적상 아버지와의 이별을 이토록 슬퍼하는 까닭은 아무에게도 내색하지 않은, 심지어는 준웅 오빠에게도 말하지 않은 자기만의 사연이 있다. 두 살 때 저세상으로 떠난 생부(生父)에 대한 절절한 그리움이 쌓여있는 자리에 호적상 아버지를 모시고, 친아버지를 대하듯 그분에게 효도하면 친아버지에 대한 그리움이 잦아들 거로 마음먹었기 때문이었다. 그런데 이제는 친아버지에 대한 그리움을 대신 받아줄 분조차 떠나시고 만 것이다.

장례 절차는 그날 정오 무렵 모두 마무리되었다. 장지가 마을에서 불과 이백여 미터 거리에 가까이 있어, 여느 장례식처럼 운구차를 이용하지 않아도 되는 모두에게 편안한 장례식이었다.
또한 마을 사람 모두가 내 가족 장례식처럼 장지까지 와서 마지막 하관 절차에까지 참여한 보기 드문 공동체 전체의 엄숙한 장례식이 진행된 것이다. 적송마을 사람들이 자부심으로 지켜온 전통의 일면(一面)을 짚어볼 수 있는 대목이다.
그날 아버님 댁에서 마을 사람들은 모두 상가에서 미리 준비해 놓은 점심을 나누어 먹고 마을의 큰일을 마무리했다. 준웅은 그날 저녁 처가 가족들만이 남은 집에서 준비해 온 봉투를 장모님께 드렸다.
풀브라이트 유학 지원처에서 매달 통장으로 들어오는 생활비를 아끼고 절약하여 모아 둔 비상금 중 거의 전부를 봉투에 담았는데, 장례 비용에 보태 쓰시라고 드리는 것이었다. 장모님과 처남은 공부하는 학생이 무슨 돈이 있겠느냐며 극구 사양하셨지만, 준웅은 저희 정성이라면서 마음 편하게 미국에 돌아갈 수 있게 해 달라고 간곡히 말씀드린다.

나흘째 되는 날 가족들은 장례식을 치르느라 지친 몸과 마음을 푹 쉬기로 하고, 각자 자기 시간을 가지면서 식사할 때만 함께 모여 식사하고 집안 이야기랑 준웅네의 미국생활 이야기에 귀 기울이는 시간을 갖는다. 준웅과 혜용은 시차 적응할 틈도 없이 곧바로 장례 절차에 임하였으므로, 심신이 지쳐있었다. 두 사람 모두 식사하고 나면 잠을 잤다. 다행히 성격 좋은 딸 송현은 미국에서 가져온 장난감을 가지고 놀면서 엄마를 귀찮게 하지 않았다.

하루를 푹 쉬고, 닷새째 되는 날 준웅과 혜용은 딸을 데리고 부모님의 산소를 찾아갔다. 날씨가 더워서 아침 식사가 끝나자, 곧바로 집을 나섰다. 장례식에서 상주(喪主) 역할을 한 호적상 오빠가 동행해 주었다. 이 년 칠 개월 만에 다시 찾아온 부모님 산소였다. 집에서 가져온 간단한 제물(祭物)을 묘소 앞에 올려놓고 부모님의 혼령께 절을 올리고, 마음속으로 지금까지처럼 앞으로도 저희를 지켜주시고 보호해 주시라고 간절히 빌었다.

그날 어머니가 일찍 차려준 점심을 먹고, 두 사람은 적송마을을 떠났다. 김포공항에서 미국행 항공편 출발 시각은 내일 오후 세 시였으나, 내일 오전 서울에서 꼭 들러야 할 곳이 있었다. 내일 아침 일찍 서울에 올라가도 되었으나, 방문해야 할 곳에 들러서 공항에 가려면 시간이 빠듯할 거 같아, 여유 있게 오늘 올라가는 것이 좋을 걸로 생각했다. 그날도 덕수 선배는 출발 시각에 맞춰 산길 입구 아래 도로변에서 기다리겠다고 전화를 걸어왔다. 그곳까지는 친정 오빠가 짐을 들고 배웅해 주었다.

"장례식에 참석해 주어서 너무 고마웠네. 반드시 학위를 따고 돌아오길 바라네."

처남은 준웅의 손을 꼭 잡으며 하직 인사를 하고, 혜용에게도 인사했다.

"장례식에 참석해 주어 고마웠는데, 고생을 너무 시켜서 미안해. 건강하게 잘 지내고 꼭 성공하길 바랄게."

"오빠께서도 건강하게 잘 지내세요. 어머님께서도 늘 건강하시길 빌고 있을게요."

호적상 오빠는 덕수가 운전해 온 승합차에 타고 떠나는 준웅 내외를 손을 흔들며 배웅한다. 차를 운전하며 덕수가 묻는다.

"올라가는 차편을 버스로 하겠는가, 아니면 열차로 하겠는가? 내 매장이 있는 도시에서 열차로 올라갈 수도 있네."

장례를 치르느라 많이 지쳐있을 두 사람이 편한 교통편을 이용하길 바라는 마음이 담겨있다. 준웅이 잠시 생각하다가 서울역으로 가는 열차편을 이용하는 게 낫겠다고 생각한 듯 열차로 올라가겠다고 말한다.

"그렇게 하지. 열차로 올라가면서 그간 피곤했을 몸을 쉬어주면 좋을 것 같네."

역에 도착하니 마침 삼십 분만 기다리면 서울역으로 올라가는 열차를 탈 수 있었다. 덕수는 앞장서서 차표 끊는 창구로 가서 차표 석 장을 구매하여 준웅에게 건넨다. 아이 좌석까지 챙겨준 것은 혜용이 편하게 앉아 가라는 마음 씀일 것이다.

"비행깃값이라도 보태줘야 하는데… 다음에 오면 그때는 예의를 차리겠네. 미안하네."

"무슨 말씀을! 마음 써주신 것만으로도 너무 감사합니다. 이 차표만으로도 충분합니다."

마음이 넓은 큰형님 같은 덕수 선배를 이번 한국 방문길에 만난 거는 준웅에게 큰 기쁨이었다. 고덕수와 박준웅의 인연은 이렇게 시작되어, 장차 준웅과 혜용이 적송마을에 기울이는 관심과 후원을 연결해 주고 구체화(具體化)하는 가교(架橋) 역할을 하게 된다. 덕수는 플랫폼까지 짐을 들고 나가 객실 칸에 실어주고, 열차가 떠날 때 손을 흔들며 배웅하곤 돌아갔다.

평일이지만 휴가철이어선지 객차 안은 승객이 거의 차 있었다. 차표에 기재된 좌석으로 가서 혜용은 아기를 안고 앞 좌석에 앉고 준웅은 그 뒷좌석에 앉았다. 승객수에 비하면 객차 안은 조용한 편이었다. 승객 모두가 여름휴가를 즐기고 귀가하는 모양인지, 눈을 감고 편안한 휴식을 취하는 사람들이 대부분이었다. 딸 송현은 적송마을 있는 곳에서 승합차에 탈 때부터 잠을 자더니 열차에 오를 때도 잠에 빠져 있었다.

혜용은 창가 쪽 좌석에 딸을 눕히고 통로 쪽 좌석에 앉아 의자 등받이에 편하게 등을 기댔다. 걸린 시간으로만 계산하면 시카고에서 비행기를 타고 하네다 공항에 들러 김포공항에 도착하기까지 열일곱 시간 가까이 걸렸다.

지난 닷새 동안의 한국에서의 체류 일정은 체력의 한계를 버티고 견딘 시간이었다. 어제 하루 푹 쉬었다고는 하지만, 시차를 극복하지 못한 채 다시 돌아가는 비행기를 타야 하는 몸 상태는 정상적인 리듬을 타지 못하고 있었다.

객실 안은 적당한 냉방 온도로 인하여 쾌적하였고, 휴가를 즐기고 귀가하는 승객들도 지친 몸이 불러오는 수면의 달콤함을 이

기지 못하고 대부분 잠에 빠져 있었다. 준웅과 혜용도 몸에 남아 있던 피로감이 이끄는 대로 눈을 감고 그 분위기에 이내 빠져 들어갔다.

몇 개의 정차역이 지나갔지만, 열차 승무원도 객실의 이러한 분위기를 감지하고 있는지, 객실 안 스피커를 통해 들려오는 안내방송은 귀 기울여 집중하지 않으면 들을 수 없을 만큼 볼륨이 작았다.

얼마만큼 시간이 지났을까? 열차가 멈춰서고 일반 역이었다면 승객이 내리고 타는 시간이 지났음에도 열차는 출발하지 아니하고, 그대로 서 있다. 잠시 후 안내방송이 나온다. 상행선 어느 지점에서 선로 점검 중 문제가 발견되어 선로가 복구될 때까지 열차 운행을 할 수 없으므로, 승객 여러분께서는 객실 안에서 대기하여 주시기 바란다는 내용이었다.

아까보다 조금 더 큰 볼륨으로 방송이 나왔음에도 일부 잠귀가 밝은 승객들만 이를 알아듣고 눈을 떴을 뿐, 그 외 많은 승객은 그대로 잠에 취해 있었다. 준웅과 혜용도 그들 무리에 속해 있었다.

시각은 오후 세 시에서 몇 십 분 지났을까? 팔월 초순에서 중순으로 넘어가는 여름날 오후, 해는 아직도 중천(中天)에 머물고 있었고, 객차 바깥에 내리쬐이는 햇살은 더없이 환한 빛깔로 일렁이고 있었다. 뜨거운 열기에 고개 숙이고 있던 식물들은 조금 식은 듯한 열기에 가쁜 숨을 몰아쉬며 살며시 고개를 드는 중이었다.

그곳은 간이역이나 다름없는 작은 역이었다. 하루에 올라가고 내려가는 열차가 오전에 한 번, 오후에 한 번, 두 번밖에 서지 않는 역사(驛舍)도 없고 상주 직원도 없는 간이역이었다. 몇 년 전까지는 열차가 서지도 않고 그냥 통과하는 곳이었는데, 그곳에서 가까운 산등성이가 특용작물을 재배하기 알맞은 기후조건을 갖추고 있다는 소문이 나서 사람들이 몰려왔다고 한다.

경작한 특용작물을 출하하면 상당히 높은 값을 받을 수 있게 되자, 그곳에 정착한 농민들이 수확물을 운송할 수 있도록 하루 두 번 완행열차가 서게 해달라고 건의했다고 한다. 말 그대로 역 주변은 인적도 없고 민가(民家)도 전혀 보이지 않는다. 이 열차를 이용하는 농민들은 수확물을 화물칸에 실으면, 그 자리에서 열차 승무원에게 화물 수수료와 열차 요금을 계산하여 지불하는 방식으로 열차를 이용한다.

플랫폼은 길이 오십 미터 폭이 오 미터 정도이고, 상행선은 올라가는 쪽으로 오른편 선로를, 하행선은 내려가는 쪽으로 오른편 선로를 이용할 수 있도록 일정한 거리에 두 개의 선로가 양쪽으로 가설되어 있다. 열차가 통과하는 시간은 일정하므로, 이 간이역 때문에 다른 열차 운행에 지장이 있지는 않을 것이다.

인기척이 전혀 없는 간이역 선로 양쪽으로는 꽃이 피어있다. 상행선 쪽으로는 코스모스와 빨간 장미가, 하행선 쪽으로는 백합과 나팔꽃이 한 무리씩 교대로 피어있어, 아름다운 정경(情景)을 연출하고 있었다. 필시 산등성이에서 특용작물을 재배하는 농민들이, 열차를 타고 지나가는 승객들에게 이 간이역이 황량(荒凉)하게 보이지 않도록 꽃을 심고 가꾸는 정성을 기울인 것 같다.

열차가 멈출 무렵 잠에서 깨어난 송현이 오른쪽 차창을 통하여 오후의 햇살을 받고 더없이 밝은 색깔로 반짝이는 코스모스와 빨간 장미를 보게 된다. 푹 잠을 자서 감각이 새로워진 어린 영혼은 꽃 색깔과 그 아름다운 모양에 금세 빠지고 만다. 한참 동안 차창을 통하여 꽃을 바라보던 송현은 엄마에게도 보라는 듯 엄마 팔을 흔들어 보지만, 깊은 잠의 바다에 퐁당 빠져 버린 엄마는 꿈쩍도 하지 않는다.

송현이 가진 순수하고도 맑은 감각은 멀리서 꽃을 보고 있게만 하지는 않은 듯, 꽃 가까이 가고 싶다는 욕구를 불러일으킨다. 송현은 자리에서 일어나 엄마를 밀치고 객실 통로로 걸어 나간다. 그때쯤 잠에서 깬 승객 중 일부가 한참을 기다려야 차가 움직일 수 있겠다는 상황판단을 하고 밖에 나가 바람이라도 쏘이겠다면서 객실 출입문 쪽을 향한다.

앞에서 뒤에서 승객들이 일어서서 나오는 바람에 송현은 어른들 사이에 끼게 된다. 부모를 따라 걸어가는 어린아이인 줄로만 생각하고 뒤따라가던 젊은 아저씨는 아이의 보폭에 맞추어 천천히 객실 밖 통로로 나가서야 아이의 부모가 옆에 없음을 알게 된다.

"엄마 어디 있어?"

누군가가 송현에게 묻자, 송현은 손가락으로 밖을 가리키며 대답한다.

"저기…"

승객은 아이의 엄마가 아이보다 먼저 객실에서 내려 플랫폼에 있는 줄로만 생각하고 아이를 두 팔로 들어 올려 플랫폼에 내려주고 "엄마한테 잘 가"라고 미소 지으며 손을 흔들어 준다. 말귀를 조금은 알아듣는 생후 일 년 구 개월 된 송현은 아저씨의 물음에 꽃 보러 간다는 뜻으로 '저기'라고 말했음에도, 아저씨가 그 말뜻을 알아차릴 수는 없다. 송현은 곧장 열차 뒤편으로 걸어간다.

플랫폼에서는 객실 안에서 보았던 코스모스와 빨간 장미가 보이지 아니하여 자기가 보았던 오른쪽 선로 가에 핀 꽃을 보러 가는 것이다. 열차에 바짝 붙어 걸어가는 어린 송현을 객실에 앉아 있는 승객들은 보지 못한다. 송현이 앉아있던 열차 객실의 위치는 기다란 열차 칸 맨 끝에서 두 번째 칸 중간쯤이어서, 아장아장 걸어가는 송현은 얼마 가지 않고도 마지막 칸을 지나 턱이 없는 플랫폼 끝에 다다른다.

그곳에서는 선로 가에 피어있는 꽃들이 한눈에 들어온다. 송현의 눈동자가 반짝이고 얼굴은 기뻐서 활짝 웃는 표정이 되더니, 두 손을 휘저으며 선로를 건너 꽃 앞으로 아장아장 걸어간다. 꽃이 어서 오라고 손짓하는 모양을 본 아이처럼 그 몸짓은 마냥 즐겁기만 하다.

송현은 기다랗게 줄지어 꽃을 피운 꽃나무에 다가가 꽃송이를 살피듯 들여다보곤 웃음 짓고, 그다음 나무로 걸음을 옮겨 똑같은 동작을 반복한다. 겉보기엔 모두가 똑같은 꽃임에도 송현에겐 꽃송이마다 각기 다른 꽃의 표정이 보이는 모양으로 한참을 들여다보다 웃고, 또 웃는다. 아이의 이 모습이 기특했는지 한 줄기 바람이 불어와 꽃을 흔든다.

흔들리는 꽃 앞에서 아이는 연신 입을 벌리고 웃는다. 꽃이 아이와 귀엣말을 하나 보다. 꽃과 교감하는 유전자를 타고난 아이처럼 아이도 꽃의 이야길 듣는다. 꽃이 좋아서 꽃이 사랑스러워서 무언가 속엣말을 꽃을 보고 속삭이는 것처럼 송현의 머릿속엔 꽃 외에는 아무런 생각도 나지 않은 듯하다.

아이는 시간 가는 줄 모르고 꽃만 들여다보고 있다. 햇볕을 쬔 얼굴이 발그레해지고, 콧등에 송알송알 땀이 맺힌다.

한참을 그런 동작을 반복하는데 열차의 기적이 울린다. 열차가 출발한다는 신호일 것이다. 객실 안에선 안내방송이 나오고 플랫폼에 내려온 열차 승무원이 바람 쐬러 나온 승객들에게 객실로 들어가시라고 큰 소리로 안내하며 손짓을 보낸다. 열차 칸에 가려 승무원에겐 오른쪽 선로 가에 있는 꼬마 아이 송현이 보일 리가 없다.

승객들이 모두 열차에 오르고, 꼬마 승객이 열차에 타지 않은 정황(情況)을 전혀 모르는 열차는 그대로 출발하여 꼬리를 물고 멀리 사라진다. 승객 중 누군가가 차창 밖을 내다보고 있었더라면 꽃을 들여다보고 있는 꼬마 아이를 보았을지도 모른다. 승객들은 오래 기다리다 지쳐 잠들었거나, 중천에 떠 있는 해에서 내리쬐는 햇볕이 객실 안으로 들어오는 걸 막으려고 창문 가리개를 내려놓아, 아예 차창 밖은 보이지도 않았다.

아무것도 모르는 송현은 꽃구경하다가 마지막 꽃나무 앞에서 돌아서더니, 선로 반대쪽에도 꽃이 피어있는 걸 보고는 아장아장 선로를 건너서 하얀 백합과 나팔꽃을 구경하러 간다. 코스모스의 연분홍 빛깔과 장미의 빨간 빛깔을 보다가 백합의 하얀 빛깔과 나팔꽃의 보라 빛깔을 보게 되니, 어린 마음에도 느낌이 남달랐나 보다.

송현은 꽃송이 하나하나를 들여다보고 웃음 짓고 하면서 꽃구경을 하는가 하면, 이젠 손가락을 꽃잎에 가만히 대어 보기까지 한다.

얼마쯤 지났을까? 해의 열기는 차츰 식어가고, 중천(中天)에 솟아있던 해도 서녘 하늘로 조금씩 기운다. 구름 한 점 없이 맑은 날씨에 한적한 시골 간이역에는 아이 외엔 사람이라곤 보이지 않는다. 선로 양쪽으로 길게 피어있는 꽃들과 아장아장 걸으면서 꽃을 들여다보며 웃고 있는 어린 영혼의 맑디맑은 교감(交感)의 하모니가 울려 퍼진다. 아름다운 동영상의 그림을 보는 거 같다. 그때 저만치 상행선 선로 쪽 너머에 산등성이 오르는 길로 사십 대 전후로 보이는 한 남자와 여자가 걸어가다가 걸음을 멈춘다. 여자가 먼저 말한다.

"저쪽 꽃나무가 이어진 선로 가에 뭔가 움직이는 게 있어요. 좀 보세요!"

"어디쯤요?! 저는 잘 안 보이는데요?"

"무언지 확실히는 모르겠는데, 우리 좀 더 가까이 다가가 봐요."

남자와 여자는 가던 길을 되돌아 내려와 간이역 플랫폼 쪽으로 바삐 걸어온다. 선로 건너편 꽃나무 울타리 앞에 분명 누가 보인다. 어른은 아니고 꼬마 아이 같다. 그곳에 피어있는 하얀 꽃 앞에서 하얀 바탕에 초록색 잎사귀 무늬가 있는 어린이용 원피스를 입은 한 꼬마 아이가 골똘히 백합꽃을 들여다보고 있다. 여자아이다.

아이임을 확인한 남자와 여자는 아이가 놀라지 않게 하려고 몇 걸음 뒤에 서서 아이를 바라보고만 있다. 그러다가 생각을 바꾸었는지, 휘적휘적 걷는다. 사람이 걸어가는 발자국 소리가 난다. 마침 꽃구경을 끝낸 아이가 발자국 소리를 듣는다. 몸을 돌려 두 사람이 걸어가는 모습을 빤히 바라보는 아이의 시선과 걸음을 멈추고 돌아다본 두 남녀의 시선이 마주친다. 두 살쯤 된 아이로 보인다.
'그런데, 왜 아이 혼자 선로 가에 있는 거지?'
"아가, 엄마는 어디 있어?"
여자가 송현에게 묻는다. 엄마를 찾는 물음인 줄 알아들은 송현이 "저기…" 하며 손을 들어 손가락으로 플랫폼을 가리킨다. 아무도 없는 이곳에 아이 혼자 남겨둘 수가 없어 여자는 말한다.
"같이 가자. 여기 있으면 위험해."
여자가 손을 내밀자, 아이가 그 손을 잡는다. 엄마가 보이지 않는데도 아이는 울지 않는다. 특별한 아이다.
"주인님! 지금은 아이 부모를 찾을 방법이 없으니, 일단 우리 집으로 데리고 가는 게 좋겠어요. 여기서 서는 오후 열차도 양방향 모두 진즉 지나가 버렸으니, 오늘은 이 아이를 볼 사람은 아무도 없겠어요."
여자가 남자에게 '주인님'이라고 호칭하는 걸 보면 두 남녀가 부부 사이는 아닌 모양이다. 여자가 하는 말은 맞는 말이다. 남자는 잠깐 생각하다가 대답했다.
"그렇게 해야겠소. 아이를 데리고 갑시다. 아이를 어디다 맡겨둘 곳도 없으니, 우리가 보호하고 있다가 무슨 방법을 찾아봅시다."
두 남녀의 차림새는 수수하다. 어딜 다녀오는지 두 사람 모두 가방을 어깨에 메고 있다. 나이는 남자가 갓 사십 대, 여자는 삼십 대 후반으로 보인다. 남자는 키는 크지만, 얼굴이 야위고 몸은 나이에 비해 몹시 허약해 보인다. 여자는 남자에 비하면 다소 건강해 보인다. 두 사람 모두 얼굴빛은 햇볕을 쬐지 않은 사람들처럼 희다.

플랫폼을 나와 산길 입구에 접어들자, 아이의 보폭에 맞춰 걸어가는 것보다 아이를 보듬고 가는 것이 낫겠다 싶은 남자가 두 팔을 벌려 말한다.

"아가! 다리 아프니 내가 안아주마."

송현은 스스럼없이 남자의 품에 안긴다. 두 남녀는 각자 아이 생각에 잠겨 말없이 걷는다. 아이가 어째서 시골 간이역에 혼자 있는 것인지 그 까닭을 알고 싶은데 알 길이 없다. 상행선 선로에 문제가 발견되어 올라가던 열차가 이곳 간이역에서 상당 시간 동안 정차해 있었다는 거를 그들이 알 리가 없다.

산길을 걸어 올라가는 두 남녀가 숨이 가쁜 소리를 낸다. 그만큼 깊은 산속으로 들어가는 모양이다. 사람 그림자가 기다랗게 늘어지고 노을이 짙어지는 만큼 산속엔 땅거미가 일찍 깔린다. 여자가 손전등을 들고 앞장서 걷는다. 산길을 올라가는 남자와 여자의 얼굴에 땀방울이 맺힌다.

꼬마 아이가 열차에서 내려 꽃구경하러 간 줄도 모르고 출발한 상행선 열차는 그로부터 한 시간 이십여 분을 더 달려 서울역에 도착한다. 열차가 도착할 때까지도 준웅과 혜용은 깊은 잠의 늪에 빠져 열차가 도착한 줄도 모르고 자고 있었다. 아마도 그날 열차로 올라가는 시간에, 미처 극복하지 못하고 밀쳐둔 시차(時差)를 해소하느라 두 사람 모두 깊은 잠에 빠져버렸나 보다.

사람들이 웅성거리며 내리고, 스피커에서 종착역인 서울역에 도착하였으니, 승객들은 모두 하차하여 주시기 바란다고, 볼륨을 키운 안내방송이 연이어서 나온다. 그 소리를 듣고 준웅이 먼저 부스스 잠에서 깬다. 일어서서 보니 좌석이 텅텅 비어있고 승객은 아무도 보이지 않는다.

준웅은 종착역에 도착했음을 직감하고 앞좌석에 있는 혜용을 서둘러 깨운다. 그런데 혜용 옆좌석에 있어야 할 딸 송현이 보이지 않는다. 혜용도 맨 먼저 딸을 찾았는지, "오빠! 혜용이 어디 있어?" 하고 다급하게 묻는다.

두 사람 모두 통로로 나와 앞뒤를 살펴보지만, 딸의 그림자도 보이지 않는다. 준웅이 당황하며 "혜용아! 우선 짐부터 내리고 송현일 찾아보자!"면서 객실과 객실 사이에 있는 짐칸에서 캐리어 두 개를 챙겨 든다. 그때 좌석 위 선반에 짐을 올려둔 채 깜박 잊고 내린 승객들의 짐을 확인하느라, 가장 뒤편 열차 칸에서부터 올라오던 승무원과 마주친다.

"아직 내리지 못하셨군요."

검정 정장 차림의 남자 승무원이 미소 띤 얼굴로 두 사람을 번갈아 본다.

"네. 잠이 깊이 들어서 종착역에 도착한 줄을 몰랐습니다."

준웅이 머리를 숙이며 미안해한다. 그때 혜용이 "저…" 하면서 무슨 말인가 승무원에게 하려고 입을 열려고 하는 순간, 준웅이 "아닙니다"라고 말을 끊고는 승무원에게 인사하고 서둘러 열차에서 내릴 준비를 한다.

"천천히 내리셔도 됩니다. 조금 있다가 차고지로 들어가니 시간 여유가 있습니다."

승무원은 공손하게 말하면서 캐리어 하나를 들어서 먼저 열차에서 내려준다. 깊은 잠에서 막 깬 여자 승객의 얼굴에서 피로가 가득 배어있는 걸 보았기 때문일 거다. 두 사람은 열차에서 내려 승무원에게 머리 숙여 인사하고는 엘리베이터 표시가 있는 곳으로, 걸음을 옮긴다. 엘리베이터를 타고 역사 이 층에 있는 대합실로 나올 때까지 두 사람은 송현을 찾는 방법을 골똘히 생각한다. 혜용은 아까 열차 승무원에게 아이를 잃었다면서, 어디에 신고하고, 무슨 절차를 취해야 하는지를 물어보려다가, 오빠가 말을 끊는 바람에 문득 정신을 차렸다. 우린 아직 우릴 세상에 드러내서는 안 되는 처지라는 생각이 퍼뜩 떠올랐기 때문이다.

오빠가 말을 끊은 이유도 그 때문임을 곧바로 알아차렸다. 보통 여인들이라면 울고불고하면서 정신없이 이곳저곳을 미친 듯이 찾아 헤매고 다닐 것임에도 혜용은 그렇지 않았다. 출생 신분의 비밀을 안고 살아오면서 끊임없이 자기 자신을 절제하고 무슨 일이든 심사숙고하여 순서를 정하고, 착오 없이 처리하는 훈련이 쌓인 덕분일 거다. 그 점에서는 준웅도 참을성 있게 생각하고 이성적인 판단을 찾으려고 애썼다.

서울역 대합실에는 밤 열차를 타려는 사람들이 등받이 없는 간이 의자에 앉아있거나 서서 저마다 즐거운 표정으로 이야기하고 있었다. 늦게 여름휴가를 떠나는 한 무리의 젊은 사람들은, 큰 배낭을 의자 옆에 모아놓고 큰 소리로 웃고 대화하면서 즐거워하는 모습도 보인다.

준웅과 혜용은 드넓은 대합실을 이리저리 둘러보다가, 의자 맨 끝줄에 앉아있던 중년의 부부가 짐을 챙겨 일어나는 거를 보고, 그곳으로 가서 앉는다. 두 사람 모두 열차에서 내려 이곳까지 오는 동안 한마디도 말을 꺼내지 않았다. 딸을 찾아야 하는 문제를 제각기 자기 나름의 방식대로 생각하느라, 대화를 나눌 마음의 여유가 없었던 거다.

열차 객실 안에서 두 사람이 깊이 잠들어 있는 사이에 두 살 딸아이가 사라졌다.

'딸아이를 보고 욕심낸 누군가가 딸아이를 꼬여내서 데리고 가 버린 것일까? 아직 이성적인 판단을 하지 못하는 어린 아이이지만 엄마가 바로 옆에 있는데, 누군가가 딸아이에게 아이들이 좋아할 과자를 주면서 나오라고 한다 해도 따라갈 아이는 아니다. 딸아이는 아직 철 모르는 어린 아이이지만, 나이에 비추어 보면 말귀도 잘 알아듣고 총명한 편이다. 전혀 모르는 남이 함께 가자고 해도 따라갈 아이는 아니다.'

혜용은 생각에 생각을 거듭해 보지만 어떤 실마리도 찾을 수가 없었다. 준웅은 준웅대로 딸 송현을 찾을 방법을 생각하고, 또 생각해 보았지만 달리 뾰족한 방법이 보이지 않았다. 두 사람 모두 한 가지 공통으로 생각하는 건 수사기관에 아동 실종신고를 해서는 안 된다는 것이었다.

자신들의 출생 신분에 대해 불안감을 느낀 나이가 된 이후로 가장 두려워한 곳은 경찰 등 수사기관이었다. 수사기관에서 간첩을 잡으러 다닌다는 소식을 듣게 되면 정보계 형사가 자신들을 붙잡으러 올 거 같은 공포감에 휩싸이곤 했다. 그래서 시내에 나가는 때도 경찰서나 파출소가 보이면 그 앞으로 지나가지 않고 다른 길로 돌아서 가곤 했다.

아까 열차 객실 안에서 혜용이가 승무원에게 무슨 말을 하려고 했을 때 퍼뜩 떠오른 거는, 철도청에서도 공안 요원을 두고 고객의 안전과 객실 내에서 일어나는 범죄행위에 대응한다는 것이었다. 그분들도 사법경찰관의 임무를 부여받고 있으니, 아동 실종신고가 들어오면 곧바로 유관 수사기관과 공조(共助)하여 유괴범의 짓인지, 단순 실종인지 수사할 것이다. 그러면 실종된 아이의 부모에 대하여도 조사할지도 모른다. 그 신분과 과거의 경력조차도 모두 조회할지도 모른다. 생각만 해도 섬뜩한 일이다.

수사기관에서 마음만 먹으면 호적에 기재된 여러 신분사항에 의문을 가질 것이고, 그 의문에 대해 관련자들을 조사하면 우리들의 신분은 결국 밝혀지고 말 것이다. 한국 전쟁이 한창이던 천구백오십일 년에 두 사람이 태어난 사실, 외부 세계와 담을 쌓고 사는 적송마을 주민 중에 유독 두 사람만 학업 성적이 뛰어나 도시에서 중학교와 고등학교에 다녔다.

고등학교를 졸업하고 일류대학에 들어가 장학금을 받고, 지금은 국비장학생으로 외국대학에 유학 중인 사실이 전부 나타날 것이다. 그들이 의심을 가질 수 있는 또 하나의 사실은 두 사람의 형제 중에서 두 사람처럼 뛰어난 학습 능력을 가진 사람이 없다는 사실이다.

깊이 파고들다 보면 한국 전쟁 휴전협정 체결 직전에 전국적으로 행해진 빨치산 소탕 작전 중 하나가 그 마을 주변에서 행해진 사실이 드러날 수도 있다.

준웅이 지닌 이성적인 판단으로서는 모든 가능성에 대해 피해나갈 방법이 없는 불리한 예측만을 가져다주었다. 그러므로 아동실종신고는 아예 생각조차도 할 수 없는 것이다.

"아무리 생각해도 송현이 실종신고는 할 수 없을 거 같아."

대합실 의자에 앉아 삼십여 분간 골똘히 생각한 끝에 준웅이 입을 연다

"그래, 오빠! 나도 그렇게 생각하고 있었어. 실종신고는 아예 생각지 말자."

해가 긴 여름날 늦은 오후 시간, 대합실 벽에 걸려있는 시계를 보던 준웅이 고개를 갸우뚱하며 말한다.

"서울역에 도착할 시각이 네 시 십 분인데 지금 시각이 다섯 시 반, 우리가 이곳 대합실에서 삼십여 분 앉아있었다고 해도 열차가 사오십 분가량은 연착한 것 같은데, 그러면 열차가 올라오면서 무슨 일이 있었던 거지?"

"오빠 말 듣고 보니 그렇네. 열차가 올라오면서 오래 머물러 있던 역이 어딘지 한번 알아보면 좋겠어."

실낱같은 단서 하나라도 보이면 꽉 움켜잡고 딸의 행방을 찾고 싶은 두 사람의 다급한 마음이었다. 준웅은 궁금증을 풀어야겠다는 듯 알아보고 오겠다면서 일어나, 대합실 안쪽에 둥근 원형으로 설치된 고객 민원 센터로 바삐 발길을 옮긴다.

"약 삼십 분 전에 이 열차로 도착했는데, 도착 예정 시각보다 많이 연착했습니다. 혹시 중간 어느 역에서 열차가 대기하고 있었는지, 알아볼 수 있을까요?"

준웅은 주머니에 있던 승차권을 꺼내어 내밀면서 안내 여직원에게 묻는다.

"아! 그 시간대에 상행선 열차가 약 사십 분가량 모두 연착했어요. 선로에 균열된 부분이 발견되어 철도 공작창(工作廠) 기사

분들이 내려가 선로 수리 작업을 하느라 시간이 많이 걸렸대요. 저희도 마중 나온 분들을 위해 여러 번 안내방송을 했는데요."

"아! 그러셨군요. 피곤해서 잠자느라 몰랐습니다. 어느 역에서 제가 타고 온 이 열차가 대기했는지, 알 수 있을까요?"

"그것까지는 자료가 올라온 게 없어서 정확히 알기는 어렵겠는데요. 오후 세 시 반 이후로 서울역에 도착해야 할 열차들이 줄줄이 중간역에서 멈춰서 대기하고 있었거든요. 그 열차 수만 해도 다섯 개 열차가 됩니다."

"아! 그렇군요. 잘 알겠습니다."

"무슨 일 때문에 알고 싶으신데요?"

"별일 아닙니다. 차에서 내리는데 승객분들이 열차가 대기하던 역 주변의 경치가 좋았다고 하길래 궁금해서요."

"네에! 그러셨군요."

안내 여직원은 알겠다는 듯 얼굴에 웃음을 머금으며 고개를 끄덕인다.

"감사합니다. 수고하세요."

준웅은 고개를 꾸벅 숙이고 발길을 서두른다.

"선로 수리 작업 때문에 사십여 분간 상행선 열차들이 줄줄이 대기하고 있었대. 우리가 타고 온 열차가 어느 역에서 대기하고 있었는지, 물어보았는데, 자료가 올라온 게 없고 그 시간대에 대기한 열차 수만 해도 다섯 개 열차에 이른대."

선로 수리 작업을 하고 있던 시간대에 상행선 열차들이 대기하고 있던 역을 특별히 기록으로 남겨둘 이유는 없을 거 같았다. 승무원들이 근무하는 서울역 사무실로 찾아가 우리가 타고 있던 열차 승무원에게 연락, 대기하고 있던 역 이름을 물어볼 수는 있을 것이다. 그러면 여러 사람으로부터 시선이 집중되어 그 이유를 거짓으로 설명해야 하고, 그분들이 이해하지 못하면 오히려 의심받을 수도 있다.

이러한 염려 때문에, 준웅은 그 생각을 단념하지 않으면 안 되었다. 출생 신분의 비밀을 가진 사람은 참으로 이 세상을 살아가기가 힘들다는 것을 인정하지 아니할 수 없다.

서울역으로 올라갈 계획을 세운 것은, 어디 들를 데가 있어서였다고 기술하였었다. 준웅과 혜용은 시카고를 출발하기 전, 장례를 치르고 한국을 떠나기 전날 성당의 안민걸 토마스 신부님과 안드레아 수녀님을 잠깐이라도 찾아뵙고 인사드리고 오자고 의견을 나누었다. 성당은 서울역에서 가깝고, 내일 신부님과 수녀님을 뵙고 김포공항으로 갈 때 서울역에서 공항버스를 타기가 수월하기 때문이었다.

그런데 예상치 못한 열차 사정 때문에, 딸 송현을 잃어버리고 서울역에도 늦은 시각에 도착하게 된 것이다. 어찌해야 할까? 딸을 찾기 위한 어떠한 노력도 하지 못하는 자신들의 처지를 생각하곤, 그제야 혜용은 막막한 절망감에 빠져 흑흑 흐느껴 울기 시작한다. 그 모습을 바라보는 준웅의 마음 역시 참담하다.

앞으로 어떻게 해야 할지, 뾰족한 방책(方策)을 찾지 못하긴 마찬가지여서 절망감을 느끼긴 마찬가지다. 미국으로 돌아가는 걸 포기하고 한국에서 딸을 찾아야 하는 것이 부모의 도리가 아닌가? 하는 생각도 들었지만, 당장 오늘이 지나면 수중에 가진 돈도 바닥이 난다. 비행기를 타고 시카고에 돌아갈 기본 여비만이 남아

있을 뿐이다.

그렇다고 적송마을 하 촌장님이나 고덕수 선배에게 이야기를 꺼낼 수도 없다. 더는 그분들에게 우리 일로 폐를 끼쳐서는 안 된다. 도리가 아니다. 일단 여관을 찾아 들어가 다시 차분히 생각해 보자. 두 사람은 대합실에서 한 시간여를 아무런 대책도 찾지 못한 채, 막막한 비탄(悲嘆)에 빠져 있다가 일단 그날 밤을 묵을 여관을 찾아 나섰다. 여섯 시 반이 넘어가는 시각이어서 오늘은 신부님과 수녀님을 찾아갈 수도 없었다.

그날 밤 여관에서 묵은 두 사람은 말할 기운도 없이, 멍하니 딸 생각만 하고 있었다. 밥은 먹어야 해서 준웅이 부근 식당에 가자고 권했으나, 혜용은 밥맛이 없다면서 혼자서 다녀오라고 고개를 젓는 바람에 준웅도 밥 먹기를 포기하고 밖에 나가 제과점에서 빵을 사고, 슈퍼에서 우유를 사서 들고 왔다. 내일 아침에는 뭐라도 요기를 해야겠기 때문이었다. 밤이 늦은 시각, 잠자리에 누워 준웅은 혜용에게 말한다.

"혜용아, 우리 절망하지는 말자. 적송마을에 계시는 송현의 할아버님 할머님께서 우리 송현일 지켜주시고 보호해 주실 거야. 지금까지 우릴 지켜주시고 보호해 주신 것처럼! 그러니 우리도 부모님께 송현이가 어디 있더라도 잘 지켜주시라고 기도하면서 절망을 이겨내자. 반드시 송현일 다시 만나게 해주실 거야!"

오빠의 말을 듣자, 혜용은 다시 흑흑 흐느껴 운다. 총명한 송현인 아침 일찍 어린이집에 데려다 줄 때도 치근대지 않았다. "아빠, 엄마, 다녀오세요"라면서 손을 흔들고는 어린이집 안으로 뛰어 들어가곤 했다. 돌봐주시는 미국인 선생님도 아이가 눈치가 빠르고 또래 어린이들과 잘 어울린다며 칭찬하시곤 했다.

집에 있을 때도 틈만 나면 책을 보는 아빠와 엄마 눈치를 살피곤, 성가시게 하지 않아 오히려 혜용이 편에서 딸에게 미안해했다. 딸의 얼굴이 크게 클로즈업close up 되더니, 혜용을 보고 방싯거리며 웃는다. 혜용은 한참을 울다가 지쳐 그대로 잠이 들었다.

준웅은 참담한 심정을 아내 앞에선 차마 드러내지 못하고 있다가, 혜용이 잠이 드는 거를 보고서야 고개를 돌리고 흑흑 흐느껴 운다. 딸이 너무나도 보고 싶다. 일반인들이 딸을 잃어버리면 당연히 하는 아동 실종신고조차도 하지 못하는 자신의 처지가 너무나도 못마땅하고 무능해 보여서 딸에게 한없이 미안하다. 딸은 희망이자 열심히 공부할 수 있도록 힘을 가져다주는 원동력이었다.

아내와 약속하기를, 목표를 이루게 되면 우린 산아제한 같은 것, 신경 쓰지 말고 아이들 많이 낳아 기르자고 했다. 그런데 첫 아이가, 우리의 보물인 첫딸이 우리 곁에서 사라지다니!

다음 날 아침 일찍, 두 사람은 준웅이 어제저녁 사다 놓은 빵과 우유로 억지로 아침 요기를 하고, 성당으로 향했다. 여관에서 그리 먼 거리는 아니었지만, 심신이 지쳐있는 혜용을 생각해서 택시 정류장에서 택시를 탔다. 여덟 시 반쯤 성당에 도착하여 사무실 문을 노크하니, 귀에 익은 음성이 들렸다. 안드레아 수녀님이었다. 이번 기회가 아니면 몇 년 안에는 이곳에 찾아오기가 힘들 거 같아, 두 분을 꼭 뵙고 가야만 했다.

두 사람은 어제의 절망감과 참담했던 일을 속 깊이 감추고 수녀님을 뵈었다. 갑자기 한국에 오게 된 사정을 간단히 설명드리고, 인사만 드리고 오후 비행기를 타려고 찾아뵈었다고 했더니 수녀님은 얼굴 가득 감동하는 표정을 띠시더니, 바로 토마스 신부님께 전화를 하셨다. 신부님은 전화를 받으시자마자, 바로 서둘러 오신 듯 숨 가쁜 소리를 내쉬며 들어오신다.

"아내의 호적상 아버님 장례식을 치르고 떠나는 길에 잠깐 인사드리고 가고 싶어 찾아뵈었습니다."

준웅이 트렁크를 열더니, 예쁘게 포장된 선물꾸러미 두 개를 꺼내어 신부님과 수녀님 앞에 하나씩 놓았다.

"부음을 전보로 받고 바로 그날 저녁 비행기를 타야 해서, 차분히 준비하지 못했습니다."

준웅이 머리를 숙이며, 준비가 소홀했음을 사과드린다.

"이렇게 찾아준 것만으로도 너무나 고맙고 기쁜데 무슨 선물을 준비하셨소? 참!"

미안해하는 표정을 얼굴에 가득 담은 신부님이 포장을 풀어본다. 까만색 겨울 가죽 장갑이 나온다. 신부님은 한쪽 손에 장갑을 껴보시더니 말했다.

"참으로 감촉이 좋소이다. 따뜻한 느낌도 가득하고. 고맙소! 잘 쓰겠소이다."

그러자 수녀님이 포장을 풀고 무늬가 들어가지 않은 하얀색 목도리를 꺼내어 목에 둘러본다.

"어머! 비싼 목도리를 사 오셨네. 왜 이렇게 가벼워요? 꼭 솜털 같아요. 느낌이!"

흡족해하시는 수녀님을 보자, 혜용이 안도하는 표정이 된다. 이 선물들은 시카고 공항 면세점을 둘러보고 나서 혜용이 고른 것이다. 은혜를 입은 사람이 그 은혜를 잊지 않고 기회가 왔을 때 고마운 마음을 표시하는 그 마음씨를 혜용은 타고났다. 아마도 그 부모님도 그랬을 것이다.

장갑과 목도리를 고른 건, 군대 다녀온 준웅 오빠가 선물해 준 목도리와 장갑이 준 따뜻함과 감동이 깊이 남아있어서일 것이다. 면세점을 돌아다니면서 이 두 가지 물건 앞에서 발길이 멈춰버렸는데, 신부님과 수녀님이 선물을 받으시고 좋아하시니 기쁘다.

"오후 세 시 비행기라 하셨지요? 김포공항까지 가서 출국 수속을 밟으려면, 여기서 점심 들고 가시라는 말을 꺼내지도 못하겠소. 대학원 과정은 끝났겠지요?"

토마스 신부님이 벽에 걸린 시계를 쳐다보고 나서 말한다.

"네, 저희 두 사람 모두 박사 과정을 밟고 있습니다."

"대단하시오. 시카고 대학이면 미국에서도 알아준다는 명문대학인데, 그곳에서 학위를 취득하게 되면 우리나라에 꼭 필요한 유능한 인재 두 분이 태어나시겠군요. 정진(精進)하시길 기도드리겠소이다."

"감사합니다. 열심히 공부하겠습니다."

대화를 나누고 있는데, 수녀님이 따뜻한 차를 끓여 내오신다. 수녀님은 무언가 물어보고 싶은 눈치인데, 차마 입을 열지는 못하신다. 아이가 태어났을 거로 짐작은 하면서도 촉박한 여행 일정 때문에 아이를 데리고 오지 못했나 보다. 아니면 공부 때문에 유학 기간 중엔 아이를 갖지 않기로 했거나 둘 중 하나일 터인데, 차마 묻지는 못하고 말을 삼키고 만다. 차를 마시고 나자, 신부님이 입을 여신다.

"저희가 해드릴 건 기도뿐이외다. 자! 기도합시다."

토마스 신부님은 두 손을 마주 부여잡고 고개를 숙인다. 준웅과 혜용도 신부님을 따라 손을 마주 잡고 고개를 숙인다.

"전능하시고 영원하신 하느님, 하느님께서는 모든 이를 구원하시려고 예수 그리스도를 이 세상에 보내주셨습니다. 저희로 하여금 예수 그리스도의 공로를 보게 하신 하느님! 하느님께서 저희가 처한 고통과 고난의 길을 알고 계시오니, 그 길을 잘 헤치고 나아갈 수 있도록 저희에게 힘을 부어 주시옵소서. 어떤 어려움이 닥쳐오더라도 하느님께서 박준웅 형제와 김혜용 자매를 하느님의 두 손으로 굳게 붙드시고, 영광의 그날까지 인도하여 주실 것을 믿습니다. 그날이 오기까지 이 형제와 자매님이 잘 참고 견디어서 승리의 월계관을 쓰고 돌아와, 할 일 많은 이 나라를 위해 큰 재목으로 쓰임 받도록 축복하소서! 하느님의 은총으로 이 형제와 자매가 영육 간(靈肉 間)에 늘 강건하도록 도와주시고 지켜주시옵소서. 주의 영광이 처음과 같이 항상 영원하실 거를 믿사옵고, 성부와 성자와 성령의 이름으로 기도드리옵나이다. 아멘."

신부님의 기도는 짧았지만, 간절한 호소와도 같아서 준웅과 혜용의 가슴속으로 파고들었다. 토마스 신부는 오늘 두 사람을 처음 마주쳤을 때, 두 사람의 눈동자 저 깊숙한 곳에 말할 수 없는 슬픔이 깃들이고 있는 것을 보았다.

사연이 많은 젊은이라는 걸 결혼식 당일부터 눈치채고는 있었지만, 오늘 부딪쳐 오는 느낌은 애잔하다. 상담을 할 수 있는 시간도 없고, 이 사람들은 오후 비행기로 떠나면 머나먼 이국땅에서 형설(螢雪)의 공(功)을 쌓아가야 할 사람들이다.

진심으로, 하느님께 간절히 비는 마음으로 신부님은 두 사람을 위해 자신의 마음을 기도의 언어로 전했던 것이다. 준웅이 "감사합니다"라며 고개를 숙이고 인사드리자, 신부님은 "짐이 있으니, 제가 공항버스를 탈 수 있는 정류장까지 차로 모셔다드리지요. 갑시다"라며, 두 사람에게 권한다. 두 사람은 안드레아 수녀님께 하직 인사를 드리고, 신부님을 따라 주차장으로 캐리어를 끌고 간다.

성당 본당 출입문으로 올라가는 계단 옆에 서 있는 성모 마리아 상(像) 얼굴이 아침 햇빛을 받아, 그윽한 평화와 은총이 가득 배어난 모습으로 반짝이면서 말없이 두 사람을 배웅하고 계신다.

송현 아이를 보듬고 산길을 걸어 올라온 남자의 얼굴에 땀방울이 송송 맺혀 흘러내린다. 아이는 품에 안겨 깊이 잠들어 있다. 깊은 산 속, 저녁 여섯 시가 다 되어가는 시각, 나무의 형체는 어슴푸레 보이지만 노을빛 그림자조차도 이미 산의 어스름에 잠기어 이 깊은 산 속까지는 넘보지 못한다.

하늘은 아직 희끄무레한 잔영(殘影)이 남아있지만, 곧 어둠에 잠겨 별이 나타날 듯하다. 깊은 산에서는 어두움이 빨리 내리기 때문이다. 산길을 오르고 내리고 또 오르면서 한참을 걸어간 두 남녀는 산 중턱을 옆으로 끼고 돌아가서 삼면(三面)이 산으로 둘러싸인 아담한 분지(盆地) 쪽으로 내려간다. 산속 움푹 들어간 분지에 북녘을 뒤로하고 집 한 채가 거무스름한 형태로 서 있다.

두 사람은 그곳에 자리한 조그마한 집 앞에서 걸음을 멈춘다. 안이 훤히 보이는 쇠창살로 이어진 울타리가 집을 둘러싸고 있다.

땅거미가 내려앉고 있어 분명치는 않지만, 지붕 색깔은 빨간색이다. 여자가 먼저 철제로 된 문을 열고 들어가 손전등을 마루 위에 기대어 놓고 기둥에 걸려있는 호롱을 내려 성냥으로 불을 붙인다.

불이 붙은 호롱을 다시 기둥에 걸자, 어두움이 걷히고 주변이 조금 밝아지며 시야(視野)가 눈에 들어온다. 지금은 어두워서 잘 보이지는 않지만, 옛날 시골에서 보던 대청마루가 있는 우리나라 재래식(在來式) 가옥이다. 대청마루 앞으로 작은 마당이 있고, 울타리 안으로 꽃들이 주욱 피어있다.

여자는 곧바로 방으로 들어가 얇은 홑이불을 꺼내와서 마루 위에 깐다. 뒤따라 들어온 남자가 품에 안았던 아이를 홑이불 위에 눕히고, 모기장을 쳐서 그 안으로 아이를 들이민다. 그사이 여자는 모기향을 피운다.

"아이가 뙤약볕 아래서 얼마나 서 있었을까요? 꽃을 바라보느라 사람이 가까이 가도 모르고 있었으니, 꽃을 많이 좋아하나 봐요. 이것 봐! 아이 얼굴이 붉게 탔어요. 크림을 발라줘야겠네."

여자가 방에 들어가더니 크림통을 들고 나와 새끼손가락으로 크림을 떠서 아이 얼굴에 가만가만 발라준다. 아이는 꿈쩍도 하지 않고 잠에서 깰 줄 모른다.

"얼굴뿐만 아니라 목도 팔도 모두 빨갛게 익었네."

여자는 아이의 몸에 가장 부드럽게 접촉할 수 있는 약지(藥指) 손가락에 크림을 듬뿍 찍어서 목과 팔다리 순서로 발라준다.

"아이가 꽃을 많이 좋아하나 봐요. 사람이 가까이 가도 모르고 꽃만 들여다보고 있는 걸 보니…"

남자는 고개를 끄덕이며 무언가 생각하더니

"아이를 안고 오면서 곰곰이 생각해 보았는데, 아이를 키울 수 없는 누군가가 아이를 일부러 그곳에 두고 가버리지 않았을까 하는 생각이 들었어요."

"설마! 그랬을라구요?"

그러면서도 여자는 고개를 갸웃하며 크림 바르던 손가락을 들어 올리고 아이 얼굴을 가만히 내려다본다. 호롱불에 비친 아이 얼굴은 그늘진 구석 한 곳 없이 단아하고 평온하다. 눈을 뜨고 말할 때의 모습을 보아야 하겠지만, 옷맵시도 평범하지 않고 벗겨놓은 신발 모양도 색다르다. 아이에게 꼼꼼하게 크림을 발라준 여자는 곧바로 부엌에 들어가 호롱불을 켜고 서둘러 저녁밥을 지을 준비를 한다.

남자는 매고 있던 가방에서 일용품과 약 등 소소한 일상용품을 꺼내, 있어야 할 자리에 가져다 두고 마당에 내려가 땀에 젖은 몸을 씻는다. 마당 한쪽에 두꺼운 비닐이 쳐진 간이 세면장이 있다. 그곳에서 세수도 하고 몸도 씻는 모양이다. 남자는 몸을 씻으면서 신(神)께서 이 아이를 보내주신 게 아닐까 하고 곰곰이 생각한다.

왜 그 시각에 아이 혼자 그곳에 있었을까? 있을 수 있는 모든 가능성을 염두에 두고 추리해 보았지만, 우발적인 실종은 있을 수 없다는 결론만 나올 뿐이었다. 사람의 왕래가 많은 혼잡한 시장이나 경기가 끝나고 관중들이 우르르 몰려나오는 경기장, 주말 어린이 대공원처럼 인파가 몰려있는 장소가 아닌 한적하기 그지없는 시골 간이역이다. 아이 혼자 열차에서 내릴 수도 없고 보호자가 데리고 내렸을 것임이 분명한데, 보호자는 아이를 혼자 두고 떠나는 열차를 타고 가버렸다는 추리가 가장 설득력이 있다.

'보호자도 아이가 꽃을 좋아한다는 사실을 알고 아이를 꽃이 피어있는 선로(線路) 가에 데리고 간 것이 아닐까? 그 간이역은 화물칸에 농산물을 싣는 시간이 있어, 정차하는 시간이 다소 길다. 그렇다면 열차가 떠나더라도, 그 열차를 이용한 특용작물 재배업자들이 귀가하면서 아이를 발견할 거로 생각하고, 아이를 두고 가버린 게 아닐까? 이 추측이 맞는다면 분명 아이의 보호자는 피치 못할 사정이 있었을 것으로 보이고, 혼잡한 장소에서 아이 손을 놓아버려 아이에게 공포감을 주는 것만은 피하려 한 듯하다. 꽃을 좋아하는 아이가 꽃을 들여다보는 그 시간에 아이 모르게 아이와 결별(訣別)하는 눈물겨운 결단을 한 게 아닐까?'

그 생각을 하니 아이의 보호자 처지가 오죽했으면 하는 생각이 가슴을 휘저어 눈시울이 뜨거워진다.

부엌에서 잠깐 나온 여자가 남자에게 말한다.

"주인님, 어서 씻으세요. 밥은 제가 하겠어요."

"네, 알았어요."

그렇게 대답하는 사십 대 초반으로 보이는 남자는 키는 크나 몸에 살집이 없어 마치 통나무를 이어 붙인 피노키오를 연상케 하고, 여자는 삼십 대 중반으로 보이나 산에서 사는 사람 같지 않게 태깔이 곱다.

남자는 간이 세면장에서 씻고 옷을 갈아입고 나오면서 벗은 옷을 마루 아래 광주리 통 속에 던져 넣고는 부엌으로 간다. 전기가 들어오지 않으니 집 안에는 가전제품을 둘 수가 없다. 칠십 년도 이전에 시골 친척 집에 가면 볼 수 있는 아궁이가 있고, 까만 솥단지가 있는 재래식 부엌이다.

마당에서 보니 아이는 아직도 잠에서 깨어나지 않았다. 다섯 시가 가까운 시각에 간이역에서 올라왔으니, 두 시간 넘게 잠들어 있다. 여름날 오후의 뙤약볕 아래서 꽃과 얘기하느라 계속 서 있었을 것이므로, 어린아이에겐 힘든 시간이었을 테고, 품에 안겨 흔들리며 산길 올라오느라 몸이 요동(搖動)쳤으니, 피로감이 겹쳤을 법하다.

남자는 부엌에 들어가 여자가 만들어 놓은 나물 반찬을 접시에 담아 밥상에 올려놓고, 부엌에 나 있는 작은 문을 열고 나가 북향 지붕 아래 다소 시원한 곳에 놓아둔 항아리에서 장아찌 등 묵혀둔 찬을 꺼내온다. 다른 때는 일 보러 시내에 나가더라도 이렇게 늦게 저녁을 차리는 일은 거의 없는데, 오늘은 이것저것 챙기는 일이 많아 귀가가 늦었다. 아이를 안고 산길을 조심해서 걸어 올라오느라 걸음이 더디다 보니 더 그랬다.

남자와 여자가 밥상을 마주하고 앉는다. 밥상 위에는 주로 나물무침 찬이 올라와 있고, 읍내 시장에서 사 온 고등어구이 한 마리가 아궁이 불에 살짝 데워져 올라와 있다. 막 퍼서 담은 밥공기에서 하얀 쌀밥이 하얀 김을 피워 올리고 있다.

"크림을 발라주었더니, 아이 얼굴이랑 팔의 열기가 가라앉았는지, 조금은 좋아 보이네요."

여자가 모기장 안에 누워 자는 아이를 보며 말한다. 남자도 옆으로 고개를 돌려 아이를 유심히 바라본다. 남자와 여자 모두 눈매가 선하고, 눈동자도 맑다. 산에서 사노라면 피부가 거칠어지고 거멓게 거슬려 있을 것 같은데, 의외로 산 사람 같지 않게 제 색깔을 간직하고 있다. 남자와 여자는 말없이 밥을 떠서 먹는다.

말은 없어도 모두 아이의 처지를 나름의 방식으로 생각하고 있는 듯하다. 밥공기를 비우고 상을 치우고 아이가 깨어나기를 기다리며, 남자와 여자는 마루턱에 다리를 걸치고 마당 넘어 어둠을 응시한다. 잿빛 모기향이 가늘게 흔들리며 피어오른다.

"내일 마을에 내려가 가까운 지서(支署)에 신고해야 하지 않을까요?"

여자가 침묵을 깨고 문득 생각났다는 듯 말을 꺼낸다. 남자는 그 말에는 가타부타 대답하지 않고, 고개를 돌려 여자의 옆얼굴을 바라보며 말한다.

"아무리 생각을 다시 해보아도 아이의 보호자가 일부러 이곳 간이역의 꽃밭을 아이와 헤어질 장소로 택했다는 생각이 드는데요?"

여자가 흠칫 놀란 듯 고개를 돌려 남자의 얼굴을 바라본다. 그 얼굴이 긴장하고 있다. 여자가 잠시 생각하더니 입을 연다.

"그랬을까요? 아이가 꽃을 워낙 좋아하니까 아이가 꽃에 정신이 팔려있을 때 가만히 아이 곁을 떠난다? 아이 혼자서 열차에서 내려 꽃밭으로 갈 수는 없었을 테니…"

여자는 자기 나름의 생각을 입 밖에 꺼내어 말하고선 다시 생각에 빠져든다. 그때 모기장 안에서 아이가 잠이 깨어 엄마를 찾는 소리가 난다.

"아이가 잠에서 깼나 보네."

여자는 아이에게로 가서 얼굴에 웃음을 머금고 묻는다.

"잘 잤니?"

아이는 고개를 끄덕이고는 엄마 얼굴이 아닌 여자의 얼굴을 유심히 바라본다. 뭔가 달라진 주변 환경을 아이도 느끼는 듯 두리번거리며 사방을 둘러보다가 다시 여자의 얼굴을 향한다. 그래도 아이는 울지 않는다.

"배고프지? 밥 먹어야지?"

여자는 아이에게 활짝 웃음을 웃어주곤 곧장 일어나서 부엌으로 향한다. 남자는 방 안에서 트랜지스터 라디오를 가지고 나와 켠다. 건전지로 연결하여 듣는 라디오다. 바로 경쾌한 음악이 나온다. 채널을 돌리지 않았는데도 음악이 나오는 걸로 보아, 이 시간이면 자주 듣는 음악프로인 모양이다.

아이는 라디오 소리에 귀를 기울인다. 음악이 끝나고 여성 디제이가 여름밤 분위기에 맞는 시(詩) 한 편을 읽고 나름의 해석을 하고는 청취자의 감성을 조용히 흔든다. 그때 여자가 밥상을 마루에 올리고, 모기장을 걷은 후에 아이 앞으로 밥상을 가져간다.

아이의 식습관을 알 수 없어 여자는 집에 있는 반찬을 모두 꺼내어 조금씩 가져왔는지, 밥상 위에 놓인 반찬의 종류가 여럿이다. 아이에게 맞는 수저가 없으므로, 여자는 어른 수저에 밥과 반찬을 조금씩 얹어서 아이 입으로 가져간다. 아이는 배가 고팠는지, 입을 벌려 여자가 내미는 밥과 반찬을 받아서 먹는다.

남자는 그 모습을 보며 특별한 아이라고 생각한다. 이 나이 또래 아이라면 엄마를 찾으며 울거나, 처음 보는 어두컴컴한 주변 상황에 놀라 울거나 할 것임에도 아이는 전혀 그런 낌새를 보이지 않는다. 평소 만나던 사람인 거처럼, 와본 곳인 거처럼, 갑자기 변한 모든 상황을 순순히 받아들이는 눈치다. 어린아이가 먹을 수 있는 분량만큼 아이가 밥을 먹은 걸 보며 여자는 안심한다.

이제 아이를 씻겨야 한다. 옷도 갈아입혀야 한다. 집에는 아이를 위한 일용품은 아무것도 없다. 여자는 아이에게 입힐 옷을 대신할 무엇이 있겠는지, 궁리하면서 남자에게 묻기도 하고 방 안에 있는 옷장 서랍에서 부드러운 질감(質感)의 천과 내의 등을 꺼내어 보기도 한다. 그사이 남자는 아이를 씻길 물을 데우기 위해 작은 아궁이에 불을 피우고 큰 대야를 얹는다.

생각지도 못한 어린 여자 손님을 편안하게 해주려고, 여자와 남자는 그날 밤 한바탕 소동을 겪는다. 귀찮은 기색이라곤 전혀 없이 마치 자기들이 기다리던 일을 당연히 하는 것처럼 정성과 관심을 기울인다. 아이를 씻기고 새 칫솔에 치약을 조금 묻혀 이를 닦아주고, 꺼내 온 부드러운 천을 아이 몸에 감아주고, 기다란 띠를 찾아내어 천이 흘러내리지 않도록 묶어주고 나서, 여자는 여기저기 둘러본다. 아이가 가지고 놀 수 있는 무슨 장난감이 없을까 찾아보는 것이다.

그러다가 마당에 있는 꽃밭으로 가서 그 둘레에 쌓아놓은 조개껍질과 작고 예쁜 돌을 고르기 시작한다. 양 손바닥에 가득 담아 온 조개껍질과 작은 돌을 대야에 담아 솔질을 해가며 깨끗이 씻은 후, 마른 수건으로 다시 닦고 물기가 남아있지 않게 한다. 그리고선 수건에 싸서 아이 앞으로 가져간다.

아이는 이상한 모습으로 천을 몸에 두르고 있어도 싫어하는 기색도 없이 앉아있다. 여름철이어서 아이 몸만 가려주어도 되는 게 다행이라고 여자는 생각한다.

"우리 집에 장난감이 없어서 미안하구나. 이걸 가지고 놀아보지 않을래?"

아이는 처음 보는 조개와 작고 예쁜 돌을 보며 금방 관심을 보인다. 아이는 제 엄마와 떨어져 지내는 시간이 많았다. 아침에 엄마가 학교에 가는 시각부터 저녁에 돌아오는 시각까지 어린이집에서 지내다 보니 혼자 노는 법에 익숙해져서일까? 하루 중 엄마와 떨어져 지내는 시간이 많다 보니 엄마가 없는 시간에도 아이는 자기를 둘러싼 주위 상황에 아랑곳하지 않고 적응해 버리는 걸까? 아이는 그 또래 다른 아이들과는 전혀 다른 반응을 보여주고 있다.

아이가 조개와 돌을 하나씩 집어 모양을 만들고 헐고 다시 만드는 모습을 지켜보다가, 여자는 벗겨놓은 아이 옷을 들고 나가 깨끗이 빨아서 마루에 줄을 걸어놓고 그 위에 넌다. 밖에 널어놓으면 새벽이슬에 젖어 축축해질 걸 생각해서다. 그런 다음 여자는 방으로 들어가서 책상 앞에 앉는다. 문 바로 앞에 책상과 의자가 있고, 책상 위 책꽂이에 여러 권의 책이 보인다.

아이를 위해 수고하는 여자의 모습을 찬찬히 지켜보던 남자는 아이가 조개와 돌을 가지고 노는 걸 보고는 큰 방에서 대청마루를 건너 있는 작은 방으로 들어간다. 그 방에는 한쪽에 커다란 책장이 있고, 그 반대편에 책상이 있다. 마치 이 깊은 산골에 책을 읽기 위해 들어온 사람들 같다. 무슨 사연이 있었을까?

남자의 이름은 손철민(孫鐵玟), 한문으로 쇠 철(鐵) 자에 아름다운 돌 민(玟) 자를 써서 쇠처럼 단단하고 돌처럼 강하게 자라나라는 뜻으로 그의 부친이 지어준 이름이다. 허약하게 태어난 큰아들이 걱정된 아버지는 국어사전과 옥편(玉篇)을 찾아보고 아들이 튼튼하게 잘 자라기를 바라는 마음을 이 이름에 담으신 것이다. 철민의 밑으로 여동생이 하나, 남동생이 둘 더 있다.

여자의 이름은 연하리(延霞梨), 한문으로 노을 하(霞) 자에 배나무 리(梨) 자를 썼다. 배나무 농장을 운영하는 그녀의 부친이 그녀가 태어났을 때 노을빛에 비친 배나무밭을 바라보고 있었는데, 그 정경(情景)이 너무나도 마음에 들어 그 정경을 떠올리며 지어준 이름이라고 한다. 그녀 밑으로 남동생이 둘 더 있다.

손철민은 농사를 짓는 집안의 네 자녀 중 장남으로 태어났다. 철민은 어렸을 때부터 사 남매 중에서 유독 몸이 약했다. 맛있는 음식을 내놓아도 뚝딱 먹어 치우지 못하고 젓가락질만 하고 있거나, 음식을 남기고 일어서곤 했다.

다른 형제들은 밥 한 그릇을 뚝딱 비우는 것이 예사였지만, 철민은 밥을 다 먹지 못하고 남기기가 일쑤였다. 먹는 것이 부실하다 보니 다른 형제들에 비해 허약하고 혈색도 늘 파리했다. 집안의 큰아들이다 보니, 부모님은 몸에 좋다는 보양식품이나 한의원에서 지어온 보약을 달여 먹여보기도 했으나, 부모의 기대만큼 큰아들은 튼튼해지지 않았다.

누구나 다 그렇지는 않겠지만, 태어날 때부터 예민한 체질이어서 먹는 음식의 영양소를 몸이 제대로 흡수하지 못하는 사람은 남들처럼 건강하게 살아가기가 어려운 건 사실인 모양이다. 손철민이 그러한 체질인 것은, 징집영장이 나와 신체검사를 받았을 때, 그 결과를 보고 당사자를 직접 면담한 군의관이 보충역으로 판정을 내려, 공익요원으로 군대생활을 마친 걸 보면 수긍이 간다.

철민의 어머니도 건강이 그리 좋지 못했다. 농사짓는 일이란 때맞춰 논에 나가 일손을 거들어 줘야 하는 일이므로, 어머니는 성치 않은 몸임에도 남편을 도와 농사일을 하다가, 몸을 쉬어주고 건강을 되찾을 방도를 찾아야 할 시기를 놓쳐버리고 말았다. 철민이 중학교에 들어갈 무렵, 어머니는 더는 농사짓는 일을 하지 못하고 집에서만 지내는 신세가 되고 만다.

그리 넉넉한 편이 못 되는 농사를 지으면서, 어머니의 약값으로 상당한 지출이 나가다 보니, 철민은 도시에 있는 중학교까지 걸어서 다니게 된다. 걸리는 시간은 가는 데만도 한 시간 반, 집에 와서는 아버지의 일손을 도왔고, 초등학교에 다니는 동생들도 학교를 파하고 집에 오면 농사일을 돕기는 마찬가지였다.

집안 형편이 어렵다 보니 철민이 고등학교에 들어갈 때 중학교에 진학하게 된 여동생은 도시의 중학교를 포기하고 읍내에 있는 중학교에 들어간다. 어머니를 대신하여 집안일을 챙겨야 하므로, 공부 잘하던 여동생은 말없이 그 길을 택한다. 철민은 고등학교에 진학해서도 도시에서 하숙할 생각은 아예 놓아버리고 시골집에서 학교까지 걸어서 다닌다.

하루 왕복 세 시간을 걸어서 다니려면 힘에 부치면서도 철민은 허약한 몸으로 이를 견디어 냈고, 그 대가는 나중에 또 다른 견딤의 삶을 예고한다.

철민은 고등학교를 졸업하면 빨리 취직하여 돈을 벌어야겠다는 마음뿐이었다. 어머니를 도회지의 큰 병원에 모시고 가서 수술도 받게 해드려야겠고, 고등학교 진학을 포기하고 있는 여동생을 학교에 다니게도 해주어야겠고, 그 밑의 남동생들도 학교를 쉬지 않게 해주어야 했다. 가장 빠른 길은 공무원 시험을 보는 것이었다.

  철민은 고등학교를 졸업하자마자 지방직 9급 공무원 시험에 응시하여 합격하고, 근무 희망지를 읍소재지에 있는 군청으로 신청하여 시골집에서 출퇴근하면서 아버지를 돕고, 동생들의 학비도 댄다. 어머니는 도시에 있는 큰 병원에 모시고 가서 대장암이라는 진단을 받았으나, 수술 시기를 놓쳤다고 하므로 다시 집으로 모셔 오는 수밖에 없었다.

  직장에 들어간 다음 해 징집영장을 받고 신체검사를 받은 다음 군의관이 개별 판정을 내릴 때, 검사결과지를 유심히 들여다본 군의관은 철민을 가장 나중에 불러 심층(深層) 면담한다. 그 이유는 철민의 체중이 입대 장정 평균치에 훨씬 못 미친다는 것이었다. 이런 체중을 가지고선 과격한 훈련과 분기별로 시행되는 장거리 행군 등을 감당하기 어렵겠다고 판단해서 체중 저하의 원인을 알아보아야겠다고 생각한 것이었다.

  면담 결과 군의관은 민감한 체질로 인해 음식물을 제대로 섭취하지 못하는 보기 드문 체질을 가진 장정이라고 보고, 보충역 판정을 내린다. 현역병으로서 군 복무는 사실상 불가능하다는 판정을 내린 셈인데, 이러한 판정이 나온 걸 보면, 철민의 몸 상태가 어떤 상황이었는지 짐작이 간다.

  가족들에게 내색하지는 않았지만, 철민의 몸은 어려서부터 섭취하는 음식물의 영양가를 몸 안의 각 부위에 제대로 공급해 주지 못하고 있었다. 성인이 되어서 웬만한 음식물은 변비증세를 일으켜 그 음식을 먹고는 싶은데 변비의 고통을 생각해서 단념하기 일쑤였고, 다른 사람에겐 괜찮은 음식이 철민에게는 장(腸)의 이상을 가져와 설사를 일으키곤 했다.

신체검사 후 십 년이 지나서야 알게 되었지만, 그 증세는 치료가 어려운 과민성대장증후군(過敏性大腸症候群) 증세였다. 하도 변비와 설사가 자주 반복되고 일반 의원(醫院)의 처방약도 잘 듣지 아니하여 철민은 전문병원을 찾아간다. 큰 도시에서 대장(大腸)외과 쪽으로는 명의(名醫)라고 소문이 자자한 병원의 원장은, 이 증세는 현대 의학 기술로는 치료가 어려우니, 환자 본인이 음식을 조심하면서 평생 안고 가는 수밖에 없다고 말해주었다.

그러면서 피해야 할 음식으로 누구나 좋아하는 커피는 물론 찬 기운이 있는 보리밥, 밀가루 음식, 수박, 참외 등 과일, 자극성이 있는 맵고 짠 음식 등 열 가지 이상의 음식 종류가 적힌 안내문을 건네주었다. 평소 섭취 후, 속을 불편하게 하던 음식들이 모두 들어있었다.

육십 년대 후반 철민이 삼십 대 나이에 접어들 무렵이었다. 전문의의 소견(所見)을 듣고 나서 철민은 자기가 오래 살아있기는 어렵다는 걸 예감했다. 몸이 필요로 하는 영양소를 제때 공급받지 못하고 장기간 버텨왔다면, 그러한 몸이 어떠한 상태였을지는 충분히 짐작이 간다. 몸이 그러한 상태로 제 기능을 발휘하지 못하고 있었음에도, 지금까지 버텨온 건 오로지 강인한 정신력 때문이었을 것이다.

철민은 집에서 군부대로 다니면서 삼 주간 기초군사훈련만을 받고, 일 년 기간 군 소재지에서 공익근무를 하는 것으로 군 복무를 마친다. 가족들을 위해서는 다행스러운 일이었다. 대체 군 복무를 마치고 직장에 복직했을 무렵 어머님이 돌아가시고, 힘든 농사일 끝에 병을 얻은 아버님마저 농사를 짓지 못하게 되자, 철민은 실질적인 가장으로서 가정경제를 도맡고 동생들을 뒷바라지한다.

농사는 소작농(小作農)으로 임대 전환할 수밖에 없었다. 주위에서 결혼을 권하기도 했으나, 철민은 두 가지 이유를 내세워 그 권유를 모두 물리친다. 첫째는 동생들을 가르치고 결혼시킬 때까지는 안 하겠다. 둘째는 이렇게 허약한 몸으로는 결혼생활을 감당할 자신이 없다는 두 가지 이유였다. 나이 삼십 대 중반이 넘도록 결혼은 생각지도 않고 오직 동생들을 공부시키고, 결혼시키는 일만 생각한다.

그사이 아버님도 돌아가시고, 동생들이 모두 가정을 갖게 되자 비로소 자기의 삶을 살아갈 생각을 하게 되는데, 긴장을 놓아버린 탓일까, 잠자코 내색하지 않고 있던 몸에서 이상증세가 나타나기 시작한다. 이전과는 다르게 통증을 느끼기 시작한 것이다.

대학병원의 진단명은 수술해도 완치가 어렵다는 대장암이었다. 어머니가 앓으시던 것과 같은 병명(病名)이었다. 변비와 설사가 반복되면서 약해진 몸의 면역력이 암세포가 침투함에도 더는 버티지 못하고 두 손 들고 말았구나, 하고 철민은 담담하게 받아들였다. 그때 나이가 서른여덟, 동생들의 뒷바라지가 끝나면 나 자신을 위한 인생을 살아보아야겠다고 막 마음먹던 참이었다.

얼마 전 막내아우가 결혼하여 형 곁을 떠나게 되자, 철민은 비로소 무거운 짐을 벗은 해방감을 느끼면서 자신을 되돌아보게 된다. 우선 시골집을 정리해야겠는데, 부모님과 형제들의 삶의 흔적이 묻어있는 시골집을 팔 수가 없어 망설이다가, 소작농으로 임대받은 사람이 그 집에서 살면서 농사를 짓겠다기에 세를 내주었다. 자신은 직장 가까운 곳에 있는 작은 아파트를 전세로 얻어 이사했다. 오래전부터 생각해 오고 있던 자신만의 삶을 대비한 준비 작업이었다.

암 진단을 받고 나서 철민은 생각했다.

'진즉 생명의 불이 꺼졌을지도 모르는데, 중고등학교 육 년 동안 학교에 가는 날이면 왕복 세 시간을 걸어 다니면서 걷기 운동을 하였기에, 그나마 생명의 불이 꺼지지 아니하고 타고 있었구나. 그래서 동생들을 대학까지 보내고 결혼시킬 수 있었구나!'

비록 지방대학을 나왔어도 동생들은 제각기 직장생활을 하면서 착실하게 살아가고 있었다. 감사한 일이었다. 키만 크고 허우대가 약골(弱骨)로 보여 누구에게서나 그다지 호감을 받지 못하는 자기와는 달리 동생들 셋은 키가 크고 인물도 좋으셨던 아버지를 닮아 모두 키도 크고 건강하고 용모(容貌)도 반듯했다.

철민은 볼품이 초라해 보이는 자기보다는 동생들이 제대로 된 교육을 받고 이 사회에 나가게 되면, 어디서나 인정받고 결혼할 배우자도 잘 만날 수 있을 거라고 믿어 의심치 않았다. 동생들의 교육에 정성을 쏟은 데는 이러한 이유도 있었던 것이다.

대학병원의 전문의는 수술을 권하지 않았다. 수술하기에는 환자의 건강 상태가 예사롭게 보이지 않아서였다. 환자가 허약한 몸으로 수술 후의 회복 과정을 후유증 없이 견뎌낼 수 있을지도 장담할 수 없었다. 곰곰이 생각을 거듭하던 주치의는, 환자에게는 자세히 설명하지 아니하고 식생활에서 조심해야 할 사항을 일러 주고 복용할 약을 처방해 주면서 석 달에 한 번씩 정기검진을 받도록 권했다.

암의 진행을 최대한 억제함과 아울러 환자가 버틸 수 있는 날까지 자기가 원하는 삶을 살아가도록 배려하는 마음 씀이었을 것이다. 철민은 주치의의 지시에 순순히 따랐다. 이미 생명에 대한 집착을 내려놓았으므로, 어떤 상황에도 담담할 수 있었던 거다. 철민은 정기적으로 대학병원에 가서 암의 진행 과정을 검진받고 처방약을 받아와 복용하면서 때를 기다리기로 한다.

자기의 꿈을 실천에 옮기려면 직장을 그만둔 후에 생계를 유지할 수 있는 수단이 있어야 하는데, 그 수단은 퇴직공무원이 받을 수 있는 연금이었다. 단 근무 경력 이십 년을 채워야 하는데 아직 이 년이 남아있었다. 열아홉 살에 공무원이 되었으니 이십 년을 채우려면 서른아홉 살까지 근무하면 되는데, 군 보충역 대체 근무 기간 일 년은 휴직하였으므로, 그 기간을 채우려면 마흔 살까지 근무해야 했다.

철민이 생각하고 있던 자기만의 인생이란 도예(陶藝) 공부를 해서 도자기를 빚고 구워내는 도자기공예가(陶瓷器工藝家)의 길을 걷고 싶다는 꿈이었다. 철민은 자기 스스로 특별한 재주는 없는 사람이라고 생각하고 있었다. 공부를 썩 잘하는 편도 아니고, 그렇다고 책을 읽는 걸 좋아하는 편도 아니고, 굳이 좋아하는 걸 찾으라면 주로 혼자 있을 때 주머니칼로 나무 조각을 깎아 무얼 만드는 걸 좋아했다.

그럴 때면 잡념도 없어지고 재미도 있고 의도했던 조각품이 완성되었을 때 얻는 성취감도 컸다. 몸이 허약하다 보니 친구들도 사귀기 힘들고, 중고등학교 때 매일 세 시간씩 걸어서 학교에 다녀오느라 자기만의 시간을 가질 수도 없어, 다른 취미를 익힐 여유가 없었던 때문이기도 하다.

도예가의 길을 가려면 작업장이 있어야 하고, 빚어낸 도자기를 구워내려면 가마, 즉 도요(陶窯)를 설치할 장소가 있어야 한다. 이제 생명이 허락하는 날까지 하고 싶은 일을 하면서 무언가 의미 있는 것들을 남기고 싶었다. 몸에 암세포가 자라고 있으니 자연히 암 치료에 좋다는 식품이나 약에 의존하지 않는 자연 치유법을 소개하는 글에 관심을 가지게 되었다.

그중 철민의 관심을 끈 글은 편백나무가 내뿜는 '피톤치드'가 암세포의 진행을 억제하고 사람 몸에도 좋다는 글이었다. 그때 퍼뜩 한 가지 방안이 떠올랐다. 편백나무숲이 있는 곳에 거처할 곳을 마련하고 그곳에 도자기를 빚는 작업장과 도자기를 굽는 가마터를 만들어 놓으면 좋겠다는 생각이었다. 그 생각에 마음이 꽂히고 보니 사는 날까지 하고 싶은 일을 하면서 살아보자는 의욕이 샘솟았다.

'직장을 퇴직하면 퇴직연금을 신청하여 많지는 않겠지만 매달 나오는 연금으로 생활해 나가자!'

그때부터 철민은 전국 각지에 있는 편백나무숲을 알아보기 시작한다. 소문이 나서 사람들이 많이 찾아오는 곳은 피하고, 잘 알려지지 아니한 조용한 지역을 찾고 싶었다. 그러한 지역을 혼자서 찾는다는 것은 한계가 있어, 철민은 같은 군청의 동료인 산림과 직원에게 도움을 청하기로 한다.

동료 직원이 행정구역이 다른 군청 산림과 여러 곳을 수소문해 가지고 들고 온 장소는 세 군데였다. 그중 두 곳은 도(道)가 다르고 너무 먼 곳에 있어, 남은 한 곳 바로 이웃의 도(道) 행정구역에 속해 있고, 사는 곳에서 차로 한 시간 남짓 가서 산으로 올라가면 되는 곳이어서 찾아가 보기로 했다.

넓은 숲은 아니지만 편백나무 군락(群落)만 있으면 되었다. 그곳 행정관할 군청 산림과 직원에게 찾아가는 길을 미리 알아보고, 주말을 택해 차를 운전해 가서 산길에 접어드는 비포장 국도에 차를 세우고 보니, 백 미터 전방에 철로가 지나가는 것이 보였다. 시야에 들어오는 어느 곳에서도 민가(民家)는 보이지 않았고, 역사(驛舍)도 보이지 않는 한적한 곳이었다.

관할 군청 산림과 직원이 가르쳐 준 바에 의하면, 산길을 따라 사십여 분 올라가면 길이 갈라지는데, 오른쪽 길은 고랭지(高冷地) 특용작물을 재배하는 곳으로 올라가고, 왼쪽 길은 편백나무 숲으로 가는 길이라 했다. 그곳에서 삼십여 분을 더 올라가면 편백나무숲이라고 표시된 입간판이 보일 거라고 했다. 왼쪽으로 올라가는 산길은 나무가 무성한 숲길이었다. 하늘이 잘 보이지 않을 만큼 소나무, 잣나무 등 여러 종류의 잡목이 빽빽하게 서 있었다.

사월 중순 날씨였음에도 올라가는 산길은 가파른 길이어서 얼굴에 땀이 송골송골 맺히고, 등으로도 땀이 흘러내렸다. 평소 사람이 잘 다니지 않는 길이어선지, 산길은 풀이 덮여있어 유심히 내려다보지 않으면 길을 잃기 쉬웠다.

'아! 사람이 찾지 않는 외딸고 높은 곳이구나.'

철민은 이 길이 마음에 들었다.

'나타나게 될 편백나무숲도 마음에 들 거 같아.'

공기 맑고 조용한 편백나무숲 가까이서 생활하게 되면 암 치유에 좋을 것이라는 희망이 차올랐다. 드디어 편백나무숲이라는 입간판이 보였다. 나무판에 까만 페인트칠을 하고, 그 위에 반듯한 정자(正子)로 하얗게 표시한 입간판이었다.

숲은 높이 솟은 편백나무가 일정한 간격을 유지하고 가지런히 서 있었다. 누군가가 공들여서 이곳에 편백나무를 심었구나, 생각이 들 만큼 숲은 잘 가꿔져 있었고, 숲 주위엔 빙 둘러서 녹색의 울타리가 처져있었다. 가시가 있는 철조망이 아니라 닭장에 치는 평면의 쇠 울타리로 안이 환히 보였는데, 울타리를 따라 걸어보니 어림잡아 삼천여 평은 됨직한 면적이었다.

자물쇠가 채워진 출입문 쪽으로 가보니 자그마한 통나무집 한 채가 출입문에서 이십 미터쯤 떨어진 곳에 자리 잡고 있었다. 사람은 살고 있지 않은 빈집이 분명했다. 이 집을 이용한 사람은 '피톤치드'가 잘 나오는 시간에 숲에 머물러 있다가, 이 집에서 쉬고 산에서 내려갔던 거 같다. 철민은 그 주변에 집을 지을 만한 곳이 있을까 싶어, 숲 주위의 지형을 살피며 산을 돌아다녔다.

숲이 워낙 무성해서 산비탈을 타고 조심해서 내려가 보지 않으면 시야를 구별하기가 어려워서 철민은 땀을 뻘뻘 흘리며 평평한 지대가 있는지를 유심히 살폈다. 가로 방향으로 갔다가 세로 방향으로 내려가고, 다시 가로 방향으로 갔다가 세로 방향으로 내려가기를 여러 번, 산 중턱쯤에 평평한 분지가 나타났다. 위쪽에 있는 편백나무숲에 비해 사분의 일 정도 되는 아담한 넓이였다.

자기 앞에 나타난 널따란 분지 앞에서 철민은 포근한 안식이 밀려오는 걸 느낀다. 살아오면서 남모르게 겪었던 육신(肉身)의 불협화음(不協和音)은 고통보다도 자존감을 앗아가 버리는 일이었다. 똑같은 음식을 먹고도 다른 사람은 멀쩡한데 자기 혼자서만 배앓이를 하여 황급히 화장실을 찾아가야 하고, 이어서 몇 시간 동안 아랫배의 불편함을 견뎌야 하는 그 시간은 일종의 고문과도 같은 것이었다.

배앓이를 잠깐이라도 진정시키는 하얀 알약을 비상약처럼 가지고 다니는 일은 직장생활을 하면서부터 일상화된 일이 되었다. 배앓이의 통증이 계속되는 동안은 업무에 집중할 수가 없었기 때문이다. 철민은 내 육신의 취약함을 잘 아는 조물주가 날 불쌍히 여겨 이곳으로 인도해 준 게 아닐까, 하는 기대에 찬 믿음조차도 갖게 된다. 그만큼 편백나무숲과 그 아래 분지가 주는 안정감은 컸다.

'이곳에 조그마한 집을 짓고, 도자기를 구울 수 있는 가마터를 갖출 수 있다면 얼마나 좋을까?'

편백나무숲에 들어가 치유의 시간을 갖고, 이 분지 위에 집과 가마터를 만드는 일은 지금으로선 희망사항일 뿐, 땅 주인의 허락을 받아야 하는 일이었다. 그날 산을 답사하고 내려온 철민은 땅 주인을 만날 수 있는 방법을 찾을 수 있을까 해서, 그곳을 소개한 그 직원에게 그곳 편백나무숲과 분지가 있는 곳의 지번을 물어보는 등 도움을 청한다.

그 직원이 알려준 그 땅의 지번을 가지고 등기소에 가서 토지 등기부등본을 떼어보니, 정 아무개라는 사람이 천구백오십팔 년 삼월에 소유권이전등기를 받았고, 그 사람의 주소지는 경상북도 안동이었다. 나이는 알 수 없었다. 등기소에서 관리하는 부동산 등기부는 천구백팔십 년대에 접어들어 전산화가 이루어져 소유자의 주민등록번호가 등재되었고, 그 이전에는 주소만 등재되어 있었다.

안동 사람이 멀리 이곳까지 와서 편백나무숲을 조성하였다면 필시 무슨 사연이 있을 법한데, 수십 년 전에 있었을 그 내막까지는 그 직원도 알 도리가 없다고 했다. 경북 안동에 가서 소유자를 수소문해 볼 수밖에 없었다. 등기부상 소유자가 그 땅을 매입하고 곧바로 등기하였다면, 그때 심은 편백나무 묘목이 이십 년 동안 자라 지금의 무성한 숲을 이룬 걸 거다. 등기부만 들고 안동 주소지로 찾아가서 물어보아야겠지만, 그사이 소유자가 주소를 옮겼다면 이 또한 난감한 일이다.

그렇지만 철민은 소유자를 찾아가기로 마음먹는다. 얼마 남지 아니한 생명의 불꽃이 사그라들기 전에 자신을 위한 삶을 살고 싶다는 열망이 그만큼 강했던 것이다.

현장을 답사하고 온 그다음 주말, 철민은 차를 운전하여 안동으로 향했다. 택시 기사분에게 묻고, 또 물어 주소지를 관할하는 파출소를 찾아가 주소지 위치를 부탁했더니, 친절한 경찰 아저씨는 찾기 쉽도록 도면을 그려주면서, 먼저 그 부근 이면도로에 있는 세탁소에 가서 물어보라고 했다. 지금처럼 도로명 주소가 없던 시절이어서 단독주택은 주소만 가지고는 찾기가 어려운 때였다.

세탁소를 찾아가 남자 주인에게 주소와 이름을 대자, 자기 세탁소를 이용하는 고객분들의 이름은 거의 외우고 있는데, 이 이름은 처음 보는 이름이라면서 혹시 정 씨 성을 가진 고객의 가족일 수도 있으니, 물어보자면서 고객 명단이 적힌 노트를 가져와 뒤적이기 시작했다.

노트에는 고객의 이름과 전화번호가 기재되어 있었다. 맡긴 세탁물의 작업이 완료되면 고객에게 연락하여 찾아가게 하거나, 주인이 그 집에 갖다주기도 한다고 했다. 귀찮게 생각하지 아니하고 자기 일처럼 몇 군데 전화를 걸어보던 주인은 드디어 그 집 가족과 통화가 되었는지, 활짝 웃는다. 아버님을 뵈려고 멀리서 온 분이 계시는데, 전화를 바꿔 드릴 테니 용건을 물어보라고 하면서 수화기(受話器)를 건넨다. 전화를 받은 사람은 땅 소유자의 딸이었다.

'이렇게도 찾는 사람과 연락이 닿을 수 있구나.'

철민은 세탁소 주인에게 머리 숙여 감사를 표한 다음 자신의 신분과 찾아온 용건을 말하기 시작했다. 자신은 어디 군청에서 근무하는 공무원이며, 암 진단을 받았는데 아버님 소유의 편백나무 숲에서 자연치유를 하고 싶다는 것, 숲 아래 분지가 있는 땅의 일부를 임차하고 싶다는 희망사항을 먼저 전했다.

허락해 주신다면 그 분지에 조그만 집을 짓고 살면서 도자기를 빚는 작업실과 도자기를 굽는 가마터도 만들고 싶은데, 허락을 받을 수 있을는지 여쭙고 싶다고, 마음속으로 계획하고 있는 일을 사실대로 덧붙였다. 상대방에서 "잠시 기다려 보세요"라고 말하더니, 이삼 분 가까이 침묵이 흘렀다. 잠시 후 따님 되시는 분의 음성이 수화기로 들려왔다.

"아버님께서 뵙고 싶다고 하시네요. 차를 가지고 오셨다면, 세탁소에서 나오셔서 오른쪽으로 이백 미터쯤 올라오시면 이면도로 삼거리가 나옵니다. 그곳에서 좌회전하여 두 번째 집인데, 올려다보시면 큰 소나무가 보일 거예요. 셔터가 내려진 주차장 앞에 차를 주차하고, 계단을 올라와 초인종을 누르시면 됩니다."

따님 되시는 분은 얼굴도 모르는 외지인에게 자기 집에 오는 길을 상냥한 목소리로 자세히 알려주었다. 생면부지(生面不知)의 외지인에게 이렇게 친절을 베푸는 일은 웬만큼 자기 관리가 되지 않으면 어려운 일인데, 따님 되시는 분은 그 일을 자연스럽게 해내고 있었다.

철민은 낯선 지역에서 세탁소 아저씨와 땅 소유자의 따님으로부터 받은 친절이 마음으로 전해지는 따뜻한 분위기에 감동되었다. 철민은 지갑에서 지폐 한 장을 꺼내어 친절을 베풀어 주신 세탁소 주인에게 건네면서 말했다.

"일도 바쁘신데 낯선 외지인에게 친절을 베풀어 주시고, 찾는 분을 만나 뵙게 해주셔서 정말 감사합니다."

그리고는 머리를 숙였다. 세탁소 주인이 펄쩍 뛰며 당연한 일인데 무슨 돈을 받을 수 있냐면서 거듭 사양하였으나, 철민은 일하시다가 음료수라도 사드시라면서 다시 인사드리고 세탁소를 나왔다. 음료수 한 박스는 살 수 있는 기본 인사였다.

세탁소 앞에서 차를 출발하여 얼마 안 가서 길은 완만한 오르막길로 바뀌었다. 도로 좌우로 번듯한 이 층집들이 잘 가꾸어진 정원수를 선보이며 나타나는 것으로 보아, 그곳이 고급 주택가임을 알 수 있었다. 따님이 일러준 집 앞에 차를 세우고 계단을 올라가 보니 출입문 창살 사이로 안이 훤하게 보였다.

철민이 사는 지역에서는 볼 수 없는 분위기 있는 정원과 석조(石造)로 지어진 이 층 주택이 철민을 움츠러들게 했다. 생각 외로 큰 고급 주택이었다. 주택 뒤로는 높은 산이 보여 이곳이 산과 맞닿아 있음을 알 수 있었다. 정원에선 잘 가꿔진 파란 잔디가 널따랗게 펼쳐져 있고, 울타리 쪽으로 조성된 화단에서는 잘 자란 진귀(珍貴)한 수목이 가지를 뻗고 있는가 하면 여러 종류의 꽃이 자태를 뽐내며 운치를 자아내고 있었다.

집 거실로 보이는 창문 쪽에는 분재 화분이 여러 개 놓여있어, 집주인의 취향을 보여주고 있었다. 사월의 화창한 햇빛이 정원과 주택을 환하게 비치고 있는 걸로 보아 남향으로 방향을 잡은 주택임을 알 수 있었다. 철민은 자신도 모르게 깊게 심호흡했다.

살아오는 동안 사람들 앞에서 주눅 들거나 당황해한 적은 거의 없다. 직장생활을 할 때도 항상 원칙을 우선시하고 자기주장을 내세우거나 감정을 앞세우지 않았다. 그러다 보니 동료들 사이에서도 말이 별로 없는 사람, 성품이 원만한 사람으로 인정받았고, 업무처리도 깔끔하여 윗사람들로부터 신임을 받았다. 자기 관리를 그렇게 하다 보니 무슨 일이 닥쳐도 담담하게 처신할 수 있었다.

그런데 지금 땅 소유자로부터 땅 몇 백 평을 임차할 입장이 되고 보니, 땅 소유자가 가진 상당한 경제력에 그만 압도되는 기분에 사로잡히는 건 어쩔 수 없었다. 전혀 예상하지 못했던 일이었다. 철민은 다시금 자기 모습을 바라보았다. 땅 주인에게 좋은 인상을 보여주기 위해 양복 정장을 입고 머리 손질도 미리 하고 왔다. 자신의 처지를 사실대로 얘기하고 사정하는 태도를 보여주어야, 땅 주인이 그나마 귀를 기울일 거라고 생각해서, 말해야 할 내용도 미리 머릿속으로 정리했다.

 마음을 새삼 가다듬고 초인종을 누르자, "들어오세요"라는 여자의 음성이 들리더니 찰칵하고 문이 열렸다. 문 안으로 들어가자 열려있던 문은 찰칵하고 다시 닫혔다. 파란 잔디가 자라고 있는 뜨락에는 집 현관까지 평평한 디딤돌이 깔아져 있었고, 디딤돌을 딛고 걸어가는데 현관문이 열리며 수수한 차림의 여성 한 분이 나오는 것이 보였다.

 마주 걸어오는 철민을 향하여 그녀는 먼저 공손하게 인사하더니, 오른손바닥이 보이게 들고 "들어오시지요"라며 편안하게 미소 지었다. 세련된 동작이었다. 조금 전에 통화한 땅 주인의 따님이신 모양이었다. 나이는 오십 대 중반쯤, 위아래가 연한 치자색인 개량식 여성 한복을 입고 있었고, 화장기 없는 얼굴임에도 이목구비가 고운 인상이었다.

 철민도 그 자리에 서서 공손하게 머리를 숙인 다음 따님을 따라 들어가니, 햇살이 쏟아져 들어오는 널찍한 거실이 곧바로 눈에 들어오고 안쪽 소파에서 머리칼이 희끗희끗한 노인 한 분이 손님 맞을 채비를 하고 서 있는 모습이 눈에 들어왔다. 철민이 만나려고 한 땅 주인 정(鄭) 노인이신 모양이다.

 "아버님, 아까 전화하신 손님이 오셨습니다."
 따님 되시는 분이 다소곳이 서서 나직한 음성으로 철민을 소개하자 정 노인은 인자한 표정을 띠고 말하였다.
 "어서 오시오. 먼 데서 여기까지 오셨구려. 앉으시오."
 정 노인의 나이는 칠십 대 중반으로 보이고, 보통의 체격에 얼굴 피부가 깨끗하고 눈빛이 맑은 걸로 보아 건강은 잘 유지하고 계신 듯하다. 철민이 접대용 소파에 앉자, 정 노인은 맨 먼저 이렇게 물었다.

"찾아오신 용건은 대충 들었소이다. 병 치유를 위해 우리 편백나무숲에 찾아가신 모양인데, 소문난 여러 군데 숲을 놓아두고 굳이 우리 숲 있는 곳까지 찾아가신 이유가 있으셨소?"

정 노인은 그 점이 가장 궁금했던 모양이다. 철민은 허리를 꼿꼿이 세우고 두 손을 무릎 위에 가지런히 모으고 앉아있다가, 곧바로 일어나서 자기소개를 했다.

"먼저 제 소개부터 올리겠습니다. 저의 이름은 손철민이고, 나이는 서른여덟이며, ○○군청 공무원으로 근무하고 있습니다."

그리고는 머리를 숙인 후 다시 소파에 앉았다.

"몇 달 전 대학병원에서 대장암 진단을 받았습니다. 어르신께서 보시는 바와 같이 저의 몸이 허약하여선지, 진료하신 교수님께서는 수술을 권하지 않으시고, 약 처방을 해주시면서 삼 개월에 한 번씩 정기검진을 받으라고 하셨습니다. 그때부터 암 치료에 관한 글을 찾아 읽다가 편백나무숲이 암 진행을 억제하는 자연치유에 좋다는 걸 알게 되었습니다만, 사람들이 많이 찾는 곳은 내키지 아니하여 조용한 곳을 찾고 싶었습니다. 군청 산림과 직원에게 부탁하여 다른 군청 관내에 있는 숲을 수소문하게 되었고, 그곳 직원으로부터 어르신이 가꾸신 편백나무숲을 소개받게 되었습니다."

철민은 꼿꼿이 앉은 그 자세를 유지하며, 정 노인의 물음에 조심하는 억양을 담고 말했다.

"그러셨구려. 우리 숲은 일반인에게는 거의 알려지지 않았는데, 어떻게 알게 되었는지, 궁금했소이다. 군청 산림과에서는 관내 산림의 수목 식재 현황을 파악하고 있었겠지요. 지금 근무하는 지역에서 우리 숲 있는 곳까지는 상당히 거리가 떨어져 있는데, 주말에 오고 가려면 시간이 많이 소요되지 않겠는가요?"

정 노인은 어떤 조건으로 땅을 임대받기를 원하는지는 묻지 않고, 찾아온 손님의 형편부터 먼저 알고자 했다.

"아, 네. 저는 이 년 후 직장에서 퇴직할 계획을 세우고 있는데, 앞으로 이 년만 더 근무하면 공무원 퇴직연금을 받을 수 있기 때문입니다. 어르신께서 허락해 주신다면, 숲 아래 분지 있는 곳에 약 삼백 평 정도를 임차하여 조그만 집을 짓고, 그 옆에 도자기 빚는 작업장과 도자기를 굽는 가마터를 만들어 소일하면서 자연치유를 하고 싶습니다. 그곳에서 생활하면서 숲에서 살고 싶습니다."

그때 따님이 차 쟁반을 들고 와서 찻잔을 정 노인과 철민의 앞 탁자에 놓고 조심스레 차를 따랐다. 김이 뭉게뭉게 피어오르는 찻잔에서 향긋한 냄새가 풍겨왔다.

"중국 사람들이 좋아하는 '보이차'인데, 몸에 좋다고 하오. 자, 드셔보시오."

정 노인은 찻잔을 들어 왼손바닥으로 찻잔을 받치고, 오른손으로는 찻잔 손잡이를 잡고서 천천히 조금씩 음미하면서 차를 마신다. 철민도 정 노인을 따라 같은 동작으로 차를 마신다. 입 안에 감기는 향과 맛이 좋다. 평소 위장에서 잘 받아들이지 아니하여 커피는 마시지 않지만, 그렇다고 선호하는 다른 차도 없다.

홍차, 녹차, 다른 국산 차 등은 물론이고 섭취하는 음식들이 변비를 일으키는 경우가 많아, 웬만한 자리 이외에는 차는 사양하고 말거나 과실로 만든 차를 주문해 마신다. 따뜻할 때 이 차를 마셔야 좋은 듯, 정 노인은 같은 자세로 차를 다 마신 후에야 찻잔을 차 접시에 놓는다. 철민도 정 노인이 찻잔을 탁자 위에 놓는 것을 보고서야 비로소 빈 찻잔을 탁자 위에 놓는다.

"가족과는 따로 떨어져 있을 계획이신가 보오. 자연치유하는 기간 동안은…"

정 노인은 이 젊은 손님이 참 안되었다는 표정을 띠며 묻는다. 키는 큰데 마치 허수아비에게 옷을 입혀 놓은 듯 허약한 체구에 입은 옷이 헐렁헐렁한 품이 눈길을 끈다. 얼굴로 시선을 돌려 물끄러미 바라보니 비록 얼굴은 야위었으나, 눈빛만은 한없이 선하고 때 묻은 티는 전혀 보이지 않는다. 보통 사람에게서는 보기 드문 순수(純粹), 그 맑음을 보는 것만 같다.

철민은 정 노인의 물음에 바로 대답하지 못하고, 고개를 숙이고 있다가 땅 주인 앞에선 모든 걸 숨기지 말자고 한 자기 자신과의 다짐이 생각나서 고개를 들고 입을 연다.

"아직 가정을 갖지 않았습니다. 가족은 없습니다."

정 노인은 놀란 표정으로 다그쳐 묻는다.

"결혼하지 않았다는 말이요? 특별한 이유라도 있으셨소?"

"네. 빈농(貧農)의 가정에 태어난 저의 형제가 사 남매인데, 제가 장남입니다. 동생들 학비를 대지 못하면 학교를 못 다닐 거 같아서, 고등학교를 졸업하자마자 곧바로 지방공무원 시험을 쳐서 연고지에 있는 군청에서 근무하면서 동생들을 뒷바라지했습니다. 다 가르치고 동생들을 결혼시킬 때까지 결혼하지 않겠다고 스스로 다짐했습니다. 또 한 가지 이유는 제가 체질이 민감하여 음식을 제대로 섭취하지 못하다 보니, 결혼생활을 감당할 자신이 없었습니다. 보시는 것처럼 제가 이렇게 허약한 몸이어서요."

남에게 처음 털어놓는 신상(身上)의 비밀이다. 자기 얘기를 하는데도 철민은 눈물이 핑그르르 돌아 고개를 깊이 숙이고 만다. 아마도 자기를 쓰다듬어 주는 듯한 정 노인의 인정(人情) 가득한 눈길에 가슴이 뭉클하여 감정이 북받쳐 올랐기 때문일 거다.

정 노인은 시선을 떨어뜨리고 잠시 말이 없더니 말한다.

"장하시오. 형제간도 네 것 내 것 서로 챙기려고 싸움질하는 사람들도 있는데, 동생들을 위해 자기 인생을 희생했구려."

그리고는 무얼 생각하더니 비로소 자기 얘길 꺼낸다.

"나도 어려서부터 몸이 튼실하지 못했소. 밭농사로 생계를 이어가는 집안의 다섯 형제 중 장남이었는데, 밭농사로는 입에 풀칠하기도 어려워 보릿고개를 앞둔 나이 열여섯에 무작정 도회지로 나갔지요. 무슨 일이든 돈을 벌어야겠다고 마음먹었기 때문이지요. 그 도시에서 가장 큰 시장에 있는 양곡(糧穀) 도매상을 찾아가서 밥만 먹여주면 무슨 일이든 하겠다고 사정했지요. 체구도 약해 보이는 소년이 하도 애타게 사정하니까, 양곡상 주인 어르신께서 보기에 안되었던지, 먼저 안으로 데리고 들어가 밥부터 먹이더이다. 그날 처음으로 여러 가지 반찬이 있는 맛있는 밥을 양껏 먹었지요. 밥을 먹고 나니까, 주인 어르신께서 뒷마당으로 나를 데리고 가더니 마당에 흩어져 있는 양곡 낟알을 쓸어 담으라면서 빗자루와 양동이를 맡기고 가셨지요. 그때가 천구백이십 년도니까, 뒷마당도 맨땅이어서 빗자루로 쓸면 흙이 곡식과 함께 쓸려오겠다 싶었지요. 그래서 빗자루를 내려놓고 양곡 포대가 쌓여있는 곳에 있는 빈 포대를 여러 개 가져와서, 손으로 일일이 낱알을 주워, 묻은 흙은 입으로 불어서 털어내고 양곡 종류별로 포대에 담아 모으기 시작했지요. 큰 도매상이다 보니 양곡 포대를 비집고 나와 떨어진 낱알이 많았지요. 땀을 뻘뻘 흘리며 부지런히 양곡을 주워 흙은 불어서 털어내고 양곡 종류별로 일일이 모아 담느라, 해가 기울어지는 것도 몰랐지요. 마당에 흩어져 떨어진 낱알을 한 알도 남기지 않고 다 주워 모으고 허리를 펴고 일어나니, 해가 꼬박 기울어 어두워지더군요. 모아 담은 낱알 포대가 여러 개여서 두 손으로 붙잡아 들고 가게 쪽으로 가는데, 뒷마당 문 앞에서 뒷짐을 쥐고 서 있는 주인 어르신을 마주쳤지요. 주인 어르신께서는 낱알을 주워서 일일이 담고 있는 날 잠자코 지켜보고 계셨던 거지요. 그날 저녁 그곳에서 일하는 일꾼들과 함께 저녁을 먹고 나니 주인 어르신이 새 옷 한 벌을 내주시더니, 내일부터 이 형님들한테 일을 배우라고 하셔서, 그 집 일꾼이 되었지요."

정 노인은 그때 일을 회상하는 듯 지그시 눈을 감고 희미한 미소를 입가에 머금었다. 정 노인은 가족 아닌 다른 사람에게, 사회에 첫발을 내딛던 자기의 소년 시절 얘길 꺼낸 게 조금은 어색하다고 느꼈는지, 더 얘길 해야 하나 말아야 하나, 망설이는 듯했다.

오늘 처음 대면한 이 낯선 손님에게서 인간사(人間事) 수많은 사연 중 보기 드문 갸륵한 사연을 듣고 많이 감동되어, 자기 얘길 하고 싶었던 듯하다. 사람은 자기가 살아온 어려운 삶과 비슷한 어려운 삶을 살아왔다고 얘길 하는 사람 앞에서는 동반자(同伴者)와 같은 동질감(同質感)을 느끼고 자기 마음을 열어놓는 경우가 있다.

어디까지 애길 해야 하나 생각하던 정 노인은 한 번 꺼낸 말은 매듭지어 주는 게 손님에 대한 도리라고 생각한 듯 다시 얼굴을 들고 철민을 바라본다.

"양곡상 주인 어르신께서는 내가 밥만 먹여주시면 무슨 일이라도 하겠다고 말씀드렸음에도 내게 매달 품삯을 주시더이다. 난 그 돈을 한 푼도 쓰지 않고 모아 부모님께 보내드렸소. 그 돈으로 동생들은 학교에 다닐 수 있었지요. 그렇게 일하면서 스무 살이 되었을 때 난 양곡상의 금전출납 일을 보게 되었지요. 나를 믿고 금고 열쇠를 맡긴 주인어른께 보답한다는 마음으로 난 밤늦게까지 주판알을 만지면서 금전출납장을 정리하고, 금고의 돈과 출납장의 잔액이 꼭 맞을 때까지 몇 번이고 셈을 하고서야 잠을 잤소."

그때 따님이 다시 차 쟁반을 들고 와서 정 노인과 철민 앞에 놓인 비어있는 찻잔에 하얀 김이 올라오는 차를 따른다. 식어버린 차를 다시 데워 온 모양이다. 정 노인은 아까처럼 왼손으로는 찻잔을 받치고 오른손으로는 찻잔 손잡이를 잡고서 천천히 조금씩 차를 마신다. 보이차를 다 마신 정 노인이 거실 벽 쪽에 놓인 커다란 시계를 보더니 말씀하신다.

"진아! 점심때가 되었구나. 손님과 식사하고 싶으니 준비하거라."

"네! 알겠습니다. 아버님!"

대답하는 따님의 목소리가 들려오는 곳을 보니, 따님은 넓은 거실 현관 쪽 모퉁이에 있는 의자에서 일어나면서 정 노인의 분부를 받고 있었다. 아버님이 분부하시는 일을 바로 따르기 위해 아까부터 그 의자에 앉아 대기하고 있었던 모양이다. 철민은 자세를 고쳐 앉으며 말한다.

"감사합니다만, 식사는 사양하겠습니다. 대장외과 전문의로부터 과민성대장증후군 환자라는 판정을 받을 만큼 제가 음식에 많이 민감합니다. 식사도 많이 하지 못하고 찬을 가려야 해서 오히려 폐가 될 듯싶습니다."

"오! 과민성대장증후군 증세도 가지고 있다고요? 그 병은 음식 섭취하기가 무척 까다롭다고 들었소. 그래서 몸이 이렇게 허약해지셨구려."

정 노인은 안타깝다는 표정으로 철민을 바라보더니 물으셨다.

"그러면 찾아오신 용건을 얘기해 봅시다. 거처할 집을 짓고 그 옆에 도자기를 구울 가마터를 만들고 싶다 하셨소?"

"네. 직장에서 퇴직하면 무언가 소일거리가 있어야겠기에 평소 좀 관심이 있던 도자기 빚는 공부를 좀 해볼까, 생각하고 있습니다."

"음… 가마터라."

정 노인은 말을 끊고 무얼 곰곰이 생각하는 눈치다.

"그럼, 평소 도자기를 빚어 본 일은 있으시오?"

"없습니다. 평소엔 저 혼자 있는 시간에 나무로 무얼 깎아 만드는 취미를 좀 가져 보았는데, 손을 움직여 무얼 만드는 일이 재미도 있고 하여 도자기에 관심을 가진 정도입니다. 도자기에 대해 아는 것은 없습니다."

"그러시오? 우리 숲을 가보셨으니 아시겠지만, 수십 년 동안 야산 그대로 보존이 되어온 숲이라 숲이 꽤 울창하오. 내가 걱정되는 것은 가마터가 산에 있으면 혹시라도 가마터의 불씨가 숲에 옮겨가지나 않을까 하는 점이오. 이점 생각해 보셨소?"

정 노인의 말을 듣고 보니 아차! 싶었다. 울창한 숲에서는 극도로 불씨를 조심해야 한다. 한번 잘못 불씨가 옮겨붙으면 숲에선 그 불길이 어마어마하게 크게 번지고 만다. 군청에 근무하면서 여러 차례 관내 산에 불이 나서 많은 수목이 불에 타버린 일을 목격하기도 했다.

"그 점은 미처 생각해 보지 못했습니다. 제 머릿속으로만 생각하고 실제 해보지는 않은 일이어서 생각이 부족했습니다. 죄송합니다."

"누구든 자기가 직접 체험해 보지 않은 일은 머릿속으로만 상상하기 쉽소. 탓하자는 건 아니니 마음에 두지는 마시오. 분지 있는 곳에 조그만 집이라도 지으려면, 나무를 몇 그루 베어내야 할 거요. 자기 소유 수목(樹木)이더라도 관할 관청에 신고해야 하니, 그 서류는 내가 해주겠소. 산에서 소일할 수 있는 일거리는 다시 생각하여 찾아보시오. 집을 지으려면 그것도 군청에 신고해야 할 것이니 알아보시고, 가능하다고 하면 그것도 내가 토지사용승낙서를 갖춰 주겠소. 관할 군청에 가서 필요한 서류를 모두 알아보신 다음, 그곳 사법서사(司法書士) 사무실에 가서 상담하시고, 토지임대차계약서 등 서류를 갖추어 다시 한번 방문해 주시오. 가능한 한 도와드리고 싶소이다."

말을 마치고 정 노인은 소파 옆 작은 탁자 서랍을 열고 전화번호가 적힌 명함을 건네주었다.

"어르신 말씀 잘 기억했다가 준비하고 연락드리겠습니다. 오늘 좋은 말씀 많이 들었습니다."

 철민은 정 노인을 찾아오기 전에, 최소한 도예 전문가에게 가마터에 관해 알아보았어야 했다는 생각이 들었다. 그 생각을 하니 정 노인에게 죄송한 마음이 들어 더는 앉아있을 수가 없어서 서둘러 이렇게 말씀드리고 자리에서 일어났다.

 "잠깐 앉아 계시오. 드릴 것이 있소이다."

 정 노인은 따님을 부르더니 보이차를 하나 가져오라고 이르신다. 잠시 후 따님이 짙은 커피색 작은 쇼핑백을 들고 와서 정 노인 앞에 두고 자기 자리로 간다. 정 노인은 보이차를 꺼내 들더니 말씀하신다.

 "차 수저만큼만 떠서 적당히 끓인 다음 찻잔에 따라 들어보시오. 체질이 민감하니 삼사 일 드시다 보면 내 몸에서 받아들이는지 아니면 거부하는지 아실 것이외다."

 차 재료는 기다란 원통형으로 된 길이 십오 센티 정도의 통에 들어있었다.

 "감사합니다. 그렇게 하겠습니다."

 철민은 정 노인이 건네주는 쇼핑백을 받고 나서 일어나 인사드렸다. 정 노인은 소파에서 일어나 "그럼 조심해서 가시오"라고 말하더니 눈으로 철민을 배웅한다. 따님은 잔디 뜨락을 걸어 계단으로 내려가는 출입문 있는 곳까지 뒤따라 나와 배웅해 주곤 머리를 숙였다. 정오가 넘어가는 시간인지, 해는 하늘 한가운데서 아낌없이 밝은 햇살을 비춰주고 있다.

 집을 나오거나 사무실 밖에서 일을 보는 날, 끼니때가 되면 무얼 먹어야 할지 늘 고민스럽다. 그래서 철민은 평소 변비를 일으키는 식품 재료가 들어간 반찬은 아예 젓가락을 대지도 않는다. 맵거나 짜거나 질긴 음식도 위를 불편하게 하므로, 아예 빵으로 끼니를 때우기도 하는데, 크림이 들어있거나 버터가 섞인 빵은 또 변비를 일으킨다.

경험해 본 사람은 아시겠지만, 변비가 삼 일째 계속되면 화장실에 갔을 때 겪는 고통은 말로 표현하기 어렵다. 그래서 변비증세를 완화하는 약을 삼키곤 하지만, 그때뿐 변비는 다시 나타나고, 자주 약을 복용하게 되면 오히려 약으로 인해 위와 장을 해치는 수도 있다. 또 밖에서 식사할 경우, 함께 식사한 일행은 아무렇지 않은데 유독 자기 혼자서만 배앓이를 하고 화장실을 자주 드나드는 경우도 잦다.

오늘처럼 타지방에 왔을 경우, 배앓이를 하게 되면 모든 일정이 뒤죽박죽된다. 이러한 경험을 자주 했기 때문에 철민은 안전한 방법을 택하여 제과점에서 완두콩이 들어간 빵을 사고 슈퍼에서 우유를 사서 한적한 도로변에 차를 세우고 점심을 해결한다.

식사하면서 아까 정 노인께서 들려주신 그분의 젊은 시절 얘기를 떠올리며 그분의 인생 역정을 곰곰 새겨본다. 얘길 다 듣지는 않았지만, 그분은 큰 양곡 도매상 주인의 신임을 받고, 나중에는 가게 경영까지 맡게 되었을 것 같다.

나이 들어서 가게 일을 보지 못하는 주인을 대신하여 전문(專門) 관리인으로서 양곡 판매 사업을 하고, 경제력을 갖춘 후 자기 사업도 이루지 않았을까? 정 노인 어른의 품성을 생각하면, 자기를 믿고 가게를 맡긴 주인에게 보답하여 주인의 식솔들을 다 챙기고, 주인이 돌아가신 후에도 그 역할을 충실히 하였을 거 같다.

비록 자기만의 상상이지만, 그러한 정 노인의 삶을 그려보는 것도 기분 좋은 일이었다. 세상사(世上事)는 거짓 없음과 정직함이 끝내 빛을 본다는 선현(先賢)들의 말씀은 늘 새겨야 할 명언(名言)이라고 생각한다.

미리 알아보지도 아니하고, 숲 분지에 집을 짓는다거나 가마터를 만들겠다는 말을 한 경솔함이 부끄럽다. 직장 업무 외의 다른 일은 별 관심을 가지지 아니하고 살아온 세월이 너무 단순했다는 생각도 든다. 숲에 가마터를 만들겠다는 계획은 접어야 할 것 같다. 그 대신 목공예(木工藝)를 염두에 두고 전문가에게 찾아가 공방(工房)과 준비해야 할 도구를 알아보자. 빵으로 식사하면서 철민은 곰곰이 자기의 준비 부족을 성찰(省察)하는 시간을 갖는다.

분지에 작은 집이라도 지을 수 있는지, 지으려면 나무 몇 그루를 베어내야 하는지도 건축 전문가에게 의뢰하여 알아보아야겠다고 차분히 계획을 정리한다.

철민은 서두르지 않았다. 이 년 남은 공직을 잘 마무리할 수 있도록 업무처리도 더 신경 써서 하는 한편 건축과 동료로부터 소개받은 건축업자와 함께 산에 가서 현장을 둘러보았다. 자그마한 집을 지을 수 있는 장소와 그 면적, 집 옆에 지을 공방(工房)의 면적, 마당, 텃밭과 꽃밭의 크기도 대충 어림잡아 보았다.

집은 어떤 형태로 지을 것인지, 전기가 들어오지 않는 곳이니 시골 부모님들이 사시던 재래식 주택이 좋겠다는 의견을 나누면서 계획을 세워 나갔다. 이번에는 모든 준비를 완벽하게 갖춘 다음 땅 주인인 정 노인 어르신을 찾아뵐 생각을 한다.

정 노인 어른께서 마셔보라고 선물로 주신 보이차는 끓여서 마셔보았으나, 사흘이 지나서부터 변비증세가 나타났다. 몸에 좋다는 우리나라 녹차는 한 잔만 마셔도 변비증세가 나타나 아예 마실 생각조차 하지 않는데, 이 차도 좀 늦게 나타나긴 하지만 성분이 녹차와 같은지 내 체질에는 맞지 않는다. 다음에 뵐 때 그 말씀을 드리고 반환해 드려야겠다고 생각하면서 잘 보관한다.

집과 공방 건축에 관한 자문을 구하고 난 다음 사법서사 사무실에 가서 임야 임대에 따른 계약서류를 부탁한다. 임대 기간, 임대보증금, 월 임대료는 필수적 기재사항이고, 주택과 공방이 차지하는 면적을 기재하려면 땅 주인의 허락을 받아야 한다기에, 땅 주인과 상의하여 기재하기로 하고 빈칸으로 두었다.

일반적으로 토지 사용 후 임대 기간이 끝나면 사용자가 땅 위에 지은 건축물과 시설물을 철거하고 원상태로 반환해야 한다고 한다. 무엇보다도 집과 공방을 지을 때, 그 터를 확보하기 위하여 키 큰 나무를 베어내야 하는데, 땅을 반환해야 할 때 그 나무는 원상태로 되돌려놓기가 불가능하다. 이 부분을 어떻게 해야 할 것인지 계약서에 써놓아야 하므로, 이 또한 땅 주인과 상의해야 한다고 사법서사는 설명해 주었다.

직장생활만 하다가 여러 가지 사회규범을 경험하지 못한 철민으로서는, 사회인으로서 첫발을 내딛기 위한 준비 과정에서 모르는 것이 너무 많고, 배워야 할 것 또한 적지 않았다. 그래서 철민은 먼저 건축업자와 함께 산에 올라가 거처함에 필요한 최소한의 주거 공간이 얼마나 되어야 할지 의논했다.

침실로 쓸 공간, 책 읽고 공부하는 방, 취미생활을 할 수 있는 나만의 공간 즉 공방, 부엌 공간 등 필요한 공간의 면적을 생각하고 점검해 보았다. 화장실과 세면장은 시골집에서 하던 대로 마당에 두기로 했다.

남의 땅에 있는 나무를 적게 베어내려면, 나무와 나무와의 간격이 넓은 곳을 골라야 하고, 보기 좋게 잘 자란 나무는 베어내지 않아야 했다. 또 햇볕이 잘 드는 남향집을 지어야 겨울철에는 따뜻하고 여름철에는 시원하게 지낼 수 있으므로, 남향에 집터를 잡을 장소도 잘 살펴보아야 했다.

사방이 산으로 둘러싸인 분지에서 살아가는 일, 앞으로 몇 년이나 이곳에서 살게 될지 알 수 없지만, 철민은 좋은 거처를 마련하여 사는 일이 자신에게 보답하는 길이라고 생각했다. 민감한 체질로 인해서 살아오는 동안 많이 시달리고 괴로움을 겪은 이 육신(肉身)을 이제는 편히 쉬어주고 싶었다.

이 육신에 해로운 것은 단연코 피하고, 이로운 식재료만을 섭취해야 한다. 앞으로는 사람들과 함께 식사해야 할 일은 없을 것이므로, 내 의지만 굳건하게 받쳐준다면 몸을 해치지 않는 식생활은 안전하게 유지할 수 있을 거다.

다음으로 꼭 찾아보아야 할 것은 물이다. 이 산 어느 곳인가에 있을 골짜기를 찾아가 물이 흘러내리고 있는지를 알아보아야 한다. 물 찾기는 다음에 날이 좋은 날 다시 와서 찾아보기로 하고, 그날 건축업자와는 생활하는 데 꼭 필요한 각 공간의 최소 면적을 두고 의견을 나누었다.

방은 침실 외에 작은 방 하나는 꼭 있어야 한다기에 작은 방을 공부방으로 하고, 두 방을 합하여 스무 평, 공방은 열 평, 대청(大

廳)마루는 다섯 평, 텃밭과 꽃을 심을 수 있는 화단을 육십여 평으로 잡고 보니 합해서 백 평의 공간은 있어야 했다.

그 위치는 어디로 할 것인가? 남향을 바라보고 집을 짓되 봄, 여름, 가을에는 햇볕이 덜 들어오고, 불어오는 바람을 반길 수 있는 대청마루가 있는 옛날식 집! 이러한 집이면 충분하다. 나무와 나무와의 간격을 살펴보고 '여기면 좋겠다'라고 생각하면서 베어야 할 나무를 세어보니, 못해도 열 그루는 베어야 공간이 확보될 것 같다. 모두 우람하게 잘 자란 느릅나무였다. 건축업자가 말한다.

"나무가 잘 자랐어요. 베어낸 후 통나무집을 지으면 좋겠어요."

철민은 느릅나무가 건축자재로 쓰일 수 있음을 처음 알았다. 통나무집! 말로만 들었던 통나무집을 연상해 보았지만, 집은 이미 옛날식 가옥으로 짓기로 정했다. 나무를 베어내면 따로 쓸 용도가 생길 것이다. 시골집에서 삼십 대 중후반까지 살았으니, 대청마루가 있는 재래식 가옥은 살기에 익숙하다.

그날 산에서 내려와 건축업자와 헤어지면서 철민은 마음 한쪽에 웅크리고 있는 찜찜함을 건축업자에게 털어놓았다.

"사장님, 아무래도 베어내야 할 나무 수가 많은 것 같습니다. 땅 주인께서 허락해 주시겠는지 자신도 없고, 미안해서 말 꺼내기도 어려울 것 같습니다."

"그렇지요. 땅 주인 입장에선 나무가 잘려 없어지는 걸 좋아할 리가 없지요. 특별히 선심(善心)을 쓰신다면 모를까."

건축업자는 의뢰인과 땅 주인 간에 벌채 범위에 관해 충분한 양해가 이루어지지 않았구나, 생각하며 의뢰인의 걱정에 동의하는 말로 대답했다.

"건축설계사 분께 제 뜻을 전해주시고, 나무를 적게 베어내고도 필요한 용도로 건축이 가능한 방안이 있겠는지, 한번 검토해 주시길 부탁하겠습니다."

닷새 후 건축업자에게서 연락이 왔다.

"건축설계사 분께서 의견을 보내오셨습니다."

"네, 무슨 방안이라도 있다고 하시던가요?"

"가옥과 공방 면적을 더 줄이면 불편하실 것이니 그곳은 그대로 두고, 마당 형태를 바꾸어 보면 어떨지 생각해 보신 듯합니다. 꽃밭은 울타리 안쪽에 울타리를 따라 기다랗게 꽃을 가꾸고, 텃밭은 울타리 밖 나무와 나무 사이 비어있는 공간에다 여러 군데 만들어 반찬거리를 할 수 있는 채소 등을 가꾸어 보시면 어떻겠는지라고 의견을 주셨습니다."

"그렇게 하면 굳이 마당에다 꽃밭과 텃밭을 만들지 않아도 되겠군요."

"그렇지요. 혼자서 쓰실 것이니 굳이 마당을 따로 만들지 않아도 되고, 울타리만 벗어나면 보이는 모든 곳을 마당이라 생각하시고 지내셔도 되지 않을까, 말씀하시더군요. 그러시면서 네댓 그루 나무만 베어내도 가옥과 공방 면적이 나오지 않을까, 말씀하시더군요."

"잘 알겠습니다. 숲에 가서 다시 한번 더 둘러보고 생각해 보겠습니다. 감사드린다는 말씀 전해주십시오."

다음 주는 유월에 접어드는 첫 주말이었다. 지난 사월 정 노인 어른을 찾아뵌 후로 이런저런 일들을 준비하다 보니, 두 달이 훌쩍 지나버린 것이다. 산에서 살아가려면 꼭 필요한 조건 중에서 가장 중요한 조건이 될 수도 있는 물 문제는, 사실은 맨 먼저 확인했어야 하는 일이었다. 세상 물정을 모르고 살아온 사람이어서, 나는 생존에 필요한 물을 어떻게 공급받을지를 뒤늦게 걱정하게 되었구나라고 철민은 자신의 무능함을 다시 깨닫는다.

그제야 비로소 철민은 평소 책을 읽어야 한다고, 살아가는 동안은 끊임없이 공부해야 한다는 걸 깨닫는다. 이때의 깨우침은 그 후로 철민에게 꾸준히 독서하는 습관을 뿌리내리게 하여, 늦은 나이에 열심히 공부하게 하는 계기가 된다. 물이 흘러내리는 골짜기를 반드시 찾아야 한다고 마음먹은 철민은 그 주말 작은 물통과 도시락을 준비해서 등산복 차림으로 다시 산을 찾는다.

더워지기 시작하는 계절이므로, 새벽 다섯 시에 집을 나섰다. 숲이 있는 산 입구 도로변까지 차로 한 시간, 산길을 오르는 데 한 시간여, 합하여 두 시간여 거리임을 염두에 두고 일찍 나선 것이다. 편백나무숲에 도착하게 될 일곱 시경부터는 물이 흘러내리는 산골짜기를 찾아 산속을 돌아다닐 수 있을 것이다. 햇볕이 더 뜨거워지기 전인 오전 열한 시까지만 물을 찾아다니다가 돌아올 생각이었다. 오늘 물줄기를 찾지 못하면 찾을 때까지 다시 가야 할 것이다.

정 노인 어른께 물어볼까, 하는 생각도 없지 않았지만, 도리(道理)가 아닌 것 같았다. 그런 태도는 산에서 살기로 마음먹은 사람이 가장 중요한 물이 어디 있는지를 알아보지도 않고서, 마음만 앞서 허둥대는 꼴사나운 모습을 보이는 거라고, 생각했다. 준비가 안 된 모습을 보이는 것은 한 번으로 그쳐야 했고, 다시 보이면 안 되었다.

  산 입구 부근에 있는 도로 옆 공터에 차를 세우고 철민은 산을 오르기 시작했다. 오르면서 생각하니 편백나무숲과 반대 방향으로 오르는 곳에 고랭지 특용작물 재배단지가 있다고 들은 기억이 나서, 먼저 그곳으로 가보기로 했다. 사람이 머무는 곳이면 물을 공급받는 곳이 그 부근에 있을 것이다.

  산 입구에서 사십 분을 올라간 갈림길에서 오른편으로 갈라져 오르는 길을 따라 삼십여 분을 올라가니, 시야가 확 트이면서 민둥산이 나타난다. 사람들이 자주 다녀서인지 그곳으로 가는 산길은 좁지 않고, 걷기에도 편하다. 나무가 없는데도 산의 색깔은 싱싱한 초록빛이었다.

  말로만 들었던 특용작물이 자라고 있었던 거다. 민둥산에 가까이 갈수록 초록빛 특용작물 재배단지가 널따랗게 펼쳐져 있는 게 시야에 들어온다. 이 정도로 많이 재배한다면 여러 사람이 특용작물 농사를 하고 있을 것이다. 거처하는 건물이 어딘가에 있을 거로 생각하며 밭 옆으로 난 길을 따라 죽 걸어 들어가자, 오른쪽 산봉우리와 밭 사이에 창고 모양의 건물 대여섯 채가 보인다.

  '역시 일터가 있는 곳에는 사람의 자취가 있는 법이구나. 사람이 이곳에 상주(常住)하지는 않겠지. 농사철에만 이곳에 머물다가 일손이 필요치 않을 때는 자기들 집으로 돌아가기도 할 것이고, 아니면 아예 이곳에서 생활하고 있을지도 몰라.'

  아직 아침 식사 전의 시각이어서 그런지, 밖에 나와 있는 사람 모습은 보이지 않았다. 인적이 없으니 오히려 더 편하다. 철민은 사람 사귀는 거를 좋아하지 않는다. 자기 몸이 민감 체질이므로,

먹고 마시는 일이 늘 조심스러워서 사람들과 어울리는 것을 꺼리다 보니 그렇게 되었다.

　가는 길에 혹시 사람을 만나게 되면, 그냥 산행(山行)하는 사람인 것처럼 보이려고 한다. 창고 건물 앞쪽으로 산길이 이어지고 있어, 그 길을 따라 죽 가보기로 했다.

　'혹시 물이 흐르는 골짜기가 나타날지도 몰라!'

　아침 일곱 시가 조금 넘은 시각, 초록 바다처럼 가지런히 펼쳐져 있는 특용작물 재배단지는 뿌연 안개가 서려있었다. 그 안개를 헤치며 철민은 새벽이슬이 아직도 풀잎에 맺혀있는 비좁은 산길을 걸어갔다.

　'하늘이 밝게 열리는 걸 보니, 오늘 날씨는 맑겠구나. 동쪽에서 솟아오른 해가 점차 열기를 더해가는 게 몸으로 느껴지는데, 이슬이 햇볕을 받고 기체로 변하면서 내뿜는 김이 모여 아침 안개를 피우는 것일까?'

　이렇게 생각하며 창고 건물을 지나 계속 걷는다. 산길을 올라오면서 등산화는 진즉 풀잎에 맺힌 이슬에 흠뻑 젖어 버렸다. 특용작물 재배단지를 지나니 다시 잡목이 우거진 숲이 나타난다. 사람이 다니는 숲길이 이런 곳에도 있었구나, 싶을 만큼 숲길은 계속 이어지고 있었다. 하늘을 덮고 있는 무성하게 자란 초록 잎새가 햇볕을 가려주어 그늘진 숲길이 계속 이어지고 있었다.

　얼마쯤 갔을까, 어디선가 졸졸졸 물 흐르는 소리가 희미하게 들린다. 소리가 들리는 곳으로 가까이 다가가 보니, 아! 제법 너른 골짜기가 나타나고, 그 가운데로 물이 흘러 내려가는 광경이 보인다. 시계를 보니 여덟 시 삼십 분! 특용작물 재배단지에서 이십 분을 걸어왔다.

'작물을 재배하는 사람들은 이곳에서 식수를 공급받고 있었구나!'

철민은 골짜기로 내려가 두 손으로 흐르는 물을 떠서 입 안에 머금어 보았다. 아무 냄새도 나지 않고 물맛도 상큼하다. 철민은 끓이지 않는 물은 마시지 않는다. 직장에 있는 정수기의 찬물을 마시면 금방 탈이 난다. 식당에 갈 때도 테이블 위에 놓여있는 물병의 물을 따라 마시면 배앓이가 시작된다. 오늘 집을 나올 때도 수돗물을 끓여서 물병에 담아왔다.

'산속 깊은 곳에서 골짜기로 흘러 내려온 물도 마시면, 장(腸)에서 민감하게 반응할까?'

한 번 시험해 보고 싶었다. 철민은 배낭에서 스테인리스강(stainless鋼) 컵을 꺼내어 골짜기의 물을 가득 떠서 주욱 마셔본다. 만일 탈이 나면 비상약을 꺼내어 삼킬 것이다. 물이 장에서 받아들일지, 안 받아들일지는 한 번 테스트해 보지 않고서는 알 수 없다. 철민은 대담하게 그 테스트를 시도해 본 것이다.

자기 삶을 옥죄어 온 변비와 배앓이 증세에 승부를 걸어보고 싶은 오기가 솟아났기 때문일 거다. 깊은 산골짜기의 물은 사람의 손이 닿지 않으니 오염될 리가 없다. 산이 가지고 있는 좋은 성분이 물에 섞여 흘러 내려온다면 사람 몸에 유익할 수도 있다. 내 몸이 이 물에 어떤 반응을 보일지 확인해 보아야, 이 물도 끓여 먹어야 하는지 알 수 있을 것이다.

배낭에 넣어 가지고 온 작은 물통을 꺼내어 물이 굽이쳐 흐르는 곳에 받치고 물을 받는다. 이 물을 끓이지 않은 채로 마셔도 탈이 나지 않는지, 계속 마셔보면서 어떤 반응이 일어나는지 볼 것이다. 골짜기의 위치를 확인하고 작물 재배단지로 다시 올라가면서, 저쪽 분지 있는 곳에서 이곳 물이 흘러내리는 골짜기까지 오고 가는 시간을 가늠해 보니 왕복 두 시간 사십 분이면 가능할 것 같았다.

운동 겸해서 새벽 일찍 물통을 들고 산길을 걸어와서 물을 긷고 가는 일과가 눈에 선하게 그려진다. 몸만 버텨준다면 좋은 공기에 깨끗한 물이 암세포 성장 억제에 효과를 나타낼지도 모른다. 물 찾기에 나선 첫날, 물이 흘러내리는 골짜기를 발견했다는 건, 누군가가 날 도와주시려는 신호인 거만 같아 철민은 작은 기쁨이 일렁이는 충족감(充足感)을 맛본다.

전혀 예상치 못했던, 물이 흘러내리는 골짜기를 발견한 기쁨 때문인지, 편백나무숲 쪽으로 가는 발길은 가볍다. 다시 창고 건물 앞으로 지나가는데도 사람 모습은 보이지 않는다. 사람을 마주치지 않은 것도 다행스럽다. 편백나무숲까지 산길을 걸어가는 한 시간 이십여 분 동안 뱃속에서는 아무런 반응도 일어나지 않는다.

골짜기 물에 대한 믿음일까? 아침 일찍부터 계속 걸었던 터라 목이 말라 아무 망설임 없이 물통을 꺼내어 컵에 물을 따라 다시 마셔본다. 역시 물맛은 좋다.

유월 초순 산길은 더운 기운은 아직 느껴지지 않지만, 온도가 빠르게 오르고 있었다. 편백나무숲은 오늘따라 더 운치가 있고, 파란 잎사귀는 더 싱싱해 보인다. 숲 안쪽에 통나무집이 있는 걸로 보아 정 노인 어른께서 이곳을 종종 이용하신 것 같다.

말씀을 들어보지 않아서 잘은 모르겠지만, 당신의 병 치료를 위해 머무시거나 아니면 휴식을 위해 조용한 숲속을 찾아오셨을 수도 있다. 가족이 이용했을 수도 있고, 주변 사람들에게 휴식처로 제공했을 수도 있다. 숲 주변을 빙 둘러 울타리를 치고 깨끗하게 관리해 온 걸 보면 정 노인 어른께서 아끼는 장소인 것만은 분명하다.

'이런 곳을 이용하고 싶다고 댁까지 찾아간 내가 좀 경솔하지 않았을까?'

그래도 어른께서는 전혀 내색하지 않고, 궁금한 것을 묻고 말씀도 해주셨다. 새삼 그분 앞에서 더욱 조심해야겠다고 생각한다. 분지(盆地)로 내려가 건축설계사 분께서 말씀하셨다는 울타리 밖 텃밭을 염두에 두고 나무 사이 간격을 가늠해 보니, 폭이 이삼 미터는 족히 되므로 작은 텃밭은 얼마든지 조성할 수 있겠다 싶다.

채소 종류별로 씨앗을 심으면 굳이 시장에 가지 않고도, 야채류는 충분히 자급자족(自給自足)할 수 있겠다. 생활공간, 즉 큰 방, 작은 방, 공방, 대청마루를 합하면 서른다섯 평이다. 혹시 야생동물이 집 안으로 들어올지 모르니까 울타리는 꼭 쳐야 한다.

울타리를 따라 기다랗게 꽃밭을 만들면 정서적으로도 좋고 소일거리도 될 거 같다. 살아오면서 그다지 꽃에 관심을 두거나 좋아하거나 한 적은 없다. 자기도 모르게 꽃에 관심을 보인 건 지난 봄, 숲을 찾아 산에 올랐을 때였다. 잡목이 우거져 건조해 보이던 숲이 길섶에 피어난 이름 모를 야생화(野生花)를 발견하는 순간 주변이 환히 밝아지고 생명의 기운이 가득 피어오르는 느낌을 받았다.

그 자리에 서서 피어있는 꽃을 물끄러미 바라보고 있자니, 왠지 마음이 끌리고 그 꽃이 좋아졌다. 아무도 알아주는 이 없어도 자기가 피어있을 자리에서 철을 따라 피어나는 이 야생화가 자기 모습과 닮았다는 생각이 들었다. 그때 숲에 집을 짓게 되면 꼭 꽃밭을 가꾸어서 이제부터는 꽃을 보는 즐거운 시간도 가져보자고 마음먹게 된 거다.

마당 면적이 좁아지는 건 그대로 적응하면 된다. 단 한 그루의 나무라도 덜 베어내는 것이 땅 주인에 대한 도리라고 생각했다. 그날 마음을 정리한 철민은 건축설계사의 의견대로 하겠다고 건축업자에게 연락했다. 설계도가 나오면, 정 노인 어른께 보여드리고 승낙을 구할 생각이다.

골짜기에서 담아 온 물을 여러 컵 마셔보았지만, 집에 올 때까지 몸에서는 아무런 이상 반응을 나타내지 않았다.

칠월 초에 철민은 정 노인 댁에 전화하여, 전화를 받은 따님에게 그 주말에 찾아뵈어도 괜찮겠는지, 여쭤봐 달라고 했다. 괜찮다고 하신다는 말을 따님께 듣고 나서, 동료 직원이 소개해 준 홍삼(紅蔘) 엑기스 한 상자를 주문했다. 멀리 경기 강화도에서 재배한 인삼으로 제조한, 효능이 좋다고 소문난 제품이었다.

처음 본 낯선 사람에게 당신이 아끼시는 차 한 상자를 선물로 주신 정 노인 어른을 향한 고마움은 그날 이후 한시도 잊은 적이 없다. 고마워하는 마음의 표시로 인사드리고 싶다.

주말 아침 일찍 집을 나섰다. 칠십 년대 상반기인 그 무렵엔 관공서가 토요일에도 오후 한 시까지 정상 근무하였으므로, 먼 곳으로 출타하려면 일요일을 이용해야 했다. 지난 사월 땅 주인을 만나기 위해 등기부상 주소지로 무작정 찾아간 지 석 달 만이다.

이번 안동에 가는 길은 그 숲에서 지내야 할 또 하나의 간절함을 안고 간다. 그날 골짜기에서 담아 온 물 한 통을 냉장고에 넣어두고, 작은 병에 옮겨 담아 하루 서너 번씩 사흘에 걸쳐 마셔보았는데, 배앓이를 일으키는 반응은 나타나지 않았다. 끓이지 않은 물을 마시고도 탈이 나지 않다니! 처음이었다.

숲에서 지내는 동안 골짜기 물로 식수(食水)를 해결할 수 있다는 것은 내게 찾아온 큰 행운이다. 잘은 모르지만, 골짜기의 물이 가지고 있는 미네랄 등 몸에 좋은 성분이 의외로 암의 증식을 억제해 줄 것만 같은 희망이 싹튼다. 그 희망이 숲에서 지내고 싶다는 간절함을 더 안겨준 것이다.

이번 가는 길에는 사법서사가 작성해 준 임대계약서와 토지 사용승낙서, 건축설계사무소에서 받은 가옥 설계도도 가지고 간다. 가옥을 어떤 형태로 짓고, 나무는 몇 그루를 베어내야 할지 설명할 자료도 노트에 꼼꼼하게 적었다.

건축업자와 다시 산에 올라가 집과 공방(工房)을 지을 장소를 정하고, 그에 필요한 사오십 평 땅을 확보하기 위해 베어낼 나무를 헤아려 보니, 최소한 네 그루는 베어야 했다. 자기가 땅 주인에게 지켜야 할 최소한의 염치(廉恥)를 고민하고 또 고민한 끝에 내린 최선의 결정이었다.

정 노인 어른께선 석 달 전의 모습과 다름없이 건강도 좋으시고, 인자하신 눈빛도 그대로이셨다. 들고 간 인삼 엑기스 박스를 응접탁자 위에 올려놓고 먼저 인사를 드린다.

"강화도에서 재배한 인삼으로 제조한 엑기스라고 합니다. 하루 두 포(包)씩 공복(空腹)에 드시면 좋다고 합니다."

엑기스는 적당 분량만큼 비닐봉지에 담겨 밀봉(密封)되어 있었다. 정 노인은 뜻밖이라는 듯 철민을 그윽하게 바라보더니 말씀하신다.

"강화도 인삼이라면 효능이 좋다고 잘 알려져 있지요. 값이 비쌀 터인데 과용(過用)하신 듯하오. 이렇게 예의를 차리지 않아도 손님을 도와주고 싶은 마음은 처음 볼 때나 지금이나 똑같소만."

철민은 자세를 바로 하고 머리를 숙이며 말한다.

"지난번 찾아뵈었을 때, 어려운 사정을 들고 온 외지인을 따뜻하게 대해주시고 귀한 녹차까지 선물로 주셔서 너무나도 감사했습니다. 고마운 마음을 한시도 잊은 적이 없습니다. 저의 마음이오니 받아주십시오."

"호오! 그러셨소. 손님에게 그만한 예의는 마땅한 일인데, 많이 고마워했다니, 오히려 내가 고맙소이다."

철민은 탁자 밑에 놓아둔, 지난번 따님에게서 받았던 쇼핑백을 조심스레 탁자에 올려놓는다. 얼굴빛이 긴장되어 있다. 되돌려 드려야 하나, 아무 말도 말고 가지고 있다가 중국차를 좋아하는 사람에게 주어야 하나, 많이 고민했다. 그렇지만 선물로 받은 귀한 차(茶)인데, 내가 마실 수 없다면 다른 사람에게 주어버리는 거는 예의가 아니다, 사실대로 말씀드리고 되돌려 드리는 게 맞는 도리라고 결국 마음먹었다.

"제게 주신 이 귀한 차는 사흘 동안 끓여 마셨는데, 변비증세가 나타나 더 마실 수가 없었습니다. 고민하다가 이 차를 매일 음용하시는 어르신께 가져다드리는 게, 제가 할 도리라고 생각하여 도로 가지고 왔습니다. 죄송합니다."

"그러셨소. 사람 몸에 좋다고 하는 차도 손님에게는 해로우니, 그동안 얼마나 고생이 많으셨소? 먹고 싶은 음식을 먹지 못하고 참는 일도 큰 고역(苦役)이지요. 어려운 결심을 하느라 마음고생 좀 하셨겠소. 그렇게 솔직하게 말해주니 내가 더 편하고 고맙소이다."

"감사합니다. 오늘 찾아뵌 것은 지난번 어르신께서 가르쳐 주신 대로 사법서사(司法書士)와 건축업자분께 자문(諮問)을 구하면서 준비한 서류를 보여드리고, 집을 지으려고 보니 그에 따르는 어려운 말씀도 드리기 위해섭니다."

철민은 가방에서 임대계약서 양식과 토지 사용승낙서 양식, 가옥 건축설계도를 꺼내어 정 노인 어른 앞에 가지런히 펴놓았다.

"꼼꼼히 챙기셨구려. 어디 좀 봅시다."

정 노인 어른은 돋보기 안경을 꺼내 쓰시더니 두 손에 서류를 들고 세심하게 읽어 내려간다. 무슨 일이든 꼼꼼히 살피고 검토하여 나중에 실수가 없도록 준비하는 건, 정 노인 어른의 몸에 밴 습관인 모양이다. 서류를 다 읽으셨는가 하고 보니, 정 노인 어른은 그 서류를 처음부터 다시 읽고 계신다. 이윽고 정 노인 어른이 고개를 끄덕끄덕하면서 탁자 위에 서류들을 내려놓으신다.

"빈칸은 나와 손님이 의견을 주고받은 다음 써넣으라고 한 것 같소. 나야 지금이라도 손님과 의견을 주고받을 수 있지만, 이 서류는 내 아들에게 일단 한 번 보이고 나서, 내 의견을 전하겠소이다. 내 나이가 칠십을 넘기고 보니 사업체와 재산을 큰아들에게 맡겨 관리하도록 하고 있소이다. 미리부터 경험을 쌓아놓아야 내가 없더라도 가업(家業)을 잘 이어 나갈 수 있기 때문이외다."

정 노인 어른께서는 사업 경영에서는 손을 놓으시고 아들 되시는 분에게 사업과 재산 관리를 맡기시고, 경영 수업을 받게 하시는 모양이다.

"서울에 있는 아들을 잠깐 다녀가게 하여 이 서류를 보이고, 아들에게 분부하여 손님에게 어려움이 없도록 미리 조치하겠소이다. 아까 집을 지으려는 데 어려운 점이 있다고 했는데, 어떤 어려움이오?"

철민은 노트를 꺼내어 펴고, 정 노인 어른께 설명할 사항들을 정리해 놓은 것을 들여다보면서 조심스럽게 입을 연다.

"허락해 주신다면 숲 아래 분지에 있는 서른다섯 평가량 되는 땅에 살 집과 공방을 건축하려 합니다. 집 주위에 울타리를 치려면, 사십 평가량 면적을 확보하기 위해 느릅나무 네 그루를 베어내야 하는데, 어르신께 허락받아야겠기에 말씀 올립니다. 그리고 공방(工房)은 목공예 작업을 하는 공방으로만 사용하겠습니다."

정 노인 어른은 그 말을 듣고 잔잔히 미소를 짓더니 말씀하신다.

"일전에 손님에게 가능한 한 도와드리겠다고 했소이다. 난 집과 공방을 짓기 위해 더 많은 나무를 베어야겠다고 말할 줄로 생각하고 있었는데, 생각보다 베어낼 나무그루 수를 적게 잡았소이다."

"사실은 마당에 꽃밭과 텃밭을 가꾸고 싶어 말씀드린 것보다 두 배의 면적을 계획했습니다. 그러나 땅을 가진 분의 입장으로 생각해 보니 잘 자란 나무 한 그루, 한 그루가 너무나도 소중하실 거라는 생각이 들어 집터 면적을 최소한으로 줄여봐 달라고 건축 설계사에게 부탁했습니다."

"호오, 그런 생각도 하였소이까?"

"네. 건축설계사 분이 꽃밭은 울타리를 따라 기다랗게 조성하고, 텃밭은 울타리 밖에 있는 나무와 나무 사이 공간에 자그맣게 만들어 가꾸면 나무를 절반만 베어도 될 거라는 의견을 보내주셔서, 현장을 답사한 뒤 그 의견을 따르기로 결심했습니다."

정 노인 어른은 고개를 끄덕끄덕하며 말씀하신다.

"고맙소이다. 땅 주인의 마음은 손님이 생각한 것과 같소이다. 아까 말한 것처럼 앞으로 그 숲과 임야는 아들이 관리하게 될 것이외다. 내가 있는 동안은 손님에게 도움을 줄 생각이오만, 나중 일을 생각하면 땅 주인의 입장을 고려하여 벌채할 나무그루 수량을 적게 정한 손님에게 잘하셨다고 말하고 싶소이다. 서류는 아들에게 보이고 나서 아들이 동의한 의견을 기재하여 도장 찍고 우편으로 보내드리겠소이다. 보증금과 임대료도 아들과 상의 후 적어 놓겠소. 아들도 무슨 일이든 대충 하는 성격이 아니라서 서류 작성을 정확하게 하려고 할 것이요. 한 번 베어낸 나무는 다시 원상 복구할 수 없으니, 그 부분도 명기하겠소. 임대 기간은 얼마면 좋으시겠소?"

"제가 암 투병 중이니 오래 살 수 있으리라고 생각지는 않습니다. 우선 삼 년으로 기한을 정하고, 삼 년 후에도 살아있다면 그때 갱신해 주시면 고맙겠습니다."

그 말을 하는 철민의 눈빛이 강렬하게 빛났다. 삶에 대한 강한 집착을 가진 자만이 보일 수 있는 눈빛이었다. 정 노인 어른도 그 눈빛을 놓치지 않는다. 말없이 고개를 끄덕이더니 탁자 서랍에서 열쇠 하나를 꺼낸다. 열쇠 옆에 아라비아 숫자 '2'라고 새겨진 작은 철판이 열쇠고리에 함께 달려있다.

"이 열쇠는 편백나무숲에 들어갈 수 있는 열쇠요. 보통 오전 열 시부터 오후 두 시까지가 나무에서 나오는 기운이 가장 좋다고 하오. 앉아서 기대기 편한 의자를 준비해 놓았으니, 그 시간 동안 숲에서 기운을 쏘여보시오. 내 경험으론 몸에 이로울 거라고 말하고 싶소."

아직 계약이 성립되기 전인데도 정 노인 어른은 선뜻 열쇠를 맡긴다.

"내 가족이나 친지, 아는 사람 중에서 그 숲에서 나무의 기운을 받고 싶어 하는 사람들이 있을지도 모르오. 혹시 모르는 사람이 오더라도 어렵게 생각지 말고, 신경 쓰지도 말고, 적당한 장소에서 나무의 기운을 쏘이고 각자 편한 대로 처신하면 될 것이오."

정 노인 어른께서는 최근에는 그 숲에 가는 일이 없고, 그 숲을 이용하고 싶어 하는 주위 분들에게 편의를 제공해 주시는 걸로 보인다. 열쇠에 번호가 있는 걸 보면, 열쇠를 여러 개 준비하여 필요한 분들에게 맡기고, 나중에 회수하는 모양이다.

"아직 계약서도 작성하지 않았는데 열쇠부터 주셔서 정말 감사합니다. 퇴직하기 전까지는 주말에 숲에 가서 나무의 기운을 쏘이고 오겠습니다."

철민은 고맙고, 감사한 마음에 자리에서 일어나 깊이 고개를 숙였다. 이번에도 따님은 잔디 뜨락을 걸어 나와 출입문 앞까지 배웅해 주었다. 점심 시간이 되기 전에 정 노인 어른과의 면담을 마치고 싶었는데, 지금 시각은 열한 시 반, 오늘도 정 노인 어른께서 배려해 주신 속 깊은 마음이 새록새록 가슴에 새겨져 마음은 더할 수 없이 평안하다.

다음 주 금요일 직장으로 등기우편물이 도착했다. 정 노인 어른께서 보내주신 서류였다.

- 임대할 토지 면적은 사십 평
- 임대보증금 ○○만 원, 월 임대료는 ○만 원으로 하되 일 년 치를 선입금하기로 함
- 임대 기간은 삼 년, 다만 기간 종료 후 상호 협의하여 갱신할 수 있음
- 벌채할 나무 네 그루에 대해 임대인은 이를 동의하고, 차후 임대 토지 반환 시 원상복구 요구하지 아니함, 다만 지상 건축물은 철거하여 임대 토지를 원상태로 반환키로 함
- 임차인이 사용한 열쇠는 임대 토지 반환 시 함께 반환하기로 함

이와 같은 계약에 필요한 기재사항이 계약서와 별지에 따로 첨부한 특약사항으로 빠짐없이 적혀있었다. 보증금이나 월 임대료는 생각했던 거보다 훨씬 적었다. 당시 하급 공무원이 받는 보수를 참고했는지, 보증금은 철민이 받는 봉급의 석 달 치에 해당하는 금액이었고, 임대료는 봉급의 육분의 일밖에 되지 않는 저렴한 금액이었다.

보증금은 나중에 되돌려 받는 돈이므로, 정 노인 어른께서는

손님을 도와주겠다고 한 자기 말을 계약서로 이행한 것이었다. 숲 이용료에 대해서는 따로 명시하지 않았다. 거저 쓰라는 것이다. 말하자면 무료 이용인 셈이다. 정 노인 어른의 배려가 다시금 고마움으로 가슴에 와닿는다. 토지 사용승낙서에는 정 노인 어른의 인감증명서도 첨부되어 있어, 관할 군청에 임산물 벌채 신고와 건축허가 신청을 할 수 있도록 해주었다.

 계약서 사본과 토지 사용승낙서를 첨부하여 임산물 벌채(伐採) 신고서를 군청에 제출하여 신고하고 허가를 받으면 나무를 베어낼 수 있다. 철민은 두 통의 계약서에 자기의 성명을 쓰고 도장을 찍은 다음 임차인 이름 밑에 산에서 지내게 될 때 연락받을 우편 사서함의 주소와 사서함 번호를 기재하여 정 노인 어른께 보내드렸다.

 산에 올라와 살게 되면, 혹시라도 모를 연락사항에 대비하여 연락받을 곳을 미리 알려드린 것이었다. 우편 사서함은 숲이 있는 군청 소재지 우체국에 설치했고, 매주 월요일이면 그곳에 찾아가 우편물을 찾거나 우편물을 보낼 것이다.

 퇴직하기로 계획한 내후년 삼월을 일 년 육 개월 앞둔 그해 구월, 숲 아래 분지에서는 집을 짓기 위해 나무를 베어내고 다듬는 소리가 들리기 시작한다. 한더위를 피해 건축작업에 들어간 것이다. 건축업자는 베어낸 나무를 집 짓는 재료로 쓰고, 울타리를 칠 때 기둥으로도 사용하겠다고 한다. 집 짓는 용도로 쓰고 남은 나무는 모아 두었다가 목공예 작업할 때 쓰면 좋은 재료가 될 거라고 한다.

철민은 자기만의 계획을 마음에 담고 목공예에 관한 책을 사서 공부하는 시간을 갖는다. 목공예 교본을 구해서 읽어보니, 지금까지 자기가 심심풀이로 했던 작업은 아이들 장난에 불과했다는 생각도 든다.

수십 년 동안 시골집에서 살았으므로, 재래식 가옥에서 살려면 무엇이 필요하고 어떤 걸 준비해 놓아야 하고 생활환경은 어떻게 맞춰나가야 하는지는 익숙하다. 철민은 건축작업을 지켜보면서 소소한 부분을 시골집 형태로 갖춰나갔다. 지붕은 빨간색 인조(人造) 슬레이트slate로 올렸다. 밝은 느낌을 보이기 위해, 일부러 그 색깔을 택했다.

울타리는 야생동물이 들어오지 못하도록 베어낸 느릅나무를 두껍게 잘라 이 미터 높이로 튼튼하게 세우고 철망을 쳤다. 가꾸고 싶었던 꽃밭은 건물 앞쪽 울타리 아래 땅을 폭 팔십 센티 정도로 그어놓고 돌을 주워다 경계를 만들어 놓으니, 제법 근사한 꽃밭이 되었다. 내년 봄에 꽃씨를 구해 심으리라.

산길 입구까지 자재를 싣고 와서 인부들이 자재를 메고, 지고 한 시간 이상을 걸어 올라와 건축작업을 해야 하니, 작업 기간은 오래 걸렸다. 인건비도 배(倍)는 더 들었다. 그래도 철민은 즐거운 마음으로 산속의 집을 지어나갔다. 그해 시월 하순 나무가 울창하게 우거진 분지의 한쪽에 아담한 집과 공방이 완성되었다.

철민은 집의 전경(全景)을 몇 장 사진으로 찍어, 도와주신 덕분에 집이 잘 완성되었다는 감사 편지와 함께 정 노인 어른께 보내드렸다. 그때부터 매 주말이면 산에서 지낼 생활을 위해 필요한 집기를 구매하여 가져다 놓고, 서점에 들러 읽어야 할 책도 사다 놓았다. 편백나무숲에서 나무의 기운을 쏘일 생각도 했으나, 동절기(冬節期)여서 춥고, 집 살림살이를 갖추기에 시간이 바빠 못했다.

    십일월부터 다음 해 이월까지 산에서 살아가기 위한 준비를 차근차근히 하고 나서, 매 주말 일요일과 여름휴가 때는 산에 올라가서 숲의 기운을 쏘였다. 여름휴가 때는 분지에 있는 집에서 잠을 잤다. 일 년 가까이 산을 오고 간 것이다. 그런 다음 공직 근무 기간 이십 년을 채운 다음 해 삼월, 드디어 퇴직하였다. 나이 마흔 살이 되는 천구백칠십팔 년도였다.

    암세포는 우려했던 것보다는 증식(增殖)이 더디게 진행되고 있었다. 퇴직하고서 바로 정기검진 받던 날, 암이 발견된 시점부터 치면 이 년 사 개월이 되었는데도 예상보다는 암세포 진행이 느린 걸 보고, 담당 주치의는 고개를 갸웃하며 몇 가지 궁금한 사항을 물어보신다.

    산에서 살아갈 준비를 위해 그동안 자주 산에 올랐다고 답했더니, 주치의는 산 공기가 몸에 좋았던 모양이라면서 고개를 끄덕였다. 주치의의 희망적인 소견(所見)을 듣게 되자, 철민은 숲에서 살아갈 생활을 적이 기대하게 된다.

    퇴직 후 맨 먼저 준비한 건 부피가 큰 물통과 스틱이었다. 물통은 물을 가득 담아 지게에 짊어지고 골짜기에서 분지까지 한 시간 이십 분을 걸어올 수 있는 분량의 크기로 골랐다. 이틀 아니면 사흘에 한 번은 골짜기에 물을 길으러 가야 할 것이다. 가재도구래야 전자제품은 쓸 수가 없으므로, 조립식 식탁이나 의자, 조그만 장롱 등 혼자 살면서 쓰던 자기 살림살이를 그대로 가지고 갔다.

끼니때가 되면 시골집에서 가져온 지게에다 산에 널려진 부러진 나뭇가지와 낙엽을 긁어모아 지고 와서 아궁이에 불을 때고 밥을 지었다. 밥을 지을 때 방을 덥혀준 온기는 그대로 난방이 되어 오랜만에 보일러가 아닌 온돌 방바닥에서 따끈하게 잠을 잤다. 시골집에 놓아두고 온 살림살이는 이곳 산에서 제 몫을 톡톡히 해냈다.

산에서의 첫날밤, 대청마루에 앉아서 올려다본 하늘은 수많은 별이 반짝이고, 이따금 기다랗게 하얀 선을 그으며 떨어지는 별똥별은 어릴 적 시골집에서 올려다본 그 하늘의 아름답게 빛나던 광경과 똑같았다.

첫날 밤을 푹 자고, 다음 날은 새벽 일찍 자명종(自鳴鐘) 소리를 듣고 잠이 깨었다. 아직 어둠이 가시지 않은 시각이었다. 등산복 차림으로 갈아입고 빈 물통을 지게에 지고, 양손에 스틱을 잡고 물이 흘러내리는 골짜기를 향해 산길을 걷는다.

갈림길까지는 내리막길이어서 걷기가 수월하고 다시 특용작물 재배단지로 가는 길은 오르막길이다. 재배단지에 이를 무렵 먼동이 희뿌옇게 밝아온다. 여섯 시가 넘은 시각, 골짜기에 도착하여 흘러내리는 물을 절반은 물통을 기울여 받고 나머지 절반은 바가지로 물을 떠서 물통에 가득 채운다. 지게 위에 올려놓고 어깨에 메니 묵직한 무게 때문에 어깨를 앞으로 오므리게 된다.

오르막길은 걸을 만하다. 재배단지 앞 창고 건물 주변은 인기척이 없다. 앞으로도 계속 사람들이 나오지 않는 이른 새벽 시간에 물을 길으러 갈 것이다. 내가 분지에서 지내는 거를 아무도 모르게 하고 싶다. 편백나무숲에 이르기까지 한 번 쉬었으나, 어깨가 뻐근하여 지게를 내려놓고 다시 잠시 쉰다. 새들이 지저귀는 소리가 나고 풀잎에 맺힌 이슬이 햇빛을 받아 반짝인다.

'숲에서 신선하고 맑은 아침을 맞이할 수 있다는 건 내게 축복이야! 오늘부터는 편백나무숲에 들어가 편안하게 나무의 기운을 쏘일 거야.'

철민의 야윈 얼굴에 솟아난 땀방울이 이 아침을 행복해하는 표정을 어루만지며 흘러내린다.

아침을 해서 먹은 후 조금 피곤함을 느껴 따뜻한 방에 누워 한 시간여 잠을 청한다. 일어난 시각은 오전 열 시가 가까운 시각, 책과 골짜기의 물을 담은 물병을 들고 편백나무숲으로 걸어 올라간다. 열쇠로 묵직한 자물쇠를 끄르고 들어가서 왼편에 있는 가옥을 구경할 겸 다가가 보니, 외국영화에서 보는 통나무집처럼 아담한 서양식 가옥이다.

출입문 앞에는 작은 화단이 있고, 그 왼쪽 남향 창문은 전체가 통유리로 되어있어 햇볕이 고스란히 집 안으로 쪼여 들어오도록 설계되었다. 하얀 커튼이 드리워져 있어 내부는 볼 수 없었지만, 이곳에서 쉬었다 가는 용도로 지어진 가옥임은 짐작할 수 있다.

숲에는 군데군데 반쯤 누운 자세로 편하게 등을 기대고 앉아 나무의 기운을 쏘일 수 있도록 기다란 의자가 놓여있었다. 모두 가볍고 튼튼한 플라스틱 의자이고 방수(防水)가 되는 두꺼운 비닐 커버가 씌워져 있어, 사용자가 사용 후 커버를 씌워두면 비가 내린 후라도 커버만 벗기면 물기를 신경 쓰지 않고 깨끗하게 사용할 수 있다.

커버는 머리를 기대는 쪽과 다리 아래쪽 양편에 끈을 매달아 놓아 커버를 씌울 때 끈을 조여서 묶어 놓으면, 세찬 바람이 불어도 벗겨지지 않도록 해놓았다. 의자의 색깔은 여름철 나뭇잎 색깔인 초록색, 커버 색깔은 가을철 하늘빛인 짙은 파란색이다. 이 숲의 주인이 사용자의 느낌을 헤아려 가며 준비해 놓은 것일 게다. 의자가 가벼우므로 사용자가 편한 대로 장소를 옮길 수도 있다.

나무의 기운을 쏘이는 첫날, 오전 열 시경부터 오후 두 시경까지 읽고 싶었던 책을 읽고 잠깐 졸기도 하며 나무가 주는 기운을 편안하게 받아들인다. 가지고 간 책은 고등학교 때 책 읽기를 좋아한 친구가 시간이 있으면 한 번 읽어보라고 권한 '헤르만 헤세'의 『지성과 사랑Narziss und Goldmund』이라는 책이다. 앞으로 읽어야 할 책이 많다.

서점에서 사 온 책만 해도 스무 권이 넘는다. 점심을 먹어야겠기에 허리를 일으키고 바로 앉는데, 오늘 느끼는 이 편안함이 언제까지 함께 있어 줄는지, 문득 힘들고 괴로웠던 지난 세월이 눈앞을 스쳐 간다.

'앞으로 살아가는 생명을 언제까지라고 기약할 수 없는 병든 몸, 그 힘들고 괴로웠던 날들이 결국엔 즐거움 대신 투병의 고통만을 안겨주고 말았구나! 내게 지워진 운명을 원망하지는 않는다. 다만 남들처럼 조금만 더 공평했더라면 좋았을 것을!'

삶이란 좋은 일과 안 좋은 일이 반복해서 다가오는 것임을 모르지는 않는다. 그러함에도 지금까지 평생을 육신이 주는 고통에 아무런 말도 하지 못하고 순종하며 살아왔다. 이곳에서 생명을 연장하며 살게 될지, 아니면 그대로 병마(病魔)에 꺾이고 말게 될 것인지, 아직은 예단(豫斷)할 수 없다.

반쪽만의 삶을 살아온 거에 만족하며 이 생(生)을 마칠 수도 있다고 생각하자, 가슴이 찌릿해지며 눈물 한 방울이 툭! 떨어진다.

오후 시간은 공방에서 보내는 시간이다. 목공예를 제대로 배워보려고 사 온 책을 보면서 작업의 기초부터 공부한다. 한 가지 소재(素材)를 두고 작업하더라도 제대로 된 작품을 만들고 싶다. 도구도 샀다. 자기도 목공예 취미를 가지고 있다는, 화구(畵具)와 공예 도구 전문판매점 주인에게 도구와 작업 방법에 관한 조언도 들었다. 작업에 몰두하다 보면 나를 얽어매고 있는 사고(思考)의 굴레를 벗어날 수 있겠다고 생각한다. 해거름녘 꽃 씨앗 봉지와 호미를 들고 울타리 앞으로 간다.

'이맘때 꽃 씨앗을 심으면 온갖 꽃들이 피어나는 사월에 예쁜 꽃들이 울타리 아래 꽃밭을 눈부시게 장식하겠지.'

꽃집 주인아주머니는 키가 큰 꽃과 키가 작은 꽃, 여러 가지 꽃 색깔이 섞여있으면 꽃밭이 더 멋있게 보인다면서 꽃 종류별로 꽃 색깔을 메모해 주었다. 삼월에 심은 꽃 씨앗은 사월에 접어들면서 싹이 트더니 곧이어 예쁜 꽃들이 피기 시작했다.

울타리를 빙 둘러 피어난 꽃을 바라보는 즐거움은 짓눌려 있던 좋은 감정들을 일으켜 세우는 데 훈훈한 자극을 준다. 즐거움을 주는 대상(對象)은 그것이 사람이든 생물(生物)이든 자연물(自然物)이든 우리의 정신건강에 적지 않은 도움을 준다.

꽃에 관심 두다 보니 비가 오지 않는 날은 꽃밭에 물을 주어야겠구나, 생각하게 되고 물을 기다리는 꽃을 생각해서라도 매일 새벽 골짜기에 가는 일이 자주 있게 된다. 그날, 그날 마주해야 할 규칙적인 일과에 집중하다 보니, 똑같은 일과일지라도 지루함을 모르겠다.

먹는 일에 신경 쓰고 싶어, 시장에서 말린 과일과 강정, 유과(油菓) 등 간식류(間食類)를 사다 놓았지만, 자주 손이 가지는 않는다. 평소 먹는 음식을 늘 조심하고, 혹시 탈이 나지는 않을까 싶어 웬만한 먹거리에는 무관심한 탓도 있다. 체중을 늘리고 싶어 공기(空器)에 밥을 조금 더 담아보지만, 지금까지 먹은 식사 분량보다 더는 먹을 수가 없다. 평소 먹는 식사 분량은 보통 어른 밥공기 분량보다 삼분의 이 정도에도 못 미친다.

나무의 기운을 쏘이는 시간에 적응하다 보니, 비가 오는 날에도 편백나무숲에 간다. 비 오는 날에는 시골집에서 농사지을 때 신던 목이 긴 장화를 신고, 판초우의(poncho雨衣)를 뒤집어쓰고, 우산을 받치고 숲을 걸어 다니면서 나무 기운을 쏘인다.

매일 같은 일과를 반복하면서 갖는 목표는 첫째, 암세포가 자취를 감추게 하는 것, 둘째, 민감한 체질을 개선하는 것, 셋째 체중을 늘리는 것이었다. 민감한 체질을 개선할 수 있으리라는 희망을 품고, 사람 몸에 좋다는 양파, 된장, 마늘을 끼니때마다 조금씩 섭취하고, 감자, 가지, 호박 등 싱싱한 밭작물을 시장에서 사다가 반찬을 만들어 먹었다. 울타리 밖 나무와 나무 사이 빈터에다 조금씩 텃밭을 만들어 심은 야채(野菜) 씨앗도 잘 자라 날씨가 더워질 무렵부터는 이곳에서 야채를 공급받을 수 있었다.

생명을 연장할 수만 있다면, 싫증 내지 않고, 이 생활 방식을 꾸준히 계속할 생각이다. 너무나도 고마운 것은 골짜기에서 담아온 물을 끓이지 않고도 날마다 식수(食水)로 먹을 수 있다는 것이다. 날마다, 또는 이삼 일에 한 번씩 새벽 일찍 골짜기에 가서 물을 담아오는 일은, 이제는 즐겁고 너무나도 당연한 일과가 되었다.

몸에 맞는 물은 보약과도 같아 단 한 방울의 물도 아껴서 썼고, 골짜기에 가고 오는 동안 산길을 걷는 운동은 허약한 몸에 활력을 주는 것 같아 힘들지만 잘 견디려고 한다. 골짜기에 다녀온 날은 한 수저라도 밥을 조금씩 더 먹게 된다. 몸에서 식욕이 꿈틀대는 거 같아, 이 또한 몸에 유익한 현상이라고 감사하게 된다.

그해 구월 정기검진을 받은 날, 주치의는 놀란 얼굴로 철민을 보고 말한다.

"환자분이 몸이 너무 허약하여 암세포가 다른 장기(臟器)에 빠르게 퍼질 거라고 걱정했습니다. 뜻밖에도 다른 장기에 퍼지지 않은 거는 물론이요, 지난 유월 정기검진 때 이후로는 암세포가 증식되지 않고 있습니다. 산에서의 생활이 환자분께 아주 좋은 효과를 내고 있다고 보이는군요. 산(山) 생활을 계속하십시오! 암을 치유할 수 있다는 믿음을 가지면서요."

주치의는 병원 치료와 처방약 외에도 암을 치유하는 방법이 있음을 믿는 분인 듯하다. 주치의의 소견을 듣고 철민은 감사하며 산에서의 생활을 더욱 충실하게 하게 된다.

그해 시월 초, 단풍이 물들기 직전 나무의 기운을 쏘이다가 숲에 있는 집 건물 바로 옆에 있는 바깥 화장실에 가는 길에, 철민은 나무의 기운을 쏘이러 온 어떤 여성 환자분을 마주치게 된다.

환자라고 본 이유는 대학병원의 암 병동(病棟)에 입원하여 휠체어를 타고 검진받으러 오는 암 환자분들을 자주 마주하면서 보게 된 공통적인 모습을 그녀에게서 본 때문이었다. 파리한 얼굴과 야윈 몸집, 가물거리는 듯한 초점 잃은 눈동자와 사위어 버린 듯한 눈빛이 그런 느낌을 주었다.

햇볕이 잘 드는 자리에서 등받이가 기다란 의자에 편하게 등을 반쯤 누인 듯한 자세로 앉아있었는데, 숲을 가로질러 가면서 우연히 마주치게 된 것이다. 무릎 위에 책 한 권이 있는 걸로 보아 나무를 쏘이면서 책을 읽기도 하는 모양이다. 이 숲에서 처음 사람을 마주한 순간, 뜻밖의 마주침에서 온 얼떨떨함으로 인해 철민은 잠시 걸음을 멈추었다.

"내 가족이나 친지, 아는 사람 중에서 그 숲에서 나무의 기운을 받고 싶어 하는 사람들이 있을지도 모르오."

이렇게 말씀하시던 정 노인 어른의 말씀이 생각났다.

'아! 나처럼 병 치유를 위해 이 숲을 찾아오신 분이구나.'

"모르는 사람이 오더라도 어렵게 생각지 말고 신경 쓰지도 말고, 각자 편하게 처신하면 될 것이오."

이렇게 말씀하시던 정 노인의 말씀이 다시 생각나서, 그녀 앞을 지나칠 때 가볍게 머리를 숙였다. 그녀도 발자국 소릴 들었는지, 놀라는 몸짓도 없이 당황한 표정도 없이 이쪽을 보고 있다가 상반신을 조금 일으켜 가볍게 머리를 숙이는 듯했다.

그녀 역시 숲에 가서 나무 기운을 쏘이러 온 다른 사람을 만나더라도 신경 쓰지 말라는 말을 미리 들었을 것이다. 화장실에 다녀오는 길에는 그녀를 방해하고 싶지 아니하여 그녀의 뒤편으로 일부러 길을 돌아 걸어왔다.

숲의 공기는 선선하고 내리쪼이는 햇살도 포근한 시월의 오후, 나무에서 나오는 기운은 마냥 신선했다. 두 시가 다 되어 숲을 나와 출입문 자물쇠를 잠그려다가, 안에 있는 사람이 생각나서 잠시 머뭇거렸다. 오전에 들어올 때는 분명 자물쇠를 끄르고 들어왔다.

자물쇠를 잠가버리면 안에 있는 사람이 못 나오게 되지 않을까 생각하며 유심히 살펴보니, 자물쇠가 달린 곳에 사람 손바닥 크기의 철판이 달려있었다. 울타리 안에서 철판을 올리고 손을 내밀면 안에서도 자물쇠를 잡고 열쇠로 끄르고 다시 잠글 수 있게 되어있었다. 여러 사람이 숲을 이용할 때, 먼저 숲을 이용하고 나가는 사람은 밖에서 문을 잠그고 가면 된다.

늦게 나가는 사람은 안에서 철판을 올리고 손을 내밀어 잠겨있는 자물쇠를 끄르고 나갈 수 있는 구조다. 서로가 서로에게 신경 쓰지 않도록 조치한 숲 주인의 배려였다. 그러고 보니 지금 안에 있는 여성분은 숲에 있는 집 건물에 머물면서 나무의 기운을 쏘이고 있는 거 같다. 그렇게 생각하니 마음이 편해져서 가벼운 걸음으로 분지에 있는 거처로 내려간다.

시월은 비가 내리는 날이 적어 숲에서 나무의 기운을 쏘이기에는 더없이 좋았다. 덥지도 춥지도 아니한 날씨는 쾌적하였고, 나뭇잎 사이로 쏟아지는 황금빛 햇살이 단풍으로 물들어 가기 시작하는 숲을 환하게 비추면서 더할 수 없이 신비로운 정경을 빚어내는 나날은 계속되었다.

쾌적한 날씨가 지속되니 컨디션도 덩달아 좋아져서 물 가지러 골짜기에 가는 새벽부터 늦은 밤 잠자리에 드는 시각까지 계속된 일과(日課)를 모두 마치고도, 철민은 그다지 피곤함을 느끼지 못했다.

그러던 어느 날이었다. 가을이 차츰 깊어지고 나뭇잎이 저마다의 색깔을 자랑하며 짙은 단풍으로 물들어 가던 날 늦은 오후, 철민은 한 사람의 방문객을 맞이한다. 자기보다 너댓 살 아래로 보이는 여성이었다. 이곳에 집이 있는 거는 아는 사람이 없는데 누굴까 생각하다가 혹시 지난 시월 초순 숲 안에서 마주친 그 여성분이 아닐까라는 생각이 떠올랐다.

금방 생각이 미치지 못한 거는 여성의 얼굴이 그때와는 달리 파리한 낯빛이 가시고 약간 핏기가 도는 얼굴인 데다 체구도 조금 더 커 보였기 때문이다. 그때는 얇은 겉옷 차림이었는데, 지금은 조금 더 두꺼운 외투를 입어서 그렇게 보이기도 했을 것이다.

연한 회색 계통의 겉옷으로 몸을 싸고 있었는데, 화장하지 않은 얼굴은 백랍(白蠟)처럼 희고, 동그란 얼굴에 콧날이 오뚝하여서 마치 쇼윈도show window에 서 있는 마네킹mannequin을 보는 느낌을 준다. 머리는 짧게 커트하여서 머리만 보면 마치 선머슴 같다. 창문을 열어놓고 공방에서 작업을 하다가 인기척이 들려서 내다보니, 그러한 차림과 인상의 여성 방문객이 바깥 대문 앞에 서 있었던 거다. 철민은 곧장 공방에서 나와 대문을 열어주었다.

"여길 어떻게 알고 찾아오셨습니까?"

철민은 머리를 숙여 인사하고 공손하게 묻는다. 여성분은 그 말에 대답하는 대신 먼저 고개를 숙이며 인사한다.

"삼 주 전에 숲 안에서 뵈었던 그 사람입니다. 정 사장님께 그쪽에 관한 얘기는 들어서 잘 알고 있습니다. 저는 '연하리'라고 합니다. 안녕하세요?"

"아! 네? 그분이시군요. 저는 손철민이라고 합니다. 들어오시지요."

대청마루로 그녀를 안내하고는 얼른 공방으로 들어가 의자에 깔았던 방석을 들고 와서 마루 위에 놓는다.

"여기 앉으시지요."

"네, 고맙습니다."

여자는 대청마루 위로 올라오는 대신 방석을 마루 가로 가져와서 그 위에 앉는다. 다리는 마루 끝에 걸친 채다. 철민도 조금 거리를 두고 마루 끝에 걸쳐 앉는다.

"이 집을 지으셨다고 들었어요. 아담하게 잘 지으셨네요. 지붕 색깔이 빨간색이어서 보기도 좋고, 보는 사람의 마음도 훈훈했어요."

"아! 그러셨어요? 감사합니다."

처음 말을 튼 사이임에도 여자는 상대방에게 편안한 느낌을 준다. 목소리도 나긋나긋하다. 뭐라고 말해야 할지 몰라 머뭇거리는데 여자가 말한다.

"저도 암 환자예요. 병원 치료가 지겨워 병원 아닌 다른 곳에서 투병하는 장소가 없을까 하고 고민하던 중 이곳을 소개받았어요. 정 사장님은 큰아버지 친구분이세요."

여자는 평소 아는 사람에게 말하는 것처럼 담담하게 자기 얘기를 한다.

"네, 그러셨군요. 숲에서 잠깐 뵈었음에도 못 알아보았습니다. 그때보다 얼굴색도 더 좋아지시고 해서요."

"네, 가족들도 저를 보고 이곳이 너에게 잘 맞는 모양이라고 하면서 건강이 전보다는 조금 나아졌다고 하더군요. 다른 가족분은 안 계신다고 들었는데 혼자서 이곳 생활을 계속하시나 봐요."

"네, 딸린 가족이 없습니다. 몸이 워낙 약한 탓으로 결혼생활을 감당할 자신이 없어서 아예 포기했습니다."

여자는 말없이 고개를 철민 쪽으로 돌리고 조용히 그 얼굴을 응시한다. 얼굴은 야위고 볼은 움푹 패어 메마르고 여리게 보이지만, 눈빛은 맑고 얼굴의 분위기는 잔잔하다. 어느 곳 하나 속(俗)되게 보이는 곳이 없다.

'얼굴에 살이 좀 붙었더라면 인상이 좋은 남자로 여성들의 시선을 끌 만도 하겠건만 안되셨구나.'

"지난 삼월부터 이곳 생활을 하신다고 들었습니다. 좀 차도는 있으신가요?"

여자는 호기심 가득한 눈빛을 빛내며 묻는다.

"아직은 확실하게 차도가 있다고 말씀드리긴 어려워도, 주치의의 말씀으로는 암세포가 더 퍼지지 않고 있다면서 산에서의 생활이 제게 좋은 효과를 내는 것 같다고 격려해 주셨습니다. 이제 막 일곱 달이 지났는데요, 뭐."

"그러시다면 좋아지고 있으시네요. 저도 희망을 가지고 잘 버텨봐야겠어요. 이곳에 오니 공기도 맑고 조용해서 참 좋아요. 매일 편백나무 아래서 숨 쉬는 일이 조금 힘들기는 하지만요."

여자는 잔잔한 미소를 지으며 말한다. 확실히 삼 주 전에 보았던 그때의 얼굴빛보다는 더 낫다.

차츰 산의 빛이 달라진다. 공간의 밝은 빛이 옅어지고 연한 회색 기운이 나무들 사이로 감겨 들어온다. 조금 있으면 어스름이 깔릴 것이다.

문득 손님에게 아무것도 대접하지 못했다는 생각이 든다. 그런데 마땅히 내놓을 게 없다. 차 종류는 있을 리가 없다. 남들이 좋아하는 차도 내가 마시면 장(腸)에서 변비증세를 일으키니, 차는 기피(忌避) 식품이 된 지 오래다. 그런다고 간식류로 사다 놓은 말린 과일이나 강정, 유과를 내놓기도 좀 그러긴 하다.

그렇지만 이곳 분지까지 어렵게 산길을 내려온 손님에게, 아무것도 대접하지 않는 것도 예의가 아니라는 생각이 든다. 철민은 "잠시만요"라고 말하곤 바로 일어나 방에 들어가서 접시에 말린 과일과 강정, 유과를 담아 쟁반에 들고 나온다.

"제가 차를 마시질 못하여 차 종류는 아무것도 없습니다. 이거라도 좀…"

하면서 조심스러운 몸짓으로 그녀 옆에 쟁반을 놓는다.

"어머! 손님 대접하시려고 일어나셨군요. 감사합니다. 갑자기 찾아와서 폐를 끼치네요."

"폐를 끼치다니요? 찾아주신 것만도 감사한데…"

정말 찾아와 주신 게 감사하다는 말은 빈말이 아니다. 여자 손님과 몇 마디 말을 주고받는데도, 철민은 마음이 평온해지고 온기가 느껴져서 뭐랄까, 고마운 감정이 이는 걸 느끼고 있던 터다.

"유과는 제가 좋아하는 과자인데 여기서 보네요. 찹쌀로 만들어서 쫄깃쫄깃하고 입 안에 들어가면 바로 녹아 버리는 과자라서요. 전통 과자를 좋아하시나 봐요?"

여자는 유과를 집어 입으로 가져가면서 서로 알고 지내던 사이인 것처럼 편안하게 말을 이어간다.

'사람을 마주하면 무슨 말을 어떻게 해야 할까? 신경 쓰여 말수가 짧은 나 같은 사람과는 전혀 다른 여성분이다. 상대방을 편하게 배려해 줄 줄도 아는구나.'

"좋아한다기보다는 음식에 민감한 체질이라서요. 안심하고 군것질하기에는 가장 무난할 거 같아서 좀 사다 놓았어요."

여자는 입을 오물거리며 철민의 얼굴을 쓰다듬듯이 바라본다. 이 남자가 과민성대장증후군 환자라는 사실도 이미 알고 있는 표정이다. 정 노인 어른께서 친구분 조카딸인 이 여자에게 나를 소개할 때, 나에 대해 말씀하신 거 같은 생각이 든다. 여자는 좀 전에 내가 차를 마시지 못한다고 했을 때도, 지금 음식에 민감한 체질이라고 말하는데도, 그에 관해서는 언급조차 하지 않는다.

자기 입에서 과민성대장증후군이라는, 남자의 안 좋은 체질을 말하는 거는 실례라고 생각하는 것일까? 대신 민감 체질을 가진 사람이 겪는 고통을 이해한다는 공감의 표정이 그 얼굴에 드러나 있다.

여자는 다시 강정을 집어 입으로 가져간다. 남자에 대한 측은한 감정을 보이지 않으려는 듯 입을 오물거리며 강정의 맛을 음미하는 표정을 띤다. 잠시 두 사람 사이에 침묵이 흐른다. 저녁 끼니 때가 되어서일까, 뱃속이 출출하던 차에 맛있는 과자가 나오니 손이 자주 가는 걸까, 여자는 유과는 두 개를, 강정은 하나를 더 먹는다. 그 모습을 일부러 외면하며 철민은 말없이 정면을 응시하고 있다. 과자를 다 먹더니 여자가 말한다.

"울타리 바로 안에 예쁜 꽃들이 피어있으니, 참 보기 좋아요. 이곳에 내려오면서 울긋불긋 피어있는 꽃들이 어찌나 예쁘던지, 지금 내가 동화 속 왕자님을 만나러 가고 있구나, 하는 생각이 들 만큼요."

여자는 철민을 돌아보며 활짝 웃는다. 철민도 빙그레 웃는다. 꽃씨를 살 때 화원(花園) 여주인이 예쁘고 멋있는 꽃밭을 만들라며 꽃씨를 골고루 골라주고, 꽃 색깔도 메모해 준 그 이유가 다 있었구나, 철민은 생각한다. 나만 보기에 예쁜 꽃밭이 아니라 남이 예쁘다고 칭찬해 주니, 절로 기쁜 감정이 솟아난다.

산에 먼저 찾아온 어스름이 차츰 아래쪽으로 내려온다. 연회색 어스름이 아까보다 더 깊숙이 나무 사이 공간으로 스며들고 있다.

"과자 맛있게 잘 먹었어요. 예쁜 꽃들을 구경했더니 기분도 훨씬 좋아지고요. 고맙습니다."

그러더니 여자는 들고 온 쇼핑백을 철민 앞으로 내민다.

"제가 암에 걸린 후로 식욕도 떨어지고 먹은 음식도 소화를 잘 못하는 걸 보고 친지분이 매실 엑기스를 여러 병 갖다주셨어요. 속을 편하게 할 거라면서요. 물에 타서 드셔보세요."

쇼핑백 안에 든 플라스틱병을 꺼내고 보니, 짙은 갈색 액체가 가득 담겨있다. 병은 1.5리터짜리 과일 음료수병이다. 여자는 이 때도 과민성대장증후군이라는 말은 꺼내지 않는다. 여자가 일어선다. 철민은 잠깐 계시라면서 방에 들어가 플래시를 찾아 들고, 공방에 가서 스틱을 가지고 나온다.

"가시지요. 가시는 동안 더 어두워질 수 있으니, 제가 모셔다드리겠습니다."

그리고는 플래시를 켜서 앞을 비추고, 스틱 두 개를 여자에게 건넨다.

"이렇게 빨리 어둠이 깃들 줄은 몰랐어요. 저녁 준비도 하셔야 할 텐데 죄송해서 어쩌지요?"

"별말씀을요. 천천히 올라가시지요."

여자는 스틱을 양손에 잡고, 앞에서 비춰주는 플래시 불빛으로 환하게 드러난 산길을 조심스레 걸어 올라간다. 철민은 여자가 어떤 암에 걸렸는지 궁금했으나, 입을 꾹 다물고 플래시를 비춰주며 앞에서 걷기만 한다. 직장생활을 할 때, 여직원들이 병가(病暇)를 내고 출근하지 못하는 경우가 있는데, 여직원이 스스로 어디가 아프다고 말하지 않는 한 어디가 아프냐고 물어보는 건 결례가 된다는 걸 직장에서의 경험으로 알고 있기 때문이다. 또, 어두워진 산길이 조심스러우니, 말을 건네지 않고 걷는 게 손님에게도 좋다. 여자 손님이 안전하게 산길을 오르는 게 우선이기 때문이다.

"덕분에 잘 올라왔어요. 오늘 신세 많이 졌습니다. 고맙습니다."

숲의 출입문에 다 왔을 때 여자가 스틱을 건네며 머리 숙여 인사한다.

"제가 고마웠습니다. 찾아주셔서요. 자물쇠는 제가 잠글 테니 그냥 들어가시지요."

철민도 머리 숙여 인사말을 건네면서, 여자가 출입문을 열고 숲 안으로 걸어가는 동안 플래시를 들고 걸어가는 길을 밝게 비춰준다. 여자가 집 문 앞에서 돌아서서 고개를 숙인 다음 문을 열고 들어간다. 출입문을 밖에서 잠그고 돌아서서 산길을 내려가는데,

어디선가 산짐승의 울음 같은 희미한 소리가 들린다.

연하리는 과수원 운영으로 매년 가을이면 큰 수입을 벌어들이는 부모 덕에 아무 어려움 없이 자란 큰딸이었다. 그녀 밑으로 남동생이 둘 더 있다. 그녀는 어렸을 때부터 책 읽기를 좋아하였는데, 고등학교 때부터는 독일 작가의 작품을 즐겨 읽었다.

헤르만 헤세의 작품에 푹 빠지기도 하고, 괴테와 토마스만 등 소설가와 하이네 등 시인의 작품을 즐겨 읽더니, 대학은 독문과를 지원했다. 나이 서른한 살에 요절(夭折)한, 천재 작가라고 주목받으며 장래가 촉망되던 여류작가 전혜린(田惠麟)의 수필집 『그리고 아무 말도 하지 않았다』를 고등학교 때 읽고 독일이라는 나라를 동경(憧憬)한 이유도 있다. 장래 작가가 된다거나 하는 뚜렷한 목표는 없었다. 독일 문학을 전공하고 싶다는 열정이 그 길로 가게 한 것이다.

이상하게도 두 사람은 집안의 첫째 자녀로 태어났음에도 건강을 타고나지는 못한 듯하다. 대학원에 들어가서 석사 과정을 마치고, 공부가 더 하고 싶어 독일로 유학하여 전혜린이 다녔던 뮌헨 대학에서 박사 과정을 밟고 있을 때, 몸에 이상을 느껴 휴학하고 귀국한다.

몸이 쇠약해지고 자주 피로감을 느끼는 데다 종종 고열(高熱)로 인해 아무 일도 하지 못하고 시달리곤 했기 때문이다. 큰 병원에서 정밀검사를 받은 결과, 혈액세포의 하나인 림프구(lymph球)가 과다 증식하여 종양(腫瘍)이 발생했다는 진단이 나왔다. 이른바 림프암(癌) 환자가 되어있었던 것이다. 한창 공부에 열을 올려야 할 이십 대 후반에 병마(病魔)가 찾아와 버린 것이다.

큰 병원에 입원하여 집중적인 치료를 받고 조금 호전(好轉)되어 시골 조용한 곳에 내려가 요양했으나, 병은 쉽게 낫지 않았다. 늦어도 삼십 대에 접어들면 학위를 받고 돌아와 후학(後學)을 가르치고 싶었던 그녀의 꿈도 날이 갈수록 그 빛이 바랬다.

어떠한 가치도 건강이 뒷받침되지 않으면 한낱 허상(虛像)에 불과할 뿐임을 절실하게 깨닫고 건강을 회복하기 위해 자기의 의지를 붙들고 싸워오다가, 삼십 대 중반에 이르러 숲을 찾아오게 된 것이다.

예상치 못한 여자 손님의 방문으로 인해, 혼자서 조용히 암 치유를 위한 자기만의 시간을 갖고 싶었던 철민의 계획은 삐끗하고 틀어진다. 자기만의 시간을 갖고, 그 시간을 계획된 자기만의 하루 일정으로 채워나가면서 산에서의 생활 외의 다른 일은 전혀 관심 두지 않던 일상에 작은 변화가 생겼다고 할까?

그렇지만 신경 쓰지 않겠다고 다짐한다.

'서로가 암 환자이다. 나는 암을 극복하고 치유되기를 바라고 온 것은 아니다. 암세포가 진행되는 거를 억제하고, 다만 얼마 동안만이라도 생명을 연장하기 위해 왔다. 꺼져가는 생명의 불꽃을 되살려 인생을 다시 살아가는 마음으로 산에서의 생활을 준비했다. 지나간 인생도 내 나름으론 최선을 다했지만, 이제부터의 삶은, 내가 알지 못하고 보지 못했던 의미 있는 삶을 만들기 위하여 하루 또 하루 충실하게 살아가고자 한다.'

그러한 마음가짐으로 편안하게 산에서의 시간을 보내던 중 뜻밖에도 방문객이 찾아왔다. 방문객도 암이라는 병마와 싸워 이기기 위해 숲에 찾아온 병자(病者)이니, 그 목적을 이룰 수 있도록 도와주어야 한다. 행여라도 방해하는 일이 있어서는 안 된다.

철민은 방문객의 시간을 방해하지 않으려고, 숲에서 나무의 기운을 쏘이는 시간에 나름 신경 쓰곤 한다. 화장실을 갈 때도 일부러 방문객이 있는 곳과는 거리를 두고 돌아가면서, 방문객과 마주치지 않기 위해 신경 쓴다.

철민의 거처를 방문한 연하리는 언젠가부터 암을 이겨내고 꼭 나아 중단했던 공부를 계속하여야 한다는 집착의 줄을 놓았다. 들리는 말에 의하면 자기가 앓는 병은 치유가 어렵고 투병 기간도 오래가지 않는다고 했다. 이 병에 걸린 사람은 대부분 빨리 죽는다는 거다.

'그런 사람들에 비하면 나는 그래도 오래 버텼어. 이십 대 후반부터 병을 앓았으니 투병 기간만 해도 칠 년, 한창 일할 나이인 삼십 중반에 병자로 시간을 보내는 게 많이 억울하긴 해! 그래도 어떻게 해?! 옛 어른들께서 인명(人命)은 재천(在天)이라고 하셨으니, 나를 빚어주신 조물주(造物主)의 섭리에 맡겨야지, 뭐.'

하리는 그때부터 초조함의 급물살에 자신을 맡기지 않고 느긋함의 강물에 자기를 띄워 보낸다. 소리 내지 않고 조용히 흐르는 물, 아침 햇살을 받고 정지한 것처럼 반짝이는 윤슬이 되어 자기가 할 수 있는 만큼만 반짝이고 싶었다. 그것이 지금까지 생명의 끈을 붙들어 주신 조물주에 대한 도리라고 생각했다.

집착의 줄을 놓은 하리가 붙든 것은 자기가 탐독한 독일 작가의 작품을 토대로 '독일 문학의 이해(理解)'(가제, 假題)를 평론

형식으로 써보는 것이었다. 몸이 받아주는 시간에 천천히, 서두르지 아니하고 책과 독서 노트를 책상 위에 펴놓고, 조금씩 글을 써 나갔다.

숲에서의 생활은 여유로웠다. 불규칙적으로 찾아오는 발열(發熱)과 통증은 견디기 힘들었으나, 이를 느긋이 견뎌내는 내성(耐性)도 축적되어 있어, 약을 복용하고서 잠자코 견딘다. 가족과 떨어져 혼자 있으니, 우선 자유로워서 좋았다. 자기를 병자로 바라보는 걱정스러운 얼굴을 대하지 않아 좋았고, 또 가족의 그런 표정을 살피는 자기 마음의 무게를 느끼지 않아 좋았다.

숲에 와서 한 달쯤 되었을 때, 그 남자를 마주쳤다. 큰아버지를 따라가서 정 사장님을 뵈었을 때, 정 사장님은 숲에서 보내는 생활에 대해 자세히 설명해 주셨다. 나무의 기운을 쏘이러 온 다른 사람을 마주치더라도 신경 쓰지 말고 편안하게 각자의 방식대로 처신하면 된다는 말씀도 주셨다.

그러시면서 지난 삼월부터 나무의 기운을 쏘이고 있는 한 남자의 얘기를 해주셨는데, 흥미 있게 들었다. 정 사장님은 그 남자에 대해 깊은 동정심과 관심을 가지고 계셨다. 그날 숲에서 마주친 이후 그 남자가 어떻게 살고 있는지 궁금증이 일어나곤 해서, 그때로부터 일주일이 지났을 때 용기를 내어 그 남자의 거처를 찾아간 것이다.

남자의 얼굴은 메마른 나무처럼 건조했고, 몸은 허약해 보여서 보기에 안되었지만, 보통 병자들이 보여주는 실의(失意)와 초조에 찌든 어두운 낯빛은 아니었다. 자기에게 남아있는 어쩌면 짧은 생(生)일지도 모르는 그 삶을 담담하게 마주하고 있는 듯한 인상이었다. 그 모습에서 연하리는 감동과 위안을 받았다.

　날씨가 더 추워지면 숲에서 일단 철수하고 내년 봄에 다시 올 계획을 세우고 있었으나, 그 남자를 만나고 온 뒤부터 이곳에 계속 머물러 나무의 기운을 쏘이고 싶다는 생각이 고개를 쳐들고 있다. 그래서 고민 중이다. 왠지 모르게 저 아래 분지에서 투병생활하는 남자에게 동지애(同志愛)적인 기대는 마음이 생기고, 그래도 이웃인데 내가 숲에서 머무는 것을 안다면 추운 겨울을 지내는 동안 내게 관심 보여줄 것도 같다는 생각이 든다. 생각이 거듭될수록 이곳에서의 생활이 외롭지 않겠다는 생각이 든다.

　그날 분지에서 이곳 숲으로 올라올 때 말없이 앞에서 불빛을 비추어 주던 조심스러운 행동과 자상한 마음이 지금도 따뜻한 기운으로 마음속에 남아있다. 그날 이후 일주일이 지나는 동안 숲에서 그 남자를 마주친 일은 없다. 아마도 일부러 마주침을 피하고 있는 거 같다. 그날 마루에 걸터앉아 남자의 옆얼굴을 바라보았을 때 느껴지던 희로애락(喜怒哀樂)을 달관(達觀)한 듯한 담담한 표정, 이따금 그 표정을 떠올릴 때마다 하리는 자기도 그러한 표정을 가져야겠다고 생각한다.

　가족들은 열흘에 한 번씩 식량과 반찬, 간식류, 식수를 가져다 준다. 아버지 농장에서 일하는 건장한 분들이 커다란 배낭에 넣어 가지고 오므로, 생활에 불편한 점은 없다. 머무르고 있는 집 안에는 벽난로(壁煖爐)가 있어 장작을 때면 실내를 따뜻하게 할 수 있고, 따로 보통 난로가 있어 나무로 불을 지펴 밥을 짓고 반찬 등을 데울 수 있다.

　나무는 가족들이 올 때마다 가져다주거나, 산에서 주워 모아 쌓아놓고 간다. 아직은 몸을 움직일 수 있으니, 먹을 것이 충분하고 실내를 따뜻하게 할 수 있는 땔감이 있는 이상 겨우살이는 마음만 먹으면 어려운 일이 아니다.

햇볕이 쪼이는 날, 따뜻한 옷을 입고 담요로 무릎을 덮고 숲에서 나무의 기운을 쏘이다가, 연하리는 읽던 책을 덮고 생각에 잠긴다. 투병생활을 해오면서 수많은 상념(想念)이 밀물처럼 밀려왔다가 썰물처럼 빠져나갔다.

'언제일지는 모르지만, 병세가 급격히 나빠져 이 생(生)에서 떠나야 할 때가 올 것이다. 그날이 다가오면 난 무엇을 붙들고 있다가 그날을 맞이할 것인가? 두려워하지도 슬퍼하지도 말고, 담담하게 그날을 기다리고 싶다. 그날이 다가올 때까지 붙들고 싶은 것이 있다면 사람의 마음이다. 마음은 잡을 수도 없고 보이지도 않지만, 온몸으로 느껴진다. 내가 붙들고 싶은 마음을 가진 사람이 앞에 있다면, 눈빛으로 그 마음을 읽고 내 마음속에 간직하려고 한다. 상대의 사회적 지위와 가진 것의 무게와 그 소리에는 전혀 관심 없다. 시한부 삶이 끝나는 날 가지고 갈 수 있는 유형(有形)의 피조물(被造物)은 아무것도 없다. 오직 붙들고 가고 싶은 거는 사람의 마음이다. 언제나 훈풍이 부는 것처럼 따뜻하고 포근히 안기고 싶은 마음이 있다면, 그곳으로 다가가고 싶다.'

하리는 이십 대 후반 병마가 찾아올 때까지 공부하는 거를 삶의 제1순위에 올려놓고 사람을 만나는 일에는 관심 두지 않았다. 그러한 일은 목표를 성취하고 나서의 일로 후순위로 미루다 보니 사귀는 사람도 없었다. 공부 외에 삶의 또 다른 영역(領域)은 시도해 보지도 못하고 병이 들고 만 것이다.

병(病)이 들고 나니 내 주변에 있던 사람들은 그대로인데 내가 먼저 그들로부터 멀어지고 있었다. 내 마음이 변하고 있었던 거다. 그러다 보니 홀로 되었다. 하리는 자기와 똑같이 시한부 삶을 살아가고 있는, 빨간색 지붕 아래 그 남자를 생각한다.

'그 남자도 홀로 되었다고 생각하고 있을까?'

아침저녁으로 쌀쌀한 바람이 이는 그해 십일월 초순 오후, 숲에서 나무의 기운을 쏘다가 두 시가 되자, 하리는 일어나서 집 안으로 들어가 점심을 챙겨 먹는다. 식욕이 당기지 아니해도 세 끼니는 꼭 챙겨 먹는다. 식사를 마치고 나서 가족들이 가지고 온 밑반찬을 조금씩 덜어 둥그런 반찬함에 담는다. 반찬은 멸치볶음, 콩자반, 물외장아찌 등 민감한 체질에 별로 해롭지 않을 종류만 담았다.

'난 가족이 내가 좋아하는 반찬을 만들어 가져다주지만, 그 남자는 자기 손으로 반찬을 만들어 먹을 거야. 나처럼 식욕이 당기지 아니하면 별다른 반찬 없이 대충 식사할지도 몰라. 지난번 매실 엑기스를 들고 다녀온 후로 식사 때가 되면 그 남자는 반찬을 어떻게 해서 먹을까?'

많이 궁금했다. 미안하기도 하고, 그래서 반찬을 조금 나누어 가져다줄 생각을 한 것이다.

'오늘은 무얼 물어볼까? 말이 별로 없는 그 남자가 묻는 말에 대답은 잘해줄까?'

그런 생각을 하면서 숲 아래 빨간색 지붕을 인 동화 속 그 집을 향해 숲을 나선다. 이번에는 한 손에 지팡이를 들었다. 지난번 경험해 보니 산길을 오르고 내릴 때는 스틱이 몸의 중심을 잡는 데 유용하다는 거를 알았기 때문이다.

그 남자가 나무의 기운을 쏘이고 가는 시간에 맞추어 출입문 앞에서 기다렸다가 건넬 수도 있었지만, 그 남자의 집에까지 가져가는 것이 더 성의를 보일 것 같아서 그러기로 이미 마음먹었다.

"계세요?"

담장 문 앞에 당도하였으나, 아무런 인기척이 없어 사람을 불러본다. 그래도 답이 없다.

"안에 계세요?"

볼륨을 조금 올려 한 번 더 불러본다.

"네에! 나갑니다!"

그 남자는 대청마루 오른쪽에 있는 작은 방 옆 건물 문을 열고 나오면서 대답한다. 오른손에 무슨 도구를 들고 있는 거로 보아 작업을 하던 중이었던 모양이다.

'아! 그러고 보니 기억나네. 정 사장님께서 그 남자가 소일(消日)거리로 무슨 공방인가를 만들었다고 하셨지?'

"저 또 왔어요. 방해되지 않으셨나요?"

그 남자는 고개를 숙이며 "괜찮습니다"라고 말하곤 대문을 열어준다. 혹시라도 야생동물이 밀고 들어올 경우를 생각해서 빗장을 채우고 자물쇠를 걸어놓아서 안에서 열어주어야 한다. 두툼한 겉옷을 입고 있어서 허약한 체구는 가렸으나 야윈 얼굴은 지난번 마주할 때와 별로 다르지 않다. 그래도 눈빛만은 그대로이다. 모든 감정을 잠재우고 있는 듯한 잔잔한 얼굴의 분위기도 마찬가지다.

"방으로 들어가시지요. 마루는 앉아 계시기가 좀…"

남자는 뒷말을 마저 하지 않았지만, 쌀랑한 바깥공기를 의식해서 하는 말인 듯하다. 하리가 댓돌 위에 신발을 벗고 마루로 올라서자, 남자는 뒤따라 올라와서 큰 방의 장지문을 열어준다. 방문객에게 먼저 들어가시라고 손바닥을 펴서 안을 가리킨다. 발을 들고 문턱을 넘어 방 안으로 들어가니, 벽 쪽에 천으로 만들어진 자그만 장롱과 옷을 걸쳐두는 막대형 옷걸이만 세워져 있을 뿐 다른 가구는 보이지 않는다.

하얀 종이로 도배된 벽은 어떠한 장식도 없이 정결하다. 방 안쪽 왼편에는 자그만 장지문이 하나 달려있다. 재래식 시골 가옥에 살아보지 아니한 연하리에겐 낯설기만 한, 방 안의 모양이다. 작은 장지문 옆 방바닥에 이불 같기도 하고, 요 같기도 한 침구(寢具)가 깔려있다. 남자가 얼른 침구 아래 방바닥에 손을 넣어보더니 말한다.

"여기 자리 위에 잠깐 앉아계세요. 아궁이에 불을 좀 때고 오겠습니다."

그리곤 바쁘게 장지문을 열고 나간다. 하리는 자리 위에 앉아 침구 아래로 손을 넣어 방바닥의 촉감을 느껴본다. 미지근하다.

'아! 방바닥을 데우려고 부엌에 가신 모양이구나.'

방 안이 싸늘하지는 않아 괜찮은데. "괜찮다"고 미리 말리지 못한 게 조금 미안한 생각이 든다. 잠시 후 타닥! 타닥! 하는 소리가 작은 장지문 쪽에서 들린다. 아궁이에 들어간 장작이 불에 타며 내는 소리인 모양이다. 잠시 후 남자가 들어온다.

"조금 있으면 방바닥이 따뜻해질 겁니다."

남자가 미안한 표정을 지으며 말을 꺼낸다.

"일부러 불을 때지 않아도 괜찮은데, 저 때문에 수고하셨군요."

"아닙니다. 온돌방이어서 방바닥이 따뜻해지면 방 안 온도도 금세 올라갈 겁니다."

남자는 단 두 마디 말을 하고는 더는 해야 할 말을 찾지 못한 듯 입을 다물어 버린다.

'아무래도 내가 말문을 열어드려야겠다.'

"지난번 방문했을 때 성함이 손 아무개 씨라고 소개하셨는데, 제가 그만 깜빡해 버렸어요. 죄송해요. 이름을 기억하지 못해서."

하리는 일부러 미안한 표정을 지으며 그 위에 미소를 얹는다. 딱히 이름을 잊어버린 것 같지는 않다.

"손철민, 한문으로는 쇠 철(鐵) 자에 아름다운 돌 민(玟) 자를 씁니다."

남자는 자기 이름을 까먹은 여자에게 아무렇지도 않다는 듯 선선하게 다시 자기를 소개한다.

"네, 감사해요. 철민 씨, 다시는 까먹지 않을게요."

하리는 고개를 까딱 숙이며 밝게 웃는다. 지난번 집에 찾아왔을 때 철민에게 보인 그 얼굴 분위기는 여전히 간직하고 있다.

"제 이름은 기억하세요?"

하리는 일부러 격식을 허물고 싶은 듯 오래 알고 지낸 사이에나 주고받을 만한 대화를 망설이지 않고 꺼내고 만다.

"연하리 씨… 연하리 씨라고 기억하고 있습니다."

철민은 잠시 생각하는 듯 벽 쪽으로 고개를 돌리다가 바로 하리의 이름을 댄다.

"네, 기억해 주셔서 감사해요. 한문으로는 노을 하(霞) 자에 배나무 리(梨) 자를 써요. 아버님이 배나무 농장을 운영하시는데, 제가 태어난 시각이 황혼녘이었나 봐요. 농장에서 일하시던 중 노을빛에 비친 배나무밭의 정경이 너무나도 마음에 들어 바라보고 계시다가 집에 들어오셨는데, 큰딸이 태어났다고 들으시곤 그 정경을 떠올리며 바로 제 이름을 지으셨대요."

철민은 고개를 끄덕이며 하리가 만들어 가는 대화의 분위기에 서먹함이 좀 가신 듯 좀체 열지 않을 것 같던 말문을 연다.

"네, 그러셨군요. 이름이 좀체 듣기 어려운 특이한 이름이어서 기억에 남았어요. 한문 이름이라고 생각지 않으면 강하지 아니한 부드럽다는 뜻의 '연하리'가 연상되어 좋기도 했고요."

"어머! 그렇게 생각하셨어요? 그렇게 말해주는 사람이 좀체 없었는데, 그렇게 느끼셨다니 저도 좋아지네요."

"네. 그렇게 생각해 주시니 저도 좋습니다. 음… 제 이름도 아버님이 지어주셨는데, 제가 태어날 때 몸이 너무 허약한 거를 보시고 쇠처럼 단단하고 돌처럼 강하게 자라나라는 뜻을 담았다고 들었습니다. 그런데 아버지의 바람처럼 제가 튼튼하게 자라지 못해 늘 아버님께 죄송하기만 했지요."

철민은 하리가 만들어 놓은 대화의 분위기에 기대어, 긴장을 풀고 편안하게 말을 이어간다.

"그러셨군요. 체질이 예민하시니 직장생활하시기에도 무척 힘드셨겠어요. 몇 년 동안이나 직장생활을 하셨나요?"

하리는 자기가 들어서 알고 있는 건강의 취약점을 비로소 언급함으로써 자기가 철민에게 관심을 보이고 있음을 은연중 암시한다.
"꼭 이십 년입니다. 고등학교를 졸업하고 바로 지방직 공무원 시험을 쳤지요. 올 삼월에 퇴직했는데 공익근무로 군 복무한 일 년 동안은 휴직했습니다."

철민은 자기 신상에 대한 얘길 아무런 부담 없이 말하게 하는 이 여성이 참 특별한 인성(人性)을 지녔구나, 생각한다. 사람을 편안하게 해주는 표정과 눈빛과 관심을 보여주는 태도도 남다르다. 지금까지 여성과 이렇게 다정하게 대화를 나누어 본 적은 없다. 직장 동료 여성이 많이 있었지만, 대개는 업무적인 문제로 의견을 주고받았을 뿐, 개인적인 대화는 해본 적이 없다.

자기 스스로 허약한 외모가 갖는 비호감(非好感) 요인을 잘 알고 있었으므로, 동료 여직원이 아무리 외모가 예쁘고 상냥하더라도 아예 관심조차 두지 않았다. 무관심했다. 또한 직장생활을 하는 동안 사교(社交) 면에서는 언제나 외지인(外地人)이었다.

그렇지만, 동료들도 자기들과 거리를 두고 직장생활을 하는 철민에게 일종의 동정심 비슷한 시선을 보내고 있었으므로, 동료로서 감싸주는 분위기였지 차별하지는 않았다. 철민이 민감 체질 때문에 고생한다는 거를 잘 알고 있었고, 그 체질 때문에 몸이 허약하다는 것도 잘 알기 때문이었다.

단체 회식 자리에서도 술은 권하지 않았고, 퇴근 후 친한 동료끼리 소주 한 잔 하러 갈 때도 철민을 부르지 않았다. 꺼려서가 아니라 철민의 건강을 생각해서였다. 건강 문제가 아니라면 철민은 모범적인 직원이었다. 업무에도 성실하고 올곧았으며, 늘 겸손하고 부지런한 태도는 상사들에게 좋은 점수를 받았고 동료들도 좋아했다.

철민의 얘기를 들으며 하리는 철민의 나이가 해를 넘기면 마흔한 살이 된다는 거를 알게 된다.

'나와는 다섯 살 차이가 나는구나.'

보통 사람들 사이에선 자기 얘길 했으면 상대방의 얘길 듣고 싶어 신상(身上)에 관한 얘길 물어올 텐데, 이 남자는 아무것도 묻지 않는다. 자기 말이 끝나곤 고개를 숙이고 방바닥만 내려다본다.

'참! 말수가 적은 분이구나. 이 남자에 대해 더 알려면 내가 말을 이어가야겠구나.'

"저는 외국에서 공부하다가 스물여덟 되었을 때 몸이 아파 공부를 중단하고 귀국했어요. 지금 칠 년째 투병 중이고요. 조금 상태가 나아지는가 싶어 희망을 붙들다가도 다시 나빠지곤 해서 지금은 완쾌되리라는 희망을 접었어요. 하늘에 맡기려고요. 체질이 예민하셔서 평생 힘들게 살아오신 데다 투병생활까지 겹쳤는데도, 얼굴이 참 평화로우셔요. 그 비결(祕訣)이 뭐죠?"

하리는 방긋 웃으며 철민을 빤히 바라본다.

'이 솔직하고 꾸밈없는 남자의 바탕은 어떤 모습일까?'

궁금해하는 눈치다. 갑자기 비결이 뭐냐고 묻는 여자의 물음에 철민은 당황해하는 기색을 보인다.

'내가 무슨 비결을 가졌을까? 그럴 리가 없다. 물음에 답은 해야 하는데 무슨 말로 대답을 대신해야 하나? 말을 들어보니, 이 여성은 외국 유학까지 한 인텔리 여성분이신데, 나하고는 너무나도 차이가 있는 분이야.'

그래도 물음에 답은 해야 하는데, 잠자코 생각을 정리하고 나서 철민은 천천히 입을 연다. 누구에게도 자기 마음속 깊이 묻어둔 자기 생각을 꺼내 보인 일이 없는데, 이 여성은 그걸 꺼내게 만드네라고 생각하며.

하리는 생각에 잠긴 철민의 입에서 무슨 말이 나올까 잔뜩 기대하는 표정을 띠며 말없이 기다린다.

"저는 민감한 체질로 인해 오랫동안 힘들게 살았습니다. 암세포가 자라고 있다는 진단을 받은 건 삼 년 전 딱 이맘때였지요. 편백나무숲을 찾아 이곳까지 오게 된 거는 꼭 암을 극복하고 치유되기를 바라서는 아닙니다. 의사 선생님에게 민감한 체질은 고치기 어렵다는 말을 듣고, 오래 살지 못할 거라는 걸 예감하고 있다가 암이 발견되기에 이제 때가 왔구나, 하고 담담히 받아들이게 되더군요. 이곳 숲에서 나무의 기운을 쏘이면서 암세포가 진행되는 거를 억제할 수만 있다면, 다만 얼마 동안만이라도 생명을 연장할 수만 있다면, 꺼져가는 생명의 불꽃을 다시 되살려 보고 싶었지요. 그래서 인생을 다시 살아가는 마음으로 내가 알지 못하고 보지 못했던 의미 있는 삶을 만들고 싶었지요. 지나간 인생도 내 나름으론 최선을 다했지만, 이제부터의 삶은, 하루 또 하루 나를 위해 충실하게 살아가야겠다, 그렇게 마음먹었지요. 그러니까 제 생명을 조물주에게 맡기는 심정을 갖게 되더군요. 하루 또 하루 지금까지 찾지 않았던, 사다 둔 책을 읽고 공방에서 나무 조각 작업을 하면서 잡념을 멀리하다 보니, 하리 씨에게 평화롭게 보인 모양입니다."

철민은 말하면서도 자기 얘기를 이렇게 길게 말하는 자신에게 놀라고 있었다. '상대에 따라 말이 이렇게 술술 나오기도 하는구나!'라면서 새로운 발견이라도 한 듯 하리의 얼굴을 다시 바라본다. 귀 기울여 철민의 얘길 듣던 하리의 눈에 눈물이 고이더니, 철민이 얘길 마치고 입을 다물자, 고인 눈물이 주르르 뺨을 타고 흘러내린다.

'내가 왜 눈물을 흘리지? 이 남자가 너무 순수한 인간성을 가져서일까? 아니면 평생을 힘들게 살아온 그 인생이 가여워서일까?'

뜻밖에도 자기 얘길 듣고 눈물 흘리는 상대를 보자, 철민은 무슨 말을 해야 할지 몰라 당황해한다.

'내가 뭘 잘못 말했나 보다. 하지 말아야 할 말을 한 게 틀림없어.'

평소 다른 사람에게 마음속에 있는 생각을 숨김없이 꺼내어 말해본 일이 거의 없는 철민으로서는 당황해할 만하다. 그 모습을 바라보던 하리가 손등으로 눈물을 훔치면서 얼굴에 미소를 띠고 말한다.

"죄송해요. 그렇게 미안해하지 않으셔도 돼요. 말씀을 들으면서 마음이 울컥해져서 그만 눈물이 나왔어요. 참 꾸밈이 없는 분이시네요."

상대에게서 꾸밈이 없는 분이라는 말을 듣자, 철민은 그만 부끄러워진다. 마치 아무에게도 내보이지 않고 혼자서만 간직하고 있어야 할 나만의 비밀을 그만 자제하지 못하고 내보여 버린 듯한 자책감 비슷한 걸 느끼는 모양이다. 그 기분을 눈치챘는지 하리가 미소 지으며 말을 잇는다.

"철민 씨가 가리고 싶었던 자기만의 모습을 제게 내보여 주셔서 고마워요. 말수가 별로 없으신 철민 씨에게 제가 선택받은 사람인 거 같아 기분이 아주 좋아요. 누구에게든 남에게 내보이고 싶지 않은 자기만의 모습이 있지요. 저도 그런 걸요. 언젠가 기회를 주시면 말할지도 몰라요."

하리는 이렇게 말하면서 얼굴 가득 웃음을 짓는다. 상대에게 철민 씨라고, 이제는 그 이름도 불러준다.

'젊어서부터 자기는 오래 살지 못할 거라고 예감한 사람의 삶은 어떠했을까? 그러한 때 어떤 이들은 자포자기하거나 아예 자기 스스로 그 삶을 마감해 버리는 극단의 선택을 하기도 한다. 그러함에도 자기가 처한 환경과 운명을 순순히 받아들이고, 자기의 삶을 내치지 아니한 사람의 속마음은 얼마나 비장(悲壯)할까? 태어날 때부터 허약한 체질이었다니, 그로 인해 겪어야 했을 신체 구조의 삐꺽거림은 매 순간 고통의 연속이었을 거야. 난 스물여덟 살 때부터 칠 년 동안 그 고통을 겪었지만, 철민 씨는 무려 사십 년 동안 그 고통을 겪었겠구나.'

온몸의 신경세포가 흔들리는 듯한 애처로운 감정에 사로잡혀 하리는 눈을 지그시 감는다.

'암 진단을 받았을 때 철민 씨의 마음은 어땠을까? 앞으로 일 년, 아니면 이삼 년 후 당신 삶이 마감될 거라는 시한부 삶의 통고를 받은 기분이었지 않았을까? 시한부 삶을 살고 있으면서도, 이 남자는 찾지 않던 책을 사다 두고 읽고, 평소 마음 두고 있던 목공예 작업을 하면서 시간을 아껴 쓰고 있어. 정 사장님 어른께서는 이 남자가 빈농(貧農)의 가정에서 태어나 고등학교를 졸업하자마자 동생들을 뒷바라지하려고 공무원 시험을 쳤다고 하셨지. 나처럼 가정환경이 좋은 사람이 갈 수 있는 대학 과정은 못 거쳤어도, 이 남자의 정신은 그 누구보다도 이타심(利他心)으로 올곧게 뭉쳐있어서, 그것이 자기 삶을 단단히 붙들어 매고 있었구나.'

베일에 가려있던 상대의 모습을 들여다보았을 때, 사람들은 실망하거나 아니면 놀라거나 한다. 연하리는 철민의 감춰진 모습에서 문학작품에서 읽었던 어떤 캐릭터character의 모습을 연상(聯想)한다. 영혼이 맑고 순수한 그 캐릭터는 그 영혼의 힘으로 모든 난관을 극복하고 자기가 희망하는 곳에 이른다.

각자의 상념에 잠기다 보니 대화가 끊기고 조용한 침묵이 흐른다. 자기 자신과 내밀(內密)한 소통(疏通)을 하느라 어느 쪽도 이 침묵을 부담스럽게 여기지 아니한다. 상대를 의식하지 아니할 만큼 그 시간은 과거와 현재를 오가며 미래의 자기 자신을 그리는 상상으로 가득 채워진다.

그러다가 그 미래가 한시적(限時的)임을 깨닫고 다시 현실을 직시(直視)한다. 시한부 삶이라는 어두운 그늘은 아무리 생각지 않으려 해도 방심(放心)하면 곧바로 앞을 가로막는 게 엄연한 현실이다.

아궁이에 땐 장작의 열기가 방을 덥히고, 그 온기가 방 안을 서서히 채워가자, 하리는 나른한 졸음을 이기지 못하고 고개를 꺾고 만다. 앉아있는 모양이 심상치 않음을 느낀 철민은 그녀가 잠에 빠져들어 가는 거를 안다. 바로 일어나 베개를 가져와 그녀를 눕히고 가벼운 이불을 내려 덮어준다. 병자(病者)에겐 무엇보다도 편안한 휴식이 중요하다는 것을 모를 리 없다. 지금은 몸의 신경

선(神經線)이 이끄는 대로 푹 잠자게 해주는 것이 최선이다.

조용히 문을 닫고 방을 나온 철민은 어느새 해가 기울고 있음을 안다. 시계를 보니 네 시 반이 넘어가고 있다. 세 시 조금 넘어 방문객이 왔으니 한 시간 반 가까이 대화하고 침묵하면서 그녀 곁에 머문 것 같다. 이렇게 여성과 가까이 있어 본 거는 처음인데도 쑥스럽거나 부자연스럽지 않은 게 이상할 만큼 모든 게 평안하다.

철민은 고개를 갸웃하며 공방 문을 열고 들어간다. 그녀가 따뜻한 온돌방에서 푹 잠을 자고 깨어날 때쯤이면, 한 시간 후가 되겠지 싶다. 호롱을 가져와 심지에 불을 붙이고 방문객이 오기 전에 하던 작업을 계속한다. 지금 하는 작업은, 이곳에 집터를 마련하기 위해 베어낸 느릅나무로 부모님의 얼굴을 조각하는 거다.

가족사진을 보고 아버지와 어머니의 얼굴을 조각하는데, 그 표정과 인상을 담는 작업이 쉽지 않다. 평생 큰 소리 한 번 안 내시고 가족을 위해 농사일을 하시던 아버님은 생각날 때마다 뉘우침으로 가슴이 먹먹해지는 분이다.

직장생활을 하면서도 동생들 뒷바라지가 먼저여서 아버님을 한 번도 제대로 호강시켜 드리지 못했다. 어머님은 이 좋은 세상에서 병원 구경 한 번 못하시고 돌아가셨다. 짙은 회한(悔恨)이 남는 부모님이시다. 그래서 두 분의 얼굴을 조각하여 벽에 걸어두고 매일 바라보며 명복(冥福)을 비는 마음가짐을 지니려 한다.

한창 작업에 몰두하다가 문득 생각이 나서 손목에 찬 시계를 보니 그새 시곗바늘은 여섯 시를 가리키고 있다.

'하리 씨가 혹시 잠이 깨지나 않았을까?'

그렇게 생각하며 급히 공방 문을 열고 나왔으나, 보이지 않는다. 아직 잠이 깨지 않은 거 같아 조심조심 마루 위에 올라가 장지문에 귀를 대본다. 아무 소리도 들리지 않는다. 가만히 장지문을 조금 열고 안을 살피는데, 어둑한 방 안 아직 누워 자는 그녀의 모습이 어슴푸레 눈에 들어온다.

조용히 문을 닫고 나오면서 따뜻한 온돌방이 그녀를 깊고 편안한 잠 속으로 이끌고 갔구나라고 생각한다. 푹 자면 몸과 마음에 모두 유익할 거니까 깨어날 때까지 기다리기로 한다. 아무래도 저녁 식사를 준비해야겠는데, 아궁이에 불을 때면 장작이 타는 소리에 잠이 깰 것이므로, 나중에 하기로 마음먹는다.

'만일에, 그런 일은 없겠지만, 밤이 깊어질 때까지 잠에서 깨지 않는다면, 우리 집에서 자고 내일 아침 숲으로 올라가야 할지도 몰라.'

곰곰이 생각하던 철민은 집 뒤로 돌아가 작은 방 아궁이에 불을 지피기 시작한다.

'우리 집에서 자고 가라고 해야겠어. 찬 바람을 쏘이며 밤중에 집에 돌아가 벽난로에 불을 지피고 집 안이 훈훈해질 때까지 기다리려면 시간이 걸릴 텐데, 혹시라도 감기에 걸리면 안 되니까, 간다고 해도 말려야 해. 저녁밥은 느지막한 때 먹지 뭐.'

작은 방 아궁이에 불을 때는 거는 그 방에서 자기가 잠을 자야겠다고 생각해서다. 아궁이에 불을 지피고 장작을 밀어 넣은 철민은 마루로 와서 소리 나지 않게 호롱과 플래시를 들고 공방으로 간다. 호롱 심지에 불을 붙이고 다시 조심조심 작은 방으로 간 철민은 책상 앞에 앉아 읽던 책을 편다.

'하리 씨가 잠이 깨어 장지문을 열면, 대청마루 건너 작은 방

장지문에 비친 호롱 불빛이 보일 것이므로, 장지문을 두드릴 거다. 오늘 저녁은 예상치 못하게 늦게 저녁밥을 먹겠구나. 하리 씨와 가까워져 서로 친구처럼 지내라는 조물주의 섭리인지도 몰라.'

철민은 이렇게 생각하다가 '순진한 놈!'이라며 자신을 나직이 나무란다.

일곱 시가 지나고 여덟 시가 가까워질 때까지도 큰 방 쪽에서는 아무 기척이 나지 않는다. 뱃속에서 꼬르륵 소리가 난다. 보통 여섯 시면 일찍 저녁을 먹고 나서 잠잘 때까지 책 읽는 시간을 갖는데, 오늘은 밥 먹어야 할 시각이 많이 지나버렸다.

'어쩔 수 없지 뭐. 참아야지.'

마치 전날 밤에 잠을 자지 못하고 꼬박 새운 사람처럼 그녀는 세 시간 반 동안 깊이 잠에 빠져있다. 지금 읽고 있는 책은 고등학교 때 교과서에 실린 글을 읽고 많이 공감했던 '피천득'의 수필집이다. 글 쓰는 소질(素質)은 없지만 좋은 문장을 읽고 느끼는 기본 감각은 있는 모양이어서, 지난 삼월부터 이곳에서 책 읽기를 시작한 후로 차츰 책 읽는 재미를 알아가는 중이다.

어려운 책보다는 읽기 쉬운 책부터 읽어야겠다고 생각하고 오래전부터 귀동냥으로 들어온 책의 제목을 찾아가며 책을 사 왔다. 책을 읽으면서 '내가 알지 못하고 보지 못했던 의미 있는 삶'을 발견하고 이를 새기다 보니 생각하는 시간이 많아진다. 그 시간은 몰랐던 거를 깨우치고 새로워지는 배움의 과정 같아서 저녁 식사 후의 시간은 소중하게 다가오고 있다.

책 페이지를 넘기며 몰입하고 있는데, 장지문을 노크하는 소리가 난다. 처음에는 못 들었다. 그만큼 책 읽기에 깊이 빠져있었던 모양이다. 두 번째 노크하는 소리를 듣고서야 철민은 그녀가 잠이 깼다는 걸 안다. "네!" 하고 대답하며 장지문을 열자, 호롱불에 비친 그녀의 얼굴이 발그레한 홍조(紅潮)를 띠며 어둠 속에서 웃고 있다.

"제가 체면도 없이 맘껏 잠을 잤나 봐요. 그것도 남자 혼자서 자는 방에서…"

하리는 정말 자고 싶은 잠을 마음껏 잔 사람에게서 볼 수 있는 환한 표정과 낭랑(朗朗)한 목소리로 미안해한다. 말은 그렇게 하면서도 웃는 표정은 그게 아니다. 잠을 푹 자게 해주어서 고맙다는 인사가 얼굴에 가득하다.

"푹 주무신 것 같아서 좋네요. 마루가 차니 들어오세요."

철민은 장지문을 더 열어주며 방으로 들어오라고 손짓한다. 고등학생들이 쓸만한 아담한 책상 위에 책이 펼쳐져 있고, 막대형 옷걸이에 걸려있는 호롱에서 뿜어져 나온 주황색 불빛이 방 안을 환하게 밝히고 있다. 지금 세상에 호롱이라니! 마치 사극(史劇) 영화에서나 보게 될 듯한 방 안의 장면이 신기한 듯 연하리는 연신 방 안을 둘러본다.

보이는 건 책상과 막대형 옷걸이와 사람 가슴 높이의 붙박이 책장(冊欌)뿐, 하얀 벽지로 도배한 벽은 청결한 느낌을 준다. 이 방에도 아궁이 불이 들어오는지 방바닥은 따뜻하고 공기도 훈훈하다.

"참 분위기가 좋네요. 호롱불이 켜 있는 방에서 책을 읽고 계셨군요. 전 이런 장면은 처음 보는데도 분위기가 그윽해서 참 좋아요."

하리는 입에 발린 겉치레 인사가 아닌 이 분위기가 정말 좋다는 표정을 보이며 말한다.

"제가 고등학교 때까지 꼭 이런 모양의 시골집에서 살았어요. 그래서 몸에 익숙한 시골집 구조 그대로 집을 짓고 지내고 있지요. 호롱불을 처음 보셔서 조금 불편하실 텐데, 숲에 있는 집은 조명을 어떻게 하시나요?"

철민은 숲에 있는 서양식 집 구조가 궁금했던 터이므로, 먼저 전기를 어떻게 사용하고 있는지를 묻는다.

"어두워지면 건전지로 불을 밝히는 조명기구를 쓰고 있어요. 랜턴lantern도 있고, 손전등도 있고, 모두 건전지를 끼워야만 불을 밝힐 수 있는데, 불빛은 밝아도 이곳의 호롱 불빛과는 자아내는 분위기가 비교가 안 되네요."

하리는 호롱불이 비추는 불빛에 취한 듯 연신 방 안을 둘러보며 말한다.

"시장하시지요? 잠깐 앉아계세요. 제가 얼른 저녁 준비를 할게요."

"저 잠 깨우지 않으려고 기다리고 계셨지요? 저 때문에 식사가 늦어졌으니, 같이 저녁 준비를 해요."

하리는 장지문을 열고 먼저 방을 나가면서 서두르는 몸짓을 한다.

"그러시다면 잠깐 계세요. 호롱불을 켜서 들고 갈게요."

철민은 작은 방에 걸려있던 호롱을 들고 나와 대청마루 기둥에 걸어놓고, 마루에 있던 호롱 심지에 불을 붙인다. 마루에는 호롱

네 개가 나란히 놓여있다. 그중 두 개에 불을 붙인 다음 한 개는 큰 방 벽에 걸어놓고, 또 한 개는 손에 들고서 마루를 내려온다.

하리도 그 뒤를 따라 내려와 마루 한편에 놓아두었던 반찬함을 들고서 부엌으로 따라 들어간다. 부엌 왼쪽엔 장작과 마른 잎들이 쌓여있고, 오른쪽 부뚜막에는 큰 솥과 작은 솥이 나란히 얹혀있다.

부엌문에서 바라보면 안쪽에 찬장이 있는데, 그곳에 반찬과 그릇 등이 놓여있겠다 싶다. 찬장 옆으로는 물을 담아 놓은 거로 보이는 플라스틱 큰 통이 있고, 그 옆에 여러 개의 작은 통이 있다. 철민은 먼저 작은 아궁이에 마른 잎과 부러진 가지를 넣고서 불을 붙인다. 불이 타오르자, 장작을 가져와 아궁이에 포개어 넣고, 물통에서 바가지에 물을 떠서 작은 솥에 붓는다.

오늘은 손님이 오셨으니, 며칠 전 사 온 명태로 국을 끓여보려 한다. 그런 다음 찬장 옆에 있는 쌀통에서 바가지로 쌀을 담아와서 대야에 담고 씻는다. 쌀뜨물은 밖에 버리지 않고 부엌에 있는 통에 담는다. 쓸 용도가 있는 모양이다. 큰 솥에 씻은 쌀을 붓고 솥 안을 살피며 물을 붓고 나서 말한다.

"잠깐만 계세요. 뒤안에 가서 생선을 좀 가져오겠습니다."

그리고는 양푼을 들고 부엌을 나간다. 잠시 후 들고 온 양푼에는 잘 손질된 명태 한 마리와 고등어 두 마리가 들어있다.

"하리 씬 이 솥에 물이 끓으면 명태 생선을 넣고 국을 끓여 주세요. 저는 밥을 안친 후 화로에다 생선을 굽겠습니다."

그렇게 말하고 철민은 부뚜막 한쪽에 있는 작은 찬장에서 도마와 칼을 꺼내어 하리 앞에 있는 부뚜막 위에 갖다 놓는다.

"손질된 생선이니 적당히 토막을 내어 솥에 넣으시고, 찬장에 있는 양념통을 가져다 넣고 간을 보시면 될 거예요."

하리는 철민의 말을 따라 명태 생선국을 끓이기 시작한다. 부엌살림은 해본 경험이 적다. 부모님과 함께 살 때는 어머니도 일을 도우려고 늘 농장에 나가계셨으므로, 따로 가정부를 고용하여 부엌살림과 집안 청소일을 맡기셨고, 형제들은 자기 방에서 공부만 하면 되었었다. 그래도 같이 저녁을 준비하자고 했으니, 고등학교 가사 시간에 배운 거를 기억하면서 국을 끓여볼 생각이다.

철민은 익숙한 몸놀림으로 밥을 안치고는 작은 화로에 불을 붙인다. 화로에는 숯이 담겨있는데, 불이 붙자 금방 숯이 발갛게 달아오른다. 철민은 적쇠를 가져와서 화로 위에 놓고 고등어를 그 위에 얹어 굽기 시작한다. 그러더니 큰 쟁반 위에 여러 개의 접시를 포개어 얹고 다시 부엌문을 열고 나가 집 뒤안에 있는 김치와 깍두기, 나물 등 반찬을 담아온다.

"저도 집에서 반찬을 좀 가져왔어요."

하리는 보자기를 끌러 반찬함에 들어있는 밑반찬을 작은 접시에다 조금씩 옮겨 담는다. 철민이 의아한 표정으로 바라보자

"열흘에 한 번씩 가족들이 반찬과 일용품, 식수 등을 가져와요. 밥을 먹다가 철민 씨는 반찬을 손수 만들어 드시겠다는 생각이 들어서 조금씩 담아왔어요."

말하다 보니 마치 함께 저녁 식사할 거를 예상하고 가져온 셈이 되어버린 듯하다. 하리는 환히 웃으며 말한다.

"이렇게 철민 씨 댁에서 저녁을 먹게 될 줄은 생각지도 못했는데, 알고 가져온 셈이 되어버렸네요."

"그러셨군요. 감사합니다. 잘 먹겠습니다. 아! 지난번 가져다주신 매실 엑기스는 한 번에 반 수저 정도 물에 타서 맛있게 마시고 있습니다. 고맙습니다."

"속에서 잘 받던가요? 별다른 반응 없이?"

"네. 별다른 반응이 없어서 안심하고 매일 마시고 있습니다."

"안심했어요. 가져온 밑반찬도 제 나름 철민 씨에게 해롭지 아니한 걸로 골라왔어요. 제가 부엌일을 별로 해보질 않아서… 국이 끓으면 간은 철민 씨가 좀 봐주시겠어요?"

"아! 네, 그러지요."

정말 늦은 저녁 식사가 열 시가 다 되어서야 차려졌다. 철민으로서는 오랜만에 풍성한 밥상이 차려진 셈이다. 하리 씨 덕분이라고 생각한다. 부엌에서 일할 때는 시장기를 모르겠더니, 밥상을 마주하고 앉으니 갑자기 시장기가 빠르게 몰려온다. 호롱 불빛 아래서 따뜻한 방바닥에 앉아 먹는 식사는 어느 고급 식당 못지않게 멋지다고 하리는 생각한다.

"시장하셨을 테니 천천히 많이 드세요."

집주인이라는 생각에 철민은 손님에게 인사를 차린다.

"저 때문에 끼니때를 놓쳐 얼마나 시장하셨겠어요? 빨리 드세요."

두 사람은 수저로 국을 떠서 입 안을 축이고선 생선살을 발라 밥 위에 얹고서 늦은 저녁을 먹는다. 상대를 배려해서인지 밥 먹는 데만 열중할 뿐 아무 말도 꺼내지 않는다. 철민은 하리가 가져온 반찬을 집어 맛있게 먹는다. 그 모습을 넌지시 바라보고 하리는 안심한다. 잘 구워진 고등어 반찬이 입맛을 돋운다. 누구와 함께 밥을 먹으면 더 입맛이 나는 건 역시 사람의 정이 식탁을 감싸고 있기 때문일 거다.

철민은 오랜만에 공기(空器)를 다 비운다. 다른 때는 공기에 비어있는 공간이 보이도록 밥을 담는데, 오늘은 손님이 계시니 똑같이 공기의 공간을 채워 담았다. 하리도 시장했는지, 공기를 다 비운다. 서로 식사를 끝내고 상대의 밥공기가 비워진 것을 보다가 눈이 마주치자 동시에 웃음을 터뜨린다.

"공기를 다 비우셨네요. 많이 시장하셨나 봐요."

하리가 조금은 미안한 표정을 지으며 말을 꺼내자 철민이 말한다.

"시장하기도 했지만, 가져오신 반찬이 맛있어서 평소보다 조금 더 먹었습니다."

"저도 평소에는 이렇게 다 먹지 못하는데, 함께 드시는 분이 계시니 입맛이 돋아 다 먹었어요. 고등어 생선도 맛있고, 명태국도 적당히 간이 들어가 맛있네요. 잘 먹었습니다."

두 사람은 서로가 하고 싶은 말인사를 한다. 상을 부엌으로 통하는 작은 장지문 쪽에 갖다 놓고 철민이 말한다.

"오늘은 편히 여기서 주무시고 내일 숲으로 가세요. 이따가 씻으실 물도 데워드릴게요."

"그래도 괜찮을까요? 폐를 끼치는 게 아닌가요?"

"폐를 끼치다니요? 이웃인데요. 아무렇지 않으니 좀 쉬셨다가 아까처럼 따뜻한 방에서 푹 주무세요. 아까도 잘 주무시니까 저도 기분이 좋았습니다."

"설거지는 제가 할게요. 철민 씨는 쉬고 계세요."

"부엌일은 집주인이 더 잘 아니 제가 빨리 끝내고 오겠습니다. 라디오 방송을 들으시면서 편히 쉬세요."

아무런 가식 없는, 마음에 느끼는 그대로 말하는 남자이다. 말을 만들어 내지도 않고 생각나는 대로 다 말하지도 않고, 상대가 편하게 받아들일 수 있는 말만을 골라 말할 줄 아는 남자이다. 하리는 그렇게 생각하면서 이 절제와 예법과 편안한 대화법은 누구에게서 배웠을까 생각해 본다. 철민은 방에서 나가더니 트랜지스터 라디오를 가지고 와서 하리 앞에 놓아두고 다시 방문을 열고 나간다.

'참 편안하고 아늑해서 좋다. 숲에 있는 집에서는 느끼지 못한 온돌방의 매력이 날 매혹시킨다. 침대에서만 자다가 오늘 처음 따끈한 온돌방에서 잤다. 푹 자고 났더니 몸이 왜 이렇게 산뜻할까? 몸에서 불필요한 성분이 빠져나간 거처럼 호흡도 편안하고, 움직일 때마다 마치 마사지를 받은 거처럼 근육도 유연(柔軟)하다. 철민 씨는 시골집에서 살아봐서 온돌방의 유익함을 알고 이 산중에 시골집 그대로 집을 지었구나.'

하리는 고개를 끄덕이며 라디오의 스위치를 돌려본다. 곧바로 나오는 방송은 음악 프로그램program이다.

'철민 씨가 여기에 채널을 고정시켜 두고 듣는가 봐.'

오랫동안 듣지 못했던 클래식 선율이 흘러나온다.

잠시 후에 철민이 부엌 쪽 장지문을 열고 들어와 옷장에서 수건 두 장과 몸에 두를 만한 크기의 하얀 타월과 새 칫솔을 꺼내어 놓는다.

"이제 마루로는 나가지 마시고 이 작은 장지문으로 부엌으로 내려가서 씻고 다시 이 문으로 방에 들어오시면 됩니다. 저희 집에 갈아입으실 여성 옷이 없어서 제가 입는 잠옷을 꺼내 놓았으니, 몸에 맞지 않더라도 갈아입고 편히 주무세요."

그때야 꺼내 놓은 타월 밑에 잠옷이 함께 있는 거를 확인한다. 마음 같아선 이 남자와 따뜻한 방에 앉아 도란도란 얘길 나누고 싶지만, 시계를 보니 열한 시가 넘어가 있다.

'내일 할 일도 있을지 모르니 그만 주무시게 해야지.'

"그렇게 할게요. 감사합니다. 잘 주무세요."

철민이 방을 나간 뒤 부엌으로 내려가 보니, 작은 아궁이 부뚜막에 양동이가 올려져 있고, 물이 끓는 소리가 난다. 부엌 바닥에는 어느새 허리 높이의 직사각형 탁자가 놓여있고, 그 위에 세숫대야와 비누, 치약이 있다. 씻고 난 물은 따로 모으는 통에 부으면 될 것이다.

'아무 준비 없이 왔으니, 얼굴과 손에 바를 크림이 없는 게 좀 아쉬웠지만, 대수랴! 하룻밤 안 바르면 어때?'

닫힌 부엌문 밖에서 인기척 소리가 난다.

'철민 씨는 마당에서 씻고 계신가 봐.'

방에 들어와 남자의 잠옷을 들고 혹시 철민 씨 내음이 배어있나, 코를 대보았으나, 아무 내음도 나지 않는다. 팔과 다리 길이가 길어서 몇 번을 감아서 올린다. 잠옷으로 갈아입고 호롱불을 끄고 누우니, 낮에 그렇게 푹 잤음에도 등 뒤에서 온몸으로 퍼져 나가는 따뜻한 온기가 또다시 잠을 불러오고, 연하리는 그 잠에 자신을 맡긴다. 장지문에 비친 달빛이 이곳에 찾아온 손님을 감싸주려는 듯 희뿌옇게 방 안으로 스며들고 있다.

이튿날 아침, 하리는 새가 지저귀는 소리에 잠을 깬다. 장지문 창호지(窓戶紙)를 덮고 있던 어두움은 이미 가시고, 창호지는 하얀 본디 색깔을 되찾고 있다.

'숲에 있는 집에서는 아침 이 시간이면 벽난로의 장작불이 거의 다 사위어 찬 기운이 실내를 넘나들고 해서, 이불에서 나오기 싫었는데, 여긴 별천지야!'

부엌에서 무슨 소리가 나기 전까지는 그대로 누워있고 싶어 따뜻하고 편안한 휴식을 즐기고 있는데, 마당에서 무슨 인기척이 나는 거 같다. 시계를 보니 일곱 시 반,

'철민 씨는 진즉 일어났겠지, 싶은데, 부엌에서는 아무 소리도 들리지 않고 마당에서 나는 소리는 무엇일까?'

궁금하여 장지문을 살짝 열고 틈 사이로 마당을 내려다보니, 철민 씨가 어깨에 메고 있던 지게를 울타리 기둥에 기대고 받치고 있다. 지게 위에는 플라스틱 물통이 얹혀있다.

'아! 물을 길어 오셨구나. 이 산골짜기 어디에선가, 물이 흘러 내려가는 곳이 있는가 보다. 어젯밤 부엌에서 물이 담긴 플라스틱 큰 통을 보고 식수는 어떻게 조달하시느냐고 묻고 싶었는데, 그만 깜박했지. 어딘지 모르지만, 철민 씨는 새벽같이 일어나서 물을 길어 오신 거야. 부지런도 하시지.'

하리는 더는 게으름을 피우고 있을 수 없어 얼른 부엌으로 내려가 양치하고 세수하고 방에 올라와 옷을 갈아입는다.

'아침 식사 준비는 내가 해놓아야지.'

큰 방 쪽에서 아무런 인기척이 없어, 철민은 하리 씨가 아직 일어나지 않은 것으로만 알고, 조심조심 마루에 올라와 작은 방으로

들어간다. 여덟 시가 조금 넘은 시간, 장지문을 두드리는 소리에 철민은 책을 읽다 말고 "네에!"라고 대답하며 장지문을 연다. "아침 드세요"라며, 하리 씨가 밝게 미소 짓고 서 있다.

"언제 일어나셨어요?"

철민은 눈을 동그랗게 뜨고 하리를 바라본다. 그럴 것이다. 아직도 따뜻한 아랫목에 누워있을 거로만 생각했으니까.

"제가 손님 밥상을 차려야 하는데, 죄송해요."

"죄송하긴요. 제가 손님인가요? 이웃이지요."

하리는 생글생글 웃음을 머금으며 상대를 편하게 해주려고 한다. 철민은 물을 길으러 골짜기에 가면, 늘 하는 대로 찬물로 세수하고 소금물로 양치하므로, 그대로 큰 방으로 향한다. 방에 들어가 보니 어제저녁에 먹었던 메뉴가 그대로 밥상 위에 올라와 있다.

"남아있던 반찬과 국으로도 아침 식사가 될 거 같아 덥혀서 차려왔어요."

"잘하셨어요. 저는 아침에 세 끼 밥을 함께 해놓고, 점심, 저녁은 밥과 반찬을 덥혀서 먹습니다. 드시죠."

철민은 수저를 들면서 말한다.

"밤잠도 푹 잘 잤어요. 어제 낮잠처럼요. 온돌방이 참 좋네요. 자고 나면 마치 온몸 마사지를 받은 거처럼 몸이 가볍고 몸 놀리기도 그전과 달리 편하고요."

"그러셨어요? 온돌방이 하리 씨에게 잘 맞는 모양입니다. 종종 오셔서 주무시고 가세요."

'아차! 싶다. 내가 안 할 말을 했나 보다. 말실수를 한 거 같아.'

철민은 상대가 어떻게 받아들일지 신경이 쓰인다. 표정이 좀 굳어진다.

"괜찮아요. 이웃인데요, 뭐. 숙박비를 낼 테니 온돌방에서 자고 갈 수 있도록 해주시겠어요?"

하리는 전혀 개의치 않는다는 듯 철민을 보며 자기 의견을 분명하게 말한다. 성격상 무얼 감추고 사양하고 뒤로 미루고 하질 못하는 거 같다. 철민은 하리가 만들어 가는 분위기에 마음이 가벼워져 표정을 풀고 대답한다.

"온돌방에서 주무시고 나서 몸이 가벼워졌다고 느끼신다면, 온돌방이 하리 씨 몸에 좋은 영향을 주었다고 생각합니다. 저는 괜찮으니 그렇게 하세요."

철민은 선뜻 승낙하고 만다. 무슨 남녀 간의 어려운 문제가 생기거나 자기 시간에 방해가 될 거라는 생각은 전혀 나지 않고, 하리 씨가 오면 어쩐지 즐겁겠다는 생각만 든다.

"정말요? 전 퇴짜 맞을 줄 알았는데요. 아이! 좋아라! 온돌방에서 잠잘 수 있다니!"

하리는 아이처럼 좋아한다. 전혀 과장 섞인 표정도 말도 아니다. 그냥 좋기만 한가 보다. 즐거운 감정은 식욕을 돋우는 건지, 두 사람은 아침 식사도 드물게 공기를 다 비웠다. 밥상 위에 차려진 반찬도, 국도 거의 다 비웠다.

사람 간의 인연은 마치 수수께끼 같다. 도저히 영문을 알 수 없는 일이 술술 풀려서 인연이 이어지기도 하고, 전혀 걸맞지 아니한 성격의 소유자들이 서로 인연을 맺기도 한다.

철민은 하리 씨가 외국에 유학한 인텔리 여성 신분인 거를 알

앉을 때, 그녀를 경원시(敬遠視)했다. 고등학교만 나와 시골 군청 공무원 경력밖에 가진 게 없는 자기는 아예 그녀와는 사는 세계가 전혀 다른 딴 세상 사람이라고만 생각했다. 그녀 앞에서는 기본적인 예의만 갖출 생각이었고, 달리 속마음을 열거나 관심을 가지게 될 거라는 생각은 해보지도 않았다. 최소한 오늘 아침 물을 길으러 산골짜기에 다녀오기까지는 그랬다.

그녀가 잠자리에서 일어나면 함께 아침 식사를 하고, 그런 다음 그녀는 다시 숲에 있는 자기 거처로 돌아가 자기 방식대로 치유하는 시간을 갖게 되고, 난 내가 해오던 대로 생활하게 될 거로 생각했다.

'정말 단순하게 살아온 나 같은 사람에게 새로운 사람과 얽히는 거는 내게 맞지도 않고, 설사 얽히더라도 난 그 얽힘을 잘 풀어갈 능력도 자신도 없어. 시한부 삶을 살아가는 내게 가장 좋은 거는 편하고 자유로운 거뿐이야. 그녀가 우리 집을 방문한 거는 하나의 해프닝일 뿐이야.'

그렇게 생각하며 가벼운 마음으로 일찍 산골짜기에 다녀왔다. 이제 물 길으러 새벽에 산길을 걸어가는 거는 하나의 운동처럼 되어, 오고 가는 길이 즐겁기까지 하다.

기운을 너무 쓰면 몸에 안 좋을 거 같아, 자주 쉬었다 다시 걷는다. 가벼운 마음으로 밥상을 마주하고 앉았는데, 갑자기 그녀가 "숙박비를 낼 테니 온돌방에서 자고 갈 수 있도록 해주겠느냐"고 한다. 그 말에는 별 의미를 부여하지 않고, 그냥 가벼운 농담이라고만 생각했다. 그래도 농담을 인사치레로 받으려고 "괜찮다"고 했는데, 그녀는 진심이었던 모양이다. 그녀의 표정과 몸짓이 그거를 증명한다.

'어째서일까? 난 나대로 전혀 부담스럽지 아니한 게. 그녀라는 존재가, 나와는 사는 세계가 전혀 다른 딴 세상 사람이라고만 생각했던 그녀가, 편안한 동행자인 거처럼 가깝게 느껴지는 게. 이건 풀 수 없는 수수께끼 같아.'

아침 식사를 하고 나무의 기운을 쏘일 시각이 다가오자, 두 사람은 함께 산길을 걸어 숲으로 올라간다. 올라가는 길에는 두 사람 모두 말이 없다. 암 치유를 위해 숲을 찾아가는 자기들 처지를 새삼 생각한다. 연하리는 자기 모습을 본다.

'내가 암 환자가 아니었다면, 암을 치유하기 위해 이곳에 찾아온 병자가 아니었다면, 이 남자를 만나는 일은 없었겠지. 비록 육신은 야위고 허약하여 병자의 기색이 완연(宛然)하지만, 그 눈빛은 잔잔하고 몸의 움직임은 반듯하다. 자신에게 주어진 운명에 순종하고 욕심부리지 아니하고 남아있는 날들을 충실하게 살아가려고 애쓰는 사람의 모습은 흔들림이 없다. 이 남자가 그렇게 보인다. 그렇지만 나는? 병이 낫지 않으면 미래에 대한 어떤 설계도 할 수 없는 암 환자들의 공통된 의식은 불안과 초조함일진대, 그 의식에서 난 얼마나 자유로울 수 있을까?'

오늘도 날씨는 맑다. 이 시각부터 오후 두세 시경까지는, 겉옷을 챙겨 입고 숲에 앉아있으면 그다지 추위가 느껴지지 않는, 그런 계절이다. 숲에 들어와 평소 자주 이용하던 의자가 있는 쪽으로 가면서, 철민은 하리에게 인사한다.

"저는 제가 이용하던 장소로 가서 치유 시간을 갖겠습니다. 그럼…"

"네. 고마웠어요."

연하리는 처음 마주치던 날 보았던 그 표정으로 돌아가 머리를 숙이곤 집 쪽으로 걸어간다. 그 뒷모습이 쓸쓸하다.

분지(盆地)에 있는 빨간 지붕을 인 집 온돌방에서 자고 온 그날 밤, 하리는 침대에 누웠지만 쉽게 잠들지 못했다. 방바닥에서 올라오는 따스한 기운이 얇은 요를 덥히고, 그 온기가 등과 다리에 전도(傳導)되어 몸 전체로 퍼지던 안온감(安穩感)은 병이 든 이후 처음 맛본 쾌적(快適)함이었다. 그 느낌을 '맛보다'라고 한 것은 맛있는 음식을 먹을 때 느끼는 미감(味感)처럼 온몸의 신경이 흡족하게 반응하는 쾌감(快感)이어서 이 언어를 사용해 본다.

'마음 같아선 오늘 밤도 그 쾌감을 맛보고 싶다. 그렇지만, 그 집주인은 몸 안에 생긴 종양(腫瘍)을 치유하러 이 산중에 들어온 암 환자이다. 치유를 돕지는 못할망정 내가 그 온돌방에서 자고 싶다는 열망(熱望) 때문에 집주인을 성가시게 할 순 없잖아. 그건 집주인의 치유 시간을 빼앗거나 방해하는 거나 다름없어. 그래도 침대에 누워있는 지금 이 느낌과 온돌방에 누워있던 그때의 느낌은 비교가 안 되는 걸!'

엎치락뒤치락 잠을 못 이루다가 겨우 잠이 들었던 하리는 새벽녘 써늘한 기운에 잠이 깬다. 벽난로에서 타고 있던 장작의 불꽃이 사위어 실내 온도가 내려가 있었기 때문이다. 지난달까지는 아침에 눈을 뜨고 일어나면 커튼을 젖히고 창문을 열어 신선한 아침 공기가 집 안으로 들어오게 했다. 그러고도 써늘한 기운을 느끼지 못했다.

그런데 십일월 초순이 지나고 있는 지금은 아예 침대에서 나오고 싶지 않다. 방 안에 감도는 써늘함이 이전과는 확실히 다르다. 아침까지 방바닥의 온기가 따뜻하게 남아있는 데다 방 안 온도도 훈훈하던 온돌방이 생각난다. 집주인에게 숙박비를 낼 테니 온돌방에서 자고 갈 수 있게 해주겠냐는 말은 진심이었다.

온돌방이 자기에게 맞는 데다 자고 난 기분이 너무 좋아서 집주인이 암 치유를 위해 이 집을 짓고 생활한다는 사실은 까맣게 잊고 불쑥 말해버린 것이었다.

'집주인의 긍정적인 답변은 승낙의 표시일까? 아니면 상대방이 무안하지 않도록 마지못해 고개를 끄덕이는 정도의 인사치레성 반응일까?'

종잡을 수 없었다. 고민은 또 있었다. 구월 초순 숲에서 치유생활을 시작했을 때, 부모님은 추위가 닥치기 전에 숲에서 내려와 집에서 지내야 한다는 당부를 하셨다. 딸의 병만 나을 수 있다면 무슨 방법이든 다 시도하고 싶어 하는 부모님의 간절한 바람이 딸을 숲으로 보내긴 하였지만, 그곳에서 겨울을 지내라고는 할 수 없었다.

지난 시월 하순 반찬과 생활필수품을 가지고 올라온 인편에 부모님은 십이월이 되기 전에 숲에서 내려와야 한다면서, 준비하고 있으라는 전갈을 보내셨다.

몸 컨디션은 이곳에 오기 전보다 더 나빠지지는 않고 있다. 현상 유지라고나 할까? 숲에서 보낸 기간이 이제 겨우 두 달, 나무의 기운을 쏘인 효과가 나타나고 있다고 말할 수는 없지만, 지내는 생활은 견딜 만하다. 그러다가 생각지도 못한 온돌방에서 잠을 자고 나서의 가뿐한 몸 상태를 경험하고 보니 하리는 자꾸 그곳에 마음이 끌려가는 것이었다.

집주인의 자연스러운 말과 행동도 편안해서 좋다. 오래 사귄 친구나 지인(知人)을 대하는 거처럼 말을 주고받을 때 맺히거나 막히는 게 없어 좋다. 그러니 친근감이 생기지 않을 수가 없다. 서로가 치유가 필요한 암 환자임에도, 그런 점을 의식하지 않게 한다. 상대는 그냥 날 편하게 해준다.

온돌방에서 자고 온 날로부터 사흘 동안 하리는 온돌방에서 자고 싶은 마음과 치유생활을 하는 집주인을 방해해선 안 된다는 마음 사이에서 갈등을 거듭했다. 나흘째 되는 날 오후부터는 아침부터 잔뜩 흐려있던 하늘에서 추적추적 비가 내리기 시작했다. 실내에 찬 기운이 스며들고 습기까지 차는 걸 보니, 훈훈한 온돌방이 더 생각난다.

지난 사흘 동안 많이 생각했다. 그런 연후(然後) 마침내 한 가지 끈을 붙들기로 했다. 그건 복잡함을 배제한 단순함이었다. 그 단순함이란 내 몸이 좋다고 반응하면 그걸 붙들자는 것이었다. 그러한 반응은 암세포를 퇴치하는 좋은 현상일 수도 있으리라는 긍정적인 사고(思考)가 단순함을 붙들게 하는 힘이 되어주었다. 아울러 그러한 논리는 부모님을 설득할 수 있는 무기로도 작용할 수 있으리라는 기특한 생각까지도 떠오르는 것이었다.

오늘같이 비가 추적추적 내리는 날이면 나무 기운을 쏘이는 일이 조금 성가시기는 하다. 그래도 치유에 대한 희망을 붙들고 계시는 부모님을 생각하면 게으름을 피울 수 없다. 비가 오는 날에는 비신을 신고 우의(雨衣)를 둘러쓰고 귀에 이어폰을 꽂고 숲을 거닌다.

　아직은 마스크를 쓸 만큼 낮 시간대의 바깥 온도는 차지 않다. 온돌방 주인 양반은 저쪽 반대편 숲 가에서 우산을 쓰고 거닐면서 나무 기운을 쏘이는 게 어렴풋이 보인다. 서로가 상대의 치유 시간을 방해하지 않겠다는 배려의 마음이 앞섰는지, 그날 이후 얼굴을 마주친 일은 없다.

　닷새째 되는 날 아침에 비가 그쳤다. 하늘 한쪽이 뿌옇게 밝아지더니 나무 기운을 쏘일 시간이 되자, 가느단 햇살이 뿌연 구름 사이로 환한 빛을 뿜으며 쏟아진다.

　'오늘 날씨는, 개임이거나 맑음이겠지.'

　오후 일과를 마친 후 반찬함 두 개에 반찬을 골라 담는다. 두 개 중 한 개의 반찬함에는 자신이 평소 즐겨 먹는 반찬을 담고, 다른 한 개에는 저 아래 분지에 사는 남자의 체질을 생각하며 담았다. 따로 두 끼니 먹을 밥을 사기(砂器) 그릇인 공기(空器)에 담고 세면도구와 잠옷을 챙긴 하리는 해거름녘에 숲을 나선다.

　오늘은 온돌방 주인에게 최소한의 폐만 끼쳐야겠다고 생각해서 자신이 먹을 두 끼 밥을 담아갔다. 평소 아침에 저녁밥까지 함께 지어 점심 저녁은 데워서 먹는다고 하였으니, 지난번처럼 나 때문에 새로 밥을 짓게 해선 안 된다고 생각했다. 온돌방 신세를 지려는 사람이 집주인에게 폐를 끼치는 거는, 안 될 말이었다. 연하리는 숲을 내려가면서 생각한다.

　'온돌방이 아무리 좋더라도 집주인을 대하기 불편하면 가고 싶은 생각이 나질 않겠지? 사람을 대하다 보면, 상대가 친구든 지인이든 늘 편안함을 주는 사람이 있는가 하면, 무언가 모르게 상대 앞에 있으면 자신이 조심스러워지는 사람이 있다. 하고 싶은 말이 있는데, 이 말을 해도 괜찮을까? 하고 눈치 보는 불편함이 그것이다. 그런데 이 사람은 그런 게 없어. 스펀지가 소리 없이 물을 빨아들이듯 대화도 분위기도 모두 조용히 빨려 들어가고 말아.'

하루 한 번 이 길을 오고 가는 한 사람 말고는 다니는 사람이 없는 산길은 낙엽이 수북이 깔려있다. 발을 내딛으려는데 쌓인 낙엽 때문에 길이 보이지 않는다. 내려가는 방향은 감을 잡겠는데, 발걸음을 내딛으려니 어디를 내려 딛어야 할지 망설임이 앞선다.

무심결에 하늘을 올려다보는데, 키보다 높은 위치에 있는 나뭇가지에 무언가 매달려 있다. 빨간 리본이다. 좀 더 앞을 내다보니 철민 씨의 집 지붕 색깔과 같은 빨간 리본은 적당한 간격으로 주욱 매달려 이리로 오라고 손짓하고 있다.

'아! 그 사람이구나!'

순간 그 사람이 아니면 이 리본을 매달아 줄 사람이 없다는 거를 깨닫는다.

'어찌 내가 올 줄을 알고! 아니지, 언젠가는 낙엽이 덮어버린 이 산길을 내가 한 번은 찾아올 줄 알고 길을 잃어버리지 않도록 미리 리본으로 표시해 둔 걸 거야.'

눈언저리가 따스해지더니 눈이 촉촉이 젖어오는 걸 느낀다. 마음으로 전해지는 고마움은 때로 누선(淚腺)을 자극하기도 한다. 차차 짙어지는 어스름을 배경 삼아 빨간 리본은 그 빛깔이 더욱 선명하게 보인다. 연하리는 먹먹해진 가슴을 진정시키며, 보자기를 든 왼손은 가슴에 붙이고, 오른손에 든 스틱으론 지팡이 삼아 중심을 잡으면서 빨간 리본이 알려주는 대로 조심조심 분지로 내려간다.

빨간 지붕 뒤편으로 보이는 굴뚝에서 연기가 피어오르고 있다. 연기를 보니 가슴 한편에서 괜스레 고마운 마음이 일어난다. 방문객이 찾아오는 거를 알 리가 없는 집주인이 저녁을 준비하거나 안방을 데우려고 장작불을 지피고 있는 거겠지만, 하리는 마치 자기가 찾아오는 거를 알고서 불을 지피고 있는 거라고 상상한다. 상상하는 건 자유! 상상하는 만큼 즐거움의 농도(濃度)도 짙어지고, 얼굴빛도 밝아진다. 엔돌핀이 작동하고 있다는 증표다.

대문 앞에 다다르니 동지(冬至)를 이십여 일 남겨둔 산에는 벌써 어둠이 깔려있고, 대청마루 기둥에 걸린 호롱 불빛이 작은 마당을 환히 비추고 있다.

"계세요?"

하리의 목소리는 유난히 높고, 어미(語尾)엔 들뜬 감정이 흠씬 배어있다. 곧바로 부엌문이 열리면서 키는 크지만 겉모습은 허수아비를 닮은 남자가 휘적휘적 걸어 나온다. 오늘 보니 정말 동화책 속의 '피노키오'가 연상된다. 십자형(十字型) 나무막대에 헐렁한 저고리를 걸쳐놓은 허수아비처럼, 헐렁헐렁한 품이 눈에 감기는 철민 씨가 걸어 나온다. 그 모습에 하리의 가슴께로 한 줄기 짠한 전류(電流)가 지나간다.

"네에. 오셨군요."

마치 기다리고 있었다는 듯 남자는 하리를 반갑게 맞이한다. 하리의 손에서 보자기를 얼른 받아 들고서 앞장서 마루에 올라가 큰 방 장지문을 열고 기다린다. 방 안에 들어가니 아궁이 불이 온돌바닥을 데우는지 훈훈한 기운이 느껴진다.

"또 예고도 없이 찾아왔어요. 어제는 비가 내리니까 온종일 축축하고 으스스한 기분이 들어 온돌방 생각이 많이 났어요. 잠도 잘 오지 않고 해서 염치 불구하고 또 찾아왔습니다."

하리는 고개를 까딱 숙이며 살짝 웃음을 머금고 말한다.

"친구 집에 다니러 간다고 생각하시고, 그냥 편히 오세요."

"그래요! 우리 그냥 친구처럼 편하게 지내면 좋겠어요."

'그냥'이라는 말은 어떤 수식어도, 조건도 붙이지 않고 쓸 수 있어 좋다. 마음이 가는 대로 따라가며 말하고, 그 말에 굳이 의미를 부여하지 않아도 되니까.

"날이 어두워지길래 저녁을 준비하고 있었습니다. 제가 자동차를 주차하고 있는 저 아래 가든 식당에서 추어탕을 끓였다면서, 아침에 몇 끼 먹을 분량을 담아주셨어요. 마침 오셨으니 잘 되었네요. 같이 드시게 되어서."

집주인은 진정으로 잘 되었다는 표정을 띠며 밝게 웃는다. 친한 친구 간에 지을 수 있는 편하고 격식 차리지 않는 표정이다.

"차를 멀지 않은 곳에 두고 계시는군요."

"네. 일주일에 한 번은 읍에 있는 우체국에 가서 사서함에 들어와 있는 우편물도 챙기고, 장날에 맞추어 장을 보기도 하고, 필요한 생활용품도 사 와야 해서 차가 필요합니다. 식당 주인이 차고지에 제 차를 넣어두고 차 관리도 맡아주어서 저는 운전만 하면 됩니다."

"그러셨군요. 식자재는 어떻게 조달받으시나? 궁금했어요."

하리는 내려오는 길에 가슴을 뭉클하게 했던 빨간 리본을 떠올리며 남자의 얼굴을 물끄러미 바라본다.

'이 남자의 얼굴 어디에 그런 세심한 마음 씀이 있는 걸까?'

그것을 찾아보려는 것처럼 이마에서부터 눈과 코와 입과 귀와 목까지 어루만지듯 바라본다. 광대뼈가 도드라진 야윈 얼굴은 이 남자가 민감한 체질 때문에 힘들게 살아온 삶의 자취가 고스란히 배어있는 듯 보여 가슴이 아려온다. 그렇지만 얼굴이 지니는 분위기는 맑고 차분하다.

이 남자를 처음 보았을 때 느낀 얼굴의 분위기는 지금도 그대로이다. 무슨 일을 닥쳐도 변하지 않을 것 같은, 마치 자기의 고단한 삶을 다른 제삼자(第三者)가 품어주고 있는 것 같은 그러한 태도로 스스로의 삶을 바라보는 사람 같다. 보통 사람 같으면 산길 위에 낙엽이 쌓여 찾아오기 어려우실 거 같아 빨간 리본을 매달아 놓았다면서 상대방의 환심을 살 수 있는 말을 할 법도 한데, 이 남자는 아무 말이 없다. 안전하게 자기 집에 찾아와 준 거만으로 자기 소임을 다했다고 생각하는 거 같다.

두 사람은 서로가 마음속에 담아둔 거만 생각하다가 잠시 대화가 끊어진 거를 의식하지 못한다. 남자가 먼저 여자가 앞에 있다는 거를 의식한 듯 "참! 저녁을 지어야 하는데, 깜박했습니다"라면서 자리에서 일어난다.

"아니에요. 신세 지는 사람이 끼니까지 책임지라고 하면 안 되잖아요. 제가 먹을 밥은 내일 아침 거까지 챙겨왔어요. 제가 먹을 반찬도 따로 가져오고요. 좀 있다가 밥만 덥히면 돼요."

그리고 보니 여자가 들고 온 보자기가 묵직하다 싶었는데, 자기가 먹을 밥과 반찬, 하룻밤 묵을 옷가지 등을 준비해 온 모양이다. 시계를 보니 여섯 시가 다 되어간다.

"보통 저녁을 몇 시쯤 드세요?"

"공방에서 시간을 보내다 보면 일곱 시쯤 먹게 됩니다."

철민은 평상시 먹는 저녁밥 시각인 여섯 시를 일곱 시라고 말한다. 상대방을 편안케 해주고 싶어서다.

"그러면 한 시간 후에 식사하기로 해요. 저도 하던 일을 좀 가져왔어요. 이 방에서 신세 좀 질게요."

하던 일이란 틈틈이 써나가는 평론(評論)인 『독일 문학의 이해』를 말함이다. 이 방에서 밥상을 책상 삼아 앉아서 작업을 해도 되는 일이다.

"그러시지요. 마침 아궁이에 장작불을 피워 놓았으니, 편하게 일 보세요."

남자는 방 한쪽에 있던 상을 가져와 펴서 여자 앞에 놓아준다. 그리곤 말없이 장지문을 열고 나간다.

'끝내 빨간 리본에 대해선 '빨' 자도 꺼내질 않네. 이따가 저녁 식사 후의 대화거리로 남겨둬야겠어.'

철민과 하리의 만남은 이렇게 터를 닦아갔다. 그 '터'란 서로가 자각(自覺)하고 있는 시한부 삶에 남자는 한 여자를, 여자는 한 남자를 각자의 삶 안으로 받아들이는 자연스러운 과정이었다. 하나의 개체(個體)로서의 정상적인 삶을 이미 포기한 두 사람이 하루하루의 삶을 자기가 살아가는 생애 마지막 날인 거처럼 편안한 마음으로 마주하려고 했을 때, 두 사람의 인연이 맺어졌다.

어떤 집착도 미련도 모두 내려놓고, 시한부 삶이 갑자기 끝나기 전에 이것만은 꼭 남겨두어야겠다는 서두름조차도 내려놓고 있을 때, 그 인연이 그렇게 찾아왔다. 순수하고 고요한 영혼은 그러한 영혼을 알아보고 그 곁에 머물고 싶다는 바람을 가지게 되는 모양이다. 두 사람이 서로를 만나지 않았다면 어땠을까?

하루 또 하루 투병하는 무미건조(無味乾燥)한 암 환자의 삶이 전부였지 않았을까? 생명체가 다른 생명체로부터 받는 기운이 그 생명체를 변화시키는 일이 있듯, 두 사람은 서서히 상대의 삶을 존중하고, 그 삶 곁에 머무르면서 서로가 가진 기운을 공유(共有)하게 된다.

연하리가 온돌방에서 자고 싶어 빨간 지붕을 인 집으로 찾아간 날, 저녁 식사 후 각자의 시간을 보내려고 할 때, 하리는 철민에게 고마워하는 마음을 전한다.

"나뭇가지에 빨간 리본을 매달아 주어서 고마웠어요. 빨간 리본이 없었다면 저는 여기까지 오지 못하고 중도에 되돌아갔을 거예요."

"낙엽이 쌓여서 숲으로 올라가는 길이 보이지 않아서요."

마치 산장(山莊) 주인이 그곳에 숙박한 여행자에게 말하듯 그 말 한마디만 하고는 편히 주무시라면서, 철민은 잠자기 전의 시간을 방해하지 않겠다는 태도로 방을 나간다.

다음 날 아침 새가 우짖는 소리에 잠에서 깬 하리는 몽롱한 나른함을 더 맛보고 싶어 잠옷을 입은 채로 누워서, 이 가볍고 산뜻한 기분을 날마다 향유(享有)할 방법을 궁리한다. 더 고민하지 말고 아침 식사가 끝나면 집주인에게 장기 투숙하고 싶다는 의사를 밝혀야겠다고 마음먹는다. 그만큼 온돌방에서 자고 난 뒤 느끼는 몸의 반응은 하리에게 병든 몸을 치료해 주는 효과가 나타날 거 같다고 여기게 할 만큼 좋아서 그 매력에 퐁당 빠진 듯하다.

"저는 이곳이 꼭 등산객들이 자고 가는 산장 같다는 느낌이 들어요."

아침 설거지를 마치고 부엌에서 나온 하리는 바람에 날려와 마당에 떨어진 낙엽을 쓸고 있는 철민에게 다가가 말을 건다. 철민은 얼굴을 하리에게 돌리곤 말없이 미소 짓는다.

"저… 이 산장에 장기 투숙 예약할 수 있을까요?"

자기 얼굴을 바라보는 하리의 얼굴에 진심이 가득 담겨있는 거를 철민은 그 표정으로 읽어낸다. 철민은 고개를 끄덕이며 환하게 웃어준다.

'우리 집 온돌방이 몹시 마음에 드셨나 보다. 암 치유에 도움이 된다면, 그리고 환자분이 이렇게 좋아하시니 이웃 간에 돕는 게 당연한 도리지.'

"그렇게 하시지요. 방이 두 개이니 저는 작은 방에서 자도 됩니다."

"정말요? 그럼, 오늘 밤부터 정식으로 투숙하겠습니다. 숙박비는 선금(先金)으로 해야겠죠?"

"숙박비라니요? 이웃 간인데 그냥 오셔서 주무세요. 온돌방이 몸에 맞으신 거 같으니, 저도 좋습니다."

"공짜 숙박은 안 돼요! 그러시면 제가 편하게 올 수가 없어요."

"그러시다면 주무시고 나서 나중에 후불(後拂)로 계산하지요."

철민은 마지못해 그렇게 대답하곤 웃으며 다시 낙엽을 쓸어 모은다. 그 모습을 보곤 하리는 안심했다는 듯 재빨리 말을 덧붙인다.

"어제처럼 저녁과 아침밥은 제가 도시락을 싸서 올게요. 점심은 집에서 해결하고요. 서로 시간을 아끼기로 해요."

철민은 말없이 미소 띤 얼굴로 고개를 끄덕이며 동의의 뜻을 전한다.

암 치유를 위해 편백나무숲을 찾아온 두 사람은 그날부터 서로를 생각해 주고 마음에 담는 정신적(精神的)인 동행자(同行者)가 된다. 인생의 중반기에 접어든, 전혀 낯 모르던 한 남자와 한 여자는 서로가 투병하는 환자임에도 그 사실을 의식하지 아니하고, 자유로운 영혼으로서 서로의 삶을 가두고 있던 대문의 빗장을 열어 버린 것이다.

십이월이 다가오고 있었다. 추위가 닥쳐오기 전에 숲에서 내려와야 한다고 부모님이 당부하신 그때로부터 열흘 전에, 하리는 생활용품 등을 가지고 온 인편(人便)에 편지 한 장을 보낸다. 부모님께 드리는 편지였다.

아버님, 어머님! 그간 건강하시고 편안하셨는지요? 저는 평소에 나타나는 증세 외에는 더 나빠지지 아니한 상태를 유지하면서 잘 지내고 있습니다. 이 못난 자식을 위해 주시는 부모님의 사랑 덕분입니다.

제가 편백나무숲에 올라올 때, 부모님께서는 추위가 다가오기 전에 산에서 내려와야 한다고 당부하신 말씀 기억하고 있습니다. 그 시점을 십이월이 오기 전이라고 하신 말씀도 기억합니다. 저의 건강을 위해서 하신 말씀임을 잘 압니다.

저는 이곳에서 조금 떨어진 분지에 집을 짓고 편백나무숲을 오가며 나무 기운을 쏘이고 있는 암 환자가 생활하는 집에 인사차 갔다가, 그 집 온돌방에서 잠을 자고 온 일이 있습니다. 지난 십일월 초순경입니다.

처음에는 온돌방에서 쉬고 있다가 저도 모르게 잠이 들어 밤에 깨는 바람에 어쩔 수 없이 저녁을 대접받고 하룻밤을 자고 왔습니다. 어떻게 잠을 잤는지도 모르게 푹 깊이 잠을 자고 일어난 아침, 몸이 어찌나 가볍고 산뜻한지, 날아갈 거 같은 기분이 들었습니다.

두 번째는 그 기분을 다시 맛보고 싶다는 간절함에 고민하다가 닷새 후 다시 도시락을 싸서 들고 찾아가 하룻밤 신세를 졌습니다. 집주인은 저에게 큰 방을 내주고 자기는 온돌방인 작은 방에서 잡니다.

제가 체험한 온돌방의 기운이 이토록 제 몸에 편안한 느낌을 주는 체험을 하게 될 줄은 전혀 예상치 못했습니다. 온돌방에서 계속 잠을 자면 마치 저의 병이 나을 거 같은 기대감이 차오르는 건 왜일까요? 두 번째 온돌방에서 다디단 잠을 자고 난 아침에 집주인에게 정식으로 이곳에서 장기 투숙하고 싶다고 했더니, 이웃 간인데 그냥 와서 자라고 했습니다.

그분은 저보다 다섯 살 위인 남자분인데, 큰아버님께서도 정 사장님 어른 댁에서 그분에 대한 인품을 들으신 바 있으십니다. 그날 이후 일주일째 저녁과 아침밥을 도시락으로 준비하고, 해질녘에 숲을 나서서 분지에 있는 온돌방 집으로 내려가 잠을 자고 옵니다. 아침을 먹고 나면 오전 열 시가 되기 전 함께 숲으로 올라와 두 시경까지 각자 따로 나무 기운을 쏘이는 시간을 갖습니다.

그 이후 저는 숲에 있는 집에서 점심을 먹고 밥을 하고 제 시간을 갖다가 다시 온돌방에서 잠을 자기 위해 해질녘에 분지로 내려갑니다. 온돌방 집주인은 공방에서 목공예 작업을 하고, 저녁 식사 후에는 작은 방에서 독서하며 날마다의 일과(日課)를 보내고 있는데, 별로 말이 없는 사람이어서 저는 그 집에서도 제 시간을 이용하고 있습니다.

하오니 겨울에도 온돌방이 있는 집에서 잠을 자고 올 수 있도록 허락해 주십시오. 서로가 암 치유를 위해 산에 올라온 사람이고 남자분은 몸이 몹시 허약한 분이라서, 남녀 간에 있을 수 있는 걱정되는 일은 안심하셔도 됩니다. 부디 저의 청(請)을 허락하여 주시길 비옵나이다. 불초여식(不肖女息) 하리 올림

부모님을 대면하고 말씀드리는 거처럼, 하리는 부모님이 걱정하지 않으시도록 사실을 있는 그대로 숨김없이 자세히 글로 적었다. 평소에도 부모님께 착한 딸로 인정받았으니, 굳이 이곳에 오셔서 현장을 확인하지 않으시고도, 딸이 써 보내드린 편지 내용을 그대로 믿어주실 거라 생각했다. 무엇보다도 자기를 정 사장님 어른 댁으로 데리고 가서 정 사장님의 말씀을 듣게 한 큰아버님이 자기편이 되어주시리라 믿었다.

열흘 후 생활용품 등을 가지고 온 인편에 아버님이 편지를 보내셨다.

사랑하는 딸, 하리에게

써 보낸 편지 잘 받아보았다. 열흘마다 네게 다녀온 사람들로부터 네 소식은 잘 듣고 있다. 그곳 산에서 잘 적응하고 있는 모습을 전해 들을 때마다 늘 고맙고, 차츰 건강을 회복하는 너의 모습을 그리곤 한다.

우리나라 사람들의 거주 생활양식이 서양식 문화로 바뀌면서 사라지고 있는 우리 고유의 온돌방이 네 몸에 좋은 영향을 주고 있는 거를 보니,

우리도 기쁘다. 큰아버지께 말씀드렸더니, 그곳에서 치유하고 있는 남자의 인격이 믿을 만하니 아무 걱정하지 말고, 하리가 원하는 대로 하게끔 두라고 하시더구나. 우리도 네 건강 회복에 도움이 될 수 있도록 온돌방을 체험하게 하신 조물주의 뜻이 계시다고 믿고 있다.

아무쪼록 끼니 거르지 말고, 밥 잘 먹고, 매사에 무리하지 말고, 나무의 기운이 네 건강을 회복시켜 줄 거라는 믿음을 붙들고, 잘 지내기 바란다. 늘 너를 위해 기도하고 있는 아빠 엄마가

부모님은 하리의 기대에 부응(副應)해 주셨다. 이제 매일 온돌방의 기운과 숲에서의 기운을 잘 받아서 차츰 건강을 회복해 가는 모습을 부모님께 보여드리는 게 내가 해야 할 도리라고 하리는 다짐한다.

연하리는 손철민이 장기 투숙해도 좋다고 한 날로부터 분지의 빨간 지붕을 인 집을 '산장'이라고 일컫고, 그 집주인을 '산장 주인'이라고 부른다. 그렇게 일컫는 게 마음이 더 편해서다.

날마다 똑같은 일과가 이어진다. 하리는 해질녘에 도시락을 두 개 싸서 들고 갈아입을 옷과 책과 노트와 필기도구와 세면도구 등을 배낭에 챙겨 넣고 숲 아래 빨간 지붕을 인 집으로 내려간다. 저녁 식사 시각까지 각자의 시간을 보내다가 저녁을 먹고 나면 다시 큰 방과 작은 방에서 각자의 시간을 보내다가 잠이 든다.

아침엔 여덟 시쯤 함께 아침 식사를 하고 각자의 시간을 보내다가 함께 숲으로 올라가 두 시경까지 각자 따로 나무 기운을 쏘이는 시간을 갖는다. 하리가 일컫는 산장(山莊)에서 하리가 하는 일이라곤 식사 후 설거지하는 일이 전부다.

새벽에 물을 길어 오는 일과 집 안팎을 청소하는 일은 철민의 몫이다. 하리는 인편으로 가져다주는 물로 숲에 있는 집에서 몸을 씻는다. 가급적이면 자기로 인해서 산장 주인이 시간을 뺏기는 일이 생기지 않도록, 하리는 무척 신경 쓰는 편이다.

영하 십 몇 도의 매서운 추위가 닥치고 눈이 많이 오는 날에는 숲에서 나무 기운을 쏘이는 일이 버겁고, 숲에서 분지로 오고 가는 일이 버거우므로, 그런 날은 오고 가는 거를 쉬기로 했다.

하리를 대하는 철민의 태도는 한결같다. 철민에게 연하리는 늘 잠을 자러 오는 손님이고 암 환자이고, 그녀의 시간은 암 치유를 위한 그녀만의 시간이라고 생각한다. 그러므로 생각하는 것도, 행동하는 것도 어떤 선(線)을 그어놓고 움직인다. 그녀의 시간을 결코 방해해선 안 된다는 다짐을 한 사람처럼 철민은 하리와의 거리를 늘 일정한 간격으로 유지하려고 애쓴다.

하리가 책을 가져와 저녁 식사 후의 시간을 공부하는 시간으로 쓰는 걸 보고는 그녀의 시간을 방해하지 않으려고 더욱 조심한다.

연말이 다가오는 어느 날, 아침부터 날씨가 잔뜩 흐려있더니 늦은 오후부터 바람이 불기 시작했다. 그래도 산길을 걸어갈 만해서 하리는 준비물을 갖추고 분지로 내려갔다. 일곱 시경 저녁 식사를 할 무렵부터 세찬 바람이 불더니 장지문이 소리 나게 흔들린다.

남향집이어서 바람을 직접 마주치진 않지만, 지나가는 바람결이 너무 세차다 보니 장지문이 그 바람의 영향을 받는 모양이다. 폭풍우가 몰려오는 건지 "휘이익! 휘이익!" 소리 내며 쉴 새 없이 바람이 분다. 숲에 있는 집에서는 밤 열한 시까지 작업을 하다가 아침 여섯 시에 일어나곤 했다. 잠을 푹 자두어야 몸의 리듬도 편안하게 움직일 거 같아 잠자는 시간을 아끼지 않으려고 하는데, 이따금 열이 오르면 잠을 설치곤 한다. 약을 먹어도 쉽게 가라앉지 않는 열이다.

이곳 산장에서도 그 리듬을 유지하고 있는데, 오늘 밤은 바람 소리 때문에, 쉽게 잠들지 못할 거 같다. 산에 올라와 처음 겪게 되는 세찬 바람 소리 때문에, 자정이 가까워지는 시각까지도 잠을 이루지 못한 하리는 걱정이 앞선다. 잠을 제대로 자지 못하면 생체(生體) 리듬이 흐트러져 몸 상태가 나쁘게 반응하는 거를 여러 번 체험했기에 그런 거다.

몸은 따뜻한 온돌방에 데워져 녹아드는데 정신은 말똥말똥 눈을 뜨고 있으니, 그 부조화가 더욱 마찰을 일으키는 듯 잠은 찾아올 기미가 없다. 그때 문득 누가 곁에서 함께 자준다면 잠이 올 거 같다는 생각이 떠오른다. 어릴 적부터 혼자 잠자는 버릇이 들어 지금까지 누가 곁에서 잠을 자준 일이 없다. 그랬음에도 함께 자줄 사람을 생각한 거는 바람 소리와 장지문 흔들리는 소리가 두려움을 가져오기도 했지만, 왠지 모르게 사람의 체온이 기다려져서이다.

'왜 사람의 체온이 기다려질까? 나도 잘 모르겠네. 그래도 잠을 자지 못하면 내일은 아무것도 하지 못하고 축 늘어져 있을지도 몰라. 이곳 산장에서 함께 자줄 사람은 산장 주인밖에 없다. 어쩌지? 잠잘 시각이 지나고 잠을 자려고 씨름하다 보니 머릿속이 지근거리기까지 한다. 안 되겠다! 도움을 청해야겠다!'

하리는 굳게 마음먹고 일어나 겉옷을 걸치고 장지문을 연다.

순간 훅! 하고 찬 기운이 방 안으로 쏟아져 들어온다. 밖에는 내리는 비가 바람에 흩어져 사방으로 날리고 있다.

"저… 주인님! 주인님!"

하리는 작은 방 장지문을 두드리며 산장 주인을 부른다. 이름보다는 주인이라고 부르는 게 더 마음 편해서 장기 투숙 예약이 된 날부터 그렇게 호칭을 붙였다.

"네!"

산장 주인 역시 잠자고 있지 않았는지 바로 "네!"라는 대답이 들리고 이내 부스럭거리는 소리가 들린다. 장지문을 연 산장 주인은 앞에 웅크리고 서 있는 손님을 놀란 표정으로 바라보더니, 얼른 들어오시라고 무심결에 손목을 잡아끈다. 방 안으로 들어온 손님은 선 채로 주인에게 사정한다.

"바람 소리 때문에 잠을 이루지 못하겠어요. 잠을 제대로 자지 못하면 다음 날 몸 상태가 나빠져 꼼짝도 하지 못해요. 제 옆에서 주무시면 안 될까요?"

호롱불도 켜 있지 않은 캄캄한 어둠 속에서 서로의 얼굴도 분간하지 못한 채 어렴풋한 몸의 윤곽과 음성만으로 의사를 주고받는 상황임에도 산장 주인은 재빠르게 이 상황을 파악한 듯하다.

비가 내리는 하늘 한쪽에서 조금 희뿌연 빛이 새어 나와 사물의 형체를 겨우 가늠할 정도여서 그래도 다행이다. 주인은 말없이 이부자리와 베개를 챙기더니, 장지문을 열고 앞장서 성큼성큼 큰 방으로 건너가 장지문을 열고 기다린다. 손님이 방에 들어오자, 주인은 손님이 누워있던 자리 옆에 요와 이불을 깔고서 말한다.

"제가 옆에서 지켜드릴 테니 마음 편히 잠을 청하세요."

딱 그 말 한마디만 하고 주인은 자리에 눕는다. 옆에서 지켜주겠다는 말 한마디가 따뜻하게 가슴에 와닿는다. 가슴이 따뜻해지니 절로 머릿속도 안정된다. 방바닥도 따뜻하고, 머릿속도 편안해지니 자리에 누운 연하리는 바깥에서 세차게 부는 바람 소리는 이제 들리지 않는다는 듯 이윽고 깊은 잠에 빨려 들어간다.

다음 날 아침 하리는 다른 때보다 늦게 잠이 깬다. 몸이 가뿐한 걸 보니 푹 잠을 잔 거 같다. 언뜻 생각이 미쳐서 옆자리를 보니 아무도 없다.

'산장 주인은 벌써 일어나셨구나.'

어젯밤 곁에서 잠을 자준 주인이 새삼 고맙다는 생각이 든다.

아침 밥상에서 하리는 산장 주인에게 인사말을 전한다.

"덕분에 편하게 잠 잘 잤어요. 제 곁에서 주무시느라 불편하셨지요?"

"아닙니다. 저도 잘 잤습니다."

"앞으로도 종종 부탁할게요."

하리는 진심으로 고마웠다는 말은 표정으로 대신하면서, 다음에 또 있을지 모를 같은 경우에 대해 미리 양해를 구한다.

"저희 집에서 주무시는 손님이신데 잘 주무셔야죠."

그 말로 답을 대신하곤 더는 말을 잇지 않는다. 누가 묻는 말에는 단답형으로 답하는 게 편하고 익숙한 모양이다.

'이쯤 함께 지냈으면 궁금한 거를 묻기도 하고, 자기 얘기도 하고 그래야 정상인데, 이 사람은 처음이나 지금이나 똑같아.'

그러고 보니 민감한 체질로 인해 사람들과 어울리지 못하고 허약한 외모로 인해 사람들과 거리를 두고 살아왔을 이 사람의 삶이 그렇게 만든 거 같아 마음이 찡해진다.

　아침을 먹고 나니 그토록 세차게 불어대던 바람은 언제 그랬냐는 듯 자취를 감추고, 비가 그친 파란 하늘에선 겨울 햇볕이 내려앉고 있었다. 숲으로 올라가려고 마당으로 내려가니 간밤에 날아왔을 마른 가지나 비에 젖은 낙엽들이 말끔히 치워져 있다.

　이렇게 기온이 영하로 내려가면 털모자를 쓰고 마스크를 하고, 목도리를 두르고 밖에 나간다. 투병생활하면서 스스로 몸 상태를 체크하다 보니, 집 안에만 있는 거보다 집 밖에 나가, 신선한 공기도 마시고 몸도 움직여 주는 것이 컨디션 유지에 더 좋은 거 같아, 이를 실천 중이다.

　투병생활은 평상심을 유지하면서 안정을 최우선으로 하고, 희망의 끈을 놓지 않기 위해 끊임없이 자기 자신과 싸워야 한다. 희망의 끈은 늘 밝게 생각하는 것, 이 생각이 기분을 돋우고 생체 리듬을 원활하게 작동하게 하는 연료(燃料) 역할을 하는 거 같아서, 연하리는 특별히 마인드 컨트롤mind control에도 신경 쓰고 있다.

　손민철이 새해 초에 받아본 검진 결과는 산에서 생활하기 시작한 작년 삼월과 비슷했다. 주치의는 암세포의 진행이 멈춰져 있다면서 현재의 환경과 생활 습관을 계속 유지할 것을 당부했다. 그러면서 검진 일자를 상반기 한 번, 하반기 한 번, 일 년에 두 번 하는 것으로 변경해 주었다.

　연하리도 그해 일월 정밀 검진을 받았는데, 주치의는 숲에서의 생활이 효과를 보고 있는 거 같다면서, 낙관적인 소견(所見)을 들려주어 가족들을 기쁘게 했다. 온돌방에서 잠을 자고 있다는 말은 일부러 하지 않았다. 아직은 말할 때가 아니라고 생각했다.

추운 겨울이 지나고 이따금 햇볕이 화사(華奢)한 기운을 뿜어주는 삼월 중순이 되었다. 하리가 산장에 투숙한 지도 넉 달이 지나가고 있었다. 산장 주인은 여전히 투숙객을 안전하게 보호하는 산장 주인의 역할에 충실할 뿐 손님과의 거리를 일정하게 유지한 채, 그 거리를 좁히려 하지 않았다. 묻는 말에만 대답할 뿐 그쪽에서 무얼 물어오지도 않았다.

숲에서 나무 기운을 쏘인 후 숲을 나가면서도 굳이 인사하려고도 하지 않고, 손님의 생활공간인 숲속 통나무집에 관심을 보이지도 않았다. 묵묵히 나무의 기운을 쏘이면서 치유되는 날까지 아무것도 생각지 않고 한 번 버텨보겠다는 각오를 다진 사람처럼 숲에서 내려가면 목공예 작업과 책 읽기에만 몰두했다.

산장에 투숙한 손님의 시간과 손님만의 생활공간을 방해하지 않는 태도를 지켜주는 산장 주인이 연하리는 고맙기만 했다. 한번은 숙박비라면서 미리 준비한 봉투를 내밀었으나, 산장 주인은 고개를 내저으면서 받으려 하지 않았다.

"저도 손님 때문에 산에서의 생활이 적적하지 않아서 좋은 걸요. 신세 지는 건 저도 마찬가집니다. 그냥 마음으로만 받겠습니다."

산장 주인이 잔잔한 표정으로 속마음을 내비치면서 고개를 젓고는 숙박비를 사양하니, 더는 어찌할 수가 없었다. 지금 이대로 지내는 게 주인을 편하게 해주는 거 같아서, 하리는 "알았습니다." 하고 더는 말을 꺼내지 않았다.

삼월 하순에 접어들자, 움을 튼 샛노란 개나리가 이 산 저 산

여기저기서 노란 색깔을 자랑하더니, 산은 완연한 봄기운으로 일렁인다. 칙칙한 겨울 외투를 벗어버리고 바깥 온도에 맞는 봄옷으로 갈아입고 숲의 정취에 젖다 보니, 하리는 몸 안으로 신선한 기운이 스며드는 거를 느낀다. 기분도 덩달아 좋아지고 무언가 좋은 일이 날 기다리는 듯한 기대감이 솟는다.

자신이 투병생활하는 환자라는 생각은 저만치 달아나고 삼십대 중반 여성이 가질 수 있는 건강을 회복한 듯한 어떤 자신감 비슷한 기분마저 든다.

해가 길어진 만큼 산장으로 내려가는 시각도 늦춰져서 숲에 있는 집에서 보내는 오후 시간도 그만큼 길어졌다. 그날 저녁 산장 주인과 마주 앉아 식사하고 여느 때처럼 글 쓰는 작업을 하고 잠자리에 누웠는데, 낮에 숲에서 느끼던 신선한 기운이 몸 안에서 잠자코 있지 않고 맴돌고 있는 거를 느낀다. 몸이 아픈 후로 좀체 느껴보지 못하던 증상이다. 온돌방 바닥은 적당히 따스하고 방 안 기운도 알맞게 훈훈하다. 산장 주인은 장작을 때면서 방바닥의 열기도 계절에 따라 조절하는 재주가 있나 보다.

잠잘 시각이 지났는데도 오늘따라 잠이 오지 않는다.

'잠을 설치면 안 되는데! 내 병은 잠을 못 자면 곧바로 상태가 나빠지는 병인데!'

잠이 오지 않고 정신이 더욱 말똥말똥해질수록 초조하고 조바심이 생긴다.

'몸 컨디션은 좋은데 왜 잠이 오지 않지? 오늘은 바람이 불지 않잖아?!'

하리는 자기 자신을 나무라 보지만 한 번 달아난 잠은 좀체 되돌아오지 않는다.

'잠을 자야 해! 다시 부탁해야 할까?'

망설이던 하리는 자리에서 일어난다. 잠이 오지 않는 건 낮부터 느낀 몸 안의 심상치 않은 기운이 원인이었음에도, 아직 그 점을 의식하지 못한 듯하다. 그 기운이란 기분이 들뜨는 듯도 하고 옆에 사람이 있어 주면 좋겠다는 끌림 같기도 하고 누군가에게 안기고 싶다는 갈구(渴求) 같기도 한 이상야릇한 기분이다. 하리는 누군가에게 이끌리듯 마음의 충동을 물리치지 못하고 자리에서 일어나 작은 방으로 향한다.

"주인님, 죄송해요."

작은 방 장지문을 톡톡 두드리며 "잠이 안 와요. 제 잠 좀 재워주세요"라고 말하는데, 장지문은 검지로만 두드리고 있고, 목소리는 기어들어가 목 안에 잠긴 채 웅얼거리고 있다. 방 안에서 들릴 리가 없다. 그때 어디선가 "소쩍소쩍" 소쩍새 우는 소리가 들려온다.

삼월 하순의 밤 온도는 적당히 서늘하고 밤하늘에선 수많은 별이 제자리를 지키며 반짝거리고 있다. 산에서는 별빛이 더 선명하다. 밤하늘의 별을 바라보는 순간 하리는 번뜩 정신이 든다.

'내가 왜 이러고 있지? 오늘 밤은 비도 오지 않고 거센 바람도 불지 않는데, 주인께 잠을 재워 달라고 하다니?'

갑자기 치솟는 부끄러움에 하리는 발뒤꿈치를 들고 소리 나지 않게 큰 방으로 되돌아간다. 방에 들어와선 얼굴이 화끈거리고 무언가가 가슴을 통탕 통탕 두드려 대는 느낌이 이는 거를 어쩌지 못하고 고개를 팍 숙인다.

'아! 책에서만 읽었던 봄밤의 춘정(春情)이 내게 찾아왔나 봐. 아이! 부끄러워.'

몸이 아픈 후로 처음 느껴보는 생체 리듬의 변화를 부끄러워하면서, 하리는 자신의 몸에 일어난 변화를 예의 주시한다.

'건강이 회복되고 있는 건가? 그렇다면 기쁜 소식이잖은가? 아직 내 나이 서른여섯, 여성으로선 한창인 나이이다. 그동안 가느다랗게 숨만 내쉬고 있던 생체 에너지가 드디어 힘을 얻고 활동하기 시작한 건가 봐. 그래! 몸에 차오르는 건강한 에너지를 그대로 놓아두지 말고 유용(有用)하게 쓸 수 있는 방법을 찾아보자!'

감정이 식어가고 정신이 차분해지면서 방바닥의 따뜻한 열기를 온몸으로 느끼게 되니, 달아났던 잠이 조용히 찾아와 아늑한 잠결로 끌고 간다.

다음 날 저녁 무렵 연하리는 두툼한 배낭을 메고, 양손에 보자기를 들고 산장으로 내려간다. 그다음 날 새벽 다섯 시에 맞춰 놓은 자명종 소리를 듣고 잠에서 깨어난 하리는 배낭에 들어있던 옷을 꺼내어 입는다. 등산복이다. 둥그런 등산 모자도 꺼내어 쓰고 목도리도 하고 장갑과 사진기도 꺼낸 뒤 작은 배낭을 메고 윗목에 놓아둔 등산화를 들고 장지문을 열고 나간다.

작은 방에는 이미 호롱불이 켜 있다. 등산화를 신고 마스크를 하고 한 손에는 플래시를, 다른 손에는 스틱을 들고 마당에 서 있는데, 산장 주인이 방에서 나온다. 그 역시 등산복 차림이다.

주인은 마당에 서 있는 사람이 손님이라는 거를 확인하고는 깜짝 놀라며 말한다.

"웬일이세요?! 등산복을 입으시고?"

"저도 주인님 따라서 물 길으시는 곳에 따라가려고요."

"네에?!"

산장 주인은 놀란 표정으로 잠시 손님을 내려다보더니, 말없이 마루에 걸터앉아 등산화를 신고, 마당 가 울타리에 세워둔 지게를 지고 한 손에는 스틱을, 다른 한 손에는 플래시를 켜서 든다. 지게 위에는 플라스틱 물통이 얹혀있다. 한 말 들이는 됨직하다.

"산길 걸으시다가 힘드시면 무리하지 마시고 그곳에서 쉬셔야 해요."

다짐하듯 그 말을 하고선 주인은 앞장서 걷는다. 뒤따라오는 손님을 의식한 듯 가끔 뒤를 돌아다보며 걷는다. 아직 캄캄한 어둠이다. 늘 다니는 길이어선지 주인이 걷는 걸음은 안정되어 있고, 차분하다. 뒤따라 걸어오는 손님의 걸음도 예상외로 뚜벅뚜벅 잘 따라온다.

철민은 속으로 적이 놀라고 있다.

'작년 시월 초 처음 마주쳤을 때 파리하고 기운이 없던 손님의 얼굴은 몰라보게 달라졌다. 얼굴에 핏기가 돌고 살도 오르고 함께 밥을 먹을 때 보면 맛있게, 남기지도 않고 잘 든다. 온돌방에서 잠을 잔 지, 다섯 달 하고도 보름이 되었는데, 온돌방이 암 치유에 효과가 있었던 걸까? 모르겠다. 점차 얼굴에 윤기가 돌고 살이 오르는 손님을 보며 마음이 뿌듯해 오던 건 사실이다. 그런데 갑자기 새벽에 날 따라서 산길을 걷겠다고 한다. 조심스럽긴 하지만 결코 무리하게 걷게 해서는 안 되지. 오늘은 시간이 걸리더라도 천천히 손님이 따라올 수 있도록 걸어야지!'

철민은 뒤따라오는 손님의 숨소리에 귀를 기울이며 천천히 내려왔던 내리막길에서 다시 오르막길로 산길을 올라간다.

'힘이 들면 헉헉거리는 숨소리가 들릴 거야.'

천천히 이십 분쯤 오르고 나서 철민은 여기서 좀 쉬어가자며 길섶 바위 있는 곳에서 멈춰 선다.

"힘드시지요? 여기 잠시 앉아서 쉬었다가 올라가지요."

상기된 얼굴로 뒤따라오는 손님에게 묻자, 손님은 아직은 견딜 만하다면서 가쁜 숨을 내쉰다.

'기력을 많이 회복하셨구나. 이럴 때일수록 결코 무리해선 안 돼.'

철민은 마치 손님의 건강관리를 책임진 간병인이라도 된 것처럼 신경을 곤두세운다. 말없이 손님의 일거수일투족(一擧手一投足)을 지켜보고 관찰해 온 그간의 신경 씀이 느껴진다. 이십 분쯤 더 걸어가서 한 번 더 쉬고 다시 산길을 올라가 특용작물 재배단지가 시야에 들어오자, 철민은 손님에게 명령하듯 말한다.

"오늘은 여기까지만 걸으시지요. 처음부터 무리하시면 좋아지시던 건강이 안 좋아질 수도 있습니다. 여기서 해가 뜨는 광경을 구경하고 계세요."

"네, 그럴게요. 날이 밝아오니까, 전 여기서 햇살이 비치는 숲을 사진으로 찍고 있을게요."

손님은 작은 배낭에서 사진기를 꺼낸다. 사진 찍기를 취미로 갖고 있는 사람들이 들고 다니는 제법 크기가 있는 사진기다. 사진 찍기는 연하리의 취미였는데, 대학 일 학년 때 친구 따라 세계적으로 유명한 사진작가 '로버츠 카파'의 사진전을 보고, 그 매력에 빠져 사진을 좋아하게 되었다.

공부하느라 일상 활동을 간추려야 했던 시기에 오직 하나, 가방에 사진기를 넣고 다니면서 마음에 드는 좋은 풍경이나 피사체(被寫體)를 찍어 사진 전문가에게 현상을 부탁하는 게 취미였다. 그 취미는 독일 유학 때도 갖고 있었다. 자신은 시선을 끄는 피사체를 촬영하기만 했고, 현상된 사진은 따로 모아놓고 쉬는 시간이면 앨범에 정리했으므로, 공부하는 시간을 빼앗기지는 않았다. 학창 시절부터의 취미였으니 아마도 그 실력은 상당한 수준일 것이다.

저 앞 시야에 들어오는 특용작물 재배단지는 땅속에서 돋아날 식물의 새싹을 기다리고 있는 듯 반듯하게 잘 관리되어 있어, 보기 좋다. 주위가 밝아오고 동녘 하늘에 붉은빛이 번지더니 빠르게 그 빛깔이 짙어진다. 하리는 사진기를 들고 피사체의 구도를 잡은 뒤 조리개를 조절하면서 이것이다 싶은 장면을 향해 셔터를 누른다.

'정말 오랜만이다. 내게 이런 날이 올 줄은 생각지도 못했다. 내가 살아있어 다시 사진을 찍을 수 있다니! 가슴속에서 기쁨이 솟아오르고, 나를 도와주신 모든 분께 감사하는 마음이 가득 차오른다. 종교는 갖고 있지 않지만, 보이지 않는 어떤 섭리로 내게 새 생명을 주신 신(神)께도 감사의 기도를 드리고 싶다.'

새벽안개를 품고 있는 숲은 수채화처럼 그윽하고 나뭇가지마다 봉긋 솟아오른 망울은 곧 피워낼 연두 잎새가 만들어 낼 풍성한 녹음(綠陰)을 떠올리게 한다.

시간의 흐름에 따라 그 모습이 달라지는 자연을 처음 보는 사람처럼 하리는 놀라운 감흥(感興)을 느끼며 시간 가는 줄 모르고 동녘 하늘과 숲과 나무 한 그루 또 한 그루를 관찰하고 셔터를 누른다. 이른 아침의 더없이 맑은 공기를 깊이 호흡하며 건강을 되찾게 된다면 남아있는 날들을 멋있고 아름답게 가꿔가리라, 다짐한다.

이곳저곳의 피사체를 찾아 걸음을 옮기는 어느 순간, 익숙한 사람의 모습이 해를 등지고 저만치 서서 자기를 바라보고 있었다는 것을 깨닫는다. 키는 크지만, 언제나처럼 가슴에 짠한 느낌으로 다가오는, 허수아비처럼 헐렁한 그 외형(外形)이 먼저 클로즈업 되어 가슴이 아리다.

"물 길어 오셨군요. 여기서 물이 흐르는 골짜기까지는 얼마나 걸리나요?"

"제 걸음으로 이십 분 정도면 골짜기에 다다릅니다."

"무거운 물통을 지게에 지고 가시려면 힘드시겠어요."

"처음엔 좀 힘들었으나, 지금은 아무렇지 않습니다. 물 길으러 다닌 지도 일 년이 지났거든요."

산장 주인의 얼굴은 맑고 편안해 보인다. 손님이 목에 메고 있던 사진기를 작은 배낭에 담는 것을 보고 나서 산장 주인은 앞장서서 걷는다. 길섶 어린 풀잎에 맺혀있는 아침 이슬이 햇살을 받고 반짝이더니, 두 사람이 지나가는 발길에 스치면서 또르르 굴러 떨어진다.

등산화와 바지 아래쪽은 이슬에 촉촉이 젖어있다. 돌아가는 길에도 산장 주인은 오르막에서 두 번 쉬었다. 이따금 고개를 돌려 따라오는 손님이 지치지는 않는지 계속 신경 쓰는 모습이 그 몸짓에 가득 담겨있다. 손님은 그다지 지치지 않는 모습으로 산장에 잘 도착했다. 이제는 익숙한 길이 되어서 작년에 처음 다녀올 때보다는 시간이 훨씬 덜 걸리는데, 오늘은 평소보다 삼십 분가량 더 걸렸다. 그래도 손님이 무사히 다녀오는 모습을 보게 되어 기쁘다.

아침 밥상에서 산장 주인은 손님에게 넌지시 일러준다.

"다음에 또 가시고 싶으면 두 번째까지는 쉬고, 세 번째 가는 날 가시지요. 제가 미리 말씀드릴게요."

"왜 제가 따라가면 불편하신가요?"

"아닙니다. 갑자기 몸의 활동을 한꺼번에 하시게 되면 몸에 과부하(過負荷)가 걸릴 수 있으니까요. 조금씩 활동량을 늘려 가시는 게 건강 회복에 좋으실 것 같아서요."

'맞는 말씀이시다. 이제 막 내 몸이 회복기로 접어드는 거를 주인 양반도 눈치채고 계셨구나.'

조심스럽게 무리하지 말라고 조언해 주는 주인 양반의 마음 씀이 고마워서 하리는 울컥해진다.

"네, 그럴게요. 무리하지 않겠습니다."

그해 유월 정기검진 날, 하리는 주치의로부터 기쁜 소견을 듣는다. 검사 결과로 나타난 모든 수치가 정상에 접근하고 있어, 조금만 더 조심해서 지금의 치유생활을 계속하면 완치 판정을 기대할 수 있겠다는 소견이었다. 훨씬 건강해진 모습으로 산에서 내려온 딸과 함께 혹시나 하는 기대를 안고 병원에 간 부모님의 기쁨은 이루 말할 수 없이 컸다.

하리도 기뻤다. 자기에게 부여된 삶은 이제 시한부 삶이라고 체념하고 숲에 올라갔는데, 일 년을 딱 삼 개월 남겨둔 시점에 다시 희망을 붙들게 되었으니, 몸에 활력이 솟는 느낌이었다. 부모님께서는 이제부터는 딸의 완전 회복을 위해 몸에 좋은 과일, 견과류와 한약재 등을 챙겨 숲으로 보낸다.

연하리는 자기가 받은 그 모든 영양식품을 산장으로 가지고 내려가 산장 주인과 함께 섭취한다. 아직도 산장 주인은 몸에 민감하게 반응하거나 검증이 되지 않는 식품은 철저히 가린다.

'나처럼 산장 주인도 눈에 보이게 건강이 회복되면 좋으련만!'

딸이 좋아하는 온돌방 덕분에 딸의 건강이 좋아졌다고 믿고 있는 부모님은 딸 편에 산장 주인께 무엇으로 보답해야겠는지 묻곤 했으나, 하리는 그때마다 나중으로 미루곤 했다. 산장 주인이 받을 리도 없거니와 은혜에 감사하는 기회는 언젠가 찾아올 거라고 믿었기 때문이다.

어느 날 식사하면서 산장 주인에게 부모님께서 많이 고마워하신다는 뜻을 넌지시 전했더니, 산장 주인은 이 말로 답을 대신하고 만다.

"저에게 고마워하신다면 정 사장님 어르신께 보답하십시오. 저는 그 어르신께 거저 은혜를 입고 있습니다. 그 어르신이 손님을 숲으로 인도하셨으니, 저는 그 어르신께 입은 은혜를 이렇게라도 손님께 갚는 게 도리라고 생각하고 있습니다."

이렇게 분명하게 자기 생각을 말해주곤 변함없이 똑같은 관심과 배려로 하리를 위한 자기의 할 바를 해나가는 것이었다.

병원에서 정기검진을 받고 온 다음 주, 하리는 산장 주인이 외출하는 날 따라가기를 청한다. 그날은 물 길으러 가지 않아도 되는 날이어서 두 사람은 아침을 일찍 챙겨 먹고 여덟 시경 분지에서 나와 산 아래로 내려간다. 도로변에서 자동차를 주차해 둔 식당까지는 걸어서 십오 분 거리, 차로 군청이 있는 읍 소재지까지는 삼십 분 거리다.

산장 주인이 은행과 우체국에 들러 일을 보는 동안 하리는 먼저 어머니께 시외전화를 걸어 바람도 쏘일 겸 산장 주인이 외출하는 길에 따라 나왔다는 이곳 소식을 전한다. 딸이 외출할 수 있을 정도로 기력을 회복했다는 것은 어머니께 너무나도 기쁘고도 반가운 소식이다. 시장을 보고 서점에 들러 책을 고르고 필요한 일용품을 구매하고 하는 사이 점심때가 되었다.

"오늘 점심은 제가 살게요. 무얼 드시는 게 좋으실까요?"

하리는 산장 주인에게 묻는다.

"저는 이곳에 오면 가는 식당이 있습니다. 생선구이를 주메뉴로 하는 곳인데요, 괜찮으시겠어요?"

"네, 좋아요. 저도 생선을 좋아합니다."

생선은 맛있고 소화가 잘 되는 데다, 짜고 매운 양념이 안 들어간 생선구이는 철민이 좋아하는 메뉴이다. 물론 민감하게 반응하는 것도 없다.

두 사람이 처음 갖는 외식 자리이다. 서로에 대한 존중과 배려의 마음으로 대하다 보니, 두 사람은 이미 이 세상 남자와 여자가 갖는 통상의 관계를 넘어선 믿음과 감사의 관계로 굳게 맺어져 있다. 남자는 여자가 온전히 건강을 회복하여 중단하고 있는 공부를 계속하기를 바라는 마음이었고, 여자는 남자가 건강을 회복함은 물론 민감한 체질도 개선되어 큰 키에 어울리는 건장한 체구를 갖게 되길 희망한다.

그렇게 산장 손님이 된 연하리는 세 번에 한 번씩 새벽 물 길으러 가는 산장 주인을 따라 산길을 걷고, 한 달에 두 번은 산장 주인을 따라 인근 도시로 바람을 쐬러 나가며 생활하게 된다. 바람을 쐬러 나갈 때도 두 사람은 거의 말하지 않는다.

두 사람은 서로의 침묵을 부담스러워하지 않았고, 전혀 지루해하지도 않았다. 철민은 말을 잘 꺼내지 않는 생활에 익숙한 사람이었고, 하리는 말하기보다 생각에 잠기는 거를 좋아하는 성격이었다. 꼭 필요하거나 예의상 꼭 대화해야 할 경우가 아니면, 불필요한 말은 하지 않으려 했다.

그즈음 두 사람의 건강 상태를 보면, 먼저 연하리에겐 분명 건강이 온전히 회복되는 날이 다가오고 있음을 짐작하게 한다. 그에 반해 손철민은 걱정스러울 만큼 상태가 나빠지진 않지만, 그렇다고 상태가 그다지 썩 좋아지지도 않는 그러한 상태가 이어지고 있었다. 체질 문제라고 볼 수밖에 없겠다 싶지만, 전문가가 아닌 이상 단정하긴 어렵다.

날씨가 더워지는 여름이 닥쳤어도 산장 주인이 아궁이에 불을 때어 방바닥을 따스하게 하는 일은 쉬지 않는다. 더위 때문에 밤에 방문을 열고 자는 날이어도 방바닥은 항상 차갑지 않게 적당히 따뜻하게 데운다. 손님이 그 따뜻함을 좋아하니 당연히 그렇게 해야 한다고 생각한다.

철민은 어느 때인가부터 자기들 두 사람 중 한 사람은 반드시 이곳에서 건강을 회복하여 다시 자기의 삶을 살아가길 바라고 있었다. 그런데 자신의 건강은 그다지 좋아지지 않고, 손님의 건강은 눈에 띄게 좋아지는 거를 보게 되자, 그 바람은 손님에게로 모아지게 된다. 손님의 요청으로 새벽 물 길으러 갈 때 함께 산길을 걸은 그다음 날 산장 주인은 손님에게 이제 도시락은 그만 싸 오시고, 저희 집에서 아침저녁 따뜻한 밥을 지어 먹자고 제의했다.

"어머! 귀찮지 않으시겠어요?"

"귀찮다니요. 김이 오르는 따뜻한 밥을 먹어야 몸에 좋지요."

손님은 산장 주인이 자기를 위해 여러 번 생각하고 제의한 말임을 알고 더는 사양하지 않는다. 고맙다는 말로 인사를 대신한다. 그다음 주 인근 도시에 일을 보러 갔을 때, 산장 주인은 목재 가구점 앞에 차를 세우고 손님에게 잠깐 들렀다 가자더니, 마음에 드는 책상을 하나 고르라고 한다.

"무슨 책상을요?"

"밥상 위에 책을 펴놓고 공부하시니 산장 주인 체면이 안 서서요. 조립식이니 집에 가서 맞추면 됩니다."

이때도 손님은 사양하지 않고 산장 주인의 제의를 다소곳이 받는다. 자기를 생각해 주는 마음이 고맙고, 그 마음을 받는 게 산장 주인의 마음을 편하게 해줄 것임을 알기 때문이리라. 마음이 편한 거는 곧 건강과 직결되는 것임을 손님은 진즉 터득했다. 그날 작고 아담한 조립식 책상과 의자는 큰 방 한쪽을 차지하고, 공부하는 손님을 편하게 해주었을 뿐만 아니라 그러한 모습을 보는 산장 주인에게도 기쁨을 선사한다.

연하리가 건강 회복을 위한 숲 생활에 자신감을 갖고 숲과 분지를 오가며 하루하루 편안하고 활기에 찬 시간을 보내던 그해 팔월 두 사람은 예상치 못한 과제 하나를 떠안게 된다. 여느 때처럼 인근 도시로 일 보러 나갔다가 돌아오는 길에, 선로변에 피어있는 꽃에 정신이 팔려있는 한 꼬마 여자아이를 마주치게 된 것이다.

철민은 이 어린아이를 보듬고 산길을 올라오고, 하리는 그 뒤를 따라 산길을 올라오면서 각자 여러 가지 추측을 해보고, 산장에 올라와 아이에게 밥을 먹이기까지의 과정은 이미 기술하였다.

철민과 하리는 아이가 조개껍질과 돌을 가지고 놀다가 눈을 비비는 거를 보고선 아이를 다시 모기장 안에 누이고 재운 다음 각자 자기 방으로 들어간다. 밤이 이슥하다. 아이 문제를 어떻게 해야 아이에게 좋을지 두 사람은 차분하게 생각을 거듭한다.

철민은 아이에게뿐만 아니라 손님을 위해서도 어떤 방법으로 이 문제를 풀어가야 할지 곰곰이 생각한다. 아이와 함께 있는 시간이 많아지면 손님이 아이에게 정(情)을 쏟게 되고, 아이도 손님에게서 떨어지지 않으려 하는 일이 생길지도 모른다. 건강이 회복되면 손님은 중단했던 공부를 하기 위해 다시 유학을 가게 될지도 모른다. 그때를 대비하여 손님은 아무것으로부터도 방해받지 않는 자유로운 환경에 있어야 한다.

정 사장 어르신께서 손님을 숲으로 안내하셨으니, 그분께서도 손님이 이곳에서 치유되고 다시 손님이 원하는 공부를 할 수 있게 되길 바라고 계실 거다. 나도 같은 마음이다. 우리 집에서 차츰 책상 앞에 앉아있는 시간이 많아지는 손님을 위해서도, 아이를 서둘러 행정 기관에 데리고 가서 그곳에 맡기는 게 최선의 방안이라고 마음을 굳힌다. 매정한 일인지는 모르지만, 아이를 손님에게서 떼어놓아 손님이 빨리 이 일을 잊어버리도록!

다음 날 새벽은 손님과 함께 물 길으러 가는 날이었으나, 아이도 있고 해서 철민은 조용히 지게를 지고 다른 때보다 더 일찍 집을 나선다. 집에 돌아오니 손님은 아침을 준비하고 있고, 아이는 대청에서 방 안으로 옮겨져 아직 잠들어 있다. 더위가 한풀 꺾여 서늘한 이른 새벽에 방 안으로 옮겨 재운 모양이다.

아침 식사하기 직전 아이가 잠에서 깨어난다. 산장 주인은 아이를 보듬고 마당으로 내려가 얼굴과 발을 씻겨주고 다시 마루로 보듬고 올라온다. 손님은 어젯밤 빨아서 밤새 널어둔 아이 옷을 걷어 갈아입혀 준다. 하얀 바탕에 초록 잎새 세 개가 붙어있는 무늬가 죽 박혀있는 어린이용 원피스는 시원해 보인다.

손님이 아이에게 밥을 먹여주는 동안 산장 주인은 아무 말 없이 따로 밥을 먹는다. 먼저 밥을 먹은 산장 주인은 아이가 밥을 다 먹는 거를 기다렸다가 다시 마당으로 보듬고 가서 양치를 해주고 아이 신발을 신겨준다. 아이는 울타리 안에 피어있는 색색의 꽃을 보더니 아장아장 꽃밭으로 걸어가 꽃을 들여다본다. 어제 선로변에 피어있는 꽃을 보던 그 자세와 그 표정으로 꽃을 들여다본다. 꽃 보는 게 그렇게 좋은지, 아이 얼굴은 생글거리는 천진난만한 표정이다.

"아이를 데리고 군청에 다녀오겠소이다. 부모가 아이를 찾으러 올 때까지 행정 기관에서 아이를 안전하게 보호했다가, 부모에게 인도해 주는 게 가장 나은 방법일 거 같습니다."

산장 주인은 손님이 밥을 다 먹기를 기다려 자기의 결심을 손님에게 말한다. 손님은 뜻밖이라는 표정이다. 아마도 아이를 우리가 데리고 있다가 부모가 나타나면 그때 아이를 인도해 주어야 할 거로 생각한 모양이다. 경찰관서에 먼저 신고하고, 이곳은 연락할 통신수단이 없으니 부모님 댁으로 연락처를 둬야겠다고 생각하는지도 모른다.

"아이를 우리가 데리고 있으면, 매일 아이를 데리고 행정관서에 가거나, 연락할 수 있는 곳으로 가서 연락이 오기를 기다려야 할 겁니다. 우리가 데리고 온 아이를 다시 행정관서에 맡긴다는 게 그리 내키는 일은 아닙니다만, 우리 처지가 외부에 알려지는 것도 그리 바람직스럽지 않습니다. 아이를 데리고 가겠으니, 아이와 인사를 나누시지요."

철민은 단호한 어조로 말하고선 손님에게 어서 아이와 작별 인사를 하라고 눈빛으로 재촉한다. 이곳 산에선 정말 아무 데도 연락을 주고받을 방법이 없으니, 손님은 산장 주인의 말에 아무런 다른 의견을 제시하지 못한다. 그러면서도 손님은 애잔한 눈빛으로 아이를 어루만진다.

'손님이 벌써 아이에게 정이 들었을까?'

산장 주인의 얼굴에 잠시 난감(難堪)한 표정이 떠올랐다가 사라진다. 그렇지만 이미 생각을 굳혔으니 서둘러 아이를 손님 보는 데서 데려가야 한다고 마음을 다잡는다. 손님은 아이 얼굴을 쓰다듬듯이 바라보고 있다가 마루 위에 있던 조개껍질 두 개와 작은 돌멩이 두 개를 가져와서 아이가 입은 옷 주머니 안에 넣어준다.

그리곤 아이를 꼬옥 껴안아 준다. 손님의 눈에 눈물방울이 맺힌다. 지켜보고 있던 산장 주인은 손님이 아이를 품에서 떼어놓자, 바로 아이를 보듬고 집을 나선다. 울타리를 따라 죽 피어있는 각양각색의 꽃들이 흔들리며 아이를 배웅한다.

아이를 억지로 떼어놓은 거 같아 손님에게 미안하긴 하지만, 이렇게 하는 게 손님을 돕는 거라고, 철민은 고개를 끄덕이며 자기의 결심에 확신을 갖는다. 아침 햇살이 열기를 더해가며 산속으로 퍼져가고, 이름 모를 산새들이 여기저기서 우짖는다. 막바지 여름 더위가 지나가고 있는 중이다.

철민은 먼저 인근 도시 백화점으로 간다. 그곳에서 아이의 여름옷 한 벌과 가을옷 한 벌, 갈아입을 속옷 한 벌, 양말 두 켤레를 사고, 완구매장에 데리고 가서 아이에게 인형 하나를 고르라고 한다. 아이는 가슴에 품을 만한 앙증스러운 곰인형을 손가락으로 가리킨다. 엄마와 열차를 타고 올라갈 때 품에 안고 있던 연한 갈색의 인형과 비슷한 인형이다.

백화점을 나와 부근 슈퍼마켓에 들러 어린이용 칫솔과 치약, 아이들이 좋아하는 과자 몇 개를 사서 옷이 들어있는 쇼핑백에 넣고 곧장 간이역이 있는 지역을 관할하는 군청으로 차를 운전해 간다. 그곳엔 편백나무숲을 소개받으면서 알게 된 산림과 직원이 있다. 그 직원에게 아이의 행정적인 처리를 부탁할 생각이다. 군청에 도착해 보니 열한 시 반, 삼십 분 후면 점심 시간이다. 철민은 공중전화로 산림과 직원에게 전화한다.

"박 계장님! 저… 편백나무숲을 소개받은 ○○군청에서 근무한 손철민입니다. 점심 약속 없으시면 저와 점심 하시지요. 부탁드릴 일도 있고 해서 일부러 군청에 찾아왔습니다."

"아! 손 계장님! 좋습니다. 숲에서는 효험을 보시고 계시는지요?"

편백나무의 효과를 보고 있는지 궁금하다는 물음일 게다.

"네! 박 계장님 덕분에 건강이 더 나빠지지는 않고 있습니다. 감사합니다."

"네에, 다행이군요. 열두 시가 되면 바로 사무실에서 나가겠습니다."

"여기 청사 주차장에 차가 대기하고 있으니, 여기서 뵙겠습니다."

박 계장은 차 뒷좌석에 어린아이가 타고 있는 거를 보자, 아이가 먹을 음식을 생각해선지 생선요리를 주메뉴로 하는 식당으로 철민을 안내한다. 아이는 곰인형을 꼭 안고서 철민 아저씨의 손을 잡고 식당 안으로 들어간다.

"어제 인근 도시에서 일을 보고 귀가하다가 간이역이 있는 선로변 꽃밭에서 이 아이를 발견했습니다."

철민은 아이를 발견하고 집으로 데리고 간 과정을 그대로 전해 주었다. 산에 있는 손님의 존재에 대해서는 내색하지 않았다. 영문을 모르는 사람에게 괜한 억측을 불러일으키게 하고 싶지 않아서였다.

"왜 이 아이 혼자서 그곳에 남겨져 있었는지, 곰곰이 궁리를 해 보았습니다. 그 시각 즈음하여 간이역에서 정차하고 떠난 열차에 타고 있던 손님이 이 아이를 잃어버렸겠다는 추측이 가장 믿어지는데요, 통신수단이 없는 산속에서는 알아볼 방도가 없어서 찾아뵈었습니다. 그래도 행정 기관에서 수소문해 주시는 게 가장 빠르고 확실한 방법일 거 같아서요. 아이를 안전하게 보호해 주시는 기관도 주선해 주실 것 같았고요."

박 계장이라는 분은 철민과 비슷한 연배로 보인다. 아이들을 키우는 부모의 마음으로 이 아이를 바라보는 건지, 그 눈매에 측은한 기색이 역력하다.

"그러셨군요. 말씀을 듣고 보니 아이 부모가 열차에 함께 타고 있다가 어떤 사정인지는 모르겠으나, 아이를 잃어버린 듯합니다. 그 간이역은 평소 완행열차만 상, 하행선 모두 하루 두 번만 서는 걸로 알고 있습니다. 아마 역 건물도 없지요? 저희 군청에서 행정 업무 연락 방법을 취하여 철도청으로 먼저 조회해 보겠습니다. 경찰서에도 미아 실종신고가 들어왔는지, 어제 그 시각 즈음해서 열차에서 잃어버린 아이를 찾는 사람이 있었는지를 확인해 보겠습니다. 일단 저의 군청 복지과에 아이를 인도하여 아이가 안전하게 있을 수 있는 시설에서 보호하도록 조치하겠습니다."

"감사합니다."

그때 식사가 들어와서 두 어른은 식사를 시작했다. 철민은 종업원에게 어린이용 수저와 포크를 부탁하여 아이 손에 쥐어 주었는데, 아이는 수저는 놓고서 포크만을 쥐고서 밥을 떠먹으면서, 철민이 발라준 생선과 따로 집어 접시에 담아 놓은 반찬을 입으로 가져간다. 수저는 잡을 생각도 하지 않는다.

식사가 끝나고 박 계장과 함께 군청 안으로 들어간 철민은 박 계장에게 들고 온 쇼핑백을 건네준다.

"어젯밤에는 갈아입힐 옷이 없다 보니 집에 있는 넓은 타올로 아이를 감싸주고 재웠습니다. 입고 있던 옷은 땀이 차서 겉옷과 속옷 모두 세탁하여 밤새 말려 입혀왔습니다. 아무래도 갈아입을 옷은 준비해 줘야겠기에 백화점에서 여름옷과 가을옷 각 한 벌과 속옷 한 벌, 양말을 사고, 제 선물로 아이가 안고 있는 곰인형을 사주었습니다."

박 계장은 물끄러미 미소를 띤 얼굴로 철민을 바라보더니,

"아이를 키운 저도 생각하지 못했을 텐데, 손 계장님은 참 자상하시군요. 가정을 갖지도 않으신 분인데… 이 아이가 기억할 수 있다면, 어른이 되어서 그때 참 고마운 아저씨를 만났다고 기억하겠는데요?"

그러면서 환하게 웃었다. 철민의 마음 씀이 가슴에 와닿아 이 아이가 부모를 찾을 때까지 관심 두고 이 아이를 도와야겠다고 생각하는 모양이다.

철민이 아이와 헤어질 시각이 되었다. 철민은 청사 출입문까지 아이를 데리고 배웅 나온 박 계장에게 말한다.

"참! 한 말씀만 더 전하고 가겠습니다. 아이가 꽃을 참 좋아합니다. 꽃 앞에서 꽃과 무슨 대화를 주고받는지, 선로변에서 꼼짝도 안 하고 움직이지를 않았습니다. 오늘 아침 저희 집 꽃밭 앞에서도 그랬습니다. 당장 부모를 만나지 못하면 꽃이 있는 시설에 머물러 있는 게 아이의 정서면에서 좋겠다 싶어 한 말씀드렸습니다."

"네, 잘 알겠습니다."

철민은 집에서 손님이 아이를 꼭 껴안아 주었던 것처럼, 자기도 아이를 꼭 껴안아 준다.

"아이야, 엄마 아빠 곧 만나게 될 거니까, 그때까지 잘 지내야 해."

그리곤 박 계장과 악수하고 아이에겐 손을 흔들어 주고 군청

출입문에서 발길을 돌린다.

 군청에서 나와 차를 운전하고 산으로 가면서, 철민은 집에서 기다리고 있을 손님을 위해서 오늘 자기가 한 처신은 옳았다고 생각한다. 아이가 부모를 빨리 찾는 방법은 행정 기관에서 각 기관끼리 행정 연락망을 통해 확인하고 수소문하는 게 최선이라는 거는, 자신의 공직 경험을 통해서 익히 아는 바다. 좀 매정스럽긴 했어도, 그 명분을 내세워 손님에게서 아이를 떼어내길 잘했다고 생각하는 거다.

 다섯 시경에 철민은 분지에 도착했다. 안이 훤히 들여다보이는 울타리 안 꽃밭에는 여름에 피는 꽃들이 가벼운 바람에 흔들리고 있다. "우릴 좋아해 주는 아이를 왜 두고 오셨어요?" 하고 꽃들이 서운해하는 거 같아 철민은 그만 주춤하는 기분이 된다.
 아직도 중천(中天)에 머물러 있는 해에서 쏟아지는 뜨거운 햇볕이 마당에 가득하다. 그제야 철민은 산길을 올라오느라 흘린 땀으로 입고 있는 난방이 등에 딱 붙어있는 거를 느낀다. 손님에게 미안한 생각이 떠오르다가 '아니! 그렇게 하길 잘했어!'라고 자신을 다독인다. 대문을 열면서 아이가 누워 자던 대청마루를 건너다보는데, 만 하루 동안에 일어난 일이 꿈결에 스치듯 지나간, 꿈속의 일인 거만 같다.
 '손님은 오늘 나무의 기운을 쏘이고 왔을까?'
 마당 가운데 서서 철민은 큰 방을 향해 "저, 다녀왔습니다"라고 큰 소리로 말한다. 바로 응답이 없더니, 잠시 후 손님이 방에서 나온다. 나오는 모습을 보니, 방바닥에 누워있다가 일어난 듯하다.

"다녀오셨어요?"

손님은 기운이 없는 음성으로 답하며 산장 주인을 맞는다. 산장 주인은 마루에 걸터앉으며 손님이 마루에 앉기를 기다려 호흡을 가다듬는다.

"손님 대신에 제가 아이를 백화점에 데리고 가서 여름옷 한 벌과 가을옷 한 벌, 갈아입을 속옷 한 벌, 양말 두 켤레를 사고, 완구매장에 데리고 가서 아이에게 곰인형을 사주었습니다. 슈퍼마켓에 들러서는 어린이용 칫솔과 치약, 아이들이 좋아하는 과자 몇 개를 사서 옷이 들어있는 쇼핑백에 넣고 군청으로 갔습니다."

손님은 반색하며 말한다.

"그러셨어요?! 정말 잘하셨어요! 고맙습니다."

마치 자기 아이에게 옷을 사준 거처럼 기뻐하며, 금방 몸에서 기운이 되살아나는 듯 얼굴에 미소가 번진다.

"뭘요. 손님께서 하셨을 일을 제가 대신한 거뿐인데요. 이곳 숲을 저에게 소개해 주신 산림과 직원께 어제 아이를 발견하게 된 경위를 자세히 전하고 아이를 안전한 시설에서 보호하고 있다가 부모를 찾아주시길 부탁했습니다."

"그러셨군요. 아이 태도는 어떻던가요?"

"어제도 부모를 잃어버린 아이답지 않게 울지도 않고 보채지도 않고 해서 특별한 아이라고 생각했었는데, 오늘도 순순히 잘 따라주고 밥도 잘 먹더군요. 군청에서 헤어질 때 엄마 아빠 만날 때까지 잘 지내라면서 안아주었는데, 순순히 안겨 오기에 제 맘이 좀 편했습니다."

"그러셨군요. 수고 많으셨어요."

"아이 부모를 찾아달라고 부탁드린 계장님께서, 철도청과 경찰서에 연락하여 아이를 찾는 사람이 있었는지를 알아보고, 아이는 안전한 시설에서 보호하도록 복지과에 인도하겠다면서 저를 안심시켜 주셨습니다."

"고맙습니다."

"참! 아이가 꽃을 보는 걸 좋아하니, 꽃이 있는 시설에서 보호해 주시면 좋겠다는 의견도 전했습니다."

"그 말씀도 전하셨어요?! 정말 잘하셨네요. 말씀 듣고 나니 제 마음도 가벼워져서 좋습니다. 사실은 아이와 헤어지고 나서 어찌나 마음이 짠하고 울적하던지, 울었거든요. 아무 일도 손에 잡히질 않아, 오늘은 숲에 가는 것도 쉬었어요."

자기 속마음을 내보인 게 부끄러웠는지 손님 얼굴이 불그레하게 물든다.

'그랬구나. 나도 마음이 안 좋은데, 여린 심성(心性)을 가진 손님은 얼마나 마음이 아팠을까?'

"좀 더 쉬고 계세요. 씻고 나서 저녁은 제가 준비할게요. 점심도 못 드셨을테니…"

틀림없이 점심을 걸렀을 거로 짐작하고 무심결에 나온 말이었는데, 손님이 고개를 푹 숙이는 거를 보니 정말 점심을 먹지 않은 모양이다. 아이를 가여워하는 그 마음이 전해져서 산장 주인의 마음도 다시 아파온다. 산장 주인은 대문을 열고 나가 텃밭에서 채소와 고추와 깻잎 등을 따서 광주리에 담아온다. 늦은 봄부터 여름이 지날 때까지 텃밭에서 자란 작물은 신선한 밥반찬이 되어주고 있다.

그날 이후 손님은 서서히 이전의 밝고 활발하던 모습을 되찾아 갔다. 산장 주인은 손님 앞에서 아이에 대해선 일절 아무런 말도 꺼내지 않는다. 같은 공간에서 머물고 있으나, 손님을 마주하는 시간은 밥상을 앞에 두고 밥 먹는 때뿐이다.

손님은 숲에서 나무 기운을 쏘이고 잠깐 숲에 있는 자기 거처에 들르고 오는 시간과 책상 앞에 앉아 무언가 열심히 공부하는 시간이 대부분이므로, 사적으로 대화하는 시간은 거의 없다. 지난봄 산에 물 길으러 함께 다녀온 다음 주부터 산장에서 밥을 지어 먹게 되자, 손님은 숲에 있는 집에는 무얼 가지러 가는 때 말고는 거의 머무는 시간이 없다.

그 대신 산장에 있는 책상에서 대부분 그 시간을 보내면서 무언가에 몰입하는 사람이 보여주는 진지하고 단단한 모습을 보여주고 있다. 산장 주인은 그 모습이 보기 좋아서 손님이 책상에서 공부하고 있는 시간에는 공부를 방해하는 작은 소리 하나라도 내지 않으려고 무척 신경 쓴다.

물 길으러 세 번 갈 때 한 번 따라가는 때와 한 달에 두 번 일 보러 인근 군청 소재지나 도시에 함께 갈 때도 사적인 대화는 거의 안 하는 편이다. 과묵한 성격인 데다, 자기 얘길 잘 꺼내려 하지 않는 거를 알고서 손님은 산장 주인을 존중하는 태도로 말하기를 삼간다. 또 산장 주인은 손님이 말하기보다 생각에 잠기는 거를 더 좋아하는 거를 알고 손님을 편하게 해주고 싶어, 말하기를 삼가고 조심하다 보니, 자연스레 그렇게 된 듯하다.

겉으로 보면 하리는 쓰고 싶은 평론을 쓰기 위해 철민의 집에서 유익한 시간을 보내고 있고, 철민은 그러한 하리를 위해 아궁이 불을 지펴 온돌방을 늘 따뜻하게 데워 놓는 일을 하기 위해 고용된 사람 같다. 연하리의 부모님은 인편으로 하리의 모습이 담긴 건강한 딸의 사진을 보며 건강 회복에 도움이 되는 갖가지 식재료와 반찬을 보낸다.

산에서는 철민이, 하리의 집에서는 부모님이 하리의 건강을 위해 신경 써주는 날들이 지나가고 다음 해 일월, 하리는 정기검진을 받기 위해 종합병원을 방문한다. 부모님도 큰 기대를 품고 동행한다. 그날 검사 결과표를 본 주치의는 함박웃음을 머금고 기쁜 소식을 전한다.

"축하드립니다. 완치되셨습니다. 이제 아프기 전의 생활로 복귀하셔도 됩니다."

햇수로 팔 년을 넘긴 그 긴 세월 동안 절망과 고통 가운데서도 잘 버티고 견뎌온 인내의 시간은, 완치되었다는 주치의의 판정을 성취의 기쁨과 함께 안겨준 것이다. 하리는 완치되었다는 주치의의 말을 듣는 순간, 기쁨의 눈물이 주르르 흘러내린다.

부모님도 함께 눈물을 쏟으며 딸을 부둥켜안았다. 집안의 자랑인 큰딸이었다. 예쁘고 총명하고 공부 잘하는 딸은 예의 바르고 정(情)도 많아서 친지분들로부터도 많은 사랑을 받았다. 다시 건강해진 딸에게 어머님은 당신들의 의견을 전한다. 병원에서 돌아오는 차 안에서였다.

"하리야, 네가 말하는 산장 주인이라는 분께 어떻게 보답을 해야겠니? 시내에 일 보러 나오는 길에 우리가 기다리고 있다가 식사라도 대접하면 안 되겠니?"

하리는 부모님의 마음을 다 안다는 듯 차분히 대답한다.

"그렇게 생각지 않으셔도 돼요. 민감한 체질이 아직도 개선되지 않으셔서 음식을 가려야 하니까, 식사 초대 자리를 불편해하실 수도 있어요. 지난번에도 부모님의 뜻을 전했더니, 저에게 고마워하신다면 정 사장님 어르신께 보답하시라고 하던데요. 자기는 그 어르신께 거저 은혜를 입고 있다면서, 그 어르신이 손님을 숲으로 인도하셨으니, 자기는 그 어르신께 입은 은혜를 이렇게라도 손님께 갚는 게 도리라고 생각한다면서요."

"참, 그 사람 인품이 너무 올곧으신가 봐. 말하는 품이 예사 분이 아니네."

"그러게요. 평소 말수도 없고 매사에 반듯하게 처신하셔서 저도 많이 배우고 있어요. 정 사장님 어르신께서도 산장 주인을 딱 두 번 만나보시고는 그분의 인품을 알아보신 것 같아요."

"그러면 그 일은 천천히 생각해 보자꾸나. 앞으로 계획은 생각해 보았니?"

잠자코 딸의 말을 듣고 있던 아버님이 하리에게 묻는다.

"네. 재작년 십일월부터 산장에 장기 투숙하였는데, 저녁 식사 후에 시간이 많이 남아서 책을 가져다 놓고 독일 문학에 대한 평론을 조금씩 써보기 시작했어요. 그러다가 작년 사월 제 몸이 정상적으로 활동하기 시작한다는 거를 처음 알았어요. 산장 주인께서도 제 건강이 좋아진다는 거를 눈치채셨는지, 제가 편하게 공부할 수 있도록 도시에 있는 백화점에 함께 가서 책상과 의자를 사주셨어요. 그러면서 이제부터는 도시락을 싸 오지 말고 여기서 아침저녁으로 따뜻하게 지은 밥을 먹어야 몸에 좋다고 권하시더군요. 그 말씀을 따라 산장에서 주로 생활하다 보니, 시간이 더 많아져서 써놓은 평론 분량이 상당히 많아졌어요. 한때는 공부를 포기했는데, 지금 제 나이가 서른일곱 한창 공부할 시기이니 공부를 더 해보려고 해요."

딸은 평소의 매사에 자신감 있고, 앞날에 대비하여 미리 계획하고 준비하는 그 딸의 모습으로 돌아가 있었다. 부모님의 기대도 다시 부풀어 오른다.

"학교에 복학 신청서를 보내고, 이번 겨울까지는 산에서 지내면서 유학을 준비하려고 생각하고 있어요. 이미 건강에 대한 학습을 충분히 했으니, 독일에 가더라도 매사에 조심하고 신경 쓰면서 최우선으로 건강을 앞세우고 공부해야겠다, 마음먹고 있어요."

"그러자꾸나!"

아버님은 딸이 진즉부터 건강 회복에 대한 믿음으로 앞일을 마음속으로 준비해 왔다는 걸 알고 뿌듯해하신다. 그날 하리는 부모님 집에서 자고 생활용품을 운반하는 사람들과 함께 다시 숲으로 올라왔다.

이제 산장에서의 생활도 두 달 남짓, 삼월이면 뮌헨대학으로 돌아가야 하니 서서히 그때를 준비해야 한다. 산장으로 와보니 새삼 이곳이 내게 새 생명을 준 곳이라는 생각이 들고, 그동안 드러나지 않게 내 건강 회복을 위해 도움을 주신 산장 주인이 너무 고맙다.

주인께는 고맙다는 말도 할 수 없다. 그 말을 부담스러워할 뿐 아니라 자기 마음을 혼자서만 간직하고 싶어 하는 그 마음을 번거롭게 할 뿐이다. 주인께서도 내가 마음으로만 고마워하고 간직하기를 바라고 있는 듯하다.

그날 저녁 하리는 어머님이 싸서 보내주신 여러 가지 반찬과 국을 올려 밥상을 차리면서 산장 주인에게 말한다.

"저… 어제 병원에서 완치되었다는 판정을 받았어요. 감사합니다."

하리는 감사 표현을 생략하려다가 마음에서 우러나온 말 한마디를 거르지 못하고 무심코 토해낸 뒤 머리를 숙인다.

"와! 완치 판정을 받으셨군요. 축하드립니다. 그동안 애쓰셨습니다."

산장 주인은 진정으로 기뻐하는 함박웃음을 얼굴 가득 담고서 축하를 건넨다.

"고맙습니다."

"그런데 밥상이 왜 이렇게 진수성찬인가요?"

"부모님이 주인님께 고마워하시는 마음으로 이렇게 준비하셨나 봐요. 민감하게 반응하지 않을 식재료만으로 만드셨으니 많이 드세요."

"네, 그럴게요. 고맙습니다."

그날 저녁 산장 주인은 맛깔난 반찬으로 맛있게 식사한다. 마치 입맛이 살아난 듯 이 반찬 저 반찬을 골고루 맛본다. 보통 사람 같으면 맛있는 반찬이 있으면 밥을 더 먹기 마련이다. 그러나 산장 주인은 자기가 소화할 수 있는 분량보다 더는 먹지 않는다. 소화를 시키지 못하는 거를 잘 알기 때문이리라.

연하리는 다시 유학길에 오른다는 말은 하지 않는다. 이곳을 떠나기 사흘 전쯤 해야겠다고 마음먹고 있다. 지금의 이 분위기와 이 환경을 오롯이 더 누리고 싶어서다. 작별로 인한 섭섭함은 이

삼 일이면 충분하리라. 그때까지는 지금까지 해오던 생활패턴을 따라 조용히 지내고 싶다.

산장 주인은 세 차례 물 길으러 갈 때 한 번씩 새벽 산길을 함께 걷는 횟수를 더는 늘려주지 않았다. 그 대신 세 번에 한 번씩은 골짜기까지 함께 갔다. 처음에는 손님이 골짜기의 모습을 보고 싶어 해서 함께 갔는데, 그곳 풍광(風光)을 너무 좋아하는 모습을 보고 함께 가는 횟수를 늘린 것이다.

하리는 계절 따라 변하는 산과 숲의 모습을 계속 사진기에 담았다. 같은 숲의 모습도 계절 따라 그 모습이 다르고, 시간 따라 그 모습이 다르다. 나무와 이름 모를 야생화와 꽃밭의 꽃도 시간이 지남에 따라 그 모습을 달리했다. 산장 주인을 사진으로 남기고 싶었지만 결례될까, 싶어서 차마 말하지는 못하고, 산길을 걸어가는 뒷모습만을 셔터 소리가 들리지 않을 곳에서 사진기에 담았다.

인근 도시나 군청 소재지로 일 보러 갈 때면 지난여름 그 무더위에 선로변에 서서 꽃을 보며 꼼짝도 하지 않던 아이가 생각났지만, 그 아이를 입에 올리지는 않았다. 단 한 번도 그 아이에 대해 말 꺼내지 않는 산장 주인의 침묵에 눌려 스스로 그 아이에 대한 궁금증을 내려놓았다.

매일 써가던 평론 형식의 글은 초고(草稿)가 거의 완성되어 가고 있다. 복학하면 이 글을 토대로 박사학위 논문을 준비할까 생각 중이다. 물론 지도교수와 의논해 봐야 하겠지만.

철민은 서로 말을 나누지는 않았지만, 산장 손님과 헤어질 날이 다가오고 있다는 거를 알고 있었다. 저녁 식사 후 열한 시까지 큰 방의 호롱불이 켜져 있고, 나무 기운을 쏘이는 시간도 오전 두 시간만 쏘이고 분지에 내려가 자기가 내려갈 때까지 책상 앞에 앉아있는 모습을 보면서 그렇게 생각했다. 마음속으로만 그 생각을 품고 있을 뿐 겉으로는 평소와 다름없이 손님을 대했다.

겨울 추위가 조금씩 누그러지면서 이월이 지나고 삼월 초에 접어든 어느 날 저녁 식사가 끝나고 밥상을 물리기 전, 손님이 드릴 말씀이 있다면서 무겁게 입을 연다.

"저… 학교로 다시 돌아가 공부하기로 마음먹었어요. 사흘 후에 숲에 있는 짐을 옮기러 사람들이 오기로 했어요."

손님 얼굴에는 못내 섭섭한 표정이 가득 배어있다.

"그러셨군요. 투병생활하시면서도 날마다 공부하시는 모습을 보고, 이분은 병이 치유되면 계속 공부하실 분이라고 생각했습니다."

산장 주인은 짐짓 모르고 있었다는 듯 표정 관리를 하면서 손님을 격려해 준다.

"그동안 신세 많이 졌습니다. 말씀으로 드리는 외에 제가 감사 표시를 어떻게 해야 할지 찾을 수가 없어 죄송할 뿐입니다."

"말씀만으로도 충분합니다. 저희 집에서 건강을 회복하신 모습으로 산에서 내려가시는 거를 보는 것만으로도 충분합니다. 꼭 학위를 받으셔서 돌아오시길 빌고 있겠습니다."

"감사합니다."

"내일은 마지막으로 새벽길을 걸어 골짜기에 가실까요? 그동안 정들었던 산과 숲에도 인사를 나누시고요."

산장 주인이 자리에서 일어나면서 잔잔한 미소를 띠고 말한다.
"네, 그렇게 할게요. 그럼 안녕히 주무세요."
다음 날 새벽 산장 주인과 손님은 산에서의 마지막 추억을 위해 등산복을 입고 집을 나선다. 오늘따라 구름 한 점 없이 맑게 갠 하늘에선 별이 총총이 빛나고 있다. 이틀 후면 언제 다시 만나게 될지 모를 작별의 시간이 기다리고 있다.
'살아서 이 손님을 다시 만날 수 있을까? 이름이 '하리' 씨라고 했지. 노을빛에 젖은 배나무가 곧 내 곁을 떠난다. 평생 여자를 모르고 살아왔지만, 하리 씨는 참 고운 심성을 가진 여자야. 그 이름을 부르기가 어쩐지 서먹하고 부자연스러워 지금까지 산장 손님이라고 일부러 부르곤 했지. 서로 말은 없었어도 그 표정과 그 눈빛으로 하고 싶고, 할 수 있는 대화는 다 주고받았어. 이런 여성과 일 년 사 개월 동안 가까이 있을 수 있었던 거는 내겐 행운이었어. 이성과의 만남이 꼭 욕망이 따르는 만남이어야 하는 거는 아닌가 봐. 서로의 영혼이 편안하게 교감할 수 있고, 서로를 마주할 때 그냥 보고만 있어도 좋으면 그것만으로도 그 만남은 부족함이 없나 봐. 이렇게 산길을 함께 걷고 있다는 것만으로도, 내가 느끼는 기분이 이렇게 좋은 걸!'
철민은 지금 느끼는 기분을 그대로 간직하고 있고만 싶은 듯 말없이 앞장서 산길을 걸어간다. 뒤따라가는 하리도 말이 없다.
'앞으로 언제 어디에서 누구와 이런 새벽 산길을 걸어볼 수 있을까? 이렇게 아늑하고 편안하고 가뿐한 기분과 날로 좋아지는 컨디션을 음미하며 사뿐사뿐 걸을 수 있을까? '철민' 씨라고 했지, 이름이. 차마 이름을 부를 수가 없었어. 이름을 부르면 그 허약한 몸에서 기운을 뺏는 거만 같아서 그냥 산장 주인님이라고 불렀어. 이분도 그렇게 불러주는 거를 좋아하는 눈치였어. 한참 젊은 나이인 남자와 여자가 일 년 사 개월 동안 한 집에서 함께 머무르면서 손은 고사하고 손목 한 번 잡아보지 않고 지내왔다니! 기네스북에 오를 만도 해! 무엇보다 철민 씨의 영혼은 너무나도 순수해. 문학작품에서도 이러한 인간상(人間像)은 아직 접해보지 못했어. 내가 유학을 마치고 왔을 때, 건강을 회복한 이분의 모습을 볼 수 있으면 좋으련만!'

골짜기에 이르자, 여느 때처럼 철민은 흘러내리는 골짜기 물을 컵으로 떠서 먼저 하리에게 건넨다.

'이 물은 나에게 너무나도 고마운 물이다. 산속에서 솟아나 흘러내리는 물이니 그 깨끗함이야 말할 것도 없지만, 이 물을 마시고 지금까지 탈이 난 적은 한 번도 없다. 아마도 암세포가 더 증식하지 못하고 멈춰있는 거도 이 물의 효과 때문인 거 같아.'

물통에 물을 담는 동안 하리는 신선한 새벽 공기를 마음껏 들이마시며 다시 오기 어려운 골짜기의 정경을 사진기에 담는다. 물통을 지게에 이고 다시 산길을 오르는 산장 주인의 뒤를 따라 산길을 올라가며, 하리는 자기의 건강을 되찾게 해준 신(神)의 섭리에 감사드리고, 부모님과 정 사장님 어르신, 큰아버님, 그리고 철민 씨에게 깊이 감사드린다.

서로가 작별하는 날이 왔다. 삼월 초순 산의 공기는 여전히 쌀쌀하다. 숲으로 가지고 갈 짐은 어제 모두 꾸려놓았다. 어젯밤도 산장 주인은 정성껏 아궁이에 불을 때 주어, 하리는 산장에서의 마지막 밤을 포근하게 푹 잘 잤다. 자고 나서 몸이 가뿐한 이 느낌을 다시는 맛볼 수 없을 거를 생각하니 많이 서운하다.

아침 식사는 산장 주인이 차리겠다고 우겨서 그렇게 하시도록 양보했다. 두 사람은 말없이 아침을 먹고 꾸려놓은 짐을 들고서 숲을 향해 산길을 오른다. 산새가 지저귀고, 하늘 동쪽 편에서 천천히 자리를 옮겨가는 아침 해에서 뿜어나오는 붉고 따스한 기운이 온 산에 스며들고 있다.

'숲은 내게 너무나도 고마웠다. 내 병을 치유해 주고, 사는 동안 다시 만나보기 어려운 순수하고도 겸손하며 따뜻한 영혼을 이곳에서 만나게 해주었다. 큰 은혜를 입었다. 이 숲과 이 영혼에게서!'

하리는 숲으로 향하는 길을 걸어 올라가며 먹먹한 기분에 휩싸이면서, 발걸음이 자꾸 무거워지는 거를 느낀다.

철민이 숲의 자물쇠를 끄르고 숲 안으로 들어가 통나무집 출입문 앞에 양손에 들고 온 짐을 내려놓는다. 짐을 가지러 오는 사람들이 지금쯤 산에 올라오고 있을 거다. 지난 사흘간 하리 씨와 함께 충분한 작별의 시간을 가졌다. 더는 아무 말이 필요 없다. 철민은 하리를 마주 보고 서서 조용히 미소를 떠올린다. 하리는 두 눈에 눈물이 글썽거리더니 와락 철민의 품안으로 안긴다.

'아! 나무토막을 부둥켜안은 듯한 이 딱딱함이 이분의 삶을 지탱해 주었구나. 이 가녀린 몸으로 나를 위해 수고하고 온갖 정성을 기울여 주셨구나.'

뜨거운 눈물이 볼을 타고 흘러내린다. 하리는 마치 자기의 기력(氣力)을 부어주고 싶은 것처럼 철민의 볼에 길게 입맞춤을 한다.

그것은 한 사람의 맑고 순수한 영혼에게 드리는 존경과 감사의 의식(儀式)이었다. 그리곤 말없이 몸을 돌려 집 안으로 들어간다.

철민은 자기 얼굴에 닿은 촉촉한 느낌으로 하리가 울고 있었다는 거를 안다. 그 눈물이 하리가 준 선물인 거 같아, 닦을 생각도 하지 아니하고 몸을 돌려 천천히 숲에서 걸어 나온다. 이름을 알 수 없는 새 한 마리가 철민의 머리 위에서 지저귀며 따라온다.

박 계장은 아이를 데리고 복지과 사무실로 들어간다. 이 아이는 독자 여러분께서 알고 있는 이 소설의 주인공 박준웅과 김혜용의 딸 '박송현(朴松賢)'이다. 엄마와 아빠 곁에서 떨어져 있으면서도 엄마를 찾으며 울거나 보채지 않는 아이, 꽃만 보면 꽃에 눈을 맞추고 즐거워하며 그곳을 떠나지 않는 아이, 이 아이가 엄마 아빠를 만날 수 있는 방도는 있었다.

그곳 군청에서는 어제 오후 세 시에서 네 시 사이 부모를 잃은 거로 추측되는 두 살로 보이는 미아(迷兒)가 우리 지역에 있는 간이역에서 발견되었다며, 아이를 찾는 승객이 있었는지를 철도청에 조회한다. 철도청에서는 그 시간대에 앞차의 탈선사고로 인해 그 뒤에 올라가는 상행선 열차가 약 사십 분 동안 그 간이역에서 정차하고 있었다는 사실을 먼저 확인한다.

그다음 서울역 민원안내실에 확인한 결과, 그 열차의 승객으로 보이는 부부가 찾아와 그날 오후 자기들이 탔던 열차가 어느 역에서 정차하고 있었는지를 묻고는 갔으나, 인적사항은 남기지 않았음을 보고받는다. 결국 철도청에서는 이러한 사실 확인 내용과 함께 '우리 철도청에서는 미아의 부모를 특정할 수 없음을 양지하시기 바랍니다'는 내용의 회신을 그 군청으로 보낸다.

어제 송현이 부모가 서울역 민원안내실에 자기들의 연락처를 적송마을의 '고덕수' 선배 전화번호로 남겨두었더라면 하는 아쉬움이 남는다. 아니면 성당의 '안민걸 토마스' 신부님께 아이를 잃었다고 말씀드리고, 찾아주시길 부탁드릴 수도 있었을 텐데, 그렇게 하지 못한 점도 아쉽다.

두 사람 모두 딸을 찾을 수 있도록 백방(百方)으로 알아봐 줄 믿을 수 있는 사람들이었으나, 그렇게 하지 못한 거는 준웅과 혜용 모두 자기들의 출생 신분이 알려지는 거에 대한 극도의 불안감 때문으로 보인다.

이제 송현 아이는 어디로 가게 될까? 부모를 잃어버린 미아(迷兒)는 먼저 아동보호기관에 보내어져 부모가 나타날 때까지 보호하는 게 행정관청의 역할이다. 군청 복지과에서도 가장 확실하고 안전한 이 조치를 준비 중이었는데, 마침 복지과 내 기혼 여직원이 이 아이를 임시 보호하겠다고 나선다.

자신의 외가 친지 한 분이 나이 오십이 다 되도록 아이가 없어 입양을 계획하고 있는데, 우선 그분들에게 아이를 맡겨 부모가 나타날 때까지 '가정위탁보호'를 하도록 하겠다고 한 것이다. 그 여직원은 철도청의 회신 내용으로 보아 아이 부모가 나타날 확률이 낮다고 보고, 아이를 안전하게 보호할 수 있는 가정위탁보호 의견을 상신(上申)한 거로 보인다.

군청 복지과에서는 아이의 부모가 나타날 경우, 즉시 아이를 부모에게 인도하겠다는 확약서를 쓰는 조건으로, 아이를 그 직원에게 인도한다. 이렇게 해서 '송현' 아이는 하루 사이에 또 다른 곳으로 가게 된다.

　그 여직원은 아이를 일단 자기 집에 데리고 간다. 산림과 박 계장이 건네준 쇼핑백을 보니 아이의 겉옷과 속옷, 양말, 칫솔, 치약, 과자 등이 들어있었다. 어제 아이를 처음 발견한 박 계장님 아는 분이 사주셨다고 하는 말을 듣고, 자기도 이 아이에게 특별한 관심을 가져야겠다고 생각한다.

　다음 날은 토요일, 출근길 군청에서 운영하는 어린이집에 아이를 맡기고 오후 한 시 일과가 끝나자마자, 택시를 대절하여 그곳에서 한 시간이 걸리는 경상도 내륙 시골 마을 친지 댁으로 향한다. 여직원은 박 계장 아는 분이 이 아이를 선로변 꽃밭에서 발견했다면서, 아이가 꽃을 아주 많이 좋아한다고 하더라는 말을 친지분에게 전해주어야겠다고 생각한다.

　친지는 이 아이를 보자 단박에 아이에게 정을 느낀다. 여직원은 친지분으로부터 앞으로 아이 부모가 나타나면 즉시 아이를 친부모에게 인도하겠다는 확약서를 받은 다음, 아이가 발견될 당시 상황을 전하고 잘 보호해 주시도록 부탁하고 간다. 이렇게 해서 부모와 헤어진 지 이틀 만에 '송현' 아이는 자연을 벗하며 자랄 수 있는 벽지(僻地) 시골 마을에 둥지를 틀게 된다.

　일 년이 다 가도록 친부모가 나타나지 않자, 여직원의 친지분은 군청의 허락을 받아, 아이의 이름을 복녀(福女)로 짓고 입양 절차를 거친 후 자기들의 호적에 올린다. 잘 자라서 행복하게 살기를 바라는 양부모의 바람이 그 이름에 담겨있음은 충분히 짐작할 수 있다.

양아버지의 성(姓)인 전(全) 씨 성을 따라 '전복녀' 이름으로 양부모와 살게 된 송현 아이는, 초등학교에 들어가기 전부터 양아버지가 사다 주신 동화책과 어린이용(用)으로 펴낸 책을 읽으면서 세상을 배우기 시작한다. 걸어서 왕복 두 시간 거리인 초등학교 분교를 오가면서는 무엇보다도 자연과 벗하는 소중한 시간을 가진다.

도시에 있는 중학교는 너무 멀어서 다니지 못하고 양아버지가 사다 주시는 책으로 혼자 공부하면서, 학교에서 배울 수 있는 지식을 모두 익힌다. 산과 들에서 피는 꽃과 물이 흐르는 시내는 그 누구보다도 다정한 친구가 되어주었고, 논과 밭에서 자라는 식물은 생명의 이치와 고귀함을 일깨워 주었다.

이 세상에서 우리를 일깨우는 스승 중 '자연'만큼 위대한 스승은 없다고 석학(碩學)들은 말한다. 학교에 다니는 또래 청소년들이 교실에서 배우는 온갖 지식과 세상의 문물(文物)을 책을 통하여 흡수한 복녀는, 좋은 인성(人性)과 지혜로운 사고(思考)가 조화된 인격체로 성장하고 있었다.

여기서 잠깐, 딸을 잃어버리고 미국으로 돌아간 준웅과 혜용의 소식을 전하고자 한다. 딸을 잃어버리고, 그 딸을 찾기 위한 어떠한 방도도 찾지 못한 채 돌아온 두 사람의 일상(日常)은, 그야말로 매 순간 무너지려는 자신을 간신히 붙들고 나아가는 자기 자신과의 치열한 싸움의 시간이었다.

서로가 서로를 마주하지 않고 혼자 머무는 공간에서는 눈물과 탄식으로 그 가슴이 까맣게 타들어 가는 형극(荊棘)의 시간을 보낸다. 도저히 이대로 있을 수는 없어 준웅은 한국에 있는 지인(知人) 중 자기들의 신분과 처지를 잘 아는, 그래서 믿고 의지할 수 있는 '고덕수' 선배에게 딸 송현을 찾아봐 달라고 부탁해야겠다는 마음을 먹는다.

아내 혜용도 남편의 의견에 동의한다. 그때가 시월 하순, 딸 송현을 한국에 남겨두고 온 지, 두 달 반이 되던 때였다. 고 선배가 전화를 받을 수 있는 출근 시각에 맞춰 사업장으로 전화를 걸려고 기다리고 있는데, 밤 아홉 시가 조금 못 되어 법학을 공부하는 한국인 유학생이 기숙사 방으로 찾아왔다. 준웅의 대학교 이 년 선배이다.

"박정희 대통령이 한국 시간으로 어젯밤 암살되었다는데, 알고 있는가? 중앙정보부장이 총으로 사살했다는데?!"

'박 대통령이 죽다니!?'

준웅도, 혜용도 소스라치게 놀란다.

"아니 선배님! 그 말씀이 사실입니까?!"

한국을 떠나오던 이 년여 전까지도 박 대통령의 권좌(權座)는 탄탄하기 이를 데 없었고, 그 권세는 하늘을 찌를 듯하여 무소불위(無所不爲)의 권력자로 우뚝 서 있었다. 그 대통령이 암살되었다고 한다. 앞으로 한국 정세가 어떻게 요동칠지 모르는 정국(政局)은 짙은 안갯속으로 빠져들고 있다고 선배는 전해주었고, 곧바로 다음 날 비상계엄이 선포되었다는 소식을 듣게 된다.

준웅은 고 선배에게 연락하려던 생각을 일단 접지 않을 수 없었다. 지금과 같은 비상시국(非常時局) 상황에서 섣불리 사람들의 주목을 받는 일을 벌인다는 거는 지혜롭지 않다고 생각한다.

그 생각은 혜용도 마찬가지였다.

'조금 더 한국 상황을 지켜보자!'

이렇게 생각하고 기다렸지만, 얼마 지나지 아니하여 12.12사태가 일어나고 신군부(新軍部)가 정권을 장악했다는 소식이 들려온다. 육 개월 후 5.18 광주민주화운동이 일어나고, 뒤이어 군사정권이 등장하는 제5공화국 체제가 되어버린 한국 상황은 딸을 찾겠다는 준웅과 혜용의 의지를 아예 꺾어버리고 만다.

박준웅과 김혜용의 딸 박송현이 전복녀라는 이름으로 입양되어 시골 벽지에서 자라고 있을 무렵, 두 살 어린아이 박송현을 군청에 맡기고 온 손철민의 일상이 궁금하다. 다음 해는 천구백팔십년, 이 나라 역사에 길이 기록될 불행한 일이 있었던 해다.

그해 삼월 자기 집 손님인 '연하리'를 떠나보낸 '손철민'은 겉으로는 연하리가 자기 집에 찾아오기 전과 다름없는 나날을 보내고 있다. 그렇지만, 자기 집 온돌방에서 건강을 회복하고 중단했던 공부를 하기 위해 다시 독일로 유학한 연하리의 빈자리는, 모든 일에 무심(無心)하자고 마음먹은 철민의 마음에 작은 파문(波紋)을 일으키고 있었다.

나이 마흔이 넘도록 누굴 좋아해 본 일이 없던 철민이었다. 자기의 신체적인 결함을 잘 알고 있었으므로, 어려서부터 자기는 여자로부터 아무런 관심도 사지 못하는 존재라고 생각하고 있었고, 그래서 여자와는 철저히 담을 쌓고 지냈다. 혹시라도 누군가를 마음에 두게 된다면, 그건 자기를 괴롭히는 부질없는 짓이므로, 아예 여자라는 존재는 무관심의 대상이라고 규정해 버렸을 것이다.

타고난 민감 체질로 인해 몸에 필요한 영양가를 제때 섭취하지 못하게 되면서 허약해진 신체는 체질이 개선되지 않고, 달리 치료할 방법도 없다 보니 허수아비와 같은 외관(外觀)은 늘 그대로였다. 또한 아무리 예쁘고 멋있는 여성이 앞으로 지나가도 아무런 감정도 느끼지 못하는 상태, 말하자면 무관심한 거는 남성에게 필요한 호르몬의 결핍상태가 지속되고 있어서 그러는지도 모르겠다.

어찌 되었든 여자에게서 아무런 흥미도 느끼지 못한 채 사십 년이라는 세월을 살았고, 이제 여자라는 존재는 일반 남자들과 똑같은 부류(部類)의 사람일 뿐이었다. 그런데 손님이 떠나고 난 빈자리에 왜 이렇게 시선이 머무는 것일까?

손님이 누워서 자던 큰 방 아랫목에 몸을 누이고 잘 때면 자연 손님의 체취가 생각나고, 손님과 함께 밥을 먹던 밥상에서 밥을 먹을 때면 마치 손님이 마주 앉아있는 듯한 환영(幻影)이 떠오른다. 새벽에 골짜기로 물을 길으러 갈 때도 함께 다니던 때처럼 뒤에서 손님이 따라오는 듯한 느낌이 들고, 차를 운전하여 인근 도시에 일 보러 갈 때도 옆좌석에 손님이 앉아있는 듯한 착각에 빠지기도 한다.

언뜻 정신을 차리고 손님이 있던 자리가 텅 비어있는 공간임을 알아차렸을 때는 생전 느껴보지 못했던 아련한 그리움이 가슴속을 휘젓고 들어오는 기분에 사로잡힌다.

함께 있는 동안은 이런 기분을 느껴본 때가 없다. 숲에서 나무의 기운을 쏘이는 때도 서로 떨어진 자리에서 각자 편한 자세로 긴 의자에 기대어 있었으나, 숲을 손님과 공유하는 기분이었고, 손님이 숲에 있는 집에 다녀올 때도 늘 같은 공간에 있는 거만 같왔다.

그러니까 손님이 스스로 이름을 붙인 산장에 처음 찾아온 후로 손님은 늘 자기와 같은 공기를 마시며 같은 공간에 머물러 온 이웃이자 함께 병을 치유하는 동지였다. 꼭 필요한 말 외에는 대화하는 시간도 거의 없었고, 손님이 공부하는 거를 알고서는 일부러 침묵하는 쪽을 택해 말하는 거를 아껴서 했다. 산과 숲과 산장은 그들이 함께 머문 공간이었고, 그 공간을 이루고 있는 자연은 그들이 함께 누리던 특별한 은총이었다.

산장 주인 손철민은 산에 올라와 암 치유를 하면서 소일거리로 시작한 목공예 작업을 하루의 일과처럼 꾸준히 해나갔다. 무슨 일이든 한 가지 일에 몰두하면 조금씩이라도 발전이 있는 법, 목공예에 관한 책을 보면서 작업 방식과 채색하는 방법 등을 배우고 손을 움직여 연습하면서, 부모님의 조상(彫像)을 완성해 나간다.

실수를 거듭하여 처음부터 다시 조각하기를 수십 번, 부모님의 사진을 앞에 두고 생전의 그 모습을 거의 담았다고 생각하면서 작업을 마치고 보니, 손님이 떠난 후 한 달이 되어가는 무렵이었다. 산에 올라와 목공예 작업을 시작한 지 이 년여 만이다. 완성된 부모님의 목각(木刻)을 나무 선반 위에 올려놓고, 다음 작품을 구상한다.

선반 위에는 그동안 작업해 놓은 여러 형태의 목각이 놓여있다. 처음에 소일거리로 작업해 본 생물의 모양이나 책에 나와 있는 여러 모양의 캐리커쳐caricature 등이다. 그러다가 마음이 이끄는 대로 따라가다 보니 손님 얼굴을 한 번 조각해 보고 싶다는 생각이 든다. 하얀 도화지 위에 연필로 손님의 얼굴을 스케치해

본다.

 기억에 남아있는 여러 표정 중에서 가장 마음이 머무는 거는 선로변에서 데리고 온 어린아이와 작별하던 그날 아침의 표정이었다. 불과 하룻밤 사이 짧은 시간에 아이에게 정(情)을 쏟아부었는지, 아이와 헤어지는 거를 그렇게도 힘들어하던 그 표정이 아른거린다. 아이를 꼬옥 안아주고 나서 아이를 떠나보낼 때 눈망울에 고이던 눈물 어린 표정이 생생하게 떠오른다. 철민은 그 표정을 스케치하며 몇 번이고 다듬는다.

 '이 표정이 살아나야만 해! 내 실력으론 이 표정을 완벽하게 살려내긴 힘들겠지만, 그래도 열심히 한번 조각해 봐야지. 살아보니 마음이 따뜻한 사람이 가장 인간미가 느껴지고 좋았다. 타인의 처지를 그냥 지나치지 않고 함께 공감하며 마음을 써주는 사람, 손님은 참 따뜻한 마음을 가진 여인이었어!'

 며칠 동안 스케치를 해보다가 겨우 스케치가 마음에 드는 날이 왔다. 그다음 날부터 작업 도구를 쥔 철민의 손은 긴장되고, 손님의 표정을 살려내려고 안간힘을 쓰는 집념은 그 열기를 더해간다. 손의 움직임 하나, 하나에 정성을 기울이며 기도하듯 아주 천천히 작업을 해나간다.

 그해 십이월 정기검진 받는 날, 검사 결과를 받아본 주치의 선생님은 한참 동안 말없이 수치가 보여주는 환자의 몸 상태를 진단해 보려고 고심한다. 그 얼굴에 좀체 수긍이 안 간다는 표정이 떠올랐다가 사라진다. 암세포는 증식을 멈추고 있는데 몸의 기능이 조금씩 떨어지는 수치가 나타나고 있어서다.

"주무실 때 땀을 흘리거나, 길을 걸을 때 주저앉고 싶을 만큼 현기증을 느끼는 경우가 있으신가요?"

주치의가 환자의 동공(瞳孔)을 살펴보고 혀를 내밀게 하여 그 색깔을 살펴본 다음 묻는 말이다. 철민은 주치의의 물음을 받고 그러한 때가 있었는지, 곰곰 생각해 본다. 그러한 때는 기억나지 않으나, 몸의 피곤을 느끼는 때는 가끔 있다.

"아직은 잘 모르겠고, 가끔 몸이 피곤하다고 느낄 때는 있습니다."

주치의 선생님은 고개를 끄덕이더니 물었다.

"지금도 섭취하는 음식에 몸이 민감하게 반응하는가요?"

그리고는 여전히 해쓱한 환자의 얼굴을 살핀다.

"네. 민감한 체질은 쉽게 바뀌지 않는 모양입니다. 여전히 음식은 가려먹고 있습니다."

환자에게 무슨 말을 해줘야 하나, 잠깐 생각하고는 주치의 선생님은 결심했다는 듯 말을 꺼낸다.

"영양 부족 상태가 수치로 나타나고 있습니다. 몸에 필요한 영양소를 섭취하지 못하다 보니 몸의 각 기관에서 그 기능이 저하되고 있습니다. 사람들이 많이 사는 곳에 계셨다면, 떨어진 면역 기능 때문에 몸 상태가 더 나빠졌을 겁니다. 여러 병(病)의 인자(因子)가 몸 안으로 침투했을 거니까요. 다행히 산의 좋은 공기와 숲의 기운과 깨끗한 물이 암세포의 증식을 억제하고 환자분을 이만큼이라도 붙들고 있다고 생각됩니다. 할 수 있다면 체질에 방해되지 않는 음식물의 섭취량을 조금 더 늘려보시지요."

검진을 받고 산으로 돌아오는 길, 철민은 주치의 선생님의 말씀을 곰곰이 새기며 자기 몸이 영양 부족으로 인해 서서히 소멸(消滅)되어 가고 있다는 거를 느낀다.

한계점이 다가오고 있나 보다. 오래 살게 되리라고는 바라지 않았다. 내게 생명을 준 조물주가 내 생명을 연장해 주는 날까지 담담히 내 생(生)을 바라보며 살겠다고 다짐했었다. 몸에서 받아주지 않는 음식물은 어쩔 수 없고, 평소 섭취하던 거를 그 양을 늘려보려고 검진을 받고 온 날 저녁부터 시도해 보았으나, 한 수저를 더 넘기기가 어려워 마음을 비워버린다. 산에서의 생활 이 년 구 개월, 앞으로 얼마나 더 살 수 있을까?

산에 올라온 지 삼 년이 되어가는 그 이듬해 삼월, 철민은 몸의 기력이 점차 떨어지고 있음을 느낀다. 석 달 전 정기검진을 받을 때 주치의 선생님이 말씀하셨던 그 증세가 나타나고 있구나라고 철민은 생각한다. 기적적으로 체질이 바뀌지 않는 한 몸의 기력은 점차 떨어질 것이다.

한때는 부족한 영양가를 보충해 보려고, 약사의 추천을 받아 영양제를 복용해 보기도 했으나, 속이 메스꺼워지고 밥을 먹을 수가 없어, 이 또한 복용을 중단할 수밖에 없었다. 민감한 체질을 바꾸려면 이것이 좋다고, 주변에서 추천하는 한약재(韓藥材)나 민간요법도 어느 거 하나 효과를 보지 못했다. '백약(百藥)이 무효'라고 하는 말은 내 경우를 두고 하는 말인가 보다, 싶어 더는 그런 조언에 귀 기울이지 않았다. 조물주가 그렇게 살라고 만들어 준 몸에 순응하자고 마음먹었기 망정이지 그때마다 절망하고 분노했다면, 성격마저 나빠지고 얼굴의 인상도 구겨졌을 거다.

철민은 몸에서 자라고 있는 암세포가 날이 갈수록 더 빠르게 퍼져나갈 거라고 내다보고, 그 진행을 다소나마 늦춰보자고 숲을 찾아갔던 것이지 암을 이겨보자고 기대한 건 아니었다. 누구보다도 자기 스스로 자기 몸 상태를 알고 있는 사람이면 가지게 되는 마음의 자세라고나 할까? 오늘 하루 내게 주어진 시간에만 전념하자고, 내일 이후의 일은 생각지 말자고 다짐하며 산에 올라왔지만, 몸의 기능이 차츰 떨어져 가는 거를 마주하고 보니, 남아있는 날들을 세어보지 않을 수 없다.

'마음의 준비는 되어있다. 그날이 오면 후회하지 않을 일을 늘 생각하면서 대비해야지!'

손님의 얼굴을 조각하는 작업은 더디기만 했다. 목공예 과정을 혼자 책을 보고 연습해 가며 익히고 배우다 보니, 작업의 숙련도(熟練度)는 아직도 부족한 부분이 적지 않은 모양이다. 나타내고 싶은 그때의 표정이 제대로 조각되지 아니하여 목각 재료를 새로 준비하기도 여러 번이다.

손님의 표정을 담아내 보자고 작업을 시작한 지 일 년이 다 되어가는데도 아직 마음에 드는 목각(木刻)은 나오지 않았다. 창밖에서 "까악 까악" 우짖으며 날아가는 새소리가 들려 잠시 작업하던 손을 멈추고 밖으로 나와 대청마루에 걸터앉는다.

'손님의 이름이 '연하리'라고 했지. 그러고 보니까 손님은 자기를 짙게 내보이던 적은 없었던 거 같아. 함께하던 공간도 늘 연한 색채로 물들이고 움직일 때도 바람을 휘젓는 소리만 났지. 조용한 여인이었어. 내가 손님의 얼굴을 조각하면서도 지치지 않는 거는 작업하는 시간이면 손님과 함께 있는 기분이어서 그럴 거야. 작업하는 시간은 숲에 가기 전의 아침 두 시간, 숲에 다녀와서 저녁을

먹기 전까지 세 시간 남짓, 작업하는 하루 다섯 시간은 그러한 기분이야.'

철민은 마음에 드는 그 표정이 목각에 새겨질 때까지 서두르지 않고 작업을 계속할 생각이었다.

온 산이 초록빛으로 물드는 오월 어느 날, 작업을 하다가 자꾸 눈이 감기고 졸리는 피로감을 느낀 철민은 대청마루로 나와 그대로 눕는다. 그때 소리도 없이 손님이 대문을 열고 들어오더니 곧장 공방으로 들어간다.

"제 얼굴을 조각하고 계시는군요."

손님은 뒤따라 들어온 주인에게 웃음을 보내며 아직 미완성인 목각을 물끄러미 내려다본다.

"표정이 주는 느낌은 그 사람의 눈에 달려있는가 봐요. 사람이 화를 내고 말할 때도 그 눈이 맑고 잔잔하면, 그 표정이 부드럽게 느껴지는 거처럼요."

그러면서 환하게 웃더니 조용히 공방 문을 열고 나간다. 무슨 말을 해야 할 거 같아서 바로 뒤따라 나갔으나, 손님이 보이지 아니하여 어디로 갔나 하고 두리번거리다가 철민은 잠에서 깨어났다. 방금 옆에 있었던 사람처럼 꿈에 나타난 손님의 얼굴이 또렷이 다가온다. "표정이 주는 느낌은 그 사람의 눈에 달려있다"라고 하던 말이 귀에 쟁쟁(錚錚)하여 그 의미를 곰곰이 되새겨본다.

'눈에 그 사람의 마음이 담겨있다는 말일까?'

기쁨과 슬픔, 화냄과 괴로움의 감정 등이 일어날 때, 그 감정이 곧바로 눈에 나타난다고, 손님이 가르쳐 주었다고 철민은 생각한다. 철민은 몸의 피로감이 가실 때까지 조금 더 누워있다가 다시 공방으로 들어간다. 오후의 햇볕이 그새 많이 엷어져 있었다.

 철민은 귓가에 남아있는 손님의 말을 떠올리며 목각의 눈 부위에 조심스럽게 끌을 갖다 댄다. 그날 이후 철민은 작업을 시작하기 전에 손님의 마음부터 생각해 보는 시간을 갖는다. 그 마음이 절절히 느껴질 때까지 생각하고 또 생각한다.

 그로부터 한 달 후 철민은 마음에 드는 손님의 표정을 목각에 담아낸다. 손님의 표정을 조각하기 시작한 지 일 년이 훌쩍 지나고도 두 달째에 접어든 무렵이었다. 처음부터 다시 조각하는 마음으로 눈 부위 작업을 여러 번 시도한 끝에 얻어낸 소중한 결과였다. 목각의 표정은 그날 아침 어린아이와 헤어질 때 아쉬워하며 울먹이던 그 표정을 많이 닮았다.

 철민은 그 목각을 부모님의 목각 옆에 놓아두고, 마음에 들지 않는 여러 개의 목각은 자루에 담아 부엌에 가져갔다. 땔감으로 쓸 것이다. 그날 철민은 뿌듯한 성취감에 싸여 저녁노을이 번지는 산길을 산책한다. 내일부터는 손님의 또 다른 표정을 목각에 담아낼 생각으로 마음이 바빠진다.

 '손님의 영혼이 내가 자기 얼굴을 조각하는 걸 알아챘나 봐. 꿈에 나타나 내게 한 수 가르쳐 주고 간 걸 보니!'

 다음 날 공방에 들어간 철민은 손님의 표정 중 기억나는 표정들을 스케치하기 시작한다. 삼 년 전 십일월 이곳 산장에서 처음 큰 방 아랫목에 누워 오후에 낮잠을 자고서도 그날 밤 또 잠을 잔 뒤, 다음 날 아침 보여주던 해맑고 싱싱하던 그 표정이 떠오른다.

 며칠 뒤 장기 투숙을 하겠다며 찾아와 조금은 떼쓰는 것처럼,

조금은 미안해하는 거처럼 부탁하던 그 표정도 떠오른다. 골짜기에 물 길으러 갔을 때 동쪽 하늘에 떠오르는 해의 찬란한 빛을 등 뒤로 받고 이른 아침 안개에 싸여있던 숲을 사진 찍고 나서 보여주던 환하고 즐거운 표정도 떠오른다.

'작년 일월부터 우리 집을 떠나기 직전까지는 오후에 나무의 기운을 쏘이는 시간에 숲에 가지 않고 책상 앞에 앉아 열심히 무언가를 쓰면서 공부하고 있었지. 저녁 식사 때가 되어 큰 방에 들어올 때의 그 얼굴에선 무슨 일에 집중하는 사람만이 보여주는 뜨거운 열정과 의지(意志)가 번뜩이고 있었어.'

철민은 그 표정들을 힘이 남아있을 때까지 하나씩 조각해 보겠노라고 마음먹는다.

'손님 얼굴을 조각하는 지금이 가장 편안하고 잡념도 안 생기고 내 몸이 스러질 때를 생각하는 두려움이 없어서 좋다. 이러한 마음 상태를 잘 유지하여 맑고 평화로운 표정으로 그날을 기다려야지!'

그해 십이월 정기검진을 받으러 간 날, 검사 수치를 눈여겨본 주치의 선생님은 나지막한 목소리로 철민에게 입을 연다.

"얼굴은 더 야위셨어도 표정은 참 맑으시군요. 마음이 편안하신가 봐요."

"네. 몸은 자주 피로감을 느끼지만, 공방에서 작업하다 보면 잡념이 없어져서 마음이 편안해집니다."

철민은 조용한 미소를 떠올리며 주치의 선생님을 바라본다. 선생님은 고개를 끄덕이며 담담하게 말한다.

"마음이 편안한 거처럼 소중한 거도 없지요. 피로가 느껴지면 푹 쉬시고, 몸이 잘 감당이 안 되는 때가 오면 가족에게 연락하여 가족 곁에서 계시길 권합니다."

"네, 잘 알겠습니다."

'몸이 잘 감당이 안 되는 때라면, 내 생명의 불꽃이 쇠진(衰盡)되어 가물거리는 때를 말하신 걸 거야.'

병원에서 돌아오는 길, 철민은 천천히 산길을 오르며 오늘 주치의 선생님이 내게 살아갈 날이 얼마 남지 않았으니, 미리 마음의 준비를 하라고 귀띔해 주셨다고 생각한다. 몸의 기력이 서서히 쇠진해 가고 있다. 골짜기에 물을 길으러 가면 물통에 다 담지 못하고 삼분의 이 정도만 담아야 할 만큼 지게 위에 지고 걷는 게 힘들다. 걷는 거도 일상의 움직임도 느려졌다. 현기증이 나타날 때도 있고, 잠을 자고 나면 몸이 땀에 젖어있을 때도 있다.

'그래도 정신은 맑고 마음이 편안하니 갈 때를 아는 사람의 자세가 이만하면 괜찮지 않은가?'

먹고 마시는 거는 해야 할 일 때문에 거르지 않고 억지로라도 꼬박꼬박 섭취한다. 공방에서 작업하는 일, 식사 후 잠자는 시각까지 책을 읽는 일도 꾸준히 계속하고 있다. 산에 올라올 때, 조물주가 내게 허락한 이 생명이 끝나는 날까지, 나를 위해 내가 좋아하는 일을 하면서 하루 또 하루 충실하게 살다가 가겠다고 다짐했다. 철민은 그 다짐을 잊지 않고 차츰 느려지는 몸의 동작 하나, 하나를 헛되이 쓰지 아니한다.

내일은 손님의 또 다른 표정을 조각하는 일이 기다리고 있다. 며칠이 지나 해가 바뀌고, 두 달이 더 지나면 산에서의 생활이 사 년째에 접어들게 된다. 철민은 큰 소망을 가지고 다음 일 년을 기다리는 사람처럼 새해를 맞는다.

'연하리'가 자신이 부르기 좋아하던 '산장', 즉 숲 아래 분지에 있는 철민의 거처를 떠난 지 이 년이 되는 그해 삼월, 하리는 뮌헨 대학에서 그간 준비해 온 논문의 독일어 번역 작업에 열중하고 있었다. 행여라도 무리하여 건강을 해치는 일이 없도록 늘 규칙적인 생활패턴을 유지하려고 신경 쓰며 연구에만 전념했으므로, 건강에는 아무 문제가 없었다.

논문을 준비하는 다른 학생들이 밤을 새워가며 연구에 몰두하는 모습이 보기 좋고 부럽기도 했으나, 하리는 그들을 따라가지는 않았다. 성취가 늦더라도 내 몸이 감당할 수 있는 한계를 넘지 않으려 늘 조심하면서 먹을 때는 차분히 먹고 잠잘 때면 푹 자는 생활 방식을 철저히 지켰다. 간혹 산장 주인이 생각나고 지금은 어떤 상태인지 궁금하여 알아보고 싶은 생각이 들기도 했지만, 때가 올 때까지 기다려야 한다고 생각하고 더욱 연구에만 집중했다.

몸 상태가 하향곡선을 그리며 움직임이 갈수록 느리고 둔해지는 거를 체감(體感)하면서도, 철민이 하리의 얼굴을 조각하는 작업에 열중하던 그 무렵이었다. 선반 위에는 하리의 얼굴과 꼭 닮은 목각이 이미 여러 개 놓여있다. 같은 얼굴이지만 표정은 각기 다른!

마당에 피어있는 꽃들이 그 자태를 자랑하던 봄이 가고, 산이 온통 초록빛으로 물든 여름이 지나고, 단풍이 물들기 시작하는 가을이 되었다. 철민은 이 산의 주인인 정 노인 어른께 편지 한 장을 쓴다.

그동안 강녕(康寧)하셨습니까? 어르신의 깊으신 배려로 제가 이 산에 올라온 지도 사 년 칠 개월이 되었습니다. 산에 올라올 때는 제 몸 안에서 자라고 있는 암세포가, 허약한 데다 면역력조차 갖추지 못한 제 몸을 일 년 안에 쓰러뜨릴 거로 생각했습니다.

그런데 오 년을 몇 달 남겨둔 지금까지 저는 생명을 붙들고 있습니다. 숲에서 나무의 기운을 쏘이고, 산의 맑은 공기를 호흡하며 지낼 수 있었기 때문입니다. 다시 한번 이러한 기회를 주신 어르신께 감사 말씀 올립니다.

이제 이러한 생활을 할 수 있는 날도 얼마 남지 않았습니다. 의사 선생님 말씀으로는 제 몸 안에 자라고 있던 암세포는 산에 올라왔을 때부터 더 이상 증식하지 않고 멈춰있는데, 몸의 기능은 갈수록 떨어지고 있다면서 떠날 날을 준비하고 있으라고 하셨습니다. 제 체질 때문에 오랫동안 영양가 있는 음식물을 섭취하지 못한 탓에, 몸의 각 기능이 많이 저하되었다는 뜻으로 받아들였습니다. 작년 십이월 검진받을 때 해주신 말씀이었는데, 예상했던 거보다는 생명이 더 연장되었습니다. 이제 그 한계 시점에 가까이 이른 거 같아, 이쯤 이곳에서 내려가 요양병원에 입원할 준비를 하고 있습니다.

어르신께 여쭙습니다. 먼저 제가 이곳 분지에 짓고 거처한 이 집을 철거하고 원상 복구하길 원하신다면 바로 철거 작업을 진행하려고 합니다. 제 생각으로는 이곳 숲에서 병 치료를 하시게 될 분이 이 집에 머무르면서 숲에 가실 의향(意向)이 있으시다면, 무상(無償)으로 이 집을 사용하셨으면 좋겠습니다. 혹시라도 제 생각에 동의하신다면, 집 관리 비용을 어르신께 맡겨드릴 생각입니다.

다음으로는 이곳에 마련한 공방에서 그동안 조각해 놓은 목각(木刻)

이 여러 점 있는데, 어르신께서도 알고 계시는 분이오니, 그분께 이 목각을 전해드리고 싶습니다. 저만 알고 있는 사실이므로, 그분의 인격을 지켜드리기 위해 전혀 소문나지 않을 어르신께 말씀드리는 것이오니, 허락하신다면 댁으로 이 목각들을 보내드리겠습니다.

마지막으로 어르신께서 허락해 주신다면, 제가 죽고 나서 화장한 유골(遺骨)을 이곳 집 근처에 수목장(樹木葬)으로 묻고 싶습니다. 봉분 대신 유골을 묻은 곳에 서 있는 나뭇가지에 제 이름을 쓴 팻말만 걸어놓겠습니다. 답장 주시는 대로 여쭌 말씀을 바로 처리하고 저는 산에서 내려가겠습니다. 감사드리옵고 안녕히 계십시오. 손철민 드림

등기속달로 부친 편지는 다음 날 정 노인 어른 댁에 도착하였다. 정 노인께서는 건강관리를 잘하고 계시는지 오 년 전 그 모습과 별로 달라지지는 않으시다. 정 노인은 안경을 쓰고 편지를 읽으면서 안타까운 마음에 목이 메는지 눈물을 글썽인다.

'이 손님이 청하는 부탁을 받아들이지 않을 이유가 없다. 그렇지 않아도 사업상 알게 되어 친구처럼 지내는 지인이 조카딸 '연하리'와 함께 인사차 왔을 때, 연하리로부터 온돌방에서 자면서 건강이 회복되었다는 얘기를 들었다. 연하리가 다시 독일 유학을 가면서 방문했을 때다.

연하리는 아무런 대가도 받지 않고 자기를 일 년 사오 개월 동안 따뜻한 온돌방에서 잘 수 있도록 도와주고 공부할 수 있는 분위기를 만들어 준 집주인에게 깊이 고마워하고 있었다. 온돌방이 체질에 맞는 사람에게는 건강을 회복하는 데 큰 효과를 거두는구나, 생각하고 관심을 두고 있던 참이었다.

손님이 그 집을 환자들에게 제공한다면 앞으로 숲에서 나무 기운을 쏘이고 싶은 사람들에게 적극 권할 생각이다. 누구 얼굴을 조각했다는 목각 얘기는 처음 듣는다. 연하리도 그런 얘기는 하질 않았다. 내가 아는 사람이라고 하니, 그 사람이 연하리겠구나, 추측할 뿐이다. 산에 묻히고 싶다는 손님의 청(請)은 가슴 아픈 기억으로 남겠지만, 내가 해줄 수 있는 마지막 배려이므로 이 또한 청해준 게 고맙다.'

정 노인은 곧바로 답장을 쓴다.

손님이 보내준 편지 잘 읽어보았소이다. 더 오래 산에 머물러 있으면 좋겠다 싶지만 이렇게 헤어질 때가 되었다고 하니, 안타깝고 가슴이 저려오는구려. 바라는 거는 남은 기간 편안한 날들을 보내다가 아무 미련 없이 하늘나라로 떠나셨으면 하는 것이외다.

집을 무상으로 제공하겠다고 하니 고맙게 받겠소이다. 따뜻한 온돌방에서 기거하길 원하는 환자가 계시면 편하게 사용하라고 권하겠소이다. 숲에 있는 집도 일 년에 두 번, 봄과 가을에 보수하고 손을 보고 있으니, 손님의 집도 그때 함께 관리하면 되므로 굳이 내게 관리비를 맡기지 않아도 괜찮소이다. 꼭 다른 이를 돕고 싶은 갸륵한 마음으로 관리비를 준비해 놓았다면, 그 뜻을 존중하여 받아서 분지에 있는 집을 잘 관리해 놓겠소이다.

손님이 작업해 놓은 목각의 주인공은 내가 아는 사람이라고 하니, 잘 보관했다가 직접 그 사람의 손에 전하겠으니, 안심하시오.

수목장으로 장례를 치르겠다는 그 뜻도 감사히 받겠소이다. 손님의 영혼이 그곳에 있는 산과 숲, 그리고 두 곳에 자리한 집을 지켜주실 것이기 때문이오. 마음이 깨끗하고 다른 사람의 유익을 위하여 자기 자신을 희생한 손님에게서 나도 많이 배웠소이다. 감사드리는 바이오. 그럼 손님과의 작별 인사는 이 편지로 대신하겠으니 양해 부탁드리겠소.

정 노인 어른의 답장 편지는 감정을 절제하면서도 깊이가 있어, 받는 이에게 그 진심이 충분히 전달될 것이었다. 역시 등기속달로 부쳐진 편지는 그다음 날 사서함에 도착한다. 철민은 이를 헤아리고 편지를 보낸 사흘 뒤 우체국을 방문, 정 노인 어른의 편지를 받아보고 곧바로 집 관리비 명목의 기탁금을 은행에서 계좌 이체한다. 직장생활하면서 저축해 놓은 돈 중에서 집을 짓느라 쓴 돈을 제한 나머지 돈과 그동안 연금을 받아 생활비로 쓰고 남은 돈을 합친 돈에서 요양병원 입원비와 장례비를 제하고 남은 돈이었다.

정 노인 어르신의 아드님이 보관하고 계실 보증금을 합하면 직장 퇴직 당시 받던 봉급의 십오 개월 치에 해당하는 돈을, 분지에 있는 집 관리비로 맡긴 셈이다. 책보에 싸서 가방에 담아 가지고 온 목각은 우체국에서 소포 박스에 담아 종이로 틈을 잘 메꾸어 안전하게 포장한 뒤, 등기 소포로 부쳤다. 박스에 담은 목각은 모두 일곱 개로 세 개의 박스에 나누어 담았다.

아마도 지금 상태 같으면 한 달 후에, 이번 생(生)을 작별할 거 같다. 그동안 임대하였던 시골집 주변은 올해 초순부터 군청에서 주변 경관이 좋은 들과 산에 꽃 정원을 조성하는 사업을 시작하였으므로, 관광지가 될 거 같아 세 동생 앞으로 이전해 주었다. 작년 십이월 주치의 선생님으로부터 떠날 날을 준비하라는 말씀을 듣고 나서였다. 동생들에게는 우리들이 태어난 본가(本家)이므로, 주말에 와서 쉬었다 가기도 하라면서 잘 관리해 줄 거를 부탁했다.

그날 철민은 바로 아래 남동생에게 전화하여 떠날 때가 되었다는 뜻을 전하고, 이번 주말 둘째 동생과 함께 소소한 짐을 담을 수 있는 박스 등을 준비하여 산에 올라오도록 부탁한다. 그 주말 남동생들 내외와 여동생 내외 등 여섯 가족은 산에 올라와 짐을 정리한다. 쓰던 침구와 입던 옷, 책 등만 싸고 기타 취사도구와 부엌살림, 공방의 도구 등은 그대로 둔다. 혹시 이곳에 머무는 사람에게 소용될 수도 있겠다 싶어서 철민이 그렇게 해달라고 당부했다.

철민은 동생들에게 자기의 유골을 수목장으로 묻어줄 장소를 알려주고, 그곳에 서 있는 나뭇가지에 노란색 리본을 건다. 그곳은 집에서 숲과 산으로 올라가는 길목에 서 있는 키가 훤칠한 느릅나무이다. 이제 누구든 침구와 식량만 준비해 오면 이곳 빨간 지붕을 인 집에서 머물 수 있고, 따뜻한 온돌방에서 잠을 잘 수 있을 거다.

산에서 내려오기 전 철민은 공방에 들어가 부모님의 목각 조상(彫像)을 가져와 바로 아래 동생에게 건네면서 집 거실에 모셔두고, 육 개월마다 동생들과 돌아가면서 모시라고 당부한다. 동생들은 부모님의 생전 모습과 몹시 닮은 조상을 보곤 형님과 오빠의 목공예 실력에 감탄을 금치 못한다.

산에서 내려가 주차해 놓은 가든 식당에 가서 철민은 형제들에게 늦은 점심을 산다. 자기가 입원할 요양병원도 알려준다. 며칠 전 전화로 그 요양병원에 예약해 놓았다. 바로 아래 남동생에게는 한 달간의 입원비와 장례비를 계좌이체해 놓았다고 알린다. 떠나는 길 누구에게도 폐를 끼치지 않고 홀가분하게, 깔끔하게 정리하고 떠나겠다는 평소의 뜻을 실천해 보인 거다.

식사가 끝난 후 식당 주인에게 그간 차를 잘 관리해 주셔서 고마웠다는 인사를 전한 다음 차가 필요한 여동생에게 내일 차 명의를 이전해 가라면서 도장과 신분증을 건넨다. 여동생은 아이들이 크자 전공을 살려 더 공부해 보겠다면서 대학원에 진학하였는데, 인근 도시에 있는 학교에 다니려면 차가 필요하다고 해서 주기로 했다. 이제 남은 거는 아무것도 없다. 조용히 생을 마감할 준비를 하고 있다가 떠나면 되는 거다. 누구에게 빚진 거도 없고 정신적으로 부담을 준 거도 없다.

연하리 손님의 얼굴을 조각하긴 했으나, 그녀에겐 좋아한다는 말 한마디 한 적도 없다. 단지 이성(異性)으로는 내게 처음으로 가까이 다가와 준 그녀가 고마웠고, 잔잔하면서도 진하지 아니하고 연한 침묵으로 내 곁에 있어 준 덕분에 내가 평안할 수 있어서 고마웠을 뿐이다. 나를 무슨 외계인(外界人) 바라보듯 어색한 시선으로 바라보는 여성들의 시선에 주눅 들어 늘 움츠리고 다녔는데, 연하리 손님은 그러한 시선으로 바라본 일이 전혀 없다.

연하리 손님의 목각은 그녀에 대한 감사의 표시이자 작업하는 시간 동안 평안을 불러다 준 그녀의 존재가 만들게 한 산물(産物)일 뿐 어떤 의미도 부여하지 않았다. 그저 고맙고, 감사하는 마음을 전하는 것일 뿐이니 연하리 손님도 그렇게 목각을 받아주면 좋겠다.

그다음 달에 철민은 요양병원에서 조용히 저세상으로 떠난다. 천구백팔십이 년 십일월 중순 어느 날이다. 그날은 연하리 손님이 장기 투숙을 예약할 수 있느냐면서 두 번째로 찾아와 빨간 지붕을 인 산장 온돌방에서 잠을 잔 바로 그 날짜이다. 철민은 눈을 감으면서 그날 찾아온 연하리 손님을 생각하면서 떠났는지도 모르겠다.

또 철민이 떠난 날은 공교롭게도 '연하리'가 뮌헨대학에서 문학박사 학위 논문이 통과되었다는 기쁜 소식을 받은 날이었다. 연하리는 먼저 부모님께 이 기쁜 소식을 전하고, 그다음 정 노인 어른께 전화하여 어르신께서 도와주신 덕분에 학위를 취득할 수 있었다면서, 감사 인사를 드린다. 정 노인은 연하리가 잠시 침묵하는 동안 손철민의 안부를 듣고 싶어 한다는 거를 알아차렸으나, 짐짓 모른 척하고 축하 인사로 대신한다. 기쁜 날 슬픈 소식을 전해선 안 된다고 생각해서다.

귀국해서 큰아버지와 함께 인사차 올 것이므로, 그때 목각을 전하면서 손철민의 소식을 전하리라 마음먹는다. 연하리에게도 손철민이라는 사람은 정말 고마운 은인으로 깊이 새겨져 있을 거를 잘 알기 때문이다.

연하리는 학위증서를 받는 대로 한국으로 돌아갈 생각이다. 학위를 받고 독일 대학에서 계속 머무르게 될지, 여부는 아직 결정한 바 없고, 먼저 부모님께 이 증서를 보여드리고 정 노인을 찾아뵙고 인사드린 다음 산으로 찾아가 산장 주인을 만나려고 한다.

산에 가서 자신이 치유를 위해 머물렀던 숲의 공기를 마시고, 산장 주인과 함께 밥을 짓고 함께 밥을 먹고 온돌방에서 잠을 자고, 이른 새벽에 물을 길으러 골짜기에 함께 가야겠다고만 생각한다. 사진기를 메고 가서 새벽에 동터 오는 하늘과 새벽안개 자욱

한 숲을 또다시 사진에 담고 싶다. 자기에겐 건강을 되찾게 한 너무나도 소중한 장소일 뿐 아니라 영혼이 순수하고 더할 나위 없이 겸손했던 한 남자가 있는 그곳을 다시 찾아가 보고 싶은 것이다.

연하리는 정 노인 댁에서 상자에 보관된 목각을 보고 조각된 그 형상(形象)이 자기 얼굴이며, 제각기 다른 자기의 표정인 거를 알게 되리라. 정 노인은 철민이 근무했던 군청에 연락해 보고, 마침 연하리의 전화를 받은 그날 철민이 별세했다는 거를 알게 되리라. 산장 주인이 일곱 개의 목각을 자기에게 남기고 이미 먼 길을 떠나고 없다는 사실을 알았을 때, 연하리가 어떤 모습으로 산장 주인을 추모하게 될지, 눈앞에 그려진다. 그렇지만 여기선 그 모습을 독자 여러분의 상상에 맡기고자 한다.

며칠 뒤 연하리가 산장이라고 일컫던 빨간 지붕을 인 집에서 산으로 오르는 길목 옆 키 큰 느릅나무에는 '손철민이 잠들어 있는 곳'이라고 쓰인 나무 팻말이 걸린다.

미국에서 공부하는 박준웅과 김혜용의 소식을 전하고자 한다. 딸 송현을 잃어버리고 돌아간 두 사람은 격변하는 한국 정세 때문에 딸을 찾겠다는 의지도 꺾인 채, 뼈저린 고통과 슬픔을 겪으면서도 딸에 대한 선물을 준비하겠다는 강인한 노력으로 모두 학위를 취득한다.

준웅은 유학한 지 사 년 후인 천구백팔십일 년에 경제학 박사학위를, 혜용은 오 년 후인 천구백팔십이 년에 영문학 박사학위를 각기 취득하고 '포닥postdoctor(박사후 연구원)'으로 대학에 남는다. 딸 송현이 '전복녀'라는 이름으로 입양되어 시골 벽촌에서 자라던 다섯 살 때 일이다. 그 대학에서 성과를 쌓으면 그 대학 교수나 다른 대학 교수로도 강단에 서게 될 기회가 올 것이다.

그렇게 바라던 학위를 취득하였지만, 두 사람은 한국에 돌아갈 생각을 못한다. 군사정권 아래 있는 한국의 정세(政勢)가 그들에게 한국으로 돌아갈 엄두를 낼 여지를 차단했다고 할 수 있다. 학위를 취득하기까지 두 사람은 아이를 갖지 않았다. 잃어버린 딸 때문에 고통스러웠고 학위 취득이 우선이라고 생각해서다.

딸을 찾고 싶어 하는 마음은 한결같았지만, 군사정권이 계속되고 있어 출생의 비밀을 가지고 있는 두 사람은 그 기회조차도 찾지 못하고 세월은 흘러만 간다. 얼마 있다가 아들이 태어나고 기다렸다는 듯 딸과 아들이 그 뒤를 이어 태어난다. 큰딸 송현 아래 세 동생이 더 가족으로 찾아온 것이다.

여기서 박준웅의 대학 친구 이철우의 소식을 잠깐 전하고자 한다. 천구백칠십칠 년 일월 한국을 떠나올 무렵, 준웅은 고마운 친구 철우의 소식을 듣고 싶어 하숙집을 찾아가 철우의 부모님이 계시는 부산 집 전화번호를 물어보았으나, 알지 못한다는 말만 들었다.

혹시 학교의 학생처에는 가족 연락처가 있을까 하고 확인해 보았으나, 전화번호는 없고 주소가 있어 그 주소지로 편지를 보내보았으나, 수취인 불명으로 반송되었다. 부모님이 다른 곳으로 이사하신 모양이었다. 준웅이 군 복무를 마치고 왔을 때 등록금을 대신 내준 고마운 친구여서 소식을 전하고 떠나는 게 당연한 도리라고 생각했으나, 연락처를 알 길이 없어 애만 태우다 떠나왔지만,

늘 마음에 걸렸다.

'군 복무 중 무슨 사고가 있었던 건 아닐까? 피치 못할 사정이 있어 전역 후에도 내게 소식을 전하지 못하는 건 아닐까?'

무사히 군 복무를 마쳤다면 한국을 떠나올 무렵 전역했다는 소식을 전해주었을 터인데, 지금껏 소식을 모르고 있으니, 미국에 가 있으면서도 이따금 철우 친구 소식이 궁금하긴 마찬가지였다. 그러던 중 딸을 잃어버리고 상심해 있던 천구백팔십 년 일월 철우 친구로부터 편지 한 통이 도착한 것이다. 그러니까 전역했어야 할 칠십칠 년 일월로부터 딱 삼 년 만에 친구로부터 소식을 받게 된 거다. 삼 년의 기간에 대체 무슨 일이 있었던 걸까?

준웅아! 그간 소식 전하지 못해 미안하다. 네게 소식을 전하지 못할 피치 못할 사정이 있었다. 영국 대사관에서 무관(武官)의 부관(副官)으로 복무 중 무관이 한국 해군으로 복귀 명령을 받게 되어, 나도 함께 원대 복귀했지. 전역을 육 개월 남겨둔 팔월이었어. 부대로 돌아오니 정기적인 하계 군사훈련이 막 시작되고 있었고, 나도 중대장의 보직을 받고 장병들과 함께 훈련에 참가했지.

그날은 오전까지는 날씨가 괜찮았는데, 오후가 되자 시야를 구분하지 못할 만큼 폭우가 쏟아지더군. 우리 부대는 바다가 내려다보이는 산 정상에서 해안으로 침공해 오는 적 격퇴 전술을 훈련하고 있었는데, 갑자기 쏟아지는 폭우에 부하 장병의 안전이 걱정되어 지휘관 지프차를 타고 점검에 나섰어.

여러 곳의 벙커bunker에는 병사들이 화기(火器)를 설치하고 잠복하고 있었으므로, 벙커 안에 물이 많이 차면 철수시킬 생각으로 이동하던

535

중 시야를 확보하지 못한 운전병이 핸들을 잘못 꺾는 바람에 지프차가 산비탈 아래로 구르고 말았지. 운전병은 굴러내리는 지프차에 깔려 현장에서 사망하고, 나는 하반신이 차에 깔리는 중상을 입고 말았어.

구급차가 도착할 때까지 피를 너무 많이 흘려 정신을 잃어버린 상태에서 여러 번에 걸친 수술이 이어졌고, 나는 극적으로 목숨은 건졌으나 두 다리를 움직일 수 없는 중환자가 되고 말았지. 입원 기간 중 전역 날짜는 지나가는데, 병원에 입원하고 있는 내 처지를 네게 알릴 수가 없었어. 다리를 절단하지 않으려는 의무사령부의 배려로 정형외과 의사로는 국내 최고라고 평판 받는 서울대 교수의 집도 아래 수술을 받게 되었지…

준웅은 자신이 편지를 제대로 읽고 있는가 싶도록 자기 눈을 의심하지 않을 수가 없었다. 그만큼 편지 내용은 충격적이었다. 착하고 인정 많던 친구에게 왜 이렇게 불행한 사고가 닥쳤는가? 솟구쳐 흐르는 눈물을 닦을 새도 없이 가슴은 심하게 뛰고 어이없는 사고 소식은 매정하기만 했다. 가슴이 벌렁거리고 아무것도 눈에 보이지 않는 충격에 넋을 잃고 준웅은 한동안 멍하니 앉아있었다. 가까스로 뛰는 가슴을 진정시킨 준웅은 편지의 다음 내용을 읽어 내려갔다.

왼쪽 다리를 더 심하게 다쳤는데, 서울대병원에서도 여러 번 수술을 거듭한 결과 다행히도 다리를 절단하지 않고 회복은 되었으나, 다리의 신경이 끊어져 버려 왼쪽 다리를 움직일 수가 없었어. 다시 국군수도병원으로 돌아와 스스로 걸을 수 있도록 재활훈련을 하게 되었고, 그러는 사이 이 년이라는 세월이 훌쩍 지나갔지.

지팡이에 의지하여 부모님 댁으로 내려갔을 때는 작년 가을, 지금도 왼쪽 다리에 신경이 되살아나길 기대하며 열심히 재활훈련을 하면서 나날을 보내고 있다.

병원에 입원해 있는 동안 무엇보다도 정신적으로 많이 힘들었는데, 그래도 준웅이 네 생각이 자주 나기에 학생처에 전화해 보고, 네가 풀브라이트 장학생으로 선발되어 미국 유학을 떠났다는 소식을 접했지.

준웅아! 늦었지만 진심으로 축하한다. 넌 무언가 반드시 해낼 친구라고 난 믿고 있었어. 열심히 준비해서 꼭 기쁜 소식 보내주기 바란다. 오늘은 이만 그동안 전하지 못했던 내 소식을 전하는 것으로 편지를 맺어야겠다. 또 소식 전할게.

여러 장에 쓴 편지는 여기서 끝나 있었다. 준웅은 계속 흘러내리는 뜨거운 눈물을 닦을 생각도 잊은 채, 친구가 겪었을 엄청난 고통을 헤아리고 있었다. 육신의 고통이 어떠했을지 상상할 수조차 없었지만, 전역 후 하고 싶었을 공부나 아니면 직장생활의 꿈에 부풀어 있었을 친구에게 전역을 불과 다섯 달 앞두고 들이닥친 불행은 대체 어느 신(神)이 주관(主管)한 걸까? 너무나도 야속하고 억울한 마음뿐이었다. 가까스로 마음을 추스른 준웅은 철우에게 답장을 쓴다.

철우야! 하늘도 무심하시지. 어찌 네게 이러한 무심한 일이 닥친단 말이냐?! 전역 날짜가 지났음에도 아무런 소식이 없어 네 하숙집에도 찾아가 보고, 학생처에 물어도 보았지. 부산 부모님 댁에 보낸 편지는 수취인 부재 사유로 반송되었기 때문에 막막했어. 너한테 미안한 마음을 가득 안고 비행기를 탔다.

　꾸준히 재활훈련을 하고 있으니, 두 발로 걸을 수 있는 날이 반드시 오리라고 생각한다. 그리고 네게 연락이 닿지 않아 소식 전하지 못했는데, 난 칠십칠 년 일월 유학을 떠나오기 직전 결혼했어. 나와 함께 풀브라이트 장학생으로 선발되어 함께 이 대학에 온 여성인데 영문학 전공이야. 우리 두 사람의 사연은 언젠가 너에게 얘기할 날이 올 거야.

　철우야! 마음 굳게 먹어야 돼! 종교를 가지고 있는지 모르겠지만, 기도하면 많이 힘이 된다는 걸 결혼식 올리는 날 알았어. 학교에서 멀지 않은 곳에 무료 결혼식을 올려주는 성당이 있다기에 아무한테도 알리지 않고 우리 두 사람만 찾아갔는데, 예식을 집전(執典)해 주신 신부님의 기도에 많이 감동받았어. 소식 알려주어서 고맙다. 나도 종종 소식 전할게. 건강과 건투를 빈다.

　일 년 후 철우에게 학위 취득 소식을 알리자, 철우 친구로부터 학위 취득을 축하한다는 인사와 함께 목발에 의지하여 열심히 걷기 훈련을 하고 있다는 편지가 왔다. 그러면서 마음을 가다듬고 다시 공부하고 있다면서, 어느 만큼 걸을 수 있게 되면 대학원에 진학할 계획이라고 했다. 친구 철우가 겪고 있는 몸과 마음의 고통을 생각할 때마다 준웅의 마음은 찢어질 듯 아프다.

　학위 취득을 하고서 삼 년이 되었을 때, 그러니까 철우의 편지를 받은 때로부터 사 년 후에 준웅은 연구원 신분에서 조교수로 대학 강단에 서게 된다. 첫 급여를 받게 되자, 준웅은 이 급여 전액을 철우에게 보낸다. 친구에게 진 빚도 있지만, 대학 시절 유일한 친구인 철우가 하루속히 재활에 성공하여 자기 공부를 하게 되길 바라는 마음을 담은 거다. 철우를 대면한 적은 없지만, 철우라는 친구분이 남편에게 어떠한 존재인지를 알고 있는 혜용은 남편의 결정에 적극 찬동한다.

준웅이 미국 대학에서 교수가 되었을 때인 천구백팔십사 년에 딸 송현은 일곱 살이었고, 복녀라는 이름으로 양부모님 댁에서 자라던 때다. 미국 사회에서도 존경받는 대학교수의 신분이 되었다는 거는 준웅에게 특별한 의미가 있다. 태어날 때부터 자기 삶을 옥죄고 있던 빨치산의 자식이라는 굴레에서 비로소 자유로울 수 있게 되었기 때문이다.

그것도 부모님이 가지고 있던 이념과는 정반대인 자유민주주의 이념을 최고 가치로 여기는 국가에서 그러한 신분이 되었다. 준웅의 신분은 확실해졌지만, 준웅과 혜용은 군사 정부가 들어선 한국에 돌아갈 엄두를 내지 못하고 계속 미국에 머무른다. 딸을 찾기 위한 어떠한 방법도 시도하지 못한 채다. 그 당시 들려오는 한국의 정세(政勢)는 결코 녹록(碌碌)지 않았다.

준웅에 이어, 혜용도 그 이듬해인 천구백팔십오 년에 영문학 조교수로 임용되어 같은 대학에서 부부 교수로서 학문적인 업적을 쌓아간다. 오로지 자유민주주의 국가인 미국에서 확실한 신분을 갖는 것만이, 마음 놓고 숨 쉬면서 편안하게 사람을 만나고 자유롭게 말하고 제약받지 않고 행동할 수 있다는 거를 누구보다 잘 알고 있던 그들이었다.

그 목표를 이루기 위해 하루 스물네 시간 중 잠자는 시간 외에 모든 시간을 학문의 성취를 위해 각고(刻苦)의 노력을 쏟아부었다. 이제 그러한 삶을 살아갈 수 있게 되었지만, 두 사람에겐 항상 따라다니는 딸 송현의 그림자가 있었다.

　고국의 하늘 아래 어디선가 분명히 살아가고 있을 딸! 딸을 잃어버린 두 살 때부터 자기 의사를 표현할 나이가 된 지금 여덟 살이 될 때까지, 부모가 돌봐주지 못한 미안함을 생각할 때마다 사지(四肢)를 비트는 듯한 고통이 뒤따랐다. 언젠가는 꼭 딸을 만날 수 있으리라는 희망의 끈 하나만을 붙들고, 그 고통을 감내(堪耐)하며 학업의 성취를 이루어 낸 두 사람은 살아가는 동안 자기들이 반드시 해야 할 일을 한시도 잊은 적이 없었다. 그것은 자기들이 받은, 생명과 맞바꿀 만큼 절절하게 간직하고 있는 은혜의 빚을 갚는 일이었다.

　한국의 정치 상황이 엄혹(嚴酷)하던 시절, 두 사람은 적송마을에 대한 향수를 가슴속에 차곡차곡 쌓아두면서 언젠가는 돌아갈 날이 올 거라는 희망의 끈을 놓지 않는다. 연구원 신분으로 있을 때는 경제적인 여유가 없어 적송마을에 마음을 전하지 못하다가, 교수가 되어 어느 정도 여유를 갖게 되자, 매년 유월이 되면 적송마을 하 촌장님께 모아놓은 돈을 보낸다.

　그것은 비록 얼굴은 기억하지 못하지만, 자기들을 낳아주신 부모님에 대한 자식의 도리이고, 적송마을 주민들에 대한 은혜의 빚을 갚는 일이었다. 매년 유월이면 그곳에 잠든 여러 혼령을 위한 위령제가 올려지므로, 그곳으로 달려가 참석하지 못하는 죄송함을 우선 마음으로나마 전하는 것이다. 마음은 적송마을에 가 있지만, 어린아이들을 데리고 장거리 여행을 할 수 있는 처지가 아니었고, 큰딸을 여행 중에 잃어버린 정신적인 트라우마가 늘 두 사람의 발목을 붙들었다.

양아버지가 사다 주신 책을 교재로 삼아, 독학으로 중학 과정을 단 일 년 만에 모두 익힌 복녀는 양아버지의 권유로 중학교 졸업 자격 검정고시를 쳐서 합격한다. 초등학교는 이 년 늦게 들어갔지만, 중학교는 또래와 같은 해에 졸업한 셈이 되었다. 양딸의 재능을 인정한 양부모는 고등학교에 보내지 못하는 미안함을 책과 학습 도구를 아낌없이 지원해 주는 열성으로 대신한다. 작물 재배하는 일에 손이 필요할 때도 양부모는 최소한의 일만 하게 하고 어서 들어가 공부하라고 등을 떠밀곤 했다.

복녀는 공부하는 게 재미있었다. 재미가 있으니 학습하는 쪽쪽 머릿속에 쏙쏙 저장되기 마련이었다. 공부하다가 피곤을 느낄 때면 마당으로 내려가 꽃밭에 피어있는 꽃들을 보며 잠깐이나마, 머리를 식히곤 했다. 꽃은 언제 보아도, 아무리 오래 보아도 싫증 나지 않았다. 즐겁기만 했다.

제각기 다른 꽃 모양을 관찰하는 것도 재미있지만, 꽃을 들여다보고 있으면 꽃이 말을 걸어오는 환영(幻影)에 빠지곤 했다. 그 환영은 복녀에게 아름다운 것을 그냥 지나치지 않고 보고 음미하고 마음에 담아두는 안목(眼目)을 키우게 하였고, 상념(想念)하는 능력을 갖추게 하였다.

공부에 열중하는 양딸의 모습이 자랑스러운 양부모님의 헌신적인 뒷바라지에 힘입어 복녀는 그다음 해 고등학교 졸업 자격 검정고시에 다시 합격한다. 중학교, 고등학교 수업 과정을 모두 일 년의 독학(獨學)으로 끝낸 거다. 학교에 다니는 또래 학생들과 비교하면 고등학교 이 학년 일 학기에 졸업 자격을 취득한 것이다. 복녀 나이 열일곱 살 육 개월 되던 때의 일이다.

양부모의 바람은 복녀가 공무원 시험을 쳐서 직장에 다니는 것이었다. 아버지는 남들처럼 많이 배우진 못하였으나, 늘 입을 열어 말하기보다 귀를 열고 듣는 거를 좋아해서 세상 이치를 알 만큼은 아는 사람이었다. 사람은 각자 가진 능력에 따라 할 일이 있고 해서는 안 될 일이 있다는 게 양부모의 세상을 보는 눈이었다. 그래서 재능 있는 양딸을 시골에서 농사를 짓게 해서는 안 된다는 확고한 주관이 공부에만 전념하도록 딸을 등 떠밀게 한 거로 보인다.

양딸을 하루빨리 이 벽촌(僻村) 외딴 시골 마을에서 벗어나게 해주어야겠다는 양아버지의 집념은 한 달에 두 번씩 군청 민원실에 들러 언제쯤 공무원 시험이 있는지를 알아보는 열성으로 치닫는다. 그해 유월 하순 민원실에 들른 양아버지를 알아본 직원은 팔월에 시행되는 국가공무원 채용시험 공고가 났다면서, 친절하게도 신문 하단에 게재된 공고 부분을 복사하여 양아버지에게 건네준다. 그날 저녁 식사 후 설거지를 마치고 제 방으로 건너가는 복녀에게 양아버지는 할 말이 있다면서 방에 들어오라고 부른다.

"복녀야, 네가 재주는 뛰어나그만 그 재주를 묻어두고 있으니께, 우리는 너만 보면 항상 미안한 마음을 갖고 있데이."

양아버지는 한쪽 무릎을 꿇고 다른 쪽 무릎은 세우고 다소곳이 앉아있는 양딸에게 말 꺼내기도 어렵다는 듯 표정을 굳히며 조심스럽게 입을 뗀다. 양아버지가 젊었을 때는 도시에서 조그만 백반집 식당을 운영하였는데, 비닐하우스에 특용작물을 재배하면 큰돈을 벌 수 있다는 주위 사람들의 말을 듣고 이 벽촌에 들어왔으나, 실상은 달랐다. 특용작물이 큰돈을 벌어줄 수 있다고 믿고 너도나도 이 농사에 뛰어드는 바람에 작물을 수확해도 제값을 못 받게 되었고, 고생한 만큼 사는 형편은 크게 나아지지 않았다.

양아버지는 군청에서 받아온 신문 공고 복사본을 복녀에게 내밀며 말한다.

"팔월에 공무원 채용시험이 있다카이 한 번 쳐보그래이. 너는 마 틀림없이 붙을 기라. 그라믄 책상에 앉아 하루 종일 사무만 볼 수 있을 끼고, 이 시골에 있어 봐야 농사꾼밖에 더 되겠노?!"

복녀는 잠자코 신문 공고를 내려다보더니 말한다.

"아부지예, 저는예 이 시골이 좋습니더. 산에도 들에도 어딜 가나 꽃이 피어있으니, 꽃을 보면서 시골에서 살랍니더."

"꽃이 밥 멕여주나? 꽃은 일 없을 때 여가로 좋아하믄서 취미로 보는 것이제. 사람은 마 자기 능력에 맞는 직업을 가져야 된데이. 너처럼 재능 있는 사람이 그 재능을 썩혀버리믄 되겠노? 공무원은 오래할수록 직급도 높아지고 받는 월급도 많아진다카이, 손에 흙 안 묻히고도 평생 편히 살 수 있는 기라."

양아버지는 복녀가 생각을 바꾸도록 설득한다.

"저는예, 꽃만 보고 있으면 좋습니더. 꽃이 제게 말을 걸어오고 제가 대답하믄 꽃은 더 많은 얘기를 해줍니더. 그 얘기를 글로 쓰면서 살아가고 싶어예."

복녀는 진즉부터 그렇게 마음먹고 있었다는 듯 자기 생각을 또렷이 나타낸다.

"꽃이 말한다 캤나? 그런 말은 처음 들어본데이. 당신은 꽃이 말한다카는 거를 들어본 적 있능교?"

양어머니가 정색하고 부녀 사이의 대화에 끼어든다. 양아버지는 아내의 말에는 대답하지 않고 복녀에게 다짐하듯 말한다.

"지원서 접수 날짜가 나와 있으니께, 잘 생각해 보고 준비하믄 좋겠데이. 네 방으로 건너가 보래이."

양아버지는 더 설득하려고 하지 않는다. 어려서부터 고집이 센 양딸이었다. 고집이 세다기보다는 자기 주관이 확실하여 한번 마음먹으면 그 생각을 좀체 바꾸지 않는다는 거를 잘 안다. 그래서 말하기보다는 스스로 생각을 바꾸어 주길 바라는 태도이다. 채용 공고문을 보고 생각이 달라질지도 모른다. 복녀는 잘 주무시라고 인사드리곤 공고문을 들고 자기 방으로 건너간다.

복녀는 무슨 책이든 책을 한 번 읽으면 그 내용을 이해하고 정리하는 속도가 빨랐다. 혼자서 공부하면서도, 중고등학교 졸업 자격 검정고시를 각 일 년여 만에 통과한 거를 보면 그 빠른 이해력을 짐작할 수 있다. 검정고시를 준비할 때는 여러 과목 중에서 국어 과목이 가장 재미있었다.

교과서에 실려있는 시(詩)와 산문은 복녀의 지각(知覺)을 일깨웠고, 태어날 때부터 타고난 예민한 감성(感性)은 그 느낌과 감동을 증폭(增幅)시키며 사유(思惟)의 공간에 차곡차곡 쌓아갔다. 사춘기를 거치면서 복녀의 감성은 더 깊어지고 고등학교 졸업 자격 검정고시에 합격한 후로는 교과서에서 읽은 시와 산문을 흉내내며 자기의 감성을 글로 써보는 시간을 갖기도 한다.

부모님이 하시는 일을 도와드리려고 집 밖으로 나서면 보이는 거 모두가 자연이었다. 부모님이 관리하는 비닐하우스는 집 앞으로 흐르는 시내를 건너가면 있었는데, 그곳엔 여러 곳에 비닐하우스가 있었다. 토질이 특용작물 재배하기에 좋다 하여 사람들이 그곳으로 모여든 까닭이었다. 책상 앞에 앉아 시험 준비하길 바랐으나, 작업복을 입고 날마다 부모를 따라나서는 딸을 보면서 양아버지는 더는 딸을 설득하려 하지 않는다.

꽃을 좋아하는 딸을 위해 여러 종류의 꽃 씨앗을 화단에 심어서 가꾼 양부모의 정성으로, 복녀는 겨울철을 뺀 세 계절 내내 눈부신 자태를 뽐내며 피어있는 각양각색의 꽃들을 마주하며 자랐다. 꽃을 바라보고 있으면 꽃의 정령(精靈)이 마중 나와 꽃의 나라로 복녀를 인도한다. 그곳에선 여왕 꽃이 임금이 되어 꽃의 나라를 다스린다. 수많은 꽃은 여왕 꽃 앞으로 나아가 머리를 숙이고, 그 자태를 내보인다. 그 자태가 가장 아름다운 꽃은 이제 자연으로 나아가 활짝 피어나라는 명령을 받고, 아직 때가 이르지 아니한 꽃은 그때까지 기다려야 한다.

꽃 앞에만 서면 복녀는 즐겁게 상상한다.

'오늘은 꽃이 무슨 말을 걸어올까? 어떤 환영(幻影)을 보여줄까?'

상상하는 것만으로도 즐겁기만 하다. 꽃을 좋아하는 이의 얼굴은 꽃을 닮아간다. 누굴 의식하지 않고 자기 모습을 사랑하며, 그 모습만으로도 충분히 행복할 수 있다고 생각하는 자존감(自尊感)을 꽃에서 배운다. 스스로 가장 아름다워지는 때를 준비하고 기다리는 꽃의 인내를 배운다. 거짓 없고 때 묻지 아니한 꽃의 짧은 일생을 보며, 자기의 삶도 그러기를 바라는 주관(主觀)을 지니게 된다. 친구도 사귈 수 없고 세상 사람들이 살아가는 모습을 볼 기회도 없었지만, 복녀는 꽃과 자연을 바라보며 깨우친 깨달음으로 자기만의 인격을 다듬어 간다.

양부모는 그 또래 소녀들이 갖고 싶어 하고 가고 싶어 하는 그 어떤 욕구도 내세우지 않고, 지금 주어진 환경과 처지에 아무 불평 없이 적응하며 살아가는 양딸이 고맙기만 하다. 공무원 채용시험 지원서 접수 기한 마감 전날까지도 양아버지는 혹시 양딸의 마음이 바뀌지 않을까 하고 기다린다.

그 날짜가 지나가 버리자, 양아버지는 인근 도시에 일 보러 나가는 길에 며칠 전부터 마음먹고 있던 어느 곳을 찾아간다. 그곳은 도시에 있는 고등학교였다. 일부러 학교 수업이 끝난 오후 늦은 시간에 그곳 고등학교를 방문한 양아버지는 국어 담당 선생님을 면담하길 청한다. 교무실 옆 학부모 상담실에 앉아있는데, 사십 대 중반의 인상이 고운 여선생님이 들어온다. 양아버지는 일어나서 공손하게 인사한 후 여선생님이 응접 소파에 앉길 기다려 자기도 앉는다.

"국어 교사를 찾아오셨다고 들었습니다. 자녀가 몇 학년 학생인가요?"

선생님은 얼굴에 미소 지으며 묻는다. 학부형이 자녀의 학습 문제로 방문하신 걸로 생각한 모양이다.

"저는 이 학교 학부형이 아닙니다. 딸아이가 하나 있는데, 제가 사는 데가 교통이 불편한 벽지이고, 제 사는 형편이 딸을 도시에 보내기도 어려워 딸은 분교에서 초등학교만 졸업하고 진학하지 못했습니다."

"아, 그러셨군요."

선생님은 학부형이 아닌 분이 학교에 찾아온 이유가 궁금하다는 표정으로 양아버지를 바라본다.

"딸은 초등학교에 이 년 늦게 입학했는데, 졸업한 뒤 중학 과정을 일 년 공부하고는 중학교 졸업 자격 검정고시에 합격하였습니다. 딸아이가 재주가 있는 거 같아 고등학교 교과서와 참고서를 모두 사주었지요. 곧바로 고등학교 과정을 공부하더니 일 년 만에 또 고등학교 졸업 자격 검정고시에도 합격했습니다. 지난 사월 있었던 일입니다."

여선생님은 강한 호기심을 보이며 묻는다.

"따님이 이 년 만에 중고등학교 졸업 자격 검정고시에 합격했다니 놀랍네요. 그렇게 재능 있는 학생이 학교에 다녔더라면, 장학금을 받고 학교에 다닐 수도 있었을 텐데 아깝습니다."

"네, 제가 다 못난 탓입니다. 딸아이의 재주를 뒤늦게야 알게 되었으니까요. 일찍 알았더라면 무리해서라도 도시에 있는 학교에 보냈을 겁니다."

양아버지는 자책하는 표정이 되면서 고개를 푹 숙인다. 잠시 침묵이 흐른 뒤, 다시 얼굴을 들고 여선생님을 바라보며 말한다.

"시골에서 농사일하고 있기엔 딸의 재주가 너무 아까워 공무원 시험을 보라고 권했더니, 딸은 시골에서 사는 게 좋다면서 공무원 시험은 아예 볼 생각조차 안 합니다. 선생님께 찾아온 목적은 딸이 글을 쓰면서 시골에서 살겠다고 하는데, 글 쓰는 공부에 도움이 될 만한 책을 소개받고 싶어섭니다. 어떤 책부터 읽어야 할까요?"

여선생님의 양아버지를 대하는 눈빛이 또 달라진다. 자녀의 의사를 존중함은 물론 자녀의 앞날을 위한 일이라면 무슨 일이든 마다하지 않는 보통 부모의 열성에, 고개 숙이는 교육자의 감동이 그 눈빛에 나타난다. 따님이 글을 쓰고 싶어 한다는 말을 듣자, 학창 시절 문학도의 꿈을 가졌던 자기 모습을 떠올리며,

'어머나! 글을 쓰고 싶다면 대학에 진학하여 문학을 전공하면 좋겠는데요?! 그 재능이 아까우니까요.'

여선생님은 하마터면 이렇게 말할 뻔했다. 이내 벽지 시골에서 산다는 이분의 처지를 생각했기 때문이다.

"따님이 어려서부터 책 읽기를 좋아했는가요? 글쓰기에 관심을 보인다면요."

"딸이 초등학교 분교에 다닐 때는 학교까지 왕복 두 시간 거리를 걸어 다니고, 집에 와서는 집안일을 도와주느라 책 읽을 시간도 별로 없었지요. 초등학교에 들어가기 전에는 가르쳐 준 한글을 바로 깨치기에 동화책을 사다 주었는데, 사다 주기가 바쁘게 곧바로 읽어버리긴 했지요. 초등학교에 들어간 후로는 부모도 농사일에 바빠 딸에게 자주 책을 사다 주지는 못했고요. 딸이 혼자서 중고등학교 과정을 공부하면서 글쓰기에 관심을 가진 모양입니다."

"참 기특하네요, 따님이!"

여선생님은 어떤 방법으로 딸에게 도움을 주어야 할지 생각하는 표정으로 말을 아낀다. 선생님은 양아버지에게 잠시만 기다려 주시라고 말한 후 상담실을 나가고, 곧바로 앳된 표정의 젊은 여성이 찻잔이 놓인 쟁반을 들고 들어와서 양아버지 앞 탁자에 찻잔을 놓고 나간다. 현장 실습을 나온 사범대 학생으로 보인다.

여선생님은 인터넷에서 청소년 권장 도서 목록을 검색하면서 추천할 도서 목록을 한 권씩 메모한다. 먼저 중학생에게 권장 도서로 추천하는 도서 스무 권을 고른 다음 고등학생과 대학 신입생

에게 교양 도서로 권장하는 도서 서른 권을 고른다. 모두 오십 권의 도서를 골라 컴퓨터로 작성하고 보니 넉 장의 분량이 된다.

"아버님, 따님에게 추천하고 싶은 책 오십 권을 골라봤어요. 먼저 중학교에서 학생들에게 권하는 책 스무 권과 그다음 고교생과 대학생에게 권하는 책 서른 권을 골라서 적어보았습니다. 따님이 이 책을 다 읽게 되면 제게 연락 주십시오. 한국인이 좋아하는 단편소설과 오랫동안 인류에게 고전(古典)으로 읽혀온 책을 소개하겠습니다."

여선생님은 자기의 명함과 추천 도서 목록을 대봉투에 담아 양아버지에게 건넨다. 여선생님으로부터 미처 생각지도 못한 친절한 대우와 도서 목록까지 받게 된 양아버지는 너무나도 감사한 마음에 자리에서 벌떡 일어선다.

"선생님, 이렇게까지 도와주셔서 뭐라고 감사드려야 할지 모르겠습니다. 정말 감사합니다."

이렇게 말하고는 깊이 머리를 숙인다.

학교에서 나온 양아버지는 곧장 시내에 있는 큰 서점으로 달려가 목록에 올라 있는 도서를 순서대로 열 권 사서 집으로 돌아온다. 글을 쓰고 싶어 하는 딸을 대학에 보내 체계적인 글쓰기 공부를 하도록 뒷바라지하는 게 부모의 도리라는 걸 양아버지는 잘 안다. 딸은 무슨 공부를 하든 잘해 낼 수 있는 뛰어난 재능을 가졌다.

그런 딸을 대학에 보내지 못하는 미안함 때문에, 양아버지는 딸의 글쓰기 공부에 도움이 되는 책은 모두 사주리라고 굳게 다짐하고, 또 다짐한다. 좋은 글을 쓰기 위해서는 책을 많이 읽어야 한다는 보편적인 가르침을 양아버지는 누구보다도 잘 아는 거로 보인다.

　복녀라고 읽고 싶은 책이 왜 없었겠는가? 중학교와 고등학교 과정을 교과서와 참고서에 의지하여 혼자 공부하면서, 한국 문학 작품과 외국 문학작품의 제목을 여러 번 눈여겨보았다. 언젠가는 읽고 싶은 책들이었다. 그렇지만 양아버지에게 단 한 번도 책을 사달라는 말은 하지 않았다. 밭에서 일하시느라 햇볕에 까맣게 그을린 부모님의 얼굴을 뵈면, 복녀는 그만 죄송한 마음이 들어 자기에게 필요한 일용품조차도 사달라고 말하지 않았다. 그건 초등학교를 졸업할 무렵부터 부모님이 나를 낳아주신 친부모님이 분명 아니라는 거를 확신하고 있었기 때문이었다.

　부모님과의 나이 차가 근 쉰 살 가까이 된다는 사실만으로도 총명한 복녀는 자기가 친딸이 아님을 눈치챈 것이다. 부모님께 물어보지도 않았고, 부모님께서도 말해주지 않으셨지만, 친부모 대신 자기를 거두어 주시고 키워주신 양부모님은 너무나도 고마운 분이셔서, 무얼 요구한다는 건 죄스러운 일이라고만 생각했다.

　양아버지가 책을 사 오신 날 밤부터 복녀는 책에 빠져들었다. 초등학교 때는 수업이 끝나면 집에 걸어오기가 바빠서 친구들도 사귀지 못하고 방과 후 그룹 활동에도 참여하지 못했다. 집에 돌아가면 곧바로 부모님을 도와드려야 하는 일이 기다리고 있었다.

　물론 부모님은 학교에서 걸어오느라 피곤할 거라며 말렸지만, 일찍부터 속이 든 복녀는 손을 걷어붙이고 작업장에 나갔다. 분교에서는 학생들의 정서발달을 위해 기악반, 독서반, 미술반, 글짓기반 등 소그룹을 짜고 방과 후 한 시간을 지도했다. 집이 학교에서 가까웠다면 아마도 독서반이나 글짓기반에 들어가지 않았을까 싶다. 그러니까 복녀는 만 열일곱 살 되던 해에 처음으로 독서다운 독서를 하게 된 것이다.

책에서는 미처 알지 못했던 다양한 인간 군상(群像)이 등장하고 있었는데, 그들이 겪는 기쁨과 슬픔, 즐거움과 고통의 이야기는 복녀에게 이 세상을 새롭게 알게 하는 간접 체험으로 다가온다. 인간관계는 항상 상대적(相對的)이라는 것, 그 관계가 잘 유지되려면 상대를 이해하는 법을 알아야 한다는 거도 배운다.

낮에는 밭에 나가 손이 많이 가는 비닐하우스 일을 하고, 집에 돌아와서 집안일을 거들고 나면 밤 아홉 시가 되어야 책상에 앉을 수 있는 자기 시간이 다가온다. 몸이 말을 잘 듣지 않는 육십 대 후반의 어머니는 양딸이 부엌에 들어오는 거를 한사코 말렸지만, 복녀는 몸이 불편한 어머니가 부엌에 들어오실 때마다 등을 떠밀어 방에 들어가시게 했다.

책을 읽다 보면 자정을 넘기기가 일쑤였다. 그럴 때마다 다음 날 밭에 나가서 해야 할 일을 생각하곤 아쉽게 책장을 덮어야 했다. 집안일과 밭농사 일을 모두 마치고 나서야 차분히 책상 앞에 앉아있을 수 있었으므로, 독서할 수 있는 시간은 자정까지의 세 시간 남짓이었다.

한 달이 다 되어갈 무렵, 양딸이 열 번째의 책을 읽는 거를 보고 양아버지는 도시에 나가 도서 목록에 올라 있는 그다음 열 권의 도서를 사다 준다. 그해 팔월부터 양아버지가 사다 주신 책을 읽으면서 복녀가 지닌 사유(思惟)의 공간은 점점 더 그 깊이를 더해가고 다양한 색깔의 상념(想念)은 복녀의 정신세계를 더욱 풍성하게 만들어 준다.

사람은 책을 통해서든 외부의 경험을 통해서든 새로운 지식을 얻고 희로애락(喜怒哀樂)의 감정을 간접 체험하게 되면 그 언행이 달라진다. 옳고 그름에 대한 분별력이 생기고, 해야 할 일과 해선 안 될 일에 대한 판단력이 자리 잡게 된다. 양부모는 평소에도 몸가짐이 조신(操身)한 양딸이 더 어른스러운 모습으로 차츰 변해가는 모습을 보면서 독서의 영향력에 고개를 끄덕인다.

그해 말까지 복녀는 양아버지가 사다 주신 권장 도서 목록 사십 번부터 오십 번까지의 책 중 마흔다섯 번째의 책을 읽고 있었다. 사십 번을 넘어간 책들은 그 이전 순번에 비해 그 수준(水準)이 훨씬 높았다. 책에 나오는 잘 모르는 낱말은 국어사전을 찾아서 그 뜻을 알고 난 후 그다음 줄을 읽었다. 그렇게 하니까 전후 문장이 확실하게 이해되고 전해지는 느낌도 달라져서 책을 읽을 때면 국어사전과 낱말 뜻을 기록하는 공책을 항상 옆에 두었다.

그즈음 양아버지는 양딸의 장래 문제에 대해 깊이 생각하고 있었다. 사람은 누구에게나 때가 있는 법, 때가 있다는 것은 성취의 기회를 말하는 것임을 양아버지는 잘 알고 있었다. 재능이 뛰어난 양딸을 이대로 집에 있게 한다면 딸에게 다가오는 기회를 그때마다 놓치게 될 거 같았다. 딸이 좋아하는 일을 마음껏 할 수 있도록 여건(與件)을 만들어 주는 게 부모가 할 일이라고 생각한다.

'가족의 생계를 위해 가족 모두가 일해야 하는 특용작물 재배와 같은 일이 없는, 딸이 자기 시간을 마음껏 쓸 수 있는 그러한 환경은 없는 걸까?'

올해가 지나면 딸은 열여덟 살이 된다. 문득 자기가 결혼하던 때 아내의 나이를 생각한다. 아버지는 기계 공구(工具)점이 모여

있던 도시의 허름한 철물점에서 빨갛게 불에 달군 쇠를 두드리며 가족의 생계를 책임지셨다. 아버지는 아들에게 자기 일을 물려주지 않으려고 공업고등학교에 보내 기술을 익히게 했으나, 기계를 다루는 일은 아들의 적성에 맞지 않았다.

군대에 다녀오자, 아버지는 아들의 결혼을 서둘렀는데, 그때 아내의 나이가 만 열여덟 살이었다. 처가 부모는 차도 잘 다니지 않는 시골 깊숙한 곳에서 특용작물을 재배하고 벌을 키우며 살고 있었는데, 도시에서 직장에 다니는 사람에게 딸을 시집보내고 싶어서였는지, 일찍 결혼시켰다. 아버지는 예순여덟의 나이에 돌아가셨는데, 아버지가 돌아가시던 해에 다니던 직장을 그만두고 자영업에 뛰어들었고, 그마저도 오래 붙들지 못하고 이 시골 벽지까지 들어오게 된 것이었다.

아내를 생각하니 양딸은 벌써 성혼(成婚)할 나이가 되었다는 사실을 비로소 깨닫는다.

'그렇지! 농사를 짓지 않는 집안으로 시집보내면 사시사철 밭에 나가 일하지 않아도 되고, 가정을 지키며 딸이 좋아하는 책 읽고 글 쓰는 시간을 가질 수 있겠지. 그런 집안을 찾아보아야겠어. 복녀는 인물도 고운 데다 건강하니까 여기저기서 혼담이 들어올 거야.'

양아버지는 마음을 굳히자, 아내에게 자기 생각을 털어놓는다.

"여보, 복녀를 시집보내야겠그만. 집 밖에 나가 일하지 않아도 되는 그런 집안을 알아봐야 쓰겠어. 그러면 남편이 밖에 나가 일하는 동안 복녀는 집에서 책 읽고 글 쓰는 시간을 가질 수 있을 끼라."

"예?! 시집보낸다캤소?! 복녀를예!"

아내는 깜짝 놀라 남편 얼굴을 뚫어져라 바라본다. 저녁 식사를 마치고 난 후 복녀가 제 방으로 건너간 시간이다.

"그렇다 카이! 당신이 내게 시집올 때 나이가 내년에 복녀 나이랑 같다 아이가!"

양아버지는 딸과 따로 대화할 때는 경상도 사투리를 쓰지 않는다. 유독 경상도 억양이 센 아내와 대화할 때만 분위기를 맞추어 같이 사투리로 말한다. 딸도 아버지 앞에서는 쓰지 않는 사투리를 어머니와 대화할 때만 쓰곤 한다.

아내는 남편 말을 듣고 잠시 생각하더니

"음마, 우리 복녀가 금시 나이가 이리 차 삐릿는가배. 시집갈 나이가 됐고마."

"복녀를 시집보내믄 부엌일은 내가 나눠할 끼고, 어디 직장 다니거나 자기 직업이 있는 착실한 총각이 있는가 알아봐야것네."

복녀는 양부모에게 살아온 날들에 활력(活力)을 준, 하늘이 보내주신 귀염둥이였다. 양아버지가 군대를 다녀온 그해, 스물넷인 양아버지는 여섯 살 아래인 양어머니와 결혼했다. 나이 쉰 살이 될 때까지 아이가 없었으니, 이십육 년 동안 집에선 아기 울음 소리가 들리지 않았다. 아이가 없는 집안은 썰렁하고 무미건조할 뿐이었다. 무엇보다도 아기를 잉태할 수 없는 양어머니는 몇 년 전부터 남편에게 죄를 저지른 아내처럼 남편 눈치를 보며, 아이를 입양해서 키우자고 조심스레 말을 꺼내곤 했다.

그때 아이가 찾아왔다. 마치 우리의 처지를 안타깝게 생각한 조상신(祖上神)께서 보내주신 아이처럼 마음에 쏙 드는 귀여운 아이였다. 위탁양육 방식으로 아이를 맡아 키우다가 일 년이 지나도록 친부모가 나타나지 아니하여 입양 절차를 거쳐 아이는 우리 딸이 되었다.

전혀 낯선 환경일 것임에도 아이는 총명하여 잘 적응해 주었고, 썰렁하던 집안은 웃음과 활기로 가득 차서 부부의 일상을 확 바꾸어 놓았다.

'사는 즐거움이 이런 것이구나.'

어린 생명 하나가 가져온 삶의 변화는 부부의 성격과 행동마저도 바꾸어 놓아 이웃과의 관계도 훨씬 친밀해지고 좋아졌다. 그 중심에 양딸 복녀가 있었다.

양딸과 함께 살았던 지난 십오 년 동안 우리 부부가 행복이라는 선물을 받았으니, 이제는 양딸에게 행복을 찾게 해주어야 한다고 양아버지는 굳게 결심한다. 육십 중반의 삶을 살아가는 양아버지는 크게 바라는 욕심은 없었다.

'살 만큼 살았으니, 이제는 행복하게 살아가는 딸을 바라보며 사는 낙(樂)만 있으면 충분해!'

앞으로 사는 날까지 밭에서 일하면서 건강을 관리하고 부부가 먹고 쓸 만큼만 소득을 얻자는 게 양아버지의 생각이었다. 그래서 여러 동(棟)의 비닐하우스 중 일부를 다른 사람에게 임대할 생각도 하고 있었다. 아내도 남편의 생각과 같았다. 육십이 다 되어가는 이 나이에 무슨 욕심도 없고, 마음 편하고 몸을 움직일 수 있으면 고맙게 생각하고 살아가면 된다고 생각했다.

해가 바뀐 일월 초에 부부는 혼사(婚事)를 소문내기 전에 복녀의 마음은 어떤지 물어보아야 한다고 생각하고 딸과 마주 앉는다.

"복녀야, 너도 이 년 후에는 스무 살이 된다. 어른이 되면 남녀 할 거 없이 누구나 가정을 가져야 하니, 좋은 사람 있으면 널 시집보내려 한다. 날마다 밭일하고 집안일하느라, 네가 좋아하는 거 못하는 거를 보는 우리 마음이 영 안 좋다. 자기 직업이 확실한 사람에게 시집가면 넌 밖에 나가 일하지 않고도 집에서 좋아하는 책도 읽고 공부도 할 수 있을 거다. 어머니도 지금 네 나이에 내게 시집왔다. 네 생각은 어떠냐?"

복녀는 양아버지가 하시는 말씀을 조용히 듣고 있더니 차분하게 입을 연다.

"그동안 저를 키워주신 부모님께는 늘 감사하며 살아왔습니다. 언젠가는 저도 결혼해야겠지만, 몸이 불편하신 어머님을 두고 훌쩍 부모님 곁을 떠난다는 거는 제 도리가 아니라고 생각합니다."

"그렇게 생각해 주다니 우리가 고맙구나. 그러잖아도 밭일은 줄이고 어머니가 하시는 집안일도 내가 나눠 하면서 어머니 건강을 챙길 생각이다. 앞으로 다른 데 돈 들어갈 일도 없으니, 우리 먹고 쓸 만큼만 벌어서 편하게 살아가려고 한다. 그러니 어머니 걱정은 하지 않아도 된다."

양아버지는 복녀가 혼인 문제를 편하게 생각할 수 있도록 꼭 필요한 말만을 끄집어내어 복녀를 안심시키려 한다.

"아부지 말씀이 맞다 아이가! 우리는 마, 복녀 니가 니 재주를 썩히지 말고 잘 갈고닦았으면 하는 기래이. 사람이 자기 가진 재주를 갈고닦아 빛을 보는 거매키롬 좋고 행복한 일이 어디 있겠노? 우리는 마, 니가 행복하길 바라는 거 아이가?!"

양아버지는 아내의 말에 고개를 끄덕이며 자기 생각도 같다는 표현을 한다.

"잘 생각해 보거라. 네가 밖에 나가 일하는 시간에 집에서 좋아하는 책을 읽고, 쓰고 싶다던 글도 쓰고 하면, 그 모습을 보는 우리가 얼마나 기쁘겠나. 한 번 잘 생각해 보거라."

양아버지와 양어머니의 뜻은 이미 확실하게 굳어져 있음을 복녀는 알아차린다.

"알겠습니다. 생각해 보겠습니다."

그렇게 말하곤 조용히 자리에서 일어나 자기 방으로 건너간다. 그날 밤 부모님의 뜻을 곰곰이 되새긴 복녀는 몸으로 부모님을 편안하게 해드리는 거도 좋지만, 부모님의 마음을 편안하게 해드리는 게 무엇보다도 효도하는 거라고, 여러 생각을 하나로 정리하게 된다.

다음 날 밤, 복녀는 부모님 앞에 다소곳이 앉아서 머리를 숙이고 자기 생각을 말씀드린다.

"아버님, 그리고 어머님. 두 분의 뜻에 따르겠습니다. 그리고 한 가지 여쭤볼 말씀이 있습니다. 제가 어떻게 하여 이곳에 오게 되었고, 아버님 어머님께서는 저를 친딸처럼 잘 키워주셨는지, 알고 싶습니다."

언젠가는 알아야 할 일이었다. 어쩌면 부모님께서도 내게 그 사정을 말씀해 주실 때를 기다리고 계셨는지도 모른다. 부모님이 말씀해 주실 때까지 기다리지 않고, 복녀가 먼저 그 사정을 여쭈어본 거는 며칠 전 자정이 다 된 시각, 잠을 자려고 화장실에 다녀오다가, 두 분이 도란도란 말씀 나누시는 거를 우연히 듣게 되어서였다.

"복녀에게 우리가 친부모가 아니라카는 기를 이제 말해줘야 안 컸소? 다 큰 처녀가 돼부럿시니 지를 낳아준 부모가 따로 있다 카 는 기는 알고 있어야 제라."

"글 안 해도 공무원 시험 쳐서 발령받게 되면 말해줄라 캤제. 요즘은 유전자 검사라카든가, 하는 기법이 새로 발명되어 헤어진 부모 자식도 몇 십 년 후에 만난다카이, 안 하드나? 나도 마 말해 줄라코 기훨 보고 있었다 카이."

"복녀 지도 알고 있음시로 차마 말 못 꺼내고 속으로만 궁금해 하는 긴지도 모르제라."

거기서 도란도란 말씀하시던 거는 그쳤다. 그러셨구나. 나도 진즉 알고 있어야 했다. 그 사실을 안다 해도 지금까지 키워주신 양부모님과의 관계가 달라질 거는 아무것도 없다. 출생의 비밀은 언젠가는 알려지기 마련인데, 혹시 날 찾고 계시는 친부모님을 생 각하면 이제 어른이 다 된 내가 서둘러 나서야 할 때라고 생각했 다. 그러다가 어젯밤 혼인하라는 말씀을 듣게 되었고, 기회는 이 때라고 생각하고 여쭤볼 마음을 먹게 된 것이었다.

복녀의 말이 끝나자마자 양아버지와 양어머니는 놀라는 기색이 역력한 표정을 감추지 못하고 서로의 얼굴을 번갈아 쳐다보신다.

"초등학교를 졸업할 무렵부터 궁금했습니다. 부모님과 저의 나 이 차가 너무 많아서 저를 낳아주신 부모님은 따로 계신다는 거를 알았습니다. 어떤 사정이 있어 저를 키우시게 되었는지는 알 수 없지만, 부모님께서 친딸 이상으로 저를 사랑해 주시고 아껴주신 그 은혜는 평생 잊지 않으려 합니다. 그리고 친부모님이 저를 버리신 게 아니라면 분명 찾고 계실 거 같아, 제가 어떻게 하여 이곳에 오게 되었는지를 여쭤봐야겠다고 생각했습니다."

복녀의 말은 예의를 차리면서도 자기가 궁금해하는 거를 확실히 알고 싶어 하는 분명한 어조(語調)를 갖추고 있었다. 복녀가 말하는 동안 차츰 놀란 가슴을 진정시킨 양아버지가 다시 평소 표정을 되찾고, 다 커버린 딸이 대견하다는 듯 그윽이 바라본다.

"그러잖아도 작년 여름 공무원 시험을 쳐서 집을 떠나게 되면 너한테 얘길 해줄 생각이었다."

양아버지는 잠시 오래전 일을 떠올려 정리하는 듯한 표정을 띠더니 말을 잇는다.

"그러니까 그때가 십오 년 전인 천구백칠십구 년 팔월의 일이었다. 이 지역 군청에서 근무하는 우리 집안의 친척뻘 되는 여직원한테서 저녁에 전화가 왔었다. 부모를 잃어버린 두 살쯤 되어 보이는 어린아이를 어떤 남자분이 기차역 선로변에서 발견하고 군청으로 데리고 왔다면서, 혹시 아이를 위탁보호하실 의향이 있느냐고 묻더구나. 군청에서는 그 전날 발견했다는 말을 듣고, 열차 승객 중에서 아동을 잃어버렸다고 신고한 사람이 있었는지를 철도청에 조회하였는데, 답을 받지 못했다고 하더구나. 그러면서 평소 아저씨가 아이를 입양할 생각을 하고 계셨으니까, 아이를 보호하고 계셨다가 아이 부모가 안 나타나면 입양 절차를 밟는 방법도 있다기에, 반가워서 바로 데리고 오라고 했었다."

양아버지는 말을 멈추고 그다음 무슨 말을 해주어야 할지, 생각하는 표정이다.

"그다음 날이 토요일이었는데, 친척이 퇴근하는 길에 너를 데리고 왔다. 보통 아이들 같으면 부모를 잃어버리고 기운이 빠져있거나 울어서 눈이 퉁퉁 부어있을 터인데, 넌 전혀 그런 기색 없이 평소 아는 친척집에 온 아이 같았어. 가슴에 곰인형을 보듬고 있었는데, 두 살 된 아이 같지 않게 차분해 보이더구나. 네가 기차역 선로변에서 꽃을 보고 있었다더구나. 그때 널 발견한 사람이 사준 거라며 친척이 쇼핑백을 건네주었는데, 보니 여름옷과 가을옷 각 한 벌, 내의 한 벌, 양말 두 켤레, 칫솔 등이 들어있더구나. 그날로 넌 바로 우리 식구가 되었지. 혹시 친부모가 나타날까 싶어 일 년을 기다리다가, 군청의 허가를 받고 널 입양하는 절차를 밟았었다."

복녀는 눈동자 한 번 깜빡이지도 않고 양아버지가 들려주시는 말씀 한마디, 한마디를 머릿속에 새기기라도 하는 듯 집중하여 듣고 있다.

"넌 엄마를 찾으면서 울지도 않았어. 우린 그걸 가장 걱정했는데, 넌 환경이 전혀 다른 이곳 시골생활에 잘 적응하면서 자랐지. 우리 집에 온 다음 날 화단에 피어있는 꽃들을 보며 좋아하는 표정을 짓기에 '이 아이가 꽃을 무척 좋아하는구나.' 생각하고, 여러 종류의 씨앗을 사다가 화단에 심어주었지. 마음으로는 부모를 그리워하겠지 싶어, 꽃을 보면 어린 마음이 조금은 위로가 되지 않을까 싶었다."

그때 양어머니가 말씀하신다.

"잠깐 있그래이. 니가 우리 집에 왔을 때 입고 있던 옷과 신발을 나가 보관해 두었고마. 혹시 친부모가 나타나시믄 그 옷과 신발을 보고 바로 내 딸아이가! 하고 알아보시지 안컸나 싶어서였제."

그리고는 일어나서 장롱을 열고 보자기 하나를 꺼내어 온다. 보자기를 풀자, 투명한 비닐봉지에 따로 담긴 옷과 신발 등이 나온다.

"여기 빨간 리본을 매단 옷이 니가 입고 있던 옷이고, 나머지 옷 두 벌은 어떤 아저씨가 사주었다는 옷이다. 이건 니가 신고 있던 신발이고, 이건 니가 안고 있던 곰인형이데이. 곰인형도 그 아저씨가 사주었다 카데. 입고 있던 옷 주머니에 들어있던 돌맹이와 조개껍질도 챙겨 놓았제. 혹시 친엄마가 준 게 아닐까 싶어서제. 니가 우리 집에 온 거를 알고 마을의 젊은 아낙들이 자기 아이들이 가지고 놀던 장난감들을 가져와 주듬마. 니가 그 장난감만 가지고 놀기에 돌맹이와 조개껍질은 내가 따로 챙겨놓았제."

복녀는 양어머니가 비닐봉지에서 꺼내어 보여준 빨간 리본이 달린 어린이 옷을 펼쳐보았다. 하얀 바탕에 초록 잎사귀 세 개가 붙어있는 무늬가 주욱 예쁘게 박혀있는 반팔 유아용 여름 원피스였다. 내가 발견되었을 때 이 옷을 입고 있었다고 한다. 아버님 말씀으로는 그곳이 역 건물도 없는 간이역이었는데, 사람이 다가가도 모르고 내가 선로변에 피어있는 꽃에 푹 빠져있었다고 한다.

기억나지 않는 어릴 적 일이 그때 입고 있던 옷을 본다고 기억이 되살아나지도 않겠지만, 복녀는 혹시라도 무슨 기억의 실마리라도 잡히지 않을까 싶어 찬찬히 들여다본다. 앙증스러운 작은 곰인형도 마찬가지다.

'나를 발견한 어떤 아저씨가 인형도 함께 사주었다고 하셨지? 어떤 분인지는 몰라도 인정 많고 고마운 분이야.'

"어무니예! 잘 보관해 주셔서 고맙십니더. 이 옷과 신발을 보믄 친부모님도 그때 잃어버린 어린 딸을 기억하시겠지예. 지가 잘 간직하겠심니더."

복녀는 꾸벅 인사드리고 나서 보자기를 들고 자기 방으로 건너간다. 방에 들어와 다시 빨간 리본이 달린 옷을 꺼내어 이리저리 뒤적이다가 목 부위 안쪽에 제조회사의 이름이 표시된 라벨label을 보게 된다. 알파벳이다.

'그럼 부모님은 수입품을 딸에게 사입힌 것일까? 친부모님은 어떤 분들이셨을까?'

초등학교를 졸업할 때부터 친부모님을 향한 그리움은 차곡차곡 쌓여갔지만, 그럴수록 그 그리움을 가슴속 깊이 묻어두곤 했다. 양부모님의 사랑을 받고 살아가고 있는 처지에 친부모님을 생각한다는 거는 도리가 아니라는 일찍 철든 생각이 자칫 흐트러지려는 자기 마음을 붙들어 주곤 했다.

그날 밤 복녀는 친부모님을 떠올리며 친부모님이 자기를 버리지 않았을 거로 생각한다.

'피치 못할 사정이 있어 어린 딸을 키우기 힘들었다면 사람들이 발견하기 쉬운 장소에다 나를 두고 가셨겠지. 기차가 잘 서지도 않는 시골 간이역에 날 두고 그냥 가시지는 않았을 거야.'

얼굴도 모르는 친부모님을 그리워하고, 생각지도 않게 빨리 닥쳐오게 될 결혼이 자기 인생을 어떻게 바꿔놓을지 상상하느라, 그날 밤 책은 한 페이지도 읽지 못했다.

다음 날부터 양아버지는 바빠졌다. 자기가 아는 사람 중 발이 넓어 안면(顔面)이 많은 사람에게 딸을 중신해 달라고 부탁하는 게 양딸을 빨리 시집보내는 가장 빠른 방법이라고 생각했다. 그래서 마을의 경치 좋은 곳에 전원주택을 짓고 노후생활을 보내고 있는, 마을 주민 모두가 존경하는 분을 찾아갔다. 그분은 이 마을에서 차로 한 시간쯤 가면 있는 항구도시에서 고등학교 교장으로 정년 퇴임한 분이셨다. 공기 좋고 물 좋은 이곳 벽지 마을로 들어와 부부와 단둘이서 노후의 삶을 즐기며 편안하게 사시는 분이었다.

이 마을로 이사하여 얼마 안 있다가 마을 주민들을 초대하여 맛깔스러운 식사 자리를 마련한 일이 있었는데, 그때 서로 인사를 나누었었다. 이분 같으면 딸을 위하고 편하게 해줄 수 있는 착실한 청년을 소개해 주실 거로 생각했다.

양아버지는 그날 오후 교장 선생님 댁을 찾아간다. 해가 바뀐 일월 어느 날, 한창 겨울 추위가 기승을 부리며 눈보라를 몰고 온 날이었다. 단 하루라도 빨리 딸이 농사일에서 벗어나 자기 시간을 가질 수 있는 환경을 만들어 주고 싶은 마음이 앞서, 중신하는 사람에게 건네야 할 사진조차도 준비하지 않은 채였다.

어른 가슴 높이의 담장에서 안이 훤히 보이는 전원주택 뜨락은 넓었다. 잘 가꿔진 정원수와 잔디밭이 따뜻한 봄이 어서 오기를 기다리며 하얀 눈과 찬 바람을 맞고 있었다. 초인종을 누르자 "누구세요?"라며 부인 되시는 분의 상냥한 음성이 인터폰으로 들려온다.

비닐하우스 재배를 하는 건너편 마을 아무개라고 하자, "네, 들어오세요"라는 음성이 들리며 "딸깍" 하고 대문이 열린다. 거실에 있는 인터폰 화면에 방문객의 얼굴이 영상으로 보일 거다. 현관문을 열고 기다리던 교장 선생님은 반갑게 양아버지를 맞이한다. 보일러가 가동되고 있는 거실은 따뜻하다. 남쪽 창가에 여러 개의 분재(盆栽) 화분이 놓여있는 거로 보아 이분도 식물 가꾸는 취미가 있나 보다. 권하는 소파에 앉은 양아버지와 교장 선생님은 연배가 비슷해 보인다. 구십 년도 중반에는 교육공무원의 정년이 육십오 세였다.

평생을 교직에 몸담아 오는 동안 학생들에게 진리와 지식을 가르치고 사람이 갖춰야 할 인격에 대해 틈나는 대로 훈육(訓育)하기를 힘써온 교장 선생님은 그 인품이 온몸에 밴 분이셨다. 시골 벽지 마을에 이주해 온 지 이 년 남짓, 교장 선생님은 마을 주민의 한 사람이 되고자 매년 시월 단풍이 물들기 시작할 무렵, 인근 마을 주민들을 초대하여 집 잔디밭에서 잔치를 열고 있다.

"자식이라곤 딸아이가 하나 있는데, 딸 혼사(婚事)를 부탁드리고 싶어서 교장 선생님을 찾아뵈었습니다."

양아버지가 머리를 숙이며 방문한 목적을 말한다. 교장 선생님의 얼굴에 환한 미소가 번지며 양아버지를 그윽한 시선으로 바라보신다. 안경을 쓰신 그 눈매가 참 부드럽고 인자하시다는 느낌을 받는다.

"혼기(婚期)가 다가온 따님을 두셨군요. 마음이 바쁘시겠습니다."

교장 선생님은 자기를 찾아온 분이 딸 혼사로 신경을 많이 쓰다가 자기에게까지 찾아온 거로 지레짐작하고, 상대편의 마음을 헤아려 준다. 혼기가 다가온 거로 생각하는 교장 선생님에게 딸을 일찍 시집보내려는 이유를 뭐라고 말씀드려야 할까, 생각하느라 양아버지는 잠시 말을 삼킨다. 그 표정을 읽은 교장 선생님은 상대의 말이 나오기를 기다린다.

"실은 혼기가 닥친 게 아닙니다. 딸은 올해 삼월이면 만 열여덟이 됩니다. 집에서 부르는 나이로는 열아홉 살이지요. 딸이 책 읽기를 좋아하고 글을 쓰고 싶어 하는데, 딸이 농사일을 돕느라 자기 시간을 못 가지고 있습니다. 제가 하는 비닐하우스 특용작물 농사가 사시사철 손이 들어가는 일이라서요. 무슨 공부든 때를 놓치면 안 되는데 글 쓰는 공부도 마찬가지여서, 농사짓는 부모를 떠나야 그 공부를 제대로 하겠다 싶었습니다. 수십 번 고민하던 끝에 일찍 시집보내기로 마음먹었습니다."

"호오! 따님이 글 쓰는 공부를 하고 싶다 하셨습니까? 지금 만 열일곱이면 올해 고등학교 이 학년 나이인데, 그동안 부모님을 도와 농사일을 하고 있었다면, 학교는?"

교장 선생님은 의아하다는 표정으로 되묻는다. 양아버지는 딸이 초등학교에 늦게 들어간 얘기부터 공무원 시험 보기를 마다하고 시골에서 살면서 글쓰기를 하고 싶어 하는 얘기까지, 고등학교 국어 선생님에게 했던 말을 그대로 전한다.

"그랬군요. 따님이 보기 드문 재능을 가지고 있는데, 몹시 아깝군요."

교장 선생님은 양아버지가 더 할 말이 있겠구나 싶어, 이 말만 하고는 입을 다문다.

"저희 내외는 하루라도 빨리 직장이 있거나 자기 일이 확실히 있는 사람에게 시집보내 딸이 밖에 나가 일하지 않고, 집에서 책 읽고 글 쓰는 공부를 하길 바라고 있습니다. 교장 선생님께서는 발이 넓으신 분이니까 그러한 신랑감을 한 사람 소개해 주시라는 부탁을 드리려고 이렇게 염치 불구하고 찾아뵈었습니다."

양아버지는 자세를 바로 하고 머리를 숙이며 부탁드리는 자세를 취한다. 그때 부인이 찻잔이 놓인 쟁반을 들고 와서 탁자 위에 올려놓고 돌아서 나간다.

"생강차입니다. 천천히 드세요."

"자, 드시지요."

교장 선생님은 찻잔을 들고 한 모금씩 마시면서 곰곰이 생각하는 표정을 짓는다. 고등학교 교장직에 있을 때, 혼사를 부탁하는 말을 종종 들어왔다. 주로 딸을 둔 사람이 더 많았는데, 오늘 듣는 규수(閨秀)의 경우는 좀 특이하다. 가정환경이 좋았더라면 자기 재능을 발휘하여 이 사회에서 필요로 하는 일꾼이 되었을 텐데, 하는 아쉬움이 많이 남는다. 그리곤 많은 제자 중에서 기억에 남아있는 제자들 얼굴을 하나씩 찾아본다. 이러한 규수에게 맞는 배우자 될 사람의 성격은 우선 착하고 온순하며 가정적이어야겠구나, 생각한다.

"잘 알겠소이다. 내가 교단에 있으면서 많은 제자를 가르쳤으니, 따님에게 맞는 제자를 물색해 보겠소이다. 따님이 아직 어린 나이이니 배우자 될 사람의 나이는 어느 정도면 좋겠습니까?"

"나이 차가 크지만 않다면야 괜찮습니다. 다만 딸아이가 하고 싶은 공부를 이해하고 바깥일을 시키지 않고 집에만 있게 해줄 수 있는 사람이면 좋겠습니다."

딸에게 공부할 수 있는 환경을 만들어 주고 싶어 하는 아버지의 간절한 마음이 가슴에 절절히 닿아, 교장 선생님은 이 방문객을 실망케 해선 안 되겠구나, 마음속으로 다짐한다.

"잘 알겠습니다."

교장 선생님은 당연히 물어보아야 할 게 있을 거 같은데도, 계속 듣는 태도만을 지키고 있다.

"참! 제가 마음이 바빠 큰 결례를 범하였소이다. 딸의 사진을 가지고 와야 하는데, 사진을 찍으려면 읍내로 나가야 해서 마음이 바쁜 나머지 우선 말씀부터 드리고자 그냥 왔습니다. 사진은 곧 준비하겠습니다."

"아니, 그렇게 서두르시지 않아도 됩니다. 날씨가 좋아지면 제가 딸을 한 번 봤으면 합니다만, 그러면 어떤 배우자가 맞을지 판단이 설 듯합니다."

"아! 네! 내일이라도 딸을 데리고 와서 인사드리도록 하겠습니다."

양아버지의 첫날 방문 성과는 그 결과를 기대해도 부족함이 없을 만큼 충분하고도 남았다. 보통 자식을 둔 부모의 마음은 너도 나도 매양 마찬가지겠지만, 양아버지의 경우는 남달랐다. 양딸이 친부모를 찾아갔더라면 필시 우리보다 훨씬 나은 환경에서 학교에 다니고, 마음껏 그 재능을 펼칠 수 있었을 터인데, 중고등학교에 보내지 못한 게 그렇게 미안할 수가 없었다.

또 양딸은 양부모를 속 썩이게 하거나, 양부모가 잔소리하게 하는 일이 없었다. 자기가 알아서 자기 할 바를 척척 해버리니, 꽃이 철 따라 피고 지는 것처럼 그냥 지켜보고만 있으면 되었다. 학교에 보내지 못한 미안함이 쌓이다 보니, 우리가 해주지 못한 공부 환경을 하루라도 빨리 만들어 주어야 그 미안함이 조금이라도 덜어질 거만 같았다.

다음 날은 날이 개었다. 해가 중천에 떴지만, 겨울 해가 내리쬐는 햇볕은 찬 공기에 닿자마자 위에서부터 식어버렸는지, 살갗에 닿는 감촉은 미미하기만 했다. 양아버지는 딸에게 어디 인사드리러 갈 데가 있다면서 옷을 갈아입고 오라고 일렀다.

오후 두 시경 바깥 기온이 제법 올라가는 시각이었다. 복녀가 갈아입을 옷이라야 별다른 게 없었다. 외출할 일이 없어, 겨울옷이래야 설에 세배할 때 갈아입는 옷 한 벌뿐인데, 위에서부터 단추가 달린 저고리형으로 된 두꺼운 주황색 털스웨터에 역시 옷감이 두꺼운 검정 치마가 그 옷이었다.

복녀는 굳이 어딜 가는지 묻지 않았다. 자기의 혼사 문제로 누구에게 가는 거라고만 짐작했다. 대개 같은 공간에 거주하는 사람들끼리라도 자기가 그들과 같은 혈육이 아니라고 아는 사람은 어렸을 때부터 자연 눈치를 보게 마련이다. 말은 없어도 눈치로 자기 설 자리를 알고, 나가고 들어올 때를 알기 마련이다. 감정과 느낌의 표현을 절제하는 복녀의 모습은 가슴을 아리게 한다.

양아버지와 함께 교장 선생님 댁을 방문한 복녀는 공손하게 머리를 숙였다. 교장 선생님은 놀라는 표정을 간신히 억누르고 찬찬히 이 나이 어린 규수를 바라본다. 밖에서 부모님과 함께 농사일하느라 피부는 매끈하지 못하고 화장기도 전혀 없지만, 얼굴의 전체 느낌은 예사롭지 않다. 시골에서 농사일하기엔 너무 아까운 청초(淸楚)한 인상을 지녔다. 눈빛은 총기가 가득하고 반듯한 이마와 오뚝한 콧날에선 예사롭지 아니한 기품마저 풍긴다. 이지적(理智的)인 느낌이랄까? 이 규수 아버지에게서 들은 그 재기(才氣)가 그 자태에서 충분히 느껴진다.

"처자(處子)는 글 쓰는 공부를 하고 싶어 한다고 아버님께서 말씀하시던데, 언제부터 그 생각을 하게 되었는가?"

말없이 복녀를 살피던 교장 선생님은 이 규수에 대한 느낌을 정리한 듯 잠시 후 복녀에게 한마디 물음을 건넨다.

"네. 초등학교를 졸업하면서 그 생각을 갖게 되었습니다. 꽃을 바라보면 꽃이 제게 말을 건네고 여러 가지 모습을 상상하게 해서 그걸 남기고 싶다고 생각했습니다. 제가 할 수 있는 남기는 방법은 글뿐이어서 그렇게 마음먹었습니다."

교장 선생님은 고개를 끄덕이며, 이 규수의 말을 다시 한번 조용히 음미한다. 많은 제자를 겪어보았지만, 이런 말을 듣는 거는 좀체 드문 일이다.

"알겠네. 그 생각을 잘 간직하게. 검정고시 치느라 책 읽을 시간이 없었을 터인데, 먼저 책부터 많이 읽도록 하게."

그 말을 듣자, 양아버지가 곧바로 딸을 대신하여 말한다.

"교장 선생님께 미처 말씀드리지 못했습니다만, 작년 팔월 도시의 모 고등학교에 찾아가 국어 담당 여선생님께 딸 얘기를 하고, 딸이 읽을 책을 추천해 달라고 부탁드렸습니다. 친절하게도 그 선생님이 오십 권의 책을 읽어야 할 순서대로 목록을 만들어 주셔서, 그동안 열 권씩 사다 주었는데, 딸은 밤늦은 시간밖에는 책 읽을 시간이 없음에도 마지막 열 권의 책을 지금 읽고 있습니다."

교장 선생님은 화들짝 놀란 몸짓으로 다시 한번 이 규수를 바라본다.

'작년 팔월이면 지금 여섯 달째 책을 읽고 있구나. 그 분량이 사오십 권에 달한다니 대단한 진도(進度)야! 중고등학교에 다니지 않고도 이처럼 수십 권의 책을 단기간에 독파하다니, 아버지가 딸을 빨리 출가시키려는 의도를 이제야 확실히 알겠어!'

"따님 사진은 주시지 않아도 됩니다. 결혼해서 따님이 밖에 나가지 않고 집에서 자기 시간을 가질 수 있도록 책임져 줄 청년을 찾아보겠습니다."

교장 선생님은 양아버지를 바라보고 말한 뒤 다시 복녀를 바라보며 말한다.

"처자가 나이는 아직 어리지만, 부모님께서 딸의 재능이 그냥 묻혀버릴까 염려해서 결단하신 일이니 그리 이해하게나."

교장 선생님은 여기서 말을 끊고 규수의 얼굴을 지그시 바라본다. 무어라고 표현하기 어려운, 이 나이 또래의 여성에게선 좀체 찾기 어려운 강한 것 같기도 하고 깊고도 특이한 개성(個性) 같기도 한 인상(印象)이 자기의 마음을 끌어당긴다. 교장 선생님의 무언가에 골똘한 듯한 침묵을 바라보던 양아버지는 이쯤 일어날 때가 되었다고 생각한 듯, "그럼 저희는 이만 가보겠습니다"라며 자리에서 일어난다. 복녀도 따라서 일어난다.

"참! 내가 무얼 생각하느라 그만 결례하였소이다. 수일 내 연락드릴 수 있을지도 모르겠습니다. 전화번호를 남겨주시지요."

양아버지는 교장 선생님이 건네준 메모지에 집 전화번호를 적고 나서 현관으로 나간다. 교장 선생님은 곧바로 일어나 먼저 현관문을 열고 앞장서 대문 쪽으로 간다. 몸소 방문객을 배웅하려는 것이리라.

추위가 다소 주춤해진 한낮의 정원은 평화롭다. 햇볕을 쪼이고 싶어 둥지에서 나온 새 한 마리가 "까악 까악" 하며 정원수 가지에서 푸드덕 날갯짓하며 날아간다. 대문 앞에서 방문객과 인사한 후 정원을 가로질러 현관으로 걸어가는 교장 선생님은 방금 떠난 규수가 눈에 밟혀 그 모습이 쉬이 사라지지 않는다.

"처녀 인상이 시골에 사는 사람답지 않게 참 좋네요. 공부를 많이 한 사람처럼 지적이기도 하고요."

거실로 들어오는 남편을 보며 부인이 말한다.

"그렇게 보았소? 나도 내가 생각하고 있던 규수와 달라서 놀랐소. 잘 다듬기만 하면 빛을 낼 원석(原石) 같았소."

교장 선생님은 부인에게 그렇게 말하면서 서재 방으로 들어가 앨범 몇 권을 꺼내어 나온다.

학생들을 가르친 경험에 의하면, 사람은 십 대의 청소년기에 그 인격의 기초가 닦여 본인의 노력 여하에 따라 발전의 크기가 달라진다고 생각해 왔다. 그 중요한 시기는 중고등학교 시절이다. 친구들과 사귀고 서로 부대끼며 친구의 성품을 보고 배우며 완성되어 가는 시기도 이 시절이다.

오늘 만난 규수는 중고등학교 과정을 전혀 거치지 않았음에도 자기만의 인격과 성품을 지니고 있다. 타고난 지적(知的)인 바탕도 그 안에 내재(內在)되어 있는 듯하다. 기회가 오면 그 바탕은 활발하게 움직여 그 모습을 드러낼 것이다. 이건 느낌이다. 그냥 스쳐 가는 느낌이 아니라 지속적으로 관심을 두게 될 거만 같은 느낌이어서, 이 규수의 배우자가 될 청년을 찾는 일은 특별한 기준을 적용해야 할 거로 생각한다.

교장 선생님은 제자 중에서 무엇보다도 배우자의 인격을 존중할 줄 알고 상대가 가진 지적인 재능을 인정하고 개발하는 거를 적극적으로 도울 수 있는 착하고 정직한 사람을 찾기 시작한다. 규수의 나이가 어리므로 연령대가 적합한 사람, 현재 하는 일이나 근무하는 직장이 배우자에게 안정감을 줄 수 있는지 등도 구체적으로 알아보아야 한다. 교장 선생님은 앨범을 한 장씩 넘기며 관심 가는 제자의 이름과 졸업 연도를 적어나간다. 그러면서 한 가지 기준을 세운다.

'직업이나 사회적인 성취에 관심 두지 말자. 오로지 내가 기억하는 제자의 인성(人性)에만 관심 두자!'

그렇지만 사회에 나가 활동하게 되면 고등학교 때의 인성이 자칫 바뀔 수도 있으므로, 자기가 마음에 두고 있는 제자를 직접 만나보아야 확실하게 알 수 있겠다고 생각한다. 그날 오후 교장 선생님은 세 사람의 제자 이름을 노트에 남긴다. 썼다가 지운 이름도 여덟 개나 되었다. 그만큼 마음을 쓰고 있다.

남자 졸업생들은 일반적으로 사회생활을 하면서부터 고등학교 동기들을 찾게 된다. 동창회 모임을 만들고 연락처도 일일이 확보하여 주소도 기록하는 등 동창 명부를 관리하면서 동창들의 동정(動靜)을 공유한다. 교장 선생님은 3박 4일 일정으로 제자들을 만날 계획을 세운다. 교장 선생님은 세 제자의 동창 대표를 수소문하여 자기가 만나야 할 제자의 연락처를 확보했다.

먼저 전화하여 일과 후 만날 약속을 하고 여행 차림으로 집을 떠난다. 규수를 대면한 지 나흘째 되는 날이었다. 행선지는 서울과 춘천, 나머지 한 곳은 경상남도 통영이었다. 서울에서 직장에 다니는 제자는 기업체에 다니는 회사원이었고, 춘천에서 직장에 다니는 제자는 은행원이었다. 모두 대학을 나오고 군대도 다녀왔지만, 인성이 착하여 스승이 하는 말을 하늘처럼 받들고 따를 만한 제자였는데, 지금은 어떤지 모르겠다.

첫날 서울에 있는 제자를 퇴근 후에 만나게 된다. 제자는 공부를 잘하여 좋은 대학을 나왔고, 일류 대기업체에 다닌다.

"선생님이 서울에는 웬일이세요?"

직장 근처에 코다리 음식을 깔끔하게 잘하는 식당이 있다면서 약속 장소를 정한 식당에서 제자는 술 한 잔을 따라 올리며 묻는다.

"딸네 집에 올 일이 있어, 미리 전화했네. 자네 소식도 궁금하고 해서 한 번 얼굴이라도 보고 내려가고 싶었네."

교장 선생님의 큰딸은 결혼하여 서울에서 살고 있다. 제자에게 기억나는 동기들의 소식도 묻고 이런저런 사회 현상에 대해 제자가 바라보는 시선도 질문하면서 교장 선생님은 주의 깊게 제자를 관찰한다. 혼사에 관한 얘기는 한마디도 입 밖으로 꺼내지 않는다.

회사생활 이 년째인 제자는 대개 직장인들이 그렇듯이 빨리 승진하여 경제적인 안락함을 추구하겠다는 목표를 갖고 열심히 살아가고 있는 듯이 보인다. 언뜻 보면 현실주의자가 된 모양새이지만, 갈수록 경쟁이 치열하고 삶의 방정식이 더 어려워져만 가는 이십 세기를 살아가는 현대인에겐 당연한 태도라고 볼 수 있다.

식사를 끝내고 나오면서 교장 선생님은 식대를 먼저 치른다. 제자가 깜짝 놀라며 막아섰지만, "다음에는 자네가 사게"라면서 제자에게 미소 지어준다.

교장 선생님은 그날 밤 서울 변두리에 있는 소박한 호텔에서 묵고 다음 날 아침 강릉으로 내려간다. 오랜만에 바닷가를 구경하고 그곳 식당에서 좋아하는 회를 맛보고 저녁에 제자를 만날 계획이다.

역시 제자가 근무하는 은행 부근 식당에서 제자를 만난다. 어제 만난 제자와는 졸업기수가 일 년 선배인 제자이다. 교장 선생님이 복어탕을 잘하는 식당에서 만나자 했더니, 제자가 이곳을 알려주었다.

술이 한 순배 돌아가자, 제자가 조심스레 여쭙는다. 학교 다닐 때도 말이 별로 없는 제자였다.

"춘천에는 무슨 일로 올라오셨습니까?"

"아! 집사람이 겨울바람 좀 쐬고 싶다고 해서 어제 강릉에 올라왔지. 자네가 춘천에서 직장 다닌다고 하기에 인근 도시에 올라온 김에 얼굴도 보고 싶고 해서 미리 연락했네."

그날 밤 제자는 술이 몇 순배 돌아가자, 고등학교 시절의 그 모습은 어디 가고 말이 많아졌다. 직장생활하면서 느끼는 이상(理想)과는 다른 사회 현실과 그사이에서 갈등하는 자기 모습을 되돌아보며 점점 소시민(小市民)이 되어가는 착실한 직장인의 모습이 진하게 투영되고 있었다. 인성은 그대로 남아있었지만, 바쁘게 살아가는 모습에서 교장 선생님은 고등학교 다닐 적 착하기만 했던 제자의 모습이 떠올라 경쟁하는 사회에 적응할 수밖에 없는 현실을 인정해야 했다. 그 만남에서도 식대를 먼저 치르고 제자와 헤어졌다.

삼 일째 되는 날, 교장 선생님은 먼 남쪽 도시인 통영으로 내려간다. 통영시에 도착하자 다시 시외버스를 갈아타고 바닷가 마을이 있는 곳으로 향한다. 그곳엔 자기가 수산고등학교 교장 선생님으로 재직할 당시 그 학교를 졸업한 제자가 어업에 종사하고 있다. 고등학교를 졸업한 제자는 수산대학에 진학했으나, 고깃배를 가지고 어업에 종사하던 아버지가 돌아가시자 학교를 중퇴하고 아버지의 일을 물려받았다는 소식을 동기 제자로부터 전해 들은 일이 있다.

대학을 나오면 원양(遠洋)어선을 타고 세계 해역(海域)을 누비며 좋아하는 원양어업에 종사할 수 있었을 터인데, 학교를 그만두게 된 이유는 가정 사정이라고만 추측하고 있다. 아버지가 하시던 작은 고깃배로 고기를 잡는 일은 어부(漁夫)가 되었다는 거다. 원양어선을 타고 세계 여섯 대륙을 누비고 다니겠다는 그 포부를 접고 작은 어촌(漁村)에서 고깃배로 고기를 잡으면서 살고 있을 제자가 어떤 모습일지 궁금하다. 그 아버지가 그러셨듯이 바닷가 마을에서 태어나 줄곧 바다를 바라보며 살아온 이 제자가 바다에 대해 갖는 애정은 남다를 거라고 짐작하고는 있다.

마침 만나기로 한 날이 고기잡이를 쉬는 날이라면서 통영으로 나가겠다는 제자에게, 교장 선생님은 바닷가 마을을 구경하고 싶으니, 그곳으로 가겠다고 했다. 고기잡이를 쉬는 날에는 어구(漁具)를 손보고 다시 출항(出港)을 준비해야 할 것임을 알기 때문이다.

점심 시간에 맞추어 바닷가 마을에 도착한 교장 선생님은 시외버스 정류장 표지판 앞에서 기다리고 있던 제자를 반갑게 마주했다. 고등학교 다닐 때도 늘 얼굴에 잔잔한 미소를 달고 다니던 제자였기에, 급우들은 이 친구에게 '미스터 스마일'이라는 닉네임을 붙여주었다.

"선생님께서 웬일로 통영까지 먼 길을 오셨습니까?"

제자는 허리를 숙이며 인사한다. 키가 크고 인상이 서글서글하며 햇볕에 탄 얼굴이 한껏 건강한 모습으로 다가온다.

"누구 부탁을 받고 생각나는 사람이 있어 자넬 만나러 왔네."

교장 선생님은 이 제자 앞에서는 숨기고 싶은 마음이 사라져 불쑥 사실대로 말해버리고 만다.

"일부러 저를 만나러 오셨군요. 저는 볼 일이 있어 통영에 오신다기에 그런 줄로만 알았습니다. 가시죠. 이곳에 생선탕을 맛있게 끓이는 곳이 있습니다."

바닷가 마을 입구에는 식당이 늘어서 있고, 바다가 보이는 규모가 작은 연안부두에는 여러 척의 고깃배가 정박해 있다.

"자네 건강해 보이는군. 멀리 여섯 대륙 바다를 누비고 다닐 사람이 바닷가 고향 마을에서 고기를 잡고 있으니, 답답하지 않은가?"

"이곳 바다에서 제 손으로 고기를 잡는 재미도 남다릅니다. 고기가 가득 들어찬 그물을 끌어올릴 때마다 느끼는 희열도 유별(有別)납니다."

제자는 지금 하는 일에 만족하고 있다는 모습을 숨기지 않는다. 가정 사정 때문에 학교를 그만두어야 했으니, 그 아픔이야 왜 없겠는가마는 교장 선생님은 그 일은 묻지 않기로 마음먹는다. 그때 여러 생선이 발라져 접시에 담아 올려진 회 음식이 들어온다.

"어제저녁에 어항(漁港)에 들어온 생선이어서 싱싱합니다. 드십시오."

제자는 스승께 소주를 따라드리고 자기 잔에도 술을 따른다. 교장 선생님은 제자와 술잔을 맞부딪치고 나서 술잔을 반쯤 비운다. 술을 많이 하는 편은 아니지만, 다른 때와 달리 술맛이 당기는 거를 느낀다.

"고등학교를 졸업하고 육 년이 지났구먼. 자넨 학생 때 그 모습일세. 하나도 변하지 않았어."

"고맙습니다. 대학을 이 년 다니고 바로 군대에 다녀와서 줄곧 제가 좋아하는 바다만 벗하고 살아와서 그런 모양입니다. 바다가 먹고사는 문제는 해결해 주니 복잡한 사회생활을 신경 쓰지 않아도 되고, 그러다 보니 생활도 단순해져서 좋습니다."

그럴 것이다. 천성(天性)이 착한 데다가 옳고 바른 일에만 관심 두고 살다 보면 생각도 단순해지고, 얼굴도 생각을 닮아가 표정이 잔잔하게 보이는가 보다. 교장 선생님은 제자의 얼굴에서 편안함을 느끼며, 맛있는 회를 안주로 하여 약간 취할 만큼 술을 마신다. 뒤이어 들어온 도미탕도 그 맛이 입에 착 감기어 맛있게 밥을 먹는다.

"주위에서 장가들라고 하지 않는가? 딸 가진 부모들이 자넬 욕심낼 터인데…"

도미탕으로 밥을 잘 먹고 나서 교장 선생님은 더는 뜸 들이지 않고 본론을 꺼내 든다. 어쩐지 이 제자에게는 찾아온 목적을 말해야겠다는 강한 욕구가 일어나서다.

"글쎄요. 좀…"

쑥스러워하면서 머리를 긁는 걸 보니 장가가라고 여러 군데서 가만두질 않는 모양이다.

"왜? 좋은 사람 있으면 가지 그러나?"

"바다에 나가서 고길 잡는 이 생활이 자유로워서 그럽니다. 물

때가 좋아 고기를 많이 잡는 날에는 큰돈을 만지는 재미도 있고 하다 보니 장가가서 매여 사는 것보다 자유롭게 사는 이 생활이 지금은 좋습니다."

"그래도 가정은 가져야지. 집에는 누가 계시는가?"

"몸이 편찮으신 어머님이 계시고요, 제 밑으로 여동생이 하나 있는데, 작년에 결혼했습니다."

어머님이 한 분 계실 뿐 달리 부양해야 할 형제자매는 없다고 한다.

"노모를 생각해서라도 무작정 결혼을 미루어서는 안 되겠구먼. 결혼도 때가 있는 법이어서 주위에서 성가시게 할 때 못 이긴 척 하고 가는 게 좋네. 내가 봐둔 규수가 한 사람 있는데, 자네 생각이 나서 일부러 찾아왔네."

교장 선생님은 오늘 온 김에 마음에 둔 그 규수의 얘길 이 제자에게 꺼내 놓아야겠다고 마음먹는다. 어쩐지 이 제자라면 그 규수를 지켜주고, 규수가 하고 싶어 하는 일을 마음껏 밀어줄 거 같은 생각이 들어서다. 제자는 스승의 말을 듣더니 정색(正色)하고 몸가짐을 바로 한다. 볼일이 있어 통영에 내려간다는 말씀은 바로 자기의 혼사를 의논하려는 일임을 알았기 때문이리라.

선생님이 직접 이렇게 오실 정도면 말씀을 꺼내실 상대 여성이 결코 평범한 사람은 아닐 거라는 생각부터 든다. 흥미가 느껴지고 그에 덩달아 어떤 여성인지 부쩍 관심이 기울여진다. 두 손을 무릎 위에 모으고 자세를 똑바로 하고 선생님이 무슨 말씀을 하실지 집중하며 자기를 바라보는 제자를 보자, 교장 선생님은 제자의 마음가짐이 됐다고 생각하며 입을 연다.

"이 년 전 정년퇴직을 하자마자, 미리 은퇴 후 살 곳을 마련해 둔 한적한 시골 전원주택으로 내려갔네. 내가 살던 도회지에서 차로 약 오십 분 걸리는 벽지 시골 마을이지. 비닐하우스에서 어렵게 밭농사를 짓는 마을 주민들과 가까워지려고 일 년에 한 번씩 주민들을 모두 초대하여 잔치를 베풀곤 했는데, 그 주민 중 한 분이 지난주에 우리 집엘 찾아오셨네. 딸을 시집보내야겠는데, 좋은 청년이 있으면 한 사람 소개해 달라면서, 딸을 중신해 달라고 부탁하셨네."

교장 선생님은 그 규수의 처지와 자기가 본 그 규수의 재능에 대해서만 말하기로 작정한다. 제자가 관심을 보이면 그 규수의 아버지가 특별히 부탁한 그 얘길 말할 참이다.

"그 규수는 취학 연령을 이 년 넘겨, 시골 분교 초등학교에 들어가 왕복 두 시간을 걸어 다니면서 졸업했다네. 도회지에 있는 중학교에 보낼 처지가 못 되어서 아버지 되는 분이 중학 과정 책을 사다 주었더니, 혼자 공부해서 일 년 만에 중학 졸업 자격 검정고시에 합격했다네. 아버지가 딸의 재능을 뒤늦게 알고 고등학교 책을 사주었더니, 또 일 년 만에 검정고시를 통과했다고 하네. 작년 사월 있었던 일이네."

교장 선생님은 말을 끊고 제자의 표정을 찬찬히 살핀다. 그 눈에 흥미로워하는 기색이 완연하다.

"작년 팔월에 실시된 국가공무원 시험을 치라고 권했더니, 그 규수는 시골에서 꽃을 보고 글을 쓰고 살고 싶다면서 관심조차 보이지 않았다고 하네. 이 말을 듣고 딸의 재능을 어떻게든 살려주고 싶은 그 아버지가 도회지 고등학교 국어 교사를 찾아가 딸이 읽으면 좋은 도서 추천을 부탁하고 오십 권의 책 목록을 받아와 열 권씩 사다 주었다고 하네. 그 규수는 낮에는 부모님을 도와 밭에서 일하고 저녁 식사 후에야 책을 읽는다는데, 책 읽기를 시작한 후 이달에 들어서기까지 육 개월 동안 오십 권의 책을 거의 다 읽어가고 있다고 하더군."

제자의 눈이 반짝 빛난다. 분명 스승이 말씀하시는 그 규수에게 관심이 증폭되면서 집중하는 눈치다. 교장 선생님은 고개를 끄덕이며 다시 말을 잇는다.

"어떤가? 이제 나이가 겨우 올해 만 열여덟이 되어가는 어린 규수인데, 자네 배우자감으로 부족하지는 않겠는가?"

교장 선생님은 먼저 제자가 이 규수를 어떻게 받아들일지 관심 보이는 정도를 궁금해한다. 의외로 제자는 머뭇거리지 않고 곧바로 대답한다.

"네! 선생님! 만나보겠습니다."

"그 규수의 사진도 없고 그 용모도 얘길 하지 않았네. 만나보고 혹시 그 용모에 실망하는 일이 있어선 안 되는데…"

교장 선생님은 짐짓 배수진을 깔고 규수의 용모가 그리 탐탁지 않은 거처럼 말한다.

"용모가 뭐 그리 중요한 것이겠습니까? 사람의 마음과 됨됨이가 우선이지요. 선생님께서 이곳까지 저를 찾아오실 정도면 그 여성의 품성이나 됨됨이가 뛰어난 사람일 거로 생각합니다."

"그래, 좋은 말을 하였네. 그 규수의 아버지 되시는 분이 내게 특별히 부탁하신 말씀이 있었네."

제자는 다시 귀를 쫑긋하고 스승의 얼굴을 뚫어지게 바라본다.

"딸이 집에 있으면 부모를 도와 밭농사 일하느라 공부할 시간이 없으니 빨리 시집보내고 싶다 하셨네. 배우자 될 사람의 직업이 확실하거나 자기 일이 있어, 딸이 밖에 나가 일하지 않고 집에서 글 쓰는 공부를 할 수 있도록 도와줄 사람을 찾아달라 하셨네. 자넨 그렇게 약속할 수 있겠는가?"

"모름지기 부부간일지라도 배우자가 뛰어난 재능을 가졌으면 그 재능을 발휘할 수 있도록 도와주는 것이 부부의 도리라고 배웠습니다. 당연히 그렇게 해야 마땅한 일입니다."

제자는 망설이지 않고 곧바로 대답한다. 학교에서 배운 삶의 원칙을 사회에 나와서도 굳건히 지키고 있는 제자가 대견하다.

"빈한한 농사꾼의 여식이니 가지고 올 물건도 없을 것이네. 내게 필요한 사람 하나 맞아들인다, 생각해야 할 것이네."

"여부가 있겠습니까? 저는 사람 외는 아무거도 필요치 않습니다."

제자의 답변은 의외로 시원시원하다. 평소 존경해 마지않던 스승에 대한 절대적인 신뢰가 이루어 낸 화답(和答)이라고 보아야 할 것이다.

당사자 간 맞선 보는 자리 겸 상견례(相見禮)는 그다음 주 교장 선생님 댁에서 이루어졌다. 제자를 만나고 온 교장 선생님이 복녀 부모님에게 이러이러한 좋은 청년이 나타났다고 하자, 그러면 바로 혼인 날짜를 잡아달라는 부탁이 나왔다. 제자에게 연락하자, 어머님이 규수를 한 번 보고 싶다 하신다면서 자기가 차를 운전하여 올라온다고 하여서 바로 날짜를 잡았다.

겨울 날씨답지 않게 추위가 많이 풀린 이월 초순 주말 오후, 복녀는 부모님을 따라 교장 선생님 댁으로 간다. 부모님이 신랑 될 사람은 저 남쪽 바닷가에서 고깃배를 가지고 고기를 잡는 어부라고 말해주셔서 남편 될 사람의 모습을 상상해 보긴 했으나, 교장 선생님이 소개하는 사람이므로 어떤 선입견은 없었다.

한 번 뵌 교장 선생님은 복녀에게도 깊은 신뢰를 심어주었음이 분명하다. 옷차림은 지난번 교장 선생님 댁을 방문했을 때와 똑같았고, 얼굴에도 화장기라곤 전혀 없다. 제자는 예의를 차리느라 정장 차림으로 왔다. 제자는 처음엔 어리둥절했다. 치장하고 맵시를 내어 나타날 줄 알았던 여성의 모습은 보이질 않고, 마을에 심부름 가는 차림의 여성이 거실로 들어오기 때문이었다.

그 여성이 소파에 앉는 순간, 제자는 가슴이 뜀박질한다. 좀체 보기 드문 아리따운 여성이 눈을 내리깔고 다소곳이 앉는다. 화장기 없는 햇볕에 탄 갈색 얼굴은 건강미가 넘치고, 이목구비는 단정하고 선이 곱다. 무엇보다도 이마에서부터 콧날과 입술로 이어지는 윤곽이 지적인 인상을 갖추고 있어, 평범하지 아니한 기품이 드러난다.

'교장 선생님은 짐짓 내게 기대하지 말라는 뜻으로, 그 용모를 보고 실망해선 안 된다고 하시면서 이렇게 뛰어난 용모를 숨기셨구나! 이 여성이 지녔다는 재능이 정말 아깝다고 생각하신 스승께서는 이 재능을 뒷바라지해 줄 사람을 찾고 계셨던 거구나.'

제자는 자기가 선택되었다는 생각에 어떤 자부심 비슷한 거를 느낀다. 당연히 선택된 그 역할을 잘 수행해야 한다고, 스승의 기대를 저버려서는 안 된다고, 제자는 굳게 다짐한다. 그날 양가의 부모님도 사위가 될 청년과 며느리 될 처녀를 보고 흡족해한다.

청년의 이름은 '서일랑(徐一郎)', 처녀의 이름은 '전복녀(全福女)', 박준웅과 김혜용의 큰딸 박송현(朴松賢)은 사람의 힘으로는 어찌할 수 없는 운명의 덫에 갇혀 박송현의 그림자인 '전복녀'라는 이름으로 살아왔다. 이제부터는 그 이름으로 바깥세상에 나가게 된다.

한 달여가 지난 삼월 초 주말, 교장 선생님 댁 잔디밭에서 결혼식이 열린다. 넓은 잔디밭에 읍사무소에서 빌려온 간이 의자를 놓고서 마을 주민을 초대한 결혼식은 온 마을의 축제로 성대하게 열린다. 각 가정에서 술과 음식을 장만해 오고, 읍 행사 때마다 단골 출연하는 농악대가 찬조 출연하고, 주례는 교장 선생님이 맡아서 흥겨운 결혼식이 진행된 것이다.

그날 마을 주민들은 복녀의 결혼식을 축하하는 자리이기도 하거니와 고단한 농사일에 지치고 힘겨워하느라 평소 가져보지 못한 놀이를 마음껏 즐기기라도 하는 것처럼, 모두 흥겨워하며 왁자지껄 어울렸다.

복녀는 어촌 마을에서 신접살림을 시작한다. 어려서부터 어머니를 도와 집안일을 해왔으므로, 집안일을 하는 데는 익숙하다. 남편 '서일랑'은 아내를 맞이한 이후로 삶에 대한 인식이 조금씩 바뀌어 간다. 결혼 전에는 좋아하는 일을 하면서 하루하루 별다른 걱정 없이 살아가는 게 사는 재미라고 생각했는데, 아내가 쉬지 않고 책을 읽으면서 공부하는 모습을 보곤 자기도 무언가 의미 있는 일을 해야겠다고 생각한다.

복녀의 양아버지는 딸이 오십 권의 책을 다 읽고 나자, 다시 오십 권의 책 목록을 학교에서 받아와서 사 온 책 열 권과 함께 딸에게 건네주었다. 상견례를 하기 하루 전날이었다.

"책을 다 읽게 되면 전화하거라. 네가 읽을 책은 아버지가 사서 보내주마."

양딸을 학교에 보내주지 못해 항상 미안한 마음이었는데, 책으로나마 그 미안함을 보상하고 싶어 하는 아버지의 진정(眞情)이 가득 담겨있다. 복녀도 아버지의 진정을 알고 대답하며 머리를 숙였다.

"알겠습니다. 그렇게 하겠습니다."

서일랑은 상견례를 하고 온 다음 날 집 마당에 화단을 만든다. 아내가 될 사람이 꽃을 좋아한다니까 추위가 풀리면 꽃씨를 심어 계절 따라 예쁜 꽃들이 피는 꽃밭으로 가꿀 생각이다.

복녀의 시어머니는 성격이 온순한 분이었다. 몸은 불편하지만, 당신이 할 수 있는 일은 스스로 챙기고 나이 어린 며느리를 귀찮게 하지 않았다. 조심성 많고 매사 부지런한 며느리를 마음에 들어 하며 아들 못지않게 아꼈다. 복녀도 친정집에서 하던 대로 시어머니를 위하고 집안 살림을 해나갔으므로, 고부간의 갈등 같은 소지는 생겨날 수가 없었다.

서일랑은 열심히 고기잡이 일을 하면서 가장(家長)으로서 마땅히 해야 할 일을 차곡차곡 준비해 나간다. 그 일이란 장차 태어날 아이들을 위해 경제력을 탄탄히 하는 것이었다. 나이는 어리지만 총명한 아내는 남편의 뜻을 알고 안살림을 규모 있게 꾸려나간다.

서일랑의 아내 사랑은 각별했다. 아무리 부부지간일지라도 아내의 행동거지는 일정한 선(線)을 넘지 않았고, 남편 앞에서는 늘 조심했다. 그러한 아내가 어찌 사랑스럽지 않을 리가 있겠는가?

남편은 아내를 중신하신 스승께 약속한 대로 아내가 집안에서 자기 시간을 갖고 공부할 수 있도록 늘 신경 쓴다. 복녀는 친부모와 헤어져 그분들의 사랑과 보살핌을 받지는 못했지만, 사리분별(事理分別)이 분명한 양부모님의 사랑과 사람의 숨겨진 재능을 알아보는 교장 선생님의 혜안(慧眼)에 힘입어 자상하고 마음이 따뜻한 남편을 만나게 된 것이다.

남편은 아내 몰래 또 다른 계획을 하고 있었다. 자녀를 셋 두게 되고 막내가 앞가림하게 될 나이가 되면, 아내를 대학에 보내 자기가 하고 싶은 공부를 하게 해주어야겠다는 생각이었다. 그때가 되면 어머니는 당신 뜻에 따라 요양병원에 입원시켜 드리거나 간병인을 고용하여 어머니를 돌봐드리게 하면, 아내는 자유롭게 공부할 수 있을 것이다.

남편이 신경 써서 가꿔준 꽃밭은 복녀에게 날마다 큰 기쁨으로 다가온다. 봄부터 가을철까지 계절 따라 피는 꽃을 남편은 잘도 챙겨 그 씨앗을 심고 틈나는 대로 꽃밭을 가꾼다. 복녀는 남편의 알뜰한 사랑과 배려를 듬뿍 받고 책을 읽고 글을 써보는 시간을 가지면서 신혼을 보낼 수 있었다.

다음 해 일월 복녀는 첫딸을 낳았다. 아들을 낳아드리지 못해 시어머님께 죄스러운 마음이었지만, 시어머니는 요즘 세상은 딸이 아들보다 더 성근(誠勤)지다면서, 아들딸 가리지 말고 많이만 낳으라고 오히려 위로해 주신다. 구십육 년도의 일이니까 차츰 한국 사회도 아들이 첫째라는 남아선호 사상이 점차 바뀌던 무렵이었다.

아이가 태어나자, 복녀의 자기 시간은 줄어들 수밖에 없었다. 육아와 가정 살림을 병행하는 일은 하루 종일 눈코 뜰 새 없이 바쁘고 시간은 금방 흘러간다. 가정주부와 엄마의 역할이 자기 시간보다 우선되어야 하므로, 복녀의 일상도 자연히 그렇게 적응되어 간다.

남편은 처가 부모님께도 자기 할 도리를 다한다. 일 년에 네 번은 꼭 싱싱한 해물(海物)을 준비하여 처가를 찾아뵌다. 설과 추석, 장인과 장모님 생신 때다. 갈 때는 교장 선생님 댁에 선물할 해물도 함께 준비하여 잠깐이라도 뵙고 인사드린다. 오월 어버이날이 오면 꼭 용돈을 부쳐드린다. 찾아뵙고 싶지만, 그 무렵 때를 맞추어 먼바다로 고기잡이를 나가야 할 어종(魚種)이 있어 찾아뵙지 못하고 대신 그렇게 인사드린다.

남편의 지극한 사랑을 받는 아내는 참으로 복 많은 여인이다. 복녀가 그런 여인 중의 한 사람일 거다. 남편을 만나 따뜻한 사랑을 받으며 사는 동안 복녀는 친부모님을 떠올리는 생각을 거의 하지 못했다. 일상이 바쁘기도 했지만, 아이가 태어나면서 친부모님을 생각할 시간적인 여유가 없었을 것이다.

친부모를 찾겠다고 마음만 먹었다면, 그 무렵에 이미 과학 문명의 발달로 가능하게 된 유전자 신고의 방법으로 친부모를 찾을 수 있었는데도 모르고 지낸다. 친부모가 딸을 찾기 위해 자기들의 유전자를 신고했다면, 복녀도 그러한 방법이 있는 거를 알았다면, 시간은 걸리겠지만, 그 결과는 나왔을 것이다.

큰딸 송현이 열세 살이 되던 천구백구십 년, 준웅과 혜용 두 사람의 나이가 서른아홉 살이 되었을 때까지 세 자녀가 더 태어나, 함께한 가족은 다섯 사람이 되었다. 아들이 둘, 딸이 하나였다. 한국에 다녀와야겠다는 마음은 늘 가지고 있었지만, 어린 자녀들을 데리고 다녀오는 일은 쉽게 결심할 수 있는 일이 아니었다.

한국에 문민정부가 들어선 천구백구십삼 년이 되어서야, 두 사람은 한국에 들어가 큰딸 송현을 찾아봐야겠다는 계획을 세우지만, 막내딸은 이제 겨우 세 살밖에 되지 않아 결단을 내리지 못하고 시일만 보내고 있었다. 송현이 중학 졸업 자격 검정고시에 합격하던 해인데, 그즈음 두 사람은 교수사회에서 학문적인 업적으로도 점차 그 지평(地平)을 넓혀가고 있었고, 한인사회에서도 평판이 좋아 많은 기대를 받고 있었다.

그 무렵 같은 대학 한국인 교수로부터 귀가 솔깃한 얘기를 듣는다. 생활고로 갓난아기를 보육원에 맡겼던 엄마가 사십 년 후 친부모를 찾으러 한국에 온 해외입양아를 유전자 감식 절차를 거쳐 만나게 되었다는 얘기였다.

신문에 난 기사를 보았다면서, 자기의 유전자를 혈육 찾기 기관에 맡기면 의뢰가 들어온 다른 유전자를 감식하여 동일한 유전자를 찾아내는 방식으로 친부모를 찾는다고 했다. 준웅 부부에게 가슴 아픈 사연이 있다는 사실은 전혀 모르는 그 교수는 유전자 감식기법의 발달로 머잖아 난치병도 유전자를 이용하여 치료할 수 있는 날이 올 거라고 했다. 준웅 부부는 그 얘기를 듣자마자, 곧바로 한국의 친부모 찾아주기 관계기관에 연락하여 딸을 잃어버린 시기, 장소, 상세한 경위와 유전자 감식에 필요한 머리칼과 타액(唾液) 등을 보낸다.

그 기관에서는 의뢰인이 제공한 당시 상황과 부합한 다른 의뢰인의 정보를 찾아보고, 두 의뢰인의 정보가 서로 유사하다고 판단되면 양쪽의 유전자를 감식하는 방법으로 친부모와 친자녀를 확인한다고 했다. 준웅 부부가 딸 송현을 찾기 위해 기관에 의뢰한 때는 송현이 결혼한 해인 천구백구십오 년이었다.

송현의 나이가 철이 든 열여덟이므로 지금쯤 친부모를 찾고 싶어 하리라 생각하였고, 딸이 제발 그 기관에 친부모 찾기를 의뢰해 주기를 간절히 바라는 염원을 담았는데, 그때 송현은 결혼한 지 몇 달 안 된 신혼이었다.

복녀와 남편 서일랑은 어촌 마을에서 소문날 만큼 금슬(琴瑟)이 좋았다. 부부의 사랑이 지극했던 만큼 복녀는 이 년 간격으로 아이를 낳는다. 그러니까 결혼 오 년 차가 되던 이천 년도에 스물셋의 나이로 세 아이의 엄마가 된 거다. 모두 딸이었다. 이름은 순수한 한글로 지었는데, 해임, 달임, 별임이었다.

첫딸을 낳기 전 꽃밭에서 꽃을 바라보며 혼자만의 상상에 잠겨 있을 때 떠오른 생각이었는데, 딸을 낳으면 이름은 이렇게 지어야겠구나, 마음먹었다. 막내가 겨우 자기 앞가림할 때까지 육칠 년간, 복녀는 자기만의 시간을 거의 갖지 못한다.

복녀가 멀어져 가는 남편의 고깃배를 바라보며 간절하게 기도하던 그날, 남편은 먼바다로 나갔다. 그 철이면 명태가 떼로 몰려온다는 그 바다에서 이틀 밤 고기잡이를 하고 귀항하던 사흘째 되는 날 새벽, 예상치 못한 거센 폭풍우를 만난다. 일기 예보에서도 미처 듣지 못했던 기상 이변이었는데, 선장인 서일랑은 어선이 침몰할 거 같은 심상치 않은 조짐을 느끼고 어부 네 사람에게 구명정을 입고 바다에 뛰어내리게 한다.

바다에 뛰어내린 어부들은 표류하고 있다가, 폭풍우가 잠잠해졌을 때 구조에 나선 해경대 소속 헬리콥터에 발견되었고, 급파된 경비선에 의해 모두 구조된다. 구조된 선원들이 전해준 말에 의하면, 선장님은 어떤 방법을 써서라도 어선이 침몰하는 것만은 막아보려고 안간힘 쓰다가, 배와 함께 가라앉아 버렸다고 했다.

부모와 생이별한 복녀는 결혼 칠 년 만에 남편과도 사별(死別)하고 마는 기구한 운명에 놓인다. 이천이 년, 복녀 나이 스물다섯 되던 해다. 시집간 양딸이 자기 시간을 갖고는 있는지, 궁금해하며 간간이 전화를 걸곤 하시던 양아버지는 작년 여름 일흔넷의 삶을 살고 돌아가셨고, 양어머니도 남편이 떠난 후 기운을 잃고 시름시름 앓다가 몇 달 후 세상을 떠나셨다.

딸이 자기 시간을 가질 수 있도록 그토록 마음 쓰던 양아버지의 정성도, 복녀의 재능을 눈여겨보고 복녀에게 자기 시간을 갖게 해줄 제자를 찾아 나섰던 교장 선생님의 성원(聲援)도 끝내 결실을 보지 못한다. 시집간 복녀가 가질 수 있었던 자기 시간이란 결혼하고 첫 아이를 낳기 전까지 신접(新接)살림을 꾸리면서 틈틈이 가졌던 하루 두세 시간뿐이었다. 이 소설의 맨 처음에 묘사한 여인의 고달픈 일상은 스물다섯 젊은 나이에 미망인이 된, 세 아이의 엄마 복녀의 모습이었다.

생업의 유일한 수단이었던 고깃배는 폭풍우에 뒤집혀 남편과 함께 바닷속으로 가라앉아 사라지고, 남편이 통장에 저축해 놓은 돈은 양육비와 생활비로 쓰여 얼마 가지 않아서 바닥을 보이고 있었다. 이제 아이들과 함께 먹고살려면 무슨 일이든 해야만 했다. 결혼한 지 칠 년 만에 맞닥뜨린 현실은, 혼자 힘으로 힘하고 거친 세파(世波)를 헤쳐 나가면서 아이들을 양육하지 않으면 안 되는 가혹한 처지에 놓인 자기 모습이었다.

돈을 벌어야 하는데, 그러려면 장사라도 해야 하는데, 장사할 밑천도 없고 장사라곤 배워본 일이 없다. 복녀가 할 수 있는 돈벌이는 물건을 가지고 다니며 행상을 하거나, 길바닥에 깔아놓은 좌판 위에 물건을 늘어놓고 파는 것뿐이었다.

복녀가 사는 마을은 어촌이어서 주민 대부분이 어업에 종사하고 있었으므로, 누구에게 장사를 어떻게 해야 하는지 물어볼 사람조차 없었다. 곰곰이 생각을 거듭하던 복녀는 단단히 마음먹고 점심때를 맞춰 인근 도시에 있는 큰 시장을 찾아간다. 그곳엔 시장 출입구에서 나오면 편도 삼 차선 차도로 이어지는 인도(人道)에다 좌판을 깔아놓고, 밭에서 수확한 갖가지 밭작물을 늘어놓고 파는 노천상(露天商)이 이십 미터 가까이 줄지어 앉아있다.

복녀는 떡집으로 가서 넉넉하게 떡을 사서 노천상 중에 인상이 좋아 보이는 오십 대 중년 아주머니의 좌판 앞으로 간다. 마늘과 고추, 깻잎을 산 다음 떡 봉지를 내밀며 점심 대용으로 함께 먹자고 말을 건넨다. 아주머니는 반색하며 앉아있던 옆자리를 내어준다.

함께 떡을 먹으면서 자연 이런저런 얘기가 오가고, 복녀는 아주머니에게서 좌판을 차리고 장사하는 요령을 배운다. 그곳에서 좌판을 열고 있는 노천상들에겐 다행히 자릿세가 없다고 했다. 그

뿐만 아니라 시청 도로과에서도 영세 서민들의 생계를 돕는다는 방침으로 단속하지 않는다고 했다.

처음 좌판을 차리는 사람은 맨 끝자리로 가서 자리를 잡게 된다. 가운뎃줄에서 장사하던 사람이 몸이 아프다거나 하여 계속 못 나오는 경우, 끝줄에서 자리 잡고 장사를 시작한 순서대로 목이 더 좋은 가운뎃줄로 들어가 그 자리를 승계받는다. 복녀는 떡을 나누어 먹은 그 중년 아주머니의 도움으로 산지(産地)에서 가져온 각종 밭작물을 수매(收買)하여 좌판을 차리고 노천상을 시작하게 된다. 남편을 바다로 떠나보낸 그해 가을부터였다. 이른바 자립의 터전을 개척하게 된 거다.

노천상을 시작하고 나서 몇 달 동안 장사요령을 어느 정도 터득하고 보니, 돈을 좀 모으면 시장 가게 하나를 임대받아 식자재(食資材)를 취급하는 가게를 해야겠다는 생각이 들었다. 노천상 수입으로는 겨우 생활비를 충당할 정도여서 아이들이 줄줄이 학교에 다니게 되면 교육비를 감당할 수가 없어서다.

시장 관리사무소에다 혹시 세를 놓는 가게가 나오면 연락해 달라고 부탁하고 어느덧 단골로 찾아주는 고객들에게 더욱 친절하게 대한다. 이 고객들을 가게를 찾아오는 고객으로 붙들어야겠다는 장사의 요령이 생긴 거다.

노천상을 찾는 고객들은 주로 여성들로, 우리나라 농촌에서 자란 토종(土種) 밭작물인 데다 작물을 채취한 지 얼마 안 되어 신선하다는 믿음으로 찾는다는 거를 알았다. 그래서 농산물은 첫째가 신선도(新鮮度)라는 거를 알았다.

복녀는 세 아이의 엄마였지만, 아직 이십 대 중반의 여성이었다. 전혀 화장하지 아니하고 옷차림도 허름했지만, 노천상 앞을 지나가는 남성들은 언뜻 보이는 이 젊은 여성의 미모에 눈길을 쉽게 거두지 못한다. 그냥 예쁘다는 인상이라기보다는 뭔가 지적인 우수(憂愁)를 담고 있는 그 얼굴에서 강한 인상을 받는 모양이다. 자연 자주 찾는 남자 고객들도 늘어간다.

자기 손으로 주방에서 찬을 만드는 남자들도 물론 있지만, 예쁜 여성이 노천상을 하는 모습에 흥미를 느끼고 물건을 찾는 남자들도 있다. 복녀는 누구에게나 똑같이 친절하게 때로는 우수리를 더 얹어주기도 하면서 고객 확보에 신경 쓴다. 어떤 나이 지긋한 남자는 관심을 보이기도 한다.

"젊은 새댁같이 보이능마. 우째 길바닥에서 좌판 장사를 하능기요?"

"젊어서예, 부지런히 같이 벌어야지예. 초년고생은 사서라도 한다, 안 합니꺼!"

이렇게 복녀는 천연덕스럽게 눙치며 자기가 결혼한 유부녀임을 내비치곤 한다. 유부녀라고 하는 데야 더는 치근댈 수가 없다. 남자 손님은 실망했다는 표정을 지으면서도 그다음에 또 찾아온다. 찬거리를 사 가면 집에서는 부인이 좋아하겠지만, 갑자기 달라진 남편의 태도를 보고 바가지를 긁으면 남편이 뭐라고 대꾸할지 궁금하다.

해가 바뀌고, 봄이 지나고 뜨거운 여름을 견디고 소슬바람이 부는 가을이 다가왔을 때, 관리사무소 직원이 복녀를 찾아온다. 건어물 가게를 하던 사람이 몸이 아파 가게를 얻을 사람을 구한다면서 그 가게를 한 번 보겠느냐고 물으러 온 거다. 복녀는 옆자리에 있는 아주머니에게 대신 수고해 줄 거를 부탁하고 가게를 보러 간다. 마침 시장 가운데 있는 위치가 좋은 가게였으나, 보증금과 임대료가 생각했던 거보다 많았다.

'자리가 좋으니까, 그럴 거야.'

그 가게는 상인 조합에서 소유하고 있는 가게로 일정한 보증금을 예치하고 매달 임대료를 내게 되어있었다.

복녀는 남편의 체취가 남아있는 바닷가 마을 집을 팔고, 그 돈으로 도회지의 노천상이 있는 곳에서 가까운 거리에 있는 단독주택의 방 두 개를 전세로 얻기로 마음먹는다. 큰 방 있는 쪽은 집주인이 살고 마루를 건너 따로 있는 방인데, 상하방(上下房)이라고도 한다.

바닷가 마을 집이래야 집값이 도시에 있는 집 전세보증금에도 못 미친다. 집을 팔 결심을 한 거는, 바닷가 마을에서 노천상이 있는 곳까지 오가는 하루 왕복 두 시간을 아껴야 하기도 했거니와 초등학교에 들어간 큰딸을 도회지에서 학교에 다니게 하고 싶은 이유가 더 컸다. 노천상으로 장사를 시작한 지 일 년 만이다.

상하방의 전세보증금을 내고 남은 돈은 가게 보증금에도 부족하지만, 이곳을 놓치면 언제 다시 마음에 드는 가게가 나오게 될지 알 수 없어, 복녀는 계약하기로 결심한다. 부족한 보증금은 이자로 계산하여 그 돈을 채울 때까지 임대료에 포함하여 내겠다고 사정하여, 복녀는 바로 가게 주인으로서 식자재(食資材)를 취급하는 장사를 시작한다. 길거리에서 장사를 시작한 지 일 년 만에 가게에서 물건을 팔게 된 거다.

건어물(乾魚物)을 매대(賣臺)에 올려놓고 팔던 가게여서, 그 매대를 그대로 쓰면 되었으므로, 따로 인테리어 시설은 하지 않아도 되었다. 파는 밭작물 중에서 가장 손이 많이 가는 거는 나물류였다. 부추나 대파처럼 일정량을 끈으로 묶어서 가격을 매겨 팔 수 있는 거는 손이 덜 들어갔지만 상추, 취나물, 비름 등 잎과 줄기가 가늘고 연한 작물은 일정량을 비닐봉지에 담아 가격을 매겨 내놓아야 했다. 가지와 호박, 통배추 등은 개당 가격을 매겨 큰 통에 담아두고 팔면 되었다.

하루 중에서 가장 바쁜 시간은 가정주부들이 장을 보러 나오는 오전 열한 시부터 한 시간 가까이, 오후 네 시 반부터 두 시간 가까이였다. 그다음 일곱 시 반까지 한 시간은 직장인들이 퇴근하는 길에 장을 보러 왔다. 복녀는 잠시도 가만있지 않았다. 손님이 뜸한 시간이면 매대에 올려놓은 식자재 중 신선도가 떨어진 게 있는지 일일이 살펴보고 골라내는가 하면 해거름이 지는 초저녁부터는 매대에 아직 남아있는 작물에 더 싼 가격을 매겨 내놓는 작업을 했다.

예를 들면 한 개에 천 원 하는 거를 두 개에 천 원을 매겨 오가는 사람들이 보고 할인된 가격이구나, 하고 구매 욕구를 일으키게 하는 거다. 그날 올려놓은 상품은 그날 모두 소진해야지, 하룻밤이 더 지나면 신선도가 떨어져 버려 상품의 가치를 잃게 된다. 그래서 계절에 따라 그날 모두 팔 수 있는 분량을 예측하는 게 중요했다. 복녀는 무슨 일이든 한번 마음먹은 거를 대충 해내는 성격이 아니어서 늘 가장 최선의 방도를 찾았고, 자기 마음에 드는 결과를 만들어 내려고 애썼다.

가게에 들르는 손님이 뜸한 저녁 일곱 시 반부터는 다음 날 팔아야 할 식자재를 종류별로 다듬고, 끈으로 묶거나 비닐봉지에 담아 손님이 가지고 가기 편하게 하는 준비 작업을 한다. 가게 일을 끝내고 집에 도착하는 시각은 아홉 시 반 전후, 집에는 큰딸 해임이 해놓은 저녁상이 준비되어 있다.

어려서부터 동생들을 챙기고 엄마의 바쁜 손을 대신하면서 집안일을 거들어 온 해임은 곧잘 밥을 하고 반찬을 준비한다. 엄마 곁에서 배운 그대로 하는 거다. 밤에 집에 돌아와 밥을 먹고 나면 씻고 그대로 잠자리에 든다. 하루의 고단한 일과로 지친 몸이 아무것도 할 수 없게끔 해서다. 새벽 여섯 시에 잠이 깨면 피로가 가신 몸으로 쌓인 빨래라든가 청소 등 일을 하고, 아침밥을 짓고 큰딸이 맘 편하게 학교 갈 수 있도록 모두 챙겨준다.

엄마 대신 집안일을 하고 동생들을 돌보는 어린 딸에게 늘 미안하여 아침 시간만은 딸이 편하게 학교 갈 준비를 하게 해주고 싶고, 또 딸이 열심히 공부해 주길 바라는 또 다른 희망이 있어서다. 다른 건 생각할 시간도 없고, 또 생각할 마음의 여유도 없다. 시장 상인들은 일요일이면 대부분 쉰다. 복녀도 그날이면 가게를 쉬고 밀린 집안일을 하거나 아이들에게 맛있는 음식을 만들어 주면서 함께하는 시간을 갖는다.

또래 이십 대 여성에 비하면 육체적인 노동의 강도(強度)는 몇 배나 더 하겠지만, 그래도 한창인 젊음이 그 노동을 잘 견디게 해주었고, 날로 늘어가는 단골 고객으로 인하여 일하는 즐거움이 있어 좋다. 통장에 모이는 돈의 숫자가 늘어가는 거를 보는 재미도 있어 좋다.

스물다섯 나이에 홀로서기의 방편으로 장사를 시작한 지 오 년이 지난 나이 서른이 되었을 때, 복녀는 그 가게를 인수하여 자기 명의의 가게로 만든다. 아직 아이들이 어려 양육비로는 큰돈이 지출되지 않았고, 다른 가족들이 없어 지출되는 용처(用處)도 없었으므로, 차곡차곡 돈을 모을 수 있었다. 자기 가게가 되자 취급하는 식자재의 품목을 늘린다. 고객들의 의견을 경청한 결과다. 멸치와 마른 명태 등 말린 생선, 김 등 건어물(乾魚物)이 매대에 올려졌다.

시어머니는 아들이 죽은 후 며느리가 자식들과 먹고살기 위해 장사하겠다고 나서자, 시누이가 모시고 갔다. 지병으로 오래 불편하게 지낸 탓에, 그즈음에는 거동하기에도 힘들어하셔서 보다 못한 시누이가 친정어머니를 모셔간 거다.

장사를 시작한 지 팔 년이 지난 나이 서른셋이 되었을 때, 복녀는 방이 세 개가 있는 이 층 전셋집을 구한다. 시내버스가 다니는 큰 도로 삼거리에서 버스가 다니지 않는 맞은편, 이면도로 쪽으로 세 번째 주택이다. 가게가 있는 재래시장까지는 버스로 십오 분 거리이다.

중학교 이 학년인 큰딸과 초등학교 육 학년과 사 학년이 된 세 딸의 몸집이 커져서 한 방에서 생활하기 불편해서다. 큰딸에게 방 하나를 따로 주고 둘째와 셋째 딸은 함께 방을 쓰도록 할 참이다.

사월 중순 일요일, 가게가 있는 시장에서 가까운 곳에 있는 새 전셋집으로 이사 가는 날, 날씨는 포근했고 아이들은 큰 집으로 이사 가는 기쁨에 연신 얼굴에 웃음을 달고 다닌다. 이삿짐 차에서 짐이 내려지고, 이 층으로 그 이삿짐을 올린 이사 전문업체 사람들에게 가구 배치 장소를 일러주면서 비록 셋집일망정 복녀는 작은 성취감을 맛본다. 아이들이 자기 방에 들어가 좋아하며 큰 소리로 떠드는 왁자지껄함도 즐겁기만 하다.

이삿짐이 다 올라와서 덩치가 큰 가구를 적당한 장소에 배치하고 난 뒤 복녀는 수고한 이삿짐센터 직원들에게 인사하려고 대문 밖으로 내려가 떠나는 차를 향해 인사하고 돌아서다가 그 자리에 발을 멈추고 말았다.

저만치 앞에서 하얀 꽃 두 송이가 방긋방긋 웃음꽃을 피우면서 걸어오고 있었다. 하나는 큰 꽃, 또 하나는 작은 꽃, 오래 잊고 있던 꽃에 대한 그리움이 물씬 솟아오르게 하는 광경이었다. 걸어오던 꽃들은 조금 전 자기가 나왔던 대문 앞에서 멈춰 선다. 몇 발짝 뒤에서 젊은 여인이 걸어온다. 하얀 꽃 옆으로 다가온 여인이 환한 미소를 지으며 작은 꽃에 말을 걸자, 두 꽃송이는 여인에게 얼굴을 돌린다. 그제야 꽃은 사람 얼굴로 보이고, 그 얼굴은 남자 얼굴과 어린 여자아이 얼굴이 된다. 여자아이는 세 살쯤 되어 보인다.

남자가 어린 여자아이 손을 잡고 아이의 걸음에 맞춰 천천히 걸어오고 있어서 그들을 유심히 바라볼 수 있었는데, 남자와 어린 여자아이 모두 하얀 꽃처럼 피부가 희다. 세 사람 모두 열린 문으로 들어가는 거를 보니, 아래층에서 사는 가족인가 보다. 마침 일요일이어서 가까운 곳에 잠깐 다녀오는 듯 모두가 편한 옷차림이다.

아직 인사를 나누지 않아서 서로 모르는 사이이므로, 그들은 복녀가 길 가던 행인인 줄로 생각한 듯 곧바로 열린 문 안으로 사라진다. 두 사람은 보통 키에 자기처럼 젊은 나이이다. 남자의 인상은 단아(端雅)하고 착해 보인다. 어린아이는 깜찍하고 귀여운 모습인데 남자의 얼굴을 많이 닮았다. 여자 역시 누구라도 한 번 보면 눈길이 머물 만한 미모를 가졌다. 장사를 하면서 많은 얼굴을 봐와서 그런지, 이들이 안겨주는 평화로운 분위기가 마음을 어루만져 주는 듯하여 복녀는 좋은 이웃과 위아래층에서 살 수 있음이 고맙기만 하다.

그날 늦은 오후 이삿짐 정리가 거의 끝난 시각에 복녀는 제과점에서 사 온 롤 케이크를 들고 아이들과 함께 아래층에 인사하러 간다. 이층에 새로 이사 온 이웃이라는 걸 알고, 아래층 젊은 부부는 방으로 들어오시라고 권했지만, 복녀는 이삿짐도 정리해야 하니 그냥 인사만 드리고 가겠다면서 들고 온 쇼핑백을 마루에 놓고 머리를 숙인 후 되돌아선다.

무슨 일을 하는 분들인지는 알 수 없으나, 일요일 오후 편히 쉬는 시간을 방해해서는 예의가 아니라고 생각해서다. 위아래층에서 살게 되었으니, 앞으로 서로 얼굴을 마주치는 날은 자주 있을 거다.

그날 밤 복녀는 쉽게 잠을 이루지 못했다. 그날 낮 이사 온 집 대문 앞에서 하얀 꽃으로 보이던 아래층 바깥양반의 얼굴이 자꾸 어른거려서다. 어른거리는 그 얼굴에 죽은 남편 얼굴이 겹쳐지고, 오늘따라 남편 생각으로 잠이 오지 않는다. 살뜰하게도 챙겨주던 남편, 나이 열여덟에 시집온 어린 아내가 집안 살림이 서툴러 혹시라도 시어머니 앞에서 실수하지는 않을까 싶어, 늘 시어머니 몰래 챙겨주던 자상한 남편이었다.

남편이 떠난 지 팔 년, 정신없이 바쁘게 살았다. 아이들과 어떻게든 살아보려고 몸을 아끼지 않고 일하다 보니, 평일에 일이 끝나고 집에 오면 몸은 물에 적신 솜뭉치처럼 무거워져 잠자리에 눕기가 바빴다. 일요일이라고 잠시의 틈이 나는 것도 아니었다. 일주일 내내 밀려있던 집안일은 일요일 그날 해치우지 않으면 안 되었고, 평일에는 하지 못하고 미룬 아이들 뒷바라지도 그날 한꺼번에 모아 해주느라 바쁘게 시간을 보냈다.

자기 시간을 조금이라도 가질 수 있으려면 막내딸이 중학교에 들어가는 사 년 후에나 기대해 볼 수 있겠다 싶었다. 좋아하던 꽃을 보지 못하고 산 지도 칠 년째, 큰딸이 일곱 살 때인 스물여섯 나이에 도회지로 나와 꽃밭이 없는 전셋집에서 살았으니, 꽃은 잊히고 말았다. 도회지로 이사하기 전까지만 해도 남편이 만들어 주었던 집 마당 화단에 피어있는 꽃을 바라보는 즐거움이 있었는데, 이사 오기 전에 살던 전셋집에도 화단이 없었고, 오늘 이사 온 집에도 화단이 없다.

'부지런히 일해서 내 집을 가져야지. 넓은 화단을 만들고 꽃을 바라보는 즐거움을 다시 느껴봐야지. 꽃과 대화하면 저절로 떠오르던 상상의 세계에서 몽실몽실 떠 있는 구름이 되어 그 세계를 바라보던 재미를 다른 어떤 즐거움에 비할 수 있으랴! 시집오기 전에 살던 시골집에서는 양아버지가 사다 주신 책을 읽으면서 나도 이렇게 멋있고 감동을 주는 글을 쓰고 싶었어. 글은 이렇게 쓰는 거구나, 하고 문장을 구성하는 글의 순서를 조금씩 깨우칠 무렵, 그만 시집을 오고 말았어. 양아버님이 시집가라고 하셨을 때 마음속으로는 조금 더 책을 읽고 나서 가겠다고 말씀드리고 싶었지만, 나를 키워주신 양부모님의 은혜를 생각하곤 차마 그 말을 꺼내지 못하고 말았지. 양아버지는 내가 직업이 확실한 남자와 결혼해야 밖에서 일하지 않고 집에서 자기 시간을 갖고 책을 읽으면서 글 쓰는 공부를 할 수 있으리라고 굳게 믿고 계셨으니까, 어쩔 수 없었어. 그래도 좋은 남자를 만나 칠 년 동안 맘 편하게 잘 살았으니, 이것도 양부모님 덕(德)이야. 남편과 일찍 헤어진 거는 내 운명이니까, 어떻게 하겠어?'

복녀는 자기에게 닥치는 좋지 않은 일은, 그 일에 계속 매여있으면서 비관(悲觀)만 하는 그런 성격이 아니었다. 좋지 않은 일이 주는 울적한 생각에서 벗어나려고 다른 일에 관심을 기울이는 긍정적인 성품을 지녔다. 그래서일까? 그 얼굴의 분위기는 보는 사람에게 늘 평안함을 느끼게 한다. 그 평안한 얼굴의 분위기가 가게를 찾아오는 고객의 발길을 붙드는 건지도 모른다. 사람들은 말하기를, 대개 사람의 얼굴 분위기는 그 사람의 생각과 마음을 나타낸다고 한다. 맞는 말이다.

그러함에도 어떤 사람은 지독한 고통을 겪고 있음에도, 그 얼굴에는 그러한 고통의 티끌 한 점도 나타내지 않는 사람이 있다. 그 사람이 말하지 않는 한 주위 사람은 그러한 상황을 알 길이 없다. 얼마나 마음 훈련을 단단히 해서 그런 걸까? 아니면 타고난 성품인 걸까?

이삿짐을 정리하느라 피곤한 몸이었음에도 얼른 잠이 들지 아니하여 이런저런 생각을 하다가, 평소보다 늦은 시각에 복녀는 깊은 잠 속으로 빨려 들어간다.

다음 주 토요일 복녀는 시장 어물전(魚物廛)에 나와 있는 생선

몇 마리를 샀다. 바닷가 마을에 살 때 아이들이 생선에 입맛을 들여 좋아하는 거를 알면서도, 장사를 시작하고선 자주 생선을 사 오지 못했다. 그러다가 가게를 인수한 삼 년 전부터 일주일에 한 번은 토요일에 생선을 산다.

일요일에 반찬을 해서 내놓으면 아이들도 좋아하고, 사흘은 생선으로 밥을 먹으니, 아이들 반찬으로는 그만이다. 그날도 낮에 싱싱한 생선을 사서 어물전 냉장고에 보관시켰다가 가게 일을 마치고 저녁에 귀가하면서 찾아 가지고 간다. 들고 가는 봉지는 두 개다. 하나는 아래층에 드리려고 그날은 두 집 분량을 샀다. 부인에게 드리면서 내가 무슨 일을 하는지 모르는 부인에게 시장에서 장사하고 있다고 정식으로 인사하려 한다.

"여기 싱싱한 생선을 몇 마리 사 왔는데, 한 번 드셔보세요."

부인에게 생선이 든 봉지를 건네자 반색을 하며 받는다.

"아니, 비싼 생선을 사 오셨네요. 저희는 사 오지 않으셔도 되는데요."

"제가 시청 근처에 있는 시장에서 채소 장사를 하고 있어요. 아이들이 생선을 좋아해서 사 오는데, 이 댁이 생각나서 조금 더 샀어요."

"아, 그러시군요. 시청은 제가 다니는 직장인데 그곳에서 가까운 시장에서 일하고 계시는군요."

"네, 그래서 가게 가까운 데다 전셋집을 구하려다 보니, 부인 댁하고 한 집에서 살게 되었네요. 직장 나가시면 따님은 누가 돌봐주시나요?"

그때 거실에서 장난감을 가지고 놀던 어린 딸이 현관에 나와 있는 엄마에게 걸어오는 거를 보면서 물어본다.

"네, 저희 직장에 아이들을 맡길 수 있는 유치원이 있어요. 시청에서 근무하는 아이 엄마들이 맘 편하게 일하라고 시청에서 직접 운영하고 있어요."

"네에, 좋으시겠네요. 따님과 함께 출근하고 함께 퇴근할 수 있으니까요. 아이 아빠께서도 마음 편하시겠어요."

복녀는 이 댁 바깥양반이 무슨 일을 하는지 궁금하여 짐짓 지나가는 말인 거처럼 그렇게 말을 붙여본다.

"아이 아빠는 이웃 소도시에 있는 고등학교 선생님이세요. 한 시간 정도 걸리는 곳인데 통근하고 있지요. 제가 딸아이를 데리고 출근했다가 함께 퇴근해서 집에 오니까, 아주 좋아하지요. 신경 쓰지 않아서 좋다면서요."

한 번 말을 트고 나니 부인은 묻지 않은 남편의 직장도 말해주는 등 친근하게 다가온다.

"네에, 그럼 편히 쉬세요."

복녀는 인사하고 이 층 계단으로 올라간다. 남편 되는 분이 집에 안 계시는가 보다. 계시면 이 층에서 생선을 사 오셨다고 부인이 말을 던질 터인데 그렇지 않은 걸 보니. 복녀는 아래층 남자가 학교 선생님일 줄은 전혀 예상하지 못했다.

'내가 학교에 다니질 못해서 그런 걸까?'

자꾸 관심이 가져지는 거를 복녀는 별로 의식하지 못하고 이 층으로 올라간다.

이 주가 지난 사월 하순 어느 일요일 오후, 밀쳐두었던 빨랫감을 손빨래하고 난 옥녀는 이 층 현관문을 열고 나가 공터에 세워진 빨랫줄에 빨래를 널고 있었다. 화창하게 개인 날이라 햇살은 투명하게 내리쪼이고 있었고, 봄의 나른함에 기지개 켜고 있던 온갖 생물은 저마다 성장(成長)을 위한 깨어남에 분주해지고 있었다. 머잖아 신록의 계절이 성큼 다가올 것이다.

장사를 시작한 지 팔 년, 가게 운영도 안정되고 아이들도 탈 없이 잘 크고 있기 때문일까? 복녀는 빨래를 널면서 자기 나이를 생각한다.

'지금 서른셋의 나이, 스무 살이 되기도 전인 열여덟 살에 결혼, 열아홉 살에 첫딸을 낳고 이 년 터울로 스물셋에 셋째 딸을 낳았다. 셋째가 태어나고 이 년 후 남편을 떠나보냈다. 주변을 둘러보면 스물셋 나이에 세 아이의 엄마가 되고, 스물다섯 나이에 혼자 된 여성은 거의 없다. 왜 내게만 이런 삶의 굴레가 씌워진 걸까? 신세타령을 할 법도 하건만, 그래도 이건 내 운명이라고 생각한다. 십 년 후면 큰딸은 스물넷, 내 나이는 마흔셋이 된다. 지나온 날을 되돌아보면 십 년이란 세월은 금방이다. 십 년 전의 일들이 바로 엊그제 일인 양 눈앞에 생생하게 떠오른다. 막내딸이 성인(成人)이 되는 해도 내 나이 마흔셋이다. 그렇게 덧셈하다 보니 언제까지 혼자 살 수 있을까?'

막연한 불안감이 솔솔 일어나면서 먼 훗날 자기 모습을 생각지 않을 수 없다. 사람이 땅을 딛고 살아가면서 휘청거리지 않으려면 자기중심을 잘 잡아야 한다고, 양아버지가 사다 주신 책에서 읽었다. 그 중심이란 무엇인가? 사람을 대하거나 세상 만물을 바라보는 가치관, 즉 어떤 경우에도 흔들리지 아니하고 붙들고 있어야 하는 확고한 자기 주관이라고 책의 저자는 말했다.

그 주관이 녹슬지 않고 신선함을 유지하려면 끊임없이 배우고 성찰(省察)해야 한다는 거도 책에서 배웠다. 그 순간 이제 내 모습을 찾아야겠다는 생각이 스쳐 간다.

학교의 정규 교육 과정을 받아본 거라곤 초등학교 과정 육 년이 전부다. 장사를 시작한 스물다섯부터 비로소 사회생활을 시작했다. 사회생활이라고 하지만, 누구와 깊이 있는 대화를 나눈 일도 없고 문화 체험을 해본 일도 없다. 복녀의 안에서 잠자고 있던 사회성(社會性)과 시각(視覺)과 청각(聽覺)으로 느낄 수 있는 열락(悅樂)의 감정이 눈을 뜨는 걸까?

찾고 싶은 내 모습은 자기가 느끼고 싶어 하는 감정을 외면하지 아니하고 그 감정에 따르고 싶어 하는 자기 본능을 말하는 건지도 모르겠다. 그건 멀리서 꽃이 피어있는 거를 보고 가까이 다가가서 보고 싶어 했던 두 살 어린아이 적의 본성(本性)이 성인이 되어서도 남아있었음을 의미한다. 한 번뿐인 삶, 이 삶은 결코 포기해선 안 되는 삶이라는 거를 책을 읽으면서 여러 번 학습했다. 복녀는 자기 인생에서 꼭 필요한 게 무엇인지 곰곰이 생각해본다.

사람이 살아가는 방식은 제각기 다르다. 한 가지 현상을 보면서도 보는 각도에 따라, 자기 주관에 따라, 이해하고 판단하고 실행하는 기준이 달라지는 것이다. 복녀는 학교에서 배우지는 못했어도 책을 통해서 정의(正義)라는 거를 배웠다. 정의의 정확한 뜻을 알고 싶어 사전을 찾아보니, '사회나 공동체를 위한 옳고 바른 도리'라고 설명되어 있다.

'그렇구나! 사회생활을 하면서 남들에게 손가락질받지 않고 올곧게 사는 게 정의를 지키는 사람의 몸가짐이구나.'

붙들고 있어야 할 가치관이 온전한 것이 되려면 그 바탕을 이루는 여러 요소가 필요하지만, 복녀는 '정의'라는 이 단어에 많이 공감한 바 있다. 그러고 보니 가족의 생존을 위해 바쁘게 사느라, 사람이 살아가는 데 있어 꼭 갖추고 있어야 할 내면(內面)을 잊어버리고 살아왔다는 깨달음에 번쩍 정신을 차리게 된다.

비록 시장에서 물건을 사러 오는 고객들을 상대하고 이문(利文)을 남겨야 하는 장사를 하고는 있지만, 복녀의 본성은 바뀌지 않았다. 자신만의 색깔로 잠자코 기다리고 있다가, 때가 되어 그 본성이 복녀의 자아(自我)를 일깨운 거로 보인다.

생각에 잠겨 빨래를 널어가다가 통 안에 하나 남아있던 막내딸의 속옷을 마저 꺼내어 빨랫줄에 널고 고개를 돌리는 순간, 이 주전에 본 하얀 꽃이 내려다보인다. 그때와 똑같이 닮은 꼴의 작은 하얀 꽃도 보인다. 피부가 하얀 아래층 남자가 어린 딸의 손을 잡고 걸어오고 있다. 복녀는 남자의 얼굴을 더 자세히 보고 싶어, 널어놓은 빨래에 얼굴을 감추고 눈만 내밀어 찬찬히 내려다본다. 사람 얼굴이 왜 꽃처럼 보였는지, 그 까닭을 알고 싶다. 대화할 때가 아니면 사람을 빤히 마주 쳐다볼 수가 없다.

길에서는 올려다보기 어려운 이 층 좁은 마당에서 널어놓은 빨래에 얼굴을 감추고 눈만 내밀어 찬찬히 내려다본다. 저만치서 걸어오는 얼굴은 다시 보아도 하얀 꽃이다. 피부가 하얘서 그렇기도 하지만, 작은 하얀 꽃을 바라보며 웃고 있는 그 얼굴은 바닷가 마을 집에서 보던 하얀 꽃과 꼭 닮았다.

꽃 이름은 몰랐지만, 여러 개의 꽃잎이 둥그런 원형을 이루고 있는 꽃 모양은 그 밝은 하얀빛이 주는 신선함과 깨끗함으로 많이 아끼는 꽃이었다. 집 대문 가까이 다가올수록 얼굴의 윤곽은 더 뚜렷해진다. 티 없이 맑은 얼굴, 그늘 한 점 없이 밝고 평화로운 얼굴이 화사(華奢)한 햇볕을 받고 그윽한 빛을 발하고 있다.

'아! 이 빛 때문이었나 보다.'

하얀 꽃으로 착각한 이유가 움직이는 얼굴의 빛이었다는 거를 알게 되자, 복녀는 자기 얼굴에도 그러한 빛이 흐르고 있는지 궁금해진다. 분명 꽃을 좋아하는 거는 타고난 본성일지 싶다. 사람 얼굴을 꽃으로 착각하고 볼 만큼 보통 사람들은 가지고 있지 아니한 특별한 심미안(審美眼)을 가진 복녀의 상상력은 앞으로 어떤 모양으로 전개될지, 궁금하다. 그날 두 번째로 본, 꽃을 닮은 아래층 남자의 얼굴은 서서히 복녀의 마음속에 들어와 자리를 잡는다.

그날 이 층집 마당에서 빨래를 널면서 가진 사유(思惟)의 시간은, 양아버지가 송현이 가지기를 그토록 염원했던 '자기 시간'을 가져야겠다는 다짐을 불러오고 새로운 결심을 하기에 이른다.

준웅과 혜용이 한국의 기관에 자신들의 유전자를 등록한 지 삼 년 후인 천구백구십팔 년 사월, 두 사람은 모두 부교수의 직위에 오른다. 두 사람의 나이 마흔일곱 살 때이다. 유명한 대학일수록 내로라 하는 석학(碩學)들이 전공 분야에서 확고한 위치를 구축하고 있는 만큼 한 계단씩 직위가 오르려면 학문적인 성과도 있어야 하고 오랜 기간이 소요되는 등 무척 힘들다.

그래도 두 사람은 성실성과 학문적인 성과, 학교 내외에서 쌓아온 좋은 평판으로 그 직위에 오른다. 달라진 신분은 두 사람이 오랫동안 미뤄온 적송마을 방문의 계기가 된다. 칠십구 년 여름 혜용의 호적상 아버지가 돌아가셨을 때 다녀온 후로 십구 년이라는 오랜 세월이 지나고 말았다.

군부(軍部) 출신의 정권이 집권하고 있을 때는 그 분위기에 위축되어 마음만 앞서 있을 뿐 어떤 계획도 세우지 못하다가, 문민(文民) 정부가 들어섰을 때는 어린 자녀들 때문에 마음먹기가 쉽지 않았다. 또한 두 사람에겐 큰딸 송현을 잃어버린 트라우마가 항상 따라다니고 있었다. 교수사회에서 신분이 상승하였을 때는 막내가 초등학교 이 학년에 다니는 나이가 된 여덟 살로 자라 있었다.

'두 달 후면 적송마을에서 위령제가 있다. 더 늦기 전에 아이들을 데리고 한국에 다녀오자! 아이들에게도 조부모의 이야기를 해줄 때가 되었다. 그 뿌리가 있는 한국에 가서 직접 눈으로 조부모님의 산소를 볼 수 있게 해주어야 한다.'

이러한 생각으로 혜용이 먼저 의견을 꺼냈는데, 준웅도 같은 생각이었던 모양으로 기다렸다는 듯 바로 찬동한다. 이제 큰아들이 열다섯 살이 되었으므로, 여행 중에 두 동생을 충분히 챙길 수 있으리라는 믿음도 작용했을 거다.

'다시는 십구 년 전의 그러한 일은 겪지 않으리라!'

눈에 보이지는 않지만, 경쟁이 치열한 교수사회에서 뒤처지지 않기 위해 자녀를 갖는 기간을 조정하다 보니, 첫째와 둘째는 네 살, 둘째와 셋째는 세 살 터울이 되었다. 집안에서도 항상 서재에서 조용히 책을 읽고 절제 있는 모습을 보여주는 부모님을 보면서 자라선지, 아이들은 어려서부터 책을 가까이했다.

또한 해야 할 일과 해서는 안 될 일에 대해 분명한 태도를 가질 줄 알았고, 학교에서도 친구들과 좋은 관계를 유지하고 있었다. 준웅은 이번 기회에 우리 집안의 뿌리에 대해 아이들에게 확실하게 알려주리라, 다짐한다. 설사 그것이 무겁게 느껴질지라도 아이들도 그 무게를 짊어지고 살아야 한다고 생각한다.

대학에서의 직위가 달라지면서 바뀌게 된 학사일정에서 단 며칠의 휴가를 얻을 수 있을 거 같아, 두 사람은 일주일간의 여행 일정을 서둘러 짜게 된다. 위령제 날짜에 맞추어야겠기에 모든 학교가 여름방학에 들어가기 십 일 전 출발하는 일정이다. 여름방학 중에 다녀오면 더 여유 있게 여행 일정을 잡겠지만, 이번에는 아이들을 데리고 부모님의 산소에 성묘(省墓)하면서 우리 손으로 산소를 돌보고 위령제에 참석하고 싶다.

자식들도 직접 산소가 있는 묘역을 보고 위령제에 참석하면 조부모의 존재를 분명히 기억할 거다. 또한 지난 수십 년간 적송마을 사람들이 조부모님의 산소와 조부모님과 함께 돌아가신 산(山) 사람들의 묘소를 관리해 주었다는 사실을 아이들에게도 알려주어야 한다는 생각이 앞섰다. 그때는 큰딸 송현이 두 아이의 엄마가 되어있을 때다.

비행기를 타고 가고 오는 날을 빼면 한국에 차분히 머물 수 있는 날은 닷새뿐이다. 적송마을에서는 사흘간 머물기로 하고 이틀 동안에 친구 철우를 만나보고, 성당에 들러 안민걸 토마스 신부님과 안젤라 수녀님께 인사드리고 오는 일정을 잡았다.

인천공항에는 고덕수 선배가 마중 나와 있었다. 그동안 고 선배와는 종종 전화 통화를 하면서 적송마을의 소식을 듣고 있었다. 하정기 촌장님은 나이 여든이 되신 삼 년 전 마을 촌장에서 물러나 육십 대의 문 촌장이라는 분이 마을을 이끌어 가고 있다고 했다.

그동안 마을에도 여러 변화가 있었는데, 그중 가장 큰 변화는 너도나도 자녀들을 도회지에서 학교에 다니게 하고 있고, 대학에도 여러 학생이 진학하는 등 향학열(向學熱)이 더 뜨거워졌다고 한다. 고 선배는 그 불쏘시개 역할을 해준 사람이 자네들이라면서, 전화 통화를 할 때마다 고마워했다.

고 선배는 또 이번 여행은 가족이 많으니 자기가 마부(馬夫)가 되겠다면서, 떠날 때까지 이동하는 거는 신경 쓰지 말라고 했다. 이제 쉰 나이에 갓 접어든 고 선배는 풍채가 더 좋아지고 관록(貫祿)이 몸에 밴 의젓함이 얼굴에 나타나 든든한 리더의 품격을 갖추고 있었다. 두 사람은 고 선배와 반갑게 해후했다.

고 선배는 혜용의 양아버지가 돌아가신 그다음 해에 결혼하였다는 소식을 들었고, 지금은 세 자녀의 아버지가 되어있었다. 자녀들이 초등학교에 다닐 때까지는 적송마을에서 부모와 함께 살게 하고, 중학교에 들어가면 인근 도회지에 방을 얻어 자취하며 학교에 다니게 한다고 했다. 예전 준웅과 혜용이 중학교 때부터 도회지에서 자취하며 학교에 다닌 거를 알고 있는 부모들이 너도나도 자식들을 그렇게 가르친다고 했다. 이것도 자네들이 남겨준 유산이라면서 고 선배는 밝게 웃었다.

후세대들이 열심히 공부하고 있으니, 앞으로 적송마을의 미래가 많이 기대된다면서 고마워하는 표정도 감추지 않았다. 그러면서 자기는 평생 삶의 터전을 적송마을에 두고 외지로는 나가지 않을 거라 했다. 준웅은 고 선배의 말을 들으면서 적송마을이 지키고 보존하고 있는 전통과 깊이 뿌리내린 마을의 정신적인 토양(土壤)이 이 마을을 단단하게 떠받쳐 주는 걸 거라고, 생각한다.

고 선배는 준웅이네의 큰딸이 함께 오지 않은 거를 의아하게 생각하긴 했으나, 아무 말이 없어 물어보기도 그렇고 하여 무슨 사정이 있겠지 생각하고 일부러 물어보진 않는다. 십구 년 전에 두 살이었으니, 지금은 스물한 살, 벌써 대학생이 되었겠구나, 생각만 한다.

준웅 일행을 태운 승합차가 마을로 올라가는 도로변에 도착한 시각은 오후 다섯 시쯤, 서녘 하늘에 걸린 해가 붉은빛으로 하늘을 물들이며 적송마을을 내려다보고 있다. 오늘따라 물들어 가는 하늘빛이 더 곱다. 하루 일을 마친 각 가정에서는 저녁 준비할 시간이었음에도, 주부들을 비롯하여 어린아이들과 나이 드신 노인분까지 많은 사람이 마을 입구에 나와 있다.

공항에서 승합차를 출발하기 직전 고 선배가 마을에 도착하게 될 시각을 알려주었음이 분명하다. 그 무렵엔 '삐삐'라는 이동통신 수단이 있어, 이쪽에서 신호를 보내면 저쪽에서 전화번호를 보고 서로 의사를 교환할 수 있었다.

마을 사람들은 준웅과 혜용에게 많이 고마워하고 있다. 준웅이 교수가 되었을 때부터, 일 년에 한 차례씩 마을에 보내는 돈은 명목은 위령제 비용이었지만, 그 액수는 그 비용의 스무 배가 될 만큼 많았다. 그러니까 보내는 돈은 적송마을의 발전을 위한 후원금인 셈이다. 말하자면 그 돈 중에서 오 퍼센트(%)만 비용으로 사용하고 나머지 구십오 퍼센트(%)는 마을을 위해 사용하시라는 뜻이 담겨있었고, 마을에서도 그러한 준웅 부부의 뜻을 잘 알고 있다.

봄, 가을 두 차례 서른셋 묘지를 손보고 관리하는 일은 마을 사람들이 직접 하고 있으므로, 인건비가 나가는 일은 없다. 마을의 원로들은 그 돈으로 마을의 환경개선 사업을 해왔고, 마을 주민들은 모두 그 혜택을 보고 있었다. 게다가 미국의 유명 대학에서 학위를 받고 두 사람 모두 교수가 되어 금의환향하였으니, 온 마을이 환영 잔치를 벌일 계획을 세우고 뜨거운 마음으로 이들을 기다리는 것이다.

사람 사는 사회는 오는 정이 있으면 가는 정이 뒤따르는 법이다. 아마도 다음 날 위령제를 지내고, 그다음 날 축하 잔치를 할 모양이다. 축하 잔치를 하기로 날짜를 잡은 날은 토요일인데, 외지에 나가 있는 자녀들이 오전에 학교에 다녀와서 오후면 모두 집에 올 수 있는 날이어서 그렇게 잡은 모양이다. 자녀들에게 이 마을이 배출한 유명 인사를 소개하고, 열심히 공부하면 너희도 이분들처럼 성공할 수 있다고, 자녀들에게 동기부여(動機附與)를 하는 좋은 기회라고 마을 사람들은 생각하고 있다.

차를 저 앞쪽 쉼터에 세우고 온 고 선배가 캐리어를 들고 앞장서 산길을 올라가 마을 입구에 나타나자, 길 양쪽에 늘어선 마을 사람들은 일제히 "와!" 하고 환호하며 큰 박수로 준웅 일행을 맞이한다. 준웅과 혜용은 깜짝 놀라 그 자리에 멈춰 서서 손을 흔들며 환호를 보내주는 마을 사람들을 바라보다가, 그만 감격에 복받쳐 눈물을 쏟아낸다. 전혀 예상치 못한 일이었다.
 '마을 사람들이 모두 나와 우리들을 환영해 주시다니! 우린 할 도리도 제대로 하지 못한 죄지은 사람들인데, 이렇게 나와 뜨겁게 환영해 주시다니!'
 혜용은 두 손으로 얼굴을 가리고 엉엉 소리 내어 운다. 죄송함과 고마운 마음이 뒤범벅이 된 감정을 주체할 수가 없다. 한 발자국도 더 내디딜 수가 없을 만큼 온몸이 격렬하게 떨리고 눈물이 쏟아진다. 그 감정을 견디지 못하겠는지 혜용은 그만 다리를 꺾고 그 자리에 무릎을 꿇은 채 소리 내어 운다.
 준웅도 도저히 감정을 주체하지 못하겠는지, 큰아들의 어깨에 얼굴을 묻고 흐느낀다. 세 자녀는 부모가 흐느껴 우는 모습과 환호하며 손을 흔들고 있는 많은 사람을 번갈아 쳐다보며 의아해하다가, 자기들에게도 감정이 이입(移入)되었는지, 손을 눈에 대고 훌쩍인다.
 마을 사람들은 준웅과 혜용이 고마운 마음을 주체하지 못하고 감정이 벅차올라 눈물을 흘리는 거로 생각한다. 그렇지만 준웅과 혜용은 마을 사람들이 환호하며 박수를 보내주는 모습에서 평생 눌리고 불안해하며 극도로 말조심하고 살아왔던 지난날들이 한꺼번에 떠올라 감정이 격해졌다. 마음대로 숨쉬기조차 힘들던 고통스러운 날들이었다.
 격해진 감정이 눈물로 분출되자 가슴을 누르고 있던 무거운 돌덩이가 빠져나가고, 그 자리에 그윽한 평화의 물결이 밀려와 서서히 차오른다. 그것은 어둡고 칙칙했던 지난날들은 가고 새날이 다가왔으니, 이제는 그렇게 살지 않아도 된다는 안도감이었다. 마을 사람들의 환호는 이제 이 땅에서 두려움과 불안감 없이 살 수 있음을 공표하고 새로운 날을 맞이했음을 축하해 주는 축제(祝祭)와도 같은 것이었다.

두 사람은 분초(分秒)의 시간을 아끼는 치열한 노력으로 이날을 맞이할 수 있었음에도, 정작 자신들은 자신들이 성취한 그 의미를 지금까지 의식하지 못하고 있었다. 그러다가 오늘 적송마을 사람들이 뜨겁게 환영하는 모습을 보고서야 비로소 자신들이 쌓아 올린 성취가 어떤 의미를 갖는지를 깨닫게 된 거 같다.

마치 인간의 삶을 주관하는 신(神)이 이제부터는 가슴에 매달고 다니던 주홍글씨의 팻말을 벗어버려도 된다는 판결을 선고한 뒤 온전히 자유민이 되었음을 선포하는 그 법정에 서 있는 느낌이었다. 두 사람이 어깨를 떨며 흐느끼는 모습을 보고 있던 마을의 부녀회장인 오십 대의 여성이 혜용에게 다가와 말없이 어깨를 감싸며 안아준다.

이를 보고 있던 사십 대의 청년회장도 준웅에게 다가가 힘껏 준웅을 껴안아 준다. 사람은 감정을 억제하지 못하고 몸을 추스를 수 없을 때, 누군가가 다가와 포옹해 주면 위로를 받으면서 그 감정이 잠잠히 가라앉게 된다.

준웅과 혜용이 감정을 추스르고 천천히 마을 사람들 앞으로 걸어가자, 줄 사이에 서 있던 다섯 살로 보이는 남자 어린이와 여자 어린이가 고운 한복 차림으로 걸어 나오더니, 두 사람 앞으로 다가간다. 두 어린이 모두 큼직한 꽃다발을 가슴에 안고 있다. 두 사람이 그 자리에 서서 두 어린이를 기다리자, 여자 어린이는 준웅에게, 남자 어린이는 혜용에게 안고 있던 꽃다발을 건넨다. 마을 사람들의 환호하는 소리와 박수 소리가 적송마을을 뒤흔드는 듯하다.

꽃다발을 받은 두 사람은 두 어린이를 껴안아 준 뒤 좌우에 서 있는 마을 사람들에게 두 번씩, 뒤로 돌아서서 다시 좌우에 서 있는 마을 사람들에게 두 번씩 깊이 머리 숙여 감사의 인사를 드린다. 그 꽃다발은 마을 사람들이 두 사람에 대해 가지고 있는 자랑스러움과 다시 만나게 된 기쁨, 그리고 마을의 환경개선을 위해 매년 보내온 거액의 후원금에 대한 감사의 뜻이 함께 담겨있다.

그날 밤 준웅 가족은 준웅의 호적상 아버지인 박 씨 어른 댁에 묵기로 한다. 그곳으로 가는 길에 팔십 후반의 노령으로 거동이 불편하신 하정기 촌장님께 인사드리고 싶어, 준웅은 하 촌장 댁에 잠시 들리겠다고 한다.

우리의 신변 안전을 위하여 많이 애써주신 분이셨고, 마을을 위해 헌신적으로 봉사하신 촌장님이어서, 두 사람은 늘 마음속으로 감사와 존경을 간직해 왔다. 혜용은 미국에서 준비한 몇 가지 영양제와 건강식품을 선물로 드리고, 한국을 떠나오기 전까지 세심하게 신경 써주셨음에 감사 인사를 드린다. 박 씨 어른 댁까지 캐리어를 끌고 온 고 선배는 두 사람에게 마을에서 준비한 일정을 전한다.

"내일은 오전 열 시경부터 마을 사람들이 묘지 주변을 다듬는 작업을 할 거네. 작년 추석 무렵 벌초하고 다듬긴 했지만, 그사이에 비가 많이 내려 묘지 주변이 허물어지진 않았는지, 산짐승들이 내려와 파헤치진 않았는지, 묘지 주변에 잡목이 싹을 틔워 자라지는 않는지 살펴보아야 하네. 작업을 끝내고 위령제를 올린 다음 묘소에 둘러앉아 준비해 간 음식으로 점심을 들고 이런저런 마을 일들을 의논하는 회의형식의 시간을 가질 거네. 항상 그렇게 해 온 일이니 어떤 얘기들을 하시는지 한 번 들어보게나. 모레는 오후 늦은 시간부터 마을 광장에서 마을에서 준비한 환영 잔치가 있을 텐데, 마침 토요일이어서 외지에 나가 학교에 다니는 학생들도 자네들을 보고 싶어 모두 올 것이네. 그리 알고, 시차 적응 때문에 피곤할 터이니, 저녁 식사 후에 바로 잠자리에 들게."

고 선배와 인사하고 방에 들어간 두 사람은 칠십 대에 접어든 호적상 아버지와 어머니께 공손히 큰절을 올린다. 자녀들에게도 큰절을 올리게 하고 십구 년만의 상봉을 반가워하며 이야기꽃을 피운다. 그냥 거리를 둔 채 무심(無心)하게 지나쳐 버릴 수도 있는 산(山) 사람들의 시신을 정성껏 거두어 주신 적송마을 사람들이었다. 이념과 사상이 다른 산(山) 사람들의 자식인 우리를 혈육인 양 거두어 주시고 보호해 주신 이 마을 사람들이었다. 그 은혜를 생각할 때마다 고마운 마음에 수도 없이 눈물을 흘렸다. 우리를 직접 키워주신 박형수 촌장 내외분과 늘 관심 기울여 주신 김영달 노인 내외분은 이미 고인이 되셨다.

이제는 우리의 방패막이가 되어주신 마을 사람 모두를 은인으로 생각하고 이 생명 다하는 날까지 그 은혜를 갚으면서 살아가는 일만 남았다고, 두 사람은 마음 깊이 새기고 또 새긴다.

다음 날도 성묘하고 위령제를 올리기 좋은 화창한 날씨가 이어졌다. 준웅은 아침을 먹고 나서 곧장 아이들을 데리고 산소로 향했다. 마을 분들이 오시기 전에 미리 가서 산소를 돌보고 싶어서였다. 산소로 가는 산길은 예전과 똑같았다. 외지 사람들이 관심 두지 않도록 겨우 한 사람이 걸어갈 수 있는 좁다란 길은 그대로 남아있었다.

미국에 유학하기 직전인 이십일 년 전 일월은 겨울철이어서 잎새를 떨군 나무들이 꿋꿋이 버티고 서 있었는데, 지금은 유월의 푸르름이 온 산을 물들이고 있는 데다가 싱싱한 기운이 묘역 안에 가득 일렁이고 있었다. 문득 십구 년 전 호적상 아버님 장례식 때는 두 살 된 큰딸 송현을 보듬고 이 길을 걸어갔는데, 하고 그때 광경이 떠올랐으나, 세차게 머리를 흔들며 그 기억을 떨쳐내곤 혜용은 걸음을 빨리한다.

서른셋 묘소(墓所)는 그 모습 그대로 엄숙한 기운을 드러내며 그 자리에 자리하고 있었다. 묘지라는 형태를 표시하기 위해 약간 도톰하게 쌓아 올린 묘지가 네 줄로 나란히 자리한 그곳에 부모님의 묘지는 가장 앞줄에 있다. 고락을 함께한 동지 스물아홉 분과 함께 이곳에 계시니 부모님께서도 외롭지는 않으시리라.

맨 앞줄 가운데 묘지 앞쪽에 까만 대리석 상석(床石)이 갖추어져 있다. 상석 앞면에는 '서른세 분 무명용사지묘(無名勇士之墓)'라는 글자가 새겨져 있다. 삼 년 전 이맘때 위령제를 지내고 그 자리에 참석한 마을 주민이 가진 회의에서 누군가가 이제는 제상(祭床)을 설치하여 위령제의 격식을 갖추자는 제의가 있었다.

주민 모두가 이에 찬동하여 석재(石材)를 취급하는 회사에 대리석 상석을 주문하고 글자도 새기게 한 거였다. 천구백구십오 년도의 일이었으니, 군사정권이 물러나고 문민정부가 들어서면서 세상이 많이 달라진 탓에, 적송마을에서도 이제는 혼령들께 예의와 격식을 갖출 때가 되었다고 생각한 거다.

　마을 원로분들께서 의견을 모아 상석을 준비하고 글자도 새기는 등 예(禮)를 갖추신 거로 생각하니, 고마운 마음이 뜨겁게 차올라 눈물이 앞을 가린다. 다섯 가족은 상석 앞에 서서 간단히 묵례(默禮)를 올리고 묘소 주변의 잡초를 뽑는다. 묘소 안 넓은 공간은 혼령의 넋이 잠에서 깨어나 이들 가족을 반기는 듯 보이지 않는 기운이 가득히 피어오른다.

　한 시간 후에 마을의 남자분들이 작업 도구를 들고 올라왔다. 그들은 준웅네 가족이 잡초를 뽑고 있는 거를 보고 제각기 한마디씩 건넨다.

　"그 먼 데서 비행기 타고 오느라 피곤할 터인데, 일찍 와서 일하고들 있누만. 혼령들께서 반갑게 자네들을 맞이하셨을 거구만."

　"부모님과 여기 계신 혼령들께서 자네들이 기울이는 정성을 늘 고맙게 여기고 계시네. 혼령들께서 마을을 지켜주시니, 그 덕에 우리 마을도 점차 살기가 좋아지고, 똑똑한 자손들이 마을의 일꾼으로 자라고 있으니, 얼마나 고마운 일인가."

　"산짐승들도 이곳이 신령(神靈)한 장소인 줄 아나 벼. 그동안 묘지가 심하게 파헤쳐진 곳이 거의 없었으니까 말여."

　묘소와 그 주변은 여러 사람의 손길로 깨끗이 다듬어졌다. 작업이 거의 끝날 무렵 마을 여인들과 원로급 노인분들이 음식과 제기(祭器)들을 들고 올라오셨다. 제물을 상석에 올리고 술을 따라 올리고 재배(再拜)를 올리고 나서 하 촌장 다음 촌장인 문 촌장과 마을 원로 노인분들이 서른셋 묘지를 일일이 돌며 술잔을 따라 올리고 돌아가며 한 사람씩 대표로 절을 올린다.

묘소 아래쪽에서 이 의식을 지켜보고 있는 마을 사람들은 두 손을 앞으로 모아 쥐고 경건한 자세로 서 있다. 서른세 분 혼령께 예를 갖춘 다음, 문 촌장은 준웅네 가족을 앞으로 나오게 한 뒤 부모님의 산소에 따로 성묘 의식을 올리게 하여 옆에서 거들어 준다. 먼저 묘소 왼쪽에 있는 준웅의 부모님 산소에 술을 따라 올리고 재배하게 한 뒤, 그다음 묘소 오른쪽에 있는 혜용의 부모님 산소에 같은 방식으로 예를 갖추게 한다. 자녀들도 부모를 따라 함께 절을 올린다.

위령제를 끝내고 묘소의 그늘진 공간에다 자리를 깔고 빙 둘러앉아 점심을 먹고 나자, 아이들은 피곤이 몰려오는지 그대로 드러누워 버린다. 오월의 햇살은 뜨겁지 아니하고 그렇다고 서늘하지도 아니하여 아이들은 편하게 잠 속으로 빨려든다. 마을의 원로분들과 사십 대 중반 이후의 장년, 음식을 준비해 온 여인들 다 하여 사십여 명의 마을 사람들은 빙 둘러앉아 마을의 현안(懸案)에 대해 자유롭게 토론하는 시간을 갖는다. 칠팔십여 마을 가구 중에서 문제가 있는 가구가 있는지도 확인한다.

혹시 병자가 있는지, 가계(家計)가 어려운 가정이 있는지 일일이 살피는 거는 매년 위령제에 참석하는 마을 사람들이 반드시 갖는 시간이다. 무슨 일이 있을 때 마을 광장에 마을 사람들이 모두 모여 난상토론(爛商討論)을 갖기도 하지만, 원로분들이 대표로 모이는 회의를 빼곤 이날 모여 토론하는 시간도 그 비중이 크다. 그 광경은 두 사람에게 적송마을이 공동체로서 어떻게 운영되고 유지되고 있는지를 알고 배우는 좋은 기회가 된다.

준웅 가족은 다음 날 아침 늦게까지 푹 잤다. 고 선배가 박 씨 어른 내외분께 미리 귀띔했는지, 두 내외분은 방에서 인기척 소리가 날 때까지 두 사람을 깨우지 않았다. 열한 시가 다 되어서야 두 사람은 잠에서 깨어났다.

오후 네 시가 지나자, 도회지에서 학교에 다니던 학생들이 하나, 둘 적송마을에 도착한다. 그들은 말로만 들었지 아직 만나본 일이 없는, 이 마을 출신으로 미국의 유명한 대학에서 박사학위를 받고 교수가 된 저명(著名)인사를 만나볼 기대에 마음이 잔뜩 부풀어 있다. 마을의 남자들과 여인네들은 마을 잔치에 쓸 음식을 준비하느라 점심 무렵부터 바삐 움직였다. 돼지와 닭을 잡고 떡을 하고 부침을 부치는 등 부산하다.

몇몇 장정들은 놀이에 쓸 장구와 북, 나무 탈을 마을 창고에서 꺼내와 손질하고 광장 앞쪽 돗자리에 가져다 놓는 등 바쁘다. 그날 흥겹게 놀 도구들이다.

적송마을에서는 일 년에 한 번 마을의 전체 주민이 모여 잔치한다. 음력 오월 오 일 단오절이 그날이다. 올해는 준웅네가 오는 날에 맞춰 날짜를 며칠 조정했다. 단오절은 보통 양력으로는 바깥 온도가 올라가기 시작하는 유월 초순 무렵이므로, 몸놀림이 자유로워 그날은 마을 사람 모두가 흥겹게 노는 날이 된다.

다섯 시 정각 광장에 매단 종이 울리고, 문 촌장이 마이크를 들고 광장에 모인 마을 사람들 앞에서 잔치를 시작한다고 선언한다. 이 마을에도 구십 년에 전기가 들어와 땅거미가 깔리는 저녁이면 집집마다 하나, 둘 전깃불로 환해진다.

마을 입구와 고샅에도 전봇대에 매달린 전등이 길을 밝게 비춘다. 전기가 들어오기 전에는 목소리를 크게 울리게 하는 두꺼운 종이로 만든 통을 입에 대고 말해야 했지만, 지금은 전기선을 연결한 마이크와 스피커가 있어 광장 뒤쪽까지도 잘 울린다. 광장의 앞쪽 반은 놀이를 할 수 있도록 맨땅 그대로 두었고, 뒤쪽 절반은 모두 멍석을 깔아놓아 편하게 앉을 수 있다. 멍석 위로는 각 가정에서 가지고 나온 교자상(交子床)이 줄지어 놓여있다. 잠시 후면 그날 여인네들이 준비한 갖가지 음식이 올라와 차려질 거다.

문 촌장이 인사말을 한다.

"적송마을 주민 여러분! 오늘은 우리 마을에서 자란 귀한 아들과 딸이 저 멀리 미국의 유명한 대학에서 박사학위를 받고 교수가 되어 금의환향하였음을 축하하기 위해서 잔치를 벌이는 기쁘고 즐거운 날입니다. 단오절 날짜를 며칠 늦춰 오늘 축하 행사를 겸하여 잔치를 열자고 마을 원로분들께서 결정해 주셨습니다. 여기 나이 서른이 넘은 주민들은 오늘의 주인공들과 서로 얼굴을 기억하고 있겠지만, 서른 미만인 젊은 세대들은 서로 얼굴을 기억하지 못하거나 전혀 모를 것이므로, 먼저 상견례(相見禮)를 하는 순서를 갖겠습니다. 젊은 세대들은 앞으로 나와 주십시오."

문 촌장의 말이 끝나자, 멍석 앞자리에 앉아있던 젊은 세대들이 일어나 줄지어 광장 앞쪽으로 간다. 초등학교에 다니는 어린이부터 교복을 입은 중고등학생, 키가 큰 대학생과 젊은 청년들까지 근 사십여 명에 이르는 젊은 세대들이 세 줄로 열을 지어 선다. 맨 앞줄에는 초등학생, 맨 뒷줄에는 대학생과 청년들이다.

"박준웅 교수와 김혜용 교수가 앞으로 나와 마을 주민 여러분께 인사 말씀을 드리고 나서, 젊은 세대들과 한 사람씩 인사를 나누는 시간을 갖도록 하겠습니다."

젊은 세대들에게 동기부여하는 시간을 갖게 하자는 의견을 낸 것은 고 선배이다. 서로 마주 서서 그 눈빛을 바라보고 악수하는 것만으로도 젊은 세대들은 성공한 유명 인사를 오래도록 기억하게 될 거라고 하자, 마을 원로분들은 고개를 끄덕이며 이 순서를 넣기로 한 것이다. 준웅과 혜용은 앞으로 걸어 나가, 문 촌장이 건네주는 마이크를 준웅이 받는다. 마을 사람들은 뜨거운 박수로 두 사람을 맞이한다.

"십구 년 전 일월에 성묘차 적송마을에 다녀간 후로도 많은 세월이 지났습니다. 마음은 늘 적송마을을 생각하고 있었지만, 한국의 여러 상황과 저희들 개인 사정으로 인해 너무 늦게서야 여러분을 찾아뵙게 되었습니다. 정말 면목이 없습니다. 용서하여 주십시오."

준웅이 마이크를 내리고 깊이 머리 숙여 용서를 구하자, 마을 주민들은 큰 박수로 두 사람을 격려해 준다.

"이틀 전 마을 입구에서 큰 환호와 함께 저희들을 환영해 주신 마을 주민 여러분의 모습을 보면서, 저희들은 비로소 가슴을 짓누르고 있던 무거운 바윗덩이를 내려놓고 자유롭게 숨 쉴 수 있었습니다. 저희들에게 이 자유를 주신 여러분! 정말 고맙습니다. 평생이 고마움은 잊지 않겠습니다."

준웅이 머리를 숙이자, 마을 주민들은 무슨 뜻인지 안다는 듯 다시 큰 박수로 화답한다.

"저희를 보기 위해 멀리 유학하는 도회지에서 이렇게 달려오신 젊은 세대 여러분 감사합니다. 저희가 이 모습을 갖출 수 있었던 것은 특별한 능력이 있어서가 아니고, 한눈팔지 않고 한 가지 목표를 향해 끊임없이 노력한 결과라고 생각합니다. 여러분께서도 희망하는 목표를 정하고 젊음이 가진 에너지로 쉼 없이 자기 자신을 채찍질한다면, 반드시 그 목표를 이룰 수 있습니다. 감사합니다."

앞쪽에 나와 서 있던 젊은 세대들에게서 큰 박수가 나왔다. 마이크를 혜용에게 건네주자, 혜용도 생각한 말이 있는 듯 입을 연다.

"부족한 저희를 이렇게 환영해 주시고 마을 잔치까지 열어주신 모든 주민 여러분께 깊이 감사드립니다. 몸은 비록 멀리 있어도 마음은 늘 적송마을 이곳에 와 있었고, 앞으로도 그렇게 할 것입니다. 저희들의 오늘이 있을 수 있었던 거는, 온전히 여러분의 가호와 은덕이었음을 늘 잊지 않고 열심히 살아가겠습니다. 감사합니다."

세련되고 우아한 지식인의 모습을 갖춘 혜용의 인사말에 모든 마을 주민은 고개를 끄덕이며 큰 박수를 보낸다. 주민 중에는 이 두 사람의 마음고생을 알고 있다는 듯 눈물을 글썽이는 사람도 있다.

준웅과 혜용은 줄 지어선 젊은 세대들에게 다가가 한 사람씩 악수를 청하며 눈빛으로 말없이 이들을 격려한다. 뒷줄 대학생들이 서 있는 곳으로 다가가자, 몇몇 학생은 감사하다거나 선배님들을 인생의 롤모델로 삼고 저희도 열심히 공부하겠다거나 하면서 간단한 인사를 주고받는다. 준웅은 악수하고 어깨를 두드려 주면서 열심히 하라거나, 유학하게 되면 연락하라면서 이들에게 용기를 북돋아 준다.

고덕수 선배의 의견은, 이 마을 젊은 세대들에게 이 마을이 배출한 미국의 유명 대학 교수를 직접 만나 자극받고 도전의 의지를 불태우게 하는 충분한 계기(契機)를 만들어 주고도 남았다.

젊은 세대들과의 교류의 순서가 끝나자, 광장에는 전등이 밝게 켜지고 음식이 날라져 상 위에 차려진다. 풍물패(風物牌) 차림을 한 사람들은 광장 앞 공간으로 나와 장구와 북과 꽹과리를 두드리고 태평소를 불고 징을 치면서 돌고 도는 춤을 추고 흥을 돋우기 시작한다. 그야말로 이날을 기다렸다는 듯 마을 사람들이 눌러 왔던 끼를 발휘하는 흥겨운 시간이 된 것이다. 누구든 나와 덩실덩실 춤을 추고 형제나 다름없는 이웃끼리 손을 잡고 원을 돌면서 강강술래를 하고 노래하는 잔치마당이 열리는 것이다.

이 잔치마당은 보통 밤늦게까지 이어진다. 누구나, 남녀노소 할 것 없이 서로 마주 보고 풍악 소리에 맞춰 춤을 추고 목청이 좋고 노랫가락에 소질이 있는 사람은 우리 민요나 판소리를 창(唱)으로 부르며 흥을 돋운다. 분위기가 무르익자, 준웅과 혜용도 마을 사람들과 어울려 춤을 추고 흥겨워한다.

젊은 세대들은 어른들이 알아듣지 못하는 가요를 부를 것도 같지만, 마을 잔치에서는 이러한 가요를 부르는 거는 금지되어 있다. 대대로 내려온 불문율(不文律)이다. 농악(農樂)으로 시작하여 농악으로 마무리한다. 술은 잔칫상에 오르지만, 마을에서 담근 과실주나 동동주 외의 술은 마시지 않는다. 마을규약에 아예 시중에서 파는 술은 '반입금지'라고, 못 박아 놓았다.

우리 마을에서만은 건전한 음주문화를 실천하고, 술에 취해 휘청이는 모습을 보이지 않겠다는 어르신들의 뜻이 대대로 이어졌다. 술은 흥을 돋우는 반주(飯酒) 정도로만 마시고 서로가 과음하지 않도록 조심한다. 수십 년간 내려온 마을의 문화이자 지켜야 하는 규범(規範)이다.

그날 마을 잔치는 준웅과 혜용에게 깊은 인상으로 남는다. 공동체가 어떻게 살아가야 하는지, 지켜야 할 관습과 전통은 어떤 것인지, 서로 화합하고 상부상조하는 마을의 정체성(正體性)이 어떻게 뿌리내려 왔는지를 확인하는 기회가 된다. 세 자녀도 신기하다는 표정을 감추지 못하고 그날 잔치를 바라보다가, 나중에는 그 분위기에 어울려 드는 표정으로 바뀐다. 그와 함께 부모님이 적송마을에 대해 가지고 있는 공동체의 일원으로서의 뿌리 의식을 전수(傳授)받는 기회가 된다.

준웅과 혜용은 난생처음 흥겹고 재미있는 시간을 보냈다. 그것도 늘 마음속으로 고마움을 간직하고 있던 적송마을 사람들과 어울리는 자리였기에, 그 의미는 더욱 각별했다. 서로 마주 앉아 눈을 맞추고 얘기를 나누고 손을 잡고 강강술래를 하면서 춤을 추고 어울리다 보니, 마을 사람들이 그렇게 순박할 수가 없었다.

조상 대대로 뿌리내려 이어져 온 착하고 어진 심성(心性)은 이 마을의 자산(資産)이 아닐 수 없었다. 젊은 세대들이 배우겠다는 열정으로 열심히 노력하고, 인격 수양(修養)에도 정진(精進)한다면, 앞으로 이 마을에서도 사회적으로 영향력을 가진 인물이 배출되고, 마을은 더욱 융성(隆盛)해지리라.

밤늦은 시각까지 마을 사람들과 어울리며 흥겨운 시간을 보낸 두 사람은 한국에서의 나흘째 되는 날, 일찍 점심을 먹고 곧바로 서울로 향한다. 고 선배는 일부러 마을 사람들에게 출발하는 시각을 알리지 않았다. 어제 마을 잔치에 참여하느라 마을 사람 모두 피곤할 것이어서, 일요일인 오늘은 푹 쉬기를 바라는 마음에서다.

그래서 아무도 모르게 조용히 집을 나와 산길을 내려갔다. 시외버스 터미널까지만 가달라고 했지만, 고 선배는 서울 숙소에 짐을 푸는 거를 보고 내려가겠다면서 승합차에 준웅 가족을 태우고 서울로 향한다. 고 선배는 에어컨을 약하게 가동하면서 아직 시차 적응이 잘 안 되어 피곤할 거라며 눈을 붙이라고 하고는, 입을 꾹 다물고 차 운전에만 신경 쓴다. 고속도로에서도 삼 차선으로 천천히 운행하면서 가족들이 잠을 자도록 배려해 준다. 호텔에 도착하자, 고 선배는 주머니에서 하얀 봉투를 꺼내어 준웅에게 건네면서 말한다.

"미국 가는 항공료만 담았네. 자네들이 이번에 적송마을을 방문해 주어 마을 사람들이 모두 깊이 감사하고 있다네. 무엇보다도 젊은 세대를 만나준 데 대해 감사하고 있네. 다들 자극을 받고 더 열심히 공부해야겠다고 다짐하고 있다고들 하니, 자네들이 우리 마을에 큰 선물을 주었네."

준웅이 봉투를 받지 않으려 하자, 고 선배는 말한다.

"마을 사람들의 마음이라고 생각하게. 자네들이 보내주는 후원금으로 생활환경이 갈수록 좋아지고 있다고, 다들 늘 고마워하고 있네. 내 사업이 그런대로 괜찮으니 내가 마을을 대표하여 그 마음을 전하는 거라고, 생각해 주면 고맙겠네. 그럼 편안히 잘 가게."

준웅은 더는 거절할 수가 없었다.

"감사합니다. 마을 사람분 모두의 마음을 잘 받겠습니다."

다섯 가족의 항공료는 상당한 비용임에도, 고 선배는 선뜻 마을 사람들의 뜻이라며, 고마움을 대신 전한 것이다. 또한 십구 년 전 혜용의 호적상 아버지가 돌아가셨을 때 장례식에 참석하고 돌아가는 준웅네를 그냥 보내는 게 미안하던 마음을 잊지 않고, 이번에는 자기 마음을 표시한 것이다. 오고 가는 인정이란 인간관계를 따뜻하고 풍성하게 해주어 서로를 생각하는 마음만으로도 즐거움을 안겨준다.

호텔에 짐을 푼 다음 준웅은 친구 철우에게 연락한다. 내일 만날 약속을 하기 위해서다. 그간 종종 철우 친구와는 소식을 주고받았다. 수년간 재활 훈련을 했음에도 한쪽 다리는 온전히 제 기능을 회복하지 못하여, 철우는 밖에 나갈 때는 지팡이에 의지하는 대신 휠체어를 이용한다고 했다.

대학원은 마쳤으나, 집안의 장남이어서 더는 학문의 길을 접고 몸을 많이 움직이지 않고도 일할 수 있는 직장을 택했다고 한다. 컴퓨터 프로그래머 자격을 보유한 뛰어난 능력을 인정받아 재정경제부 별정직 공무원으로 들어가 그 능력을 발휘하고 있고, 지금은 안정된 생활을 하고 있다고 했다.

서른다섯 늦은 나이에 결혼했고 자녀는 남매를 두었다고 했다. 부인은 중학교 교사이고 영어를 가르친다고 한다. 꿈 많던 친구가 예기치 않은 사고로 그 꿈을 접고 평범한 생활인으로 살아가는 모습이 안타까웠으나, 그래도 다리를 잃지 않고 불편하나마 두 다리를 모두 움직일 수 있음을 감사하는 친구는 현실에 잘 적응하고 있었다.

철우와는 다음 날 저녁 식사하기로 약속했다. 준웅네 가족이 이동하려면 불편할 거라며, 준웅네가 머무는 호텔 식당으로 철우네가 오겠다고 해서, 그렇게 약속했다.

그날 저녁 일찍 식사를 마친 후 준웅과 혜용은 아이들을 데리고 호텔 라운지로 간다. 자기들이 살아온 과정을 차분하게 들려주는 시간을 갖기 위해서다. 언젠가는 자식들에게 꼭 얘기해 주려고 했었다. 이번 기회가 딱 알맞은 기회라고 생각한 거는, 조부모님을 비롯하여 서른세 분 혼령이 잠들어 계신 묘역(墓域)에서 올린 위령제를 자식들이 볼 수 있어서였다.

그곳 묘역은 준웅과 혜용의 지금의 삶이 시작된 곳이었다. 불안하고 위태로워 늘 살얼음판을 걷고 있는 듯한 삶이었지만, 한편으로는 그 삶이 기댈 수 있는 마음의 고향과도 같은 곳이었다. 부모가 마을 사람들로부터 뜨거운 환영을 받은 광경과 적송마을 사람들이 모두 참가한 마을 잔치를 자식들이 직접 보고 체험할 수 있었던 거는 뜻밖의 소중한 기회였다.

서른세 분의 묘소가 한 장소에 공동으로 조성되게 된 경위와 두 사람이 적송마을 사람들에게 뜨거운 환영을 받게 되기까지의 치열했던 삶의 궤적(軌迹)을 자식들에게 알려주어야 했다. 큰아들은 열다섯 살, 둘째 딸은 열한 살, 막내아들은 여덟 살이어서 말귀를 알아들을 거로 생각한다.

일곱 시경부터 이야기는 시작되었다. 부모가 없는 고아로 살아야 했던 어린 시절부터 과외 아르바이트를 하면서 중고등, 대학에 다니기까지, 험난한 삶의 과정을 때로는 담담하게, 때로는 울먹이며 준웅이 먼저 들려준다. 준웅이 감정이 복받쳐 눈물을 흘리면,

혜용이 이어받아 들려주고, 혜용이 또 눈물을 흘리면 준웅이 이어받아 들려주면서 이야기는 계속된다.

자녀들은 두 눈을 똥그랗게 뜨고 이야기에 집중하다가도, 부모가 눈물지으며 말을 잇지 못하면 함께 눈물을 글썽이며 파란만장(波瀾萬丈)한 부모의 인생사를 머릿속에 담는다. 이야기가 종반부에 들어갈 무렵, 시각은 열한 시가 가까워진다. 호텔 라운지는 늦게 투숙한 손님들의 편의를 위하여 자정까지 운영한다는 안내문을 입구에서 보았다.

두 사람은 그날 처음 아이들에게 큰딸 송현의 얘기를 들려준다. 큰아들에게는 여섯 살 위인 누나가 있었음을 알려준 거다. 혜용은 그 이야기를 꺼내다가 몇 마디 하지 못하고 그만 얼굴을 두 손에 묻고 격렬하게 흐느낀다. 준웅이 가까스로 감정을 억제하고, 엄혹했던 한국 사회의 분위기 때문에 아동 실종신고조차 하지 못했던 이유를 자녀들이 알아듣기 쉽게 하나씩 이야기해 준다. 그러면서 삼 년 전에 한국의 기관에 친자녀 찾기 의뢰를 했음도 알려준다.

자정이 가까워지고 있었다. 라운지에는 몇 사람의 외국인 투숙객이 잠이 오지 않아 이곳을 찾았는지, 가볍게 술잔을 기울이고 있었다. 자녀들은 부모님이 살아온 고통스럽고 외로웠던 일생을 처음 알게 된 충격으로 모두 눈시울을 붉히고, 아무 말도 꺼내지 못한 채 머리만 숙이고 있다. 여덟 살 막내딸도 이야기를 알아들은 모양으로 머리를 푹 숙이고 아무 말이 없다. 자녀들은 적송마을에 도착한 날, 마을 사람들 앞에서 부모님이 왜 그렇게 많은 눈물을 쏟아내셨는지, 그 눈물의 의미를 확실히 알게 된다.

두 사람은 미국에서 자녀를 낳아 기르면서 비교적 엄격하게 자녀들을 양육한 편이었다. 자신들이 혼자의 힘으로 자기 삶을 개척해 온 만큼 자녀들도 강하게 자라 온갖 어려움을 이겨내고 살아가기를 바랐다. 부모 외에는 혈육이 없는 자녀들인 만큼 자기 힘으로 실력을 갖추어 자유민주주의가 확립된 이 나라에서 단단히 뿌리내리기를 바랐다.

그간 한국의 몇몇 유명 대학에서 두 사람의 명성을 듣고 초빙하려는 시도가 몇 번 있었지만, 두 사람은 그때마다 명분을 붙여 정중하게 사양했다. 이 나라에서 확고하게 자리를 잡아야만, 적송마을을 위해서도 자녀들을 위해서도 더 유익한 성과를 거둘 수 있으리라 생각해서였다. 미국 대학에서는 교수의 정년을 보장하는 태뉴어tenure 제도를 운영하고 있어, 정년이 없다. 연구 성과와 학계 기여를 인정받으면 정교수(正教授)로 승진되고 엄격한 심사를 거쳐 태뉴어를 부여받으면 평생 교수직이 보장된다.

그에 반해 한국에서는 교수의 정년이 육십오 세로 한정되어 있다. 미국 한인사회에서는 두 사람의 명성을 익히 아는 데다, 학자로서의 고고(孤高)한 인품을 존경하고 있어, 성공한 기업인들은 두 사람의 이름을 앞세워 종종 학교에 기부금을 내고 있다. 그로 인해 두 사람은 학교에서도 그 입지가 탄탄하다.

객실로 돌아갈 시각이었다. 가족 모두는 각자 나름대로 받아들인 무거운 분위기를 안은 채 객실로 돌아왔다. 내일은 자녀들에게 한국의 문화를 체험케 하려고 국립박물관과 민속촌을 다녀올 계획을 세웠다. 모레는 경복궁과 창덕궁에 데리고 갈 생각이다.

다음 날 오전 국립박물관에서 한국의 역사에 담긴 선조들의 발자취와 뛰어난 문화재를 관람한 자녀들의 얼굴은 놀람과 자긍심으로 밝게 빛난다. 비록 자녀들은 출생지인 미국의 시민권자이지만, 성인이 되면 대한 국민의 정체성을 지킬 수 있도록 한국 국적을 취득하게 할 생각이다.

아들들은 군대도 다녀오게 할 생각이다. 이중국적자가 되는 거다. 두 사람은 한국 국적을 포기할 생각이 없다. 점심을 먹고 나서 두 사람은 호텔 측의 협조를 받아 승합차를 렌트하여 민속촌에 간다. 한국의 역사와 풍습과 전통을 고스란히 견학할 수 있는 민속촌은 또 다른 자긍심을 자녀들에게 심어줄 것이다.

그날 저녁 직장에서 퇴근한 철우 부부는 자녀들을 데리고 호텔로 왔다. 철우는 듣던 바와는 달리 휠체어를 타지 않았다. 왼발을 디딜 때는 약간 몸이 기우는 동작으로, 조금 걸음이 느리기는 하지만 혼자서 걸었다. 나중에 들었지만, 왼발을 디딜 때는 힘을 많이 써야 해서 오랜 시간 그렇게 움직이면 체력에 무리가 가므로, 직장 다닐 때는 휠체어를 이용한다고 했다.

철우와 준웅은 힘껏 포옹하면서 만남의 기쁨을 나누고, 부인과 자녀들을 서로 소개하고 인사시키면서 분위기가 무르익는다. 식당은 자녀들이 좋아하는 중(中)식당으로 정했다. 철우의 열두 살 된 딸과 열 살 된 아들은 준웅네 자녀들과 비슷한 나이여서 두 집의 자녀들은 곧바로 친해진다. 준웅도 철우 부인이 초면이고, 철우도 혜용이 초면이다. 준웅이 용산역에서 열차를 타고 입대할 때, 철우와 혜용이 모두 나가 배웅했지만, 서로는 마주치지 못했었다.

"우리가 헤어진 지 이십사 년이 되었구나. 내가 학사장교로 입대하면서 널 마지막으로 보았으니까. 그때나 지금이나 하나도 변하지 않았어. 얼굴은 그대로야."

철우가 그때 일을 상기하는 듯 아련한 표정을 띠며 말한다.

"그렇구나. 너도 하나도 변하지 않았어. 학교 다닐 때 얼굴 그대로 있어."

준웅은 친구가 겪었을 몸과 마음의 고통으로 인해 친구의 얼굴에 그늘진 모습이 남아있으리라고 생각했는데, 친구는 의외로 밝고 평안한 얼굴이어서 적이 놀란다. 그래도 그 얘기는 입에 올리지 않겠다고 다짐하면서 즐겁고 편안한 대화를 하자고 마음먹는다.

"지금 대학에서 두 분 모두 부교수 직위에 있다고 했지? 대단하다. 미국에서도 십 위권에 들어가는 유명 대학에서 그 직위에 올라 있다니! 지금처럼 학문적인 연구 성과를 내면 정교수가 될 날도 머잖겠구나."

"잘 알겠지만, 노벨상을 받으신 워낙 쟁쟁한 교수님들이 계시고, 알다시피 미국 대학에서는 '태뉴어' 제도가 있어, 평생 교수직에 종사하는 교수님들이 자리 잡고 계시니까, 더 올라간다는 게 여간 어렵지 않아. 연구에 최선을 다하고는 있지만."

"아냐. 꼭 정교수 직위에 오를 거야. 두 분 모두!"

"고마워. 넌 직장에서 하는 일이 재미있겠지?"

"컴퓨터 프로그래밍이 독창적인 기능을 요구하는 분야여서인지, 내 적성에 맞는 거 같아. 누구에게 간섭받지 않고, 그런다고 내가 만들어 낸 프로그램을 결재받는 과정도 없고 해서, 스트레스 받는 일도 거의 없어. 일하는 게 재미있어."

"잘 되었네. 네 얼굴에도 그렇게 쓰여 있어. '나는 행복합니다.' 하고!"

두 사람은 마주 보며 밝게 웃었다. 이어서 부인들끼리 이야기를 나누어 보라고 권하고 두 친구는 잠자코 부인들의 대화에 귀 기울였다. 잠시 후 주문한 식사가 하나씩 들어오고 두 가족은 식사하며 오래전부터 만나오던 거처럼 편하게 대화하고 웃고 자녀들 얘기로 시간 가는 줄 모른다.

"언제 또 오게 되는 거지?"

"실은 유학 떠나고 이 년 후 집사람의 아버님이 돌아가셔서 잠깐 다녀갔지. 그때 너 생각을 했는데, 소식을 알 수 없어 아쉬움만 안고 돌아갔어. 그 후로 대학에서 자리 잡느라 바쁘게 지내다 보니 십구 년 만에 들어왔는데, 앞으로는 종종 오려고 생각하고 있어. 아이들에게 조국이라는 나라에 대한 긍지도 갖게 하고, 조국에 기여할 수 있도록 함께 와서 동기부여도 해줄 생각이야."

"좋은 생각이야. 그렇게 생각하는 해외 교민들이 많아질수록 우리나라는 더 부강해질 거야. 네 생각에 전적으로 찬동한다."

시간 가는 줄 모르고 대화를 나누다 보니 헤어질 시각이 되었다. 준웅네는 미국에서 준비해 온 어린이 비타민제와 어른들의 영양제, 건강식품 등을 선물로 건네고, 철우네는 김과 멸치, 고추장 등을 선물로 건넨다. 친구 가족 서로가 부담 없이 마음의 선물을 주고받는다. 준웅 가족은 호텔 로비까지 내려가 철우 가족을 배웅한다. 호텔 직원이 지하 주차장에 발레파킹했던 승용차를 호텔 정문 앞에 가져다주어, 철우네 가족은 편하게 출발한다.

다음 날 준웅 가족은 성당의 업무가 시작되기 전인 아침 여덟 시 반경 학교 부근에 있는 성당을 방문하여 안민걸 토마스 신부님과 안젤라 수녀님을 만난다. 육십 대에 접어드신 토마스 신부님은 여전히 같은 일을 하고 계셨고, 오십 대에 접어드신 안젤라 수녀님은 신도님의 신앙 상담을 담당하는 일을 하고 계셨다.

미국 명문대학에서 학위를 받고 교수가 된 두 사람이 성당에서 무료 결혼식을 올리던 때를 회상하는 듯, 토마스 신부님은 지그시 눈을 감고, 이십일 년 전의 그 당시를 떠올린다. 특별한 인상을 주던 젊은이들이었다. 총기가 빛나던 그 얼굴, 감추어진 고뇌와 고통이 언뜻언뜻 표정에 나타나던 그 얼굴, 사연이 많아 보였지만, 상대가 말하기 전에는 상대의 신상을 묻지 않는 거를 원칙으로 하고 있기에 모른 척했었다. 그때의 그 젊은이들이 이렇게 성공한 유명 인사가 되기까지 이들이 극복해 내었을 삶의 곡절(曲折)이 눈에 보이는 듯하다.

'장하다! 천주(天主)님께서 이들을 보호하시고 지켜주셨구나! 오! 하느님! 감사합니다.'

토마스 신부님의 눈에 눈물이 글썽인다. 신부님은 세 자녀를 앞으로 부르시곤 머리에 손을 얹고 축복기도를 드린다. 결혼식 때 두 젊은이를 위해 기도하던 때와 똑같은 심정으로 기도드린다.

"전능하시고 자비로우신 하느님! 이십일 년 전 주님의 성전에서 주님의 축복을 받고 결혼식을 올린 가난한 두 젊은이가 주님의 가호 아래 훌륭한 인물이 되어 감사 인사를 드리기 위해 이렇게 찾아왔습니다. 그동안 이들의 겪었던 아픔과 고통을 주님께서 아시오니, 어루만져 위로해 주시고 평안케 해주소서. 혹여 아직 치유되지 못한 아픔이 있거든, 주님은 치유될 그때를 아시오니 그

때까지 잘 견디게 하시고, 때가 되면 이들에게 온전한 기쁨과 평강을 내려주소서. 여기 주님이 사랑하는 자녀들도 함께 왔습니다. 이 자녀들도 축복하시어 부모님처럼 훌륭한 인물이 될 수 있도록 능력 부어주시고 인도하소서. 바라옵건대 이 가정을 날마다 주님의 평화로 이끌어 주시고, 감사와 지혜가 날로 가득 쌓이게 하소서. 아멘."

기도를 마친 토마스 신부님의 얼굴에 눈물 자국이 번져있다. 결혼식 이 년 후엔가 인사차 들렀을 때 본 그때의 고뇌에 차 있던 이들의 얼굴을 기억해 내신 듯하다. 간절한 간구의 기도가 하느님의 응답을 받아 그 감동이 신부님의 마음을 흔들었을까? 마치 우리들의 아픔을 알고 이러한 기도를 해주시는 것만 같아, 준웅과 혜용도 눈시울이 뜨거워지며 눈물이 맺힌다.

혜용이 가방에서 선물을 꺼내어 드린다. 미국에서 준비한 겨울 자켓이다. 신부님과 수녀님의 몸 사이즈를 기억하고 있기에 짐작하고 사 왔다. 두 분은 고마워하며 매번 선물을 받으니 면목 없다며 머리를 숙인다.

"오늘 멀리 이동하지 않는다면, 저희 성당에서 가족분들에게 식사 대접을 하고 싶습니다. 내일 떠나시게 되면 상당 기간 만나기 어려울 것이니, 허락해 주시지요."

안젤라 수녀님이 다정한 미소를 보이며 두 사람에게 권한다. 이미 준비하고 있다는 표정이 드러난다. 오늘 일정은 성당에서 멀지 않은 고궁 탐방 일정을 계획하였으므로, 두 사람은 "고맙습니다"라고 머리 숙이고 초대에 응한다. 일어나면서 혜용이 하얀 봉투를 꺼내어 신부님 앞으로 내민다.

"감사 헌금이오니, 어려운 신도님들을 위해 써주시면 고맙겠습니다."

"헌금까지 준비하시다니! 주님의 뜻으로 감사히 받아 필요한 곳에 잘 쓰겠습니다."

신부님은 두 손으로 정중히 봉투를 받는다.

그날 오전 경복궁을 탐방하고 온 준웅네 가족은 성당 안에 있는 식당에서 성당 식구들과 함께 식사한다. 신부님과 수녀님 합하여 일곱 분이 함께 자리했다. 평소 식당 메뉴에 더하여 두세 가지 메뉴를 더 준비한 듯 외국에서는 맛보기 쉽지 않은 신선로(神仙爐) 등 전통 한식 메뉴가 나와 초대받은 이들을 즐겁게 했다.

식사가 끝나고 준웅 가족은 성당에서 가까운 거리에 있는 경복궁을 시내 구경도 할 겸 천천히 걸어서 간다. 그날 고궁 탐방은 품격과 아름다움을 갖춘 옛 궁궐이 자녀들에게 심어준 조국에 대한 자부심과 새로운 인식만으로도 아주 유익한 시간이었다. 초롱초롱 빛나는 눈망울로 숨죽이며 건축미(建築美)가 뛰어난 궁궐과 고즈넉하고 운치 있는 정원과 연못을 바라보던 자녀들이었다. 말로 설명하는 것보다 직접 보는 것이 몇 배 더 유익한 역사 교육이라는 거를 그날 체험했다.

그날 두 사람이 성당을 찾아가 신부님과 수녀님께 인사를 드린 거는, 성당에서 결혼식을 올리던 날 두 사람이 깊이 받은 감동과 평안을 잊지 않고 있음을 말한다. 앞으로도 두 사람은 한국을 방문할 때마다 이 성당을 찾아와 기도를 받고 마음에 평안을 담고 가게 될 것이다.

그 후 이천칠 년까지 삼 년마다 준웅네 가족은 여름방학 기간을 이용하여 적송마을을 찾는다. 자녀들이 다니는 학교마다 방학 일정이 서로 달라, 대개 모든 학교가 방학에 들어가는 유월 하순에 일정을 잡는다. 그때쯤이면 한국은 더위가 시작되거나 이른 장마가 시작되므로, 위령제와 마을 잔치에는 참석이 어려워서, 가족끼리 산소에 성묘하고 호적상 부모님과 마을 원로분을 만나고 후원금을 전달한다. 그러니까 세 번을 다녀간 셈이다. 그때마다 자녀들을 모두 데리고 갔고, 철우네 가족과의 만남도 빠트리지 않는다.

두 사람은 부교수가 된 지 칠 년만인 이천오 년 정교수 직위에 오른다. 같은 학교에서 부부 교수가 함께 봉직(奉職)하고 있어, 대학 당국에서 그렇게 배려했는지는 모르나, 부교수 때도 같은 해 승진하더니 정교수 승진도 같은 해에 되었다. 두 사람 나이 쉰네 살 되었을 때다. 학위를 취득하기 위해 잠자는 시간 외에는 공부에 몰두했던 그 열정과 집념의 자세는 한결같아서 학교의 심사위원들도 그 점을 높이 평가했고, 그간의 연구 실적과 대내외적인 평판도 크게 작용한 거로 보인다.

스물두 살이 된 큰아들은 미국 북동부에 있는 예일대 의과대학에 다니고 있다. 열여덟인 딸은 그해 고등학교를 졸업하고 역시 같은 지역에 있는 컬럼비아대 법대에 진학했다. 자녀들 스스로 자기들이 원하는 전공 분야를 선택하였고, 두 사람은 자녀들의 의견을 존중했다. 두 대학 모두 '아이비리그'에 속한 명문대학이다. 어려서부터 부모들이 늘 공부하는 모습을 보고 자란 자녀들은 자연히 책을 가까이하였고, 스스로 전공 분야를 찾게 된 거로 보인다.

이천십 년도는 한국을 방문할 해이다. 여름방학 기간을 이용하여 한국에 다녀온 이전의 경우처럼 일정을 짜고 항공편을 예약하고 준비하던 중, 준웅은 한국의 혈육 찾기 기관으로부터 한 통의 전화를 받는다. 귀하가 찾는 따님으로 보이는 여성이 나타났다는 뜻밖의 전화였다.

여기서 잠깐 준웅과 혜용의 큰딸 송현의 이야길 하려고 한다. 서른세 살 된 미망인으로 바쁘게 살아가던 송현은 이 층에서 빨래를 널다가 잠자고 있던 자아(自我)가 깨어나는 움직임에 귀 기울이며 자기 모습을 되돌아보는 사유(思惟)의 시간을 가졌다.

그날 밤 송현은 기찻길 선로 옆에 피어있는 예쁜 꽃을 가까이 다가가서 보려고 뛰어가다가 "가지 마, 송현아! 가면 위험해!"라고 큰 소리로 자기를 부르는 소리를 듣는다. "그래도 잠깐만 보고 올게요. 꽃이 너무 예뻐요"라면서 뛰어가는데, "기차가 곧 출발해! 어서 오라니까!"라고, 애타게 자기를 부르는 소리가 반복해서 들린다. 그 소리가 너무나 애절해서 발을 멈추고 뒤돌아보는 순간 잠이 깬다. 꿈이었다. 애절한 목소리는 여성의 음성이었다. 그때 잊고 있던 양아버지의 말씀이 기억의 창고에서 얼굴을 들고 또렷이 들려온다.

"글 안 해도 공무원 시험 쳐서 발령받게 되면 말해줄라캤제. 요즘은 유전자 검사라카든가, 하는 기법이 새로 발명되어 헤어진 부모 자식도 몇 십 년 후에 만난다카이, 안 하드나? 나도 마 말해줄라코 기획 보고 있었다카이."

시집가라는 말씀을 듣기 며칠 전 자정 무렵 화장실에 다녀오다가, 양부모님이 도란도란 나누시는 말씀을 우연히 듣게 되었는데,

그날 들었던 말씀 중 한 대목이다. 며칠 후 부모님은 날 입양한 사실을 처음으로 얘기해 주시면서, 어떤 아저씨가 기차역 선로변에서 꽃을 보고 있던 나를 발견하고 데려오셨다고 말씀하셨다. 양아버지는 헤어진 부모님을 찾는 방법이 있다는 거를 내게 말씀해 주시지는 않았다. 어서 시집보내야 한다는 생각만이 앞서 그 생각은 잊으신 듯하다.

꿈이 하도 선명(鮮明)해서 송현은 장롱 깊이 넣어두었던, 어린 아이 적 옷과 신발을 꺼내어 본다. 양어머니가 보관해 두셨다면서 장롱에서 꺼내오신 옷인데, 내가 양부모님 댁에 갔을 때 입고 있던 옷과 신고 있던 신발이라고 들었다.

'꿈에 들었던 여성의 목소리는 친어머니의 음성이 아닐까? 친어머니가 날 찾고 계시는 모양이다. 그러면 친부모님은 잃어버린 나를 찾으려고 혈육 찾기 기관에 당신들의 유전자를 등록해 놓고 기다리고 계신 게 아닐까? 꿈에서 날 애타게 부르시는 목소리는 날 찾기 위한 부모님의 간절한 소원인 거처럼 생각된다. 그럼 나도 혈육 찾기 기관에 유전자를 보내볼까?'

다음 날 송현은 시장 가게에 들러 고객을 맞을 준비를 하고 나서 곧바로 시청 민원실에 전화한다. 민원실 여직원은 자기도 그런 기관이 있다는 거를 들어보았다면서, 연락처를 알아보고 전화드리겠다고 친절하게 답해준다. 잠시 후 여직원이 알려준 전화번호로 그 기관에 연락하자, 담당 직원은 부모를 잃어버린 시기와 장소, 그 당시 상황에 대해 알고 있는 모든 내용을 적어서 보내달라고 한다.

또 유전자를 채취할 수 있는 머리칼과 사용하던 칫솔도 함께 보내달라고 한다. 그러면서 이미 등록된 다른 사람의 정보 중 의뢰인의 정보와 유사한 정보가 있는지 검색해 보고, 그 결과를 알려드리겠다고 말한다.

그 기관에서는 의뢰인이 등록한 정보 중 자녀를 잃어버린 시기와 장소, 그 경위를 데이터베이스에 저장해 놓고, 새로운 의뢰인의 정보가 등록되면 서로 헤어진 시기가 비슷한 정보부터 찾는 모양이다. 그다음 헤어진 장소와 그 상황 등 유사한 양쪽의 정보를 대조 확인하고, 양쪽 의뢰인의 유전자를 감식하는 방법으로 혈육 관계를 판정하는 모양이다.

준웅 부부가 한국의 혈육 찾기 기관으로부터 연락을 받았을 때는 이천십 년 유월 하순, 준웅 가족이 한국행 비행기를 타기 불과 며칠 전이었다. 큰딸 송현이 철이 들어 부모를 찾으려고 이곳저곳 알아볼 거로 생각하고, 열여덟 살 되던 해인 구십오 년에 유전자를 등록하였다.

그러니까 십오 년 만에 날아온 전혀 예상하지 못했던 뜻밖의 벅찬 소식이다. 인천공항에 도착한 다음 날 바로 방문하겠다고 알려주고, 혜용은 딸 송현의 어릴 적 사진 앨범을 찾아내어 큰딸의 모습을 다시 머릿속에 담는다. 수도 없이 자책하면서 꾹꾹 눌러왔던 고통과 딸을 향한 애끓는 정이 뜨거운 눈물로 솟아나, 그칠 새 없이 흘러내린다.

'삼십일 년이라는 긴 세월을 큰딸은 어떻게 살았을까?'

가장 궁금한 거는 먹지 못한 배고픈 시절이 있지는 않았는지, 혹시나 나쁜 사람을 만나 학대받으며 자라지는 않았는지? 하는 거였다.

'두 살 된 어린 딸을 지켜주지 못한 부모의 책임은 어떤 형벌을 내려도 달게 받으리라!'

딸을 잃어버리고 나서 수년간은 그 회한(悔恨)이 가슴 깊이 서려 밥맛도 잃고 밤잠도 설치곤 했다. 딸을 잃어버린 그날, 시차 적응이 안 된 상태에서 호적상 아버지의 장례 절차에 참여하느라 잠을 제대로 못 잔 탓에 완전히 탈진 상태가 되어 깊은 숙면(熟眠)에 빠져버렸으므로, 부주의(不注意)한 잘못은 없었다.

그러함에도 딸을 보호하지 못한 거는 내 탓이라는 자책감은 지금까지 자기를 괴롭혔던 것이다. 제발 딸아이가 마음만은 다치지 않게 해달라고 빌면서 살아오는 동안, 딸이 생각날 때면 딸이 어디에 있건 지켜주시고 보호해 주시라고 천지신명(天地神明)께 빌고 또 빌었다.

혈육 찾기 기관에 상황 설명서와 유전자 감식 자료 등을 보내고 두 달 반이 지났을 때쯤, 송현도 그 기관으로부터 연락을 받는다. 유전자 감식 결과 일치하는 부모를 찾았다면서, 미국에서 도착하시는 날 만나보시라는 친절한 안내였다. 얼굴도 모르는 부모님, 두 살 때 헤어진 친부모님을 삼십일 년이 지나 상봉(相逢)하게 되다니, 꿈만 같은 일이었다.

부모님이 날 버렸다고 생각한 일은 없다. 되돌아보면, 난 정말 좋은 분들을 만나 마음고생을 하고 살지는 않았다. 그래서였을 것이다. 내 처지가 가혹하고 힘들었으면 부모님이 날 버린 탓에 내가 이 고통을 겪고 있다고 생각할 수도 있었을지 모르나, 그런 일은 겪지 않았다. 누군가가 날 지켜주시고 보호해 주셨기에 그랬다고 생각한다. 아니 그렇게 믿고 살아왔다.

'기찻길 옆 선로변에서 꽃을 보고 있던 날 발견하셨다던 그 아저씨도 정말 고마운 분이야. 보육원이나 이런 데로 데려가지 않고 군청이라는 일 처리가 투명한 행정 기관에 날 인도해 주셨으니까, 그래서 좋은 양부모님을 만날 수 있었으니까.'

어려서부터 지금까지 한 번도 자기 신세를 탓해 본 적이 없는 송현은 곧고 긍정적인 성품 때문이기도 했겠지만, 정말 좋은 사람들을 만날 수 있었던 행운이 뒤따랐던 거 같다.

그날이 다가오자, 송현은 이틀간 가게 문을 닫을까 생각하다가, 찾아오시는 고객들을 실망시켜 드려서는 안 된다고 생각을 바꾸고 평소 가깝게 지내던 떡집 여인네에게 부탁한다. 자기보다 세 살 위인 언니인데, 서로 마주 보는 가게에서 떡집을 하고 있다. 그 언니는 흔쾌히 송현의 부탁을 들어주면서 가게 장사를 어떻게 하는지 묻고 듣는다.

서울에 올라가기 전날, 송현은 세 딸을 불러 앉히고 자기가 두 살 때 친부모를 잃어버리고 할아버지 할머니에게 입양된 사실을 처음으로 밝힌다. 큰딸은 중학교 이 학년이다.

"엄마 없는 이틀 동안 동생들 잘 챙겨줄 수 있겠지?"

그러자 큰딸이 대답하며 밝게 웃는다.

"걱정 마세요. 친할아버지와 할머님 잘 만나고 오세요."

엄마 마음을 안심시켜 편안하게 다녀오시게 하려는 마음이 깃들어 있다. 송현은 양어머니로부터 받았던 옷과 신발 등이 들어있는 보자기를 그대로 가방에 넣고 다음 날 아침 일찍 서울행 고속버스에 오른다.

'친부모님을 만나면 무슨 말을 어떻게 말씀드릴까?'

마음이 벅차 말이 안 나올 것도 같다.

'친부모님은 어떤 분이실까? 미국에서 오신다고 하니 미국에서 살고 계시나 봐. 내가 초등학교만 나오고 일찍 시집가서 세 아이의 엄마가 되었다는 얘길 듣게 되면, 친부모님은 당신들 탓이라고 가슴 아파하실 거야. 잘 말씀드려야지. 도회지에서 학교에 다닐 형편이 안 되어서였지만, 집 꽃밭에서 꽃을 보면서 지내는 게 더 좋았다고 말씀드려야지. 양아버지가 공부하는 책을 사다 주셔서, 중고등학교 졸업 자격 검정시험도 모두 통과했다고 말씀드리면 그렇게 많이 슬퍼하진 않으실 거야.'

이런저런 생각을 하면서 서울에 도착한 시간은 열두 시, 두 시에 서울시청 앞에 있다는 그 기관 사무실로 부모님이 오신다고 했으니, 점심 먹고 택시로 가면 될 것 같다. 송현은 부모님이 가슴 아파하지 않으시도록 남편이 살아있을 때 사준 옷 중에서 가장 좋은 옷을 골라 입고 미용실에 들러 머리도 다듬었다. 점심도 잘 먹어야겠다고 생각한다. 부모님께 좋은 얼굴을 보여드리고 싶다. 버스터미널 안에 있는 식당에서 식사하고 택시 정류장에 줄지어 서 있는 택시를 탄다. 서울은 난생처음이다.

고층 건물이 즐비한 서울시청 앞 택시 정류장에 차를 세운 기사 아저씨가 차에서 내려 저기 보이는 횡단보도를 건너 삼십 미터쯤 가면 건물 이름이 보일 거라고 친절하게 가르쳐 주었다. 그 기관은 건물 십 층에 있었다. 사무실에 들어가기 전에 시계를 보니 약속 시간 십오 분 전이었다.

"저… 오늘 두 시에 약속한 전복녀라고 합니다."

송현은 전복녀 이름으로 발급된 주민등록증을 꺼내어 접수 담당 직원에게 내밀었다.

"아! 오셨군요. 부모님께서 먼저 오셔서 기다리고 계십니다. 저를 따라오십시오."

담당 여직원은 출입문을 열고 나가 복도 오른쪽을 따라 걷더니, '가족 상봉실'이라고 팻말이 붙은 방 앞에서 걸음을 멈추었다.

"서로 얼굴을 모르시니 제가 먼저 들어가 부모님께 따님이 오셨다고 말씀드리겠습니다. 잠시만 기다려 주세요."

가슴이 두근거린다.

'날 낳아주신 부모님을 만나 뵙게 되다니, 이런 날이 내게도 닥쳐오는구나.'

눈시울이 뜨거워지며 눈물이 치솟는다.

'어린아이 때 날 잃어버린 부모님은 얼마나 괴로우셨을까?'

준웅 가족은 인천공항에 도착하자, 공항 식당에서 이른 점심을 먹고 곧장 서울시청 방면으로 가는 리무진 버스에 올랐다. 혜용은 한시라도 빨리 큰딸 송현이를 보고 싶었다.

'어떤 모습일까? 지금 나이 서른셋, 결혼은 했을까? 아님 아직 미혼일까? 정규 교육은 제대로 받았을까?'

별별 생각이 다 든다. 딸을 생각할 때면 항상 떠오르던 이 생각이 막상 오늘 큰딸을 보게 된다고 생각하니, 더 절실한 궁금증으로 가슴을 조여 온다. 자녀들도 친누나와 친언니를 만나게 되는 게 가슴 설레는 일인지, 계속 눈을 깜박거리며 초조하게 기다리는 눈치다. 기관 건물에 도착한 시각은 한 시 이십 분, 너무 일찍 도착했지만, 마음을 진정시키는 시간이 필요할 거 같아 그대로 엘리베이터를 타고 올라간다.

사무실 여직원은 조금 있으면 따님이 도착할 거라며, 책상 앞에 놓인 무슨 서류를 챙기더니 가족 상봉실로 이들 일행을 안내하고선 준웅에게 가지고 온 서류를 건네면서 한 번 보시라고 권한다. 그 서류는 자기가 천구백칠십구 년 여름에 기차역 선로변 꽃밭 앞에서 어떤 아저씨에게 발견되어 입양되기까지의 상황을 딸 송현이 예쁜 손 글씨로 또박또박 써서 그 기관에 보낸 것이다.

내용을 읽어보니, 기억도 생생한 삼십일 년 전 그날, 기차를 타고 상경하던 내내 딸이 기차에서 내린 줄도 모르고 깊은 잠에 빠져있었다는 후회가 새삼 밀려오면서, 왈칵 눈물이 치솟아 앞을 가린다. 두 사람은 가슴이 미어지는 듯한 통증에 숨이 막힐 듯하다. 손수건을 꺼내어 눈물을 닦아내도 눈물은 그칠 새 없이 치솟는다.

가족 상봉실은 커다란 원형 탁자가 중앙에 있고 푹신한 의자가 여섯 개 빙 둘러 놓여있다. 벽 쪽으로는 같은 의자가 다섯 개 더 놓여있다. 창 쪽으로는 빨간 색깔의 꽃과 하얀 색깔의 꽃이 피어있는 화분 두 개가 놓여있고, 한쪽에는 커피가 나오는 무료 자판기도 설치되어 있다. 그 옆에는 생수 냉온수기와 일회용컵도 있어, 이 방에서 상봉하게 되는 가족들의 편의를 위한 제반시설이 완벽하게 갖춰져 있다.

여직원이 방에 들어가 보니, 부모님이 테이블 위에 올려놓은 서류를 보면서 울고 계신다. 여직원은 부모님을 진정시키려고 애쓴다.

너무 감정이 격렬한 상태에서 상봉하게 되면 평소 지병(持病)

이 있는 사람들에겐 예기치 않은 불상사(不祥事)가 생길 수도 있으므로, 여직원은 분위기를 가라앉히려고 나름 애쓴다. 기다리는 시간이 길어진다. 출입문 밖에서 기다리고 있던 송현은 시간이 갈수록 긴장된 기분이 차츰 가라앉는다. 여직원은 방 안의 분위기가 어느 만큼 진정되었다고 생각했는지, 출입문을 열고 송현에게 들어오시라고 말한다.

다시 긴장되는 순간이다. 송현은 깊은 심호흡을 하고 방으로 들어간다. 방으로 들어가 테이블 앞에 서 있는 다섯 가족을 마주 보는 순간, 송현은 더는 걸음을 떼지 못하고 멈춰 서고 만다. 나이 드신 두 분과 젊은 세 사람, 일시에 자기를 덮치는 다섯 사람의 긴장된 눈빛의 힘에 압도되어 더 나아가지 못하고 밀리고 만다.

그 눈빛이 너무 강렬하여 그 얼굴조차 마주 바라보지 못하다가, 몇 초(秒)가 지나자 한 사람씩 얼굴의 윤곽이 보인다. 전혀 모르는 처음 보는 얼굴들, 이상하게도 마음이 차분해지며 나도 이 가족의 한 사람이었구나라는 생각이 들기만 할 뿐 감정이 격렬해지거나 흥분되지는 않는다. 그렇게 서로 마주 보고 서 있는 시간이 십여 초 흘렀을 때, "송현이구나! 송현아!"라고 울부짖으며 두 손을 앞으로 내밀고 뛰어드는 사람!

'꿈에서 들었던 그 목소리야! 어머니시구나!'

격한 감정으로 일그러진 표정, 두 눈에서 굵은 눈물이 주르르 흘러내린다. 혜용은 딸 송현을 부둥켜안고 "미안… 하다… 아가… 너무… 너무… 미안… 하다"라고, 가슴속에 묻어두었던 말을 가까스로 끄집어내어 피를 토하듯 한마디씩 토해낸다. 그러자 송현은 어머니를 껴안는다.

"어머니… 제가 왔어요."

송현의 가슴으로 어머니의 체온이 따뜻하게 전해지고, 그 따뜻한 기운은 어렸을 적부터 감정을 잘 드러내지 않던 송현의 마음을 포근하게 감싸 안는다. 혜용은 어린 딸을 잃어버린 책임이 나에게 있다고, 딸에게 용서를 구하는 마음이 되어 울음을 그치지 않는다. 울다가 "미안해… 미안하다"라고 말하는가 하면, "이 못난 에미를… 용서해다오"라면서, 죄인이 용서를 빌듯 딸에게 용서를 구한다. 송현은 그러는 어머니를 껴안고 말없이 어머니 품에 얼굴을 묻고 있다.

'어머니 품은 이렇게 포근한 것인가?'

양어머니에게서는 느껴보지 못했던 그 포근함 때문에 송현의 감정선(感情線)에도 떨림이 일고, 송현의 눈에서도 눈물이 흘러내린다.

얼마나 되었을까? 혜용은 딸을 부둥켜안고 삼십여 년 동안 자신을 괴롭히던 비통한 회한(悔恨)을 삭여내다가 감정이 어느 만큼 잦아지자, 딸의 손을 잡고 테이블 앞에 서 있는 가족들에게 다가간다. 모두 얼굴이 눈물에 젖어 얼룩져 있다.

"이분이 아버지시다. 인사드리거라."

키도 크시고 잘생기신 아버지는 사려 깊은 눈동자로 딸의 얼굴을 찬찬히 더듬는다.

"아버지, 저예요."

딸 송현이 아버지의 얼굴을 바라보다가 깊이 머리 숙여 인사드린다. 아버지는 말없이 다가와 딸을 끌어안더니 "흑!" 하는 외마디 소리를 토해내곤 온몸을 떨면서 흐느낀다. 딸의 어깨에 얼굴을 묻고 흐느끼는 아버지는 "널 지키지 못해… 미안하다. 너무… 미안하다"라고, 자책하며 울음을 그치지 못한다. 온몸으로 느껴지는 떨림의 진동은 살아오면서 경직(硬直)되어 있던 송현의 감성을 두드리고 서서히 이완(弛緩)시킨다.

무언가 따뜻한 열기가 가슴속에서 차오르더니, 두 팔로 아버지의 목을 감고 어리광 부리고 싶은 마음이 인다. 송현은 두 팔로 아버지의 허리를 안는다. 이대로 가만히 있고만 싶다.

시간이 지나면서 아버지의 흐느낌은 잦아진다. 딸에게서 떨어진 아버지는 옆에 서 있는 송현의 동생들을 가리키며 "네 동생들이다"라고 말해준다. 아버지가 그 말을 하자, 큰아들은 누나에게 다가가 껴안는다.

"누나, 보고 싶었어요."

아버지를 닮아 키가 크고 인물이 좋은 남동생은 누나를 내려다보며 얼굴 가득 미소 짓는다. 누나는 키도 적당히 크고, 지적이고 아리따운 얼굴이어서 남동생은 누나에게 금방 호감을 느낀다. 대학 캠퍼스에서 여러 여대생을 마주해서였는지, 큰아들은 누나가 멋있는 여성이라고 생각한다. 남동생이 누나에게서 떨어지자, 여동생, 막내 남동생이 차례로 다가와 누나를 포옹한다.

"자, 이리 앉거라."

아버지가 송현에게 둥근 테이블 앞에 놓인 의자를 가리키며 말하자, 송현은 아버지를 마주 보는 자리에 앉고, 가족들도 동시에 빙 둘러앉는다. 송현은 가방을 열고 책보를 꺼내어 테이블 위에 올려놓는다. 책보를 풀자, 어린아이 옷과 신발, 아기 곰인형이 나온다. 양어머님이 이때를 위해 보관해 오신, 이를테면 딸 송현이 자기를 증명할 수 있는 증거물이기도 하다.

"초록 잎사귀 무늬가 있는 이 옷은 어떤 아저씨가 저를 발견했을 때 제가 입고 있던 옷이고, 이 여름옷과 가을옷은 그 아저씨가 사준 옷이라고 합니다. 아기곰도 그 아저씨가 사주셨다고 합니다."

혜용은 똑똑히 기억한다. 그날, 상경하려고 적송마을을 떠나올 때 딸 송현에게 입혀주었던 옷이 어떤 무늬와 어떤 모양의 옷이었는지를! 딸이 입고 있었던 그 옷을 이곳에서 다시 보게 될 줄이야! 혜용의 가슴 안으로 또다시 가시에 찔리는 듯한 아픔이 밀려든다.

"양어머님이 제가 친부모님을 만날 때를 생각하고 책보에 싸서 잘 보관해 주셨다고 합니다. 제가 만 열일곱 살이었을 때 이 보자기를 받았습니다."

혜용은 딸을 잃어버린 날, 딸이 입고 있던 옷과 신고 있던 신발을 두 손으로 어루만지며, 눈물을 글썽인다. 서울역에 기차가 도착했을 때 딸이 앉아있어야 할 자리에 딸은 없고 아기 곰인형만이 동그마니 앉아있던, 황망(慌忙)했던 그때의 기억도 되살아난다. 딸이 가져온 인형의 모양은 그때 열차 안에서 딸이 품고 있던 인형과 비슷하고 색깔도 비슷하다. 그 아저씨라는 분이 알고 사주신 것처럼! 딸이 열차 객실 좌석에 두고 간 그 인형은 지금도 보관하고 있다.

송현은 양아버지에게 들었던, 자기가 발견된 당시 상황부터 입양되어 양부모님 댁에서 살았던 과정을 천천히 이야기한다. 딸이 그동안 어떻게 살았는지 궁금해하실 부모님께, 부모님이 물어보시기 전에 자기가 먼저 말씀드리는 것이 예의이고, 또 그것이 가족 모두가 갖고 있는 궁금증을 한데 묶어 풀어줄 수 있으리라고 생각했다.

준웅과 혜용은 딸이 시골 벽지에 있는 가정에 입양되어 힘들게 초등학교에 다니고, 중학교와 고등학교는 검정고시를 거쳐 졸업 자격을 취득했다는 말을 듣고 가슴이 미어진다. 초등학교 졸업하고 이 년 만에 고등학교 졸업 자격까지 땄다니, 딸의 재능을 살려주지 못한 비통함에 가슴이 찢기는 듯한 아픔을 느낀다.

혜용은 또다시 눈물을 쏟고, 송현은 어머니가 울음을 그칠 때까지 얘길 중단하고 기다린다. 남동생이 생수기에서 컵에 물을 따라와 누나가 앉아있는 테이블 위에 가만히 올려놓는다. 어머니가 손수건으로 눈물을 훔치는 거를 보고서 송현은 말을 잇는다.

"양아버지께서는 어느 아저씨가 기차역 선로변에서 꽃을 보고 있던 저를 발견하셨다고 말씀해 주셨어요. 제가 꽃을 좋아한다는 말을 친지인 군청 직원분에게 들으신 양아버지는 저를 위해 마당에 꽃밭을 만들어 주셨어요. 제가 고등학교 검정고시를 통과한 그해, 양아버님은 시골에서 일하지 않고 편하게 직장에 다닐 수 있는 공무원 시험을 치라고 권하셨어요. 저는 꽃을 보고 있으면 꽃이 말하는 거 같다면서, 꽃과 대화하는 걸 글로 쓰면서 여기서 살겠다고 말씀드리고는 공무원 시험을 보지 않았어요. 시골에서는 들과 산 어디에서나 꽃이 피어있었어요. 꽃을 보면 그렇게도 좋았거든요. 제가 공무원 시험을 끝내 보지 않는 거를 지켜보시던 양아버님은 도회지에 있는 고등학교 국어 선생님을 찾아가 제가 읽어야 할 책을 추천받아 오시면서 그날 책 열 권을 사 오셨어요. 아마 책을 많이 읽어야 글을 쓸 수 있다는 거를 알고 계셨던 거 같아요. 제가 열 권의 책을 다 읽고 나면 추천 목록에 있는 순서대로 다시 열 권의 책을 사다 주셨어요. 저는 책을 읽는 시간이 그렇게 좋았어요. 시간 가는 줄 몰랐거든요. 좋은 양부모님을 만나 저는 늘 행복했어요."

초등학교가 멀어 왕복 두 시간을 걸어 다녔는데, 집안 형편 때문에 도회지 중학교에 갈 수 없었다고 말할 때는 준웅, 혜용 두 사람 모두 큰 죄를 지은 거처럼 고개를 숙이고 만다. 양부모님이 벽지 시골에서 비닐하우스로 특용작물을 재배하는 농사일을 하셨다면, 딸도 그 일을 돕느라 많이 힘들었을 것임에도, 딸은 힘들었다는 말은 하지 않고 행복했다고 힘주어 말한다. 부모님이 아무 말도 안 하시고 고개를 숙인 채 묵묵히 앉아계시는 걸 보고, 송현은 얘길 계속해야겠다고 생각한다.

"저는 초등학교를 졸업하면서 양부모님이 제 친부모님이 아니라는 걸 알았어요. 저와 양부모님의 나이 차이가 너무 많았거든요. 그때부터 친딸이 아닌 저를 길러주신 양부모님께 고마운 마음을 갖게 되었고, 양부모님이 일하실 때는 저도 함께 일했어요. 비닐하우스 특용작물 재배는 사시사철 손이 가는 농사였어요. 물론 양부모님은 일을 못하게 말리셨지만요. 양아버지께서 저를 빨리 시집보내야겠다고 작정하신 거는 직장이나 직업이 확실한 사람에게 시집가면 제가 밖에서 일하지 않고도 집 안에서 자기 시간을 가질 수 있다고 생각하셨기 때문이지요. 참 고마운 분이셨죠."

송현이 남동생이 갖다 놓은 컵을 들고 물을 마시는 거를 보고,

어머니가 말한다.

"저희 호텔로 가서 송현일 잠시 쉬게 하고 얘길 나누면 어떻겠어요?"

"좋은 생각이요. 이곳 사무실에 인사드리고 호텔로 갑시다."

두 사람은 집 안에서 두 사람만 있는 자리에서는 오빠라거나, 혜용아라면서 편하게 대화하지만, 일단 밖에 나가면 서로 존칭을 쓰기로 하고 교수가 되면서부터 그렇게 해왔다. 교수라는 사회적인 신분은 남들 앞에서 그에 걸맞은 품위를 갖춰야 한다는 거를 보았기 때문이다. 혜용인 딸 송현이 먼 남쪽 지방에서 올라온 거를 생각하고, 딸이 피곤을 느낄 거라는 데 생각이 미친 듯하다. 얘긴 천천히 들어도 된다. 우선 딸을 쉬게 해주고 싶은 부모 마음이 앞서서였다.

혜용인 딸 송현이 가져온 어린아이 때 옷이랑 신발 등을 보자기에 다시 싸서 가방에 넣고 자신이 들고 나간다. 준웅과 혜용은 사무실에 들러 유전자 감식 비용 등을 계산한다. 그러고 나서 혜용은 가방에서 비닐봉지에 담긴 큼직한 초콜릿 과자를 꺼내 직원에게 건넨다. 아까 가족을 상봉실로 안내해 주고 서류를 건네준 그 여직원이다. 초콜릿은 무게가 삼 킬로 남짓 되어 이곳 기관에서 근무하는 직원들이 나누어 들기에는 충분할 거 같다.

"고맙습니다. 따님을 찾게 되셔서 축하드립니다."

사무실 밖으로 나와 일행들에게 일일이 인사하는 여직원에게 송현도 정중하게 머리 숙여 인사한다.

"도와주셔서 정말 감사드립니다. 잊지 않겠습니다."

숙소는 그 기관에서 가까운 시청 부근에 예약했다. 준웅은 호텔에 전화하여 지금 있는 곳을 말해주고 가족이 여섯 사람인데, 짐이 있으니 차를 보내줄 수 있겠느냐고 부탁한다. 잠시 후 도착한 호텔의 셔틀버스를 타고 일행은 호텔에 도착한다. 십 층 룸 세 개를 정하여 혜용은 딸 송현과 같은 방에, 준웅은 미국에서 온 딸과 같은 방에, 두 아들이 한 방에서 묵기로 하고, 가족은 각자의 방에서 여장(旅裝)을 푼다.

아직도 들어야 할 딸의 얘기가 많을 거다. 또 딸에게 들려주어야 할 얘기도 많다. 혜용은 내일까지 이틀을 호텔에서 머물고 모레 아침 적송마을로 출발해야겠다고 마음먹는다. 한 번 비행기를 타고 오면 쉬이 또 오기 어려우므로 오늘 밤과 내일 밤까지 딸 송현과 얘길 나누고, 우리가 딸에게 무얼 해주어야 부모의 책임을 다할 수 있을는지, 고민해 보아야겠다. 남편에게도 생각이 있을 거다. 이따가 송현이 좀 쉬는 시간을 갖게 되면 남편과 상의해 봐야겠다.

딸이 써서 그 기관에 보내준 딸을 잃어버린 날의 상황을 읽고 생각해 보니, 그날 남편과 내가 피로에 지쳐 깊은 잠에 빠져있을 때 기차가 역에 섰고, 그때 딸이 기차에서 내렸던 거 같다. 두 살 어린이가 혼자서 내렸을 리는 없을 테고 누군가 어른이 딸을 내려주었을 텐데, 기차가 그 역에서 한참 머물렀던 거 같다. 기차가 출발할 때 딸아이 혼자 선로변에 있었던 거를 보면, 딸이 선로변으로 걸어가는 거를 아무도 보지 못했던 게 틀림없다.

'그날 서울역에 도착하여 기차가 도착 시간보다 많이 연착한 걸 보고 남편이 역 안내실에 물었더니, 어느 역에선가 열차 탈선 사고가 나서 복구하느라 상행선 열차가 사십 분가량 늦게 도착했다고 했지. 우리가 탄 열차가 머문 역은 역무원이 없는 간이역이었나 봐. 역무원이 있었다면 어린아이가 혼자 걸어가는 걸 못 볼 리가 없었을 텐데!'

그날 열차 탈선사고가 있었던 게, 마치 계획되어 있던 운명의 장난처럼 여겨져 혜용은 또다시 눈물 글썽이며 괴로워한다.

호텔에 도착한 시각은 네 시경이었으므로, 일곱 시까지 푹 쉬고 식당으로 가기로 했다. 혜용은 딸에게 샤워 좀 하고 눈 좀 붙이라고 말한다. 딸 송현은 난생처음 호텔이라는 곳에 와봐서 시설 사용하는 법 등을 잘 모른다. 혜용은 문득 그 생각이 나서 욕실 문을 노크하고 들어가 샤워 사용하는 법을 알려주고 욕조에 몸을 담그고 싶으면 물을 이렇게 받으면 된다고, 뜨거운 물과 찬물 받는 방법을 알려준다.

욕실 안에 놓인 비누와 샴푸 등 작은 용기(容器)에 들어있는 세제(洗劑)와 화장품도 일일이 그 용도를 알려준다. 샤워를 하고 나면 여기 있는 가운을 입으라고 선반 위에 포개져 놓여있는 하얀 실내 가운을 가리킨다. 어머니의 마음은 이렇다. 세상 어느 어머니인들 자나 깨나 이렇게 자식을 보살피는 마음을 갖지 않으랴!

샤워하고 방에 들어온 딸에게 혜용은 잠시 누워있으라고 하면서 침대 위 얇은 이불을 걷어준다. 시간이 되면 깨울 테니 한숨 푹 자라고 하곤 딸이 침대 위에 올라가 눕자, 이불을 가슴께까지 끌어올려 준다. 딸 송현은 어머니가 시키는 대로 하는 게 어머니의 마음을 편안하게 해드리는 것임을 안다. 어린아이가 잠을 재우는 어머니에게 모든 걸 맡기는 거처럼 조용히, 말없이 어머니의 말에 따르며 눈을 감는다.

딸이 눈을 감는 걸 보곤 혜용은 실내 온도를 선선하게 할 생각으로 에어컨 온도를 조절한다. 실내등을 희미한 불로 바꾼 다음 혜용은 조용히 욕실로 들어간다.

혜용이 샤워를 하고 나와서 보니 딸 송현은 깊이 잠들어 있었다. 역시 새벽 일찍 일어나 준비하고, 저 먼 남쪽 항구도시에서 서울까지 다섯 시간 가까이 올라오느라 피곤했던 모양이다. 혜용은 딸의 얼굴을 찬찬히 내려다본다. 반듯한 이마, 오뚝한 콧날, 꼭 다문 입가에 서려있는 야무진 느낌, 짙은 속눈썹 등 전체적인 윤곽은 이만한 나이였을 때 자기 모습이었던 것 같기도 하다. 아니 아빠를 더 닮았을까? 용모는 딸이 자기보다 더 낫다고 생각한다.

여섯 시 오십 분에 맞춰 놓은 알람이 경쾌한 멜로디를 울린다. 알람 소리에 혜용도, 송현도 잠에서 깬다.
"잘 잤니?"
혜용이 미소를 머금으며 딸을 바라보자,
"네, 아주 잘 잤어요. 몸이 가뿐해졌어요."
딸 송현은 활짝 웃으며 어머니를 마주 바라본다.
"잘했다. 얼굴이 밝아져서 보기 좋다."
간편한 옷으로 갈아입고 앉아있는데, 노크 소리가 들린다. 혜용이 "네!" 하고 대답하며 일어나 방문을 열어준다. 문 앞에는 남편과 세 자녀가 낮에 사무실에서 보던 얼굴보다는 한결 좋아 보이는 얼굴로 서 있다. 장시간 비행기를 타고 와서 시차 적응하기 힘든 첫날 오후, 약 세 시간의 수면은 이들에게 보약과도 같은 처방이 된 듯하다. 얼마큼 피로가 회복되었는지, 모두 표정이 밝고 눈빛도 맑다.

가족은 식당이 있는 이 층으로 엘리베이터를 타고 내려간다.

"송현아, 뭘 먹고 싶니?"

혜용은 엘리베이터에서 내려 식당으로 가면서 딸에게 묻는다. 메뉴에 따라 식당의 위치가 다르다.

"전 아무거나 잘 먹습니다. 어머니."

큰딸 송현이 따로 신경 쓰지 않으셔도 된다는 거처럼 밝게 웃으며 대답하자, 혜용은 준웅에게 묻는다.

"한식당으로 갈까요?"

가족이 한국에 올 때면 모두 한식을 즐겨 먹는다.

"그럽시다."

그렇게 준웅이 대답하고 자녀들도 모두 찬동하는 표정을 짓자, 가족은 한식당으로 걸음을 옮긴다. 걸어가면서 송현은 자기 이름이 '송현'이라는 거를 비로소 확실히 인식한다. 꿈에서도 어머니가 자기를 부르는 소리를 들었지만, 잠이 깨면서 바로 잊었다. 상봉실에서 어머니가 내 이름을 부르며 다가오실 때는 머릿속이 혼미(昏迷)한 상태여서 그 이름을 새겨듣지 못했다. 이제 내 이름을 알았으니, 내 이름이 불리면 바로 반응해야겠다고 생각한다.

한정식으로 저녁 식사를 한 가족은 호텔 라운지로 올라가 마주 앉는다. 라운지는 한쪽엔 원탁 테이블, 다른 한쪽엔 사각형 테이블이 배치되어 있어, 준웅은 가족이 서로의 얼굴을 잘 볼 수 있도록 원탁 테이블로 가족을 인도한다. 아버지와 어머니 옆, 시계가 돌아가는 반대 방향으로 송현이 앉고 그 옆으로 남동생, 여동생, 막내 남동생이 앉는다. 송현은 이제 자기도 이 가족의 일원(一員)

이 되었음을 실감한다.

호텔로 오는 셔틀버스 안에서만 해도 무언가 서먹서먹한 느낌이 있어, 옆에 앉은 여동생에게도 말 한마디 걸어볼 수가 없었는데, 함께 식사하는 동안 그 느낌은 많이 가셨다. 동생들 얼굴을 한 사람씩 바라본다. 모두 잘생기고 이목구비가 단정하다.

얼굴에서 풍기는 인상(印象)은 그 사람의 내면을 드러낸다고 한다. 누구는 그 인상에서 그 사람의 평소 생각과 습관과 기호(嗜好)까지도 보인다고 말하는 사람도 있다. 송현은 동생들이 모두 착하게 생겼다고 생각한다. 바로 아래 남동생은 아버지를 닮아 키도 크고 건장한 데다 성품도 너그러울 거 같은 인상이어서 든든함을 준다.

여동생은 자기와 비슷한 키에다 아직 앳된 얼굴이지만 어머니를 닮은 이지적인 얼굴에는 총명함이 깃들어 있다. 막내 남동생은 역시 형처럼 키도 크고 건장한 체격인데, 식당에서도 막내답지 않게 가족의 말을 귀담아듣고 생각하는 표정을 짓기도 하고 태도가 조용했기에 마음이 간다. 그때 아버지가 말문을 연다.

"송현이 얘길 듣기 전에 송현에게 동생들을 소개해 주어야겠구나. 바로 옆에 앉은 남동생은 스물일곱, 의대를 나와 대학병원에서 수련하고 있고, 그 옆 여동생은 스물셋, 법대를 나와 변호사가 되었고, 막내는 스무 살, 대학 이 학년이다."

큰아들은 의대를 졸업하고 같은 대학에서 전공의로 근무하고 있고, 딸은 법대를 졸업하던 해 변호사 시험에 합격하고 대학원에 진학하려고 준비하고 있는데, 부모님처럼 대학교수를 꿈꾸고 있다. 막내는 인류고고학에 관심이 많아, 그 분야 책을 많이 찾아 읽고 박물관 견학(見學)하길 좋아하더니, 부모님이 봉직하고 있는 시카고 대학 인류학과에 들어갔다. 학자인 부모님의 평소 삶을 지켜본 자녀들은 그 삶이 가장 바람직하고 가치가 있는 삶이라고 받아들이고, 어려서부터 공부에 뜻을 둔 듯하다. 자녀들은 아버지가 자기를 짧게 소개할 때 누나이고 언니인 송현을 바라보며 가볍게 머리 숙여 인사를 보낸다.

"십이 년 전 너희들이 처음 적송마을을 방문하고 올라온 날, 너희들에게 누나와 언니가 있다는 사실을 처음으로 알려주었다. 그 이후 부모가 두 살 어린 딸을 지키지 못하고 잃어버린 데 따른 고통은 헤아릴 수 없을 만큼 가혹했으나, 그 딸은 하늘의 도움으로 좋은 분들을 만나 자기의 삶을 잘 살아왔다. 그 딸을 지켜주시고 도와주신 그분들께 진심으로 감사드리며, 앞으로 연락된다면 찾아뵙고 고맙다는 인사를 드릴 생각이다. 성장 환경과 그 과정은 부모와 함께 살아온 너희와는 비교할 수 없을 만큼 열악(劣惡)했지만, 그 딸의 지금 모습은 아버지와 어머니에게는 너희들과 똑같은 소중한 자식의 모습이다. 이제 잃어버렸던 가족을 찾았으니, 항상 누나와 언니를 생각하고 형제 사이의 정과 사랑을 나누기 바란다."

자녀들은 아버지의 말씀을 공손한 태도로 경청하다가 말씀이 끝나자 모두 머리를 숙이며 그 말씀을 새기겠다는 뜻을 표한다. 송현은 아버지의 말씀을 단 한마디도 빠뜨리지 않고 기억하려고 온 신경을 한데 모아 집중한다. 아버지는 측은한 마음을 감추지 못하고 송현을 바라보며 나직이 이른다.

"양아버님께서 송현에게 자기 시간을 갖게 해주려고 시집보내려고 작정하셨다는 이야기까지 상봉장에서 들었다. 차분하게 그 다음 얘기를 해보거라."

아버지는 올해 쉰아홉, 내년이면 이순(耳順)이 되시는 아버지는 희끗희끗한 귀밑머리로 인하여 근엄(謹嚴)한 학자의 풍모(風貌)가 한껏 돋보이신다. 송현은 잠시 동생들과는 너무 차이가 나는 자기의 배움을 생각한다.

'학교에 다닌 경력만으로는 초등학교 졸업, 다행히 검정고시라는 제도가 있어 고등학교 졸업 자격을 인정받을 수 있는 장치는 갖춰두었다. 그렇지만 동생들에 비하면 나는 너무나도 보잘것없는 작은 존재에 불과해. 그렇더라도 나만의 삶이 있으니까 비교하진 말자. 나 때문에 동생들이 행여라도 불편해하는 일이 있어선 안 되니까, 늘 몸가짐에 조심해야지.'

송현은 스스로 깨우친 자기 분수를 아는 사람이었다.

'내 운명이 이렇게 살아가라고 이 길로 인도했으니, 잠자코 순종하면서 이 길을 갈 거야.'

아무리 사나운 운명이더라도 그 운명을 받아들이고 견디면서 자기의 꿈을 꾸는 사람에겐 그 운명도 더는 어쩌지 못한다. 송현은 잠시 숨을 고르고 담담하게 입을 연다.

"양아버님께서는 제가 중학교 졸업 자격 검정고시에 통과하고 일 년 만에 다시 고등학교 졸업 자격 검정고시에 통과하는 거를 보시고, 저를 학교에 보내지 못한 거를 몹시 마음 아파하셨던 거 같아요. 낮에는 부모님과 함께 밭에 나가 일을 하고 저녁 식사 후 잠잘 때까지 책을 읽었는데, 한 달에 열 권씩 책을 읽어 나가는 거를 보시고 마음이 급하셨던 모양이에요. 그해 십이월 어느 날 저녁 식사가 끝나고 나서 저를 부르시더니, 시집가라는 얘길 꺼내신 거지요. 자기 시간을 가져야 한다면서요. 그날 저는 양부모님께 처음으로 제가 친딸이 아니라는 걸 알고 있었다고 말씀드렸고, 양아버지께서는 제가 선로변에서 발견되어 양아버님 댁에 오기까지 상황을 제게 말해주셨어요. 양어머니께서도 그날 제게 어린아이 때 입고 온 옷이랑 신발을 꺼내 주시면서, 나중에 친부모님이 나타나실 때를 생각해서 보관하고 계셨다고 하셨어요. 시집가고 싶은 마음은 전혀 없었지만, 양아버님께서 저를 위해 그 말을 꺼내셨다고 생각하니 양부모님의 마음을 편하게 해드리는 게 도리라고 마음먹게 되더군요. 그동안 키워주신 것만도 너무 고마운데… 마음을 돌이켜 먹고 양아버님께 말씀을 따르겠다고 했어요. 정말 양아버님께 고마운 거는, 양아버님 덕분에 시집가기 전까지 약 육 개월 동안 양아버지가 사다 주신 오십여 권의 책을 읽을 수 있었던 거였어요."

송현은 잠시 말을 멈춘다. 이미 돌아가시고 계시지 않은 양아버님을 떠올리는 듯 그 얼굴에 그늘이 진다.

"양아버님께서는 며칠 후 어떤 분을 찾아가셨지요. 고등학교 교장직에서 은퇴하시고 우리 마을에 지어놓은 전원주택으로 이사하여 사시는 분이셨어요. 그분께 제 이야기를 하시고, 제게 자기 시간을 가질 수 있도록 해줄 직업이 확실한 신랑감을 알아봐 달라고 부탁하신 거지요. 그때가 만 열여덟 되던 해 일월이었어요."

아무도 고개를 들지 않는다. 고개를 떨구고 송현을 향해 귀만 열어둔 채 집중하여 듣고 있다. 예사 사람 같으면 자기와는 너무나도 다른 세상에서 살고 있는 가족들 앞에서, 자기 신세를 처량

하게 여기고 눈물 바람을 할 법도 한데, 송현은 의연(毅然)하다. 준웅 부부는 큰딸이 낮에 상봉장에서도, 이곳 호텔에서도 자기 살아온 얘기를 하면서 눈물 한 방울 흘리지 않는 거를 보고 놀란다. 그래서 딸의 얘기를 들으면서 마음이 울컥해질 때도 눈물을 보이지 않으려고 감정선을 꼭 붙들고 견디고 있다.

"교장 선생님께서 저를 한번 보고 싶다고 하셨던지, 다음 날 저는 양아버지와 함께 그 댁을 방문해서 인사드렸지요. 나중에 알게 되었지만, 교장 선생님은 많은 제자 중 제게 '자기 시간'을 갖게 해줄 제자를 세 사람 점찍어서, 3박 4일 동안 서울과 춘천, 경남 통영 등 세 도시를 직접 찾아가 제자분들을 만나셨다고 해요. 참, 고마운 어른이셨어요… 만난 제자분 중에서 경남 통영 인근 바닷가 마을에서 어선을 가지고 고기잡이하는 제자가 제게 자기 시간을 갖게 해줄 사람이라고 확신하셨나 봐요. 그 사람은 교장 선생님이 수산고등학교 교장으로 계실 때 제자였는데, 수산대학에 진학했다가 아버님이 고기잡이하시던 중 사고로 돌아가시는 바람에 가족을 부양하려고 대학을 중퇴했다고 했어요. 나중에 제 신랑이 된 그 사람은 제 얘길 듣고 교장 선생님 말씀을 따르겠다고 약속하고, 일주일 후에 홀어머니를 모시고 와서 양가 부모님 상견례 겸 저를 보고 갔었지요. 그리고 다음 달인 천구백구십오 년 삼월 교장 선생님 댁 정원에서 결혼식을 올렸어요. 양아버님이 중매를 서주시라고 부탁하시고 두 달 후였어요."

혜용은 안다. 딸이 만 열일 곱 어린 나이에 결혼했다는 거를! 딸은 천구백칠십칠 년 십일월에 태어났으니까! 혜용은 더는 견딜 수 없는지 손수건을 꺼내어 두 손에 얼굴을 묻고 격렬하게 어깨를 들썩이며 운다. 가족들은 숨소리조차도 내쉬기 힘들 만큼 가슴을 에는 슬픔에 잠겨버린다. 침묵만이 무겁게 내려앉아 그 슬픔을 서서히 빨아들이고 있다. 준웅은 눈을 감고 어금니를 꽉 물고서 힘들게 견디는 표정이다. 자식들 앞에서 지켜야 할 가장(家長)의 자세를 생각하고 있는 듯하다.

'어린 나이에 딸이 시집을 가게 되다니! 우리들이 태어날 때부터 따라다니던 출생 신분의 굴레는 이러한 불행까지도 예정하고 있었던 것인가? 우리들이 미국에서 환한 빛에 둘러싸여 성공을 향한 길을 가고 있을 때, 딸은 우리들의 그림자에 갇혀 제 삶을 살아가지 못했다는 생각이 끌로 가슴을 후벼 파내는 듯 너무 아프다.'

라운지에는 저녁 식사를 마친 투숙객들이 올라와서 테이블마다 편히 앉아 담소하고 있어, 약간의 소음이 출렁인다. 혜용의 울음 소리는 그 소리에 묻혀 다른 사람의 시선을 끌지는 않는다.

송현은 어머니가 울음을 그칠 때까지 기다린다. 기다리면서 내 살아온 이야기는 오늘로 끝내자고 마음먹는다.

'가족에게 아픔을 주는 이야기는 더는 해서는 안 되겠어. 내 이야기를 가족에게 들려준다고 해서 내 처지가 당장 달라질 거도 아니고, 나 또한 그걸 원치도 않아. 가족이 보기엔 내 삶이 불행하다고 여기겠지만, 난 내 삶이 불행하다고 여긴 적은 없어. 내 운명이 그렇게 정해놓은 세상에서 살면서 좋은 사람들을 만났고, 지금 내겐 세 아이가 있어. 세 아이가 주는 행복이 내게 있잖아?! 오늘 처음이자 마지막으로 내 이야길 하고, 내 이야기책은 덮어버릴 거야.'

어머니의 울음이 잦아지자, 송현은 결연(決然)한 빛을 얼굴에 나타내며 다시 입을 연다.

"남편 되는 분은 정말 좋은 사람이었어요. 저보다 나이는 여덟 살 위였지만, 제게 자기 시간을 갖게 해주려고 집 안에서 하는 일상의 일 외엔 어떠한 일도 하게 하지 않았어요. 스승인 교장 선생님께 한 약속을 지켰던 거지요. 첫딸이 태어난 다음 해 일월까지는 집안일 틈틈이 시집가기 두 달 전 양아버님이 사다 주신 책을 읽었는데, 아이가 태어나니까 책을 읽기 어렵게 되더군요. 그 후 이 년 터울로 아이가 태어났어요. 제가 스물세 살 된 이천 년도에 저는 세 딸의 엄마가 되었습니다…"

다시 무거운 침묵이 내려앉는다. 그 순간 혜용이 "아!" 하는 신음을 내뱉더니 고개를 꺾어버린다. 큰아들이 자리에서 벌떡 일어나 어머니에게 급히 다가오고 준웅은 오른손으로 아내의 어깨를 붙잡고 왼손으로 얼굴을 받쳐 들고 들여다본다. 의사인 아들은 어머니의 맥박을 짚어보고 눈꺼풀을 열어 동공을 관찰한다. 의사로서 해야 할 응급조치를 생각한 듯하다.

그때 혜용이 정신을 차린 듯 눈을 뜨며 "괜찮아, 괜찮아"라면서 자세를 바로잡는다. 긴장되었던 분위기가 일순 안도하는 분위기로 바뀐다. 그사이 딸은 컵에 찬물을 따라와서 어머니에게 권한다. 몇 모금 물을 마신 어머니가 송현에게 말한다.

"송현아, 미안하다. 나 괜찮으니 얘길 마저 하거라."

송현은 얘길 해도 괜찮겠는지, 하는 표정으로 아버지를 바라보고 남동생을 바라본다. 두 사람 모두 고개를 끄덕이자, 송현은 막내딸이 태어난 이 년 후 남편이 고기를 잡다가 폭풍우를 만나 어선과 함께 바닷속에 잠겨버려 떠나보낸 일, 그 후 노천장사를 시작하게 된 이야기를 숨김없이 꺼낸다. 어차피 부모님이 궁금해하실 내가 살아온 과정이다. 송현은 감정을 억제하면서 서사적(敍事的)인 어법으로 지나온 얘기를 마저 한다. 얼마 전에야 친부모님을 찾고 싶어 유전자를 등록하게 된 경위도 설명한다.

"저는 지금 잘 지내고 있어요. 가게도 안정되고 아이들도 건강하게 학교에 잘 다니고 있어요. 지난 오월 초에, 그동안 갖지 못했던 '제 시간'을 가져야겠다고 마음먹고 그 방법을 생각하던 중 그날 밤 어머니 꿈을 꾸었어요. 제가 선로변에 피어있는 예쁜 꽃을 보고 뛰어가는데, 뒤에서 '가면 위험해! 기차가 곧 출발하니까 어서 와!'라고 애타게 저를 부르시는 목소리가 들렸어요. 어머니를 보려고 뒤돌아보는데, 그만 꿈이 깨버려 어머니 모습은 보지 못했지요. 그날 친부모님을 찾아야겠다고 마음먹었고, 시집가기 얼마 전 양부모님이 유전자 감식으로 친부모를 찾을 수 있다고 하시던 말씀을 방문 앞을 지나다가 우연히 들은 기억이 났어요. 그래서 유전자 등록을 하게 되었습니다."

큰딸 송현은 가족 앞에서 자기의 기나긴, 삼십여 년에 걸쳐 살아온 삶의 궤적(軌跡)을 요약하여 말씀드렸다.

'말을 마치고 나니 마음이 가볍다. 가족이 나를 어떻게 생각하든 그건 신경 쓰지 않겠다. 부모님은 내게 미안해하지 않으셔도 된다. 난 아이들 잘 키우고 잘 살아갈 자신이 있으니까! 아니, 그렇게 살아가는 모습을 부모님과 동생들에게 보여줄 거야!'

이야기를 마친 송현은 자기 내부에서 일어나는 강렬한 어떤 기운을 느낀다. 운명에 저항하고 맞서는 사람만이 가질 수 있는 결단과 대범함, 자기가 자기를 믿어주는 긍정(肯定)의 기운이 일어난다.

큰딸 송현이 입을 다물고 머리를 숙여 테이블 위를 내려다보자, 가족은 송현이 자기 얘기를 마쳤음을 안다. 다들 어떤 말도 꺼내지 못한다. 남도 아니고 가족이, 내 딸이 내 누나가 내 언니가 그렇게 살아왔다니! 모두 성인이 된 동생들은 화자(話者)의 말을 이해하고 헤아릴 줄 아는 마음과 능력을 갖춘 사람들이다. 어찌 할 말이 없겠는가?! 그렇지만 아무도 말 한마디 꺼내지 못한다. 자기가 들은 화자(話者)의 얘기를, 그렇게 살아온 그 삶의 과정을 곰곰이 유추(類推)하고 상상해 볼 뿐이다.

무거운 침묵이 낮게 깔리고, 각자 자기 생각을 정리하는 시간이 흐른다. 이럴 때 가장으로서 이 분위기를 어떻게 반전(反轉)시켜야 할지 아는 준웅은 말한다.

"모두 피곤할 테니 자기 방으로 가서 쉬기로 하지. 내일 일정은 어머니와 상의해서 내일 아침에 알리도록 하겠다."

혜용은 큰딸 송현의 손을 잡고 라운지에서 걸어 나와 가족과 함께 엘리베이터를 타고 룸이 있는 십 층으로 내려가 방으로 들어갈 때까지 아무 말이 없다. 혜용의 머릿속에는 미국 가족들과는 전혀 다른 옹색하고 힘든 삶을 살아온 큰딸에게 무얼, 어떻게, 어떤 방식으로 보상해 주어야 할지 그 생각만으로 가득 차 있다.

방에 들어가자, 혜용은 딸에게 텔레비전을 보고 쉬고 있으라면서, 리모콘으로 화면을 켜준 뒤 아빠 방에 잠시 다녀오겠다고 하고는 조용히 방을 나간다. "잘 다녀오세요. 어머니"라고 머리 숙이며 말하는 딸의 목소리는 오래전부터 대화를 주고받은 사이처럼 정겹고 잔잔하다. 혜용은 준웅과 함께 다시 라운지로 올라간다.

"오빠, 송현이에게 무얼 어떻게 해주어야 할까? 살아온 얘길 들어보니 마음이 너무 아파서 송현일 보고 있으면 무엇이든 다 주고만 싶어. 그래도 좋은 사람들을 만나 마음을 다치지 않고 살아온 게 정말 너무나도 감사해요."

"나도 머릿속이 그 생각으로 가득해. 송현인 어려서부터 고생한 데다가 일찍 결혼해서 그런지, 그 나이에 비해 속이 꽉 차 있다는 생각이 들어. 앞으로 살아갈 날이 많으니, 우리가 해주어야 할 일들이 계속 생길 거야. 당장 딸에게 보상해 주고 싶은 마음으로 물질적인 도움을 안긴다면, 송현이가 부담스러워하지 않을까? 손녀들도 셋이나 있고 하니 이번에는 손녀들 학자금 명목으로 얼마큼 전하고, 앞으로 우리가 해주어야 할 일들이 생길 때마다 그때그때 그 명목으로 도와주는 게 어떨는지?"

준웅은 딸에게 무얼 해주고 싶은 마음은 가득하나, 그 마음을 절제하면서 꾸준히 딸을 위하고 싶다고 말하고 있다. 그 문제를 많이 생각한 모양이다. 혜용은 남편 말을 듣자, 고개를 끄덕이며 말한다.

"오빠 말을 들어보니 딸에게 미안한 마음 때문에, 내가 성급하게 생각했나 봐. 일에도 순서가 있다는 말이 있는데, 딸의 마음을 헤아려 보지도 않고 내 생각만 했어."

"송현 엄마 마음은 당연히 그럴 거라고 이해하고 있어. 나도 마음 한편으로는 딸에게 무엇이든 해주고 싶은 마음이야. 딸이 지키고 싶어 하는 자존심이 있을 수도 있으니까, 그 점을 지켜보면서 판단하기로 하지. 우선은 큰딸 송현일 지켜주지 못했다는 마음의 빚을 빨리 갚아야 한다는 조급함을 우리가 내려놓아야 할 거 같아."

준웅은 그렇게 말하면서도 얼굴은 계속 무언가를 생각하는 표정이다.

"손녀들이 보고 싶은데, 어떻게 할까? 경상도 통영이라면 멀리 있는 도시이긴 한데, 서울, 부산 간을 오가는 고속철도가 생겼다고 하니까 걸리는 시간을 알아보고 결정하도록 하지."

준웅은 이미 손녀들을 보고 와야겠다고 마음먹은 듯하다. 남편의 말을 들은 송현이 고개를 크게 끄덕이며 말한다.

"그래요. 손녀들을 보고 가야지. 우리가 손녀들을 보러 내려가는 게 송현에겐 오히려 큰 선물이 될지도 몰라. 스케줄을 짜봅시다."

이번 일정은 7박 8일이다. 내일은 송현이 내려가야 할 거다.

'건너편 가게 언니에게 가게를 부탁했다고 하니, 내일 오후 출발해야 될 거야.'

갑자기 생각난 듯 준웅은 혜용을 바라보며 급히 말한다.

"송현 엄마! 송현에게 내일 휴대폰을 하나 사주자! 앞으로 자주 연락하려면 휴대폰이 있어야 하는데, 송현이는 휴대폰이 아직 없는 거 같았어."

"그렇네! 송현이가 휴대폰을 보는 걸 나도 못 봤어. 내일 휴대폰을 사줍시다."

혜용은 좋은 생각이라는 듯 반색한다. 그때는 휴대폰이 대중적으로 막 보급되기 시작하던 때였고, 그 기능도 날로 진화하고 있던 때였다. 인터넷으로 알아보니 서울, 부산 간은 고속열차로 두 시간 오십 분이면 갈 수 있다. 부산에서 통영까지 택시로 이동하면 하루에 다녀올 수 있겠다 싶다. 두 사람은 출국하기 전날 손녀를 보러 가기로 일정을 잡는다. 그날은 일요일이어서 손녀들도 학교에 안 가고, 일요일에는 송현도 가게를 쉰다고 하니, 그날이 다녀오기엔 안성맞춤인 날이다. 그날 일정은 다시 잡기로 하고 다른 준비할 일은 내일 하기로 하고, 두 사람은 각자 방으로 돌아간다.

다음 날 준웅 가족은 호텔에서 아침 식사를 하고 가까운 휴대폰 대리점으로 간다. 준웅이 큰딸 송현에게 앞으로 미국에서 자주 전화하게 될 텐데, 너도 휴대폰을 가지고 있어야 언제든지 통화할 수가 있다면서 휴대폰을 사주겠다는 뜻을 비친다. 큰아들은 직원이 안내하는 누나를 뒤따라가며 어느 휴대폰이 마음에 드느냐면서 진열된 예쁜 디자인의 휴대폰을 이것저것 가리킨다.

송현이 빨간색 휴대폰 하나를 가리키자, 동생은 같은 디자인 중에서 가장 최근에 나온 제품인지를 직원에게 확인한다. 누나에겐 사용하다가 모르는 게 있으면 주변에 있는 대리점에 가서 물어보고 익히면 된다고 가르쳐 주면서, 기기 사용을 어려워하는 누나를 안심시킨다.

송현은 처음 휴대폰이라는 거를 만져본다. 시장 사람들은 편리하다며 대부분 휴대폰을 갖고 있었지만, 송현은 하루 종일 가게에 있는 시간이 대부분이고 딱히 누구와 연락할 일도 없고 해서, 휴대폰의 필요성을 느끼지 않았다. 이게 있으면 미국에 계시는 부모님과도 어느 시간이든 통화할 수 있고, 문자메시지도 주고받을 수 있다고 한다. 대리점 직원이 휴대폰을 개통하고 나서 설명해 주는 사용법을 송현은 귀를 쫑긋하고 귀 기울여 듣는다. 송현에게 휴대폰이 전달되고 준웅이 계산하려고 지갑을 꺼낼 때, 큰아들이 아버지를 만류하면서 앞으로 나서며 계산한다.

"아버지, 휴대폰은 제가 누나에게 선물하고 싶어요. 누나! 휴대폰에 여러 가지 기능이 있으니 배워두시면 편리한 일이 많으실 거예요."

송현은 미안해서 어찌할 줄 모르겠다는 표정을 짓고 당황하더니, "고마워요. 잘 쓸게요"라면서 머리를 숙인다. 가족으로부터 받은 첫 선물이었다. 남동생은 아버지와 어머니, 형제들의 전화번호를 일일이 저장해 준다.

가족은 송현과 함께 걸어서 갈 수 있는 덕수궁을 찾는다. 서울이라는 도시에 처음 올라온 송현에게 시간을 아껴 서울 구경을 시켜주고 싶은 마음에서, 걸어 다니면서 구경시켜 주는 방법을 택한다. 덕수궁 관람을 마친 뒤에는 청계천으로 향한다. 도시 한가운데 시내가 흐르고, 시골에서만 볼 수 있는 갈대가 시냇가에 자라고 있고, 산책로 옆에는 예쁜 꽃들이 피어있는 거를 보면서, 송현의 얼굴에는 즐거워하는 표정이 그치지 않는다. 그러한 딸의 모습을 보면서 준웅 부부는 안도한다.

청계천을 산책하고 나오자, 점심 시간이 되었다. 가족은 그 부근 설렁탕을 잘하는 식당으로 걸음을 옮긴다. 막내 남동생이 휴대폰으로 부근 맛집을 검색해 보고 추천한 곳이다. 시집가기 전까지는 시골에서 집밥을 먹는 게 전부였고, 결혼해서는 생선류를 좋아하시는 시어머님의 취향에 맞춰 밖에서 식사할 때는 주로 생선구이와 생선탕만을 먹어본 송현이다.

잘 고아낸 사골 국물에 부드러운 소고기가 들어있는 설렁탕은 단번에 송현의 입맛을 사로잡는다. 처음 맛보는 음식이어서 더 그럴 거다. 맛있게 먹는 큰딸의 모습을 지켜보는 혜용과 준웅의 가슴속으로 찌르르 전류가 흘러가며 통증을 자아낸다. 애써 딸을 보지 않으려 애쓰며, 수저를 탕 그릇에 넣고 탕에 만 밥을 떠보지만, 혜용은 목이 메어 밥을 삼킬 자신이 없어 천천히 입으로 가져가는 시늉을 하다가 수저를 도로 탕 그릇에 놓고 만다. 대신 옆에 놓인 물컵에 물을 따라 천천히 입에 대고 한 모금 마신다. 가슴에 차오른 먹먹함이 가라앉기를 기다리는 것이리라.

준웅은 그러한 혜용의 동작을 옆 눈길로 지그시 담아낸다. 살아오는 동안 큰딸이 겪었을 궁핍(窮乏)하고 부족한 삶은 얼마나 부자유했을까? 천천히 밥을 먹으면서 그 상황을 상상해 본다.

큰딸 송현의 콧등에 아침 이슬처럼 땀방울이 맺힌다. 오직 음식의 맛에 취해 다른 가족은 쳐다볼 생각도 안 하는 딸을 보며, 혜용은 지나가는 종업원을 불러 육수(肉水)를 좀 더 갖다 달라고 작은 소리로 부탁한다. 공기 그릇에 가득 담아 온 육수를 송현의 그릇에 부어주며, 혜용이 묻는다.

"어때, 설렁탕 맛이 입에 맞니?"

"네, 어머니. 정말 맛있어요. 깍두기 김치도 마치 과자처럼 맛있고요."

송현은 환하게 웃으며, 어머니를 쳐다본다. 혜용이 부어준 육수를 수저로 뜨면서 "잘 먹겠습니다. 어머니"라며, 고마워한다. 처음 먹어본 설렁탕이라는 음식이 이렇게 맛있을 줄은 몰랐다. 짜지도 않고, 그렇다고 싱겁지도 않은, 감칠맛 나는 이 탕 음식은 이날 가족과 함께 시간을 보내면서도 왠지 낯가림하듯 위축되고 다소 불편하던 송현의 감정을 충분히 잠재워 주었다. 맛있게 먹은 음식한 그릇은 때로는 씻기어 가시지 않은 슬픔도, 고통도 잠잠하게 다스려 잊게 하기도 한다.

식사가 끝나고 가족은 명동 쪽을 향해 발길을 옮긴다. 서울이 처음인 큰딸에게 서울의 이모저모를 구경시켜 주고 싶어서다. 평일 낮인데도 오가는 사람들로 복작거리는 번화한 거리, 여행복 차림의 외국인들이 쉴 새 없이 길 양쪽 가게에 들어가고 또 나온다. 화려한 물품이 진열된 쇼윈도를 보며 송현은 놀라는 표정을 감추지 못한다. 둘째 딸이 어머니에게 말한다.

"잠깐 가게에 들렀다가 나올 테니 천천히 구경하세요."

그리곤 가족을 벗어나 뒤편으로 간다. 그러는 누나의 모습을 보면서 막내 남동생도 "저도요"라면서 가족을 벗어나 입구 쪽으로 뒤돌아간다. 명동 거리 끝에 다다랐을 즈음 여동생이 다가와서 언니에게 쇼핑백을 건네며, 말한다.

"언니, 화장품 좀 샀어요. 예쁜 얼굴에 화장을 안 하시니 아까워요. 어디 가실 때 화장하고 나가세요. 언니도 거울에 비친 자기 얼굴을 보면 깜짝 놀라실걸요."

송현은 얼굴을 붉히며 쇼핑백을 받는다.

"화장할 일이 거의 없는데… 고마워요. 잘 쓸게요."

친자매이지만 아직은 거리감이 좁혀지지 아니하여 말을 놓지 못한다. 송현은 화장을 해본 일이 없다. 맨얼굴에 로션이나 크림 등 기본적인 것만 바를 뿐 따로 화장품을 사용하여 얼굴을 다듬어 본 일이 없다. 친정 갈 때나 교장 선생님 댁에 갈 때도 그랬다. 그

때 막내 남동생이 쇼핑백을 들고 급히 걸어와서 건네며 말한다.

"누나, 조카들이 좋아할 초콜릿과 제과점 과자를 좀 사 왔는데, 막내 삼촌 선물로 전해주세요."

송현은 잇따른 동생들의 선물에 할 말을 잊은 채 멍하니 막내 남동생을 쳐다본다.

"고마워요. 아이들에게 잘 전해줄게요."

이렇게 말하는 송현의 눈에 눈물이 맺힌다.

자녀들은 어려서부터 부모님이 정성껏 준비한 선물을 만나는 사람들에게 전하는 모습을 바라보며 자랐다. 그러한 부모님의 모습에서 사람 사이에 주고받는 인정(人情)의 원리(原理)와 소통(疏通)의 효용(效用)을 배운 듯하다.

자녀들에겐 누나와 언니가 혈육이지만 전혀 다른 세상에서 살아온 사람이어서 이질감(異質感)을 느낄 법도 하다. 그렇지만 자녀들은 부모가 말하지 않아도 자신들이 보고 배운 인정과 도리(道理)의 눈높이에서 자신들이 해야 할 바를 알고 행한 거로 보인다. 또한 누나이자 언니가 가족이라는 울타리 안에 편안하게 들어와 머물러 주기를 진심으로 바라는 마음을 전한 것이기도 하다.

송현의 동생들은 누나이자 언니가 부모님이 갖고 계신 출생 신분의 굴레 때문에 그 운명이 뒤바뀌어 버린 거를 안다. 십이 년 전 부모님을 따라 처음 부모님의 출생 신분의 비밀을 간직하고 있는 적송마을에 가서 조부모님 묘소에 성묘하고, 서울에 올라와서는 부모님으로부터 부모님이 숨죽이며 살아온 세월을 자세히 전해 들었다.

누나이자 언니인 딸을 잃어버리고도 수사기관이 두려워 아동 실종신고조차도 하지 못하신 부모님의 그 피맺힌 마음속 절규를 생각할 때마다, 떨림으로 마음 아파했다. 자신의 운명이 뒤바뀌어 버린 불쌍한 누나이자 언니를 위해, 우린 살아가면서 우리들이 지고 있는 마음의 빚을 누나이자 언니에게 갚아 나가겠다고, 그들은 다짐했던 것이다. 준웅 부부는 자녀들이 스스로 누나와 언니를 위해 선물을 준비해 온 그 마음을 고맙게 여기며 미소 짓고 있다.

이제 헤어질 시각이 다가온다. 햇볕이 내리쪼이는 명동 거리를 구경하느라, 조금은 피곤하기도 하고 가족들이 목이 마르기도 할 거 같아, 혜용은 그 부근에 있는 카페에서 좀 쉬어가자고 말한다. 시원한 실내공기가 쾌적함을 안겨주는 카페는 평일 오후 시간이어서인지, 다행히도 가족이 함께 앉을 수 있는 넓은 좌석이 비어있다. 송현은 이러한 찻집에도 처음 와본다. 직사각형 테이블에 준웅 부부와 송현이 나란히 앉고 맞은편에 송현의 동생들이 나란히 앉는다. 송현은 동생들이 어제보다는 한결 더 가까워진 듯한 느낌으로 다가와서, 동생들을 찬찬히 바라본다. 모두 반듯한 생김새 하며, 어제와 오늘 보여준 차분하고 예의 바른 몸가짐도 마음에 드는 자랑스러운 동생들이다.

송현은 삶의 질(質)과 교육받은 정도가 동생들과는 비교가 안 되는 자기 모습을 돌아본다. 그렇지만 자기는 자기가 살아가야 할 자기만의 삶이 따로 있음을 깨닫는다. 세 아이의 엄마인 자기의 처지도 잘 안다. 부모님이 미국에서 어떠한 신분으로 살아가고 계신지는 아직 모른다. 준웅 부부는 송현에게 아직 미국에서의 자신들의 신분에 관해 말해주지 않았다. 그에 관해선 말할 기회가 없었다고 함이 맞다.

초등학교를 늦게 졸업한 열여섯 살 나이에 자기가 친딸이 아님을 알고, 양딸로서의 자기 본분(本分)을 지키며 살아온 것처럼, 앞으로 어떠한 마음가짐으로 부모님과 동기(同氣)들을 대해야 할지를 송현은 안다. 송현은 자기의 나타남이 부모님과 동기들에게 어떠한 방해물도 되어선 안 된다고 생각한다.

'결코 그렇게 되어선 안 돼!'

그거는 본능적인 깨달음이다. 혜용은 시계를 본다. 오후 세 시가 가까워지고 있었다. 딸이 일어서야 할 시각이다. 혜용이 자녀들에게 고속버스 터미널에 배웅하고 오겠으니, 자기들 시간을 가지라고 말하곤 큰딸 송현과 함께 일어선다. 송현이 택시를 타고 가겠다면서 바래다주지 않으셔도 된다고 했으나, 혜용은 미소를 지으며 말한다.

"송현이하고 조금이라도 더 있고 싶어서 그래."

송현의 동생들은 누나와 언니를 허그hug하면서 저마다 작별 인사를 한다.

"누나, 조카들 사진 찍어서 보내줘요. 휴대폰에 사진 찍는 기능이 있어요."

"언니, 또 만나요. 종종 전화 연락드릴게요."

"누나, 건강하게 잘 지내세요. 조카들은 다음에 만나겠다고 안부 전해주세요."

송현은 동생들도 조카인 내 아이들을 생각해 주는구나, 싶어 가슴이 뭉클해진다. 그 마음들이 따뜻하게 가슴에 젖어온다. 터미널로 가는 택시 안에서 혜용이 딸에게 말한다.

"이번 주 일요일 아버지와 함께 통영에 내려가 손녀들을 보고 올 참이다. 그날 학교를 쉬니, 손녀들 얼굴도 보고 손녀들이 좋아하는 음식점에 데리고 가서 점심을 사주고 오려고 한다. 우리는 다음 날 월요일 출국하게 된다. 내려가면서 전화하겠다."

"일정도 바쁘실 텐데… 먼 길을 내려갔다가 올라오시려면 많이 힘드실 거예요. 제 아이들은 다음에 만나셔도 돼요."

"아니다. 보고 싶은 마음이 굴뚝같은데 어찌 다음으로 미루랴! 서울, 부산 간 고속열차를 타고 내려가 부산에서 택시로 가면 그렇게 많은 시간이 걸리진 않을 게다. 일요일날 보자."

일요일로 날짜를 잡은 건 내가 가게를 쉬는 날을 잡으신 거라고 송현은 생각한다. 평일이어서 고속버스는 오래 기다리지 않고 곧바로 탈 수 있었다. 혜용은 차표를 끊어 딸에게 건네주고, 준웅 부부는 승강장에서 버스가 출발하는 거를 바라보며 손을 흔들어 딸을 배웅한다.

집에 도착한 시각은 밤 아홉 시 반, 송현은 부모님께 잘 도착했다는 말씀을 드리려고 휴대폰을 꺼내 들었다. 바탕화면을 열어보니 숫자가 표시된 동그란 무늬가 보여 눌러보았더니, 가족 이름이 나타난다. 막내 남동생 이름 옆에 오후 시간이 표시되고, 숫자가 기재된 원형의 빨간 표시가 보인다. 거길 눌렀더니, 아! 그날 아침 식사와 점심 식사 때의 가족사진, 청계천을 산책할 때와 찻집에서 커피를 마실 때의 사진이 여러 장 올라와 있다.

막내 남동생은 가족의 분위기가 밝아진 오늘 아침부터 틈틈이 사진을 찍은 모양이다. 가족 모두에게 또 한 사람의 가족을 새롭게 만나게 된 역사적인 날을 사진으로 남겨주기 위해, 남동생은 부지런히 사진을 찍었나 보다. 송현은 바로 아래 남동생이 가르쳐 준 방법으로 어머니에게 전화를 건다. 가족들에겐 벌써 송현의 전화번호가 휴대폰에 저장된 모양으로 어머니는 반갑게 전화를 받으신다.

'휴대폰을 통하여 들려오는 어머니의 목소리, 내 어머니의 목소리를 전화기로 들을 수 있다니!'

송현은 가슴이 뭉클하면서 목이 멘다.

다음 날은 수요일, 준웅 가족은 고 선배의 승합차로 적송마을에 내려가 부모님의 산소에 성묘하고 후원금을 전한 뒤, 마을 원로 어르신을 모시고 저녁 식사를 대접한다. 고 선배는 준웅 가족이 올 때마다 기꺼이 서울로 올라와 준웅 가족을 태우고 적송마을로 내려갔다가, 상경할 때도 똑같이 그렇게 한다. 준웅의 자녀들이 몸이 커지자, 세 번째 방문할 때부터는 남자들은 자기 집으로 가자고 하여 방 두 개를 내주고 잠자리를 마련해 주고 있다.

적송마을에서 하룻밤을 묵고 목요일에 올라와서 금요일엔 안민걸 토마스 신부님과 안젤라 수녀님을 모시고 저녁 식사를 대접하고, 토요일엔 철우 가족과 함께 점심을 한다.

자녀들은 한국에 오면 바쁘다. 한국의 문물을 배우고 익히느라, 갈 곳이 여러 곳이다. 준웅 부부는 자녀들이 모국에 대해 많이 배우기를 원한다. 자녀들은 성인이 되면서 한국 국적 취득신청을 하였고, 모두 이중국적자가 되었다. 큰아들은 수련의 과정이 끝나면 한국에 가서 군의관으로 입대할 계획을 세우고 있다. 막내아들도 한국에 가서 군 복무를 하고 싶어한다. 준웅 부부는 몸은 비록 미국에 있지만, 자녀들이 정신적으로 모국에 깊이 뿌리를 내리고, 그 자손들도 그렇게 살아가기를 희망하고 있다.

일요일 아침, 준웅 부부는 일곱 시에 출발하는 고속열차를 타고 부산에 내려가 역 앞에서 곧장 택시를 타고 통영으로 향한다. 큰딸 송현과는 어제저녁부터 휴대폰으로 연락을 주고받았다.

송현은 시장 관리사무실에 가서 소장님에게 시내에서 가장 음식이 맛있는 횟집을 소개받는다. 부모님이 오시면 그곳에서 대접하고 싶어서다. 그 식당은 공동어시장 맞은편 건물에 있는데, 매일 새벽에 어시장에서 경매받아 온 싱싱한 자연산 생선으로 음식을 요리하므로, 맛집으로 소문이 났다고 한다. 부모님이 타고 오신 택시는 열한 시 십 분쯤 공동어시장 맞은편 도로에 도착했다. 송현은 세 딸과 함께 나란히 택시 승강장 앞에서 기다리고 있다가 반갑게 부모님을 맞는다.

택시에서 내린 혜용은 세 손녀를 보곤 그만 왈칵 울음을 터뜨리고 만다. 감정을 억제할 쯤도 없이, 그만 온갖 감정이 소용돌이치며 분출해 버린 것이리라. 맨 먼저 가슴을 탁 막히게 한 감정의 소용돌이는 손녀들이 태어났을 때, 할머니가 손녀들 곁에 있어 주지 못했다는 미안함이었다. 화화산처럼 분출해 버린 감정의 소용돌이는 이제 어찌할 방도가 없다. 그냥 그 소용돌이에 맡길 수밖에! 어머니의 통곡하는 모습을 보고 송현이 눈물 글썽이며 아버지에게 말한다.

"아버님, 식당 룸에 자리 예약을 해놓았어요. 어머니를 모시고 우선 식당으로 들어가시지요."

"그러자꾸나."

준웅과 딸 송현은 울음을 그치지 못하는 혜용을 좌우에서 부축하고 그 자리에서 십여 미터 앞에 있는 식당으로 간다. 식당 외관은 깔끔했고 출입문 안으로 들어서자, 자주색 유니폼을 입은 여직원들이 홀에서 손님들 시중을 들고 있다. 홀 안쪽엔 룸이 있어, 예약 손님을 받는 모양이다. 실내의 집기나 장식은 정갈하고 한쪽 벽에는 진기(珍奇)한 수석(壽石)과 외국에서 구입해 왔을 법한 골동품들이 유리창 안에 진열되어 있어, 식당 주인의 멋스러운 취향을 보여주고 있다. 송현이 예약한 룸은 의자 여섯 개가 놓인 테이블이 있고, 바닥은 마루인데 신발을 벗지 않고 올라가게 되어 있다.

준웅은 아내와 살아오면서 오늘처럼 아내가 허물어지는 것을 본 기억이 없다. 그래서 어떻게 해야 할지 당황스러운 표정이다. 혜용은 룸에 들어와서도 울음을 그치지 못하고 흐느낀다. 아이들은 할머니의 그러한 모습을 눈을 동그랗게 뜨고 놀란 표정으로 바라만 볼 뿐 누구도 입을 열지 않는다. 아직 할아버지와 할머니께 정식 인사도 드리지 못한 채다.

딸 송현은 어머니 옆에 앉아 어머니의 어깨를 안고 있다가 결국 울음을 터뜨리고 만다. 어머니가 슬피 흐느끼는 이 모습은 두 살 때 헤어진 자식의 인생을, 헤어지지 않았으면 지금과는 전혀 다른 인생이었을 그 인생으로 바꾸어 놓을 수 없다는 절망과 탄식의 몸부림이라는 거를 송현은 짐작한다. 세 손녀를 보는 순간, 결혼 칠 년 만에 남편을 떠나보내고 세 아이의 엄마이자 미망인이 되어버린 큰딸의 인생을 현실로 마주친 충격을 어머니는 감당하지 못하고 계시는 거다.

'부모님과 함께 살지 못했던 내 인생을 이제는 그대로 바라보아 주셔야 하는데, 어머니가 이렇게 무너져 내리시면, 제가 어머니에게 죄송해서 무슨 말씀으로 위로해 드려야 하나요? 어머니! 이겨내셔야 해요! 이 딸은 비록 배우지는 못했지만, 부모님께 부끄럽지 않은 딸로 살아갈 거예요.'

딸 송현은 육신의 어머니가 가슴 가득 안겨 옴을 느낀다. 어머니의 어깨를 통해 전해져 오는 따뜻한 체온, 어깨를 떨며 우시는 가벼운 진동은 어머니를 가슴으로 느끼고 받아들이게 하는 편안함을 준다. 주문을 받으러 룸에 온 직원은 지금은 주문받을 때가 아니라고 생각했는지, 조용히 커튼을 닫고 돌아간다.

얼마쯤 되었을까? 혜용은 탈진한 듯한 몸짓으로 얼굴에서 손수건을 떼더니, 세 손녀 얼굴을 뚫어져라 바라본다.

'제 엄마를 닮았어! 초롱초롱한 저 눈망울은 제 삶의 무게를 능히 지고 갈 수 있는 당찬 힘이 가득해. 손녀들도 뒷바라지만 잘해 준다면, 모두 제 몫을 충분히 할 거 같아. 무슨 말을 해야지? 손녀들에게…'

"할미가 미안하구나. 너희들 인사도 받지 못하고 먼저 울어버려서."

송현은 어머니가 감정이 잦아지셨다고 생각했는지, 세 딸에게 말한다.

"할아버지와 할머니께서 멀리 미국이라는 나라에서 너희들 보려고 오셨다. 자, 인사드려야지."

큰딸 해임이 자리에서 일어선다.

"제 이름은 서해임이고, 나이는 열네 살 중학교 이 학년입니다."

그렇게 자기소개를 한 뒤, 머리를 깊이 숙여 인사드린다. 둘째와 막내도 차례로 인사드린다.

"제 이름은 서달임이고, 나이는 열두 살 초등학교 육 학년입니다."

"제 이름은 서별임이고, 나이는 열 살 초등학교 사 학년입니다."

엄마가 집에서 가르쳐 준 대로 세 딸은 씩씩하게 자기소개를 한다. 그 모습을 바라보던 혜용은 손을 내밀며 "손 좀 잡아보자꾸나"라며 세 손녀의 손을 차례로 잡아본다. 손녀들이 제 아버지 성씨(姓氏)를 말하는 거를 본 준웅은 문득 큰딸의 호적을 정리해 주어야겠구나라는 생각이 스쳐 지나간다.

"이곳은 맛집으로 소문난 곳이에요. 아이들도 생선을 좋아해서 이 식당으로 모셨습니다."

송현이 부모님께 말씀드리고 테이블 위 벨을 눌러 직원을 부른다.

"손녀들 이름이 예쁘고 기억하기도 좋네. 누가 이름을 지어주었길래 해와 달과 별을 이름에 넣었을까?"

"제가 지어주었어요. 어머니."

송현이 대답한다. 혜용은 머리를 끄덕이며, 딸 송현의 내면에 감춰진, 아직은 정확히 알 수 없는 딸의 재능을 생각해 본다.

미리 메뉴를 알아보았는지, 송현은 A코스 요리를 직원에게 주문한다. 잠시 후 정갈하게 발라진 회 두 접시가 어른들이 앉아있는 쪽으로 하나, 아이들이 앉아있는 쪽으로 하나 따로 놓인다. 혜용이 부모님께서 편히 드실 수 있도록 따로 준비해 달라고 미리 얘길 해두어서다.

준웅은 식사하면서 딸 송현에게, 손녀들이 학교생활에 잘 적응하고 있는지를 묻고, 엄마가 가게에서 일이 끝나고 집에 오면 늦은 시각일 텐데, 저녁은 어떻게 하는지를 묻는다.

"해임이가 어려서부터 밥을 곧잘 해요. 동생들 씻기고 저녁을 차려주고 해서 저는 집에 와서 따로 할 일은 없고, 해임이가 차려주는 밥을 먹으면 돼요."

지금 중학교 이 학년인데, 큰 손녀가 엄마 대신 동생들을 챙겨주었다면, 초등학교에 들어가기 전부터 그랬겠구나, 생각이 미처 준웅과 혜용은 다시 가슴이 미어진다. 두 사람은 어금니를 꽉 물고 그 감정을 다스리려 애쓴다. 손녀들이 편하게 음식을 먹으려면 분위기가 밝아야 한다는 걸 알기 때문이다.

"가게는 집에서 어느 정도나 떨어져 있니?"

혜용이 조심스레 묻는다.

"시내버스로 십오 분이면 가는 거리예요. 멀지 않아요."

"집은 어떻게 사니?"

"남편이 떠나고 장사를 시작하면서 마을에서 시장까지 오고 가는 두 시간이 힘들기도 하고, 해임이를 도시에서 학교에 다니게 하고 싶어 이곳 도시로 나왔어요. 남편 명의로 있는 바닷가 마을 집을 팔아서 시장에 가게를 얻고, 집도 세를 얻었어요. 시누이가 시어머니를 모시고 갔거든요. 애들이 몸이 커져서 장사하면서 모아 둔 돈으로 얼마 전, 방 세 개가 있는 이 층 전세를 얻어서 살고 있어요."

시장에서 식자재인 밭작물을 팔아 생계를 유지하고 아이들을 양육하고 있으니, 딸의 하루하루가 얼마나 고단할 것인지를 준웅 부부는 미루어 짐작한다. 시장에 있는 가게도 가보고 싶지만, 일요일에도 문을 여는 가게 상인들의 시선을 끄는 게 딸에게 그다지 도움이 되지 않을까 싶어, 그 말은 삼키고 만다.

식사는 맛있었다. 회에 이어서 나온 탕 요리도 맛깔스럽다. 손녀들은 정말 생선 음식을 좋아하는지, 맛있게 잘 먹는다. 생선구이도 곁들여 나왔는데, 잘 발라 먹는다. 식사가 끝나자, 후식으로 과일과 수정과가 나온다. 준웅은 품안에서 봉투 하나를 꺼내어 딸에게 건네면서 말한다.

"우선 아이들 학자금에 보태거라. 혹시 필요한 게 있으면 언제든지 말해다오. 어려워하지 말고."

송현은 머리를 숙이고 있다가, 이럴 때는 잠자코 그냥 받아야 한다는 거를 아는 것처럼 "잘 받겠습니다. 아이들을 위해서 잘 쓰겠습니다"라고 말한 다음, 무언가를 망설이다가 다시 입을 연다.

"궁금해서 여쭤봅니다. 혹시 미국에서는 어떤 일을 하셨는지 궁금했습니다."

딸에게 자초지종 얘길 해주려면 몇 시간은 잡아야 할 거다. 그 기회는 다음에 갖기로 하고, 준웅은 잠시 생각한 뒤 간단하게 자신들의 신분을 얘기해 준다.

"대학에서 우리 두 사람 모두 교수로 학생들을 가르치고 있다. 나중에 차분하게 얘길 해줄 기회가 있을 거다."

딸 송현의 얼굴에서 뜻밖이라는 표정이 나타나고, 이어서 존경의 빛이 떠오른다. 한국에서도 교수의 직위를 가진 분들은 일반

시민들로부터 존경받는 분들이다. 하물며 미국에서 교수의 직위에까지 오르신 부모님은 당연히 미국사회에서 존경받으실 거다. 어떠한 과정을 거쳐 그 위치까지 오르셨는지 궁금하지만, 아버님께서 언젠가는 얘길 해주신다고 한다.

"이 도시에는 처음이시죠? 여기서 조금만 걸어 나가면 바다가 보이는 공원이 나옵니다. 보이는 바다 풍경이 괜찮습니다. 그리고 오늘 점심은 제가 부모님께 대접한 걸로 받아주십시오."

송현은 아까 부모님을 마중 나갈 때 자리 예약을 하면서 미리 카드를 맡겼다. 자식으로서 도리를 하고 싶어서다. 혜용이 나서서 우리가 손주들 맛있는 거 사주려고 했는데, 사주지 못하고 그냥 가면 어떡하냐고 반문했지만, 딸 송현은 삼촌이 맛있는 과자를 사주셔서 지금도 잘 먹고 있다면서, 다음 기회에 사주시라고 말한다.

식당을 나와 가족은 천천히 걸어서 바닷가에 조성된 공원으로 올라간다. 구름이 군데군데 옅게 깔린 하늘에서는 유월 하순의 다소 뜨거운 햇볕이 내리쪼이고, 저 멀리에 아스라하게 지평선이 보인다. 작고 올망졸망한 섬들은 마치 바다에 둥둥 떠 있는 거처럼 잔잔한 수면 위에 누워있다. 섬 사이로 작은 배들이 마치 장난감이 원을 그리는 거처럼 바다 위를 천천히 미끄러져 가고 있다.

공원의 숲 사이로 난 작은 오솔길을 걸으면서, 준웅은 딸 가족을 당장 미국으로 데려가고 싶은 충동에 사로잡힌다. 딸이 갖지 못한 교육의 기회를 손녀들에게 주고 싶다. 아마 아내도 그러한 충동에 시달리고 있을 것이다. 저 앞에 나무 탁자가 가운데 놓인 그늘진 벤치가 나오자, 가족들은 그곳에 앉아 이런저런 얘길 나눈다. 준웅이 송현에게 말한다.

"미국 가면 한국 변호사를 소개받아, 법원에 친자확인 소송을 제기하려고 한다. 필요한 서류를 보내달라고 변호사 사무실에서 연락이 오면 보내주거라. 동시에 네 이름도 우리 호적에 올라 있는 '박송현' 본래 이름을 찾도록 법원에 그 절차를 신청하겠다. 동생들과 친형제임을 증명하게 될 것이니 그렇게 알고 있거라."

"네, 고맙습니다, 아버지. 연락이 오면 바로 서류를 보내겠습니다."

송현은 머리를 숙이며 아버지의 말씀에 답한다. 혜용은 손주들에게 학교 친구들, 좋아하는 공부, 어른이 되어 하고 싶은 일 등을 묻고 그 대답을 들으며, 시간 가는 줄 모르고 얘기를 주고받는다. 손주 사랑이 가득 담긴 눈동자에는 때로 애잔한 빛이 스쳐 지나가기도 하고, 생각지 못한 대답을 들을 때면 놀라고 기쁜 표정이 얼굴 가득 번진다. 그러다가 생각난 듯이 휴대폰을 꺼내어 손녀들 사진을 찍고 딸의 사진을 찍는다. 가족이 나란히 서서 포즈pose를 잡고 지나가는 젊은 여성에게 사진을 찍어달라고 부탁한다. 딸 가족과 만나고 있는 이 모습을 고스란히 사진에 담아가고 싶은 듯, 혜용은 그날 수십 장의 사진을 찍는다.

공원에서 내려가 찻집에 들러 보니, 오후 세 시 반이다. 한 시간 후에는 출발해야 한다. 여섯 시에 부산역에서 고속열차를 타야 하므로, 손주들 곁에 더 있고 싶은 마음은 다음 기회로 미루어야 한다.

'딸에게도, 손주들에게도 더 하고 싶은 말, 꼭 전하고 싶은 말은 차차 해야지.'

찻집에서 커피를 들고, 손녀들에게는 시원한 과일 음료수를 마시게 한 다음 준웅 부부는 일어선다. 택시 승강장으로 가는 길에 혜용은 딸을 다시는 놓치고 싶지 않다는 듯 송현의 손을 꼬옥 부여잡고 걷는다.

준웅과 혜용은 큰딸 송현에게 삼십일 년 전 그날, 상경하는 열차에서 쏟아지는 잠을 이겨내지 못하고 어린 딸이 열차에서 내린 줄도 모른 채 잠의 바다에 깊이 빠져있었던 사실은 말하지 않는다. 어린 딸을 잃어버리고도 아동 실종신고조차도 하지 못했던 참담한 사정도 말하지 않는다.

'그런 사정은 언젠가는 딸이 알게 되겠지. 지금은 부모가 어린 딸을 지키지 못한 벌(罰)을 받아야 할 시간이야!'

그렇게 생각하고 잠잠히 침묵한다.

부산으로 향하는 택시 안에서 준웅은 생각에 잠긴다. 앞으로 살아가는 동안 딸 송현은 늘 어두운 그림자가 되어 우리에게 아프고 고통스러운 모습으로 따라오겠지만, 우리는 볼 수 없는 그 그림자를 늘 가슴에 안고 살아가야지, 하고 다짐한다.

부모님이 택시를 타고 부산으로 출발하시는 거를 배웅하고 집으로 온 송현은 아버지가 주신 봉투를 열어본다. 그 안에는 액면 천만 원이라고 적힌 수표 한 장이 들어있었다. 그 당시 화폐단위로는 큰돈이었다. 아버지는 아이들 학자금으로 쓰라고 하셨다. 그렇게 말씀하신 깊은 뜻을 송현은 헤아려 본다. 아이들 교육을 소홀히 하지 말라는 당부 같기도 하고, 아이들 뒷바라지하느라 너무 무리하지 말라는 깨우침을 주신 거 같기도 하다. 송현은 이 돈을 아이들을 위해서만 쓰겠다고 굳게 다짐한다.

송현의 나이 서른셋이던 이천십 년은 송현의 삶에 큰 전환점을 찍는 시기가 되었다. 사랑이라는 게 무슨 감정인지도 미처 알지 못한 채 결혼하고, 새로운 환경에 적응하느라 바쁘게 움직이던 신혼 시절 열 달 만에 첫 아이를 출산했다. 가정주부와 육아를 병행하며 바쁘게 살아가던 중 결혼 칠 년 만에 갑작스레 남편과 사별(死別)하고 말았다.

주위엔 도움을 청할 아무도 없었다. 어린 세 딸과 살아가야겠기에 남편을 보내고 넉 달 만에 장사를 시작하여 이 나이에 이르기까지, 단 한순간도 자기 삶을 차분히 들여다볼 시간도 없이 바쁘게 살았다. 남편을 떠나보내고 팔 년이 된 지난 오월, 생존을 위해 날마다 바쁘게 살아가는 자기 모습 안에 비어있는 그 무언가를 발견하고 다시 새로운 시도를 하려던 참에 친부모를 찾게 되고, 친형제들을 만났다.

송현은 비어있는 무언가는 양아버지가 그토록 갖게 해주려고 애쓰시던 '자기 시간'임을 분명히 깨닫는다.

'그래! 내 시간을 가져야 해! 중단했던 책 읽기를 다시 시작하여 무언가 찾아야 해! 내가 하고 싶었던 글 쓰는 법을 공부하면서 비어있는 무언가를 채워가야 해!'

송현은 깊이 넣어 두었던 추천 도서 목록을 찾아 가방에 담는다. 시집가기 직전 양아버지가 도회지에 있는 고등학교 국어 선생님으로부터 받아와서 도서 열 권과 함께 건네주셨던 그 목록이었다. 그때 받은 도서 열 권은 틈틈이 읽느라 오랜 시일이 걸리긴 했지만, 다 읽었다.

부모님이 다녀가신 사흘 후 송현은 가게에 나가는 길에 시내

서점에 들러 추천 도서 목록 십일 번부터 이십 번까지의 책을 주문한다. 그 목록에 있는 책 중 네 권은 그 서점에 비치되어 있지 않아서, 서점에서 서울 대형서점에 주문하여 집으로 보내주기로 하고 여섯 권만 가지고 왔다. 그날 저녁부터는 가게 문을 닫는 시각을 삼십 분 앞당겨 일곱 시 반으로 하고, 셔터 문에도 변경된 영업 시간을 적어서 붙여 놓았다.

집에 와서 저녁을 먹고 씻고 나면 아홉 시부터 자정까지 세 시간은 책을 읽을 수 있었다. 독서 노트와 국어사전을 옆에 두고 이해가 안 가는 문장을 적기도 하고, 낱말을 찾아보기도 하면서 오랜만에 '자기 시간'을 갖게 된 것이다.

가게에서 나오는 수익금은 조합에 내는 관리비를 빼고 매월 일정액을 저축했다. 찾아오는 고객이 더 많아지고 혼자서는 가게 운영을 감당하기 어려워, 그해 구월 착실하게 가게 일을 도와줄 아주머니 한 사람을 고용했다. 건너편 떡집 가게 언니가 소개한 여인인데, 집안 친척이고 아이들이 고등학교에 다니고 있어, 남는 시간에 할 수 있는 일자리를 찾고 있다고 했다. 한결 여유로운 시간을 가질 수 있어, 송현은 가게에 나오는 시각도 한 시간 늦추고 그 시간에 책을 읽는다.

어머니는 수시로 전화를 주셔서 손녀들이 잘 자라는지, 어려운 일은 없는지 물어보시곤 했다. 주로 가게 일이 끝나고 집에 와 있는 밤 아홉 시 이후에 전화를 주셨다. 그 시각은 시카고 시각으로 아침 일곱 시임을 인터넷에서 확인한 송현은, 어머니가 학교에 출근하여 강의를 시작하기 전의 바쁜 시간을 이용하여 전화를 주심을 알고, 어머니의 신경 쓰심에 감사드린다. 아울러 딸의 목소리를 듣고 싶어서 자주 전화하시는구나 생각되어, 송현은 어머니가 전화를 끊겠다고 하실 때까지 휴대폰을 놓지 않는다.

　어느 토요일 오후 아래층 부부가 시장 가게에 들렀다. 아래층에는 한 달에 한두 번 시장에서 생선을 사 올 때면 한 봉지를 더 사서 가져다드리곤 했는데, 부인은 그 답례로 주말에 장을 보러 오면 일부러 가게에 들러 밭작물이랑 필요한 거를 사 가곤 했다. 그런데 그날은 남편과 함께 온 거다. 아빠를 닮은 어린 딸도 엄마 손을 잡고 함께 왔다.
　물건을 봉지에 담아주고 "고맙습니다." 하고 인사를 하는데, 남편 되는 분이 "종종 갖다주신 생선을 맛있게 잘 먹고 있습니다. 고맙습니다"라면서 미소 띤 얼굴로 인사한다. 외간남자(外間男子)의 얼굴을 이렇게 가까이서 마주 바라보고 대화를 나누는 거는 처음이다. "별말씀을요"라고 대답하며 송현은 미소 짓는다.
　남자의 얼굴은 일반 남성들의 얼굴로는 아주 드물게 피부가 희다. 눈매도 선하고, 목소리는 티 없이 맑게 울리는 현악기 소리처럼 낭랑(朗朗)하다. 그날 이 층 전셋집으로 이사 온 날, 이삿짐을 싣고 와서 올려다 준 사람들에게 인사하려고 대문 밖으로 나갔을 때, 어린 딸의 손을 잡고 걸어오던 이 남자를 처음 보았었다. 흰 꽃이 걸어오는 거처럼 보이던 그날의 느낌이 생생하다. 무엇이 사람 얼굴을 흰 꽃처럼 보이게 했을까? 날씨가 화창했던 그날, 사월의 눈 부신 햇살이 그 얼굴에 반사되면서 나타난 착시(錯視) 현상이었을까?
　어떤 시인은 사람을 일컬어 '꽃보다도 아름다운 사람'이라고 썼다. 온갖 희로애락(喜怒哀樂)의 감정을 가진 사람에게서 꽃이 지닌 순수하고 예쁜 이미지를 느낀다는 거는 지난(至難)하다. 그렇게 느낄 수 있는 바탕을 가지고 있지 않고서야, 그렇게 보일 리가 없다.

그 시인처럼 송현은 자기 안에 내재(內在)한 순수하고 아름다운 거에 대한 예민한 촉감을 다시 회복한 거로 보인다. 순진무구(純眞無垢)했던 두 살 어린아이가 기차역 선로변에 피어있는 꽃을 보고 다가갔던 본능적인 그 동작이 어른이 된 송현에게서 되살아나고 있는 거 같다.

그 나이가 되기까지 이성(異性)에 대해 애틋하거나 설레는 감정을 경험해 보지 못한 송현은 그날 이후 문득, 문득 아래층 남자가 생각나는 이상한 기분을 느끼게 된다. 이미 가족이 있는 남자를 생각한다는 거는 죄스러운 일이라는 거를 송현은 안다.

이번에 서점에서 사 온 책은 두꺼운 부피의 세계 문학전집이 대부분이다. 등장인물들의 사랑 이야기를 읽어가면서 송현은 이성에 대해 느끼는 사랑의 감정이 얼마나 복잡하고 미묘한 것인지를 배우고 간접 체험하는 중이다. 아이들이 커서 내 곁을 떠나게 되면, 그때 아이들에게 쏟아부은 사랑의 자리를 무엇으로 채울 수 있을까를 이따금 생각해 보기도 했다. 아직 정의(定義) 내리지는 않았지만, 마음의 준비는 하고 있어야 한다고 송현은 생각한다.

송현은 자기 시간을 갖기로 마음먹고, 양부모님 댁에서 지내던 때처럼 밤 아홉 시부터 자정 무렵까지 책을 읽고 글을 써보는 시간을 갖는다. 꽃을 바라볼 때면 느껴지던 그냥 좋은 느낌과 꽃이 무슨 말인가를 하는 거 같은 환상을 떠올리며 써보려고 한다. 책을 통하여 다른 사람이 써놓은 글을 읽었을 때 와닿던 느낌을 생각하며 그런 방식으로 흉내 내어 보려 한다. 송현이 연필로 노트에 써놓은 글을 하나씩 들춰본다.

> 꽃을 바라보고 있으면
> 꽃은 언제나 방긋방긋 웃어준다
> 나도 꽃을 보면 빙그레 웃어주고
> 서로 웃어주는 너와 나는 둘도 없는 친구

꽃을 친구처럼 생각하면서 아끼는 마음이 보인다.

> 저만치 꽃밭에 피어있는 꽃이
> 날 보고 이리 오라 손짓한다
> 가까이 다가가 들여다보면
> 어제 보던 그 얼굴이 아니다
>
> 오늘은 더 예쁜 색깔을 띠고
> 오늘은 더 밝은 미소를 짓고
> 어젯밤 꽃 나라에서 있었던 일
> 내 귀에 대고 가만히 속삭인다

꽃이 송현에게 가만히 속삭이는 말이 무엇인지, 송현은 알아들었으면서도 그 말을 옮기지는 않았다. 아직 표현하는 방법을 몰라서 그런 걸 거라고, 생각해 본다.

> 피어날 곳 가리지 아니하고
> 물과 햇볕과 바람을
> 좋아하며 피는 꽃
> 바라보아 주는 이 많을수록
> 더 예쁘게 피어나는 꽃
> 그러면서도 바라는 건 없이

꽃을 아끼는 송현의 마음을 보여준다. 꽃은 자기를 바라보아만 주면 되고, 아무것도 바라지 아니한다고 쓰고 있다.

> 누구든 꽃을 바라보고
> 꽃의 순수함과 아름다움이
> 어디서 배어 나오는지를
> 꽃에게 물어보며 귀 기울이면
> 꽃은 그 비밀을 귀에 대고 속삭일 거야

송현이 자신이 꽃과 대화하고 있는 모습을 연상케 하는 글이다. 조금 더 쓰다 보면 꽃이 속삭이는 그 비밀도 쓸 거 같다.

> 그날 아이들과 함께
> 바닷가에 놀러 가서
> 푸른 바다 밀려오는 파도

큰 물결과 잔물결 바라보았지

저 바위 위에 키 큰 나무는
먼 지평선을 향해 꿈꾸듯 서 있고
노을빛에 물드는 하늘은
바다 위에 조용히 떠 있구나

작은 새 한 마리
그 바다 바라보며 날아갈 줄 모르고
물결이 밀려와서 적셔주는 모래사장
남아있던 새 발자국 금방 사라진다

이 글은 송현이 읽은 책에 실려있는 시(詩)를 읽고, 시의 운율(韻律)과 시어(詩語)의 배치(配置)를 흉내 내며 쓴 글이다. 책을 읽으면서 느낀 감성(感性)이 차곡차곡 쌓이고 있음을 보게 된다.

    그날 내리쬐이는 햇볕이 너무 밝고 포근해서, 그대로 보내버리기엔 아까워, 미처 손대지 못하고 있던 두꺼운 옷들을 서둘러 꺼내어 이 층 수돗가에서 빨래를 하고 빨랫줄에 널었다. 무심코 아래를 내려다보는데, 그 남자가 하얀 꽃이 되어 그 꽃을 닮은 어린 꽃과 함께 걸어오는 모습이 보였다. 사람이 왜 꽃으로 보일까?
    꽃이 가진 가장 으뜸인 모습은 순수하고 거짓이 없다는 것이다. 그 남자가 하얀 꽃으로 보였으니, 그 남자도 순수하고 거짓이 없는 사람일까? 겉만 봐선 사람의 속을 모른다고 하지. 그래도 꾸미는 것에 솜씨 있는 사람이 아니라면 사람의 속은 그 얼굴에 나타난다고 하니까, 그 남자는 꽃을 닮은 사람일 거야.

참 우습다. 내가 사람을 꽃으로 보다니? 그래도 그렇게 볼 수 있다는 건 내가 가진 또 다른 능력(?)이 아닐까?

송현은 그날 일을 적고 있다. 그 남자가 송현의 삶에 어떤 비중(比重)으로 들어오게 될까? 아직은 잘 모르겠다. 송현은 서른세 살의 나이에 이르기까지 이성(異性)에 대하여 애틋한 감정을 품어본 일이 없다. 누굴 마음에 둔 일조차도 없다. 서로 살을 맞대고 살았던 남편 서일랑은 고맙고 든든한 의지처가 되어준 남자였다.

어떤 연애 감정을 느낄 사이도 없이 얼굴 한 번 보고 두 달 만에 결혼해 버린 남자였다. 서일랑이 그렇게 갑자기 떠나지 않았더라면, 차츰 송현의 영혼을 사로잡은 남자가 되었을 거로 생각한다. 송현의 감성도 나이가 듦에 따라 차츰 깊어지고 색깔이 입혀지고 있었으니까.

어느 날 저녁 가게 안으로 한 남자가 들어온다. 순간 송현은 깜짝 놀란다. 아래층 남자였다. '왜 나한테는 아는 체를 하지 않지?'라고 의아해하는데, 그 남자는 매장 안으로 들어가 김을 들고 계산대로 오면서, 그곳에 앉아있는 자기를 뚫어져라 쳐다본다. 당황하여 얼른 고개를 숙인 채 남자가 내민 카드로 계산하고 봉지에 김을 담아 건네자, 남자는 "감사합니다"라고 말하곤 봉지와 영수증을 받아 가게를 나간다.

가까이서 마주 얼굴을 대하고 보니, 그 남자는 아래층 남자와는 눈매가 조금 다르다. 아래층 남자는 눈매가 선하여 착한 사람이 보여주는 편안함을 느끼게 하는데, 이 손님은 약간 고단하고 지친 듯한 눈빛이 눈매를 감싸고 있다. 아래층 남자가 자기 아내와 함께 물건을 사러 가게에 와서 "갖다주신 생선을 잘 먹었습니다"고 말하던 목소리는 중저음(中低音)의 맑고 낭랑한 목소리로 울림이 있었다.

그렇지만 이 남자의 목소리는 울림이 없고 딱딱하고 건조한 느낌이어서 비교가 된다. 그거 말고는 얼굴의 피부와 색깔, 키와 체구 등이 너무나도 흡사하다. 마치 쌍둥이 형제로 보일 만큼 닮았다.

떡집 가게 언니와는 가깝게 지내다 보니 언니는 송현이 혼자 사는 거를 알게 된다. 남편이 직장에 다닌다고 하여 그렇게만 알고 있던 그 언니는 송현이 보여주는 생활 반경(半徑)이 아무래도 혼자 사는 사람 같다는 생각이 들어 여러 번 캐물은 끝에 그 사실을 알아내고 만다. 주위 상인들에게는 절대 비밀로 해줄 것을 다짐받고 나서야 혼자 산다는 거를 실토했는데, 얼마 지나서 언니는 좋은 사람이 있다면서 말벗이라도 하고 지내라고 권했다. 남자 역시 아내와 사별하고 혼자 지내는 회사원이라고 했다.

그럴 일은 없을 거라고 일언지하(一言之下)에 거절했음에도, 언니는 그 고운 얼굴이 혼자 지내기엔 너무 아깝다며 번번이 그 얘기를 꺼낸다. 그럴 때면 들은 척도 안 하고 가게 일에만 신경 쓰곤 했다.

송현의 가게는 그사이 많은 고객이 찾아준 덕분에 옆 가게를 인수하여 두 가게를 터서 식료품 매장으로 재개업한 지 몇 년 된다. 취급하는 상품도 월등히 많아져 직원도 세 사람이 되었고, 쉬는 날이 없이 매장을 오픈하자, 시장 인근지역 주민들은 식생활에 필요한 식료품을 사야 할 때가 되면 언제든지 송현의 매장으로 오게 된다.

송현이 다짐한 첫째도 신선함, 둘째도 신선함이라는 장사의 원칙을 철저히 지키는 데다 가격도 다른 곳보다 저렴하다 보니, 고객들의 발걸음은 자연 송현의 매장으로 향하는 거다. 십여 년 사이에 식자재 공급 매장으로 확고히 자리를 잡게 된 거다.

그 남자가 다녀간 다음 날 떡집 가게 언니는 고객이 뜸한 오후 시간에 송현을 찾아와서 "어제저녁에 그 남자가 자네 매장에 들러 갔나 봐. 나한테 한 번 인사시켜 달라고 저렇게 사정하는데, 어쩌지?"하고는 난감한 표정으로 송현을 바라보더니 송현이 아무 말도 하지 않고 고개를 숙여버리자, 고개를 좌우로 젓다가 자기 가게로 건너가고 만다.

어느 날 저녁 일곱 시 반, 가게를 나서 버스 정류장으로 가는 길, 길모퉁이에서 기다리던 그 남자가 앞으로 다가오더니 "저녁 식사를 하고 가시지요"라고 말한다. 그 남자는 건너편 떡집 가게 언니가 얼마 전 소개한다고 했으나, 송현이 거절한 그 사람이다. 지난번 다녀간 지 일주일 후, 그 남자는 다시 그 시간에 매장에 와서 멸치와 마늘, 나물류 등을 사고 갔는데, 귀가하지 않고 버스 정류장 쪽에서 기다리다가 송현에게 다가와 말을 건 거다.

이럴 때는 어떻게 해야 하는지 답이 나오지 않는다. 송현은 평소 신세 지고 있는 떡집 언니의 체면을 생각하곤, "죄송하지만 제가 집에 가면 해야 하는 일이 있어서 저기 제과점에서 차만 마시겠습니다"라고 대답하고는 그날 그 남자를 첫 대면하게 된다. 남자는 카운터에서 송현이 들겠다고 한 우유와 자기가 마실 커피를 쟁반에 들고 온다. 남자는 커피를 좋아하는지 저녁 식사 이전일 것임에도 커피를 시키는구나, 송현은 생각한다.

남자는 떡집 아주머니가 사별한 아내와 친구 사이였다며, 자기 얘기를 시작한다. 나이는 오십 대 중반이고, 남매가 있는데 모두 결혼했고, 자기는 어디 어디 회사에 다니고 있다면서, 자기소개를 한다. 자기가 안정된 직장과 여유 있는 경제력을 가지고 있음에도 혼자 사는 것을 안타깝게 여긴 아내 친구가 사장님 얘기를 했다면서 처음 가게에 들른 날 사장님을 보곤, '이 사람이다!'라고 생각했다고 한다.

아래층 남자와 너무나도 닮은 이 남자가 몹시 싫다거나 하는 생각은 없지만, 갑자기 들이닥친 억지 만남이 부담스러워, 그날 송현은 그 남자의 자기소개만을 듣고 삼십 분쯤 후 자리에서 일어난다.

'겉모습으로 그 사람의 내면을 어디까지 알 수 있을까? 사람은 상대의 눈을 보면 어느 정도 그 사람의 내면을 알 수 있다고 책에서 읽었는데, 아래층 남자와 눈매가 다르고 목소리도 다른 이 남자는 그 내면이 어떠한 사람일까?'

가까이서 마주 앉아보니 지쳐있는 느낌을 주는 눈매와 딱딱하고 건조한 느낌을 주는 목소리는 확연히 아래층 남자와 구별된다고 송현은 생각한다.

'내가 왜 이 남자를 아래층 남자와 비교하지?'

그날 집에 돌아온 송현은 다른 때보다 더 아래층 남자의 얼굴이 자꾸 눈에 밟혀 자기 시간을 제대로 갖지 못했다.

아이들은 고등학교를 졸업하자, 차례로 미국 할머니 댁으로 갔다. 송현은 아이들의 능력이 미국에 유학할 수준이 안 되면, 가서 공부하느라 고생하는 거보다는 한국에서 자기 능력에 맞는 진로를 찾게 할 계획이었다. 그렇지만 아이들은 할아버지 할머니를 만난 후 자기들끼리 무슨 얘기를 했는지, 공부에 열을 올리더니 학년이 올라갈수록 숨겨진 재능을 발휘하는 것이었다. 몇 년 뒤 삼촌과 이모를 만나본 후로는 큰딸이 잠을 아껴가며 공부하는 모습을 보이자, 둘째 셋째 딸도 덩달아 기를 쓰고 공부에 매달린다.

상장을 받고 학교 활동도 리더의 위치를 거머쥐고 전교 석차를 비교할 정도가 된 거를 알게 된 할아버지 할머니가 적극 유학을 권하고, 아이들도 가고 싶어 하니, 보내지 않을 도리가 없다. 고등학교를 졸업한 막내 별임이 언니들을 따라 올 이월 미국으로 유학 가버려, 이제 송현은 혼자 지내는 처지가 되었다. 그러니 송현의 나이도 마흔을 훌쩍 넘긴 셈이다.

그동안 꾸준히 책을 읽은 덕분에 얼마 전부터 송현은 마음먹고 글 쓰는 연습을 시작했다. 책에서 읽은 문장을 생각하면서 그냥 써본다. 책에서도 작가분들이 그냥 써보라고, 쓰고 싶은 거를 써보라고, 그러면 자기도 모르게 글 쓰는 실력이 붙게 된다고 하니, 그렇게 해보는 중이다. 일요일이면 매장은 직원들에게 맡기고 송현은 배낭을 메고 산에 가거나 식물원에 가서 꽃을 구경한다. 또 인터넷에 올라오는 지자체의 꽃 재배단지를 찾아 꽃의 향내와 그 아리따움에 흠뻑 젖고는 그 상념을 간직하고 와서 꽃과의 대화를 글로 옮겨보곤 한다.

'이 생활을 즐기고 싶다. 매장으로 찾아오고 버스 정류장에서 기다리던, 아래층 남자를 닮은 그 남자는 꾸준히 내 주위를 맴돌고 있다. 굳이 새로 가정을 꾸릴 필요가 있을까? 이성을 향한 연연(戀戀)함은 마음속으로만 간직하고 느끼면서 살아갈 수도 있지 않을까? 꼭 남자와 여자가 만나 가정이라는 울타리를 만들고, 그 울타리 안에서 함께 호흡하고 살을 맞대고 살아야만 행복한 건가? 그렇지 않고 정신적으로 의지하며 거짓 없이 감정을 공유하고 대화하며 살아가는 방법도 있을 수 있지 않을까? 마치 친구처럼!'

아이들이 자라서 키가 크고 몸도 커지는 거처럼 아래층 남자는 시간이 지날수록 송현의 마음속 공간에 더 넓은 자리를 차지해 가고 있다.

'하얀 꽃으로 내게 다가온 남자! 생각만 하고 있어도 마음은 포근해지고 평안해진다.'

"엄마! 일어나세요. 저희들 학교 갈 준비 해야 해요!"

큰딸 해임이 방문 앞에서 문을 노크하며 큰 소리로 엄마를 깨운다. 시계를 보니 일어날 시간이 지나버렸다. 알람 소리를 못 들을 만큼 깊이 잠들었나 보다. 추석이 다가오니 매장이 바빠져서 종일 분주하게 일한 데다, 퇴근할 시간이 지났음에도 집에 오지 못하고 직원들과 함께 손님을 맞다 보니, 많이 피곤했나 보다.

꿈을 꾼 것이었다. 아래층 남자를 꼭 빼닮은 어떤 남자가 매장에 찾아오고, 떡집 가게 언니가 남자를 소개한다고 보채고, 어떤 남자가 버스 정류장에서 기다리는 그 장면들은 현실의 일처럼 너무나도 생생하다. 그런 일은 일어날 수도 있고, 일어나지 않을 수도 있다. 평소 마음먹고 있던 일들은 꿈속에서 그대로 나타난다고들 하는데, 난 무엇을 취하고 무엇을 지나쳐야 하는지, 아직 더 많이 생각해야 하고 더 많은 책을 읽고 공부해야 한다.

미국에서 저명한 교수로 성공하신 부모님과 앞날이 창창(蒼蒼)한 동생들의 삶속으로는 들어가지 않겠다고 진즉 다짐하고 또 다짐했다.

'나는 내 삶을 살아가야 해! 가족들의 삶과 내 삶을 비교하며 살아가지는 않을 거야!'

송현의 지각(知覺)은 날로 더욱 단단해지고 있었다.

아이들에게 밥을 차려주고 준비해야 할 학습 도구를 챙겨주고, 아이들이 밥을 먹던 식탁에서 아침을 먹고 나니, 자기 시간이 기다리고 있다. 혜용은 오늘도 여느 날처럼 열심히 이 하루를 살아가자고 다짐하며 책상으로 간다.

- 끝까지 읽어주셔서 감사합니다.